GZC 高校主题出版
GAOXIAO ZHUTI CHUBAN

中共中央党校创新工程项目成果

The Belt and Road

Theoretical Understanding and Disciplinary Practice

"一带一路"

学理认识与科学行动

周天勇　陈建奇 等　著

东北财经大学出版社 ｜ 大连
Dongbei University of Finance & Economics Press

图书在版编目（CIP）数据

"一带一路"：学理认识与科学行动／周天勇，陈建奇等著．—大连：东北财经大学出版社，2019.5
ISBN 978-7-5654-3520-1

Ⅰ.—…　Ⅱ.①周…②陈…　Ⅲ."一带一路"－国际合作－研究　Ⅳ.F125

中国版本图书馆CIP数据核字〔2019〕第087079号

东北财经大学出版社出版发行

　　大连市黑石礁尖山街217号　邮政编码　116025
　　网　　址：http://www.dufep.cn
　　读者信箱：dufep@dufe.edu.cn
大连图腾彩色印刷有限公司印刷

幅面尺寸：170mm×230mm　字数：420千字　印张：31
2019年5月第1版　　　　　　　　　　　2019年5月第1次印刷
责任编辑：李　季　刘东威　刘　佳　郭海雷　　责任校对：清　灵
　　　　　刘贤恩　石真珍　孙冰洁
封面设计：冀贵收　　　　　　　　　　　　版式设计：钟福建
定价：68.00元

教学支持　售后服务　　联系电话：（0411）84710309
版权所有　侵权必究　　举报电话：（0411）84710523
如有印装质量问题，请联系营销部：（0411）84710711

"一带一路"美好愿景：需要学理认识与科学行动

自中国国家主席习近平在 2013 年 9 月和 10 月提出"一带一路"愿景，到 2018 年，已经过去了 5 年。其间，2015 年 3 月国家发展和改革委员会、外交部和商务部联合发布了《推动共建丝绸之路经济带和 21 世纪海上丝绸之路的愿景与行动》，2017 年 5 月在中国北京举行了第一届"一带一路"国际合作高峰论坛。据中国一带一路网报道，中国与 88 个到会的国家和国际组织签署了 103 份共建"一带一路"倡议合作文件，一共形成了 279 项成果清单，当时有 255 项转为常态化工作，有 24 项启动并有序推进。①截至 2016 年 6 月 30 日，中国已经向"一带一路"有关国家投资 511 亿美元。国家发展和改革委员会有关负责人预计：中国未来 5 年对外投资规模将达到 6 000 亿美元到 8 000 亿美元，其中会有相当大的比例落在"一带一路"沿线国家。截至 2018 年 2 月底的 12 个月中，中国在"一带一路"国家完成项目价值达到 880 亿美元，同比增长 17%，竣工项目和新订单均在

---

① 佚名."一带一路"国际合作高峰论坛成果已完成 255 项[EB/OL]. [2017-05-17]. http://baijia-hao.baidu.com/s？id=1600623772546061172&wfr=spider&for=pc.

增加，新签合同金额达到 1 460 亿美元，同比增长 20%。根据野村证券（中国）公司推算，"一带一路"项目投资总规模在未来 10 年内达到 1.5 万亿美元。①中国学者们积极献计献策，国有和民营企业争先恐后，许多国家和国际组织对与中国共建和进行基础设施投资抱有浓厚的兴趣，"一带一路"建设形成了热潮。

印度尼西亚大学国际关系研究员阿德西亚·爱德华·叶列米亚认为，"一带一路"倡议展现了中国与各国"互利共赢"的初心。"一带一路"就是带领大家一起发展的倡议，给亚太地区带来了难得的发展机会，让区域内各经济体都能搭乘中国发展的快车和便车，给亚太地区人民带来实实在在的利益。而发展是人类社会永恒的主题，是人类社会进步的基础。"一带一路"倡议正是以人民为中心的具体体现，减少了各国间物资和金融流动的成本，加强了各国间的互联互通，有利于维护亚太地区稳定，增进民众福祉。

科学行动的基础是深入的学理认识

自 2016 年起，中央党校实施了教学、科研和智库三年创新工程，其中设立的"'一带一路'与经济合作"智库课题项目，由我来主持。我们当时的想法是，"一带一路"正处于舆论热的阶段，当大多数关注点集中在密切谈判、争立项目、投放资金、推进工程时，我们做点冷静的思考工作：以实施"一带一路"倡议中已经遇到和可能会遇到的各种问题为导向，以经济规律为依据，以博弈、合作、契约、规则、成本、效益、不确定性、风险等这样一些范畴和方法为分析工具，开展研究工作。

首先，从学理上较为清晰地认识倡议的缘由和一些基础的范畴：（1）行动背景："一带一路"倡议和行动的国内外经济形势和国际关系变化的背景。（2）基础理论与范畴：倡导人类命运共同体的经济学缘由及结构和功能；人类命运共同体与"一带一路"的关系；国际公共产品、国际准公共产品、国际国家产品、国

---

① 徐燕燕，王天然. 野村证券：未来十年"一带一路"投资总规模将达 1.5 万亿美元[EB/OL]. [2018-04-23]. https://www.yicai.com/news/5417525.html.

际私人产品等公共经济学理论的有关范畴，以及各类产品提供方与需求方二者之间产品性质的转换。

如果不从学术上搞清楚这样一些理论问题，就会发生这样的情况：①或者认为"一带一路"是中国强大后的行动，是主观要争霸的意想；或者认为"一带一路"得不偿失，与中国经济发展以及与国际经济形势变化应对无关。②对人类命运共同体各说各话，没有令人信服的缘由解释，国外学者不知所云，认为是中国方面的一厢情愿。③用以一个国家为分析对象的公共经济学中的公共产品范畴机械和简单地说明"一带一路"的功能。由于其在经济学意义上具有非排他和无偿性，似乎中国要大规模、无偿地为有关国家和地区提供基础设施等。这种理论上的混乱，会有可能使中国的决策陷入被"忽悠"而脱离国力的错误之中，并且客观上为一些国家的学者和政治家们提供中国利用国家力量扩张势力的话柄。

我们对于人类命运共同体和"一带一路"的研究，立足于这样的国情、国际关系和国际秩序的认识：中国仍然是世界上最大的发展中国家，虽然经济总量为世界第二，但人均GDP水平比全球人均GDP还要低1 500美元左右，离高收入国家最完全门槛线还差4 000多美元。目前世界已经形成了第二次世界大战以来以《联合国宪章》为基础的国际政治、经济、金融等治理格局；中国提出的人类命运共同体和"一带一路"倡议，是中国经济发展和国际投资贸易关系发生变化的一种必然选择和应对，同时也只是对现有国际体系和秩序的补充与完善。中国无意挑战现有的国际规则和秩序，"一带一路"除了为国际社会提供中国国力可能提供的公共产品外，在各方合作互利共赢的同时，也为中国营造有利于自身发展的经济合作条件和国际关系环境。

其次，学理上还需要认识清楚的是，按照国际经济学开放经济条件下国民经济核算原则以及钱纳里等学者的"两缺口"平衡理论，参与"一带一路"建设背景下的国内经济与对外开放之间的平衡：①开放经济条件下，一个国家内外之间的经济流动需要平衡，资金过多地向国外流出，意味着国际收支的不平衡，意味着国内储蓄及投资与国际投资的不平衡，意味着国内投资可能达不到理想增长需要的规模，在出口不变或者下降的情况下本币还可能存在贬值的压力。②一个国家向外投资，要讲求成本和收益，从中国的国家利益看，需要有净收益回流。一些基础设施项目回收周期长、投资规模大、资金回报率低，因而需要以中国提供对方按照国际市场价格支付的国家产品方式进行，并且密切关注政治、社会、法律和其他风险，保证中国投资本金和合理收益的安全。

最后，学理上还要认识经济部门之间的内在作用和联系，发展经济学家们曾经就部门之间的平衡发展战略和不平衡发展战略进行过争论。不论是主导部门先行发展带动其他部门跟进的非均衡发展战略，还是各部门间要相互配合、平衡推进的均衡发展战略，都揭示了产业之间的关联。同时，在经济全球化的格局下，按产业分工和协作的价值链，通过跨国公司在全球配置产业的新理论也已兴起。这就使得我们的"一带一路"建设需要考虑：①基础设施投资和建设要与产业发展相关联，不能出现只投资建设基础设施，而当地人口和市场不足以形成产业体系和规模的现象。②中国既要承担基础设施部门的建设和投资，也要公平地进入产业领域，获得产业部门的投资、建设和运营机会，获得合理的产业方面的利益。不能由中国来进行投资大、周期长、利润薄和风险高，甚至可能是亏损的基础设施部门的投资和建设，而其他国家的跨国公司进入投资相对少、回收周期短、利润回报高和投入风险小的产业部门，搭中国投资基础设施的便车。③中国企业参与"一带一路"建设重在参与全球价值链合作，即形成为实现"一带一路"有关国家商品或服务价值而连接生产、销售、回收处理等过程的全球性跨企业网络组织，使中国的企业能够涉及从原料采购和运输、半成品和成品生产与分销直至最终消费和回收处理的整个过程，使所有与"一带一路"行动有关的中国及其他各参与国进行生产销售等活动的组织及其价值、利润分配，并在全球价值链上进行从设计、产品开发、生产制造、营销、交货、消费、售后服务到最后循环利用等各种增值活动，实现经济合作的共赢。

需要研究"一带一路"行动中的一些重大问题

对"一带一路"不仅要论证其必要性和重大意义，进行美好愿景的设计和规划，更重要的是，需要以问题为导向，冷静思考、科学规划和稳步推进，特别是要考虑国民经济承受能力、对国内经济发展的带动作用、投资成本效益、重大风险防范。

首先，南路[①]和北带[②]之间需要进行分工。从经济分析，南路处于人口密集、市场规模较大区域，多数国家处于工业化阶段，政治社会局势相对稳定、海运成本较低、资源相对较少；北带则处于人口稀少、市场规模狭小区域，国家处于工业化阶段，政治社会局势动荡、陆运成本较高、油气资源相对丰富。因此，"一带一路"建设需要南北有所侧重，产业方面有所分工；在项目的布局上，需要考虑当地市场需求、运输成本高低、国内资源进口情况以及各类风险级别。相比较而言，中国还是要融入当代海洋经济，"一带一路"应当兼顾北带，但以南路为重点进行布局。

中国与"一带一路"沿线国家积极规划了六大经济走廊。然而，走廊的建设，需要支付成本，有着各方面的风险，各个走廊的投资建设的收益也不一样。本书第五章在对各走廊初步分析的基础上，特别对孟中印缅经济走廊的中缅油气管道进行了讨论。其意义在于，走廊的投资和建设，需要轻重部署、做好分工，需要经济政治可行性方面的分析和评价，稳步地推进。

其次，中国和"一带一路"沿线国家已经存在贸易畅通机制构建的经济基础。然而，该机制的建设面临一系列国内、国际因素的挑战。对沿线国家贸易便利化水平进行的评价表明，沿线国家大多处于一般便利水平以下，亚洲国家与欧美发达国家相比，便利化水平较低且各指标波动很大。第六章在梳理贸易畅通现

---

① 详见第四章。
② 详见第四章。

状、挑战、评价的基础上，提出了构建贸易畅通便利化机制的政策建议。作为"一带一路"倡议的倡导国及域内主要资本输出国，中国应在制定区域内投资规则中发挥更加积极的作用，把握好构建区域内投资规则的总体原则，针对不同类型的国家采取分类协调措施，并且做好促进投资便利化、完善投资争端解决机制、协调投资规则一致性等重点工作，促进区域内国际投资合作关系的良性发展。随着"一带一路"倡议出台、亚洲基础设施投资银行（简称亚投行）成立、人民币加入特别提款权（SDR）货币篮子等标志性事件的接连发生，人民币国际化再次成为热点。人民币国际化和"一带一路"同为当前热点，也同为关系到中华民族复兴大业的重要历史性事件，两者关系密切、相辅相成，有必要对两者及两者关系做一研究。本书第八章也以人民币国际化问题为研究对象，针对"一带一路"沿线国家的总体国情，对该区域内人民币国际化面临的问题展开了多角度讨论。

再次，从不同类型企业及其人员在"一带一路"行动中的作用看：民营企业发挥了重要的作用；国有企业也需要合规经营，特别是在对外投资的过程中，进行混合所有制改革，发展成为现代意义上的跨国公司。另外，"一带一路"不仅需要企业、装备、资金、技术等的开放合作，还需要人的配合，对于国际劳务合作的讨论就十分必要。民营企业作为最具活力的市场微观主体，充分发挥其机制活、民间性的优势，参与"一带一路"建设的步伐不断加快，已经成为落实"一带一路"倡议的重要力量。第九章主要从需求导向出发，以案例研究的方式总结归纳了民营企业参与"一带一路"建设的若干模式，深入分析民营企业在参与过程中面临的主要困难，提出了有针对性的意见建议。第十章从跨国公司和国家利益的关系出发，通过梳理跨国公司的发展历程，特别是重点分析各国跨国公司发展背后所发生的财富的分配和权力的转移过程，论证跨国公司是国家利益的重要组成部分。如果把跨国公司放到国际权力和财富的变革交替的过程中，不难发现，那些叱咤商界的跨国公司，不过是恢宏历史图景中的一只小船，承载着财富和权力的梦想，驶向全球。不同于英美等国的发展经验，中国跨国公司在"一带一路"倡议下，秉承共商、共建、共享的理念，走出了一条包容发展的道路。而就国际劳务合作问题而言，本书第十一章提出，未来应以开放视角预估"一带一路"区域劳动力资源，合理规划劳务合作发展规模；多渠道推进技术人才培养，提升跨境劳务合作人员素质，优化技术人才培养地区和专业布局，提升中国与"一带一路"国家人才对接程度；同时加强国际合作和组织沟通，管控劳动力市场风险，为国际劳务合作营造更安全的发展环境。

　　最后，中国对接"一带一路"的区域是东部沿海和西部内陆，书中选取宁波和新疆作为"一带一路"的东西连接区域进行了讨论。宁波经济社会发展可辐射到义乌、舟山、绍兴、金华等"义甬舟"沿线区域，以及上海、南京、合肥等长三角重点城市，也是"一带一路"建设中从连云港、郑州、乌鲁木齐等连接中亚、西亚、南亚、中东欧国家的"丝绸之路经济带"的关键沿线节点，可与洋山港、宁波-舟山港、泉州港、厦门港等构成连接"21世纪海上丝绸之路"的海港群，经济发展和对外开放战略应该具有重要地位和作用①，也是中东欧16+1论坛所在地。第十二章就宁波如何承接和融入"一带一路"倡议进行了具体的讨论。第十三章以新疆为例就"一带一路"倡议如何与西部区域对接进行了讨论。处理好发展与稳定、"一带一路"倡议与社会稳定和长治久安这个总目标之间的关系，不仅事关新疆的"丝绸之路经济带"核心区建设，也事关"一带一路"的全局。推进新疆"丝绸之路经济带"核心区建设，一方面，要在总体布局和具体项目推进时，把稳定的因素考虑在内，对可能的风险进行预估和研判，进行有针对性的谋划，避免不必要的风险和损失；另一方面，"丝绸之路经济带"核心区建设也要服务于实现社会稳定和长治久安这个总目标。作为拥有全国六分之一国土面积的西北省区，新疆具有许多突出的特点，"丝绸之路经济带"核心区建设要基于新疆本地的区情，制订合理的发展计划，特别是做好开放、发展、改革、稳定这四方面的重要工作。

---

　　①　宁波市人民政府. 关于宁波市参与国家"一带一路"建设的汇报[R]. 2014-12-11。

实施"一带一路"倡议的行动规划、体制和机制

"一带一路"建设的落实，需要有清晰的行动规划，有科学的对外经济开放的宏观调控手段，以及有效防范风险的开放经济体制，还要有接受国际市场调节、适应国际规则约束的微观机制。

第一，我们课题组认为，为了更好地推进"一带一路"建设，提高我国企业对外投资成功率，以及更好地防范项目风险，探索一套真正适合"一带一路"投资项目的可行性研究体制刻不容缓。特别是重大项目投资决策，需要考虑其不确定性和风险，根据风险的大小和防控措施来进行科学的决策。这应当是企业最重要的工作，是形成科学行动体制机制的组成部分。本书第十四章通过对"一带一路"沿线国家投资失败的案例分析，以及对企业因缺乏审慎性决策导致投资项目失败原因的深层次剖析，在借鉴发达国家海外投资机制，分析"一带一路"沿线国家的投资项目特征以及风险的前提下，提出建立"政府–金融机构–企业"协同合作的可行性研究体制来防范"一带一路"项目的风险。

第二，向更高层次的经济开放转型。2017年12月6日上午，习近平主席在为广州《财富》全球论坛发去的贺信中提出，中国将"发展更高层次的开放型经济，深入推进'一带一路'建设，推动形成全面开放新格局"。

那么，怎么理解更高层次的开放型经济？我认为，有这样五个方面的内容：①从以往的出口导向型工业化战略，向出口升级替代的工业化战略转型；②既要通过供给侧改革，使政策向实体经济倾斜，做强国内制造业，也要进行国际合作；③对外投资的企业要对国内产品和产业发挥衔接和带动作用，形成与国内有关企业垂直和平行分工协作的产业链；④中国资金和人民币国际化协调配合，逐步发展驻外金融机构，推动全球经济治理体系朝着更加公正合理有效的方向发展；⑤亚投行的成立，成为高标准国际金融机构的成功范例，为合作共赢、和平发展，构建人类命运共同体做出了中国应有的贡献。

第三，宏观方面，需要有科学的规划指导和部门协调。中国人民银行、国家

发展和改革委员会、商务部、外交部、海关总署、国家国际发展合作署、国家统计局等，应当对境内和对外投资与国内 GDP 增长关系的平衡，货物和服务进出口，市场、金融和资本等账户收支（资金流出和流入），对外要素投入收益等，有一个完整的统计和核算，做到内外发展规划心中有数、科学协同。

对每年安排的国际公共产品、国际准公共产品和国际国家产品，需要进行分类：公共项目和商业性项目，由不同的资金渠道去解决；准公共项目，采取财政补贴、贴息贷款等方式进行。国家要对中长期项目、财力与投入做出预算和安排，每年根据财力进行调整，防止资金的超国力支出。

从党中央和国务院对对外经济开放的管理和调控看，在顶层规划方面，宜粗不宜细，宜宏观不宜微观，定位于方向性和指导性；需要形成一个内部的指导性规划，作为"十三五"规划以及"一带一路"倡议的重要组成部分。

第四，中观方面，需要协同和关联推进。

对基础设施建设有综合开发的意识。如将交通建设周边的土地划归中方，给予商业开发权，在站点城市可以开发民用和商业房地产，在港口、机场和水陆交通枢纽地可以建设临港产业加工园区、物流服务等产业园区。

企业投资和建设要与进出口贸易、金融、总承包、设计、经营等服务和商业模式分工与合作，形成多方面的贸易、金融、技术、服务等综合效益。企业全程参与总承包、技术供给、科研设计、建筑安装、投产、经营管理、运输销售、培训教育、维护修缮等，全价值链融入。

对外投资的企业要与国内产品和产业紧密衔接，发挥带动作用，形成与国内有关企业垂直和平行分工协作的产业链。对外直接投资与进出口贸易、金融、总承包设计等服务，装备、建筑安装、国内元器件等产业形成配套并关联。

"一带一路"南北之间，也需要进行分工，并且关注重点区域。经济开放与运输成本密切相关，海上通道的运输成本要比陆路成本低。中国旨在与世界各国经济利益共享，与这些国家形成合作共赢的互补关系。

第五，在微观方面，需要既有竞争力又能防范风险的体制和机制。

在更高层次的对外经济开放和"一带一路"倡议实施方面，市场仍然是配置资源的基础，企业是经济活动的主体。在国际市场上竞争的主体是企业，企业运作更重要的是按照国际市场经济规则、投资国（地区）法律、市场需求、生产成本、价格水平、经济趋势、风险和不确定性等信息调节，决定生产什么、生产多少、如何生产。其体系建设为：对外经济开放与体制改革相结合，形成现代防风险、有竞争力的开放经济新体制机制；形成企业在外投资和经营合作竞争的协调及仲裁机制；海外投资企业，特别是国有和国有控股企业，对外项目投资一定要有真实的可行性研究报告，在谈判、签约前向律师咨询；在"一带一路"倡议实施中，国有企业与民营企业，大企业与中小企业要分工合作，并且推动海峡两岸民间经济深度交流，与我国台湾地区企业形成分工合作，为"一带一路"倡议实施中的基础部门和产业部门协同发展注入强大的互补活力和整合动力。

总之，"一带一路"倡议和行动，是中国经济发展到一定阶段后对外开放模式的一种必然转型。"一带一路"倡议，不是经济侵略，不是落后产能输出，不是资本扩张，也不是政治上谋求霸权，而是中国与世界其他国家（地区）互利共赢、合作竞争、和平发展的意愿。对于中国来说，"一带一路"行动也要量力而行、考虑成本、比较收益、防范风险，不仅造福于有关国家（地区），也要顾及中国国家利益，带动中国国内的产业和经济发展，实现利益和福祉的多边共享。

周天勇

2018 年 7 月 20 日

目　录

| 第一篇 |

"一带一路"行动的经济形势及理论背景

习近平总书记在党的十九大报告中强调，要以"一带一路"建设为重点，坚持"引进来"和"走出去"并重，遵循"共商共建共享"原则，加强创新能力开放合作，形成陆海内外联动、东西双向互济的开放格局。这既确立了新时代对外开放的愿景，又突出了"一带一路"在推动形成全面开放新格局中的重点地位。然而，中国为什么要从过去经济方面出口导向、引进资金、市场换技术、着力于自身工业化的战略，国际关系方面善于守拙、决不当头、韬光养晦、有所作为的战略，向奋发有为、积极"走出去"，合作共赢，和平发展，倡议"一带一路"行动等国际经济政治战略转变？大多数文献只是从国际关系方面论述，没有分析其形成的经济原因。与此同时，为什么要构建人类命运共同体？为什么说"一带一路"是一种构建人类命运共同体的供给安排？并且这些供给品如何从供给方和需求方进行区分？供给品的组合结构是什么？人类命运共同体应当有什么样的功能和结构？上述问题构成了理解"一带一路"的重要背景，需要从经济学视角进行深入的分析和阐释。对此，本篇将着力阐述相关问题。

第一章
"一带一路"倡议的国内外经济背景

  "一带一路"行动设想，是中国国家主席习近平2013年9月到10月间分别在哈萨克斯坦、印度尼西亚访问，以及后来的其他一系列会议报告演讲中提出、宣示和倡导的。如习近平主席指出的，在"一带一路"建设国际合作框架内，各方秉持共商、共建、共享原则，携手应对世界经济面临的挑战，开创发展新机遇，谋求发展新动力，拓展发展新空间。[①]从目前一些论文的研究看，"一带一路"行动似乎是我们在外交上的主观有为。中国为什么要从过去经济方面出口导向、引进资金、市场换技术、着力于自身工业化的战略，国际关系方面善于守拙、决不当头、韬光养晦、有所作为的战略，向奋发有为、积极"走出去"，合作共赢，和平发展，倡议"一带一路"行动[②]等国际经济政治战略转变？大多数文献只是从国际关系方面论述，没有分析其形成的经济原因。因此，需要将相关问题分析清楚。本章认为，其深刻的背景是：中国对外经济开放的国民经济格局发生了变化，需要适时推出更高层次的对外经济开放构思和战略。

第一节　国内经济形势变化与对外开放新战略

  中国从1978年改革开放开始，到21世纪的前10年，引进资金、技术、装备、管理经验，与国内丰富的劳动力、土地等资源相结合，形成生产能力，满足国内消费需求，特别是加入WTO以后向全球出口加工品，强劲地推动了经济的快速发展。虽然在1997年提出了"走出去"的战略设想，但国民经济总体上仍然是"引进来"远大于"走出去"，中国主要采取主动开放吸引要素流入、努力

---

  ① 习近平.开辟合作新起点　谋求发展新动力——在"一带一路"国际合作高峰论坛圆桌峰会上的开幕辞[N]. 人民日报,2017-05-16.

  ② 高雷,李源.习近平的"一带一路"足迹[EB/OL]. [2016-09-06]. http://cpc.people.com.cn/xuexi/n1/2016/0906/c385474-28694919.html.

促进工业升级与制造品出口导向相结合的战略。[①]然而，到了21世纪的第二个10年，我们进入了产业和资本"走出去"与"引进来"并重的时代。

人口变动与国内需求的相对收缩

人口少子化、国内经济主力人口收缩和老龄化，使传统工业化提前结束。从国内经济形势背景看，21世纪前10年国民经济有这样的特征：剩余劳动力大规模转移，人口结构以中青年为主，工业化进程正处于填补供给缺口的中期，制造业规模扩张，城市和交通等基础设施及住宅大规模建设，投资和消费需求旺盛，出口强劲，国民经济高速增长。而进入21世纪第二个10年后，剩余劳动力逐渐枯竭，劳动力成本快速上升，人口结构开始老化，经济主力人口发生收缩，需求相对萎缩，传统工业化进程提前结束，交通和城市基础设施体系初步建成，城镇居住性住宅需求已经逐步得到满足，生产能力凸显过剩，制造业比例下降而服务业比例上升，投资和消费的增长幅度下降，出口也因成本上升、世界经济低迷和国际贸易保护壁垒等因素而增长速度放缓。

首先，重要的变化是劳动年龄人口开始收缩，劳动力成本快速上升。21世纪前10年，中国劳动年龄人口每年平均增长1 100万人，而第二个10年进入收缩阶段，从2012年开始到2017年，16至59岁人口每年减少的数量分别为345万、244万、371万、487万、349万和548万，6年劳动年龄人口总计减少了2 344万人；前10年外出农民工平均每年为130.01万人，进入第二个10年后，截至2017年平均每年为166.62万人，其中2016年只增长了50万人。外出农民工平均月工资，却从2001年的644元，增长到了2017年的3 485元，年平均增长率为10.45%，高于同期GDP年均9.32%的增长速度（见表1-1）。

① 周天勇.国内外形势变化与中国对外开放战略调整[J].当代世界与社会主义,2017(2):174-180.

表 1-1　　　　　　　　　　劳动力数量与农民工工资成本变动

项目 年份	16 至 59 岁人口增量 （百万人）	外出农民工数量 （百万人）	外出农民工增量 （百万人）	农民工月工资 （元）
2001				644
2002		104.7		640
2003		113.9	9.20	690
2004		118.23	4.33	780
2005		125.78	7.55	861
2006		132.12	6.34	946
2007		136.27	4.15	1 060
2008		140.41	4.14	1 340
2009		145.33	4.92	1 417
2010		153.35	8.02	1 690
2011		158.63	5.28	2 049
2012	-3.45	163.36	4.73	2 290
2013	-2.44	166.10	2.74	2 609
2014	-3.71	168.21	2.11	2 864
2015	-4.87	168.84	0.63	3 072
2016	-3.49	169.34	0.50	3 275
2017	-5.48	171.85	2.51	3 485

数据来源：国家统计局各年《农民工监测报告》；卢锋. 中国农民工工资走势：1979—2010 [J]. 中国社会科学，2012（7）.

其次，有支付能力的消费需求在相对收缩。2017 年，居民消费总额/就业劳动力为 3.1 万元，因劳动年龄人口减少而减少的消费需求为 1 698.81 亿元，为当年居民消费总额的 0.67%。如果我们对比 6 年累积的数据，2017 年劳动年龄人口比 2011 年减少了 2 344 万人。假定失业率为 5%，因经济主力人口减少损失的消费需求为 7 266.4 亿元，占居民消费总额的 2.86%。相关研究发现，少儿抚养比对消费有着显著的正影响，而老年赡养比对消费有着显著的负影响。[①]

综上可以看出，劳动年龄人口收缩带来两个效应：一是劳动工资成本上升，

---

① 周天勇，等. 再论生育管制对国民经济的因果影响关系[J]. 财经问题研究，2018(1):3-13.

使出口的竞争力下降；二是国内消费需求因有支付能力人口的减少而相对减少。其关联的结果为：产品出口占 GDP 的比例下降，国内消费对产品的需求能力也疲软，制造业生产有过剩趋势。

第二节　产业国际转移及其对贸易保护主义的应对

一般而言，产业转移是实现分工变化的重要途径，因此国际产业转移的变化可间接地反映一国在全球分工体系中位置的变化。①从历史上看，英国、美国、德国、日本、韩国等国家都先后发生了产业向外转移、资本向外输出的经济变化。第二次世界大战后，美国也曾向欧洲实施过马歇尔计划。进入 21 世纪第 2 个 10 年，中国也到了产业梯度转移和资本"走出去"与"引进来"并重的时候。应当说，"一带一路"倡议是一系列互利共赢、合作发展的行动，并不是所谓的"新殖民主义"和"带有附加条件的援助"。而一些大国奉行贸易保护主义，经济上与中国的非合作博弈，也使得中国必须坚持贸易自由化、全球化和更加广泛、深层次的经济开放。

一、国际资金和产业的梯度、逆向转移

有的美国学者将"一带一路"倡议与马歇尔计划相提并论，认为二者都是获取世界大国地位的手段与途径。②另有一些国外学者质疑，中国提出"一带一路"倡议的经济目的是向其他国家转移过剩低端产能，倾销中国商品，甚至是"经济侵略"。事实上，这需要从发展经济学产业的梯度转移规律进行商榷。

发展经济学家们发现，从世界经济地理分布上看，从一些指标，比如人均

---

① 张少军，刘志彪. 全球价值链模式的产业转移——动力、影响与对中国产业升级和区域协调发展的启示[J]. 中国工业经济，2009(11):5-15.

② 马建英. 美国对中国"一带一路"倡议的认知与反应[J]. 世界经济与政治，2015(10):104-132.

GDP等，可以绘制出经济发展水平从高到低的梯度地图。他们又发现，经济发展动态过程中的"极化效应"、"扩散效应"和"回波效应"是构成这种发展梯度地图的动能。第一和第三种"效应"导致梯度扩大，而第二种"扩散效应"是缩小梯度差距的重要动力机制。①那些处于低发展梯度的国家或地区，先是在基础产业及其产品初级加工工业、简单劳动密集型工业、污染严重工业、旅游观光服务业等方面得到较快发展；先进地区的经济较发达，收入水平高，消费能力较强，逐渐向低梯度国家扩散，为低梯度的产品销售开拓了市场，形成发展中国家的贸易收入，实现经济增长；高梯度的国家，成本、消费结构等变量决定的生命周期，使其产业向低梯度的国家转移，实现其生命周期跨国重新循环；同时，高梯度国家的技术和管理经验等，也随着投资、装备、企业转移到低梯度国家，形成了技术和管理经验等方面的扩散。

从世界经济史上几次产业大转移的趋势来看：

（1）产业在全球各国各地区间的转移，一般来说是梯度进行的，即产业从较发达的国家和地区，向发展水平较低的国家和地区转移；不同发展水平的国家，有不同的消费需求、就业岗位和技术需求，其所要承接的产业层次也不一样，每个阶段有适应于其消费需求水平的适度技术和适度产业。其动态变化趋势是：发展之初，先是发展温饱类产业，如面粉、食品、纺织、服装、造纸等产业；接着发展消费品工业，引进轻工装备，要求初级产品出口，因此农业、林业、矿业等产业发展了起来。小康阶段，居民收入水平逐步提高，消费结构升级，各类耐用消费品需求扩大，住宅条件需要改善升级，城市化进程加快，洗衣机、电视、空调等产业发展；住宅、交通和城市化基础设施建设，需要对其提供水泥、钢铁等材料，水泥、钢铁、有色冶金、机械装备等制造业（包括装备制造业）蓬勃发展。而工业化后期阶段，居民收入水平进一步提高，家用轿车、电脑、无线通信设备等产品消费大众化，汽车、信息、网络等产业等兴起和发展。我们不可能在一个国家发展水平处于温饱阶段时，不向其转移纺织服装产业，而向其转移所谓

① 周天勇．发展经济学[M]．北京：中国人民大学出版社，2006．

"高端"的家庭轿车产业，甚至是更高层次的航空航天产业。

（2）世界经济学的要义是，比较优势决定：各国家和各地区分工协作、互通有无，国际供求市场和价格变动调节资源的配置和商品的流向，各国和各地区不设置障碍，方便货物、服务自由交易和投资，从而使全球利益最大化。自第一次工业革命以来，在中国这个世界人口最多和消费规模较大的市场，英国销售过纺织品，其他欧美国家销售过飞机、汽车、制造业装备，日本销售过钢铁、电子等工业装备和耐用消费品，中国还是美国最大的农产品销售市场。中国也是全球最大的汽车、电子产品、装备制造等各类产业的投资地。由于一段时间内中国劳动力相对便宜、规模巨大，中国成为全球的制造业基地，产品行销全世界，因此"一带一路"倡议可能引发中国向全球"倾销商品"的质疑，与一些发达国家奉行的自由贸易价值观和要求中国向全球开放贸易和投资市场的历史相悖。

需要说明的是，在国际产业转移的发展过程中，不同的时代具有不同的经济背景和技术特征，这些因素的变化将会深刻地影响到国际产业转移。[①]换言之，并不是所有的产业都遵循梯度转移的规律，如有的产业在发达国家之间转移，甚至出现了发展中国家的产业向发达国家转移的趋势；也有信息网络等产业向发展中国家超前转移的现象。其经济学的机理在于：高新技术产业在发达国家投资和产品化的技术研发及更新条件比发展中国家优越；有的发达国家可能有高素质的劳动力、运输和能源成本低等比较优势，有人均水平较高的就近市场消费需求；一些发达国家为吸引投资和产业，实施了税收成本竞争和其他方面的贸易保护主义政策，如对发展中国家的出口课以高关税，而为了规避税收成本，有的发展中国家的出口企业转移产业，到有消费市场的发达国家投资办厂；网络信息产业的成本相对低，发展中国家居民对其有攀比效应，发生了消费早熟，高产业层次国家的互联网、手机、移动支付、智能经济等，超前向工业化水平较低的国家转移。

---

① 胡玫. 浅析中国产业梯度转移路径依赖与产业转移粘性问题[J]. 经济问题,2013(9):83-86.

总的来说，中国经过40年的改革开放，到了向一些发展中国家转移产业、向外输出资本、开拓国际市场的阶段，而"一带一路"倡议正是提供了"战略-任务-组织-协调-政策"的体系性实施条件。[①]与此同时，中国作为一个发展中国家，经过40年的发展，工业化进程已经到了后期，其一部分产业向工业化进程处于前中期的国家转移，是全球产业动态梯度转移的规律所致。因此，不应当认为过去发达国家向中国转移产业就是合理的；一到中国产业向外转移，就指责是转移过剩产能、倾销中国产品。

二、保护主义再平衡与中国开放空间的变化

很多情况下，价值信奉的理论与现实行动的实践往往是相悖的。世界各国之间的商品、投资、技术等应当自由流动，各经济体应当降低和取消关税等壁垒，开放市场，其理念基础来自于发达国家的亚当·斯密、李嘉图、俄林等创立的国际经济学。他们认为，只有由国际市场机制调节的自由投资和贸易，各国之间分工协作，优势互补，才能使全球经济的投入最小、收益最大，并且全球福祉最大化。然而，在先发国家与后发国家的贸易中，先发国家出口产品价格相对高，或者对高技术产品限制对外出口，导致货物贸易的不平衡；也可能由于各种原因，没有得到服务贸易方面的平衡。比如，美国先后与德国、日本、韩国、中国、墨西哥和其他一些后发国家建立的贸易关系就形成了这样的格局。这样，信奉自由贸易价值观的一些发达国家，在实践上拿起了恶意"反倾销"、关税和其他贸易保护主义的政策工具。

当年后发国家的主流经济学家，如阿根廷的普雷维什认为，在发达国家与发展中国家的贸易中，后者向前者低价出口初级产品，前者向后者高价出口高附加值产品，前者剥削后者。前者是中心，后者在经济上依附于前者，造成了世界经济中发展中国家与发达国家的不平等。他们还认为，发展中国家工业化资金不足，若引进国外投资，会冲击民族工业，涉及土地和其他资产的主权，所以应以

---

① 金玲."一带一路"：中国的马歇尔计划?[J]. 国际问题研究,2015(1):88-99.

借外债而不出让主权的方式解决工业化资金不足的问题。当年李斯特认为,后发国家在工业化初期和中期产业竞争力水平低,若放开市场,民族工业发展会很艰难,后发国家会成为国外工业品的市场。因此,在工业化的初、中期阶段,后发国家要采取进口替代的工业化战略,对国内市场和民族工业进行必要的保护。[①]

发展中国家(地区)经济发展成功与失败的历史,也与上述后发国家经济学家们的理论和价值观相悖:采取出口导向工业化战略的日本、韩国、新加坡等国和中国台湾、香港地区,以及后来的中国大陆,发展都获得了巨大的成功,创造了亚洲发展的奇迹;而信奉贸易保护主义价值观,采取进口替代工业化战略,并且实施进口高关税、出口配额管理、币值高估、外汇管制等贸易政策的拉美、印度等地区和国家,则长期陷入债务危机、增长缓慢、转型困难的境地。从今天看,过去信奉贸易保护主义价值观的发展中国家,行动大都转向了贸易和投资自由,并要求发达国家坚守贸易投资开放原则,反对其保护主义政策。

美国贸易保护主义的兴起,来自于其因贸易不平衡而实际遇到的一些问题:在比较成本调节下,将产业转移到国外,使制造业空心化;国内减少了许多就业岗位,失业压力增大;贸易赤字也造成了国际收支赤字,需要加大投入美元货币量,再通过发债将美元回笼以争取收支平衡,结果债务规模越来越大;过去仅仅依靠量化宽松货币措施刺激低迷的经济,虽然由于美元是国际主权货币,不能回笼的部分由全球经济消化而没有引起美国严重的通货膨胀,但是对由失业、收入分配差距决定的消费低迷情况,刺激作用甚微。特朗普当政后,要用一些贸易保护主义的政策措施,解决美国经济中的这些现实问题。

可以说,经济体量越小的发展中国家,对一个经济体量越大的发达国家贸易逆差的影响越小。在现实的世界经济中,国家与国家之间的贸易不平衡,主要发生在大国之间。这一点在表1-2有关中美贸易的数据中表现得非常突出。

---

① 贾根良,沈梓鑫.普雷维什-辛格新假说与新李斯特主义的政策建议[J].中国人民大学学报,2016(4):46-54.

当然，实际上中美之间的投资和贸易中，也有中国对美国教育、旅游、医疗、技术、互联网等服务贸易的巨额逆差；中国的移民投资、住宅投资和其他巨额资金也流入美国；美国因中方旅游者在美消费而增加了对中国的出口；美资企业的零件转口进入中国后再组装出口等贸易形式也增加了美国的出口。因此，不能仅仅就货物的直接贸易谈论两国之间的不平衡，也要统计和考虑这些中国与美国之间的投资和贸易因素对美国经济的巨大贡献。中国向美国出口的成本较低的中间和最终产品，降低了美国制造业的生产价格指数，也降低了美国消费品的价格，美国工厂和居民得到了实实在在的利益。

表1-2　　　　　　　　　　中国对美国贸易及两国贸易情况　　　　　　　　单位：亿美元

年份	中国对美国出口	中国对美国顺差占中国总顺差比和美国逆差比		中国进出口额	美国进出口额	中美双边贸易额
		中国对美国顺差	中国总顺差	美国总逆差			
2000	521	297	241	3 725	4 743	14 478	745
2005	1 289	803	1 019	7 142	14 219	20 002	2 116
2010	2 833	1 821	1 815	4 947	29 740	23 483	3 584
2015	4 092	2 614	5 939	8 000	39 530	39 569	5 570
2016	3 910	2 542	5 154	7 354	37 431	37 059	5 195
2017	4 297	2 758	4 225	5 660	40 680	39 562	5 836

数据来源：中国国家统计局网站、中国海关总署网站、美国商务部网站；其中，中国对美国出口、中国对美国贸易顺差、中国进出口总顺差、中国进出口额、中美双边贸易额等数据来自于中国国家统计局网站和中国海关总署网站；美国贸易总逆差和美国进出口额，来自于美国商务部网站。中美之间的进出口额，特别是中国对美国出口额、美国对中国贸易逆差等，双方公布的数据有较大的差异。2017年中国贸易数据按照美元对人民币6.83的汇率计算。表中数据均为货物贸易数据。

从中国与美国的政治经济关系看，2010年中国因GDP超过日本而成为第二大经济体后，美国的一些学者认为，当年美国让中国加入WTO是一个重大的战略失误。随着中国经济体量越来越大，美国逐步地将中国当成了挑战美国全球领导地位的对手。在奥巴马时代,美国主要以美国价值利益为鳌,对中国在政治和军事上采取了亚太再平衡战略,将军力逐步从中东抽身向西太平洋部署,加强与日本、韩国、澳大利亚等国的同盟关系。到了特朗普时代,美国军力在西太平洋地区进一步加强布署,企图将亚太再平衡扩展成印太再平衡;也试图调整美国与日本、韩国等的军事同盟方式,由警察身份(免费)向保安(收费)身份转变。

在奥巴马时代,美国以重建贸易规则和秩序为主导,拟边缘化WTO,与西太平洋有关国家共谋TPP来抑制中国的和平发展。但是,在TPP谈判过程中,中美贸易虽然有小的摩擦,总体上影响不大。中美之间的贸易冲突,表现为规则、秩序和圈子之争。而到了特朗普时代,中美贸易冲突则转向了现实的利益之争,美国在经济方面,力求贸易利益平衡主导的亚太再平衡(重点是中美经济再平衡)。当然,战略能否真正落实,主要取决于美国是不是在此区域承担更多的经济责任和义务,以及除了美国、日本、澳大利亚、印度以外的国家和地区是不是积极地响应和参与。

美国总统特朗普自上任以来,贸易政策表现出了极大的不确定性,对华贸易保护态度强硬并呈现出了许多新特点。[1]2018年3月初,特朗普提出了将中国对美国的贸易顺差减少1 000亿美元的目标。对此,美国先是不承认中国的市场经济地位,更多地使用美国1962年《贸易扩展法》第232条款、1974年《贸易法》第201条款[2]和第301条款[3],对中国向美国出口产品频繁启动反倾销、反补贴调

---

① 唐宜红,张鹏杨. 美国特朗普政府对华贸易保护的新态势[J]. 国际贸易,2017(10):38-43.

② 201条款是指如果美国确认从外国进口的某项物品,首先其数量增长到足以对美国国内生产同类物品的产业造成严重损害,或使其面临严重的威胁,其次这种进口是突然的、急迫的、大量的,最后这种行为和损害结果有因果关系,则美国总统有权采取一切适当可行的措施,包括在一定时期内对该有关进口物品加征额外关税或限制进口数量,借以帮助和促进美国国内产业针对进口产品开展竞争。

③ 301条款是指如果美国贸易代表确认外国的某项立法或政策措施违反了该国与美国签订的贸易协定,或虽不违反有关协定,但被美国单方认为"不公平"、"不公正"或"不合理",以致损害或限制了美国的商业利益,美国贸易代表便有权不顾对方国内其他法律以及国际条约任何规定,径自依美国《贸易法》301条款规定的职权和程序,凭借美国经济实力上的强势,采取各种单边性、强制性的报复措施,以迫使对方取消上述立法或政策措施,消除其对美国商业造成的损害或限制,或提供能令美国官方和有关经济部门感到满意的赔偿。

查，开征惩罚性关税；特朗普也签署了对进口钢铁和铝产品分别征收25%和10%关税的行政命令。当然，特朗普这种中美贸易再平衡战略会导致钢制品和铝制品等价格的上升，提高其基建领域和汽车、耐用消费品及装备等制造行业的成本；如此大力度削减有成本比较优势的产品进口，也会大幅度提高美国的消费物价水平，同时增加美国的劳动力成本；而这些制造业和其他资本密集型产业为了应对劳动力和中间投入成本的上升，更多地可能会使用自动化和智能机器人加以应对，从长远看，究竟能不能给美国增加就业机会，也是一个问号。另外，在中美贸易之间，已经形成了产业、金融、货币等方面你中有我、我中有你的关联，突然改变原有的格局，也会引起美国资本市场的震荡和风险。

然而，2017年中国总出口额为153 321亿元人民币，其中对美国出口了29 103亿人民币，占到了中国总出口的19%。如果美国硬是要大幅度压缩中国对美出口，将会造成中国国内一些产业生产能力严重过剩，连带形成相关分工协作和配套服务产业收缩，工作岗位减少、返乡农民进一步增多；由于产能利用率下降，企业财务状况受影响，银行坏账可能会增多；经济增长速度放缓的压力也会加大。

从其他太平洋国家和地区看，南美洲的巴西、秘鲁、阿根廷等许多国家工业化进展不顺利，居民收入差距较大，经济增长速度缓慢，市场需求成长性较亚洲、非洲和东南欧国家要差；加拿大人口稀少、经济体量较小；墨西哥对美国出口与中国有竞争关系，并且是美国的后院。中国东向开放经济，以开放、合作、共赢开拓国内经济发展空间的战略，受到了中美贸易冲突的较大抑制。就此而言，"一带一路"倡议致力于开创国际合作新模式，以沿线各国发展规划对接为基础，以经济贸易合作特别是互联互通建设为重点，以贸易和投资自由化、便利化为纽带，①无疑是中国突破贸易瓶颈的有效战略选择。

习近平总书记在党的十九大报告中强调，要以"一带一路"建设为重点，坚持"引进来"和"走出去"并重，遵循共商共建共享原则，加强创新能力开放合

---

① 王亚军."一带一路"倡议的理论创新与典范价值[J].世界经济与政治,2017(3):4-14.

作，形成陆海内外联动、东西双向互济的开放格局。这既确立了中国新时代对外开放的愿景，又突出"一带一路"在推动形成全面开放新格局中的重点地位。而从国际经济关系看，"一带一路"沿线许多国家，正处在不同阶段的工业化、城市化、市场化和信息化的进程之中，需要推进基础设施建设，需要引进不同层次的产业，需要输入外部资金、技术、管理、人才。中国的"一带一路"倡议也是满足这些发展中国家发展的需要、互利合作、促进人类共同发展的有益行动。

（执笔人：周天勇）

第二章
人类命运共同体与"一带一路"倡议

为什么要构建人类命运共同体？为什么说"一带一路"倡议是一种构建人类命运共同体的供给品安排？这些供给品如何从供给方和需求方进行区分，供给品的组合结构是什么？人类命运共同体应当有什么样的功能和结构？对这些问题需要从经济学视角进行深入的分析和阐释。

第一节　构建人类命运共同体的经济学缘由

对人类命运共同体的讨论，就目前国内外学术界看，在哲学、政治学和国际关系学领域探讨较多，涉及国际社会面临的公共问题、共同处理的公共事务和利益、形成和睦和安全的国际关系、建设国际公共治理体系等构建人类命运共同体的缘由和需要，还包括对人类命运共同体范畴、内涵和结构的探索。从经济学的领域看，也有研究，但是文献较少。[①]

人类社会个体或者群体命运，是指涉及每个群体和群体中的个体生死存亡和利害福祸的有关机遇、不确定性和风险的未来好坏。哲学界一些学者认为，共同体首先是在语言、情感、信念等方面具有相互认可，甚至彼此支撑、相互依存的某种亲密关系的人们的结合体。人类命运共同体至少应当具备"拥有共居之地""达成公共观念""实现求同存异"三个基本要素。[②]持这种看法的学者较多，他们强调了共同性。但是，其片面性在于忽视了个体性。马克思在其《资本论》中提出"自由人联合体"[③]，实际上也是既有个体的自由，又有联合体的统一。

笔者认为，共同体包括两个方面：一方面，共同体的每个参与者是相对独立的个体，可相对独立地行动，有各自的个体利益；另一方面，作为共同体来讲，他们又有共同的价值、共同的目的、共同的利益、共同的行动，是以各种约定形

---

① 刘武根. 近年来国内学术界人类命运共同体研究述评[J]. 思想教育研究,2018(2);宋婧琳,张华波.国外学者对"人类命运共同体"的研究综述[J]. 当代世界与社会主义,2017(5).

② 尹强."人类命运共同体"的哲学反思——第十六届《哲学分析》论坛综述[J]. 哲学分析,2017(6).

③ 马克思. 资本论:第一卷[M]. 中央编译局,编译. 北京:人民出版社,2004.

式结合起来的联合体。人类社会有各个层次和各种类型的共同体，如小到家庭，大到联合国。抽象地定义，什么叫社会共同体，它是指既有上下传承、个体理想、自身利益、个体差异、自由创造、独立奋斗，又有现代文明、共同价值、公共目的、求同存异、规则秩序、统一行动的，不同个体间分工协作的共同联合体。

相应地，命运共同体的基本内涵在于：坚持各国相互尊重、平等对待；坚持合作共赢、共同发展；坚持实现共同、综合、合作、可持续的安全；坚持不同文明兼容并蓄、交流互鉴。①推而延之，"人类命运共同体"实际上就是有着不同文化传承、不同意识形态、各自国家利益，国情各有差别、主权独立平等，选择自身发展道路的各个国家，为了整个人类的发展机遇、共同福祉和公共利益，应对人类面临的各种不确定性，防控人类可能遇到的各种风险，避免人类的重大灾难和毁灭，减少不确定性和各类风险给人类社会造成的损失等，而寻求共同价值，在意识形态和民族文化方面求同存异，独立平等、尊重主权，承认国家利益，对话磋商，为了共同的目的，形成共同契约，遵守共同规则，促成共同行动的国家联合共同体。

个体为什么要形成共同群体？从不同层面共同体的经济学视角看，微观的男女、各代之间，之所以组建家庭，是因为共同体成员之间分担家务劳动、分享工作收入会有分工协作效应，生育抚养和消费支出的成本降低，②共同防范和应对风险的能力增强。以公共事务的成本收益为原则形成公众与国家关系，即公众将一些公共事务委托国家代为处理所形成的契约关系、委托代理关系和交换关系，是政治学与经济学国家理论一致的解释。③之所以形成国家这个共同体，是因为一个社会要保持环境清洁卫生，防范境外侵略，维护社会安全，提供交通道路，裁判纠纷诉讼等。这些公共问题的解决和公共利益的满足，需要个人、家庭、法

---

① 门洪华. 构建新型国际关系:中国的责任与担当[J]. 世界经济与政治,2016(3).

② 贝克尔. 家庭论[M]. 王献生,王宇,译. 北京:商务印书馆,2005.

③ 何文君. 政府的基本职能:代理与服务——国家起源的政治学与经济学再解读[J]. 思想战线,2005(6).

人和社区共同体让渡一部分收入给国家以形成公共财政，让渡一部分权力给国家以形成政府和警察，贡献一部分兵力以形成国防部队，转移一部分储蓄以成为应急资金和社会保险。因此，国家形成的经济动因在于：这些公共问题的解决，以及国家集体行动的成本低于、收益高于和抗风险能力强于个人、家庭、法人、社区的分散单独行动。

那么，从经济学视角看，为什么需要构建人类命运共同体？

第一，无论是哪个层级的社会群体，其个体之间都有一些仅靠个体力量和行动无法处理的公共领域的事务，无法提供的公共范围的物品，无法解决的双边或者多边之间的问题。特别是进入20世纪尤其是第二次世界大战结束以来，全球化所引致的各种新的问题——从环境恶化、疾病和人口增长到武器扩散、民族主义和传统民族国家遭受侵蚀、地区局势动荡等——层出不穷。[1]地球上不可能由一个国家安置和全面解决在各个国家间流动的难民和恐怖威胁。诸如清除太空和海洋垃圾、提供公海航标和出行GPS、阻止外来小行星撞击地球等，不可能由单个国家独自应对，而是需要集全人类之力和行动，共同处理和承担公共事务，提供和维护公共物品，应对和解决公共问题。

第二，当每个国家都尽可能多地争夺和使用资源，使其利益最大化，与地球物质和空间资源存量以及供给有限性之间存在着无法克服的矛盾时，构建人类命运共同体的这个缘由，成为许多学者的共识。[2]各国竞相发展工业导致的温室效应，粉尘、污水、废物等排放，会造成气候变暖、海平面上升、淡水有害、陆水生物减少、垃圾环城围村；太空试验遗弃物、报废卫星等，会形成很多的太空垃圾，影响正常的太空飞行和秩序；农田、城市和交通的扩张，生活用纸和家具用木的增加，导致全球森林和湿地减少……各个国家个体行为的结果，造成使各自福利均受到损害的公共问题。因此，在地球这样一个共同的家园之中，需要共同的理念、共同的规则和共同的行动，避免个体利益和行为导致公地悲剧。

---

① HAASS R. Paradigm Lost[J]. Foreign Affairs,1995,74(1).

② 刘武根. 近年来国内学术界人类命运共同体研究述评[J]. 思想教育研究,2018(2).

第三，国际社会中，各个国家自身的利益与人类的共同利益之间，既存在着国家之间的矛盾，又需要国家之间在利益上进行协调，在行动上协同统一。一方面，国际社会各个国家有着自己的民族群体、文化传承、国家理想、独立主权、国家利益、自由行动。国家利益，是能满足某个国家整体需要的有利事宜和状态。其要点：①利益只属于自己的国家，而排斥他国；②国家利益既包括国家内部的共同利益，也包括国家内部个人、家庭、企业和其他法人的利益；③国家利益不仅包括国家内部的利益，还包括对外经济政治关系中的各种利益。另一方面，为了处理、应对和实现人类共同事务、问题和利益，各个国家需要相互交流、互相包容、统一价值观、签订契约、维护公共利益、协同行动。人类共同利益，是指在一些人类公共事务、共同问题和公共利益方面，各个国家契约联合、共同行动得到的利益总和。因此，人类共同利益到实践时必然会变成具体的、有限的全球利益。①

第四，人类社会发展从国家之间战争不断、弱肉强食、列强相竞的历史循环，转变为各个国家以市场方式合作竞争、互利共赢、和平相处和大国协商，既获得自身国家利益，又维护全世界公共利益的世界国际关系新时代和新格局。从原始社会到20世纪第二次世界大战结束，人类社会发展中各个国家之间虽然也有短期、双边、局部和谐相处的契约、秩序和各自发展的和平环境，但更多的是用武力方式获得各自的国家利益。许多强国大国以人口、经济和军事实力，恫吓或诉诸武力征服弱国小国，以赢者通吃的方式，侵入别国、占据领土、毁灭和掠夺财富及人口；实力较强的列国之间形成不同的阵营，连年混战，无数次战争都造成了人类社会生命、财产和生产力的巨大损失。

第二次世界大战后，为了避免战争灾难，各国磋商制定了《联合国宪章》，成立了联合国这样的共同体性质的世界组织。然而，战后仍然存在美苏两强争霸，北约和华约两大军事集团形成对峙，全球处于冷战状态。国家之间的军事竞争从战时的常规杀伤性武器的较量变成了可以毁灭人类的核武竞赛。20世纪90

---

① 俞新天. 妥善处理国家利益与全人类共同利益的关系[J]. 国际观察,2005(3).

年代初，苏联解体后，美国"一家独大"，获得国际社会的霸权地位。但进入21世纪第二个10年，中国发展成为世界第二经济规模大国。由于担心成长中的第二大国会与第一大国争夺霸权，在某种程度上美国对中国采取了非合作竞争的态度，形成了忧虑、防范和遏制的关系。当然，世界局部战争仍在不断发生，恐怖主义蔓延，难民问题严峻，这些都是一些极端组织、民族部落、相关国家试图以武力获得自身利益导致的冲突和隐患，威胁着世界的安全、和平和发展。

第二次世界大战后，各国获得国家利益，最主要的渠道是各国之间的贸易往来、公平交易、跨国投资、合理利润。同时，权力的组成要素、使用及其所能达到的目的也发生了根本性的变化。①与以往相比，获得国家利益的途径，从使用武力手段变成了市场交易方式。然而，各国以国际市场经济方式获得自己国家利益的竞争，也会造成地球的悲剧：如前述的各国竞相发展国力导致的全球气候变暖、森林湿地减少、动植物物种濒危、武器走私泛滥、太空发展失序等。如果没有人类社会共同的价值、共同的契约和共同的行动，这些问题将会越来越严重，使人类社会陷入困境，甚至绝境。因此，关注人类共同的命运，各个国家间以市场方式合作竞争、互利共赢、和平相处和大国协商，形成人类命运共同体，既获得国家利益，又避免逢强必霸，同时纠正国际市场机制在国际社会生态环境和其他方面的失灵，是人类社会和平和可持续发展的必然选择。在这个层面上，中国维护国家利益的方式与中国融入和塑造世界的路径并非传统崛起大国所采用的对抗性手段，中国能够实现和平发展恰恰在于其始终追求共同利益、始终坚持互利共赢、始终主张以合作促发展。②

第五，国际社会既要鼓励各个国家的竞争和进步，也要防止国家间发展差距拉大等问题出现，采取先发帮助后发、共同行动，使各个国家共同发展繁荣，避免世界性的经济失衡和安全风险。国际社会中，各个民族，各个国家，其人口多

---

① HOFFMAN S. Notes on the Elusiveness of Modern Power[J]. International Journal,1975,30(2).

② 刘笑阳. 国家间共同利益:概念与机理[J]. 世界经济与政治,2017(6).

少、发展先后、资源禀赋、国土面积等是有差别的。一方面，应当承认和尊重国家利益，鼓励国家相互之间合作竞争，使全人类有进步的活力和动力。但是，另一方面，从经济学角度分析世界经济的相互联系看，发达国家相比发展中国家，有着较强的聚集资本、人才、技术等的创造力和吸引力，即聚集效应；而发展中国家也存在其资金、人才甚至技术向发达国家反向流动的回波效应。如果发达国家的资金、技术、产业和人才向发展中国家的转移和扩散程度不高，即扩散效应不能大于聚集和回波效应，再加上发展中国家自身的发展能力较弱，不能较快地推进工业化，则发达国家和发展中国家的发展差距会越来越大。

这种拉大的发展差距形成的不平衡导致的全球性经济问题是：发达国家生产能力越来越强，居民收入水平较高，边际消费倾向较低而边际储蓄倾向较高，人口增长速度放慢和老化，供给能力大于国内需求能力，需要更多的有支付能力的国际需求市场；而发展中国家人口增长较快，人口结构年轻，但是工业化水平低，居民收入水平较低，收入增加的边际消费倾向较高而边际储蓄倾向较低，有支付能力的消费需求不足，不能从全球经济格局上平衡发达国家很强的生产能力。结果是全球性的需求不足和生产过剩。这种失衡，成为全球金融体系稳定的隐患和经济危机的潜在风险。当然，发展差距伴随着不发达国家的失业和贫困，其社会动荡、政局不稳定、国内问题向他国转嫁等，演变为地区冲突、难民危机、恐怖主义等一系列影响全球稳定和安全的问题。因此，国际社会也需要共同正视各国和地区之间发展差距拉大的现实，帮助不发达国家共同发展，防控全球性的经济失衡，减少并避免发展差距以及失业和贫困等导致的其他全球性动荡和冲突。

第二节　"一带一路"倡议中的供给品安排

关于"一带一路"倡议的必要性、作用、合作内容、行动规划、风险、与其他双边及多边规划的博弈及衔接等方面，已经有学者在国际政治学、经济学和其他学术领域发表了很多文献。①毫无疑问,"一带一路"倡议和行动,对国内更高层次的经济开放、中国未来的和平崛起、扩大双边和多边经济合作、促进各国共同发展、完善国际治理体系、具体落实构建人类命运共同体,均有着重大的意义。这里不再赘述。

一、"一带一路"国际供给品的区分和范围

"一带一路"是构建人类命运共同体的重要途径,而其倡议的落实在于供给品的安排和提供。2016年9月3日,在二十国集团工商峰会开幕式上,习近平主席提出:"中国的发展得益于国际社会,也愿为国际社会提供更多公共产品。"②2017年5月14日,在第一届"一带一路"国际合作高峰论坛开幕式上,联合国秘书长古特雷斯称赞说,中国"一带一路"倡议和联合国"2030年可持续发展议程",都致力于实现可持续发展,都致力于创造机遇,创造公共产品和互利合作。③

李新等(2011)对国际学术界的研究进行过梳理,他们提出,Kaul, Grunberg & Stern(1999)给"国际公共产品"下了一个相对完整的定义。他们认为国际公共产品是这样一些公共产品:其受益范围,从国家看,不仅仅包含一个国家团体;从成员组成看,扩展到几个,甚至全部人群;从世代看,既包括当代,又包括未来数代,或者至少在不妨碍未来数代发展选择的情况下满足目前几代。这包含三个方面的含义:①全球公共产品的受益者非常广泛,突破了国家、地区、集团等界限;②受益者包括所有人,任何国家的国民从中得益时都是非竞争、非排他的;③考虑时间因素,全球公共产品不仅仅使当代人受益,还必须考虑到未

① 韩保江,项松林."一带一路"倡议的政治经济学分析[J].经济研究参考,2017(10);杨慧.政治学领域"一带一路"研究综述[J].中共济南市委党校学报,2016(4);赵洪.中国的"一带一路"倡议:争论综述[J].边界与海洋研究,2016(4);徐海娜.在理论与实践之间——人类命运共同体理论暨"一带一路"推进思路会议综述[J].当代世界,2016(4).

② 习近平.中国发展新起点 全球增长新蓝图——在二十国集团工商峰会开幕式上的主旨演讲[EB/OL].[2016-09-03].http://www.xinhuanet.com/world/2016-09/03/c_129268346.htm.

③ 郑青亭.联合国秘书长古特雷斯:"一带一路"倡议将惠及世界[N].21世纪经济报道,2017-05-15.

来几代或数代人从中受益。除了此定义之外，世界银行（2001）也认为，国际公共产品是一种具有实际的跨国界外部性的物品、资源、服务、规则系统或政策体制，它对发展和减少贫困非常重要。[1]国内学术界也对国际公共产品进行了讨论。寇铁军和胡望舒（2015）从财政学角度进行了定义：国际公共产品，相比于公共产品，它考察的是多个国家、跨地区甚至全球、全人类的公共事务，是更广泛意义上的公共产品。简言之，国际公共产品的作用对象是具有全球或跨区域外部效应的公共问题，并不针对只具有"局部效应"的地区性或主权国内的问题。其涵盖范围的广阔性和作用对象的全球性，是其区别于一般意义上的公共产品的根本特征。[2]

依据上述学术研究成果，我们在讨论"一带一路"供给品安排时，遇到了这样三个无法回避的问题："一带一路"行动只提供国际公共产品，还是从排他性方面讲，也向有关国家提供其内部的公共产品？还是从付费程度上讲，也提供需要还本或者还本付低息的国际准公共产品？还是从产品性质讲，也提供国际国家产品和国际私人产品？

如果"一带一路"供给品只限于国际公共产品，则会有这样几个供给品的安排冲突：由于其并不针对只具有"局部效应"的地区性或主权国内的需求，只提供国际公共产品，因此本身就与给"一带一路"沿线国家和地区提供基础设施等排他性的公共产品的做法有矛盾；与国际货币基金组织、世界银行和亚投行这样的准公共金融机构向有关国家提供非全部免息性质贷款——国际准公共产品，形成所在国公共或者准公共产品的做法有矛盾；与供给国发挥自有资金、工程和技术优势来投资和建设，提供国际国家产品，受助国还本付息和等价交换，形成所在国公共和准公共产品的做法相矛盾；与跨国公司等提供国际私人产品，成为所在国公共或者准公共产品（所在国政府采购），或者成为所在国制造和服务性企

① 李新，席艳乐. 国际公共产品供给问题研究评述[J]. 经济学动态,2011(3)；KAUL,GRUNBERG, STERN. Global Public Goods[M]. New York：Oxford University Press,1999；World Bank. Global Development Finance[R]. Washington,DC：World Bank,2001.

② 寇铁军,胡望舒. 国际公共产品供给：基于财政学视角[J]. 东北财经大学学报,2015(3).

业等私人产品,帮助"一带一路"有关国家形成发展能力的做法相矛盾。

因此,"一带一路"提供公共产品,从供给方看,不仅包括国际公共产品,也包括国际准公共产品、国际国家产品和国际私人产品;从需求方看,既需要国际公共产品,也需要将国际准公共产品、国际国家产品和国际私人产品转化成其国内的公共产品、准公共产品和私人产品。当然,需要指出的是,"一带一路"供给品,从形态上讲,既包括物质方面的,如基础设施、制造工厂、救灾物资等,也包括非物质的人力服务;既包括物质和服务产品,也包括契约规则、组织秩序这样的制度型供给品。可以说,"一带一路"所倡议的双边经贸关系和自贸区建设将促进经贸规则经由双边向多边发展,并最终贡献于国际经济规则一体化发展。

二、从供需两个方面理解"一带一路"供给品

公共经济学的对象为一个国家时,分析较为简单:①供给品有公共产品、准公共产品和私人产品;②公共产品在消费上无排他性和交易上免费获得,准公共产品在消费上无排他性和交易上部分付费,私人产品在消费上排他和交易上按市场价格付费;③生产、提供、消费和交易发生在一个国家内部,财政、金融和货币是统一的。

而将公共经济学分析的范围拓展到全球政治经济关系时,各产品的特征和供给品提供的条件发生了很大的变化。从分析的逻辑方法上看,一是要从供给品的供给方与需求方的关系审视,二是从供求各方关系的全域和局部、垂直和横向等区别入手,三是从供给品的形态分类,才能把"一带一路"供给品的性质和范围讨论清楚。

我们先从供给方分析供给品的提供者、消费使用、付费程度和联系特征。

从表2-1中我们可以看出,从供给方为需求方提供产品的角度看,"一带一路"除提供国际公共产品外,还提供国际准公共产品、国际国家产品和国际私人产品。①供给方提供的国际公共产品为,由联合国、主权国家、其他国际性

表 2-1　　　　　　　　　　　国际公共产品和准公共产品

产品类型	特征	提供方	使用方	条件
国际公共产品	无排他性，非营利	联合国、其他国际性组织、主权国家、国家内非政府组织、企业和个人等	所有国家、法人、自然人均可免费使用。例：航标、GPS 定位、扫除太空垃圾等	由国际性组织、主权国家、非政府组织、企业法人和自然人财力免费提供
国际准公共产品	排他国性，国内无排他性，非营利性，需要收回部分成本	世界银行和国际货币基金组织低息，以及其他国家、非政府组织和个人低息提供	特定的需要偿还部分成本的国家或者地区例：国内免费公路或者城市公交	国际或区域性金融组织与特定使用方主权国家财政金融的关系

资料来源：笔者自制．

组织、法人和个人等提供的，所有国家与其自然人和法人都可消费使用的产品。如任何出行者都可以得到的中国北斗卫星导航系统定位（假定免费）服务，任何国家发生内部冲突时联合国派出的无偿的中国维和部队，任何国家在遭遇地震等灾难时中国提供的国际救援，任何船只可以免费使用中国在有关公海提供的航道航标等。其在消费使用上是免费的，并且无排他性。②供给方提供的准公共产品为，由世界银行、国际货币基金组织、主权国家和其他国际性组织提供的无息贷款、低息贷款、贴息贷款等方式建设和生产的基础设施及其他消费产品。其特征是，在消费使用上面向特定的国家及其主权区域中的法人和个人，在国际上是排他的；从供给方讲，准公共产品不是免费的，贷款者需要偿还本金或本金加部分利息；有些准公共产品也有可能因债务豁免变成国际公共产品，虽然转化为无偿，但属排他性质。③供给方提供的国际国家产品为，主权国家为另一主权国家，在其短期资金缺乏、工程力量薄弱、技术水平不足等情况下，全部或者部分提供资金、技术、工程力量、设施装备等建设和生产的基础设施、制造工厂和其他所在国公共设施等产品。其特征是：有偿的但不是私人提供的，而是由另一主权国家提供的；基于提供国和需求国的国家利益，具有交易的等价有偿性和使用的排他性。④供给方提供的国际私人产品为，主权国家从跨国公司购买的其投资建设的公共基础设施和其他公共设施产品，政府、法人和个人向境外公司购买的进口商品等产品。其性质是提供者为私人，交易上等价，消费使用上排他。

我们再来从主权国家需求方面分析"一带一路"供给品在所在国国内的转化。从表2-2我们可以看出：①国际公共产品转化为国内的公共和准公共产品。由联合国、主权国家、其他国际组织、公司和个人提供给特定国家的一些免费和排他性的国际公共产品，有的可以成为所在国国内的基础设施等非排他和免费的公共产品；如果提供方免费提供的是公共交通车辆，但是所在国除了补贴，运营时还需要收取一定的费用，则这些产品转变成了国内范围非排他和部分收费的准公共产品。②国际准公共物品转化为国内的公共产品或准公共产品。比如由世界银行、其他国际金融组织和主权国家，无息、贴息和低息贷款兴建的国际准公共产品——公路，在所在国变成了免费通行的公路——排他和免费的公共产品；又如贷款投资所建设的准公共产品——医院，向病人收取一定的费用，则变成了所在国非排他和部分收费的准公共产品。③国际国家产品、国际私人产品转化为所在国的国内公共和准公共产品。资源丰富、具有成长性、未来经济前景好的国家，还可以与其他主权国家协商，由其提供国家产品，甚至购买国际私人产品，形成自己国内非排他、免费的公路等公共产品，或者部分收费的医院等准公共产品。对于提供方来讲，这些产品具有契约约定、等价交换的性质。④国际私人供给品转化为国内的私人产品。境外公司、跨国公司，向需求国提供的私人产品，并且由需求国法人和个人使用消费的供给品，则完全是国内排他和等价交换的私人产品。

表2-2   A国的国家产品到B国的公共和准公共产品

产品类型	特征	提供方	使用方	条件
使用国公共产品与提供国家产品	排他国性；使用国内无排他性，非营利；提供方营利	提供方由另一主权国家政府与使用国商定决策，提供方的财政金融行为	使用国需要按照国际市场或者谈判价格予以支付	使用者与提供者是两个平等的主权国家，财政、金融、审计等跨国分离
使用方国家准公共产品与提供方国家产品	排他国性；使用国内无排他性，非营利；国内使用者支付部分成本；提供国营利	提供方是另一主权国家，两国政府担保，其金融机构贷款投资	需要使用国按照国际市场或者谈判价格还本付息，并支付合理的利润	使用者是两个平等的主权国家，项目支出和使用上，央行和金融监管是跨国和分离的

资料来源：为笔者自制.

可以看出，首先，"一带一路"供给品，从供给角度与需求角度区分是不一样的。向"一带一路"沿线有关国家提供公共产品，不仅是指提供国际公共产品，更重要、更多的是提供国际准公共产品、国际国家产品，甚至国际私人产品，并将其转化成需要国家的公共产品和准公共产品。

其次，与在一个国家内不同的是，国际公共产品和准公共产品的供需双方，不全是国家与法人和民众这样的自上而下的垂直关系；联合国、世界银行等组织向全世界和有关发展中国家垂直提供的国际公共产品和国际准公共产品，数量非常有限；绝大部分国际公共产品、国际准公共产品、国际国家产品和国际私人产品是由其他地区性组织和主权国家向另一个国家提供，双方之间是一种横向平行的关系，也即跨地区和跨国家关系。

最后，不同的供给品预算和金融方面约束的区别，即垂直关系中提供公共产品和准公共产品，其预算约束和金融监管机构是统一的；而在两个主权国家之间的跨国关系中，在提供国际公共产品、国际准公共产品和国家产品的过程中，其财政预算、金融监管和审计监督等事务分属两个国家，不相统一。

第三节　科学安排人类命运共同体的功能和结构

从哲学上讲，需要有什么样的功能，就要求形成什么样的结构；发挥什么样的功能，则取决于为功能服务的结构。也就是说功能要求结构安排，而结构决定功能发挥。因此，人类命运共同体所要发挥的作用，取决于其有什么样的功能；而人类命运共同体功能的安排，决定了人类命运共同体结构的构建。当然，人类命运共同体的结构安排，离不开现有和未来主权国家，各类地区、经济和军事共同体，大国关系，联合国和其他国际性组织等格局和条件。

人类共同命运，实际是指人类能不能共同努力，解决人类生存和发展共同面临的资源稀缺、空间有限、不确定性、风险和其他问题，人类社会能不能可持续地进步、幸福、平安和繁荣，以及由此而应对和形成的机遇、挑战、风险、抉择和结局。

一、避免公地悲剧：形成人类公共利益共同体

前面我们已经从经济学缘由方面简略阐述了公地悲剧与人类命运共同体的关系。1968年，美国经济学家哈丁举了一个例子：牧民为了自己利益的最大化，都尽可能多地放养牲畜，随着牲畜数量无节制地增加，公地牧场最终因资源枯竭而成为不毛之地。通过这个例子，他推演了全球可能会发生的悲剧：如各国竞相掠夺性发展造成污染、碳排放和温室效应，军备竞赛和核扩散、核战争导致人类灭亡等灾难。[1]上述全球性问题促使各国不仅追求各自的利益，也更加关注整体的利益和他者的利益。[2]

---

[1]　HARDIN G. The Tragedy of the Commons[J].　Science,1968,162(3859).
[2]　门洪华. 权力转移、问题转移与范式转移——关于霸权解释模式的探索[J]. 美国研究,2005(3).

经济学在假设分析范围在一个国家内时，设计了解决公地资源有限情况下个体无限掠取利益造成外部不经济问题的多种方案：一是所有生产资料公有与公地相适应，生产有计划地进行，使生产数量与承载容量相适应。但是，这种模式竞争活力不足，生产效率低下。二是对产生外部不经济的行为（如排污）征收庇古税，将外部社会成本转化为行为体的内部成本，以抑制其不经济行为。但是，这么做需要监测和组织成本。三是由公地内的放牧者或排放范围内的工厂与居民，界定清楚每个家庭放牧范围的边界或工厂排放数量的限额，放牧者之间或排放工厂之间可以交易界定的土地或排放额。这也会产生契约和诉讼等成本。

但是，无论上述何种思路和方式，在许多个主权国家共存的全球范围内都遇到了无法实施的困境：产权制度和资源配置方式由各个国家自主选择；各自设立税收种类和征税体系，形成各自独立的预算；各国并没有履行契约，让出产权制度选择、资源配置方式和税收预算等权力给诸如联合国这样的全球性公共机构。考虑到国家各自独立，有自己的意志、利益、目标和发展方式，我们难以想象任何单一意识形态能够为和谐的、基于价值观的全球治理体系提供基础，①或者任何单一路径能够为全球治理提供有效的路径。在这个层面上，全球公共事务（如公海航标）、公共问题（如污染和温室效应）、公共灾难（如核战争）等的处理、解决和防范，还是需要有共同价值和共同行动，从组织方式上看还是需要由人类公共利益共同体来发挥这样的功能。

那么，怎样构建人类公共利益共同体呢？首先，需要有共同的理念、共同的行动、共同的秩序和公共治理体系。从全球理念看，人类生存于唯一的地球，有着共同的命运，各种文明、各个国家之间需要和平相处，人类的发展方式要能够使生态环境可持续；从理念和目标的落实看，各国需要针对公共事务、公共问题和公共威胁等问题采取一致行为，如控制碳排放、防止核扩散、减少核武器、防止金融风险、打击恐怖组织等行动；遵守《联合国宪章》和国际公认的公约和规

---

① KEOHANE R.Governance in a Partially Globalized World[J]. American Political Science Review,2001,95(1).

则，在人员、经费和承担其他义务方面支持和配合联合国、世界银行和国际货币基金组织等全球性组织的工作。从建设全球治理体系方面看，当代国际关系愈发体现出权力的低回报和制度的高回报。①

其次，自从党的十五大将"共同利益"写入政治报告以来，在全球变局下全方位构建"利益汇合点"和"利益共同体"已经成为中国政府进行国际合作时的重大方针。②中国作为一个人口规模第一和经济规模第二的全球发展中大国，坚持共同理念，主动承担应有和相适应的义务和责任。

一是明确提出"人类共同命运"这一全球价值观，反对武力相向、弱肉强食、以邻为壑和独自为大，而是提倡对话磋商、合作共赢、和平相处和共同发展。

二是提供国际公共产品，依照《联合国宪章》和世界银行的约定等，按照标准向联合国、气候变化大会和世界银行等缴纳会费、约资和股金；依照联合国的要求，向一些国家间和部族冲突地区，派出维和部队，派遣医疗和教育志愿人员，维持秩序和提供国际公共服务；按照发展水平和GDP总量提取一定的外援资金，无附加条件和无歧视性地向提出要求的国家提供无偿和一律公平的救灾和其他援助，特别是对"一带一路"沿线国家提供无偿和普遍性的公共设施和服务产品。

三是为了压缩全球贫困人口、减少难民数量、提高教育水平、促进卫生健康等公共利益，中国也向"一带一路"沿线有关国家提供非营利性的国际准公共产品，如无息、低息和贴息的贷款，帮助它们建设交通、通信、能源基础设施和教育、医疗等公共设施，使之成为它们国内的公共和准公共产品。同时，在特殊的情况下，对这种非营利性贷款还实行豁免。

四是对现有的国际规则和治理体系进行有益的补充和改善，在《联合国宪章》、国际金融组织协定条款及各类国际公约等基础上，通过"一带一路"行动，通过平等的双边和多边协商，提供标准、契约、规则、组织、体系和经验等

---

① 伊肯伯里. 大战胜利之后:制度、战略约束与战后秩序重建[M]. 门洪华,译. 北京:北京大学出版社,2008:238.

② 郑必坚. 全方位构筑利益汇合点[N]. 人民日报(海外版),2011-06-04.

非物质和非商业性公共产品。

应当说，中国等新兴大国遭受的经贸壁垒和不利规则日益增多，亟须加强地区经济合作，参与全球经贸规则重塑，打破美欧等的区域规则限制，而"一带一路"倡议的提出和迅速发展恰好满足了这一需求。①简言之，中国提出的"一带一路"倡议，就是提供国际公共和准公共产品，来补充和完善解决现有全球性公地悲剧等人类共同面临的诸问题的机制。

二、国际国家产品的转化：构建人类国家利益共同体

中国向国际社会和"一带一路"沿线有关国家提供公共产品，并不是仅仅指中国只提供国际公共产品和国际准公共产品，还提供国际国家产品，使其转化为所在国的公共产品和准公共产品。一个主权国家向另一个主权国家提供国际国家产品，而不全是国际公共产品和国际准公共产品，是基于除了全球公共利益外，每个国家还有自己的国家利益。换言之，全球共同利益仍然是国家利益的一部分，合理的国家利益与全球共同利益应该是一致的。②

2014年7月15日，习近平主席在金砖国家领导人第六次会晤上讲道："我们应该坚持共赢精神，在追求本国利益的同时兼顾别国利益，做到惠本国、利天下，推动走出一条大国合作共赢、良性互动的路子。"在世界经济中，除了全人类共同利益外，各个国家也有自己的利益。国家利益，是能满足某个国家整体需要的有利事宜和状态。其要点：①利益只属于自己国家，而排他国；②国家利益既包括国家内部的共同利益，也包括国家内部个人、家庭、企业和其他法人的利益；③国家利益不仅包括国家内部的利益，还包括对外经济政治关系中的各种利益。不同国家有各自的需要和利益，也存在国家利益与全人类共同利益不一致的方面。

"一带一路"投资和设施等建设，对于需求方的有关发展中国家来讲，可能

---

① 刘威."一带一路"倡议与中国参与国际经贸规则重塑[J]. 学习与实践,2017(9).

② 蔡拓,唐静. 全球化时代国家利益的定位与维护[J]. 南开学报,2001(5).

是其国内不排他、非营利性的公共产品和准公共产品，但是，对于提供方国家来讲，可能是需要支付成本，并且有合理利润的国家产品。这类产品是，需求方国家由于财政资金和国内其他类资金短缺，工程力量薄弱，技术水平较低，无力投资建设急需的公路、医院、学校、地铁等基础设施，于是与有资金实力、工程力量和项目技术的供给方国家协商，以自己国家未来的财政收入或资源贸易支付为信用，经两国政府谈判，由供给方国家政府决定提供的项目，属于一国向其他发展中国家提供自己的国家产品。

国际国家产品的要义为：项目设立由双边政府谈判，以契约商定，而不是由供给方国家（或企业）的市场调节选择；项目由政府指定，协调银行等给予融资，或者指导供给方国有企业投资建设，或者发包给自己国内的非国有企业建设，再由供给方国家政府交给需求方国家政府；供给方收回自己垫支的拨款和协调的贷款，政府盈利部分收归国库，从事建设的国有企业和非国有企业收回自己支付的成本，获得合理的盈利；供给方国家政府也可以在国际市场上购买由公司建设的国际私人产品，提供给需要公共和准公共产品的国家。因为供给国并不按照免费、低息和非营利性方式提供，所以应由需求国按照国际市场价格向提供国支付成本和合理的利润。

笔者认为，习近平主席和联合国秘书长古特雷斯所指的为全球提供公共产品，也应当包括提供这种具有营利性、高质量和需求方需要的由中国提供的国际国家产品，使其成为需求方的公共和准公共产品。因此，当需求方国家为在自己国家内部形成公共和准公共产品这种国家利益向供给方国家寻求合作时，供给方国家按照国际市场等价交换的原则，可以以国际国家产品的方式予以提供。这种基于两国国家利益的政府间契约协商、国家间合作共赢，实际上就是人类国家利益共同体。

三、公地的喜剧：建设人类新经济共享共同体

前面我们分析了在公地悲剧的状况下，由于资源的稀缺性、单个国家无限制

利用公共资源行为的负外部性。为了解决人类未来面临的各种共同问题，需要用各种各样的方式和途径，通过提供国际公共产品和国际准公共产品，形成人类公共利益共同体。然而，如赫勒（Heller，1998）也研究了公地被界定给个体后，资源或产权被过度分割以致破碎化，导致资源排他性过强，进而造成资源使用不足的悲剧。①反公地悲剧通常并不表现为对产权标的物（资源）的破坏或者毁灭，而是过多的排他性所有者对潜在帕累托改进的人为阻碍使得资源使用的最大化价值无法实现，甚至造成稀缺资源完全无法利用的情形。在技术进步、经济结构调整和社会环境发生转型等重大变化的情形下，尤其是要求对原有破碎化资源或产权加以整合利用之时，反公地悲剧显得比较突出。②

特别是在技术进步的过程中，一些学者（于立，2018）还发现，出现了公地喜剧。有线互联网、无线通信、极速运算、大数据存储、智能物联网等技术的进步形成了网络和数字等新经济。在这些领域中，有关经济学的一些定理被颠覆。如在互联网和信息等新经济领域，与传统经济领域的资源稀缺性不同的是，可提供的资源和空间无限多且无限广阔；传统经济中规模递增而收益递减，新经济中规模递增而收益递增；传统经济中每个个体越多地利用资源，使个体利益最大化，则越多地造成外部不经济，而新经济中越多的个体和每个个体尽可能多地利用资源，则产生越多的外部经济；传统经济下的独享或者分享经济，变成了新经济下的共享经济。综上则出现了公地喜剧的格局。③

这样我们仅仅基于公地悲剧理论应对人类共同面临之问题而形成人类命运共同体的推导，如果没有这方面的解释，就与新技术不断出现、平台整合利用资源、网络领域的外部经济等形成悖论。技术不断进步、生产生活方式不断创

---

① HELLER M A. The Tragedy of the Anti-commons: Property in the Transition from Marx to Markets[J]. Harvard Law Review,1998,111(3):621-688.

② 阳晓伟,庞磊,闭明雄."反公地悲剧"问题研究进展[J]. 经济学动态,2016(9).

③ 于立."公地喜剧理论"与互联网竞争政策[EB/OL].[2018-02-25]. http://www.sohu.com/a/223927338_455313.

新、网络经济出现等，也不断改变着人类的命运。在这个过程中，人类既面临各种各样的问题和挑战，也迎来了各种各样的机遇、利好和福祉。因而，从经济学的角度看，人类不仅应当有处理公共事务、解决公共问题和防范公共风险的全球公共利益共同体，也应当有新知识、新技术、新方式带来的新经济共享共同体。

首先，如技术进步，如果从公地悲剧的理论角度分析，发达国家强调界定知识和技术的产权，防止侵犯知识产权的盗版等公共滥用行为，以保证研发者的风险投入、利益回报，以保护创新者的积极性，形成鼓励技术创新的制度安排。然而，从反公地悲剧理论角度分析，如果一项技术保护时间过长，专利价格太高，产品成本因技术垄断而昂贵，阻碍竞争者进入进行帕累托改进，特别是发达国家实行技术保护主义，则无法提升其向发展中国家的扩散率和在发展中国家的使用率。从全球范围讲，资源配置并不经济。

其次，一些家庭或企业拥有产权的用品，在某些情况下，其使用率并不高。甚至由于身体长高、季节换居、公共交通替代等原因，有几个月和数年在家和在企业闲置的物品，如衣物、跨地住宅、私人轿车、货运车辆等。这些用品在产权上属于私人所有，因而造成了很低的使用率，即反公地悲剧。学者李晓华研究闲置资源在新经济条件下的利用时发现，一方面，信息技术的发展使闲置产品的拥有者可以近乎于零的成本发布产品信息，同时闲置产品的需求者也可以近乎零成本（不考虑机会成本）地搜寻所需要的产品，从而解决了陌生的且在地理空间上分散分布的供需双方的信息不对称问题，使更大范围、更大数量的供需双方之间的交易成为可能。另一方面，信息网络技术提供了无限的销售"货架"空间，使长尾产品和服务得以展示出来并有机会被其潜在用户发现和购买。[①]

李晓华还分析，信息技术的另一项颠覆性影响源于移动互联网的发展与大数据、云计算、人工智能技术的逐渐成熟。随着许多功能集大成的智能手机的普

---

① 李晓华. 分享经济的内涵与特征探析[J]. 商业研究,2017(7).

及，每一个消费者都能随时连接互联网，以获得各种商品和服务的信息。移动互联网的出现使打车、订餐等高频次的服务交易成为可能。特别是近年来大数据、云计算、人工智能等新一代信息技术取得突飞猛进的发展，信息平台能够在极短的时间内实现供需双方的精准匹配，为商品找到用户、为用户找到商品，交易的撮合效率和精确度获得大幅度提高，减少了信息平台用户的交易成本，提高了分享经济的效率。①也就是说，在私人产权界定的情况下，物品的使用和消费性质使这些资源碎片化。而其消费和使用时间短、频率低，导致了反公地悲剧。信息技术进步带来的平台化和网络化方式，降低了人们搜寻、交易和利用这些闲置资源的成本，通过共享等方式，实现了帕累托最优。

在一个移动通信网络中，使用手机通话的人越多，量越大，通信费用越低，网络的效益越好。"一带一路"建设可以为有关国家提供信息和网络技术、设施和服务等方面的公共和准公共产品，改变这些国家信息不通、信息搜寻成本高的局面，加快信息流通、扩大网上行政、普及远程教学会议、节省运输成本、进行交易电子结算、建设网络银行等，促进所在国的信息化和经济发展。

在交通运输方面，高铁技术不断进步，时速不断提高，换来更多的空间资源，乘客越多，运输的效益越好；使用共享单车、打车平台的消费者越多，网络平台、出租汽车公司、消费者得到的福利就越多。中国通过"一带一路"行动，在外建设高铁线路，推广中国的网约车模式，也促进有关国家交通运输体系的现代化。

中国知名电商如阿里巴巴、京东、苏宁等纷纷在农村布局，电子商务有效打通了贫困地区资源与域外大市场"最后一公里"对接的难题，扩大了农村农产品向全国甚至向全球的销售渠道，对于提高农民收入有重要作用。②这些新经济

---

① 李晓华. 分享经济的内涵与特征探析[J]. 商业研究，2017(7).

② 宫留记. 政府主导下市场化扶贫机制的构建与创新模式研究——基于精准扶贫视角[J]. 中国软科学，2016(5)：154-162.

共享的经验，可以从技术、设施、运营模式上向"一带一路"国家乡间推广，帮助其减贫。

总之，"一带一路"行动秉承人类知识文明全球化精神，反对技术过度保护主义，坚持技术公平交易、自由交流，中国本身也应当与沿线国家间形成新技术保护、扩散和应用的合作机制；"一带一路"行动也为国际社会和发展中国家提供信息和网络技术、设施和服务等方面的公共和准公共产品，当然也包括这方面的中国国家产品和私人产品，构建人类发展新经济共享共同体。

四、培育造血功能：建设人类发展能力共同体

中国有古语道，授人以鱼，不如授人以渔。授人以鱼只救一时之急，授人以渔则可解一生之需。如果对发展中国家的经济社会发展仅仅以提供国际公共产品和国际准公共产品这种给予的方式进行帮助，则会导致以下问题：一是因需求的无限性和供给能力的有限性，提供方的帮助不能持续，使用国消耗完这些援助品之后，也不能形成持续的自我提供能力；二是容易形成受援国对提供国的依赖性，反而弱化自己努力发展的动力；三是在提供国家公共产品和国家准公共产品过程中，软预算约束、低效率、寻租腐败等问题较多。

与发展中国家构建人类命运共同体，更加重要的是帮助它们形成自我发展能力，形成人类命运发展能力共同体。首先，教育是为底层群体向上流动提供公平机会的基础，帮助有关发展中国家在其农村普及教育，使农村儿童有机会得到他们所需要的教育，也帮助其受教育程度低的成人接受文化和技能培训，提高文化水平、动手技能等劳动和创业素质，成为能推动经济发展的人力资源。

其次，发展中国家在其制度结构中最为缺乏的是创业精神和企业家，良好的高等教育体系是企业家成长的重要保证。要成为发展中国家的企业家，一般都要经过若干年的实践锻炼，企业家的机会意识、成就感、自我主宰感等素质必须在学校时就开始培养。高等教育是培养企业家创新能力的重要手段，比如把

握市场和技术机会的能力，从事研究与开发的能力，企业内部组织管理能力等，企业家往往都必须先接受高等教育而后才可能获得。①中国可向这些国家派出师资，并提供留学机会。中国也可以帮助这些国家建立成人高等教育、继续教育、专业培训等教育体系，促进中国与所在国企业家之间的交流，并在中国驻外企业中使用和锻炼本土化管理人才，帮助所在国培养企业家团队。

再次，介绍中国经验，帮助"一带一路"沿线国家形成创业、投资、经营的营商环境和市场能力。在帮助"一带一路"有关发展中国家形成行之有效、公平公正、透明的具体法律、法规和监管程序方面，在建立符合国际惯例和规则的市场经济运行机制和体系方面，在中小企业市场、政策政务、社会化服务、融资和法制等体制和环境建设方面，中国走过了商事等体制方案设计、具体改革和制度形成的过程，也积累了丰富的经验，可以通过向有关国家公务员提供课程培训、实习机会，以及提供方案等，帮助其建设良好的营商环境，与企业家的培养相结合，形成其发展的市场竞争能力。

最后，中国企业的合作共赢，为所在国形成市场化和内源性的工业化能力。中国企业作为国际市场的主体，自主向"一带一路"有关国家提供国际私人产品，与国际公共产品、国际准公共产品、国际国家产品的生产和供给不同的是，其完全由国际市场调节，以商业企业为主体，按国际规则运营，等价交换，保值增值，创造利润。从事建设、制造和服务等中国国际跨国企业资本的进入，为有关国家带来就业机会，提高劳动力的知识能力和技术能力素质；吸收中国的投资，可以弥补其国内储蓄不足和投资缺口；中国装备的进入，可以满足其推动工业化的外汇需要，弥补其经济发展的外汇缺口；而中国投资和产业的进入，也有技术的扩散，推动所在国产业结构的升级，从总体上形成内力，推进其工业化进程。如表2-3所示，中国与"一带一路"沿线国家和其他国际市场还要在国际私人产品的生产、进出口等方面展开公平互利的竞争。

---

① 区和生. 培育企业家，加速企业的技术创新[J]. 科技管理研究，2002(6).

表 2-3 国际私人产品

产品类型	特征	提供方	使用方	条件
国际私人产品	排他国性；在使用方国内也排他；营利性	提供方是使用方境内外资企业，或者境外他国企业	使用方是主权国家内政府、自然人和法人。国际市场等价交易	产权、债务等关系明析化和契约化，预算和债务硬约束

资料来源：笔者自制.

在"一带一路"建设国际合作框架内，各方秉持共商、共建、共享的原则，携手应对世界经济面临的挑战，开创发展新机遇，谋求发展新动力，拓展发展新空间，实现优势互补、互利共赢，不断朝着人类命运共同体方向迈进。[①]中国通过"一带一路"倡议的实施和行动，注重合作国自身经济发展能力的培育，形成发展能力共同体，这才是中国对缩小南北差距、促进共同发展、构建人类命运共同体最大的贡献。

五、持续稳定发展：形成人类防控风险共同体

经济学中有两个非常重要的范畴——不确定性和风险，其中不确定性指经济行为者在事先不能准确地知道自己的某种决策的结果，也就是经济主体对于未来的经济状况（尤其是收益和损失）的分布范围和状态不能确知。而风险就是在人类生活和社会经济活动中发生"不理想事态"的程度以及这种不确定性的大小。

学术界讨论"一带一路"行动的不确定性和风险有六种：①来自大自然的地震、洪水、坍塌、泥石流、气候异常、未知资源储量等风险；②技术进步引发的颠覆性改变、缺乏协同、应用性差等风险；③市场价格变动、竞争激烈、供应链断裂等风险；④规则、契约和委托代理等相关方缺乏诚信、随意毁约、内部人控制、夸大成本等风险；⑤沿线国社会、政治、文化、法律方面的动荡、政局不

---

① 习近平. 开辟合作新起点　谋求发展新动力——在"一带一路"国际合作高峰论坛圆桌峰会上的开幕辞[N]. 人民日报,2017-05-16.

稳、法律不透明、排斥外资、没收资产、阻止利润汇出等风险；⑥国际关系和国际局势方面的战争冲突、经济制裁、恐怖主义等风险。①但是，绝大多数观点没有从"一带一路"倡议与各国具体项目实施行动关系的角度分析不确定性和风险。

实际上，与考虑国内一个项目和行动不一样的是，我们还需要在主权国家关系的框架中讨论"一带一路"存在的不确定性和风险。也就是说，这种不确定性和风险是跨主权国家的现象和问题。而双边或者多边主权国家关系，与一个国家内部关系不一样的是：财政预算是各自独立的，不相统一；有各自的央行货币金融体系，金融监管也是各自独立的；预算计划、项目建设、资金使用等，其审计和违规处罚是跨国的，供给方对需求方没有管辖权力。由此，有以下特殊的风险。

首先，存在着松散国家共同体的道德风险转嫁陷阱。构建人类命运共同体，共同体内部各成员仍然是主权独立和平等的国家，各自是独立的国家主体。而松散的共同体内，典型的如会因财政不统一发生希腊式的道德风险转嫁。南欧的希腊比北欧国家及德、法、英等国发展水平低，但加入欧洲联盟后，它向共同体内发达国家看齐，借了大量债务来扩大国民的福利，财政收不抵支，无法还本付息，并且加以隐瞒，最终向欧洲央行转嫁债务。由于欧元区内货币统一，但财政不统一，导致了欧洲联盟无法通过财政预算控制希腊借债搞福利的行为，造成了2010年欧洲主权债务危机。"一带一路"倡议内的各主权国家，许多基建性公共产品将由债务资金完成，如果主导和提供方为中国，或者由中方担保，而所在国存在借债基建项目越多和规模越大越好的偏好和行为，由于两国的货币和财政各自独立，无法进行有效的监管，其将基建预算和债务软约束转嫁给中国金融和财政体系的风险也较大。

---

① 唐彦林,贡杨,韩佶. 实施"一带一路"倡议面临的风险挑战及其治理研究综述[J]. 当代世界与社会主义,2015(6);倪建军,陈旸. "2017年现代院论坛2017：'一带一路'的风险应对"会议综述[J]. 现代国际关系,2017(4).

其次，国外实施投资、建设和发展规划的信息不对称程度比国内高。与中国相比，"一带一路"投资建设运营决策和行动需要的国家统计数据、市场需求调查、法律法规、民风社情、资源情况、对方实际意愿、劳动力素质、地质、气候、环境等信息，其取得要比国内困难，真假也不容易辨别；其国际关系、社会稳定和政权局势变动等有多种可能，不可预测性和不确定性较高。

再次，国外投资建设项目和企业经营的各种道德风险转嫁比国内容易，过程不可控程度高，补救措施实施难度较大。在对外投资建设项目和企业资产的管控中，信息传递链条长，委托代理关系相比国内复杂，内部人控制、个人团队不当利益等向投资者转嫁和积累容易，这类道德风险[①]转移程度比国内要高。比如项目建设中高报工程预算、采购吃回扣、贪污工程款等行为，比如投资决策中隐瞒市场、法律、资源条件等风险，比如夸大收益以获得对自己有利的立项和投资，比如企业经营中高列成本、提高薪酬、隐匿失误和亏损等，向中国投资者转嫁起来较为容易。如果是在国内，反映、了解、处理信息和采取补救措施的系统和机构比较完善，信息可能会较快地被知悉，情况可及时获悉，局面可能得到及时控制，投资得到较及时的止损，或采取其他补救措施。但是，在国外实施"一带一路"倡议的投资建设经营中，对道德风险转嫁管控和处理的难度就要大一些。

需要指出的是，国际情境的重要特征之一就是世界政治的普遍不确定性。[②]从这个层面上看，在世界经济社会发展中，利益、不确定性和风险是共存的。人类命运共同体实质上也是人类利益和风险的共同体。因此，在"一带一路"倡议实施中，要与沿线国和所在国形成互相合作、共同发展、风险共担和利益共赢的经济关系。需要防止发生利益被一国独享、风险推给他国的局面。因此，不仅要倡议消除猜疑，避免恶性竞争，合作共赢，也要强调共同面对存在的不确定性和

---

① 经济学上的道德风险，是指从事经济活动的人在最大限度地增进自身效用的同时做出不利于他人的行动。或者说是，签约一方采取使自身效用最大化的自私行为，而不顾和不完全承担潜在和发生的风险。

② KEOHANE R O.The Demand for International Regimes[J]. International Organization,1982, 36(2).

风险，共同形成防范风险的义务、规则、预案和机制，共同承担风险发生造成的损失和责任，也即形成人类防控风险共同体。

六、平等协商：形成人类契约和规则共同体

从全球治理体系和格局看，第二次世界大战后，各国签署了《联合国宪章》并以此组建了联合国，建立了国际审判法院，陆续成立了世界银行和国际货币基金组织等，还通过谈判组建了世界贸易组织等国际性组织；也形成了非联合国发起的一些国际性组织，如国际奥林匹克委员会、国际红十字会等；还有一些地区性的政府间组织，如欧洲联盟、非洲联盟、东南亚国家联盟等，以及非政府的地区性组织。但是，世界性宪章和公约对一些国家的约束性受到挑战，一些公约的制定也带有主导国色彩；单边主义和多边主义并存，由强势国家主导，形成大国之间博弈、妥协和合作，与联合国不同范围投票决议机制混合左右国际事务的治理格局。

从第二次世界大战后这些国际契约、规则，国际和地区性组织治理全球事务的实践来看，虽然其在防止世界大战重燃、抑制动用核武器、阻止侵略他国、实施全球减贫、帮助落后国家发展、救助国际难民、遏制气候变暖、化解地区冲突、促进自由贸易等许多方面发挥了不可估量的作用，但是大国猜疑、军备竞赛、核武器扩散、局部冲突、恐怖主义、国际难民、温室效应、发展差距、贸易保护、国家自利等现象仍然存在，其中一些问题还在继续恶化。这说明需要树立人类共同命运和共同利益的国际价值理念，并且对现有的国际契约、规则和秩序进行补充和改良，并加以完善，以有效地应对人类面临的不确定性、风险和各种挑战。毕竟制度拉长了未来的阴影（the shadow of the future），将诸多相互独立的问题连接起来，可以造就当前的合作动机，以促进未来合作行为。[①]

实际上，将全球理想地建成如同一个国家的治理体系，有着其内在矛盾：

---

① KEOHANE R O.International Relations and International Law: Two Optics[J]. Harvard International Law Journal,1997,38(2).

①在联合国国家意志表达方面，投票大国与小国之间存在着人口规模、承担义务、享有权利等方面的不平等。因此，实际上在有关国际事务中，形成了国家投票民主、安理会协商民主、各国于联合国会场外博弈、其他国际对话磋商和组织协调等的混合治理机制。②各个国家不可能让渡其财政税收、货币金融等主权给联合国这样的组织，这决定了其不可能覆盖更多的国际公共事务，不可能有更多的能力提供国际公共产品，也不可能对提供国际公共产品和国际准公共产品的成本、效率和风险进行有效的监管和防范。③各个国家有自己历史传承的文明，包括价值理论和宗教信仰等，以及自己的发展和生活方式，虽然文明可以交流融合，但是全球各国各民族不可能形成大一统的、单一的文明，而且正是人类各个文明、各个国家在创新、创业和工作方面的差异和竞争，推动着人类社会和经济的日益进步。因此，各个国家有着自己的价值和经济利益。全球治理，实际上是在这样的矛盾中寻求平衡。

鉴于中国作为人口规模第一和经济规模第二的经济体，习近平主席提出了各国互利互帮、合作共赢、和平相处、强盛不霸、共同发展，构建人类命运共同体的主张，为此提出"一带一路"倡议，并加以实施。笔者认为，其中一个重要的内容就是，在新的国际形势下，补充、改良、完善国际社会中现有的契约、规则和治理秩序，即构建人类契约和规则共同体。

首先，加快落实中国国际标准化战略，提升中国标准的国际化水平。在"一带一路"倡议行动中，提升国内标准的国际标准采标率；翻译出版国内标准，便于"一带一路"沿线国家政府和企业及时了解中国标准的最新发展；通过"一带一路"倡议和行动，增强中国国际标准话语权，参与和主导国际标准的制定和修订；培养标准国际化职业人才，支持具有技术优势的国内产业技术联盟、大中型企业积极参与国际标准化活动，争取承担更多国际标准的制定工作。

实现中国标准"走出去"，需要提升标准在"一带一路"沿线国家或地区的适应性、竞争性。创新标准服务，联合当地国家标准化组织，通过多种合作措施，使之与中国标准体系相融合、协调，实现中国技术、中国标准、中国产品的联动输出。同时，在中国标准体系的框架下，研究"一带一路"沿线不同国家或地区的具体技术参数，因地制宜，减少管理和协调成本，增加标准的可行性。①

其次，通过国内自由港和自由贸易区建设、"一带一路"投资和贸易规则谈判协商以及国际贸易与投资规则重构等，扩大中国贸易与投资规则的参与度和影响力。一是在国家规定的试验期限内，在WTO规则框架下，现有的自由港和自贸试验区着力于紧跟当今国际贸易与投资规则重构的最新发展趋势，加大创建或完善促进货物贸易自由化与海关监管便利化，整理服务贸易的市场准入与投资准入的"负面清单"，适应人民币国际化和对外投资需要的金融监管等方面新规则的试验力度。二是加强"一带一路"沿线国家或地区的区域贸易安排（RTA）建设的规则导向。目前，在贸易准入方面，中国与"一带一路"沿线国家或地区的规则谈判比较顺利，但是在服务贸易和投资准入规则方面磋商滞后。中国应当积极主动地提出既符合自身利益，又可得到谈判各方接受的国际经贸新规则，包括与一些国家开展综合性海关合作协定的谈判，并强化对RTA相关国际经贸规则的研究。当然，也要加深对第三次国际贸易与投资规则重构的参与度。②

最后，各国都需要有合作精神，遵守《联合国宪章》和一些被国际上大多数国家公认的公约；需要以多边和双边谈判及其协议磋商规则、负起责任、规范各方行为，使世界各国成为和平谈判、诚信守约、互助互利的有秩序的国际社会，推动各国的合作共赢和共同进步。中国从过去"引进来"到"一带一路""走出去"，就是培养契约精神，塑成遵守各种国际规则行为习惯的过程。一是政府间合作，前提是多次谈判、细致磋商、周密起草、签署契约，并明确违约责任的有关条款。二是需要用大多数国家认可并在国际上通行的贸易和投资等规则规范两

① 毛芳,盛立新,周琪."一带一路"沿线国家标准化发展与中国标准"走出去"的思考[EB/OL].[2017-10-14]. http://kns.cnki.net/KCMS/detail/detail.aspx?dbcode=IPFD&dbname=IPFDLAST2018&filename=ZSSG201710002005&uid=WEEvREcwSlJHSldRa1FhdkJkVWI3Y2ZQLzFJQ3AYZzZvUFlPakpOcXl0az0=$9A4hF_YAuvQ5obgVAqNKPCYcEjKensW4ggl8Fm4gTkoUKalD8j8gFw！！&v=MDgwNTVn-VXJiSUtGc2NQejdZYWJHNEg5Yk5yNDlGWnVzUENSTkt1aGRobmo5OFRuanFxeRFZU1PVUtyaWWZadTV2RXlu.
② 张乃根."一带一路"倡议下的国际经贸规则之重构[J]. 法学,2016(5).

国政府间的合作，约束跨国企业的行为，使之诚信守则、合规经营。三是两国合作也要依照各自的法律法规进行；对于两国法律法规不同的方面，积极进行磋商，以两国间建设项目、贸易投资的双边契约形式加以约定和协调。

综上所述，构建人类命运共同体，就是要在公共事务、促进发展、防范风险、投资和贸易等方面，为共同的合作目标采取一致的行动。这要求有关的双边和多边有契约精神，有共同认可的投资、建设、生产、经营、贸易等标准，还要有投资贸易共同合作的行为规则。也就是说，需要构建人类契约和规则共同体。

综上，人类命运共同体，并不是一个随意的国际政治口号，从经济学分析，有着其深刻的客观缘由；"一带一路"倡议，是中国提出的为"一带一路"沿线国家提供国际公共产品、国际准公共产品、国家产品和私人产品的重要方式；通过这些供给品的制度安排，使这些国家的经济结构合理、功能有效，与世界各国一道构建具有共同目标、相互合作和行动一致的人类命运共同体。

（执笔人：周天勇）

| 第二篇 |

重大经济关系平衡及通道的收益、成本和风险

"一带一路"包括21世纪海上丝绸之路（简称"南路"）和丝绸之路经济带（简称"北带"），一南一北，一海一陆，互相辅助，并行不悖，二者在中南半岛、孟中印缅经济走廊、中巴经济走廊、西亚及地中海等地还有交叉连接。从国内经济与对外经济开放的角度看，"一带一路"倡议需要平衡对外投资、资金流动、产业转移与宏观经济运行、经济增长和人民币汇率稳定等内外经济的关系，形成适当的格局；从"一带一路"对外开放合作方面看，需要平衡交通运输、能源体系等基础设施部门与加工制造、生活生产服务部门之间的关系，形成良性的部门经济关联和循环。"一带一路"倡议力图打造新亚欧大陆桥、中蒙俄、中国–中亚–西亚、中国–中南半岛、中巴、孟中印缅等六大经济走廊。本篇将阐述"一带一路"重大经济关系平衡，立足公共与准公共产品视角，讨论通道的成本、收益及风险。

第三章

"一带一路"行动：两个重大的经济平衡

从宏观经济运行和增长理论以及产业经济学方面看，"一带一路"倡议中，在国内经济与对外开放之间的关系和对外投资基础部门与产业部门之间的关系处理上，尤其要避免发生重大的战略性失误。对此，学界讨论较少。也就是说，从国内经济与对外经济开放的角度看，需要平衡对外投资、资金流动、产业转移，与宏观经济运行、经济增长和人民币汇率稳定等内外经济的关系，形成适当的格局；从"一带一路"对外开放合作方面看，需要平衡交通运输、能源体系等基础设施部门与加工制造、生活生产服务部门之间的关系，形成良性的部门经济关联和循环。本章就此展开学理和政策方面的分析。

第一节　对外直接投资及产业转移与国民经济良性发展间的平衡

2013年"一带一路"倡议的提出，既与全球经济形势变化有关，也与中国深化对外开放的诉求密切相关。国内背景实际是中国工业化到后期，在经济开放模式方面，产业开始发生提前性转移，资本开始较多地向外输出，从主要"引进来"，到大规模"走出去"。然而，如图3-1所示，国内投资从2007—2012年的年平均增长24.7%下降到了2013—2017年的年平均增长13.26%，特别是2017年更是下降到了7%，加上消费需求增长乏力，以及出口需求的不确定性，对国内经济增长形成较大的下行压力。GDP增长速度也从2007年的14.2%下降到了2017年的6.9%，从未来看，经济增长速度进一步下行的压力仍然较大。从投资需求拉动与经济增长的关系看，国内经济增长需要"一带一路"产能合作，拓展新的发展空间。从资金流动方面看，一方面，一些研究认为，中国经济发展到这一阶段，似乎到了资本流出大于资本输入的阶段了，是一种正常的资金流出；[①]另一方面，还有一些研究认为，国内投资不足，经济增长下行，是因国内产权保

[①]　吕进中,高文博. 长期资本流动的影响因素及中国趋势展望——对23个主要经济体直接投资差额的计量检验[J]. 福建金融,2018(2).

护不力、财产不安全和体制前景不明确，一些企业和家庭向国外转移产业和资本，特别是资金外逃所致。[①]从图3-1数据看，2002—2011年外商直接投资（FDI）平均年增长9.81%，而2012—2017年平均年增长只有3.28%；2009—2011年对外直接投资（ODI）平均年增长10.44%，而2012—2016年平均年增长高达22.49%。2017年因对资本过度外流进行管制，增长率才有所回落。

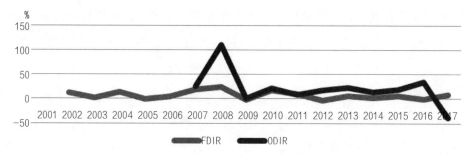

图3-1 2002—2017年中国FDI和ODI增长率

数据来源：根据国家统计局网站数据计算制图.

中国的ODI除了从正规渠道流出的资金，进入大的矿业投资、工程、企业并购、工厂建设等外，大量资金是从边境以携带现金等非正规渠道流出的，进入境外加油站、超市、餐馆、小型企业，以及投资住宅等不动产。甚至一些民营企业的大中型投资，其资金也通过某种方式进行转移。

考虑以上因素，需要在"一带一路"ODI等国际投资合作，产业链合作与国内经济运行、增长和国内产业安全方面进行平衡，即处理好对外更多投资与促进国内经济增长之间的关系。我们先来分析一下开放经济国家与一个封闭国家的经济运行模式，其平衡模型为：国内生产总值=国民总支出+贸易余额+外部净要素收入+转移净收入；要求经常账户贸易余额+外部净要素收入+

---

① 余永定,肖立晟. 解读中国的资本外逃[J]. 国际经济评论,2017(5);张鹰."软着陆"期中国资本外逃规模分析——基于世界银行法基本模型的测算[J]. 现代商业,2017(3).

转移净收入=储蓄+投资；还要求经常账户余额+资本账户余额+金融账户余额=0。[①]当然，在现实的国民经济开放运行中，不可能绝对平衡，但是，格局不仅要有利于中国在实施"一带一路"倡议时，更多地对外投资，建设和提供国际公共和准公共产品、国家产品、私人产品，也能满足国内经济平衡和增长的资金需要。科学地处理好对外开放"走出去"与促进国内经济持续发展之间的关系。

钱纳里在论述发展中国家宏观经济平衡和增长时发现，其不是面临与投资机会相配合的国内储蓄短缺，就是面临着进口资本产品和中间产品所必需的外汇短缺，即或存在着储蓄缺口或外汇缺口。他构建了"两缺口模型"：投资-储蓄=进口-出口。如果储蓄小于投资，就会出现"储蓄缺口"；如果出口小于进口，就会出现"外汇缺口"。其解决办法是引进外资，刺激出口，提高储蓄水平，达到促进国民经济增长的目的。他认为，成功地引进外资将得到双重经济效果：既增强一国的商品出口能力，增加出口创汇，又提高国内储蓄水平，改善国内筹资状况。[②]也就是说，要想使国民经济增长速度加快，必须较多地引进外资，并千方百计地增加出口。

自2010年以来中国虽然成为世界第二大经济体，但是进入21世纪第二个10年后，经济增长速度放缓的压力也在加大。从开放条件下的国民经济平衡看，遇到了这样一些问题：①国际贸易虽然还是顺差，但是出口增长速度放缓和不稳定，进出口总额占GDP的比例在下降；②因对外投资资产盈利性较低或亏损，部分投资盈利未回流国内，一些在外居民可能要移民而不汇回工作收入等原因，使经常项目下的国际要素净收入流入不太理想；③部分企业家和居民对国内经济发展信心不足，甚至觉得资产不安全，移民海外，向外转移资金；④留学、旅

---

① 芬斯特拉 R C，泰勒 A M. 国际宏观经济学[M]. 张友仁，译. 北京：中国人民大学出版社，2011. 金融账户，指房地产、债务、股权等资产的进出核算；资本账户，指非金融、非生产资产的处置和获得，如专利、版权、商标和特许经营权等，还有债务豁免。

② 钱纳里，斯特劳斯特. 国外援助与经济发展[M]//外国经济学说研究会. 现代国外经济学论文选：第八辑. 北京：商务印书馆，1984：207，217，227.

游、养老、健康、海外购物等，也使服务和货物贸易出现了可能没有完全被统计的逆差和资金流出；⑤从图3-1中国对外直接投资和境外对中国直接投资二者间的消长变化看，中国对外投资增长较快，境外对中国投资下降，2015年和2016年发生了前者大于后者的情况，制造和服务业投资总体上可能是净流出的。2017年中国对外投资为1 201亿美元，同比下降了29.4%，境外对中直接投资为1 310亿美元。

"一带一路"需要提供的基建投资数额规模较大。实际上，对于沿线国家（地区）最有吸引力的是规划提出的设施联通，即沿线国家共同推进国际骨干通道建设，逐步形成连接亚洲各区域以及亚欧非之间的基础设施网络。所要提供的产品是：①陆上公路、高速公路、铁路和高铁基础设施建设，优先打通缺失路段、瓶颈路段；②口岸、港口、机场等设施及多种运输方式接驳系统的建设，通关、换装、多式联运有机衔接，对各国边界交通枢纽及线路进行便利化、快捷化升级改造；③水力发电站、电网线路、油气管道等能源互通设施建设；④加快推进双边跨境光缆等建设，规划建设洲际海底光缆项目，完善空中（卫星）信息通道。①

2016年"一带一路"沿线国家和地区（包含欧盟成员国）覆盖近50亿人口，经济总量约为39万亿美元，分别达到全球总量的70%和52%。②这些国家和地区普遍具有刚性的财政约束，许多国家基建投资支出不足，基础设施落后，相关指标如公路、铁路、输电线、管道等人均公里数，人均发电量和信息网络设施水平等，远低于中国，而且机场、港口和公路铁路交通枢纽供给不足、不成体系。根据世界银行的统计数据，发展中国家目前每年基建投入约1万亿美元，但要想保持目前的经济增速和满足未来的需求，估计2018年到2020

---

① 国家发展和改革委员会,外交部,商务部. 推动共建丝绸之路经济带和21世纪海上丝绸之路的愿景与行动[EB/OL]. [2016-05-04]. http://www.scio.gov.cn/xwfbh/wbfbh/wqfbh/33978/34499/xg-bd34506/Document/1476358/1476358.htm.

② 曾赛星,林翰."一带一路"基础设施建设的中国担当[N]. 光明日报,2017-04-25.

年每年至少还需增加 1 万亿美元。①按此估算，"一带一路"倡议境外需要的基建投资年均在 2 万亿美元左右。2021—2030 年，考虑价格变动，每年也将在 3 万亿美元。这些基础设施，从这些国家内部来说，是它们自己的公共产品，或者准公共产品。

这样巨额的投资，对于中国提供的部分来讲，产品类型如何划分，年度投资规模如何安排，需要科学确定。中国在以国际公共和准公共产品、国家产品的方式向"一带一路"有关国家进行投资建设时，需要考虑这样一些因素：一是基础设施是投资大、周期长、重资产、变现难、收益低或无收益类产品，由于许多发展中国家财力紧张无法偿还，或者在借款时就没打算还款，或者因政局动荡、经济形势恶化而违约，其中中国当作准公共产品（无息或者低息贷款）和国家产品（需要还本付息和获得合理的利润）的投资，实际上很有可能转化为无偿的国际公共产品。二是确定中国年提供国际公共和准公共产品，以及国家产品可能被核销或毁约等外援支出占 GDP 的比例，以中国经济实力的承受能力为限。中国还是一个发展中国家，按照各发达国家外援支出占 GDP 的比例，并根据中国实际的发展水平，再加上构建人类命运共同体和担负相应的国际责任和义务，来较合理地确定中国提供国家公共和准公共产品占 GDP 的比例。三是需要以外援规模不影响中国国民经济宏观平衡、增长动力和社会发展为界限，尽量不要影响国内投资建设的资金需要。四是既要在国际社会奋发有为，也要避免陷入与发达国家在提供国际公共产品、准公共产品上竞相示好，以及发展中国家竞相索要攀比方面的恶性竞争之中。

如果我们对"一带一路"倡议项目投资较大，国有企业投资加大，则会发生产业过剩挤出式资金转移，再加上国内一些高收入人群（如民营企业家）因对财产安全担心，对未来体制预期不明，大规模向外移民，缩小生产和服务规模，关停国内企业，有的向国外转移生产能力，有的将所积累的利润转移至国外，甚至有的抵押套现后投向国外。从流程上看，实际上是国内储蓄和投资的大量流出，

---

① 曾赛星,林翰."一带一路"基础设施建设的中国担当[N]. 光明日报,2017-04-25.

如果对外直接投资大于国外对我直接投资，即投资净流出，则会对国民经济增长形成负作用。[①]

从图3-2可以看出，我国对外开放和国内发展，在资金供给和分配方面，面临着两难境地：国民经济结构转型引发的资本和产业挤出压力，客观上要求中国资本与产业"走出去"；而国内经济增长放缓，却需要吸引和留住更多的资金，增加投资，拉动需求，以支撑和推动国民经济稳定增长。

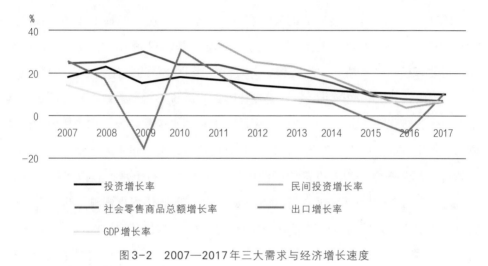

图3-2　2007—2017年三大需求与经济增长速度

数据来源：国家统计局网站.

如何打破这种两难困境，需要有这样的逻辑思路：吸引不应该发生的资本外流（比如高收入者觉得财产不安全、体制和发展预期不明而移民、转移产业、转移资金），堵住不法和灰色资金外逃；改革一些限制、阻碍国内投资的体制，寻找国内能留住、吸引资金的更广阔的领域。从中盘活更多的资金，在内外投资方面分配，既尽可能保证"一带一路"建设的实施，也能满足国内经济增长的需要。

---

① 周天勇. 跨越发展的陷阱[M]. 北京：中国财富出版社，2017：69-76.

为了使中国在"一带一路"建设中能够有更多的资金向沿线和其他有关国家提供国际公共产品、国际准公共产品和中国国家产品，需要有这样一些方面的导向、开拓、调控措施和改革。一是在国内舆论宣传方面，需要加大力度宣传初级阶段基本经济制度（两个"毫不动摇"）、保护企业家和居民产权（有恒产才有恒心）、鼓励发展民营经济等党和国家的基本经济制度、大政方针和各项政策；特别是党政纸媒和网站减少一些敏感话题的公开讨论，避免企业家和居民对预期形成不安全的误判，使移民、转移资产、转移产业和转移资金热度降低，保证国民经济在资金和国际收支方面的安全和稳定，也能够使我们腾出较多的钱投入"一带一路"建设之中。二是面对制造业产能过剩、利润微薄、成本较高等情况，需要真正减税、清费、降社保，并且降低企业经营的其他成本，休养生息，以减少国内企业因一些国家（特别是发达国家）减税和提高进口关税等政策向其流出的产业转移投资。三是需要通过调水技术和调水工程，推广和应用土地改造技术，实施增量土地产权改革，改以往政府投资为社会力量进入土地改造，扩大拟外流的社会资金在国内投资的新领域。四是通过农村土地产权改革，使农村（特别是东北广大林区和农区）土地生产资料和宅地居住生活资料，也即现行体制下的休眠资产，成为市场经济中的有价值的资产，农民能有财产性收入，在管制土地用途、防止农村炒地炒房泡沫、引导农民理性进入市场的前提下，使农村资产能够吸收城市社会和金融机构资金向农村和农业合理流动。

这样我们寻找新增长动能，留住一些过度外流的资金，着力促进国内经济增长，做强国内经济，使中国有向国际社会更多和可持续提供国际公共产品、国际准公共产品和国家产品的能力。因而，科学地平衡对外经济开放与国内经济发展二者对资金流动和分配的需要，在规划实施中，在部署中国将多大规模国内资金投入"一带一路"建设之中时，既要考虑满足规划各项工程项目投资的资金需要，也要考虑宏观经济平衡和适当经济增长速度国内需要的投资，形成两全其美的对外资金流出和使用方案。

当然，在"一带一路"倡议实施中，并不是对每一个设施、每一个工厂、每一个时段、每一个部分，都绝对要求盈利，因为设施先行，需要有初始投资，培养市场也需要时间和成本等，在一定时间内，局部和个别项目有一些亏损避免不了，也是合理的。然而，兼顾中国的国家利益，从综合、总体和长远视角看，"一带一路"倡议的实施，一方面，中国既要满足构建人类命运共同体"义"的全球价值观需要，中国作为世界第二大经济体，应该承担提供国际公共产品和国际准公共产品的责任和义务。另一方面，中国也需要考虑自身的国家利益，在对外总投资中，对于国际公共产品，要降低成本、节省投资、提高质量、提供合格和高标准的产品；对于国际准公共产品，要尽可能地收回贷款，得到规定的低息，防止贷款豁免规模的不合理扩大；而由中国政府提供的国家产品，一定要合作共赢，收回本息，取得合理盈利；对于中国企业，无论是国有企业还是民营企业提供的国际私人产品，都要保值增值，有净利润流回到国内。

第二节　推进基础设施建设与促进产业发展间的平衡

为什么强调在"一带一路"行动中需要正确处理好基础设施建设与产业部门发展间的关系？原因在于基础设施投资规模大、周期长、见效慢、盈利低，中国有关政府部门对于上项目，做规划，安排财政、发债和开发信贷等资金有成熟的经验，国外有关国家政府也有提供基础设施产品以改变交通、通信和能源条件落后现状的强烈愿望。然而，国民经济基础部门与产业部门间有着关联循环关系，特别是产业部门，相对于基础部门投资规模小、周期短、见效快、盈利高，而且一个主权国家并不因为另一国投资了该国主要基础部门而特许该国产业部门独家进入。主权国家产业投资进入的门槛向全球各国的企业和世界跨国公司公平和平等开放。这不仅涉及前述的中国能不能负担如此规模大、周期长的投资重任问题，更是关系到中国对外投资合作的风险大小和双方综合利益是否达成共赢或形成亏损。

关于基础部门与产业部门间究竟如何协调发展，当年发展经济学界赫尔希曼的"不平衡发展战略说"与罗森斯坦等的"平衡大推进理论"之间进行过争论。[①]不平衡发展与平衡发展各自政策建议的学理基础在于，各产业部门相互之间的关联效应大小，亦即它们之间供给与需求的关系。钱纳里和渡边经彦依据具体数据对美国、日本、挪威和意大利4国29个产业按照不同的关联效应分成中间投入型基础产业（前向关联大、后向关联小），中间投入型制造产业（前向关联大、后向关联大），最终需求型制造产业（前向关联小、后向关联大），最终需求型基础产业（前向关联小、后向关联小）等4类，各自的产业前后关联效应不同。[②]产业间关联效应应当成为"一带一路"倡议安排和投资建设行动的重要考虑因素。

持不平衡发展战略观点的赫尔希曼认为，发展的路程是一条"不均衡的链条"，应当从主导部门向其他部门扩展。首先选择具有战略意义的产业部门投资，带动整个经济的发展。社会基础设施与直接生产部门的投资具有不同的作用。前者（包括教育、公共卫生、交通运输、供水、能源等）为后者创造了外部经济，所以对其投资可以产生发散级数性质的作用。相对而言，对直接生产部门的投资就具有收敛级数性质。在进行投资决策时，虽然基础设施部门内部成本可能高，但社会成本低、外部经济性好的投资项目应该得到优选。然而，社会基础设施投资额大，建设周期长，一般的私人资本不愿投资。如果政府把社会基础设施投资视为己任、便可以给私人资本向直接生产部门投资创造较好的投资环境。[③]

而平衡增长论者则主张在各个部门和产业同时投资，以推进经济协同发展。如纳克斯从"贫困恶性循环论"出发，提出在不发达经济中推行平衡增长

---

① ROSENSTEIN-RODAN P N.Problems of Industrialization of Eastern and South-Eastern Europe [J]. Economic Journal,1943,53:202−211.

② 谢勇,柳华. 产业经济学[M]. 武汉:华中科技大学出版社,2008.

③ 赫尔希曼. 经济发展战略[M]. 曹征海,潘照东,译. 北京:经济科学出版社,1991.

战略这一构想。他指出，打破贫困恶性循环，关键是要突破资本形成不足这一约束条件，而影响资本形成的主要因素是决定投资预期的市场有效需求不足。只要平衡地增加生产，在广大范围内同时投资各种工业，就会出现市场的全面扩大，从而提高产出的需求弹性，创造良好的投资氛围，从恶性循环的僵局中脱逃出来。[①]

如果对这两派的不同观点加以若干限定的话，我们可以看到这两个理论不是相互替代而是相辅相成的。在"一带一路"倡议实施中，既要考虑投入发展一个部门可引起上游产业发展的向后关联效应，也要考虑其引起下游产业发展的向前关联效应，还要考虑其和其他产业相互发展的环向关联效应。

发展经济学家斯特里顿对经济发展部门选择的建议，可以作为"一带一路"倡议和实施方案的参考：①当推进某些部门发展时，要把这种投入推进到对此效应形成最敏感和关联最为紧密的另一些部门；②当瓶颈出现时就把它们打破，如电力供应紧张时，就投资电站和电网；③在对工业、农业和消费者提供各种产品和服务的时候，还要投资与此直接和间接有关的其他方面的产业，如运输物流设施和能力；④当提供一种新产品或新服务时，继之要在其他行业进行投资，如销售手机等终端设备时，需要建设移动网络设施。[②]因而，实施"一带一路"倡议，无论如何，唯有基础部门与产业部门协调发展，互相分工协作，形成产业间供需关联，内部良性运转，才能使整个区域的中国投资收益最大化。

科学地实施"一带一路"倡议，我们大体可以将投资对象分为基础设施部门和产业部门。前者是投资交通和能源等基础设施，后者在前者提供运输和能源等条件下，投资工厂、设立商店、开办银行等，形成制造和服务产业。基础和产业两个部门的发展方式有：先借钱或者由政府投资建设基础部门，然后再发展制造等产业部门；或者先由社会投资发展制造等产业部门，政府利用税收再投资和完善基础部

---

① 纳克斯 R.不发达国家的资本形成问题[M]. 谨斋，译. 北京：商务印书馆,1966.

② 迈耶 G M,西尔斯 D.发展经济学的先驱[M]. 谭崇台，等，译. 北京：经济科学出版社,1988.

门。这两类均称为产业的非平衡发展战略，只不过确定谁为先导部门不同。

还有就是平衡发展战略，即基础部门和产业部门投资与建设同步推进。从第二次世界大战后的经济史看，由于欧洲的道路、能源等基础部门在战争时期受毁严重，美国马歇尔计划对欧洲的几个国家的基础部门，提供过较大规模的公共产品，以此给其产业部门的发展提供运输和能源等供应条件。

从"一带一路"基础和产业两个部门投资建设运营方面看，各自有其特点：基础部门产品的公共和准公共属性强，盈利能力低，投资建设方和建成使用国之间存在着前述的财政预算和银行监管的跨国关系；而产业部门提供的国际私人产品，由国际市场上的企业主体投资建设运营，预算硬约束和债务债权清晰。

根据经济学产业间内在关联规律，以及合作共赢的原则，中国安排和实施"一带一路"投资建设时，需要避免和防止三类问题发生：①基础设施投资建设过度超前于产业部门，于是出现这样的状况，即有公路、铁路等交通运输能力，但运输线路上长时间没有足够的货物、没有理想的客流；有能源供给能力，而长时间没有使用能源的企业、密集的人口和城市体系，导致综合投资和建设方面投入和运转不可持续。②对一些区域的人口增长和未来市场发展的前景估计可能过于乐观，对基础设施进行了规模较大的建设，但是人口规模扩大有限，市场需求不足，使产业部门无法理想扩张，投资建设的基础设施严重闲置浪费，投入的资金既不可能综合收回，也产生不了带动发展的作用。③中国集中在基础部门投资建设，其他国家则主要在制造业和服务业部门投资办厂和经营，形成中国投资风险大、周期长、利益回报低，而其他国家在基础设施方面搭便车，产业投资风险小、资金周转时间短和利益回报高的局面。

需要特别指出的是，从中国国内投资和企业"走出去"的情况看，基础设施工程等建设具有优势，而产业方面"走出去"的经验还不太丰富；而美国、日本、韩国、新加坡和欧洲一些国家的跨国公司，在对外投资办厂、开拓海外市场等方面积累了百年或数十年的经验，竞争力很强。如果不科学应对，在两个部门间合理部署投资资金，可能会出现中国投资建设基础设施，给产业发展提供运输、能源等配套资源，而其他国家的企业则搭便车，着力投资布局制造业和服务业，坐享外部经济性带来的好处，获得丰厚利益，使中国在"一带一路"经济合作中不能共享利益的结局。

因此，从对外提供基础设施与产业部门产品的关系看，对一些不利于"一带一路"设施互通的关节点，需要重点投入建设，以保证线路的畅通；对一些人口密度大、有产业合作潜力、市场需求有成长性，但基础设施不足的国家和地区，可以采取先投资建设基础部门，再带动产业部门发展的战略；对一些虽然基础设施还滞后，但是劳动力便宜和有出口优势的国家和地区，可先鼓励中国企业去投资建厂，让服务业"走出去"，待当地有财力后，由当地政府主导。

根据中国国内外经济形势的转变，在有的国家和地区，以优质产业转移和合作为先，帮助建设基础部门为其次；在有的国家和地区，应当平衡推进基础部门投资建设和过剩优质产业转移合作；在有的国家和地区，可以以基础部门投资建设为先，之后带动产业部门的发展。从转移优质产业，以及从中国对外投资要获得综合收益和效益的需要看，从中国作为大国构建人类命运共同体与保证中国国家利益和合作共赢的双重要求看，在基础部门和产业部门投资和建设的比例，需要科学组合。在国内经济发展平稳、良好和强劲时，向第三种方案倾斜；而当国内经济发展波动、困难和放缓时，可向第一种方案侧重。

全球价值链是指为实现商品或服务价值而连接生产、销售、回收处理等过程的全球性跨企业网络组织，涉及从原料采购和运输，半成品和成品的生产和分销，直至最终消费和回收处理的整个过程。以物联网、大数据、人工智能为代表的新一轮科技革命与产业变革，推动了全球价值链的不断深化与重塑。对于中国而言，一是需要通过提高自主创新能力实现在全球价值链体系中地位的攀升；二是应当通过向周边国家或地区转移产业，加强产业全球布局，利用区域合作的价值链或者生产网络来提升在全球价值链体系中的地位。"一带一路"相关国家经济发展水平参差不齐，个别国家技术水平比较高，但绝大多数国家还处于工业化中期甚至初期。这些国家具有一定的工业化基础，但在一些关键工业领域还缺乏独立设计制造的能力。同时，绝大多数沿线国家具有显著的人口红利，能够为我国的传统优势产业提供劳动力。"一带一路"相关国家对全球价值链的配置和重组有着不同的需求和承载能力，中国能够通过产业联动升级在全球价值链中使其共享我国的发展成果。因此，加强与"一带一路"相关国家互利共赢的产能合作，既是实现我国与这些国家产业联动升级的有效途径，也是提升我国产业在全球价值链地位的重要动力。①

从"一带一路"南北地区的特点看，东南亚、南亚和北非"一路"是人口较为稠密的地区，是市场具有成长性的区域，适于制造和服务产业发展；交通方式主要是海运，线路不需要进行投资，运输成本较低，基础设施投入主要是港口及其配套建设，港口枢纽、城市社区、产业园区、腹地经济等可以联动发展，其基础设施建设与产能合作的综合效益较高。中国与"21世纪海上丝绸之路"一些地区的位差，有点像当年日本、韩国、新加坡等与中国的关系，特别是对印度，需要采取日本与中国的关系模式，即采取政治平等、宗教交流、经济热联的组合战略；中国在这一地区的合作目的，就是在合作共赢、共同发展的基础上，获得市场经济利益。

而从"丝绸之路经济带"看，人口密度较小，有的国家人口增长放缓，结构老化，市场需求相对不旺，经济成长性差，而且基础设施投资大，交通运输成本高。从中国经济协作方面讲，在"丝绸之路经济带"地区主要是为了形成这些国家与中国合作共赢的互补关系。当然，一些两头离港口较远的内陆市场，其人口和货物通过"丝绸之路经济带"陆路运输，也有其一定的快捷性和经济性。因此，比较成本、效益和风险，打通欧亚大陆陆上交通通道，进行一些质量小、价值大、要求快捷、适宜陆上进行的目的地在内陆的货物运输，也十分必要；并且应当根据市场，结合本地产业的需要，形成能源、交通和产业的协同发展。

---

① 何颖珊，刘志铭. 提升我国产业的全球价值链地位[EB/OL]. [2018-01-31]. http://ex.cssn.cn/zt/rwln/xj/xkjs/201802/t20180201_3836492.shtml.

总之，按照国内经济与对外开放的平衡规律和基础部门与产业部门间内在的关联和循环关系，科学制定年度"一带一路"项目和建设指导性规划，并正确地予以实施和行动，才能将"一带一路"的美好愿景做好、做实，健康推进，实现沿线有关国家与中国间经济的共同发展和利益共赢。

（执笔人：周天勇）

第四章
"南路""北带"的战略布局和经济
分工

"一带一路"的两头，一头是活跃的东亚经济圈，另一头是发达的欧洲经济圈，连接中欧的"北带"和"南路"沿线有众多国家，其经济发展阶段不同，资源禀赋不同，利益诉求不同，地缘政治、经济、宗教风险更不同。中国在加强与"一带一路"沿线国家经济合作过程中，不能急于求成，不能平均用力，而应顺势而为、借势而为，有所侧重，采取适当的、有针对性的战略布局和经济分工。

第一节　"南路"和"北带"沿线国家概况及经济特征

"一带一路"倡议连接的是东亚经济圈和欧洲经济圈，"两圈"之间是广袤的亚欧大陆以及陆地、海上两条"丝绸之路"。欲与沿线国家投资合作，必先了解其概况和主要经济特征。

一、"南路"沿线国家概况及主要经济特征

按照中国"一带一路"的倡议，"南路"有两个重点方向：一是从中国沿海港口经南海到印度洋，延伸至欧洲；二是从中国沿海港口经南海到南太平洋，最终至澳大利亚、新西兰等地。"南路"以重点港口为节点，共同建设通畅、安全、高效的海上运输通道。如此，"南路"沿线国家则可分为四组：①东南亚主要包括越南、柬埔寨、泰国、缅甸、马来西亚、新加坡、印度尼西亚、菲律宾、文莱、东帝汶等。②南亚主要包括印度、孟加拉国、斯里兰卡、马尔代夫、巴基斯坦等。③大洋洲主要包括澳大利亚、新西兰等。④西亚主要包括伊朗、沙特阿拉伯、阿曼、阿拉伯联合酋长国、伊拉克、科威特、卡塔尔、也门、约旦、黎巴嫩、土耳其、以色列等。这些国家都有港口、海上运输路线，与中国存在直接的海上运输通道。"南路"沿线国家的主要经济特征如下：

（一）人口和市场规模

"南路"沿线国家的人口众多，市场广阔。"南路"的四组沿线国家，共拥有人口约27亿，其中南亚5国约17亿人，东南亚10国超过6亿人，西亚15国超过3亿人，大洋洲约4 000万人，这还不包括东亚（日本、韩国及中国台湾地区）的约2亿人口；2016年共实现GDP约10万亿美元，其中东南亚10国约2.5万亿美元，南亚5国约2.8万亿美元，大洋洲约1.4万亿美元，西亚15国约3.2万亿美元（参见表4-1及图4-1）。

（二）经济发展阶段和发展前景

"南路"沿线国家人口众多，市场广阔，但经济发展极不均衡，差异巨大。有处于后工业化阶段的少数国家，如新加坡、以色列、澳大利亚、新西兰等；有依靠石油天然气资源快速致富但国内工业并不发达的资源型国家，如西亚中东多国；有长期处于贫困陷阱或中等收入陷阱的国家，如柬埔寨、缅甸、巴基斯坦、也门等；也有发展前景良好、正处于经济起飞阶段的国家，如印度、孟加拉国、越南等。黄群慧等（2015）对于"一带一路"国家的工业化进程进行了研究。参考其工业化进程判断方法及研究结论，我们认为"南路"沿线国家的经济发展阶段大致如表4-2所示。

从发展前景看，"南路"沿线国家发展空间广阔，发展前景无限。东南亚10国拥有6亿多人口，印度尼西亚、菲律宾、越南、泰国、缅甸人口都超过5 000万。虽然在过去50年间这些国家的经济发展出现了不同的问题，在中等收入阶段徘徊了很长时间，但它们有愿望、有条件在未来30年间实现经济起飞、跨越中等收入陷阱。同样，南亚的印度、孟加拉国、斯里兰卡劳动力也很丰富，经济发展愿望强烈，目前印度、孟加拉国已经进入经济起飞阶段，未来经济发展前景不可限量。西亚国家政治结构稳定，经济结构单一，未来发展前景有限；大洋洲诸国中，澳大利亚和新西兰已经完成了工业化，第二大国巴布亚新几内亚远离经

表4-1　　　　"南路"沿线国家的人口和市场规模（2016年）

地区	国家	人口总量（万人）	人口增长率（%）	GDP（亿美元）	GDP增长率（%）	近10年GDP增长率（%）	人均GDP（美元）	城镇化率（%）
东南亚10国	印度尼西亚	26 111.55	1.1	9 322.59	5.0	5.6	3 570.30	54.5
	菲律宾	10 332.02	1.6	3 049.05	6.9	5.6	2 951.10	44.3
	越南	9 270.11	1.1	2 026.16	6.2	6.0	2 185.70	34.2
	泰国	6 886.35	0.3	4 068.40	3.2	3.2	5 907.90	51.5
	缅甸	5 288.52	0.9	674.30	6.5	8.6	1 275.00	34.7
	马来西亚	3 118.73	1.5	2 963.59	4.2	4.8	9 502.60	75.4
	柬埔寨	1 576.24	1.6	200.17	6.9	6.6	1 269.90	20.9
	新加坡	560.73	1.3	2 969.66	2.0	4.8	52 960.70	100
	东帝汶	126.87	2.2		4.3*	8.4		33.4
	文莱	42.32	1.3	114.00	−2.6	−0.4	26 938.50	77.5
	地区合计	63 313.43		25 387.92				
南亚5国	印度	132 417.14	1.1	22 635.23	7.1	7.4	1 709.40	33.1
	巴基斯坦	19 320.35	2.0	2 836.60	5.7	3.7	1 468.20	39.2
	孟加拉国	16 295.16	1.1	2 214.15	7.1	6.3	1 358.80	35.0
	斯里兰卡	2 120.30	1.1	813.22	4.4	5.9	3 835.40	18.4
	马尔代夫	41.75	2.0	35.91	4.1	5.4	8 601.60	46.5
	地区合计	170 194.69		28 535.11				
大洋洲17国	澳大利亚	2 412.72	1.4	12 046.16	2.8	2.8	49 927.80	89.6
	巴布亚新几内亚	808.50	2.1			7.6		13.0
	新西兰	469.27	2.1	1 850.17	3.9	2.0	39 426.60	86.3
	地区合计	3 990.49		13 985.22				
西亚15国	伊朗	8 027.74	1.1	3 934.36*		1.9	3 934.36	73.9
	土耳其	7 951.24	1.6	8 577.49	2.9	4.8	10 787.60	73.9
	伊拉克	3 720.26	3.0	1 714.89	11.0	6.4	4 609.60	69.6
	沙特阿拉伯	3 227.57	2.3	6 464.38	1.7	3.9	20 028.60	83.3
	也门	2 758.42	2.5	273.18	−9.8	−2.5	990.3	35.2
	叙利亚	1 843.05	−1.6			5.7		58.1
	约旦	945.58	3.2	386.55	2.0	3.9	4 087.90	83.9
	阿拉伯联合酋长国	926.96	1.3	3 487.43	3.0	3.0	37 622.20	85.8
	以色列	854.71	2.0	3 187.44	4.0	3.8	37 292.60	92.2
	黎巴嫩	600.67	2.6	475.37	1.8	4.7	7 914.00	87.9
	巴勒斯坦	455.16	2.9	133.97	4.1	5.8	2 943.40	75.5
	阿曼	442.48	5.2	662.93		4.9	14 982.40	78.1
	科威特	405.26	2.9	1 140.41*		2.1	1 140.41	98.4
	卡塔尔	256.98	3.5	1 524.69	2.2	10.0	59 330.90	99.3
	巴林	142.52	3.8	318.59		4.4	22 354.20	88.8
	地区合计	32 558.58		32 281.68				
总计		270 057.19		100 189.93				

数据来源：世界银行。标*的为2015年数据.

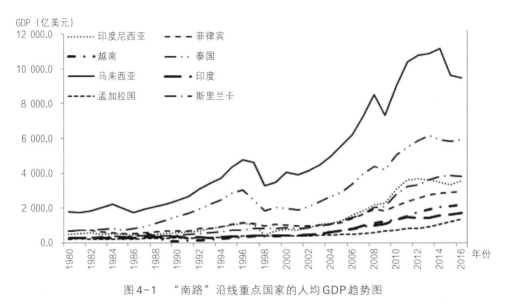

图4-1 "南路"沿线重点国家的人均GDP趋势图

数据来源：世界银行.

表4-2 "南路"沿线国家经济发展阶段

地区	工业化初期	工业化中期	工业化后期	后工业化阶段
东南亚	柬埔寨、缅甸、东帝汶	越南、菲律宾、印度尼西亚	马来西亚、泰国、文莱	新加坡
南亚	印度、巴基斯坦、孟加拉国	斯里兰卡	马尔代夫	
大洋洲	巴布亚新几内亚	图瓦卢、汤加	斐济、马绍尔群岛	澳大利亚、新西兰、帕劳
西亚	也门	叙利亚、伊拉克	沙特阿拉伯、伊朗、约旦、阿曼、巴林、卡塔尔、科威特、阿拉伯联合酋长国、黎巴嫩、巴勒斯坦、土耳其	以色列

数据来源：世界银行；黄群慧等（2015）.

济增长中心，长期处于不发达状态，其他海洋岛国也多数存在限制经济发展的决定性因素。综合来看，东南亚、南亚在未来30年拥有广阔的经济发展前景。

（三）地形地貌及交通基础设施

"南路"沿线国家地域、海域广袤，滨海或海岛国家居多，自古以来海路通畅，港口等海运基础设施完备。东南亚区域，中南半岛、马来半岛、印度尼西亚都拥有漫长的海岸线和数量众多的港口（见表4-3）。铁矿石、石油、天然气、棉花、煤炭、橡胶、水果、粮食、电子产品、电器等大宗物资，更适合采用价格低廉的海上运输方式，在很多地方甚至是唯一可行的运输方式。当然，在中南半岛、马来半岛、爪哇岛、澳大利亚、印度半岛、阿拉伯半岛、小亚细亚半岛、伊朗高原等地势宽阔的地方，仅仅只有海上运输是不够的，铁路、公路、航空运输仍然有一定的发展空间。

（四）与中国的经贸关系

"南路"与中国的经贸关系主要分为五对：

（1）中国-东盟。截至2016年，中国连续7年成为东盟的第一大贸易伙伴，2016年双边贸易额为4 554亿美元；东盟也连续5年是中国的第三大贸易伙伴，中国保持对东盟的贸易顺差；越南、马来西亚、泰国分别是中国在东盟中的第一、第二、第三大贸易伙伴（双边贸易额分别为986亿美元、875亿美元、762亿美元）。中国与东盟的经贸关系主要集中在农业、信息通信技术、人力资源开发、投资、湄公河流域开发、交通、能源、文化、旅游、公共卫生和环境等11个重点领域。

（2）中国-南亚。南亚8国成立了"南盟"，2016年中国与南盟贸易额达到1 115亿美元，其中与印度的贸易额达到705亿美元。中国与南盟的经贸关系主要集中在农产品、矿物、旅游、投资等领域。

表4-3 "南路"沿线国家的港口基础设施

地区	主要港口
东南亚	越南：海防港、岘港、胡志明港。泰国：曼谷港。缅甸：仰光港。文莱：麻拉港。柬埔寨：西哈努克港。新加坡：新加坡港。菲律宾：马尼拉港、宿务港、达沃港。马来西亚：巴生港、马六甲皇京港、槟城港。印度尼西亚：雅加达港、锦石港、巴厘巴板港、望加锡港
南亚	孟加拉国：吉大港。马尔代夫：马累港。巴基斯坦：卡拉奇港、瓜德尔港。印度：孟买港、戴蒙德港、维沙卡帕特南港。斯里兰卡：科伦坡港
大洋洲	澳大利亚：墨尔本港、悉尼港、布里斯班港、黑德兰港、弗里曼特尔港、星期四岛港。新西兰：奥克兰港、惠灵顿港。巴布亚新几内亚：莫尔兹比港、阿内瓦湾港。所罗门群岛：霍尼亚拉港
西亚	伊朗：霍梅尼港、哈尔克岛港、阿巴斯港。阿拉伯联合酋长国：迪拜港、扎耶德港。约旦：亚喀巴港。阿曼：马斯喀特港、塞拉莱港。卡塔尔：多哈港。沙特阿拉伯：达曼港、吉达港。也门：亚丁港。以色列：海法港。塞浦路斯：莱梅索斯港。黎巴嫩：贝鲁特港。土耳其：伊斯坦布尔港、梅尔辛港、菲尼凯港
东非北非	吉布提：吉布提港。肯尼亚：蒙巴萨港。坦桑尼亚：达累斯萨拉姆港。埃及：亚历山大港、苏伊士港、塞得港。苏丹：苏丹港。利比亚：的黎波里港。突尼斯：突尼斯港。阿尔及利亚：阿尔及尔港

资料来源：世界港口交通地图集［M］. 北京：中国地图出版社，2017.

（3）中国-大洋洲。大洋洲主要是澳大利亚、新西兰。2016年，中国与澳大利亚、新西兰的贸易额分别达到约1 195亿美元、138亿美元，中国都是它们的最大贸易合作伙伴，煤炭、铁矿石、农产品是主要贸易和投资对象。

（4）中国-西亚。中国与西亚的贸易和投资主要在能源、工程承包等领域，2016年中国与西亚贸易额达到约2 300亿美元，是西亚9个国家中最大贸易伙伴；中国在西亚的投资额也近300亿美元，成为西亚最大的投资来源国。

（5）中国-非洲。2016年中非贸易额达到1 491亿美元，中国继续保持非洲第一大贸易伙伴的地位，合作领域主要在工程建设、制造业、服务业、矿业、农业及基础设施等众多领域。

二、"北带"沿线国家概况及经济特征

"北带"有三个重点方向:一是中国经中亚、俄罗斯至欧洲;二是中国经中亚、西亚至波斯湾、地中海;三是中国至东南亚、南亚、印度洋。"北带"依托欧亚大陆桥的公路、铁路,以沿海中心城市为支撑,以重点经贸产业园区为合作平台,共同打造新亚欧大陆桥、中蒙俄、中国-中亚-西亚、中国-中南半岛等四大国际经济合作走廊。如此,"北带"沿线国家则可分为四组:①中亚5国:哈萨克斯坦、塔吉克斯坦、吉尔吉斯斯坦、乌兹别克斯坦、土库曼斯坦。②北亚2国:蒙古国、俄罗斯。③中亚和西亚的部分国家,包括巴基斯坦、阿富汗、伊朗、土耳其、阿塞拜疆等。④东欧等国,包括白俄罗斯、乌克兰、罗马尼亚等。另外,少数东南亚和南亚国家,如老挝、柬埔寨、尼泊尔等,也通过陆上通道与中国相连,广义上也可以作为"北带"国家。

(一) 人口和市场规模

"北带"沿线国家居于广袤的欧亚大陆,总体上地广人稀。沿线约有7.4亿人口,经济总量约3.3万亿美元。"北带"三个方向中,贸易量比较大的是中国经中亚至蒙古国、俄罗斯一线,沿线约2亿人口,经济总量1.5万亿美元(见表4-4)。

(二) 经济发展阶段和发展前景

"北带"沿线国家的经济发展也极不平衡(见表4-5)。几个人口大国和大型经济体中,俄罗斯经济增长长期以来高度依赖能源资源和国防工业,国民经济的自生能力和创新活力较低;中亚5国、伊朗等国也存在同样的问题,在资源能源价格下跌时期,其经济增长和国民收入必然受到严重影响。土耳其人口约8 000万,国土面积广阔,但近十年经济增长也出现徘徊的情况。而尼泊尔、阿富汗、不丹这三国是非资源型国家,经济则面临增长乏力的困境(见图4-2)。

表4-4 　　　　　　"北带"沿线国家的人口和市场规模（2016年）

地区	国家	人口总量（万人）	人口增长率（%）	GDP（亿美元）	GDP增长率（%）	近10年GDP增长率（%）	人均GDP（美元）	城镇化率（%）
中亚5国	乌兹别克斯坦	3 184.82	1.7	672.20	7.8	8.36	2 110.6	36.5
	哈萨克斯坦	1 779.70	1.4	1 336.57	1.0	4.53	7 510.1	53.2
	塔吉克斯坦	873.50	2.2	69.52	6.9	6.79	795.8	26.9
	吉尔吉斯斯坦	608.27	2.1	65.51	3.8	4.78	1 077.0	35.9
	土库曼斯坦	566.25	1.7	361.80	6.2	10.01	6 389.3	50.4
	地区合计	7 012.54		2 505.60				
北亚21国	蒙古国	302.74	1.7	111.60	1.0	7.7	3 686.5	72.8
	俄罗斯	14 324.24	0.2	12 831.62	−0.2	1.7	8 748.4	74.1
	地区合计	14 736.98		12 943.22				
南亚与西亚	巴基斯坦	19 320.35	2.0	2 836.60	5.7	3.7	1 468.2	39.2
	阿富汗	3 465.60	2.7	194.69	2.2	7.4	561.8	27.1
	尼泊尔	2 898.28	1.1	211.44	0.6	4.0	729.5	19.0
	不丹	79.77	1.3	22.37	6.2	7.5	2 804.0	39.4
	伊朗	8 027.74	1.1	3 934.36*		1.9	3 934.4	73.9
	土耳其	7 951.24	1.6	8 577.49	2.9	4.8	10 787.6	73.9
	阿塞拜疆	976.23	1.2	378.48	−3.1	5.8	3 876.9	54.9
	格鲁吉亚	371.93	0.1	143.33	2.7	4.4	3 853.6	53.8
	亚美尼亚	292.48	0.3	105.47	0.2	3.1	3 606.2	62.6
	地区合计	40 405.57		12 469.87				
东欧	爱沙尼亚	131.65	0.1	231.37	1.6	0.9	17 574.7	67.5
	白俄罗斯	950.71	0.2	474.33	−2.6	3.0	4 989.3	77.0
	保加利亚	712.78	−0.7	523.95	3.4	2.0	7 350.8	74.3
	拉脱维亚	196.04	−0.9	276.77	2.0	0.8	14 118.1	67.4
	立陶宛	287.23	−1.1	427.39	2.3	2.1	14 879.7	66.5
	罗马尼亚	1 970.53	−0.6	1 866.91	4.8	2.5	9 474.1	54.7
	马其顿	208.12	0.1	109.00	2.4	3.0	5 237.1	57.2
	摩尔多瓦	355.20	−0.1	67.50	4.1	3.6	1 900.2	45.1
	塞尔维亚	705.74	−0.5	377.45	2.8	1.4	5 348.3	55.7
	乌克兰	4 500.46	−0.3	932.70	2.3	−0.9	2 185.7	69.9
	区域合计	10 018.46		5 287.37				
总计		75 151.60		33 206.06				

数据来源：世界银行。标*的为2015年数据.

表4-5　　　　　　　　　　"北带"沿线国家经济发展阶段

地区	前工业化	工业化初期	工业化中期	工业化后期
东南亚		老挝		
南亚	尼泊尔	阿富汗、不丹		
中亚		塔吉克斯坦、吉尔吉斯斯坦、乌兹别克斯坦		哈萨克斯坦、土库曼斯坦
西亚		格鲁吉亚、亚美尼亚、阿塞拜疆	伊朗	土耳其
北亚		蒙古国	俄罗斯	
东欧		摩尔多瓦	乌克兰	白俄罗斯、罗马尼亚、塞尔维亚、斯洛伐克、立陶宛、拉脱维亚、匈牙利、爱沙尼亚

数据来源：世界银行；黄群慧等（2015）.

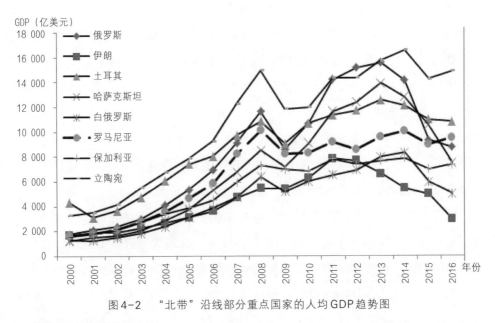

图4-2　　"北带"沿线部分重点国家的人均GDP趋势图

数据来源：世界银行.

（三）地形地貌及交通基础设施

"北带"的三个方向，第一个到中亚、西亚的通道需要跨越帕米尔高原、伊朗高原和小亚细亚高原，地形地貌极其复杂；第二个经蒙古国、俄罗斯至欧洲的通道，需要经过蒙古高原、戈壁滩和亚欧大陆桥；第三个是南方的中南半岛与中孟印缅走廊，更要跨越诸多高山大河。自古以来，这三个通道的交通基础设施异常落后，近年来虽然已经有显著提升，但仍然处于较为落后的状态。

（四）与中国的经济贸易关系

"北带"沿线国家大概可以分为四组。①中亚5国。这是"丝绸之路经济带"的第一个合作板块。中亚5国拥有400万平方千米的土地，但只有约7 000万人口，经济总量只有约2 500亿美元（2016年GDP）；其中，最为富裕的两个国家是土库曼斯坦（2016年人均GDP约6 400美元）、哈萨克斯坦（2016年人均GDP约7 500美元），也都是自然资源依赖型国家，国民经济增长高度依赖石油天然气生产和出口。2016年，与中国接壤的哈萨克斯坦、吉尔吉斯斯坦、塔吉克斯坦的对华贸易额分别只有130.5亿美元、57.1亿美元、17.4亿美元，土库曼斯坦、乌兹别克斯坦该指标分别为59.0亿美元、36.4亿美元，合计贸易额仅300.4亿美元。②北亚，包括蒙古国、俄罗斯。历史上，"草原丝绸之路"是丝绸之路的一个分支。现在，中蒙俄经济走廊是"北带"的重要组成部分。蒙、俄两国自然资源丰富，地域广阔，但市场较小。蒙古国每平方千米只有1.9人，是世界上人口密度最小的主权国家。俄罗斯的平均人口密度为8.8人/平方千米，在其亚洲部分更为稀少。中蒙俄主要在能源、矿产、日用品等领域进行投资合作，2016年中国与蒙古国、俄罗斯的贸易额分别为45.9亿美元、696.9亿美元。③中国经中亚、西亚至波斯湾、地中海沿线，包括巴基斯坦、阿富汗、伊朗、土耳其等国。该沿线国家约有4亿人口，1.2万亿美元的经济总量。2016年，与中国接壤的巴基斯坦、阿富汗的对华贸易额分别只有195亿美元、4.4亿美元，而伊朗、土耳其等西亚国家与中国的经济贸易很少通过陆路方式实现。④东欧。东欧10国约有1亿人口，GDP达5 300亿美元。该地区总体城镇化率高，但经济增长情况差异较大，2016年中国与该地区的贸易额约为195亿美元，其中，乌克兰67.1亿美元、罗马尼亚49亿美元、保加利亚16.5亿美元、白俄罗斯15.3亿美元、立陶宛14.6亿美元、拉脱维亚12亿美元、爱沙尼亚11.8亿美元、塞尔维亚6亿美元、马其顿1.4亿美元、摩尔多瓦1.0亿美元。

三、小结

从"南路"和"北带"的概况和主要经济特征的分析可以看出：①"南路"沿线的人口规模、市场规模是"北带"的数倍，拥有更多经济成长性良好的新兴经济体；②"南路"沿线国家的经济贸易结构更为多元化，而"北带"主要依靠能源资源，贸易结构和投资结构更为单一；③"南路"沿线长期以来海洋运输发达，港口设施完备，而"北带"地域广袤，地形、地貌复杂，基础设施建设难度大，目前的贸易流量也较小，如要开拓通往南亚、西亚的交通线，投资成本收益短期内不成正比。

第二节　"南路""北带"的经济和非经济风险比较

投资合作首先要考虑投资风险。相对而言，"南路"是一条相对成熟的贸易投资线路，经济风险较低，但有一定地缘政治风险；而"北带"则相对不成熟，经济风险较高，同时在未来若干年也可能存在较高的民族、宗教和地缘政治风险。

一、"南路"沿线国家的经济风险和非经济风险

"南路"是一条相对成熟的商路，但由于沿线国家众多，经济发展极不均

衡，文化、宗教意识形态差异巨大，地缘政治关系复杂，入国势力交错，因而在该地区进行投资贸易合作仍然存在一定经济风险和非经济风险。

（一）"南路"沿线的经济风险

"南路"沿线的东南亚、南亚和大洋洲地区，除了澳大利亚、新西兰等先开发国家外，部分发展中国家的经济成长曾经取得过亮丽的成绩单，比如马来西亚、泰国、新加坡等，但截至目前只有新加坡成为高收入经济体，其他国家的经济成长都出现了各种各样的问题，总体而言，多数国家陷入了"中等收入陷阱"，也有少数国家陷入了"贫困陷阱"。中国与"南路"沿线国家进行投资贸易合作需要注意几个方面的经济风险。

（1）经济增长态势不稳，多数国家长期处在中等偏下收入阶段。"南路"沿线国家中，印度尼西亚（人均GDP为3 570.3美元）、菲律宾（人均GDP为2 951.1美元）、越南（人均GDP为2 185.7美元）、缅甸（人均GDP为1 275.0美元）、柬埔寨（人均GDP为1 269.9美元）、老挝（人均GDP为2 353.2美元）、印度（人均GDP为1 709.4美元）、孟加拉国（人均GDP为1 358.8美元）、巴基斯坦（人均GDP为1 468.2美元）、斯里兰卡（人均GDP为3 835.4美元）的经济成长都长期停滞在中等偏下收入阶段（世界银行标准是1 045~4 125美元），很难向上突破。泰国、马来西亚、马尔代夫2016年人均GDP分别为5 907.9美元、9 502.6美元、8 601.6美元，进入中等偏上收入阶段，情况较好，但泰国、马来西亚、马尔代夫都容易受到国际经济大幅波动的影响。同时，近几年，东帝汶、越南、老挝、缅甸、印度尼西亚等国的汇率水平很不稳定，常常大起大落，有时存在比较高的通货膨胀水平（参见图4-3）。

（2）营商环境较差，政商关系复杂。亚洲金融危机后，学术界用"裙带资本主义（Crony Capitalism）"的概念来概括形容东南亚的经济发展模式，它具有"商界和政界不道德的结合"、前现代性、体制性、家族性、全社会性等特征。有学者将东南亚的腐败分为政治性腐败和行政性腐败。同样，在南亚诸国也存在不

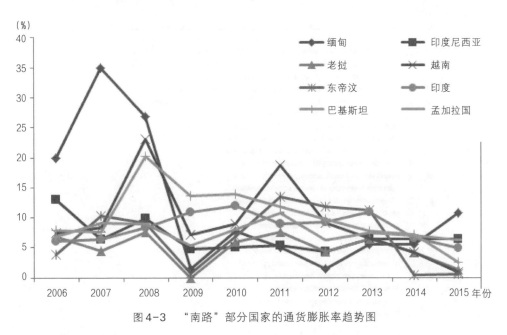

图4-3 "南路"部分国家的通货膨胀率趋势图

数据来源：世界银行.

同程度的腐败问题，西亚北非国家也存在诸多体制性的问题。透明国际组织每年公布的"全球清廉指数排行榜"中，多个东南亚和南亚国家都排名靠后，比如2016年排行榜中，在全部176个经济体中越南排名第113位，缅甸第136位，印度尼西亚第90位，泰国、菲律宾并列第101位，老挝第123位，巴基斯坦第116位，孟加拉国第145位，柬埔寨第156位。从营商环境的企业注册程序指标来看，菲律宾、印度、沙特阿拉伯、缅甸、印度尼西亚、巴基斯坦等国企业注册程序都在10个以上（见图4-4）。

（3）电力不足，基础设施建设落后。在"南路"沿线许多国家投资合作，会面临基础设施落后、电力短缺等问题。越南、缅甸、柬埔寨、菲律宾、印度尼西亚、孟加拉国、印度、巴基斯坦、伊拉克、埃及等国的电力、自来水、通信、物流等基础设施都不太完善，比如柬埔寨、孟加拉国、缅甸等国的电力就得不到充分、高效的保障，企业运营成本高企（参见图4-5）。

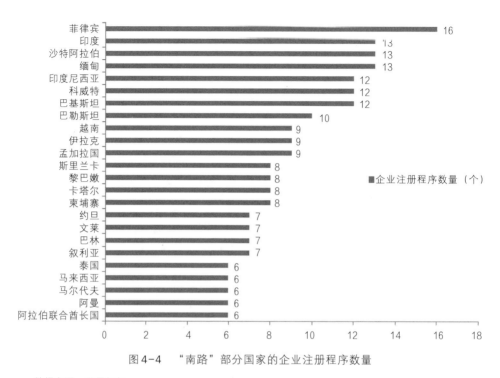

图4-4 "南路"部分国家的企业注册程序数量

数据来源：世界银行.

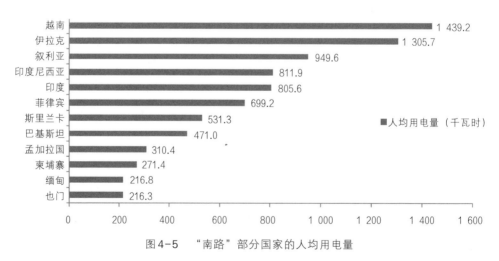

图4-5 "南路"部分国家的人均用电量

数据来源：世界银行.

（4）遭遇发达国家企业在该地区的竞争。部分大国的企业在"南路"沿线国家深耕多年，比如日本企业通过提供质量过硬的产品、低息的贷款，凭借人脉的积累，在东南亚拥有广泛的影响力；印度企业在斯里兰卡、马尔代夫、缅甸等国也拥有广泛的影响力；美国企业在东南亚、南亚、大洋洲、西亚和北非各国长期开展投资合作；俄罗斯企业在印度、越南等国也开展长期合作。中国企业要在"南路"沿线进行投资贸易合作，必然遭遇这些国家的企业在该地区的竞争或"围剿"。

（二）"南路"沿线的非经济风险

非经济风险主要包括政治局势风险、军事和战争风险、民族宗教冲突风险、地缘政治和外交冲突风险、意识形态冲突风险等方面。

（1）部分国家政局不稳，政策多变。不少"南路"沿线国家政局不稳。一方面，许多国家采取多党制政治体制，执政党变换导致政策也容易发生变化；另一方面，如果一些国家国内发生"民主革命"，其大到政治体制、小到投资决策都更容易发生变化。缅甸在近年就出现了政权更迭和政治体制变革，导致中国企业投资出现大的风险。泰国、菲律宾、也门、索马里等国都存在一定政治或军事风险。这些都为"南路"合作增加了变数。

（2）"南路"沿线一直是大国的角力场。"南路"沿线众多纠纷的背后，大国的身影时隐时现。美国、日本、俄罗斯、印度等全球或地区性大国都在"南路"部分区域布局。为了平衡中国政治经济的崛起而产生的东亚"失衡"，美国特别加强了与菲律宾、越南、新加坡等国的多方面合作；日本是传统意义上的亚洲大国，在东南亚有诸多利益和深厚的影响力，而印度是南亚、孟加拉湾、印度洋的地区性大国，一直将这些地区视为"自家后院"，印度还在安达曼群岛设立东方司令部以扼守印度洋，频繁举行军演，演习内容越来越具有攻击性；西亚和北非则有美国、沙特阿拉伯、法国、英国的影响力存在。总之，"南路"投资贸易合作虽然是一种经济性合作关系，但仍然可能会触动某些大国的利益而导致某些冲突的发生。

（3）咽喉要道多，易受战乱风险影响。"南路"沿线的咽喉要道尤其多，如中国南海、马六甲海峡、亚丁湾、曼德海峡、霍尔木兹海峡、苏伊士运河等，它们既是世界经济的"生命线"，也是国际海盗活动的"黄金线"，"世界五大恐怖海域"中有4个在"南路"上。20世纪90年代，马六甲海峡曾经是世界上海盗最猖獗的地区之一，该区域海盗占到海盗总量的60%。进入21世纪以来，亚丁湾海域成为世界海盗活动最为集中的海域，仅2008年，中国共有1 300多艘次商船通过亚丁湾海域，其中有20%受到海盗袭击，7艘被劫持。频繁的海盗活动及战乱，不仅对世界航运造成严重影响，也对"南路"通道安全构成最现实的威胁。

（4）历史纠葛多，意识形态潜在冲突多。"南路"沿线部分国家在过去几十年间发生过多次重大的政治或军事冲突，国家利益是一方面，意识形态冲突则是另一方面。中国崛起以及"南路"开发合作，会不会对它们的国家意识形态产生不利影响，可能是某些国家一直存在的隐忧。在南亚地区，印巴、印孟之间的冲突一直存在。在西亚地区，伊斯兰极端主义和极端组织仍然有较大势力范围。一旦处理不好相关历史问题和意识形态问题，也有可能出现新的风险和问题。

二、"北带"沿线国家的经济风险和非经济风险

"北带"沿线国家总体上经济不发达，经济结构单一，易受国际大宗商品市场价格波动的影响；同时，沿线国家地缘政治利益关系复杂敏感，宗教民族问题交织，在这些国家进行投资贸易合作存在很大经济风险和非经济风险。

（一）"北带"沿线的经济风险

"北带"沿线的经济风险主要包括：经济增长长期困在中等收入阶段，贫

困人口比重较高，难以跨越中等收入陷阱；产业结构单一，高度依赖能源资源，容易受国际市场影响；宏观调控水平不高，通货膨胀问题突出，经济低迷不振。

（1）许多国家长期难以跨越中等收入陷阱甚至贫困陷阱。"北带"沿线有很多国家人均GDP长期处于中等偏下阶段（1 045~4 125美元），比如吉尔吉斯斯坦（2016年为1 077.0美元）、乌兹别克斯坦（2 110.6美元）、老挝（2 353.2美元）、摩尔多瓦（1 900.2美元）、乌克兰（2 185.7美元）、蒙古国（3 686.5美元）、不丹（2 804.0美元）、亚美尼亚（3 606.2美元）、格鲁吉亚（3 853.6美元）、阿塞拜疆（3 876.9美元），甚至还有几个国家长期陷入了贫困陷阱而不能走出来，如阿富汗（561.8美元），尼泊尔（729.5美元）、塔吉克斯坦（795.8美元）。人均GDP处在中等偏上阶段的国家还有几个，比如伊朗（4 957.6美元）、白俄罗斯（4 989.3美元）、哈萨克斯坦（6 389.3美元）、土库曼斯坦（7 510.1美元）、俄罗斯（8 748.4美元）、土耳其（10 787.6美元）等。部分国家的贫困人口比例很高，比如塔吉克斯坦、吉尔吉斯斯坦、亚美尼亚、巴基斯坦的贫困人口比例都超过了30%，引致的社会问题也比较突出。

（2）产业结构单一，高度依赖能源资源。"北带"许多沿线国家产业结构单一，特别是高度依赖能源资源，比如哈萨克斯坦、土库曼斯坦、蒙古国、俄罗斯、伊朗等，这些国家在全球能源价格上升周期时人均GDP增长得很快，但在下降周期时整个国民经济则出现财政收入大幅减少、GDP和人均收入缩水、政府债务以及政府违约情况增加等严重问题。这对于很多靠政府担保而投资建设项目的合资方必然产生利益损失。

（3）市场规模狭小，通货膨胀问题突出。"北带"沿线国家总体上人口密度低，市场总体规模较小。比如在中亚5国，400万平方千米的土地上仅有7 000万人口，蒙古国和俄罗斯近2 000万平方千米土地上仅有约1.5亿人口，而人口众多的巴基斯坦、伊朗、土耳其则人均收入比较低。同时，"北带"沿线很多国家受苏联模式影响很大，如中亚5国、东欧多国，这些国家一定程度上仍然存在威权体制的特征，国家治理模式比较传统，宏观调控水平不高，因而存在一定程度的通货膨胀，比如乌克兰 2015 年的通胀率已达到超高通胀水平（48.7%），俄罗斯通胀率达到 15.5%，伊朗为 13.7%，白俄罗斯为 13.5%，摩尔多瓦为 9.7%，土耳其为 7.7%；另一些国家则存在一定程度的通货紧缩问题，比如阿富汗 2015 年通胀率为 -1.5%、立陶宛为 -0.9%、罗马尼亚为 -0.6%、爱沙尼亚为 -0.5%、马其顿为 -0.3%。还有的国家汇率大起大落，币值极不稳定。

（4）基础设施落后，国家财政力量难以支撑高标准基础设施建设。"北带"沿线国家地形、地貌以高山峻岭为主，人口多集中于大型城市，大片的区域人烟稀少，同时由于经济发展水平不高，政府财政能力有限，难以支撑高密度、高标准的基础设施建设，中亚、西亚等地区和蒙古国、俄罗斯的基础设施建设比较落后。一方面，现代交通基础设施如高速公路、高速铁路、城市地铁等很少或没有，大型桥梁、隧道、工矿设施等建设能力也有限；另一方面，公用设施短缺问题严重，比如巴基斯坦、阿富汗、尼泊尔等国存在严重的电力短缺问题，甚至在天然气资源丰富的哈萨克斯坦仍然存在居民燃气不足的问题。

（二）"北带"沿线的非经济风险

"北带"沿线国家的非经济风险主要有几个方面：国内政局不稳，地缘政治利益关系复杂敏感，宗教、民族问题交织，宗教极端势力猖獗，毒品走私问题严重。

（1）部分国家国内政局存在一定的不稳定性。"北带"沿线多国自独立以后，主要特征就是总统长期连任甚至终身化，把强化总统职权作为维护国家政治稳定的第一要务，这样其政局稳定与否取决于各国总统掌控局势的能力。这样就产生三个问题：一是政局稳定性较差，存在力量不等的反对派，如吉尔吉斯斯坦发生的"郁金香革命"，格鲁吉亚发生的"玫瑰革命"，乌克兰发生的"橙色革命"，埃及、缅甸、突尼斯发生的政权倒台事件等。二是存在严重的体制性、全面性腐败问题。阿富汗、中亚 5 国、俄罗斯、缅甸、老挝、伊朗等沿线国家的清廉指数都很低，被归入全球最腐败国家行列。其法治建设落后，政商关系复杂，投资风险较大。三是存在"接班人"问题。那些终身任职的总统都存在接班人问题，而其国内各种势力都为权力交接而角逐。这也是政局可能不稳的关键因素。

（2）沿线国家地缘政治利益关系复杂敏感。"北带"沿线很多国家通常都被认为是俄罗斯联邦的"势力范围"，包括蒙古国、中亚五国、阿富汗、伊朗、乌克兰、白俄罗斯等。比如俄罗斯理所当然地视中亚五国为"自家后院"，除了曾经的独联体机制，俄罗斯和哈萨克斯坦还发起设立了欧亚经济联盟；俄罗斯和白俄罗斯也有一个"俄白联盟"机制。沿线国家自独立后也努力实行多元大国、平衡外交的策略，一些国家实施了"去俄罗斯化"政策，比如塔吉克斯坦、乌克兰、土库曼斯坦等，同时引入其他大国如中国、美国、日本等国的力量，比如参加"一带一路"倡议、上海合作组织，与美国建立战略伙伴关系，加强与日本的战略合作等。地缘政治和外交因素在"北带"沿线国家的投资合作中十分微妙而关键。

（3）宗教极端势力猖獗，沿线安全形势不容乐观。"北带"沿线存在突出的安全问题，主要是宗教极端势力猖獗。一方面，阿富汗、巴基斯坦、西亚部分国家都存在政府军和极端势力武装分子的武装对抗行为，乌兹别克斯坦、塔吉克斯坦也存在一定的安全问题；另一方面，中亚国家也存在边境防守不到位的问题，极端组织会从一些国家招募人员并进行恐怖活动。此外，中亚及沿线多国的毒品走私活动也很猖獗。

三、风险比较分析

通过"一带一路"沿线国家的经济风险和非经济风险的简短分析可以看出：①"南路""北带"沿线国家的开发程度不同，其经济风险程度也不同，但共同特征是这些国家长期以来经济增长困在中等收入阶段而难以向上突破，甚至有的国家已经陷入"贫困陷阱"。这些国家的经济成长性差，增长动力不足，政府财政收入有限，很难支持大规模的、高质量的现代化基础设施建设，因此这些国家普遍存在缺电、缺水、缺交通设施等问题，同时汇率可能大起大落，腐败呈现体制性、全面性的特征。②在非经济风险方面，应该说，"南路""北带"沿线都有很强的大国角力色彩，地缘政治和外交关系复杂，有的地区还存在一定的战争风险、宗教冲突风险、极端势力和恐怖主义风险，不少国家也存在政局不稳的可能性。应该说，"一带一路"沿线部分区域是传统意义上的"多事地带"，对这些地区的多重风险进行全面、深入的归纳总结，有利于有针对性地提出可行性的投资、贸易方案和策略。

第三节 中国在"南路""北带"的公共品供应：成本收益比较

对于中国企业来说，在"南路""北带"沿线国家进行投资贸易合作，面对前文所述经济风险和非经济风险时，单个企业是无能为力的，只能选择规避或适应。但对于国家来说，则可以针对前述风险来提供一些通用型的公共服务，比如中国发起设立亚洲基础设施投资银行和丝路基金等。而面对"南路""北带"的不同市场规模和风险特征，中国所能提供的公共品种类也应有所不同。

一、"南路""北带"的国际公共产品

"一带一路"倡议提出，要加强政策沟通、道路联通、贸易畅通、货币流通、民心相通。事实上这是几个方面通用型的国际公共产品。

（一）政治互信和良好的国家间关系

推进"一带一路"沿线国家的投资贸易合作，离不开中国与沿线各国的政治互信和良好的国家间关系。由于国家间制度不同，意识形态不同，文化及思维方式不同，当然主要是利益不同，国家间的政治互信和关系可能会有问

题，这就十分需要国家主要领导人的高超外交能力，总的出发点是维护国家总体利益。"一带一路"倡议提出后，中国政府在这方面做了大量卓有成效的工作，与菲律宾、新加坡、越南、印度等国成功解决了若干争议纠纷，树立了负责任大国的良好形象，构建了"一带一路"区域的政治互信和良好的国家间关系。

（二）互利互惠的高标准自贸区网络

推进"一带一路"沿线国家的投资贸易合作，离不开中国与相关国家的自由贸易规则。在自由贸易协定条件下，中国商品、资本和企业可以进入沿线国家，互利互惠。中国在过去几年中加强自由贸易区的双边或多边谈判。目前，中国已签署自贸协定13个，涉及21个国家和地区。东亚区域主要是中韩、中日自由贸易协定；东南亚区域主要是"区域全面经济伙伴关系协定"（RCEP）和中国–东盟自贸协定升级版；大洋洲区域主要是中澳、中新的自由贸易区协定；在亚太地区，中国决定启动亚太自贸区（FTAAP）进程。在美国加强贸易保护、退出TPP背景下，中国已然成为全球自由贸易的主要倡导者。

（三）新型的金融服务机构和能力

"一带一路"沿线的投资贸易合作，离不开金融支持和服务，而传统的世界银行、亚洲开发银行、金砖国家开发银行等金融机制一方面关注点不在"一带一路"上，另一方面其金融服务能力也有限。在此背景下，中国发起设立了亚洲基础设施投资银行和丝路基金等金融服务机构，旨在提高"一带一路"沿线国家基础设施及相关建设的融资水平和金融服务能力。这可以有效弥补传统国际金融服务机构在某些领域的短缺，为"一带一路"投资贸易合作提供新型的金融服务支持。

（四）加强民间了解交往的民心相通工程

民心相通是"一带一路"的重要组成部分，是软因素、软实力，有助于中国与"一带一路"沿线国家互相了解和信任，有助于营造良好的投资贸易合作氛围。截止到 2016 年底，中国与"一带一路"沿线 60 多个国家全部签订了政府间文化交流合作协定，实现了全覆盖；中国教育部为实施"丝绸之路"留学推进计划，设立"丝绸之路"中国政府奖学金，每年向沿线国家提供 1 万个奖学金新生名额（截至 2016 年底，"一带一路"沿线国家在华留学生达 20 多万人）；截至 2016 年底，中国已经在沿线 11 个国家开办了中国文化中心，计划到 2020 年建立 49 个中国文化中心，能够实现与沿线国家和地区的文化交流规模达到 3 万人次。相关工程的效果仍然需要时间反馈，但民心相通的工作方向是完全对路的。

二、"南路"的公共品投入：成本与收益

"南路"以海洋国家为主，其海域广阔，国家众多，人口众多，市场庞大，文化多元，与中国的联系紧密，利益相关性强。为了应对"南路"风险，保护中国企业和商业利益，中国完全有必要加大在远洋海空军等公共品上的投入。

（一）应对"南路"风险需要提供的公共产品

"南路"最大的风险就是海洋风险。无论中国南海、西太平洋、南太平洋、印度洋、地中海等海域，无一没有中国企业和商业利益的存在。第一，随着中国在"南路"沿线开展广泛的投资贸易合作，中国必须加强在远洋海空军等战略性军事力量上的建设，以维护及保护自己的利益。传统意义上，中国不是一个海洋强国，中国海军甚至也不是深海海军，中国空军的远程攻击能力也有限，中国海空军在海外也没有基地、驻军和补给来源。党的十八大报告指出，要坚决维护国家海洋权益，建设海洋强国，把建设海洋强国上升为国家战略。而建设强大海空

军，是建设海洋强国的必然要求。《简氏防务周刊》曾列举了当代海军的五大职能：预防冲突、维持对海洋的控制和航海自由、维护海洋秩序、向海外投送兵力以及进行必要的国际合作。海军将是保卫国家海上贸易、能源通道安全，维护国家海外利益的战略性军种。中国可以以此为契机，加大对远洋海空军的投入，加强人才培养和使用，提高远洋海空军武器装备的现代化水平、作战能力和威慑能力。

第二，中国必须加强中缅油气管道、中巴经济走廊的建设，必要时可以与泰国政府联合开发建设克拉运河。海上能源通道至关重要。目前中国在缅甸南部皎漂港至中国云南之间建设了中缅油气管道，该管道可以不经马六甲海峡向国内运输油气，极具战略价值。中巴经济走廊是另外一条自巴基斯坦瓜德尔港至中国新疆的能源、交通通道，包括公路、铁路、油气和光缆通道在内的贸易走廊，也极具战略价值。此外，泰国的克拉地峡位置十分关键，开发克拉运河的设想已经有百年历史，但由于成本高、工程难度大、各种利益关系复杂等因素而未实质进行。如果在将来有必要，中国可以在"一带一路"框架下与泰国合作开发克拉运河，为国际社会增加一项新的公共产品。

（二）"南路"公共品投入的成本和收益

第一，建设远洋海空军的成本主要有以下几个方面：①远洋海军舰船及武器研制、生产和使用费用，包括核动力、电磁弹射的新一代超级航空母舰（一般10万吨级），新一代战略核潜艇和核导弹，驱逐舰，护卫舰，补给舰，舰载机，无人机，预警机，雷达，卫星导航系统，各种配备武器等；②军事人员培养、训练、薪酬、后勤保障以及海洋科研、国际交流合作等费用，这里涉及军事院校经费、海空军人员经费等；③海外军港的建设和维护费用。实事求是地说，中国目前的海空军力量与远洋海空军的目标还相差很远，与海洋强国的目标还有很大距离。这当然需要国家在这方面加大经费投入，提高经费使用效率。经过若干年努力奋斗，伴随"21世纪海上丝绸之路"建设的广泛深入以及随之而来的投资贸易合作成果，中国还将收获一支具有保卫国家海洋利益、海外利益的远洋海空军力量。应该说还是值得的。

第二，中缅油气管道、中巴经济走廊都处于地势险要地区，施工建设成本很高，社会关系极为复杂，但由于二者的超高战略价值，中国完全有必要与缅甸、巴基斯坦等国加强合作，将两条走廊建成具有典范意义的跨国工程。而克拉运河的开发建设则事关东南亚地缘政治格局的改变，需要更进一步地规划研究，如果收益远超其成本，则也有必要进行开发建设。

三、"北带"的公共品投入：成本与收益

"北带"以陆上国家为主，其公共产品提供必然围绕陆上风险进行。

（一）应对"北带"风险的公共品投入

中国与"北带"的西线（中亚）国家主要的投资贸易合作领域是油气资源、农产品、矿产资源等，因此"北带"西线的公共品主要有三类：一是中亚油气管道的建设和维护。目前中国已经建成土库曼斯坦、哈萨克斯坦至中国的油气管线，后期工程还在进行，土库曼斯坦也成为中国最大的天然气进口国。二是中国–中亚大陆桥的铁路、公路以及通信设施建设。目前中国与中亚国家的投资贸易合作主要是通过各国自身的铁路、公路连接，有些地方还缺少交通连接，比如中国喀什至中亚的铁路线等。这是推进中亚地区的合作时需要弥补的工程。当然，应对"北带"风险的另一特殊公共品就是安全，目的是打击宗教极端势力，保护中国西部边境的安全，防止极端势力对中国西部的渗透。中国已经与中亚、南亚等国建立了上海合作组织及其合作框架，意在加强该地区各国在反恐和维护地区安全方面的国际合作。这也是必要的公共品投入。

"北带"的北线（蒙古国、俄罗斯）的公共品主要是中蒙俄经济走廊建设。2015年，中、蒙、俄三国共同签署了《建设中蒙俄经济走廊规划纲要》的谅解备忘录，共同规划发展三方公路、铁路、航空、港口、口岸等基础设施资源，加

强在国际运输通道、边境基础设施和跨境运输组织等方面的合作，推动发展中国和俄罗斯、亚洲和欧洲之间的过境运输。

"北带"的南线（中南半岛）的公共产品主要是泛亚铁路的中南半岛和马来半岛部分，包括中缅铁路、中泰铁路、中老铁路、中越铁路以及泰国－柬埔寨铁路、马来西亚－新加坡铁路等。中老铁路于2016年12月全面动工兴建，中泰铁路于2017年底动工，而由于多种因素，其他铁路项目则被暂缓推动。

（二）"北带"公共品投入的成本和收益

综合来看，"北带"沿线的公共产品供应主要有三个方面：①跨国铁路、公路的建设和维护；②油气管道的建设和维护；③保障安全的国际组织。这三方面公共产品的供应，大概需要五个方面的成本：①国家间关系的协调成本。由于陆上交通基础设施建设涉及多国边界，中国需要与多国进行大量的磋商、谈判和协调，这必然耗费一定费用。②跨国油气管道、铁路公路的建设和维护成本。正如前文所述，由于地域跨度大、地形地貌复杂，跨国油气管道，铁路公路及其附属的电力、通信等基础设施，都将耗费巨额的建设和维护成本。比如中巴经济走廊的预计工程费用约为460亿美元。③跨国铁路的换轨成本、通关清关成本。由于跨国铁路在不同国家间的轨距差别，跨国铁路运输需要换轨，更需要进行检验检疫、通关清关等程序。④极端势力渗透的风险和社会成本。如果中国至巴基斯坦、阿富汗、伊朗的铁路通畅，那么极端势力向中国西部渗透的可能性将大增，这也将提高中国的维稳成本或社会成本。⑤极端情况下的沉没成本。在国家间关系恶化情况下，陆上交通线路、油气管道等很可能被停止运行，同时在特殊情况下，这些线路或管道也很容易受到武装攻击，中国军事力量很难进行跨国军事保护。

四、小结

综上所述，中国在推进"南路"和"北带"合作上的公共品供应虽有共同特点，但在具体类型上有重大差异。

第一，"北带"的主要公共品供应类型是跨国油气管道、铁路公路及其附属设施，其投资周期长、投资规模大，且投资风险高。中巴经济走廊、中缅油气管道等由于其战略价值极高，而可以将商业价值放在其次，但中国至中亚、西亚、蒙俄、中南半岛等方向的跨国铁路公路则没有那么高的战略价值，其商业价值、成本和收益则需要优先考虑。

第二，"南路"以海路为主，绝大多数水域都是国际海域，不需要进行重大基础设施建设，而中国需要提供的主要公共品是远洋海空军力量，"南路"沿线规模庞大的贸易流量完全需要中国用远洋海空军力量来保护。这也可以扩大中国军事力量在中国南海、印度洋、孟加拉湾、地中海、南太平洋等海域的影响力。

第三，中国至欧洲的运输通道中，陆上铁路通道和海上运输通道之间的优先关系需要市场检验。目前相对而言，中国至欧洲的货物运输，陆上铁路运输时间较短，单位列车运载量小，单位运输成本高，同时空车返程率高；海上运输时间较长，单位轮船运载量大，单位运输成本低。就目前阶段而言，中欧班列普遍呈亏损状态，海上运输更具市场优势。

第四节　中国在"南路""北带"的战略侧重点和关键产业布局

中国在推进"一带一路"倡议时，出于国家利益，应该考虑"南路"和"北带"在市场规模、资源禀赋、经济风险、非经济风险、公共品特征等方面的差异，应该采取有区别、有侧重的战略和重点产业布局。

一、中国在"南路"的战略侧重点

"南路"沿线人口众多，市场广阔，发展空间巨大，中国可以与之形成错位合作竞争的局面，因此中国在"南路"的计划侧重点应该以经济考量为主，主要以扩展中国企业、中国产品、中国标准的国际空间，促进中国与"南路"沿线国家互利共赢为主要目标。

二、中国在"南路"的关键产业布局

（1）港口建设和航运。海港是"南路"交通基础设施的重点类型。随着经济增长和贸易流量加大，"南路"许多国家，比如越南、马来西亚、菲律宾、缅甸、印度尼西亚、柬埔寨、巴基斯坦、斯里兰卡、孟加拉国等，对于高标准海港的需求越来越强烈，而现有的港口建设远不能满足当前和未来发展的需要，既有港口的扩建升级和新建高标准港口，包括货运港口、集装箱港口、油气港口、军港等，形成巨大的市场需求。中国在港口建设、港机研制、港口运营等方面拥有全球领先的能力和经验，可以在"南路"沿线施展。此外，中国也拥有全球最强的海洋运输能力，近十年来也在并购海外港口股权、参与港口运营等方面取得了一些进展，未来也应该加大在这方面的投资。

（2）电力建设和运营。如前所述，"南路"沿线很多国家缺气少电，这会严重影响城乡居民生活，影响基础设施、工业园区的运行，也会影响城乡消费升级和市场规模扩大。中国在火电、水电、气电、核电、光伏电力、风电等电力工程建设方面拥有全球领先的大企业群体和施工建造运营能力，也拥有全球领先的统一电网运营以及电网设备制造能力。中国已经在巴基斯坦成功建造运营了中国自主技术的恰希玛核电站，在多国开展了风电、水电、火电、光伏电站等建设，未来可以进一步加大这方面的投资运营。

（3）城市基础设施。"南路"沿线许多国家的城市规划、城市基础设施较为落后，许多大型、超大型城市在硬件上缺少地铁、轻轨、BRT等交通基础设施，在软件上缺乏运营这些设施的能力，房屋建筑质量不高，城市更新的需求量巨大。比如越南胡志明市、印度尼西亚雅加达市、菲律宾马尼拉市等人口数量庞大，交通压力巨大。而中国在这些领域都有强大的城市规划，城市基础设施设计建造、设备制造和运营能力，完全有能力在沿线国家开拓市场。

（4）城市间交通基础设施。这包括高速公路、慢速铁路、高速铁路、车站、机场等设施设计、建设和运营，中国在这些领域都拥有全球最丰富的运营经验，拥有设施设计建造、设备制造和营运的能力。中国已经在印度尼西亚爪哇岛成功竞标了雅万高速铁路项目。未来中国在马来西亚-新加坡、菲律宾、澳大利亚、土耳其、欧洲、印度等沿线国家也可以加大开拓力度。

（5）工业园区。东南亚、南亚、北非等地区拥有大量廉价青壮年劳动力，这是劳动密集型制造业的必备条件。中国在过去几十年发展过程中积累了完善的工业园区建设、招商引资和产业配套经验及能力，在过去十多年间也在上述地区运营了泰国泰中罗勇工业园、柬埔寨西哈努克港工业园、巴基斯坦海尔-鲁巴经济区、埃及苏伊士经贸合作区、肯尼亚蒙巴萨工业园等几十个工业园区。未来可以进一步加大投资力度。

（6）农产品。中国是农产品生产、消费和进口大国，现在中国农产品生产面临人多地少、缺水、农业用地过度开发等问题。自2004年以来中国农产品贸易已经连续13年出现赤字，"优化重要农产品进口的全球布局、推进农产品进口来源多元化"，已经成为中国重要的农业产业政策。"南路"沿线国家是我国谷物（大米、小麦、玉米）、棉花、食用植物油、食糖、葡萄酒、天然橡胶等农产品的重要来源地，沿线很多国家拥有大量未开垦的土地，也有相关的农用地开发政策，而中国拥有许多建设现代农业基地、农业产业化的农垦企业、农产品转化企业，完全可以在农产品领域开展境外投资。

（7）文化产业。文化产业是民心相通的重要媒介和桥梁。"南路"沿线特别是东南亚、南亚地区对于中国传统文化、现代经济发展拥有强烈的兴趣，中国市场也对相关国家十分重要。2017年印度电影《摔跤吧！爸爸》在中国市场获得了远超印度本土市场的票房，中国很多影视剧在东南亚、南亚也有广泛的受众。中国文化企业可以与"南路"相关国家加大文化领域的合作投资力度。

三、中国在"北带"的战略侧重点

"北带"的东线、中线、西线跨越亚欧大陆，连通东亚经济圈和欧洲经济圈，直线距离短，但沿线地广人稀，经济成长性较差，因此中国对"北带"的战略侧重点应该以能源资源合作、地区安全为主，经济合作和商业利益放在其次。交通基础建设设施成本高，回收周期长，必须慎重从事。

四、中国在"北带"的重点产业布局

（1）石油天然气和矿业合作。中亚、西亚地区石油天然气资源丰富，这些国家开发、管道施工、运输和运营能力有限。中国-中亚天然气管道的A、B、C三线都已铺设并运行，D线正在铺设，这有效带动了土库曼斯坦、乌兹别克斯坦和哈萨克斯坦三国的能源开采和经济发展，中国已经成为土库曼斯坦最大的天然气进口国。此外，中亚地区铀矿资源丰富，中国在未来30年内对于铀矿的需求量大幅增加。中国-中亚-西亚经济走廊是能源资源合作的重要经济带，在保障地区安全、政策平稳的条件下，中国企业可以开展油气和铀矿合作。

（2）关键地区的基础设施投资。"北带"西线的中巴经济走廊、南线的中南半岛泛亚铁路网以及孟中印缅经济走廊，是"北带"连接"南路"的两条关键经济通道，极具战略价值。尽管克什米尔地区存在严重的安全问题，缅北也存在民族武装割据和战争问题，但中国有必要发挥大国影响力，加强民心沟通，维护地区安全和和平稳定，推动两条经济走廊的基础设施建设，让发展成为两条走廊的主旋律，使沿线各地方、各民族从中受益，使其成为"一带一路"投资贸易合作的样板工程。此外，在中亚五国、蒙古国、老挝等国家，中国也可以加强电力电网方面的合作；在亚欧铁路班列问题上，应该进一步提高铁路换轨技术、检验检疫技术、通关清关速度，降低中欧班列的单位平均成本。

（3）农畜产品的投资贸易合作。中国是世界上最大的农产品和食品消费国，中亚地区是重要的粮食（主要是小麦）、棉花、畜产品的生产和出口国，中国-

中亚之间的农产品存在明显的互补性和互利性，合作空间广阔，但由于中亚国家在农产品和食品领域的投入有限，存在产业结构单一、装备老化、技术进步缓慢、土壤生态环境恶化等问题，其规模和生产效率难以提高。投资种植业、粮食和食品加工业、畜牧养殖业，不但能够丰富并改善当地居民的物质生活，还有利于中国企业充分利用当地的土地资源，开辟中亚出口市场，建立粮食、棉花等战略物资的海外生产基地，促进农产品进口来源的多元化。

五、中国推进"一带一路"倡议的若干思考

中国提出的"一带一路"倡议，是一个开放性的自由贸易投资方案，它向全球展现了中国成为全球第二大经济体后的开放态度和形象，是中国在新的条件下基于"合作、共创、双赢"的自由贸易理念推动全球新一轮对外投资和对外贸易活动的积极行动，对于发挥中国经济的影响力、改善亚欧大陆各经济体的基础设施建设、提振全球经济预期都有良好的作用，是中国新时期带给全球的增量贡献。然而也要看到，"南路"和"北带"的沿线国家，其经济发展阶段不同，资源禀赋不同，利益诉求不同，地缘政治、经济、宗教风险更不同。中国在加强与"一带一路"沿线国家经济合作过程中，要从总体上强化通用型公共产品的供应，在实践中掌握好投资贸易合作的进程和力度，不能急于求成，同时不能平均用力，而应在"南路"沿线以经济商业战略优先，在"北带"以安全和政治利益优先。

（一）要加强"一带一路"理论体系的构建

古代丝绸之路是历史，"一带一路"则是当代的伟大实践，它从提出至今不过六年时间，但已在全球受到高度重视，起步阶段卓有成效，成为沿线诸国共同享用的公共产品。然而也必须看到，"一带一路"涵盖中华文明、印度文明、伊斯兰文明、基督教文明等地区，文化差异巨大，地缘政治关系复杂，大国利益交错，民心沟通和政治互信需要进一步加强，很多错误的看法、误解也由此而生。

比如外国有媒体认为"一带一路"相当于第二次世界大战后美国的"马歇尔计划"。这说明"一带一路"的理论论述和话语体系构建尤为薄弱和滞后。从近代史的发展历程上看，"一带一路"完全不同于西方以"坚船利炮"为基础打破别国国门的贸易方式，而更具有国家间平等、不干涉内政、多元包容共享、和谐发展的中华价值观特征，不同于西方主导的国际经济秩序。而目前国内外关于"一带一路"的理论论述和话语体系构建并不到位。中国应该从经济学基本原理、国际贸易理论、国际金融理论、国际经济学、国际关系、外交学、中华文化等角度出发，构建"一带一路"的政治经济学和国际关系学理论体系。如果顺利的话，"一带一路"对于促进联合国减贫大计、泛亚铁路大计、亚欧大陆经济发展、亚欧大陆文化宗教和国家间关系的和谐，都将起到积极作用。

（二）要发挥市场决定性作用和优化政府作用

对于中国应该如何推动"一带一路"倡议，国内显然有不同看法。有看法认为，"一带一路"倡议作为中国政府提出的开放性投资合作框架方案，理应强化中国政府的主导作用，依托中国外汇储备、国民经济规划建设经验，对沿线落后国家进行"整体性开发"。确实，在"一带一路"启动阶段，中国政府都是亚洲基础设施投资银行、丝路基金、金砖国家新开发银行等金融机构的主要资金来源，中国政府在顶层设计、宏观谋划、政策支持、资金引导等方面做了大量工作，似乎是"政府冲在了前面，企业在后面跟着"。然而，随着"一带一路"倡议逐渐由启动阶段进入加速阶段，政府和企业的位置就要调换一下，应该"企业在前面冲，政府在后面服务"，应该发挥市场在资源配置中的决定性作用，优化政府职能。"一带一路"毕竟不是"郑和下西洋"，不是"政治挂帅"，而是要讲求互利互惠、多方共赢的开放性投资贸易合作框架，各国都应以国家利益最大化为总目标，发挥企业和市场规律在发现市场、开发市场、满足市场需求方面的主体作用，按照商业常识、市场规律做好投资贸易合作工作。政府要做的是，进一步优化有关工作，提供有利于投资贸易便利化的自由贸易区和投资合作框架，加强各方的政策对接和政府服务，更加科学合理地规划和利用好沿线多个国际组织和合作平台，推动亚洲基础设施投资银行、丝路基金进入实质性的商业化运作，吸引全球资本包括中国民间资本持续投资入股，以官带民，调动民间资本、外国资本参与；在国内外宣传方面，还应保持低调，把握分寸，适度、适当、务实，多做、少说、慎说。

（三）要重点发展有利于中国崛起的公共品组合

推进中国企业在"一带一路"沿线国家的投资贸易合作，中国需要供应诸多国际公共产品，比如良好的国际关系、地区维和、自由贸易区建设、新型开发性金融机构、交通基础设施建设、沿线国家的民间交往和民心相通等。然而在"北带"沿线国家，投资铁路、公路、桥梁隧道等国家公共产品，必然面临投资成本高、投资风险大、投资回报率低等问题，即使建好了，中国也可能难以保护自己的合法投资权益。因此在"南路""北带"进行投资项目选择时，一定要重点发展有利于中国崛起的公共产品组合，区别开国际公共产品、国家公共产品和国际商业性产品。如前所述，在"南路"沿线加大投资贸易合作的同时，中国保护海洋权益、海上利益的需求就越来越大，这正好与中国的海洋强国战略相契合，增强中国远洋海军在中国南海、马六甲海峡、印度洋、南太平洋的影响力。

（四）可以优先加强与东南亚、南亚的国际商业性产品的投资合作

如前所述，中国需要区分"南路""北带"的战略侧重点，把经济利益考量主要放在"南路"，把安全和政治利益考量主要放在"北带"。在"南路"沿线几个地区中，东南亚和南亚的国家公共产品和国际商业性产品是优先考虑的投资合作对象。这两个地区有10多个国家，人口约20多亿，市场规模庞大，市场成长性良好，未来发展空间大。亚洲开发银行《满足亚洲基础设施需求》的报告显示，至2030年亚洲还需要26.2万亿美元的投资；《东盟互联互通总体规划》也高度重视基础设施建设。中国相对于该地区的许多国家拥有诸多优势，比如城市规

划、开发和基础设施建设，港口、铁路、机场等交通设施建设，电力、通信、水利等公用事业建设和运营等。中国企业可以在这些地区发挥自己在过去30多年间形成的发展经验、工程建造能力，既实现自己产能合作、企业国际化、企业盈利的目标，又改善当地基础设施条件、加快当地经济发展、提高当地人民福祉，实现互利共赢。

（五）要重点处理好与地区重点国家的战略关系

"一带一路"沿线有一些关键性国家，它们对该地区其他国家有较大的地区影响力，比如越南、印度。越南与中国接壤，国土狭长，人口众多，近年来经济蒸蒸日上，目前是中国在东南亚地区的第一贸易大国。但过去越南与中国发生过边境战争，同时当前与中国在南海地区还存在争端，它对中南半岛的老挝、柬埔寨、泰国也拥有一定影响力，美国、俄罗斯、印度、日本等大国都不断加强与越南的战略合作，如果中越关系不睦，则可能对"南路"建设、"北带"的南线建设产生不利影响。同样，印度是南亚的大国，人口仅次于中国，排名全球第二，经济发展潜力巨大；由于历史文化的原因，印度同样对周边国家如斯里兰卡、孟加拉国、缅甸、尼泊尔、不丹等拥有很大的影响力。因此从国家利益出发，中国应重点处理好与越南、印度等地区关键性国家的战略关系，该竞争的时候要竞争，该合作的时候要合作。

（六）要加强少数关键地区的交通基础设施联通

根据《中欧班列建设发展规划（2016—2020年）》，中国规划了规模宏大的亚欧大陆铁路运输通道，包括东通道（中国东北至俄罗斯远东地区）、中通道（中国华北经蒙古国至俄罗斯）、西通道（中国新疆至中亚、西亚、欧洲）、南通道（中国至中南半岛、南亚、西亚）。铁路通道尤其是高速铁路，建设投资规模大，投资回收周期长。如前所述，亚欧大陆许多国家目前并没有足够大的市场、居民购买力、贸易流量、政府财政实力等因素支持其建设。因此，第一，陆上交通基础设施的联通工程一定不能急于求成，一定要尊重商业常识和市场规律。不是所有的国家都是高铁市场。第二，陆上交通基础设施建设一定要建立国家间的投资分担机制、收益共享机制、风险防范机制，不能只是中国企业投资建设。第三，可以重点加强少数关键地区的交通基础设施建设，比如中巴经济走廊的铁路、中国-中南半岛铁路，中国企业的投资比例可以大一些。第四，要采取新技术、新政策，提高中欧班列的换轨、通关效率。

（执笔人：冯立果）

第五章
国际经济走廊建设的成本、收益和风险

2013年提出的"一带一路"倡议力图打造新业欧大陆桥、中蒙俄、中国-中亚-西亚、中国-中南半岛、中巴、孟中印缅等六大国际经济合作走廊，本章立足公共与准公共物品视角，通过案例分析探讨目前这些经济走廊建设的成本及收益，以及可能遇到的风险，最后提出相应的对策建议。

第一节　中国周边及长距离国际经济走廊的概述

目前国内外关于国际经济走廊概念的阐释主要围绕国际经济合作机制展开，认为交通走廊是经济走廊的物理形态，以经济合作为目的的跨区域合作机制是经济走廊的本质特征。"一带一路"涉及的六大国际经济走廊——新亚欧大陆桥、中蒙俄、中国-中亚-西亚、中国-中南半岛、中巴和孟中印缅——具有重要的战略和经济作用。

一、国际经济走廊概述

目前，对于国际经济走廊的概念与内涵，学术界尚未形成较为统一和公认的界定。国外学者在对经济走廊这一空间经济现象进行研究和论述的过程中，较多采用"发展走廊""城市走廊""都市走廊"等概念进行表述。国内学者对经济走廊的理解主要是根据1998年10月大湄公河次区域经济合作第八次部长级会议上亚洲开发银行（Asian Development Bank，ADB，简称"亚开行"）对大湄公河次区域（GMS）经济走廊的概念界定。亚开行将GMS经济走廊定义为次区域范围内生产、投资、贸易和基础设施建设等有机地联系为一体的经济合作机制。部分学者将"经济走廊"界定为相邻国家和地区间，以跨境交通干线为主轴，以次区域经济合作区为腹地，开展产业对接合作、物流商贸等形成的"经济带"。国内外关于经济走廊的认识和界定中，普遍认为交通走廊是经济走廊的物理形态，以经济合作为目的的跨区域合作机制是经济走廊的本质特征。另外，应该看到国际经济走廊一方面是一个静态的经济空间,另一方面也是一个不断发展的动态传递和发展过程。静态上,经济走廊是经济要素在一定的交通走廊区域内不断集聚和扩散而形成的一种特殊的经济空间形态。动态上,经济走廊是相邻国家在逐步走向区域经济一体化的过程中所采取的一项重要的发展战略和建设过程。开展经济走廊建设不仅有利于次区域各国基础设施的互联互通,也有利于次区域各国经济发展潜力的有效释放,促进次区域经济一体化的发展进程。因此,可以将经济走廊视为相邻国家和地区开展经济合作,走向区域经济一体化的初级合作形式和重要途径。[①]

中国在2013年提出的"一带一路"倡议涉及中国周边六大国际经济合作走廊,这些国际经济走廊往往都基于大的交通,比如跨国的公路、铁路和港口等,试图通过交通的便利化密切与周边国家的贸易联系,同时这些国际经济走廊又突破了简单加强贸易关系的通道,力图推动以点带面,从线到片,逐步形成大合作[②]。"丝绸之路经济带"预期通过铁路、公路、航空线路的开辟带动沿线及附近地区的人口迁移、资源开发、城市化建设等,进而推动沿线各国各地区形成一种集束式的发展态势;同样的,"21世纪海上丝绸之路"也力图借助港口、海运建设和运行推动沿海地区的发展。[③]

二、建设六大国际经济走廊的战略意义

"一带一路"建设推进六大国际经济走廊建设具有重要的地缘战略意义和经济意义,是深化周边关系、构建周边命运共同体的重要举措,有助于解决目前六大经济走廊的基础设施无法满足我国与周边国家推进经贸合作与人文往来需要的问题。

---

① 卢光盛,邓涵,金珍. GMS经济走廊建设的经验教训及其对孟中印缅经济走廊的启示[J]. 东南亚研究,2016(3):35-43.

② 习近平. 弘扬人民友谊,共创美好未来——在纳扎尔巴耶夫大学的演讲[N]. 人民日报,2015-09-08.

③ 曾向红."一带一路"的地缘政治想象与地区合作[J]. 世界经济与政治,2016(1):46-71.

（一）"一带一路"六大国际经济走廊具有重要的地缘战略意义

六大国际经济走廊从中国东北、西北和西南起始，通过基础设施建设打破了以往的地理限制，将中国与东北亚、中亚、东南亚、西亚、东欧、西欧连接在一起。新亚欧大陆桥经济走廊由中国东部沿海向西延伸，经中国西北地区和中亚、俄罗斯抵达中东欧。中蒙俄经济走廊将"丝绸之路经济带"同"欧亚经济联盟"、蒙古国"草原之路"倡议对接。中国-中亚-西亚经济走廊由中国西北地区出境，向西经中亚至波斯湾、阿拉伯半岛和地中海沿岸，辐射中亚、西亚和北非有关国家。中国-中南半岛经济走廊以中国西南为起点，连接中国和中南半岛各国，是中国与东盟扩大合作领域、提升合作层次的重要载体。中巴经济走廊北起喀什，南至瓜德尔港，将中国西北内陆和印度洋连接在一起。孟中印缅经济走廊连接东亚、南亚、东南亚三大次区域，沟通太平洋、印度洋两大海域。

（二）"一带一路"涉及的六大国际经济走廊经济意义明显

除中国-中南半岛经济走廊涵盖11亿人口外，其他五大国际经济走廊涵盖人口均在15亿以上。各经济走廊延展地域广、辐射范围宽，经济增长潜力大。各大经济走廊的建设及以此为基础的经济合作将带动走廊所涵盖国家及所辐射区域的经济发展，合作潜力巨大。2015—2020年5年间，中国-中亚-西亚经济走廊、孟中印缅经济走廊和中国-中南半岛经济走廊相关经济体的经济增幅将分别达到24.6%、81.7%和40.2%。经济走廊建设的直接作用是便捷运输、降低贸易成本、增加货运量并提升贸易规模。从进出口贸易规模来看，除中巴经济走廊外，其他经济走廊的潜力均很突出。据世界贸易组织预测，至2020年中国-中南半岛经济走廊和新亚欧大陆桥经济走廊的进出口贸易额将分别达到24 625亿美元和15 816亿美元。

新亚欧大陆桥、中蒙俄、中国-中亚-西亚经济走廊经过亚欧大陆中东部地区，不仅将充满经济活力的东亚经济圈与发达的欧洲经济圈联系在一起，更打开了连接波斯湾、地中海和波罗的海的合作通道，为构建高效畅通的欧亚大市场创造了可能，也为地处"一带一路"沿线、位于亚欧大陆腹地的广大国家提供了发展机遇。中国-中南半岛、中巴和孟中印缅经济走廊经过亚洲东部和南部这一全球人口最稠密地区，连接沿线主要城市和人口、产业集聚区。澜沧江-湄公河国际航道和在建的地区铁路、公路、油气网络，将丝绸之路经济带和21世纪海上丝绸之路联系到一起，经济效应辐射南亚、东南亚、印度洋、南太平洋等地区。

（三）六大国际经济走廊建设是深化周边关系、构建周边命运共同体的重要举措

无论从地理方位、自然环境还是相互关系看，周边对我国都具有极为重要的战略意义。中国始终将周边置于外交全局的首要位置，视促进周边和平、稳定、发展为己任。中国推动全球治理体系朝着更加公正合理的方向发展，推动国际关系民主化，推动建立以合作共赢为核心的新型国际关系，推动建设人类命运共同体，都是从周边先行起步的。在2013年中国周边外交工作座谈会上，习近平主席特别强调"要让命运共同体意识在周边国家落地生根"。与周边国家共同构建周边命运共同体，成为新时代中国周边外交的一个长期目标。六大国际经济走廊建设是深化周边关系、构建周边命运共同体的重要举措。从地图上看，六大走廊连接的首先是中国广大周边地区，首先受益的也是周边国家。

（四）现今六大国际经济走廊的基础设施无法满足我国与周边国家推进经贸合作与人文往来的需要

仅以铁路为例，目前在我国2万多千米的边境线上，只有11个铁路口岸，仅与相邻14个国家中的5个国家有铁路联通。随着"一带一路"倡议的不断深入推进，我国与周边国家的货物交流和人员往来更加密切，既有对外铁路运输通道明显不能适应互联互通的需要。从布局情况看，铁路口岸偏重于东北亚地区，中亚、东南亚较少，南亚方向尚无铁路口岸。由于外交和经济发展需求的不同以及

经济实力的差别，周边毗邻国家的铁路发展水平低，与我国对接的铁路建设普遍滞后。我方铁路已经修到口岸，但对方铁路迟迟未动工的情况普遍存在。11个口岸前方铁路均为单线内燃，线路基础设施差；除中朝两国为准轨外，与其他国家衔接的铁路均为宽轨或窄轨，需要进行换装或换轨。[①]

第二节 "一带一路"国际经济走廊成本收益分析

国际经济走廊建设主要以基础设施为主，包括公路、桥梁、铁路、机场、港口、能源运输管线等各类基础设施的建设，这类设施大都属于准公共物品，这就决定了其资金来源一般由多元构成。

一、成本分析：准公共物品角度

准公共物品是相对于公共物品的概念。萨缪尔森是这样界定公共物品的：公共物品是这样一类产品，即"单个个体对该产品的消费都不会导致其他人对该产品消费的减少"[②]。因此，公共物品应当指同时具有非排他性和非竞争性的物品。但是，这一概念提出后，引发了其他学者的质疑：萨缪尔森的公共物品概念范围狭窄。此概念只是定义了所有产品中的两个极端，其中一极是纯公共物品，另外一极是纯私人物品，而在两极中间的大量产品被忽略了。另外，即使是政府提供的产品，如高速公路、桥梁、医院、图书馆等，同定义相比也有一定程度的偏差。由于公共物品定义的局限性，准公共物品的概念诞生了。准公共物品是指仅

---

① 车探来. 丝绸之路经济带铁路互联互通：推进路径与前景展望[J]. 国际经济合作,2017(3)：40-43.

② SAMUELSON, P A. The Pure Theory of Public Expenditures [J]. The Review of Economics and Statistics,1954,36(4):387-389.

具有非排他性和非竞争性两种特性之一的物品。[①]

与公共物品相比，准公共物品有其自身特点[②]：第一，从外部性的角度看，公共物品的外部性本身即为其主效用，而准公共物品的外部性则为副产品，并非其供给目的；第二，对于许多准公共物品来说，当需求和供给量未达到某临界点时，表现纯公共物品特性，而达到或超过临界点后，则表现出很强的排他性或竞争性；第三，由于排他性或竞争性，准公共物品有盈利的可能，因此能够在一定程度上通过市场进行供给，并且可能表现出垄断甚至是自然垄断的特点。准公共物品的上述特性，决定其供给机制同公共物品相比有很大的区别。根据曾康霖等的研究，准公共物品的供给者仍以政府为主，但是私人企业有动力参与到准公共物品的供给中。事实上，目前许多国家私人企业已经开始对准公共物品进行投资。如跨英吉利海峡的英法海底隧道、直布罗陀海峡桥以及我国杭州湾大桥等。然而，从宏观的角度来看，由于外部性的存在，私人企业参与准公共物品的供给，仍需要政府政策的引导和支持。政府政策的效果不仅影响私人企业参与的积极性，也影响社会的公共收益。换句话说，公共物品的提供主要依赖政府，而准公共物品的提供除了政府之外还可以包括私人部门。

基础设施是比较典型的准公共物品，基础设施的设计、施工过程中的总投入量作为一个总投入成本，再加上其建设过程中的机会成本就构成了基础设施建设的总成本。这些固定成本在若干时间内是不变的，而可变成本会随运输量的增加呈现出下降——稳定——上升的形态。[③]这里主要考虑的是国际经济走廊的桥梁、

---

① 王茜,万青. 准公共物品私人参与供给下的社会收益及政府政策有效性研究[J]. 经济科学,2009
(6):71-78.

② 王茜,万青. 准公共物品私人参与供给下的社会收益及政府政策有效性研究[J]. 经济科学,2009
(6):71-78.

③ 假定社会成本一定,在达到拥挤点之前投资的边际成本很低,大部分时间为零,消费者的边际效
用价值决定的边际成本也很低,若按社会边际成本定价,可以在增加运输量时降低平均成本。但在超过
拥挤点之后,投资者的边际成本及消费者的边际效用价值决定的边际成本都会增加,按社会边际成本定
价会增加消费者负担,但可以起到抑制过量需求的作用,并且能够使投资者尽快筹集到足够的资金,进
一步扩大生产能力,提供更加优质的服务。张国兴. 关于准公共物品的定价机制[J]. 价格理论与实践,
2005(6):31-33.

公路等基础设施的总投入成本。

二、成本分析：国际经济走廊建设资金来源

准公共物品的性质决定了六大国际经济走廊的资金来源的多样性，包括相关沿线政府、国际金融机构和私人部门。中巴经济走廊和中老铁路是比较好的案例。2015年4月20日中国国家主席习近平访问巴基斯坦时，中巴决定建设460亿美元规模的经济走廊，中国对巴第一阶段政府优惠贷款达280亿美元，与2002年以来中国累计援巴金额（310亿美元）规模相近。[1]资金有若干来源：其一是优惠贷款，大约有110亿美元由巴基斯坦政府来承担，由中国金融机构提供优惠贷款。贷款主要来自中国进出口银行、国家开发银行和工商银行（43亿美元）、HBL金融服务公司（巴基斯坦最大的银行）和丝路基金。所有中国的贷款将由中国进出口信用保险公司对非付款风险进行投保，贷款担保由国家保证。[2]其二是无息贷款，瓜德尔港的部分项目将由中国提供无息贷款来建设。其三是私人财团，约155亿美元能源项目来自中巴两国公司的投资，中国进出口银行将为这些投资提供部分贷款，巴基斯坦政府有义务购买未来发电厂产出的电能。其四是其他国际金融机构和国家的贷款。连接瓜德尔港到中国的E-35高速公路由亚洲开发银行提供贷款修建，N-70高速公路由亚洲开发银行以及英国国际发展署提供贷款修建，[3]卡拉奇至拉合尔高速公路由亚洲基础设施投资银行和亚洲开发银行共同提供贷款。[4]

---

① 佚名. 中国与巴基斯坦就建设经济走廊达成一致,规模达460亿美元[EB/OL]. [2017-10-01]. http://www.mofcom.gov.cn/article/i/jyjl/j/201504/20150400948130.shtml.

② ENGR HUSSAIN AHMAD SIDDIQUI. CPEC Projects:Status,Cost and Benefits[N]. Dawn,Economic & Business,2015-07-13.

③ Asian Bank,UK to co-finance $327m in economic corridor[N]. Daily Times, 2015-09-01.

④ 佚名. 亚投行首个公路项目开工,总投资2.7亿美元[EB/OL]. [2016-08-15]. http://www.sohu.com/a/110503739_259845.

三、收益分析：多角度评估

针对六大国际经济走廊的收益应当至少考虑三个方面：一是政治与战略收益；二是经济收益；三是软实力收益。过去谈到中国在海外的投资时，我们常常犯的错误是过分强调政治与战略收益而忽视经济收益，或者过分强调经济收益避而不谈战略收益，软实力收益更是常常被忽略。而在"一带一路"建设中，特别是六大国际经济走廊建设中，我们应当强调政治与战略收益、经济收益以及软实力收益三者的动态平衡，处理好三种收益的关系，避免顾此失彼。

（一）政治与战略收益

政治与战略收益主要是指从国际经济走廊的建设和推进有可能改善地缘政治、周边国家关系、中国发展环境等方面的因素考虑，这一部分内容无法量化，且在第一部分战略意义中有所提及，这里不再赘述。

（二）经济收益

经济收益，即单纯作为经济行为，国际经济走廊建设能够在多大程度上提高经济收益。由于六大国际经济走廊的项目尚在进展过程中，没有具体项目收益统计数字，这里主要用中国企业在海外投资的数据做一分析。

目前中国"走出去"的企业中，以资源开发和工程承包居多，据统计，中国对各洲直接投资存量中，采矿业在非洲、欧洲、大洋洲均处于第一位，在亚洲、拉丁美洲、北美洲也处于前五之列。2014年，中国对外承包工程业务新签合同额和完成营业额的年均增长速度分别为14.3%和21.5%。[1]"一带一路"项目目前也都延续了这一趋势，而六大国际经济走廊目前进展的项目主要围绕基础设施建设，比如铁路、港口、公路等。

---

[1]　中华人民共和国商务部,国家统计局,国家外汇管理局. 2015年中国对外直接投资统计公报[M].北京:中国统计出版社,2016.

2017年《中国企业海外可持续发展报告》相关数宁表明，中国企业海外盈利状况有所改观，13%盈利可观，43%基本盈利，18%基本持平，26%暂时亏损。这份报告对盈利的284家企业进行了进一步分析，就地域而言，分布相对平均，其中非洲、南亚、中亚、西亚、中东欧地区的投资回报较好。同时从投资规模看，投资规模越大，收益越好：投资规模在5 000万元以上的企业盈利情况较好，投资年限在5年以上的企业盈利表现更好，而投资年限在10~15年的企业尤为突出。[①]就行业分布而言，盈利比例较高的行业依次为：（1）电力、热力、燃气及水生产和供应业；（2）建筑业；（3）信息服务业；（4）交通运输仓储和邮政业。由此可以看出，中国企业在能源、基础设施、通信技术等"一带一路"沿线国家亟须改善的行业，进行中长期的规模性投资，不仅能为东道国的发展注入动力，企业自身也能获得良好的投资回报。

国际经济走廊建设有利于优质产能的转移。根据邓宁经典的国际生产折中理论（OLI），所有权（Ownership）优势、区位（Location）优势和市场内部化（Internalization）优势等三个基本要素决定企业的国际直接投资行为，其中一国企业拥有的相对于他国企业的技术、资金、成本、企业规模、组织管理能力等方面的所有权优势是国际投资发生的必要条件。经过改革开放以来四十多年的高速增长，我国已形成总量规模大、配套完善、创新能力较强的完整的现代产业体系，已有一批企业在资金、技术、管理等方面形成较强的国际竞争力。实施"走出去"战略、开展对外直接投资既具备了条件，也是企业进一步成长的需要。"一带一路"沿线国家由于总体经济发展水平和制造业水平低于中国，中国企业的所有权优势更为明显，因此成为中国企业优势产能合作的重要目的地。[②]2015年国务院出台《关于推进国际产能和装备制造合作的指导意见》，基于现阶段的产能

---

① 联合国开发计划署驻华代表处,商务部国际贸易合作研究院,国务院国有资产监督管理委员会研究中心. 2017中国企业海外可持续发展报告[EB/OL]. [2018-05-20]. http://www.cn.undp.org/content/china/zh/home/library/south-south-cooperation/2017-report-on-the-sustainable-development-of-chinese-enterprise.

② 李晓华,叶振宇."一带一路"优势产能合作的市场环境分析框架[J]. 井冈山干部学院学报,2017(5):26-35.

优势和国内外发展环境,将钢铁、有色金属、建材、铁路、电力、化工、轻纺、汽车、通信、工程机械、航空航天、船舶和海洋工程等作为国际产能与装备制造合作的重点行业,[①]这些产业代表了我国优势产能已经具有较强的国际竞争力、生产制造能力、生产配套能力和较大的国际市场潜力。

(三) 软实力收益

软实力收益,即在文化、社会、人文交流等方面对中国外部形象的综合影响力。尽管中国能够通过政府间官方合作和交流、人员互访、产品和服务贸易等方式提高软实力的影响力,但在中国对外投资不断扩大的今天,中国在海外形象和影响力的提升更多的是通过中国企业在海外项目中履行社会责任等方式来传递的。

第三节 "一带一路"国际经济走廊的风险分析

"一带一路"倡议提出不久即引起世界的广泛关注,国内外研究机构、智库对沿线国家的风险做了具体评估。这里仅仅以英国《经济学人》研究机构以及中国出口信用保险公司这两个典型代表做一评估。

一、总体风险评估

"一带一路"沿线的东南亚、南亚、中东欧、中亚、北非等地区的风险普遍较高。而中国出口信用保险公司也有类似的结论,该公司将各国按照投资风险高低分为九个等级,其中一级为最低,九级为最高。其报告发现,沿线国家中风险为一级的国家只有新加坡,其他大部分国家风险位于四级至七级之间,阿富汗更是达到九级。因此我们可以得出这样一个结论,总体而言"一带一路"沿线国家

---

① 国务院. 国务院关于推进国际产能和装备制造合作的指导意见[EB/OL]. [2015-05-13]. http://www.gov.cn/zhengce/content/2015-05/16/content_9771.htm.

投资风险较高，这并不是说我们要有所退缩，而是要求我们对沿线国家的风险有清醒的认识，做好相关事前分析和风险管控工作（见表5-1）。

表5-1　　　　　　　　　"一带一路"沿线国家风险评级状况表

国家风险评级	风险水平	典型国家	国家数目
一级	非常低	新加坡	1
三级	较低	文莱	4
四级	中等偏低	马来西亚	10
五级	中等	俄罗斯	19
六级	中等偏高	印度	11
七级	较高	巴基斯坦	13
八级	显著	吉尔吉斯斯坦	4
九级	很高	阿富汗	1

资料来源：中国出口信用保险公司2015年相关材料.

二、风险类型

国际经济走廊建设面临的风险多种多样，这里大致分为政治风险、社会安全风险和经济风险。[①]

政治风险：作为国家商业经营环境的重要内容之一，政治风险意味着经营环境的不确定因素在增加，并且非市场性的不确定因素会直接影响跨国公司海外经营战略的实施和绩效目标的实现。作为企业无法左右的外在且强大的影响，其通常具有较大的负面作用，主要包括东道国对外关系变化或者政治制度及政权更迭所带来的政治体制风险，东道国发生的战乱、内乱等战争暴乱风险，[②]以及地缘政治风险、国内政局稳定风险、政府效率、法律法规风险等。"一带一路"国际

---

① 具体风险参考 The Economist Unit.Prospects and Challenges on the China's "One Belt, One Road":A Assessment Report[R]. 2015.

② CHAKRABARTI A. The Determinants of Foreign Direct Investment：Sensitivity Analyses of Cross-Country Regression?[J]. Kyklos,2001,54(1):89-114. BUSSE M. Transnational Corporations and Repression of Political Rights and Civil Liberties：An Empirical Analysis[J]. Kyklos,2004,57(1): 45-66.

经济走廊沿线国家地缘政治关系复杂，既有域内国家间的摩擦与纠纷，又有域外大国的干扰与搅局，而且基于沿线国家的多元化特征与差异化诉求，投资合作面临较高的政治。

社会安全风险：包括各类安全风险、国内民族矛盾冲突、治安恶化所引发的风险、恐怖主义风险、武装冲突、对外国人与外资敌意的风险、有组织的犯罪风险等。

经济风险：包括宏观经济风险、国际贸易支付风险、劳动力风险、税务风险、金融风险、基础设施标准风险等。

第四节　案例：中缅油气管道项目

中缅是亲密友好的邻居，建交六十多年来，中缅传统友谊历经风雨从未改变，各领域务实合作成果丰富，正在建设成为休戚与共的利益共同体和命运共同体。中缅油气合作项目既是两国经济互利共赢的样板，也是一个政治上战略合作的典范，对于维护和提升双方"全面战略合作伙伴关系"意义重大，更是"一带一路"国际经济走廊建设的重要范例。

一、中缅油气合作对中缅两国的重要意义

在"一带一路"倡议推行的背景下，维护好、使用好中缅油气管道，发挥好中缅油气合作孕育的战略机遇，对中国具有重要的战略价值。

（1）打通经缅甸至印度洋的战略通道。缅甸位于连接东南亚和南亚两大地缘板块的战略要冲，是我国周边必争、必保、必稳的要地。保证良好的中缅关系，打通经缅甸至印度洋的战略通道，对孟中印缅经济走廊和"两洋战略"的顺利实施至关重要。

（2）有利于我国能源供给实现多元化。目前我国油气严重依赖进口，2017

年我国进口原油突破4亿吨，对外依存度为68.8%；进口天然气946亿立方米，对外依存度为37.5%。[①]油气进口，尤其是原油进口主要依赖海上运输线，我国依靠中东、非洲等地的油气贸易格局决定了马六甲海峡成为我国石油进口的"咽喉水道"。中缅油气管道的修建，将完善中亚油气管道、中俄油气管道和海上油气管道的均衡布局，增强油气输入的抗风险性，降低对马六甲海峡的依赖程度，分散和化解海上能源运输风险，进一步确保国家能源安全。

（3）有利于助推我国西南地区经济实现跨越式发展。从外部环境看，缅甸是中国西南边疆繁荣的重要外部条件、能源安全的重要通道及资源的重要供应地。中国西南腹地的繁荣需要稳定的周边环境，如果缅甸贫穷落后、混乱分裂将会对西南地区的经济发展不利。中缅油气合作的发展有利于构建西南地区现代化的交通物流新枢纽，促进基础设施的互联互通；推动西南地区建立全方位对外开放格局，扩大与沿线国家和地区的经贸合作，形成宽领域、深层次、高水平、全方位的经贸合作格局；同时借助油气产业链的延伸与发展，加强西部地区与沿线形成产业互补互动的新格局，推动产业结构优化升级。

（4）有利于加强中国与东盟关系的全方位发展。缅甸是连接孟中印缅经济走廊和印缅泰高速公路的纽带，中缅油气合作在助推缅甸经济发展的同时，连接着中国与南亚和东南亚这两个地区人口众多的大市场，有利于推动中国–东盟自贸区向着务实、高水平、深层次推进。中缅油气管道项目更是中国拓展与东南亚能源合作的重要组成部分。鉴于东南亚在中国油气供应链的重要位置，未来中国与东盟10国的能源合作还有很大的发展空间，而中缅油气管道项目正是中国与东南亚能源合作的铺路石和试金石。

（5）中缅油气合作是一种实实在在的互惠型合作，不仅有利于中国，更有利于缅甸。正如2013年7月时任缅甸副总统吴年吞所言："中缅油气管道不仅是参与投资的四个国家互惠共赢的项目，而且促进了缅甸的经济、工业化和电气化发

---

① 中国国家统计局数据（2018年3月19日）.

展，对缅甸的长期发展具有重要意义。"[1]

（6）有助于缅甸成为亚洲重要的能源国家。缅甸的油气资源储量十分丰富，也是世界上最早开采石油的国家之一，并于1853年出口了第一桶石油。缅甸已探明的天然气储量在全球排名第41位，已探明石油储量排名第78位。亚洲开发银行对53块陆地油气田和51块海洋油气田进行勘探后得出的调查报告显示，缅甸的石油储量为1.6亿桶，天然气储量为20.11万亿立方米，[2]加拿大、澳大利亚等国家的石油公司也先后在缅甸近海发现天然气气田。[3]中缅油气管道的建设将极大地带动外国资本进入缅甸进行油气勘探开发活动，带动缅甸石化工业的发展，不仅满足缅甸国内对能源的需求，并且有望使缅甸成为亚洲的主要能源出口国。缅甸有可能在油气资源流向上做文章，通过能源外交提高其在地区事务和国际舞台上的话语权。中缅油气管道的开通运营，也将带动整个孟加拉湾乃至印度洋海域的油气勘探开发，并推动中、缅、印、孟等国家间的油气合作，促进地区和平与稳定。由于缅甸的地理位置对中国具有重要的地缘战略作用，美国、日本等国纷纷采取各种援助支持等方式对其进行拉拢，试图借此制衡中国。中缅油气管道为缅甸增加了关乎中国能源安全的战略价值。缅甸有可能进一步成为美国等西方大国特别关切的"香饽饽"，进而增加其外交活动的战略空间。

（7）有助于推动缅甸的投资和经贸发展。中缅油气管道不仅是中国的能源通道，更是缅甸的能源大动脉。根据中缅油气管道的协议，缅甸可以分得20%的天然气份额和200万吨原油，从而可以缓解缅甸的油气短缺状况。按照管道的设计标准，缅甸每年向中国供应120亿立方米的天然气，到2019年将增加到240亿立方米，中国成为缅甸最大、最稳定的油气买家，确保缅甸的财政收入来源稳定。根据项目合同，缅甸每年可收取1.5亿美元的过境费，按管道合

---

① 钟声. 中缅管道项目的多重意蕴[N]. 人民日报,2013-10-21.

② 缅甸 Eleven 网站. 缅甸已探明天然气储量全球排名41[EB/OL]. [2014-06-19]. http://news.cnpc.com.cn/system/2014/06/19/001492746.shtml.

③ 江亚平. 加拿大远望集团在缅甸浅海探测到巨量天然气[EB/OL]. [2016-01-04]. http://www.xinhuanet.com/world/2016-01-04/c_128593529.htm.

同期限20~30年计算，缅甸可获得多达30亿,~45亿美元的过境费。①除以上直接的经济收益外，中缅油气合作还可以带动下游的石油炼化、储运和销售产业的发展，带来巨大的经贸合作发展潜能。因此，油气开发有可能成为缅甸经济振兴的重要杠杆。据统计，2014年缅甸天然气出口额达到41.8亿美元，占其出口总额的37.9%。②

（8）有助于推动缅甸社会发展和民生建设。中缅油气合作项目的建设具有"溢出效应"，可以通过管道的建设极大地改善缅甸的基础设施，增加就业机会，带动管道沿线的经济发展，推动管道沿线的城市化进程，进而拉动缅甸整体的社会发展。中缅油气管道公司还承诺增加对当地社区的投资，每年拨付200万美元用于公司社会责任项目发展。中缅油气项目也给沿线民众生活带来了便利和实惠，沿线的教育、饮水、医疗、基础设施等条件得到了跨越式发展。以天然气发电为例，天然气管道在缅甸境内设立了皎漂、仁安羌、当达和曼德勒4个下载点，仅皎漂首站就为皎漂发电厂每天分输1万立方米到1.3万立方米的天然气，基本可保证12个小时供电，供电价格也由原来的每度500缅币下降到目前的45缅币至75缅币之间③，切实解决了当地民众生活用电的问题。

二、中缅油气合作进展现状、挑战与机遇

从2010年开工至今，中缅油气管道项目运行良好，但与深化中缅油气合作的高标准要求尚存差距。和很多"走出去"项目一样，中缅油气合作存在海外风险，这些风险与缅甸民主转型叠加为未来进一步深化中缅油气合作带来诸多挑战；与此同时，还应当看到"一带一路""孟中印缅经济走廊"等建设又为中缅油气合作带来了新的机遇。

---

① 中国石油天然气集团有限公司资料数据.

② 驻缅甸经商参处. 2014年缅甸天然气出口创新高[EB/OL]. [2015-03-27]. http://www.mofcom.gov.cn/article/i/jyjl/j/201503/20150300924503.shtml.

③ 中国石油新闻中心. 中缅油气管道社会利用调查 [EB/OL]. [2015-02-09]. http://news.cnpc.com.cn/system/2015/02/09/001528054.shtml.

（一）中缅油气合作进展现状

2009年3月，中国国家能源局和缅甸联邦能源部签署了《关于建设中缅原油和天然气管道的政府协议》；2009年6月，中缅两国签署《中国石油天然气集团公司与缅甸联邦能源部关于开发、运营和管理中缅原油管道项目谅解备忘录》；2010年6月，在两国总理的共同见证下，油气管道项目正式开工。油气管道项目共包括一条天然气管道和一条原油管道。中缅天然气管道起点为缅甸的源港，两条管道并行铺设，途经若开邦、马圭省、曼德勒省、掸邦，从中国瑞丽进入中国。缅甸境内天然气管道长793千米，原油管道长771千米。项目计划总投资为25.4亿美元，其中原油管道投资额为15亿美元，天然气管道投资额为10.4亿美元。中缅天然气管道设计输送量为120亿立方米/年（初始运输量为52亿立方米/年），中缅原油管道缅甸境内设计输量为2 200万吨，配套在马德岛建设30万吨级的原油码头。

中缅天然气管道已于2013年7月28日投运，2013年管道输送天然气量为4.6亿立方米，2014年输送量为33.5亿立方米。[1]中缅原油管道马德岛码头已于2015年1月30日投运，首站储罐进油13.6万吨；2017年4月10日晚间，中缅原油管道运输协议正式签署后，停靠在马德岛港原油码头的远洋油轮开始向罐区卸载来自阿塞拜疆的14万吨原油。2017年，通过中缅油气管道进口原油386.8万吨，进口天然气251.7万吨。这些数据表明，中缅油气合作已经取得了初步成效，得到了缅方首肯。正如2013年9月时任缅甸总统吴登盛在出席第十届中国-东盟博览会开幕式暨商务投资峰会开幕式时表示的："中缅油气管道项目的顺利完工，是缅中经济合作方面的一项巨大成就，这个项目将为两国人民带来诸多经济利益。"[2]

目前国内外对中缅油气管道项目争议很大。国内舆论指出：中国对缅甸政局

---

① 中国石油天然气股份有限公司资料数据.

② 吴登盛. 中缅油气管道将为人民带来诸多利益[EB/OL]. [2013-09-03]. http://finance.sina. com.cn/hy/20130903/131716649297.shtml.

变动有战略误判；因为对缅战略偏隘地执行"上层路线"，中国企业对缅甸社会变局和公众诉求缺乏了解，对缅政局走势缺乏准确预判；强调战略意义的油气管道项目"没有利润"，"必然丧失可持续发展的基础"①。国外媒体的争议集中在：油气管道项目存在环境和安全上的隐患②；油气管道项目给缅甸民众占用土地的经济补偿非常有限③；还有可能威胁甚至打破当地民众传统平静的生活方式，农民、渔民有可能因为土地的占用和管线导致环境变化而无法谋生；④中缅双方在项目运营过程中的各类费用和税收仍然存在较大分歧。⑤

（二）深化中缅油气合作面临的挑战

中缅油气合作正逢缅甸民主转型时期，民主转型带来的不确定性与现有的民族矛盾、党派冲突等各类问题给中缅油气合作带来了新的困难。与此同时，中缅油气管道自身在经济性、产业链衍生、投资环境等方面仍然存在各类挑战。

（1）缅甸转型走向给管道安全带来新的考验。缅甸在经济发展相对落后的情况下要求转向民主政治，自然会遇到一系列难题。由于社会结构发展不成熟，理性精英阶层发育不完善，缅甸转型无法避免局势不稳定。尽管缅甸大选已经尘埃落定，但考虑到军政府长期统治的历史、容易激化的民族和宗教矛盾以及复杂的政党构成，未来相当长时期内缅甸政局依然存在变化的风险。一旦缅甸政局出现大的动荡，则油气管道合作有可能遇到变数，甚至管道有可能成为缅北冲突各方谈判的筹码。

（2）政治利益和经济利益不平衡。在油气管道已建成运行的情况下，在考虑战略和政治利益的同时，也要考虑应有的经济利益，毕竟封锁马六甲海峡是需要

---

① 李毅，王宇，杨悦.重审油气管道[J].财经,2013(6).

② KYAW MIN. China-Myanmar Gas Pipeline Becomes Fully Operational[N]. Myanmar Business Today,2013-10-25.

③ AUNG SHIN.Controversial Pipeline Now Fully Operational[M]. The Myanmar Times, 2013-10-27.

④ JANE PERLEZ BREE FENG. China Tries to Improve Image in a Changing Myanmar[N]. New York Times,2013-05-18.

⑤ AUNG SHIN. Negotiation impasse for China oil pipeline[N]. Myanmar Times,2015-09-25.

预防的不确定风险性事件。从常态运行看，中缅管线的经济成本较高，理应考虑合理的经济性，使得正当的国民收入回流。通常而言，油气的海上运输成本低于陆上运输成本，运输量的不饱和会进一步增加油气管线的运营成本。在常态下，由于我国石油需求增量放缓，我国石油化工行业布局的调整使得原油管道的运输量长期处于不饱和状态，运输成本提高。即使国内炼油能力不饱和，从缅甸运输来的石油输送至云南以外，从相对成本上讲也不合算。此外，管道效益的维护也取决于缅甸本土油气田的有效勘探、开发及利用。近两年，国际原油价格一直处于下跌状态，海上运输成本也随之降低，油气管线的高成本问题更加凸显。如果管道项目长期让位于政治战略，经济上始终不得利，国内自然会有不同声音，甚至出现"杂音"。鉴于此，兼顾政治利益和经济利益显得尤为重要：对于管道项目，常态下更多地考虑经济利益，特殊情况下更多地考虑战略利益。只有这样，才能将管道项目打造成既能应付战略风险的政治样板，又能实现海外利益的经济样板。

（3）管道项目与缅甸相关产业链及当地市场结合不紧密。管道项目要立足于中缅两国市场，既要考虑中国能源安全需求，也要考虑缅甸经济社会发展与人民生活改善需求。缅甸经济发展尚处于起步阶段，公路、供电等基础设施严重滞后，缺乏炼油业、石化加工业、化纤制造业等上下游产业，致使中石油在缅甸布局新项目难以形成有效合力。因此，两国油气合作的深化急切需要进一步延伸和完善相关产业链。缅甸工业发展尚处于起步阶段。2017年缅甸GDP增幅达6.7%，其工业产值仅仅占GDP的20.3%，人均GDP为1 273美元，正处于刚刚迈入下中等收入国家行列（1 045~4 125美元）的阶段，且32.7%的人口依然生活在贫困线以下。[①]伴随着缅甸经济的快速发展，其对成品油的需求与日俱增，而其国内生产能力有限，并且严重依赖进口。缅甸现有3个陈旧的炼油厂（Thanlyin炼油厂、Chauk炼油厂和Thanbayakan石化厂），设计炼油能力约为230万吨，由于建成年代较早，技术及管理水平较低，装置及设备逐渐老化，实际运营中的加工能

---

① 世界银行数据库数据.

力仅为设计能力的1/3。2014—2015财年（2014年4月1日至2015年3月31日）缅甸成品油进口量达到了7.87亿加仑（其中高标号汽油2.7亿加仑，柴油约5.2亿加仑），同比增加4亿加仑。[①]IMF预测，2010—2020年缅甸GDP增速将维持在5.5%至5.7%，成品油需求增速将维持在7.7%左右，到2020年成品油需求量预计将达到626万吨，缅甸国内75%的以上成品油将来自进口。[②]需要说明的是，和其他人口众多、收入较低且公共交通不发达的东南亚国家一样，缅甸消费者非常青睐摩托车，2014年中国出口缅甸的摩托车增幅达到20%。考虑到缅甸摩托车占有率远远低于其他东南亚国家，可以预见伴随缅甸国内摩托车市场的扩大，对成品油的需求将大幅提升。2016—2017年，缅甸贸易赤字超过170亿美元。其中石油、柴油以及车辆进口的数额为43亿美元，占总贸易赤字的1/4。[③]中国应当尽快开拓液化石油气（LPG）、成品油以及化工产品在缅甸的销售业务。

（4）缅甸自转型以来外资竞争日趋激烈。新加坡、日本、韩国、泰国、美国等国家将缅甸视为一片有待开发的"投资热土"，开始大举进军缅甸市场，欧盟等国际组织对缅甸显示出前所未有的热情，在减免债务、增加对缅甸援助的同时专门出台了指导投资者的缅甸投资指南或者建议书。[④]2014年新加坡已经取代中国连续三年蝉联缅甸年度投资最多的国家。[⑤]由于过去和军政府的关系，中国的部分投资甚至受到牵连，在投资过程中有时还处于劣势。尽管中国在缅甸的能源投资存量方面处于优势，但从目前看缅甸外国能源投资竞争激烈，成为缅甸吸引外资的新的增长点。2014年缅甸能源领域吸引外资33亿美元，占全部外资的

---

① 佚名. 缅甸成品油进口量成倍增加[EB/OL]. [2015-06-10]. http://world.people.com.cn/n/2015/0610/c157278-27132699.html.

② 中国石油天然气股份有限公司资料数据.

③ 佚名. 缅甸2017汽车进口大幅减少[EB/OL]. [2017-09-04]. http://www.ollomall.com/info/show/1941.

④ OECD. Investment Policy Reviews：Myanmar 2014[M]. OECD，2014. WTO：Trade Policy Review Report by The Secretariat Myanmar2014[R]；America. BurmaInvestment Climate Statement 2015.

⑤ 郑国富. 2014—2015财政年度缅甸外资发展的特征、趋势及中国应对策略[J]. 经济论坛，2015(5).

41.45%。油气勘探公司Chevron、英国BG集团、澳大利亚Woodside油气公司等外国公司都加大了对缅甸的投资。[①]近些年缅甸吸引的外资中制造业和房地产业比例大大提升，但2017年能源产业依然排在吸引外资行业的第三位。

（5）缅甸的投资环境依然问题重重。尽管缅甸政府雄心勃勃，急于开放，试图吸引更多投资，但是由于历史和现实原因，缅甸国内的投资环境依然存在各种问题。据世界银行统计，2018年缅甸商业便利程度在全球189个国家中的排名为第171名，[②]基础设施严重落后、教育水平低、官僚机构腐败、效率低下等问题成为投资的重要障碍，也会妨碍中缅油气合作的顺利进行。其中税收和各类费用等中缅在油气管道合作中关注的焦点，双方的相关谈判经常陷入僵局。[③]

（三）中缅油气合作的机遇

尽管中缅油气合作有诸多挑战，前路困难重重，中国发起的"一带一路"和"孟中印缅经济走廊"建设以及缅甸国内经济特区的发展又为项目的推进带来了巨大机遇。

（1）中缅共同推进"一带一路"和"孟中印缅经济走廊"规划建设。缅甸是连接中国与南亚、东南亚，打通中国到印度洋通道的重要国家，是贯彻"一带一路"倡议，以及"睦邻、富邻、安邻"的重要对象。缅甸对中国倡议的"一带一路"和"孟中印缅经济走廊"规划态度积极，2014年时任总统吴登盛出席北京APEC工商领导人峰会时表示，缅甸积极参与中方"一带一路"计划。为此，缅甸正通过优惠关税等政策增强自身的投资吸引力，并与周边国家加强互联互通。

（2）亚洲基础设施投资银行、丝路基金等将可能为推进中缅全面战略合作伙伴关系提供融资支持。缅甸金融市场发展迟缓，融资条件有限。2014年11月，

---

① 驻缅甸经商参处. 缅甸2014—2015财年外国直接投资81亿美元[EB/OL]. [2015-04-13]. http://www.mofcom.gov.cn/article/i/jyjl/j/201504/20150400939617.shtml.

② World Bank Group. Doing Business 2018[R]. 2018:5.

③ AUNG SHIN.Negotiation impasse for China oil pipeline[J]. Myanmar Times,2015-09-25.

缅甸作为第一批意向创始成员国，加入由中国倡议发起的亚洲基础设施投资银行（简称亚投行），为缅甸基础设施建设及中国企业参与缅甸投资开发带来融资便利。[①]中缅油气合作的产业链诞生亟待建立有效的物流和运输体系，急需大量基础设施建设投资，亚投行有可能为之提供资金支持。亚投行已经在2015年12月正式挂牌，近期主要关注交通、涉及民生的公共设施等，而油气管线等也属于重要的基础设施和民生项目，有可能得到相关资助。2015年丝路基金已经以股权方式参与了巴基斯坦、俄罗斯以及意大利若干项目，中缅可以找到丝路基金合作的契机。

（3）中缅油气合作已经并将继续延伸至相关产业链。中缅油气合作带动的产业链必将积极推动缅甸基础设施、制造业等迎来新一轮的大发展。目前天然气在缅甸境内的下载已经为皎漂、曼德勒等地的电力供应提供了有力支持。未来基于油气合作的石油化学工业的发展有可能为缅甸农业、能源、交通、机械、电子、纺织、轻工、建筑、建材等以及人民日常生活提供配套和服务。

（4）缅甸经济发展的战略空间依然广阔。2017年缅甸人口5 337万，人均GDP为1 273美元，处于摆脱低收入身份（1 045美元以下）、刚刚迈入下中等收入国家行列（1 045~4 125美元）阶段，人均GDP在东盟内部排名倒数第一。[②]缅甸的工业发展处于起步阶段，2014年工业产值仅仅占GDP的20.3%。自从政府开放市场以来，目前缅甸经济发展迅速，2017年GDP增速达到6.37%，且国际社会普遍对缅甸的经济发展持乐观态度，认为其经济发展潜力巨大。但根据国际上收入结构和产业布局的关联性，随着缅甸人均GDP的不断提高，缅甸国内对化肥、化纤、塑料制品、原油、天然气的需求将不断上升，将成长为中南半岛重要的市场组成部分。2017年，缅甸新批外国投资项目222个，协议投资金额57.18亿美元，这些投资集中在制造业、房地产、交通与电信、油气、酒店与旅游等多个

---

① 佚名. 中国已是缅甸最大贸易伙伴和投资来源国[EB/OL]. [2015-06-06]. http://world.people.com.cn/n/2015/0616/c1002-27162369.htm.

② 根据世界银行和东盟数据整理,https://data.worldbank.org.cn/country/myanmar?view=chart.

领域。[1]

（5）缅甸皎漂特别经济区建设为油气管道合作带来新机遇。皎漂特别经济区项目评标及授标委员会（BEAC）于 2015 年 12 月 30 日宣布中信企业联合体中标皎漂经济特区的工业园和深水港项目。皎漂特别经济区是目前缅甸正在推动的三个经济特别经济区之一，位于中缅油气管道上游，其深水港项目包含原油管道的起点马德岛。此次中信集团等在皎漂特别经济区的中标项目有可能和中缅油气管道项目形成合力，推动形成"西南–东北"区域经济带。

三、中缅油气合作的主要实践

（一）采取"多国多方"的国际化管理模式

中国企业在"走出去"时不畅，多与自己出资、自我管理、自担风险、自享利益的工作体制有关。这种体制既不利于分散风险、协调多方关系，也不利于内部监管、减少干扰。与之不同，中缅油气管道项目采用的"四国六方"国际化管理模式，确立了风险共担、利益均沾、同舟共济的伙伴关系，值得借鉴。其一，共同出资，共担风险。采用"四国六方"（中缅韩印四国；中国石油天然气股份有限公司、韩国大宇集团、印度石油海外公司、缅甸油气公司、韩国燃气公司、印度燃气公司六方）[2]的模式比"单打独斗"更有利于解决海外投资和海外利益的风险控制问题。其二，共享利益，共同管理。通过董事会制度和股东监督保障，既能提高企业经营和运作效率，也有利于海外资产保值和增值。其三，财务多方，严格监管。采用利益攸关方共同监督的财务制度，能够有效防止国有资产流失，确保国有资产"走进去、走上去、走成功"，避免"走歪了、走没了、走失败"。其四，鼓励伙伴，借力助力。中国石油天然气股份有限公司在缅甸开展油气业务

---

① 佚名. 2017—2018 年缅甸制造业吸引外资最多[EB/OL]. [2018-04-19]. http://mm.mofcom. gov.cn/article/jmxw/201804/20180402734557.shtml.

② 中国石油天然气股份有限公司资料数据.

时，涉及与缅方企业的利益谈判时主动邀请印方出面，涉及与缅官方外事谈判时主动邀请韩方出面。借助他国他方的人脉、部门和地域优势，能够抵消或降低中方独资体制可能遇到的风险和挑战，增加海外项目的活动空间、灵活度和适应度。

（二）推动与所在国融合式发展

少数"一带一路"沿线国家认为，"一带一路"建设最符合中国的利益，似乎与己利益关联不大，中国企业"走出去"要充分考虑这些国家正当的利益诉求。中缅油气管道项目建设和运营实践表明，中国石油天然气股份有限公司有效践行了"一带一路"倡议所倡导的与所在国共同发展战略对接的原则，推动中缅融合式发展不断迈上新高度，以实际行动践行了"一带一路"倡议所倡导的积极对接沿线国家发展和区域合作规划，打造政治互信、经济融合、文化包容的利益共同体、命运共同体和责任共同体。其一，油气管道不仅是中方的能源通道，也是缅方的能源大动脉。根据协议，项目建成后，天然气管道将在缅甸境内每年下载管输量的20%，约20亿立方米/年；原油管道将在缅甸境内每年下载200万吨。这将有效满足缅甸不断增长的能源需求，直接带动其经济发展。截至2017年4月中缅天然气管道已向中国供气133.4亿立方米，向缅甸累计分输15.5亿立方米，主要满足当地发电需要。①其二，通过管道项目建设和运营，缅甸每年获得巨大的直接经济收益。这些收益包括国家税收、投资分红、路权费、过境费、培训基金以及社会经济援助。缅甸每年从管道项目直接获取1 381万美元的路权费，以及每吨1美元的原油管道过境费。②其三，油气管道项目已成为缅甸共和国成立以来最大的外资项目。受惠于该项目的顺利实施，天然气已成为缅甸目前出口最多的产品。其四，管道项目大力推行用工当地化。项目建设从勘察设计阶段起，就优先考虑当地企业，积极带动沿线地区居民就业。施工高峰期，当地用工多达6 000人，超过参建人员总量的60%。

---

① 佚名."一带一路"上的标本项目——中缅油气管道[EB/OL]. http://www.rmhb.com.cn/zt/ydyl/201708/t20170803_800101667.html.

② 中国石油天然气股份有限公司资料数据.

截至2017年5月，当地用工累计达到290万人/工日，共有226家缅甸企业参与建设，管道运营后雇有各类缅籍员工742人（含巡线工、保安等劳务派遣349人）。[①]根据《缅甸投资法》的规定，本国管理人员比例还将由最初两年的25%逐步增加到第六年的75%[②]，据此缅甸还将收获长远的人才红利。这种融合式发展密切了双方的经济联系，消除了缅甸各方对推进项目的种种顾虑，使得中国石油公司在缅油气业务得到了更多支持。

（三）积极履行社会责任

一些民企在"走出去"的过程中，由于忽视环境保护、产品质量，过于计较得失，容易引发所在国民众的不满。一些央企一开始对此关注不够，后来虽有所重视，但社会责任履行要么方式欠妥，要么效果不佳。中国石油公司在缅推进油气业务过程中，对履行企业社会责任做出了有益探索。在援助方式上，从过去以政府为中心的自上而下的方式转变为以民众为中心的自下而上的方式；在征地补偿方式上，由过去通过村主任转交改为直接发放给村民；通过开展"草根计划"，直接把有限的公益性资源最大限度地投放到"民间、基层、民生"中。考虑到缅甸经济落后、基础设施薄弱，管道项目尤为注重改善沿线居民的生活状况和条件，先后投入2 000多万美元用于援助111个公益项目。通过援建医院、学校、饮水、用电等民生项目（仅援建学校和医疗站就各达67所和23所，惠及沿线80万居民），拉近项目与沿线居民的关系。比如在皎漂省马德岛修建水库和供水管道，从2012年4月30日开始为村民供水，年供水量22万立方米，辐射全岛5个村庄3 000多人。[③]通过上述惠及民生的工程，沿线居民切实感受到管道项目给他们带来的可喜变化，将自己视为管道项目真正的利益攸关方，从而有效地夯实了近800千米在缅管道安全的社会基础。

---

① 中国石油天然气股份有限公司资料数据.

② 佚名. 中缅油气管道：兼具战略和标本意义[N]. 华夏时报，2015-04-16. 转引自中国石油海外勘探开发公司网站，http://www.oilchina.com/cnodc/syxx/cnodc_xl.jsp?bsm=0552F319C.000D1F15.BA31&db=cnodcgjhz.

③ 中国石油天然气股份有限公司资料数据.

（四）做好舆情引导与危机处理工作

中国企业"走出去"遇到的舆论障碍多与被动应付有关，要么自身舆论宣传没有针对性，要么正面宣传遭到曲解。针对缅甸转型后舆论多元化的现实，中石油着力改进公关宣传工作，由"被动应对和危机公关"转向"主动出击和引导宣传"。其一，重视舆情追踪与实时监控。设立专门机构专门人员紧盯缅甸主流媒体和新媒体，及时做好相关信息的收集、筛选、整理和汇总工作，密切监测反华或负面新闻较多的媒体。与当地各种社会团体、非政府组织建立联系，了解和掌握其内部情况，关注其对华及项目的态度与动态，一旦有变及时反映并向相关部门汇报。其二，主动与媒体建立联系，保持日常沟通。设有专门人员与媒体保持日常联络，改变过去回避媒体的被动做法，以开放的态度积极向媒体提供油气管道项目日常进展的新闻素材，争取改变部分媒体的负面立场。其三，统筹好危机管控。出现突发事件时，果断采取措施，减小事件的负面影响。比如，在提前获悉美国非政府组织支持的马德岛大型游行示威如期举行的信息后，中国石油天然气股份有限公司主动争取缅内政部的大力支持，从而将2013年4月18日岛上游行的负面影响降到最小。①其四，做好善后工作，减少损失，一旦有负面新闻或者虚假报道，沉着面对，不自乱阵脚，第一时间与当事媒体以及负面新闻作者联络，了解情况及症结所在，有礼有节地耐心沟通，并将真实材料和情况反映给媒体，进一步澄清事实并有针对性回应，消除负面影响。其五，加强外宣引导。针对反华势力负面的舆论引导，中国石油天然气股份有限公司改变过去被动低调的宣传模式，主动发声，向媒体和公众正面宣传，邀请媒体实地采访调研，引导缅甸民众客观理性地看待中缅油气管道项目。

（五）从倚重硬实力建设转向兼顾软实力提升

与硬实力的地位相比，中国企业"走出去"的软实力极不相配。用现代跨国

---

① 源自与东南亚管道有限公司的内部访谈.

公司的标准来衡量，中国企业"走出去"的亲和力、竞争力、协调力亟待提高。中缅油气管道项目的顺利推进表明，中国石油天然气股份有限公司已经实现从单一的物质层面"走出去"到协调文化层面"走出去"的转变。与一些中国企业在海外长期以来"只做不说""多做少说"的传统做法不同，管道项目重视与各类民间组织交往，通过"既做又说""多做多说"，努力树立健康形象。对持有不同立场的非政府组织，改变过去逃避和排斥的消极做法，转为主动接触，正面沟通，争取对其产生积极影响，转变其一贯的负面态度和反华立场。对我方友好的非政府组织，如缅中友好协会、妇女儿童基金会，与其保持密切联系，大力支持其日常工作，建立合作伙伴关系，用好其在当地的影响力、人脉和基层工作网络，帮助我方做好社会公益事业。

四、中缅油气合作的启示与体会

中缅油气合作多年的经验不但为中国企业"走出去"提供了一些值得借鉴的做法，也反映出推动海外投资需要高瞻远瞩，做好相关的统筹规划与协调工作。

（一）做好前瞻性的整体规划和顶层设计

此前，中资企业多是单项"走出去"，在所在国经济发展规划中疲于被动应付。考虑到中国企业在缅甸投资的行业广、项目多、金额大，备受各方关注，中资企业应主动帮助或参与缅甸规划设计经济发展战略，统筹产业布局，推动协调发展。此类规划应由国家发改委推动、多部门参与协调完成，不宜由中央直接出面；也可以考虑由具有政府背景的民间智库（相关组织）执行，并游说缅方接受。该整体规划应当体现我方利益，明确政治上的战略意图和目标，区分远期目标和近期目标；经济上要考虑成本核算问题以及具体目标的实现情况。国家发改委可支持在各国成立民间海外规划协会，借鉴日本的运作方式，优先做好信息和情报的收集工作。

（二）协调统筹各方力量，避免内耗

此前，央企、民企"走出去"存在信息不通、恶性竞争、竞相压价等现象，严重阻碍了"一带 路"倡议的顺利实施。鉴于此，在缅各部门、各领域之间，边境地区和中央政府之间，应当互通信息、相互协调，努力形成合力。尤其是国家发改委、国资委、商务部、安全局、外交部、外汇管理局、海关总署、对外宣传办公室等涉外机构更要相互配合，边境地区在缅事务上与中央保持高度一致。要积极引导，发挥行业协会对企业的协调作用，避免同一行业的企业、部门在缅陷入恶性竞争，造成不必要的内耗。可考虑相关企业成立合资公司，在海外形成合力，增强竞争力。在缅设置半官方机构，提前做好登记和排查工作，协调本国企业，避免无序竞争。

（三）在缅企业的体制机制设计要因时制宜、因地制宜

中国石油天然气股份有限公司采取"四国六方"的管理模式，为中资企业"走出去"、建设现代跨国公司体制提供了一定的借鉴。考虑到缅甸复杂的公共关系和舆情状况，国资委对在缅央企不同项目的保值增值目标应制定宽松而灵活的特殊考核机制，不能简单执行国内标准，比如可以借鉴现代企业制度的股东考核机制。

（四）积极发挥对缅民间交往的作用

鉴于国际大环境的影响，中国对缅甸要形成多层次、宽领域的交往格局，尤其要加强对公益民间交往的积极引导，增强"走进"缅甸的前瞻性、针对性。主动与缅甸智库、媒体合作，深入分析研究基层社会形态、安全形势和各阶层政治、经济、文化生态，围绕民生问题，找准在缅做好公益工作的切入点、着力点。借鉴西方非政府组织的做法，不蛮干，用巧劲，为中国公益组织"走进"缅甸聚集人心。要把社会组织做公益这张"好牌"有力地打出去，破解"无牌可用""有牌乱用"的难题。从小事做起，做到润物无声、滴水穿石；面向广大民众做民心、民生工程，切实为当地居民谋福祉；树立长抓不懈的思想，切忌心态浮躁做表面文章，多做实事，在适当场合加大正面宣传力度，以达到"水到渠成"的最佳效果。

（执笔人：熊洁）

| 第三篇 |

投资贸易便利化与人民币国际化

随着"一带一路"倡议出台、亚投行成立、人民币加入SDR等标志性事件的接连发生，人民币国际化再次成为热点。人民币国际化和"一带一路"同为当前热点，也同为关系到中国复兴大业的重要历史性事件，两者关系密切、相辅相成，有必要对两者及其关系做深入研究。与此同时，贸易畅通是推进"一带一路"倡议的核心环节，也是"五通"中的重中之重。贸易畅通的关键在于促进贸易投资便利化，而当前"一带一路"区域贸易投资合作水平还相对较低，需要进一步促进贸易畅通，提升双边贸易与投资水平，构建贸易畅通的协调和便利机制。对此，本篇在梳理贸易畅通现状、挑战的基础上，提出构建贸易畅通便利化机制的政策建议，并且以人民币国际化问题为研究对象，针对"一带一路"沿线国家的总体国情，多角度对该区域内人民币国际化面临的问题展开讨论，尤其是从与当前"一带一路"背景下的中国相似的历史事件中寻找借鉴，找寻蕴含其中的世界货币发展规律，以期对人民币的国际化产生有益的启示。

第六章

贸易畅通的协调和便利化机制建设

贸易畅通是推进"一带一路"倡议的核心环节，也是"五通"中的重中之重。贸易畅通的关键在于促进贸易投资便利化，而当前"一带一路"区域贸易投资合作水平还相对较低，需要进一步促进贸易畅通，提升双边贸易与投资水平，构建贸易畅通的协调和便利机制。贸易畅通的协调与便利化合作不仅是区域间经济合作的必要组成部分，更对贸易畅通目标的实现具有重要现实意义。目前，中国和"一带一路"沿线国家已经存在贸易畅通机制构建的经济基础。然而，该机制的建设面临一系列国内、国际因素的挑战。对沿线国家贸易便利化水平进行评价，结果表明沿线国家大多处于一般便利水平以下，亚洲国家与欧美发达国家相比，便利化水平较低且各指标波动很大。本章在梳理贸易畅通现状、挑战、评价的基础上，提出了构建贸易畅通便利化机制的政策建议。

第一节 贸易畅通的内涵、定位及核心环节

贸易便利化常常和贸易畅通联系起来，但两者的含义又不完全相同。早在1923年，国际联盟的议程首次提出"贸易便利化"这个概念，以便在各个国家间建立双边贸易体系，并尽可能地降低国家间贸易的交易成本。

一、贸易便利化和贸易畅通的内涵

世界经济全球化的深入发展和科技的不断创新，促使各经济组织密切关注贸易便利化。这也使之成为国际经贸中的重要议题，且其内涵也在不断变化和丰富。目前，不同的国际组织对贸易便利化有不同的定义：

（1）世界贸易组织（WTO）：是国际贸易程序的简化和协调，即国际贸易程序与文件的系统化和合理化，这些程序包括收集、提供、沟通和处理国际贸易中货物流通所需的数据。

（2）联合国贸易和发展会议（UNCTAD）：简化国际贸易程序，更具体地界

定贸易便利化的贸易程序，这些程序包括报关、国际运输、贸易保险和付款以及在运输过程中必须执行的程序。

（3）亚洲太平洋经济合作组织（APEC）：采用新技术和其他相关措施来简化和协调与贸易有关的程序与行政障碍，降低贸易成本，对货物和服务更好地流通起到促进作用。

（4）经济合作与发展组织（OECD）：简化和规范信息流动与相关程序，使贸易流动更加便利并覆盖整个国际贸易进程。

可以看出，无论定义如何，贸易便利化的重点在于简化贸易程序。总而言之，贸易便利化是简化和协调国际贸易体系的制度和程序。

2013年9月，习近平主席在哈萨克斯坦纳扎尔巴耶夫大学演讲时提出"贸易畅通"的概念，这也是"一带一路"倡议中政策沟通、道路联通、贸易畅通、资金融通和民心相通——"五通"建设的一部分。习近平主席指出，贸易畅通和投资贸易合作是"一带一路"建设的重点内容，应努力研究解决投资和贸易便利化问题，消除投资和贸易壁垒，在本地区和各国创造良好的商业环境，积极建设沿线国家和地区的自由贸易区，鼓励合作潜力的释放，扩大合作"蛋糕"。

2013年10月，习近平主席在印度尼西亚国会演讲时再次强调，中国愿在平等互利的基础上，扩大对东盟国家开放，使自身发展更好惠及东盟国家。中国愿推动中国-东盟自由贸易区水平不断提高，预计到2020年实现双方贸易额达到1万亿美元。2015年3月，中国政府正式发布《推动共建丝绸之路经济带和21世纪海上丝绸之路的愿景与行动》（以下简称《愿景与行动》），明确提出"一带一路"的方向和任务。"一带一路"致力于亚欧非大陆及附近海洋互联互通建设，通过这些举措全面推进务实合作，努力在经济融合、政治互信和文化包容中建立利益共同体、责任共同体和命运共同体。至此，"贸易畅通"的概念正式出现在中国政府的官方文件中。

作为《愿景与行动》中的重要内容，贸易畅通具有明确的内涵和方向。在世界经济全球化的今天，贸易畅通也同样成为"一带一路"沿线国家和地区的愿景和目标。具体来说，"一带一路"沿线国家和地区的政府机构、贸易促进机构、商业协会等相关组织，将会建设共享平台，通过消除贸易壁垒和投资阻碍达成更多共识，来实现信息交流、资源共享、优势互补、利益共赢，有效促进和实现贸易畅通。

综上，我们认为，贸易畅通的含义应大于贸易便利化，投资和贸易便利化只是贸易畅通的一个方面。它还包括消除投资壁垒、贸易壁垒，创造良好的商业环境等多方面。简言之，贸易畅通意味着在协调透明的贸易环境中与贸易伙伴开展更密切、更广泛的合作。

二、贸易畅通的具体定位

2015年3月28日中国政府发布《愿景与行动》，提出合作的关键内容是实现"五通"，即政策沟通、设施联通、贸易畅通、资金融通、民心相通。这"五通"之间是相互联系的，相互辅助，互为补充，各个方面能够彼此促进，是一个有机统一的整体，缺少任何一个方面都不可。其中政策沟通是保障，设施联通是基础，贸易畅通是重点，资金融通是支撑，民心相通是根基。根据国家统计局的调查，企业对于参与"一带一路"建设，在政策沟通、设施联通、贸易畅通、资金融通、民心相通中，最关注贸易畅通，其次则是政策沟通和资金融通。贸易投资合作是国家间交往的传统领域，也是"一带一路"建设进程前景看好的领域。可以看出，贸易畅通是核心，是重中之重。

"一带一路"倡议是一种合作发展的理念和构想，其目的是依靠现有的我国与沿线国家间双边、多边机构和区域合作平台，与沿线国家发展经济合作伙伴关系，共同打造利益共同体、命运共同体和责任共同体。2014年11月，世界贸易组织（WTO）宣布通过《贸易便利化协定》议定书。为推动"一带一路"建设的实施，我国于2015年9月正式接受该议定书，在国际社会上产生一定的示范效应，这一行动加快了我国与主要伙伴国之间的贸易便利化改革。

　　贸易畅通定位于核心地位，因此在《愿景与行动》中提出很多具体的政策举措，旨在消除贸易和投资壁垒，营造一个良好的商业环境。比如沿线国家宜加强信息的互相沟通，海关执法行动的合作互助，监管政策行动的互相认可，以及在计量、统计、认证、检疫多方面的双边或多边合作，有效促进世界贸易组织《贸易便利化协定》的实施。加快边境口岸通关设施条件改善，建设边境口岸"单一窗口"制度，降低通关成本，提升通关能力。在供应链中，有必要加强安全措施，促进便利化合作，有效协调跨境监管程序。双方减少非关税壁垒，共同提高技术性贸易措施的透明度，提高贸易自由化和便利化程度。所有这些举措都是围绕贸易畅通构建的，体现贸易畅通核心环节的重要性。

　　目前，虽然各国都按照世界贸易组织框架的要求遵循贸易自由化原则，关税保护和进口配额等贸易壁垒严格受世界贸易组织的规则制约，但各种技术壁垒和环保标准等非关税壁垒依然存在，特别是2008年全球金融危机后，各国的贸易保护主义逐渐兴起，迎合了许多利益集团的需求。发展中国家推行保护贸易的政策，是为保护国内的幼稚产业，但是连一些发达国家也举贸易自由化之旗、行贸易保护主义之实。贸易投资领域的反倾销、反补贴和其他贸易保护主义行为日益严重，极大地限制了全球贸易的扩大和世界经济的复苏。在这种情况下，呼吁和倡导贸易畅通非常重要。构建贸易畅通协调和便利化机制可以为各国提供一个更加便捷的交易环境，从技术、程序和管理层面有力推动制度改革、政策调整、关税降低，打破配额减少等限制，有效营造一个简单、廉价、通畅的贸易环境。

三、贸易畅通的核心环节

　　贸易顺畅需要扩大中国与"一带一路"沿线国家的贸易，各国应探索贸易和投资便利化问题，适当安排贸易便利化，扩大贸易规模。同时，投资也是贸易畅通的重要环节，需要大力推动。

首先，拓展投资领域，深化产业合作。深化在农、林、牧、渔业等生产、加工领域的合作，积极推动海洋产业和海洋旅游业的合作。加强能源合作，深化煤、油气、金属矿产等传统能源勘探开发合作，积极推进风能、水电、核能、太阳能等清洁可再生能源合作。大力推动就近加工改造、上下游一体化产业链、设备和工程服务的合作。这些项目在"一带一路"沿线国家具有非常广阔的市场空间，拓宽了相互投资领域，可以大大增加贸易深度。同时，本着互补互利的原则，推动建立创业投资合作机制，促进新兴产业合作，促进新兴国家沿线新能源、新材料的深度合作。

其次，优化产业布局，推动分工协同。贸易畅通不仅关注单一贸易环境，而且要努力促进上下游产业链及相关产业的协调发展。进一步优化产业布局，增强区域产业配套能力和综合竞争力。扩大服务业对外开放，促进区域服务业快速发展，为贸易畅通提供产业基础。积极探索投资合作和分工新模式，鼓励建立海外经贸合作区和跨境经济合作区，发挥各自的比较优势，促进产业集群发展。

最后，整合管理部门，共享信息资源。贸易畅通涉及国家发展和改革委员会、商务部、财政部、国家税务总局、国家市场监督管理总局、外汇管理局，每个部门都有自己的规章制度和工作内容。在处理贸易问题时，各个部门之间如果责任划分不清，制度没有衔接，很容易出现多头管理、政出多门的现象。不仅在中国如此，世界各国也是同样，在建设"一带一路"过程中与其他国家打交道也会遇到繁文缛节，这些都会对贸易和投资形成阻碍。因此，在"一带一路"贸易畅通问题上，首要任务是整合各部门分散的责任、权力和信息，搭建公共信息平台共享各部门资源，按照贸易流程建立基于网络的数据同步共享系统，为各部门之间的交流互动开辟渠道，减少中间沟通环节，实现各方面信息资源共享，畅通贸易流动渠道。

第二节　我国与沿线国家贸易合作现状

贸易便利化及其实施过程与通关服务水平密切相关。"一带一路"沿线国家主要是发展中国家和欠发达国家。从这个角度来说，这对各国间贸易构成一定障碍，给贸易自由化、贸易便利化带来某些挑战。此外，中国和"一带一路"沿线国家也可能发生贸易摩擦，主要原因是贸易顺差继续扩大，各行业之间存在一定的同质化竞争。

一、边境管理水平

海关在加强贸易便利化方面起着关键作用，可以保障贸易安全。海关合作是"一带一路"建设顺利进行的重要组成部分。各国贸易便利化的硬件和软件水平普遍较低、过境管理透明度低、清关效率低下、烦琐的清关手续都成为阻碍贸易畅通的因素。在海关合作方面，"一带一路"沿线国家合作服务的能力和效率仍然较低。通关信息化和网络化程度不高，无法满足沿线国家对外贸易快速发展的需求。

但是，《愿景与行动》已经提出"加快在边境口岸建设单一窗口，降低通关成本，提高通关能力"，发展新业态，如开展"认证运营商"（AEO）的互认和跨境电子商务等，这些内容在《海关全面深化改革总体方案》中均有所体现，使"一带一路"沿线海关领域合作不断深化。

中国自2005年与智利签署首个自由贸易协定以来，截至2018年3月已与24个国家和地区签署了自由贸易协定或贸易协定。在满足原产地要求的前提下，中国及相关贸易伙伴将逐步对大部分产品实行优惠关税甚至零关税。自由贸易区也是降低贸易成本、促进贸易合作的重要途径。与中国签订自由贸易协定的国家和地区中大部分位于"一带一路"沿线地区。目前，中国已与"一带一路"沿线11个国家签署了自由贸易协定。

为推动区内各国通关便利化进程，上海合作组织成员国海关组织签署了《上海合作组织成员国政府海关合作和互助协定》。这也为"一带一路"沿线国家改善双边边境管理提供了有效借鉴依据。各国在统一通关、办理行政和运输手续、海关单证互认方面加强了一致性协调力度，同时，签署了《关于在能源流通监管方面交换信息的协议书草案》和《海关培训和提高海关关员专业技能合作议定书》，为促进各成员国海关标准化和双边边境管理水平提升奠定了基础。"一带一路"沿线国家也在不断提高双边边境管理水平。

二、市场准入条件

"一带一路"沿线国家资源丰富，幅员辽阔，人口众多。中国也是"一带一路"沿线国家最重要的贸易伙伴。2016年，"一带一路"沿线国家的国内生产总值约占全球GDP的16.0%，人口占全球人口的43.4%，对外贸易额占全球贸易额的21.7%。2016年，中国与"一带一路"沿线国家的贸易额为9 535.9亿美元，占中国商品贸易总额的25.9%。这些数据反映了全球经济缓慢复苏背景下"一带一路"贸易合作的良好势头，也印证了双边贸易畅通已经有了市场基础。

截至2016年9月，我国与70多个国家、地区和国际组织签署了战略合作、合作规划纲要等。此外，中国还与"一带一路"沿线56个国家签署了双边投资协议。在"一带一路"沿线18个国家共设有53个经贸合作区。这些合作与成果为双方市场准入条件提供了基础和标准。

在资金流动方面，中国与"一带一路"相关国家交流合作不断扩大，互利互惠。一是进一步完善QFII（合格境外机构投资者）和RQFII（人民币合格境外机构投资者）制度，逐步放宽市场准入条件，扩大"一带一路"沿线国家在中国的投资范围，鼓励参与长期投资的机构投资者参与中国市场的发展；二是进一步改革境内公司境外上市制度，加强跨境监管合作，为合格境外上市发行企业提供条件；三是鼓励境外投资者和服务提供者到中国投资并开展业务，逐步放宽对外经营机构投资的限制。

三、交通通信设施

自"一带一路"倡议实施以来，我们首先着眼于中国与沿线国家在交通和通信领域的互联互通。大量基础设施项目取得的初步成果促进了资金、技术和产能的产出，也降低了贸易合作成本，为发展沿线国家之间的贸易合作提供了机会。交通项目也是"一带一路"倡议的重点发展项目。在交通基础设施合作领域，大部分重点项目稳步推进，道路通行水平有所提高。目前，"一带一路"沿线国家和中国已经为交通和通信设施合作建立了一定的基础。

目前已经具备的条件有三个方面：一是掌握了交通基础设施的主要渠道、重点项目和重要节点，国际交通走廊逐步显现。加快建设中越、中缅、中老、中蒙、俄罗斯、水陆交通走廊等国际运输走廊，与沿线有关国家一道抓好重点领域和重点项目建设，推进铁路、公路、水运、航空、新型工程等基础设施建设。二是共同推进国际主干道路建设，充分考虑目标提到的主要道路与周边国家陆路交通基础设施规划的有效对接。优化网络布局和结构，提高基础设施连通性和运输服务支持水平。三是积极推进运输企业的外商投资，带动与交通相关的产业转型升级。推动中国企业广泛参与铁路、公路、桥梁、港口、机场等海外基础设施的设计、咨询、建设和运营。资本产出、标准产出、技术产出和管理产出的变化将推动交通运输行业的设备、技术、标准和服务"走出去"。

经过多年的发展，中国的交通基础设施不断完善，实现了从"总体缓解"到"基本适应"的重大跨越，以铁路、航空、高速公路、水路、管道为主的多维、立体、综合交通网络基本形成。同时，初步形成了主要交通部门体系，实现了铁路、公路、水路、民航、邮政业务的总体规划。综合运输管理体制、机制的不断完善为更高层次、更广范围的中国多式联运发展提供了基础条件，也为有效实施"一带一路"倡议奠定了基础。

在通信领域，中国和"一带一路"沿线国家共同推动跨境光缆等通信骨干网建设，提高国际通信和互联互通水平。开辟信息之路，拓宽信息交流与合作的渠道，使通信行业也成为中国"走出去"的名片。经过几十年的自主创新和实践建设，中国通信产业在技术专利和产业链成熟度方面一直处于全球领先水平。我国各大通信公司不断加大跨境地下光缆和海底光缆等通信骨干网建设力度，在香港成立中国移动全球网络运营中心，为"一带一路"国家和地区的行业合作伙伴提供服务，如国际互联网接入、移动漫游、语音交换、数据中心和云计算等一站式全方位服务。截至2017年5月，我国在东北亚、中亚、南亚和东南亚四大邻近地区开通了8条地面电缆；在北京、上海、广州、深圳、福州等地建立了5个国际通信服务局；在"一带一路"沿线国家和地区建立了29个网络服务提供商；在"一带一路"21个沿线国家和地区铺设了39张TD-LTE商用网络。海陆信息高速通道的建设能确保通信更加便捷，信息交流更加顺畅。

四、内外商业环境

"一带一路"贸易合作机制得到有效推进，经营环境不断优化。除了现有的双边和多边贸易合作机制外，"一带一路"贸易合作还建立了多种体制平台，如经济走廊、次区域合作、工业园区等，商业环境不断优化。首届"一带一路"国际合作高峰论坛于2017年5月在北京举行。在本次高峰论坛上，"一带一路"贸易合作机制取得进一步成果。上述贸易合作机制的建立和完善将显著改善经营环境，为"一带一路"贸易合作提供机制保障。

"一带一路"贸易合作机制不断优化，贸易和投资持续增加。根据商务部的数据，中国企业主要在新加坡、哈萨克斯坦、老挝、印度尼西亚、俄罗斯等沿线国家进行直接非金融投资。以中澳自由贸易协定为例，主要产品有煤炭、酒、羊毛等，企业累计享受税收优惠6 273.2万元。

中国国际贸易促进委员会（以下简称中国贸促会）和澳中"一带一路"产业合作促进会共同举办中澳"一带一路"产业合作圆桌会议。会上，双方工商界代表积极提出了对中澳产业合作的意见和建议，营造了良好的商业合作氛围。根据企业和参展商的需求，中国贸促会还将建设商品展示中心和跨境电商平台，扩大

"一带一路"沿线国家的进口，促进我们的产品"走出去"。中国贸促会组织企业在"一带一路"沿线国家举办展览，包括组织代表团赴印度、土耳其、印度尼西亚、哈萨克斯坦等国家展览中国设备和消费品，扩大中国汽车、高铁、新能源、新材料、消费电子、机电纺织等的出口，鼓励和支持广东、福建、陕西、新疆等省区结合自身资源区位和产业优势，为沿线国家组织专题展览，推动更多的经贸合作。

第三节　我国与沿线国家构建贸易机制的经济基础

根据海关总署公布的中国对外贸易大数据，提取"一带一路"沿线64个主要国家的相关数据，接下来分析中国与"一带一路"沿线国家的贸易规模。

一、我国与沿线国家贸易规模现状

"一带一路"沿线国家的主要进出口市场在中国。在"一带一路"沿线国家中，中国是新加坡、俄罗斯、泰国、马来西亚、越南、印度和印度尼西亚等国家的主要出口目的地。与此同时，中国也是沿线贸易伙伴国家的第一个进口市场国家。2014年，中国对"一带一路"沿线国家的出口总额为6 370亿美元，同比增长12%。2015年，中国与"一带一路"沿线国家的贸易总额达9 555亿美元。2016年，中国对"一带一路"沿线国家的进出口总额达6.3万亿元，增长0.6%。中国对沿线国家的出口达到3.8万亿元，占中国出口总额的27.8%。中国对沿线国家的出口商品主要是劳动密集型产品，其中锅炉、机械及其零部件和电动机、电气设备及其零部件占比最高，达35%。中国主要从"一带一路"沿线国家进口化石燃料、矿物油及其精馏产品，电动机、电气设备及其零部件，占总数的51.4%，增长0.7%。自2010年以来，中国对"一带一路"沿线国家的贸易出口大幅增长，2012年以来增速放缓，但增长率也保持在10%以上，远高于中国整体出口贸易的增长速度。2016年起增速进一步放缓。

二、我国与沿线各区域贸易分析

在"一带一路"沿线的各大区域中，东南亚地区是我国首要的出口市场，在双边出口贸易总量中所占的比重超过40%。西亚和北非也是传统的重要出口市场，占中国对"一带一路"沿线地区出口总额的20%以上。中亚地区在出口总量中所占的比重相对较低，并且受自身经济条件的影响，最近几年的出口占比呈现下滑趋势。从中国与"一带一路"沿线国家的贸易额来看，新加坡、越南、泰国、马来西亚、印度和俄罗斯是主要的合作伙伴。从区域来看：

（1）中国与沿线地区的贸易合作区域主要是东南亚、西亚和北非。2016年，中国与东南亚的贸易额为4 554.4亿美元，占中国与沿线国家贸易总额的47.8%；与西亚和北非（仅埃及）的贸易额位居第二，为2 150.2亿美元，占22.6%；与东欧、南亚和中亚的贸易额分别为1 368.2亿美元、111.5亿美元和300.5亿美元，占比分别为14.3%、11.7%、3.2%。

（2）与中国贸易额增长最快的地区是东欧，其次是南亚。在全球贸易普遍低迷的背景下，中国与"一带一路"沿线地区的贸易额有的增加有的减少。2016年，中国与东欧的贸易额增长率为2.7%，增长最快；其次为南亚地区，增长0.3%。在其他地区，有不同程度的下降。西亚和北非、中亚、东南亚，降幅分别为13.3%、7.9%和3.5%。

（3）中国最大的出口目的地是东南亚，增长最快的是东欧。从出口来看，2016年中国向东欧出口867.8亿美元，增长6.8%，增长最快；中国出口额在东南亚地区达到2 591.6亿美元，出口额最大，占44.1%，但比2015年下降6.6%。其次是西亚和北非，出口额为1 259.1亿美元，占21.4%，下降11.5%；向南亚地区出口排名第三，达到966.6亿美元，增长2.6%；向中亚出口达179.7亿美元，增长2.3%；向东亚（蒙古）出口的降幅最大。

（4）中国最大的进口来源地也是东南亚地区，这个区域也是进口唯一增加的地区。从进口来看，2016年中国从东南亚进口量最大，达到1 962.8亿美元，占总进口量的53.6%，比2015年增长0.9%；接着是西亚和北非，进口额为892.9亿美元，占总量的24.4%，下降15.7%；自东欧地区进口500.4亿美元，下降3.6%；然后是南亚、中亚和东亚，进口额分别为148.3亿美元、120.7亿美元和36.0亿美元，呈现下降趋势。

三、我国与沿线国家贸易结构

中国和"一带一路"沿线国家在贸易结构上有很大的互补性。从国家层面分析，北亚和中亚地区除俄罗斯较为发达以外，其余均为发展中国家；中东欧国家多为中高收入国家；在东南亚和南亚，新加坡和文莱是高收入国家，其余是发展中国家；在西亚和北非，石油输出国组织已成为拥有丰富石油收入的高收入国家；在南太平洋国家中，澳大利亚和新西兰是高收入国家，其余是发展中国家。在经济总量、对外贸易额和外国直接投资方面，中国都是"一带一路"沿线国家的领头羊。雄厚的经济实力、稳定的政治环境、健全的法律法规制度、强劲的发展势头、日益增强的国际和区域影响力及号召力，所有这些都赋予了中国"一带一路"倡议赞助商的地位。

中国与"一带一路"沿线国家有着广泛的贸易产品。随着国内产业结构优化升级，工业制成品的贸易优势也日益凸显，而"一带一路"沿线国家中大部分发展中国家的出口产品仍然以初级产品为主，如原材料、矿产品、能源产品等，与中国呈现出强大的贸易互补性特征。我国与部分国家在自然资源、资金和技术等要素方面具有不同的比较优势，即双方在资源禀赋和产业结构方面具有较强的互补性，所以这些发展中国家从我国进口其需要的质优价廉的生活用品和生产资料，同时我国为维系庞大的制造业体系而从西亚进口大量石油、天然气等资源，两种主导产品之间没有重叠问题，显示出强大的贸易互补性。

从贸易主要对象来看，我国与东盟的进出口贸易以机械及运输设备为主，双方其余的贸易商品呈现较强的贸易互补性，新加坡和马来西亚是中国在东盟的两大贸易伙伴，近年来，中国与越南的贸易额也迅速增长；中国对南亚国家持续贸易顺差，并且顺差额度保持稳定增长态势，我国与南亚贸易的主要对象为制成品和化学制品及化工产品，双方贸易互补性不强，印度长期以来一直是我国在这个地区最大的贸易国，贸易份额占南亚贸易总额的50%以上；海湾国家蕴藏丰富的石油及其他能源，我国主要从其进口矿物燃料及润滑油，向其出口机械设备、杂项制品和制成品，双方贸易互补性较强；我国与红海周边及东非国家的双边贸易总额占我国对外贸易总额的比重较少，进出口集中在按原料分类的制成品上，其余的贸易商品有较强的互补性，苏丹和埃及是我国长期在该区域的前三大贸易伙伴国。

关于"一带一路"沿线国家的经济情况，首先看收入水平。根据世界银行标准，2016年这些国家中有15个高收入国家，主要集中在欧盟成员国、西亚、中欧和东欧最大的产油区。其中，卡塔尔和新加坡的人均国内生产总值处于前列；西亚国家如阿拉伯联合酋长国、以色列、巴林、科威特、沙特阿拉伯、阿曼等，爱沙尼亚、斯洛维尼亚、捷克共和国、斯洛伐克、立陶宛和拉脱维亚等中欧和东欧国家，以及文莱等13个国家也属于高收入国家；以波兰、匈牙利和克罗地亚为代表的21个国家属于中高收入国家；塔吉克斯坦、尼泊尔和阿富汗是低收入国家。其次看市场规模。从经济总量来看，市场规模最大的国家是印度和俄罗斯，其国内生产总值超过1.3万亿美元。之后是印度尼西亚、土耳其、沙特阿拉伯、波兰、泰国、阿拉伯联合酋长国、埃及等国，GDP超过3 000亿美元。最后从人口规模来看，沿线各国人口规模基本保持稳定。印度尼西亚、巴基斯坦、孟加拉国、俄罗斯和菲律宾的人口超过1亿。这些基本条件为中国与"一带一路"相关国家开展贸易提供了可能性。

四、我国与沿线国家关税分配

贸易畅通要求货物、资本、服务甚至人们可以在不同的国家或地区间自由流动，但这些资源要素的流动往往会受到各种因素的阻碍。其中，地区之间的税收壁垒，特别是关税壁垒是主要障碍之一。

加强税收管理合作和有效的关税分配等措施，可以有效消除限制各国货物和生产要素自由流动的税收障碍，优化资源配置，提高经济效益和社会福利水平，促进各国经济发展。同时，随着"一带一路"倡议的不断推进，各国经济合作关系将更加密切，经济一体化进程将加快。这又形成了资费协调与经济一体化的良性互动，促进了经济的共同繁荣与发展。

截至2017年3月，中国已与"一带一路"沿线的大多数国家签署了税收协定。2014—2016年，中国已经和俄罗斯、印度尼西亚、波兰、爱沙尼亚、罗马尼亚、马来西亚、柬埔寨、巴基斯坦、印度9个"一带一路"沿线国家达成了有关税收的协议、议定书、备忘录或换文信函。

在"一带一路"沿线国家中，中西亚10国的进口关税水平普遍较低，但个别国家有上升的趋势。除乌兹别克斯坦和土耳其外，我国及其他中西亚8国的进出口关税平均水平低于10%。除土库曼斯坦、乌兹别克斯坦、阿塞拜疆和伊朗外，其他中西亚6国都是世界贸易组织（WTO）成员方，关税税率设置相对规范，基本处于较低水平。亚美尼亚和格鲁吉亚正致力于发展开放型经济，因此通过较低税率水平来吸引进口贸易；作为一个永久的中立国家，土库曼斯坦高度重视对外贸易的发展，进出口关税水平也较低。相反，伊朗和阿塞拜疆等非世贸组织成员，其国内情况不稳定，对外贸易政策审慎。近年来乌兹别克斯坦、伊朗、阿塞拜疆等非世贸组织成员方从本国利益出发，关税水平有所提升；亚美尼亚、吉尔吉斯斯坦和哈萨克斯坦是欧亚经济联盟的成员，它们实行统一的进口税率。自2015年5月起，土耳其还对来自我国等非欧盟以及其他非自由贸易协定缔约国的部分商品提高进口关税税率，包括箱包、医疗用或办公用家具等多种产品。

"一带一路"倡议重点关注海外基础设施建设。交通、能源、信息网络和资本渠道等基础设施是促进"一带一路"沿线国家顺利交易的基础，也是目前最薄弱的环节。因此，税收优惠和其他政策支持倾向于这些地区的特定行业，这种税收倾斜主要集中在多边和双边协议国家。

第四节　构建贸易协调与便利化机制的挑战

国际因素带来的挑战是我国无法控制的外在因素，也是对实施"一带一路"倡议构成挑战的最大不可控因素。

一、国际环境在一定时期内不稳定

国际环境的不稳定主要体现在三个方面：一是全球贸易格局新变化带来的挑战；二是地缘政治经济带来的挑战；三是一些地区持续动荡、内战不断带来的挑战。

（一）全球贸易格局新变化带来的挑战

第一，全球贸易结构正经历大调整，全球价值链重构，贸易呈现中高速增长的新常态，"一带一路"参与国贸易遭受压力。一方面，经济危机之后，发达经济体实施"再工业化"战略，提高中高端制造业竞争力，挤压了部分发展中国家中高端产品的出口；另一方面，短期内全球经济复苏乏力，阻碍贸易快速增长。

第二，西方发达国家政治变动引发"黑天鹅"事件，给全球经济贸易带来不稳定因素。一方面，英国"脱欧"事件给全球经济带来巨大震动，导致欧洲地区矛盾突出，引发地区经济波动，波及全球经济；另一方面，贸易保护主义阻碍了自由贸易进程。美国贸易保护主义从2008年金融危机之后有抬头之势。美国总统特朗普曾经发表"反贸易"言论，宣称将对中国征收高关税，这一系列行动严重破坏了全球贸易格局。

第三，"南升北降"格局成为新常态，但短期内很难从本质上改变传统贸易格局。随着金融危机的爆发，发达国家经济增长乏力，新兴经济体后来居上，引起了全球贸易比重向新兴经济体倾斜，新兴经济体逐渐成为全球经济的新引擎，按购买力平价理论，其对世界经济增长的贡献率超过了70%。

（二）地缘政治经济带来的挑战

受到地缘政治、区域经济发展和发展机遇的影响，中国提出了"一带一路"倡议，而其他国家也在寻求符合自身发展特点的贸易战略。美国在2011年提出了"新丝绸之路"计划，主张以阿富汗为中心，建立一个与该地区政治、安全、能源等领域相互合作的亲美政治板块，意图主导阿富汗和欧亚大陆腹地。美国"重返亚太"战略通过构筑南亚、东南亚和东北亚三大板块，形成"品"字形封锁链，不断制造南海争端，破坏亚洲政治经济秩序。俄罗斯主打的"欧亚联盟"联合了俄罗斯、白俄罗斯、哈萨克斯坦、亚美尼亚和吉尔吉斯斯坦五国，终极目标是建立类似于欧盟的经济联盟。值得注意的是，该联盟的五个成员都是"一带一路"的参与国。日本在2004年重提"丝绸之路外交"计划，目的是通过政治和经济手段获得中亚地区的能源开发与贸易的主导权。

除此之外，世界许多国家都在积极推动本国的"丝绸之路"计划的开展。不论是美国的战略围堵、俄罗斯的战略猜疑、印度的战略不合作、日本的战略搅局还是局部矛盾，都不同程度地对"一带一路"倡议的实施提出了挑战（见表6-1）。

表6-1   世界诸国或组织实施的"丝绸之路"计划

国家或组织	计划名称	提出时间
美国	"新丝绸之路"计划	2011年
俄罗斯	欧亚联盟	2011年
日本	"丝绸之路外交"计划	1997年
印度	北南走廊计划	2000年
哈萨克斯坦	"新丝绸之路"项目	2012年
韩国	欧亚倡议	2013年
联合国	"丝绸之路"复兴计划	2008年

（三）地区局势持续动荡带来的挑战

"一带一路"沿线一些区域不断动荡的局势对"一带一路"的推进形成挑战。"一带一路"沿线一些国家之间存在矛盾和冲突，如印度和巴基斯坦的关系；中东、非洲一些国家的国内政治不稳定，战争和冲突频繁发生，恐怖主义猖獗；欧洲近年爆发的难民和移民潮扰乱了地区秩序。诸多因素严重影响贸易活动的开展，首当其冲的是中国企业。《中国企业国际化报告（2016）》显示，从2005年到2014年，中国企业海外投资因政治因素导致失败的案例占25%，其中8%是因东道国政治派系的阻挠而失败，17%是因东道国政治动荡而经营受损。

二、沿线各国经济发展阶段差异大

"一带一路"沿线国家目前涉及68个参与国，其中4个参与国，即新西兰、以色列、新加坡和韩国为发达国家，其余64个国家均为发展中国家。不论是发达国家还是发展中国家，中国都能够为其经济发展带来巨大机遇。

首先，对于"一带一路"参与国中的4个发达经济体而言，尽管其本国经济水平较高，但受全球经济疲软的影响，也在积极参与区域合作与全球贸易，提振本国经济。其次，对发展中国家而言，积极与中国开展合作，带动本国在经济总量、劳动生产率、人均收入和进出口贸易等方面再上一个台阶，以期摆脱经济发展困境。从经济总量来看，"一带一路"参与国经济发展水平普遍较低。世界银行的数据显示，64个发展中国家中，大多数国家的经济体量与中国相差甚远。[①]从对外贸易来看，参与国中贸易逆差国占据大多数，对外贸易潜力还有待开发。从人均GDP来看，根据世界银行2013年的新标准，"一带一路"沿线发展中国家中低于4 000美元的占据大多数，而我国已经迈入中等偏上收入国家行列。除此之外，储蓄严重不足和贸易逆差严重形成的"两缺口"问题突出。在人力资本方面，沿线发展中国家人力资本严重不足。从产业结构的角度来看，沿线国家尤其是东南亚、中亚和中东国家仍然以劳动密集型的低端产业作为经济主体，处于全球产业链和价值链底层。

与其他国家相比，中国已经迈入中等偏上收入国家行列，GDP总量全球第二，经济增速名列前茅。尽管如此，处在经济新常态的中国，需要优化国内产业结构，带动经济结构转型升级，在全球价值链的中高端占据一席之地。

（一）沿线国家市场化法治化程度低

东道国的投资贸易环境是中国企业"走出去"成功与否的重要因素。然而，由于沿线国家体制、机制不健全，经济和法律制度不完善，增加了企业投资经营的法律风险。这些法律风险存在于前期的投资准入阶段、中期的企业运营阶段和后期的风险退出阶段。

首先，投资准入阶段存在的法律风险。一是对投资所有权的限制。由于中资企业投资项目工程量大、周期长，东道国会限制投资企业持有的资产数量和

---

① 世界银行2018年统计数据（https://data.worldbank.org/）显示，2017年中国GDP总量为12.24万亿美元，沿线国家中俄罗斯的GDP最高，达到1.58万亿美元，其他国家的GDP则均低于或远低于俄罗斯。中国的GDP是俄罗斯的近7.7倍，因此与中国经济体量相比，各国与中国相差较大。

股权比例，支持本国企业掌握投资所有权。二是对投资领域的限制。由丁我国企业对"一带一路"沿线国家的投资集中在能源和基础设施领域，考虑到本国安全，东道国通常会通过"肯定清单"或"否定清单"的方式限制外资准入范围。

其次，企业运营阶段存在的法律风险。一是环境保护风险。一方面，中国企业缺乏对类似国际环境公约文件的重视；另一方面，"一带一路"建设中的中资企业投资集中在能源和基础设施领域，极易污染环境。二是税收风险。"一带一路"沿线国家国情不同、税收优惠时间和重复征税等因素给中国企业投资带来一定困扰。三是知识产权风险。因对知识产权保护相关国际公约和东道国法律不了解和不重视，加之东道国知识产权法律的不完善，中国企业有违反他国知识产权法的风险。四是劳工风险。中国企业对外投资时会雇用东道国当地人和外国人员共同参与，由于东道国缺乏劳工保护政策，无法保障项目施工和管理人员的人身安全。

最后，风险退出阶段存在的法律风险。企业因担心被东道国国有化而退出国际投资。中国企业对外投资被国有化的例子时有发生，大多发生在法律不健全的沿线发展中国家。这些国家国内政局不稳定，会依据本国法律强制性地将外国资产划归本国所有，使企业经营风险增大。

（二）基础设施互联互通面临着挑战

"一带一路"倡议涉及政策沟通、道路联通、贸易畅通、资金融通和民心相通五个方面，其中涉及基础设施建设的道路联通起基础性作用。然而，"一带一路"沿线各国经济发展不平衡、基础设施的建设水平较低，阻碍了各国海上和陆上的贸易畅通。

首先，"一带一路"沿线各国基础设施十分落后，各国沟通不顺畅，工程建设周期长、难度大。一方面，"一带一路"沿线国家经济发展和基础设施建设十分落后。以东南亚和南亚国家为例，柬埔寨、老挝、缅甸等国经济水平长期处于最不发达国家行列，电力、道路、通信等基础设施建设落后长期制约该地区发展。另一方面，沿线国家基础设施建设缺乏沟通机制。许多沿线国家仍在使用与他国有差异的技术标准和管理制度。以铁路为例，中国采用的铁轨标准与东南亚国家各不相同，无形中降低了运输效率，提高了运输成本。另外，中国与一些沿线国家还未形成常态化基建畅通机制。

其次，基础设施建设资金不足，投融资模式单一。在资金需求方面，沿线国家在基础设施建设上存在巨额资金缺口。根据亚洲开发银行的测算，2010—2020年，亚洲所有国家的基础设施投融资需求为 8 万亿美元，年均融资额达到7 500亿美元，然而现有多边金融机构如亚洲开发银行、世界银行自身资金有限。在投融资主体方面，由于投资项目具有周期长、规模大的特点，参与方主要以国有企业为主，私人投资较少。在投融资模式上，中国参与的基础设施投资的资金主要来源于政策性和商业性金融机构，如国家开发银行、中国进出口银行和中资商业银行的海外分支机构，而公私合营项目（PPP）和BOT等国际先进融资模式还未涉足，缺少民间资本参与。

最后，受东道国政治、国际舆论等外部因素影响，基础设施项目难以顺利实施。2014 年 11 月中国铁建中标的墨西哥城至克雷塔罗的高铁项目因墨西哥国内党派之争而失败；缅甸密松水电站项目因当地政府宣称"项目破坏当地人民的生计"于 2011 年被迫停止。除此之外，中国在国际社会也遭受了诸多无端指责。

（三）其他影响因素

在文化方面，沿线发展中国家文化各异，容易产生文化误解，不利于贸易的开展。例如，中国在海外建立孔子学院的目的是传播中国传统文化，促进双方人文交流，但被一些国家解读为"文化殖民"。另外，中国企业可能因拓展市场和利益需求而不顾及当地人的风俗习惯，引起贸易摩擦甚至外事争端。

在宗教方面，沿线国家信奉宗教的居民占据大多数，各地区文化差异显著。比如，东南亚和中亚地区多信奉佛教、伊斯兰教。若不了解当地的宗教文化，开展贸易将十分困难。

在政治方面，由于历史的原因，许多国家受到西方政治体系的影响，普遍奉行多党制和议会制，企业的项目投资可能会受到在野党的反对；一些国家国内政局动荡，增加了政治风险。

三、国内因素带来的挑战

我国国内因素的挑战主要来自经济增长换挡、产业政策调整及区域发展等方面，具体如下。

（一）我国经济正处于新常态

中国正在经历经济增长换挡期、经济结构调整阵痛期和前期刺激性政策的消化期"三期叠加"时期，不同程度地影响了对能源和原材料的需求。

首先，中国经济结构需转型升级。计划经济时期，经济结构不合理使得中国企业普遍追求数量和低价策略，导致出口产品技术含量低和附加值低。随着改革开放的深入，我国产品结构有了一定的进步和提升，但总体仍处于技术和附加值较低的水平。新常态下的中国经济，正是要改变这种状态，经济结构需要进一步调整，经济结构阵痛期需要持续一段时间。

其次，产业升级问题困扰着中国制造。新常态背景下，产业升级是最突出的问题之一。中国经济的高速发展、政策的引导以及技术的进步，使得一些领域的中国制造面临产业升级的问题，限制了一些企业对外投资贸易的步伐，无法快速、高效地实现全球化制造。同时，传统要素成本优势逐渐丧失也为中国企业带来逐年攀升的生产成本，企业经济效益下降，制造业长期发展受限。

最后，中国出口在国际市场所占的份额逐年缩小，加剧了产业升级问题。受到美国、欧洲国家、日本等在国际市场的传统优势地位的影响以及由于中国长期出口的单一性，中国出口的大部分市场份额被欧美国家占有，中国的出口市场趋于饱和，使中国丧失了以前的一部分市场。如美国2009年宣称要实施"制造业回归"计划和欧洲振兴计划，这给中国出口带来冲击，侵蚀中国出口市场份额。

（二）产业政策调整带来的风险

"一带一路"建设是中国深化改革和深度融入世界的一次机遇，必须让国内产业与相关国家产业多方位合作，深入融合。一方面要考虑我国产业结构问题所在、产业调整的方向、产业融入世界的次序，另一方面更要顾及对方国家产业结构现状、本地产业发展方向、容纳能力以及融合后市场发展的未来走向。

首先，中国产业结构亟待借助"一带一路"建设深入调整。中国的产业结构长期制约着产品竞争力和服务质量的提升。一直以来，中国经济依靠劳动密集型产业和加工贸易长期占据全球价值链和产业链的低端，核心技术长期受制于国外，企业竞争力不高。当前，全球价值链正重新洗牌，传统发展思维已经不适合中国，向资本和技术密集型产业转型升级成为发展方向，通过优化国内产业结构，以实现中国经济水平质的飞跃，在全球分工中占据有利位置。

其次，过度关注单一产业会造成地区经济结构不平衡。一方面，要注重三大产业优势互补、协调发展。另一方面，沿线国家虽然有优势产业，但也面临转型升级，如果仅盯住当地的能源而忽略了当地产业链的发展，无法给当地居民带来长期经济收入。从这个意义上讲，合作国家也希望中国在产业升级上助其一臂之力。

最后，产业政策应该坚持中国与其他国家合作的理念，摒弃救助者与被救助者的思想。中国具有自身的产业优势，合作国家也有优势产业。从"一带一路"

倡议的长期战略规划来看，中国与合作国家之间谋求的是优势互补的共赢式发展。因此，必须从宏观层面系统规划产业合作的机制，发挥优势产业的最大经济效益，实现优势互补。

（三）区域发展与政策协调难度大

首先，虽然中国正在逐步解决区域经济发展不平衡的问题，但是"一带一路"倡议圈定的重要省份之间却存在不小差距。2015 年发布的《推动共建丝绸之路经济带和 21 世纪海上丝绸之路的愿景与行动》指出，经济落后省份受资源禀赋、地理位置和国家政策的影响，向外输出资本和对外贸易的能力较弱，与西部省份相邻的中亚地区同样如此，双方贸易互补性不强。

其次，"一带一路"倡议的实施关系到中央部委、各个省份和众多国有企业，但是从目前来看，相互沟通机制不够畅通。一方面，跨部门的协调力度不够。各个省份都在忙着争抢丝绸之路的"新起点""核心区""桥头堡"，希望争取新政策为地区发展带来新动力，但是在国家层面，这些情况需要大力引导和协调，以免引起误读。另一方面，协调机制有待建立和完善。基础设施投资涉及多道门槛和层层审批，涉及部门利益纷争，易出现争夺政策资源和主导权的现象。

最后，"一带一路"既需要顶层设计，更需要基层创新和实施。一些省份不是在积极主动地规划方案，与"一带一路"倡议对接，而是在被动等待中央层面的政策和"指示"，这将会使其错失发展良机。另外，每个省份都有各自的优势产业和特殊文化价值，应该提高创新能力和资源整合能力，抛弃传统贸易理念，探索现代化贸易之路。

第五节　贸易畅通协调与便利化水平评价

"一带一路"贸易便利化机制的建立是一项系统工程，需要兼顾多方面发展，包括基础设施建设、海关环境、规章制度、政府政策透明度、腐败程度、运输能力、互联网发展水平等。本节通过建立评价指标体系，对沿线国家贸易便利化水平进行评价。

一、指标选取与数据来源

目前存在两种指标体系用于评价贸易便利化水平。一类指标体系是世界银行发展研究小组的研究成果，由 Wilson 等提出的贸易便利化指数（Trade Facilitation Index，TFI）。它包括四个指标：口岸效率、海关环境、规章制度环境、服务业基础设施建设。其中，口岸效率包括口岸设施、航空运输；海关环境包括进口壁垒、贿赂；规章制度环境包括政府政策透明度、腐败程度；服务业基础设施建设包括网络连接速度和成本、企业的网络使用度。另一类指标体系是世界经济论坛在《全球贸易便利化报告》（GETR）中提出的贸易便利指数（Enabling Trade Index，ETI）。该指标体系包括四个分指标：市场准入、边境管理、基础设施、商业环境。考虑到经济发展和技术进步，贸易便利化条件也发生了较大变化，我们综合 TFI 和 ETI 的指标，选取口岸与物流效率、海关环境与边境管理、规章制度环境、电子商务与金融作为一级指标，其中前两者为边境贸易便利化指标，后两者为境内贸易便利化指标。二级指标和数据来自世界经济论坛发布的《2017—2018 年全球竞争力报告》（GCR）和《全球贸易便利化报告 2016》（如表 6-2 所示）。具体指标解释如下：

表6-2　　　　　　　　　贸易便利化指标体系指标构成

一级指标	二级指标	取值范围	指标来源	中国排名
口岸与物流效率（T）	口岸基础设施质量	1~7	GCR	49
	空运基础设施质量	1~7	GCR	45
	铁路基础设施质量	1~7	GCR	18
	物流能力	1~5	GETR	27
	货运时间	1~5	GETR	31
海关环境与边境管理（C）	海关服务指数	0~1	GETR	50
	海关透明指数	0~1	GETR	40
	进出口额外支出	1~7	GETR	53
规章制度环境（R）	政府监管负担	1~7	GCR	18
	政策制定透明度	1~7	GCR	45
	政府官员徇私	1~7	GCR	20
	投资者保护力度	0~10	GCR	102
电子商务与金融（F）	金融服务可得性	1~7	GCR	54
	金融服务成本	1~7	GCR	30
	网络用户比例	0~100	GETR	76
	政府在线服务指数	0~1	GETR	31
	企业使用信息技术程度	1~7	GETR	45

（一）口岸与物流效率（Port Efficiency）

口岸与物流效率包括空运基础设施质量（Quality of Air Transport Infrastructure）、铁路基础设施质量（Quality of Railroad Infrastructure）、口岸基础设施质量（Quality of Port Infrastructure）、物流能力（Logistics Competence）、货运时间（Timeliness of Shipments to Destination）。其中前三个指标的取值为1~7，后两项取值为1~5，数值越大，水平越高。

（二）海关环境与边境管理

海关环境与边境管理包括海关服务指数（Custom Services Index）、海关透明指数（Customs Transparency Index）、进出口额外支出（Irregular Payments and Bribes：Imports/Exports）。前两个指标取值范围为0~1，后一个取值范围为1~7，数值越大，水平越高。

（三）规章制度环境

规章制度环境包括政府监管负担（Burden of Government Regulation）、政策制定透明度（Transparency of Government Policymaking）、政府官员徇私（Favoritism in Decision of Government Officials）、投资者保护力度（Strength of Investor Protection）。前三个指标取值为1~7，后一个取值为0~10，数值越大，水平越高。

（四）电子商务与金融

电子商务与金融包括金融服务可得性（Availability of Financial Services）、金融服务成本（Affordability of Financial Services）、网络用户（Internet Users）比例、政府在线服务指数（Government Online Service Index）、企业使用信息技术程度（ICT Use for Biz-to-biz Transactions）。其中，金融服务可得性、金融服务成本、企业使用信息技术程度三个指标取值为1~7，网络用户比例取值为0~100，政府在线服务指数取值为0~1，数值越大，水平越高。

二、数据处理与样本选择

由于各指标之间取值范围不同，为了便于计算，利用公式 $X_i = X_j / X_{max}$ 对数据进行标准化处理，使得所有指标取值范围在 0~1 之间。其中，X_i 是标准化处理后的数值，取值范围为 0~1；X_j 为指标原始取值，X_{max} 为该指标所有统计数值中的最大取值。考虑到指标赋权具有一定主观性，这里利用《全球贸易便利化报告》中的方法，将二级指标进行加权平均得出相应的一级指标数值，并将四个一级指标算术平均后得到贸易便利化指数。

"一带一路"沿线国家逐渐成为中国对外贸易的重要合作伙伴。中国海关统计数据显示，2017 年全年中国出口贸易量超过 1 000 亿元的国家有韩国、越南、德国、印度、荷兰、英国、新加坡、马来西亚等 27 个，贸易总额累计超过 6.4 万亿元，占 2017 年全年出口总额的 41.8%，其中对排名第 1 位的韩国出口 6 965 亿元，对排名第 27 位的孟加拉国出口 1 029 亿元。在国家类别方面，有韩国、德国、荷兰等 8 个发达国家，越南、印度、马来西亚等 13 个发展中国家。本节拟把"一带一路"沿线国家中，中国出口额超过 1 000 亿元的目的地国作为贸易便利化水平评价研究对象，其中包括亚洲部分国家和欧洲部分国家。虽然欧洲部分国家没有加入"一带一路"倡议中，但这些国家长期是中国最大的几个出口目的地伙伴国，其贸易便利化条件一定程度上会影响"一带一路"倡议的贸易畅通。本节通过比较分析发展中国家和发达国家的贸易便利化程度，提出提高整体便利化水平的发展策略。

三、中国贸易便利化水平评价

从表 6-2 可知，中国各项二级指标的排名处在全球中上游水平。其中，铁路基础设施质量排在第 18 位，物流能力、货运时间分别排在第 27 位和第 31 位，表明中国国内基础设施建设能力和整体水平显著提高，并带动运输业快速发展。政府监管负担、政府官员徇私、政府在线服务指数、金融服务成本分别排在第18位、第20位、第31位和第30位，表明中国在政府监督管理和服务方面发展较好，部分原因是中国近几年持续开展高压反腐败运动和深化政府、经济改革。另外，投资者保护力度和网络用户比例分别排在第102位和第76位，说明中国在对境外投资者合法权益的保护方面有待加强，还需不断提高网络普及率。中国在口岸基础设施质量、空运基础设施质量和海关环境相关指标方面的排名在第40位到第50位之间，表明中国需要加大对口岸和空运基础设施的建设，并提高海关进出口效率。

四、"一带一路"部分沿线国家贸易便利化水平评价

借助已有研究成果，将贸易便利化指数（Trad Facilitation Indicators，TFI）分为4个等级：0.8以上为非常便利，0.7~0.8为比较便利，0.6~0.7为一般便利，0.6以下为不便利。表6-3给出了部分沿线国家贸易便利化水平测评结果和排名情况。从整体来看，TFI值超过0.8的国家有新加坡、阿拉伯联合酋长国、荷兰、英国、德国、比利时6个国家，属于非常便利；处在0.7~0.8之间的有7个国家，包括法国、马来西亚、韩国、西班牙、中国、南非和沙特阿拉伯，属于比较便利；有10个国家TFI值处于0.6~0.7之间，包括印度、意大利、土耳其、泰国、波兰、俄罗斯、印度尼西亚、墨西哥、伊朗和越南，属于一般便利；巴西、巴基斯坦、菲律宾和孟加拉国4国的TFI值均低于0.6，处于不便利行列。其中，排名最高的新加坡TFI值接近1，达到0.9660，且各项分指标发展十分均衡。另外，《全球贸易便利化报告2016》公布的ETI（Ethical Trading Initiative）指数也表明，新加坡在136个国家和地区中同样排在第1位，原因是该地区陆地资源有限，必须充分利用海上资源开展对外贸易，于是该国加大投入力度并产生明显效果，这也是该国经济实力的体现。而排在最后一位的孟加拉国TFI值为0.5115，还不到新加坡的60%，且4个分指标波动较大，表明孟加拉国还需加大对贸易便利化发展的投入。

表6-3 "一带一路"部分沿线国家贸易便利化指数、分指标和总体排名

国家	排名	TFI	T值	C值	R值	F值
新加坡	1	0.9660	0.9499	0.9950	1	0.9376
阿拉伯联合酋长国	2	0.9116	0.9015	0.9032	0.9347	0.9062
荷兰	3	0.9093	0.9457	0.9497	0.8308	0.9113
英国	4	0.8780	0.8288	0.9364	0.8224	0.9366
德国	5	0.8719	0.8841	0.8793	0.8251	0.8926
比利时	6	0.8125	0.8641	0.8362	0.6773	0.8547
法国	7	0.7969	0.8427	0.8088	0.6565	0.8561
马来西亚	8	0.7871	0.7832	0.6604	0.8441	0.8215
韩国	9	0.7866	0.8354	0.8667	0.6240	0.8198
西班牙	10	0.7708	0.8353	0.8434	0.6103	0.7911
中国	11	0.7285	0.7527	0.7350	0.7012	0.7222
南非	12	0.7012	0.7483	0.7584	0.5932	0.7061
沙特阿拉伯	13	0.7004	0.6656	0.6662	0.7230	0.7377
印度	14	0.6964	0.7143	0.6439	0.7687	0.6522
意大利	15	0.6837	0.7304	0.8318	0.4953	0.6989
土耳其	16	0.6817	0.6874	0.7416	0.6641	0.6539
泰国	17	0.6737	0.6502	0.7485	0.6404	0.6790
波兰	18	0.6520	0.6795	0.8340	0.5644	0.5855
俄罗斯	19	0.6508	0.6568	0.6188	0.6181	0.6902
印度尼西亚	20	0.6427	0.6694	0.6009	0.6988	0.5960
墨西哥	21	0.6331	0.6247	0.6453	0.5403	0.7085
伊朗	22	0.6045	0.6493	0.6439	0.5442	0.5843
越南	23	0.6001	0.5906	0.5366	0.5976	0.6499
巴西	24	0.5853	0.5507	0.6814	0.4922	0.6368
巴基斯坦	25	0.5835	0.6097	0.6336	0.6365	0.4850
菲律宾	26	0.5572	0.4900	0.5425	0.5122	0.6692
孟加拉国	27	0.5115	0.5358	0.3452	0.5675	0.5420

从国家类型来看，排名靠前的国家多数为发达国家，包括新加坡、荷兰、英国、德国、比利时、法国、韩国和西班牙8国。除意大利外，其他8个发达国家TFI值均超过0.7，处于比较便利水平以上，其中新加坡、荷兰、英国、德国、比利时TFI值均超过0.8，属于非常便利。排名靠后的国家以发展中国家为主。发展中国家排名最高的是阿拉伯联合酋长国，TFI值为0.9116，属于非常便利。原因是该国以石油出口为主要经济来源，因此在贸易便利化方面投入巨大且成效显著。最不便利的国家包括巴西、巴基斯坦、菲律宾和孟加拉国，TFI值分别为0.5853、0.5835、0.5572、0.5115，均低于0.6，属于不便利。这4国都属于发展中国家，说明经济实力不强一定程度上会制约贸易便利化。从分指标变化程度来看，发达国家4个分指标比较平均，而发展中国家则波动更大。

从地区来看，便利化程度较高的国家大多是欧洲国家，而亚洲国家除了新加坡、马来西亚和韩国，其他国家均处于第10名以后，这表明地区间差异也体现在贸易便利化水平上，而经济发展的辐射和带动作用使得某一地区贸易便利化水平十分接近，并在整体上高于或低于另一区域。

中国的TFI值为0.7285，处于0.7~0.8之间，属于比较便利，地区排名处在较靠前的第11位，说明中国在发展"一带一路"贸易畅通方面成效明显，也是中国今后推动贸易便利化水平提高和贸易畅通发展的重要基础。但规章制度环境和电子商务与金融两个分指标数值不高，表明今后中国需要不断改善国内制度环境、推动网络全覆盖和完善金融服务体系。

总之，中国与沿线亚洲国家的贸易便利化水平普遍偏低，在某种程度上制约了与该地区的贸易往来。今后一段时间，中国要以自身的贸易便利化改革为动力，推动沿线国家尤其是亚洲成员国的便利化水平提高，释放更大的地区贸易潜力，推动"一带一路"倡议的贸易畅通的顺利实现。

第六节 构建贸易协调与便利化机制的策略

中国要秉持和平与发展理念，在纷繁复杂的国际社会中扭转旧有的全球政治经济格局，这是时代之所需。从国际政治角度来看，以美国为首的西方国家长期主导着全球秩序。从国际经贸角度来看，西方发达国家一直主导着全球经济命脉和走向，发展中国家只能沦为原材料供应市场和销售市场。在海洋领域，美国也企图联合日、韩等国限制中国发展。"一带一路"倡议的提出为周边国家创造了地区和平与稳定的空间。中国必须抓住这个历史机遇，打破原有国际政治经济格局，提升发展中国家的经济实力和国际地位。

一、地缘政治经济方面的考量

处理好与美国的关系是转变全球格局的关键点。作为世界第二大经济体，中国一直经受着美国假想敌的压力。事实上，美国在亚太地区以霸权国家的身份存在已久，其之前倡导的跨太平洋伙伴关系协定（TPP）意图抑制中国和俄罗斯的发展；中亚、中东等蕴藏大量能源的国家和地区早已经在美国的操纵之下，其"新丝绸之路"计划的目的也是要摆脱中国。中国必须以更加包容和开放的姿态接纳各国的战略规划，妥善处理与美国的微妙关系。中国应与美国寻求更多的共同利益，在保障中东地区能源安全、打击极端组织方面积极合作，化对抗为合作。

（一）推动全球经济实现增长

首先，"合作"与"共赢"理念为参与方提供了建立利益共同体、形成统一战略的思路。在中美两国先后提出了各自的"丝绸之路"计划的背景下，两者在最关切的利益上一定存在重叠区，只有秉承"合作"的态度，才能化利益冲突为利益共享，结成利益共同体。从另一个角度来讲，中国企业在"走出去"时不仅要顾及自身利益，也要考虑东道国和其他霸权国家的利益，因此在实施"一带一路"倡议过程中，应承担更多的社会责任，同时要借助发达国家的技术，共同开发中国占领的市场，以合作促共享和共赢。

其次，"一带一路"倡议应该积极与其他国家提出的经济复兴计划合作，实现优势互补。重点加快基础设施工程建设，通过相互连接的交通网络畅通物流、能源流、人才流、资金流、文化流；海上丝绸之路建设应加快重点港口建设，推动航运常态化；重点打造支点城市和园区建设，以点带面，实现合作项目落地生根。

（二）深化与沿线国家的交流

只有互相开放和相互接纳，才能促进各方深入交流。"一带一路"倡议的提出促进了中国与沿线各国经济、政治、文化和人才的往来，超越了传统的经济合作模式。本着"包容"的心态，任何国家只要有共同的利益和共识，均可自愿参与其中。从涵盖的地域来看，"一带一路"倡议涉及亚、欧、非三大洲共六十多个国家，其中大多为经济落后的发展中国家。从合作理念上，"一带一路"倡议主张沿线各国发挥互补性优势，拥有不同文化、制度和发展水平的国家互通有无、互利共赢。

二、统一行为准则形成经济联盟

"一带一路"倡议坚持"共商、共享、共建"的原则，中国不试图主导该倡议的实施。所有国家都可以参与统一行为准则的制定，不设置任何排他性的障碍。与此相对应的是，中国在国际规则上一直受到不公平待遇。第二次世界大战之后的世界格局被以美国为首的西方国家所建立和掌控，各种经贸组织均设置了严重的排他性规则，限制中国和其他不发达国家的参与。然而，中国的"一带一路"倡议改变了这一规则，每个参与国地位、权利平等，没有设定谁来主导地区事务，显示出强大的凝聚力和包容性。

为了实现该倡议的目标，一方面，中国应加强与沿线国家的战略互信，在"一带一路"倡议提出的合作共赢理念下，倡导建立合作、可持续的地区安全行为准则。另一方面，应加快建立区域行为准则，限制一切意图主导该倡议的行为，为各国提供表达各自需求的平台。另外，积极发挥现有区域合作组织的功能。积极发挥上海合作组织、中国—东盟"10+1"、亚太经合组织、亚欧会议、亚洲合作对话、亚信会议等多边合作机制的作用，加强各国之间的沟通。此外，还要加快产业合作步伐，根据各国现有要素和产业优势，明确国际分工格局，形成立体化经济联盟。

三、建立互联互通体制机制

"一带一路"贸易畅通机制的建立，应依托互联互通体制机制的建立，实现"以点带面、从线到片，逐渐形成区域大合作"的目标。"一带一路"倡议需要通过道路联通、资金融通、贸易畅通促进经贸往来，逐步建立起连接东亚、东南亚、南亚、中亚、西亚和欧洲的亚欧大陆经济带，促进劳动力、资本、货币和人员自由流动，建立便利高效的交通网、信息网和技术网，推动各地区建立自由贸易区，在商品往来、税收政策、关税壁垒等方面制定相关法律和贸易畅通机制，消除贸易壁垒。

具体而言，互联互通机制的建立需要坚持"五通"。一是政策沟通。加强沿线各国友好对话和磋商，制定可以相互受益的经济战略规划，积极引导和发挥各自优势，制定实施区域合作政策。各国政府应加强沟通，寻求彼此关切的利益点，相互信任，共同发展。二是道路联通。道路联通包括：基础交通运输设施，如公路、铁路；港口基础设施，如大型航运港口；能源基础设施，如输油管道、输气管道、输电设施；通信设施，如跨境光缆、卫星等。基础设施建设对众多沿线发展中国家民众生活而言至关重要，是扩大对外开放、拉动经济增长的关键。三是贸易畅通。加快商品贸易，促进经贸往来常态化。沿线国家相互之间应该积极交流，出口各自优势产品，形成常态化贸易机制。加快商品贸易，打开国际市场，共同把"蛋糕"做大。四是资金融通。加快实现经常项目和资本项目的货币互换，降低资金流动成本，增强风险防控能力，充分利用好"丝路基金"以及区域多边投资开发性金融机构，协调各国的金融机构，深化金融合作。五是民心相通。积极弘扬中国传统睦邻友好精神，推动沿线国家在社会、教育、文化等领域的深入合作，以人文交流推动思想开放，形成文化融合和民心相通，为经贸往来提供内在动力。

四、加快国内自贸区的建设

第一，要区别对待各合作方。自贸区建设考虑的首要因素是产品的竞争性和互补性。贸易互补性指数（TCI）显示，中国与东南亚十国、中欧大部分国家的进出口贸易互补性较强；与西亚、北非、中亚等地的进出口贸易互补性较低；与东欧地区的贸易结构相似度低，竞争性较低，互补性较强。所以，应依据不同地区与中国贸易关系的不同，实施差异化贸易政策。针对贸易互补性较强的东南亚、中东欧地区，谈判工作比较容易。针对贸易互补性较低的地区，如蕴含大量能源的西亚、北非、中亚地区，应积极开展贸易谈判，确保能源市场供给。

第二，实施差异化开放战略。首先，多方位锁定战略支点国家。这需要从政治、经济、地理位置因素考虑战略支点国家。一是地理位置，即处在交通要道和贸易枢纽位置；二是政治较稳定，国内政局稳定且与中国政治关系友好；三是有较大的经贸潜力，国内市场空间大且与中国有较强的贸易互补性。其次，根据不同的自贸区伙伴国与中国的战略关系，相互协调，相互协调，逐步加深开放程度。东亚国家经济较发达，南亚国家经济相对落后，西亚、北非、中亚国家的经贸活跃度较低，中东欧大部分国家受经济联盟政策限制缺乏自主权，针对这些国家的不同情况，中国应区别对待。最后，建立自贸区合作网络化格局。加快与沿线国家的自贸区谈判，构建自贸区一体化格局，以点带面，逐步向周边国家推进。

五、加快建立金融合作体系

积极与相关国家建立金融合作机制，加强金融政策沟通，逐步形成区域金融合作一体化。"一带一路"沿线国家应在原有国际性组织基础之上，巩固和加强各方金融协调机制，增加金融透明度，让沟通与对话成为常态。

（一）促进金融合作一体化

加强政策性金融机构的主导作用。继续发挥亚洲基础设施投资银行和丝路基金在促进多边融资方面的作用。加强与现有国际性金融组织如世界银行、亚洲开发银行的合作与沟通，在政策和目标上保持一致。另外，人民币已经成为国际储备货币，正开启全球化之路。借助人民币在国际货币中的地位，积极促进"一带一路"沿线国家的贸易通过人民币结算，进一步提升人民币国际化水平。

（二）加快金融机构双向融合

跨境金融机构扩大了金融市场，减少了地区投融资能力不足问题，促进了经贸发展。在"一带一路"背景下，各国应借助亚投行和丝路基金的多边金融合作机制，增加本国金融机构的国外分支机构数量，加深各国的多边金融合作，积极开拓股权合作、银团贷款等金融合作内容，为沿线国家提供有针对性的金融咨询服务、项目投融资服务、经贸金融服务，加快贸易便利化步伐。

（三）建立有效的金融监管机制

金融监管是经济合作的重要保障，要以监管保障安全和扩大贸易合作。一方面，加强与"一带一路"沿线国家金融部门的沟通，逐步建立金融监管机制；另一方面，建立金融风险应急处理机制，加强与沿线各国的征信评级机构合作，以保障金融市场的安全，减少贸易损失。

六、建立贸易协调与便利化系统

一是建立政策协调机制。在开展贸易合作时，需要借助"一带一路"已经成立的区域性组织及其运行积累的经验，建立贸易政策协调机制，可考虑成立贸易政策协调委员会，建立贸易政策网络公开系统。

二是建立信息共享体系。构建贸易信息共享体系，制定统一的贸易规则，包括贸易文件格式和贸易程序的标准化，建立统一的贸易平台、数据库和数据处理中心，加快商品贸易网络化和数字化。逐步建立自动化通关体系。自动化通关体系的建立要以规则统一、节省时间成本、减少通关程序为目的，促进跨境贸易流动和贸易畅通便利化。可开发一体化报关软件，建立网络海关报关办公室。

三是建立司法监管体系。法律在保障贸易安全和合法权益上发挥着不可替代的作用。可考虑成立贸易纠纷仲裁法庭，处理区域贸易中出现的投融资争端、贸易争端。由于国与国之间在贸易政策、贸易标准、技术标准、检验检疫指标和环保标准上千差万别，需要加快建立"一带一路"参与国之间统一的监管体系。另外，要加强反腐败机制的建立，并对违法企业进行处罚。

七、相应调整国内各项政策

为了更好地实现"一带一路"倡议的贸易畅通目标，中国需要积极营造协调与便利化的环境和条件，同时，也需要妥善处理好各方利益，在不损害未参与国利益的前提下不断扩大合作伙伴的共同利益。在外交层面，中国应以全球视野和开放、包容的姿态不断扩大对外开放格局，团结其他国家建立命运共同体，共同面对全球政治经济挑战和未来的不确定性；在经济层面，以合作、共赢的理念打造利益共同体，不断为沿线各参与国带来经济效益，从而带动全球经济增长；在深化交流层面，中国与他国一道，着重以高层战略对话、民间交流等形式加深理解，消除战略误判，夯实民意基础。贸易畅通的协调与便利化机制的建立，需要中国在统一的行为准则基础上，加快互联互通机制建设，着力推进自贸区谈判和建设，加快建立高效、可靠的金融合作体系，为国内产业结构调整创造有利条件。

（一）加快国内整体布局

"一带一路"倡议是中国实施全面对外开放和深化国内经济体制改革的重要举措，需要政府和社会各界的参与。中国要实现与沿线国家的互联互通，必须加快国内整体布局，统筹协调各部门和各地区的发展，从政策上引导各地区借助各自优势积极加快基础设施建设，尽快实现与沿线国家的互联互通。因此，政府要加大对重点省份、节点城市和港口的财政支持力度，支持相关省份的基础设施建设、节能环保工程和土地使用需求，加强对沿线高新技术产业园区和跨境经济合作区的建设和优势企业的扶持力度，对重点区域的企业给予税收优惠政策。

（二）协调区域经济政策

"一带一路"倡议明确了中国各省份的开放态势，以西北、东北和西南省份为重点，带动该地区经济发展，推动产业结构升级。众所周知，"一带一路"倡议涉及的地区经济水平普遍欠发达，产业结构落后，因此，应加快基础设施建设，扩大与沿海发达省份的经贸合作，提供铁路运输便利、口岸服务和产业园区服务，不断提高自身要素禀赋，促进产业结构升级，缩小与东部沿海省份差距。积极促进国内与国际的道路交通、通信和电力基础设施的互联互通，将国内连接成由东到西、由南到北的经济走廊。

（三）加快产业结构调整

第一，传统劳动密集型产业要转型升级。中国经济发展面临着劳动要素和自然资源要素成本提高的问题，因此，应以已成熟的产业与其他国家和地区合作，共享成熟产业发展成果。

第二，优势产业要转移、转型和升级。中国在钢铁、水泥、工程制造等行业和光伏、碳纤维等新兴高新技术产业上的优势明显，需要加强国际产能合作，实现由"国内生产、全球销售"向"全球生产、就地销售"转变。企业可设立海外分支机构，充分利用国内外两大市场，提升竞争力。

第三，积极参与全球产业价值链重组。应积极扩大生产资料配置范围，降低产业供应成本。依托支点城市、经贸干线、产业园区和经济走廊等平台，以合资、境外独资等形式，提升中小型企业的国际参与度，加快国内产业转移，将中低端产业向经济发展阶段相适应的国家转移，将中高端产业向欧盟等发达经济体转移。

第四，企业要以创新促发展。为提升产品竞争力，企业必须坚持创新驱动发展战略，不断深化与沿线国家的产业合作。一方面，改变传统的数量和低价战略，综合考虑环境保护、知识产权保护等因素。另一方面，以创新驱动提升产品质量。充分利用外交、经贸、金融等资源和自身发展优势，精准契合各国产业发展战略，深化产业链融合度，构建互利共赢的新型国际分工模式。

（执笔人：史妍嵋、赵渊博、韦力）

第七章

"一带一路"投资规则协调研究

投资合作是"一带一路"建设的重要内容，各国间协调良好的投资规则将有助于域内投资的健康发展。中国企业在"一带一路"双向投资格局中发挥重要作用，同时面临各种国内和国际层面的投资政策障碍，既包括沿线国家国内投资政策中的问题，也包括中国与这些国家在投资协定中存在的问题。因此，为促进"一带一路"的建设，中国应在制定域内投资规则中发挥更加积极的作用，把握好共建域内投资规则的总体原则，针对不同类型的国家采取不同的协调措施，并且重视促进投资便利化、完善投资争端解决机制、协调投资规则一致性等重点工作，促进域内国际投资合作关系的良性发展。

第一节 中国企业在"一带一路"双向投资格局中的作用和影响

中国和"一带一路"沿线国家之间的双向投资的流量快速增长，特别是中国企业对沿线国家的投资增长较快，投资行业也日趋多元化，分布在租赁和商务服务业、制造业、能源、采矿业、金融业、建筑业等多个行业领域，同时并购活动较为活跃。

一、对外投资

一是投资流量快速增长。2016年中国企业对"一带一路"沿线国家直接投资达到153.4亿美元。中国企业已经在沿线20个国家建立了56个经贸合作区，累计投资超过185亿美元，为东道国增加了近11亿美元的税收和18万个就业岗位。截至2016年末，中国企业对"一带一路"沿线国家的直接投资存量为1 294.1亿美元，占中国对外直接投资存量的9.5%。[①]

二是部分国别占比高。2016年中国企业共对"一带一路"沿线的50个国家进行了直接投资。从投资流量来看，排名前十的东道国有：新加坡、以色列、马

---

① 国家发展和改革委员会.中国对外投资报告[M].北京:人民出版社,2017.

来西亚、印度尼西亚、俄罗斯、越南、泰国、巴基斯坦、柬埔寨、哈萨克斯坦。从投资存量来看，截至2016年末，位列前十的东道国是：新加坡、俄罗斯、印度尼西亚、老挝、哈萨克斯坦、越南、阿拉伯联合酋长国、巴基斯坦、缅甸、泰国。其中，中国企业对新加坡的投资流量和存量都位居第一。[①]

三是投资行业多元化。中国企业对"一带一路"沿线国家和地区的投资行业日趋多元化，投资存量分布在多个行业领域，包括租赁和商务服务业、制造业、能源、批发和零售业、采矿业、金融业、建筑业等。以东盟为例，2016年中国企业对东盟投资存量主要集中在：制造业达131.5亿美元，占18.4%，是中国企业对东盟投资存量最大的行业；租赁和商务服务业达112.2亿美元，占15.7%；采矿业达101.27亿美元，占14.2%；批发和零售业达96.9亿美元，占13.5%；电力热力燃气及水的生产供应业达91.2亿美元，占12.7%；金融业达45.7亿美元，占6.4%。[②]

四是中国在对"沿线国家吸引外资"中的影响。从投资存量的规模来看，中国企业FDI占"一带一路"沿线国家引进FDI的比例为2.6%，低于中国在全球FDI中的存量占比4.4%。从投资流量的规模来看，中国企业FDI占"一带一路"沿线国家引进外国直接投资的比例为6.5%，也低于中国在全球FDI中的流量占比9.9%。[③]从投资规模的占比来看，中国企业对"一带一路"沿线国家的对外直接投资额并不算高，并未超过中国对全球投资的平均水平（见表7-1）。从投资政策协调的角度来看，提升投资的自由化和便利化，推进更多的投资措施，还有很大的发展空间。

从单独国家来看，中国企业占"一带一路"沿线不同国家引进FDI的比重，差异非常大。比如，中国企业FDI占老挝引进的FDI存量比高达99.8%，中国企业FDI是老挝引进FDI的主要来源，说明中国企业的投资对老挝发挥积极作用。

① 国家发展和改革委员会.中国对外投资报告[M].北京:人民出版社,2017.
② 国家发展和改革委员会.中国对外投资报告[M].北京:人民出版社,2017.
③ 中华人民共和国商务部.2016年度中国对外直接投资统计公报[M].北京:中国统计出版社,2016.

表 7-1　　中国企业 FDI 在"一带一路"沿线国家引进的 FDI 存量中的比重

国家	中国企业FDI占该国引进FDI存量的比重	排序	国家	中国企业FDI占该国引进FDI存量的比重	排序	国家	中国企业FDI占该国引进FDI存量的比重	排序
老挝	99.8%	1	印度尼西亚	3.6%	20	以色列	0.30%	39
也门	65.1%	2	阿曼	3.3%	21	阿塞拜疆	0.29%	40
尼泊尔	50.4%	3	越南	3.3%	22	斯洛伐克	0.27%	41
塔吉克斯坦	43.0%	4	新加坡	3.3%	23	捷克	0.20%	42
东帝汶	30.2%	5	白俄罗斯	2.6%	24	泰国	0.20%	43
吉尔吉斯斯坦	27.5%	6	"一带一路"沿线国家	2.6%		亚美尼亚	0.18%	44
柬埔寨	24.9%	7	马来西亚	1.9%	25	波兰	0.17%	45
阿富汗	24.0%	8	孟加拉国	1.5%	26	塞尔维亚	0.15%	46
蒙古国	22.4%	9	伊拉克	1.5%	27	阿尔巴尼亚	0.14%	47
缅甸	20.8%	10	卡塔尔	1.4%	28	波黑	0.12%	48
巴基斯坦	12.8%	11	印度	1.3%	29	乌克兰	0.11%	49
乌兹别克斯坦	8.9%	12	文莱	1.2%	30	约旦	0.11%	50
斯里兰卡	7.7%	13	菲律宾	1.2%	31	叙利亚	0.10%	51
伊朗	6.5%	14	沙特阿拉伯	1.1%	32	立陶宛	0.09%	52
俄罗斯	5.4%	15	土耳其	0.91%	33	马其顿	0.05%	53
全球	4.4%		埃及	0.70%	34	克罗地亚	0.04%	54
格鲁吉亚	4.3%	16	匈牙利	0.62%	35	斯洛文尼亚	0.04%	55
哈萨克斯坦	4.3%	17	保加利亚	0.56%	36	拉脱维亚	0.01%	56
阿拉伯联合酋长国	4.1%	18	罗马尼亚	0.53%	37	黎巴嫩	0.01%	57
科威特	3.7%	19	土库曼斯坦	0.41%	38			

数据来源：UNCTAD 数据库和《2016 年中国对外直接投资统计公报》.

此外，中国企业投资在也门、尼泊尔、塔吉克斯坦、东帝汶、吉尔吉斯斯坦、柬埔寨、阿富汗、蒙古国、缅甸的相对占比也较高。在巴基斯坦、乌兹别克斯坦、斯里兰卡、伊朗、俄罗斯的FDI占比相对中国企业对全球FDI的平均水平更高。从投资政策协调的角度而言，由于中国企业对不同国家引进外资的作用不同，因此，要采用相同的投资合作框架可能难度较大，应采取不同的投资合作安排。

二、引进投资

以2015年为例，"一带一路"沿线国家在中国引进FDI的流量占比为6.53%，其中，对中国投资最多的是新加坡，占中国引进外资的5.47%，其他国家的占比均在0.5%以下，见表7-2。

表7-2　　　　　　2015年中国引进沿线各国FDI流量（万美元）

及其占中国引进FDI的比率

国家	FDI流量	占比	排序	国家	FDI流量	占比	排序
新加坡	690 407	5.47%	1	捷克	1 627	0.01%	12
马来西亚	48 048	0.38%	2	俄罗斯	1 312	0.01%	13
沙特阿拉伯	27 774	0.22%	3	黎巴嫩	1 114	0.01%	14
印度尼西亚	10 754	0.09%	4	斯洛伐克	1 071	0.01%	15
波兰	8 277	0.07%	5	柬埔寨	1 000	0.01%	16
印度	8 080	0.06%	6	哈萨克斯坦	953	0.01%	17
文莱	7 258	0.06%	7	以色列	523	0.004%	18
泰国	4 438	0.04%	8	匈牙利	317	0.003%	19
阿拉伯联合酋长国	3 899	0.03%	9	也门	249	0.002%	20
菲律宾	3 867	0.03%	10	沿线国家总额	824 663	6.53%	
土耳其	2 701	0.02%	11				

数据来源：作者根据国家统计局相关资料整理所得.

三、对外承包工程

中国企业的对外承包工程对"一带一路"沿线国家发挥了积极作用。2011年至2015年，中国对沿线国家承包工程完成营业总额达2 949亿美元，占中国对外承包工程总额的45.11%。其中，排名前十的国家为沙特阿拉伯、印度、印度尼西亚、巴基斯坦、越南、伊拉克、新加坡、马来西亚、哈萨克斯坦、老挝，中国对其承包工程金额均在100亿美元以上（见表7-3）。

表7-3　　　　2011—2015年中国对沿线各国承包工程金额（千万美元）

国家	承包工程金额	排序	国家	承包工程金额	排序	国家	承包工程金额	排序
沙特阿拉伯	2 783	1	土耳其	699	19	东帝汶	45	37
印度	2 463	2	土库曼斯坦	630	20	约旦	41	38
印度尼西亚	2 104	3	埃及	596	21	马尔代夫	34	39
巴基斯坦	1 826	4	柬埔寨	561	22	以色列	33	40
越南	1 729	5	科威特	511	23	文莱	32	41
伊拉克	1 573	6	白俄罗斯	478	24	波兰	27	42
新加坡	1 513	7	蒙古国	464	25	捷克	26	43
马来西亚	1 371	8	乌兹别克斯坦	271	26	亚美尼亚	25	44
哈萨克斯坦	1 043	9	吉尔吉斯斯坦	241	27	阿尔巴尼亚	22	45
老挝	1 041	10	塔吉克斯坦	198	28	叙利亚	21	46
伊朗	965	11	阿曼	188	29	匈牙利	17	47
斯里兰卡	844	12	尼泊尔	138	30	黎巴嫩	17	48
泰国	771	13	乌克兰	111	31	巴林	2.5	49
缅甸	762	14	格鲁吉亚	95	32	斯洛伐克	1.6	50
阿拉伯联合酋长国	751	15	塞尔维亚	70	33	爱沙尼亚	0.8	51
俄罗斯	729	16	罗马尼亚	68	34	摩尔多瓦	0.7	52
卡塔尔	723	17	阿富汗	67	35	立陶宛	0.5	53
菲律宾	708	18	保加利亚	53	36	斯洛文尼亚	0.3	54

数据来源：作者根据国家统计局相关资料整理所得.

四、投资政策协调：双边投资协定

截至 2016 年 6 月，中国已与沿线 56 个国家签订了双边投资保护协定。2000 年以后签署的协定有 6 个，其余大部分是在 20 世纪 90 年代签订的，80 年代签署的协定有 7 个。一方面，双边投资保护协定滞后于各国经济发展，侧重于对东道国的保护、对海外投资的保护有限。另一方面，中国与多数沿线国家签订的双边投资保护协定有别于双边投资协定（Bilateral Investment Treaty，BIT），没有涉及高水平的投资促进与自由化承诺，难以保障参与各方的合作发展和共同利益，协定情况见表 7-4。

表 7-4　　　　　　　　中国与沿线国家签订双边投资保护协定情况

国家	签署日期	生效日期	国家	签署日期	生效日期
乌兹别克斯坦	2011 年 4 月 19 日	2011 年 9 月 1 日	格鲁吉亚	1993 年 6 月 3 日	1995 年 3 月 1 日
印度	2006 年 11 月 21 日	2007 年 8 月 1 日	塔吉克斯坦	1993 年 3 月 9 日	1994 年 1 月 20 日
俄罗斯	2006 年 11 月 9 日	2009 年 5 月 1 日	阿尔巴尼亚	1993 年 2 月 13 日	1995 年 9 月 1 日
斯洛伐克	2005 年 12 月 7 日	2007 年 5 月 25 日	老挝	1993 年 1 月 31 日	1993 年 6 月 1 日
缅甸	2001 年 12 月 12 日	2002 年 5 月 21 日	白俄罗斯	1993 年 1 月 11 日	1995 年 1 月 14 日
伊朗	2000 年 6 月 22 日	2005 年 7 月 1 日	越南	1992 年 12 月 2 日	1993 年 9 月 1 日
巴林	1999 年 6 月 17 日	2000 年 4 月 27 日	土库曼斯坦	1992 年 11 月 21 日	1994 年 6 月 6 日
卡塔尔	1999 年 4 月 9 日	2000 年 4 月 1 日	摩尔多瓦	1992 年 11 月 6 日	1995 年 3 月 1 日
也门	1998 年 2 月 16 日	2002 年 4 月 10 日	乌克兰	1992 年 10 月 31 日	1993 年 5 月 29 日
马其顿	1997 年 6 月 9 日	1997 年 11 月 1 日	哈萨克斯坦	1992 年 8 月 10 日	1994 年 8 月 13 日
叙利亚	1996 年 12 月 9 日	2001 年 11 月 1 日	菲律宾	1992 年 7 月 20 日	1995 年 9 月 8 日
柬埔寨	1996 年 7 月 19 日	2000 年 2 月 1 日	亚美尼亚	1992 年 7 月 4 日	1995 年 3 月 18 日
黎巴嫩	1996 年 6 月 13 日	1997 年 7 月 10 日	吉尔吉斯斯坦	1992 年 5 月 14 日	1995 年 9 月 8 日

国家	签署日期	生效日期	国家	签署日期	生效日期
沙特阿拉伯	1996年2月29日	1997年5月1日	捷克和斯洛伐克	1991年12月4日	1992年12月1日
南斯拉夫	1995年12月18日	1996年9月12日	蒙古国	1991年8月25日	1993年11月1日
以色列	1995年4月10日	2009年1月13日	匈牙利	1991年5月29日	1993年4月1日
阿曼	1995年3月18日	1995年8月1日	土耳其	1990年11月13日	1994年8月19日
印度尼西亚	1994年11月18日	1995年4月1日	巴基斯坦	1989年2月12日	1990年9月30日
埃及	1994年4月21日	1996年4月1日	马来西亚	1988年11月21日	1990年3月31日
阿塞拜疆	1994年3月8日	1995年4月1日	波兰	1988年6月7日	1989年1月8日
立陶宛	1993年11月8日	1994年6月1日	斯里兰卡	1986年3月13日	1987年3月25日
斯洛文尼亚	1993年9月13日	1995年1月1日	科威特	1985年11月23日	1986年12月24日
爱沙尼亚	1993年9月2日	1994年6月1日	新加坡	1985年11月21日	1986年2月7日
阿拉伯联合酋长国	1993年7月1日	1994年9月28日	泰国	1985年3月12日	1985年12月13日
克罗地亚	1993年6月7日	1994年7月1日			

数据来源：作者根据商务部条约法律司的相关资料整理所得.

注：塞尔维亚承接了南斯拉夫的国际协定。

第二节　全球及"一带一路"沿线地区的投资及政策发展趋势

2016年全球外国直接投资（FDI）小幅下降2%，流量为1.75万亿美元。2016年亚洲发展中国家的外国直接投资流入量下降15%至4 430亿美元，这是自2012年以来的首次下降。三个亚洲次区域（东亚、东南亚和西亚）受到影响，只有南亚幸免。但中国的对外直接投资增长44%，以1 830亿美元的对外直接投资总额首次成为全球第二大投资国。

一、全球 FDI 发展趋势

东亚的外国直接投资流入量出现两位数下降，主要是因为对中国香港的外国直接投资从 2015 年的 1 740 亿美元下降到了 2016 年的 1 080 亿美元。中国的整体 FDI 流入量下降了 1% 至 1 340 亿美元。但是，中国非金融服务行业的 FDI 流入量持续增长，而制造业的外国直接投资则转向高端。由于跨境并购交易仍然活跃，韩国的 FDI 流入量从 2015 年的 40 亿美元的低位增加到 110 亿美元，翻了一番多。

在东南亚，外国直接投资流入量下降了 1/5 至 1 010 亿美元。新加坡是东盟国家中外国直接投资的主要接收国，但其流入量依然下降，2016 年下降了 13% 至 620 亿美元。在印度尼西亚、马来西亚和泰国，外国跨国企业大量撤资导致外国直接投资骤降。在印度尼西亚，2016 年第四季度大量负资产流动使 FDI 总流入量下降至 30 亿美元的低位。相比之下，菲律宾和越南情况较好。

在南亚，外国直接投资流入量增加了 6%，达到 540 亿美元。印度的 FDI 流入量停滞在 440 亿美元。跨境并购交易对外国跨国企业寻求进入迅速增长的印度市场而言日益重要，2016 年有若干重大交易，包括俄罗斯石油公司斥资 130 亿美元收购埃萨石油公司的股权。为支持"一带一路"的建设，中国提供了大量基础设施投资服务，巴基斯坦的 FDI 流入量增加了 56%。

西亚仍受初级商品价格低迷的影响，外国直接投资下降了 2% 至 280 亿美元。沙特阿拉伯尤其受到影响，外国直接投资下降了 8%。土耳其的形势可能导致人们担忧其政治稳定性，所以土耳其的 FDI 流入量下降了 31% 至 120 亿美元。

二、"一带一路"沿线地区吸引 FDI 的趋势

"一带一路"沿线国家引进 FDI 的发展趋势在近十年没有太大的变化（如图 7-1 所示），从 2005 年至 2015 年，占全球比重先升后降，维持在 51% 以上。但是在发展中国家的比重有所上升，从 2005 年起有所上升，2010 年至 2015 年均保持在 17% 以上。

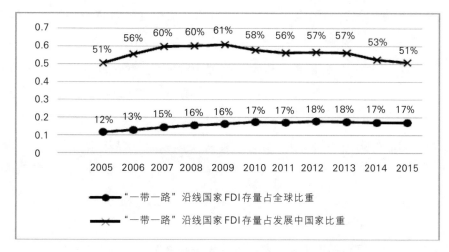

图7-1　"一带一路"沿线国家引进FDI的发展趋势

数据来源：作者根据UNCTAD数据库相关资料整理所得.

从国别来看，"一带一路"沿线区域内吸引FDI的差异十分巨大，FDI存量规模最大的新加坡在2015年达到9 784亿美元，而规模最小的不丹仅为2亿美元（见表7-5）。

表7-5　2015年吸引FDI存量排名前十和后十的"一带一路"沿线国家

吸引FDI存量排名 前十的国家	FDI存量 （百万美元）	吸引FDI存量排名后十 的国家	FDI存量 （百万美元）
新加坡	978 411	亚美尼亚	4 269
印度	282 273	吉尔吉斯斯坦	3 887
俄罗斯	258 402	摩尔多瓦	3 539
印度尼西亚	224 843	马尔代夫	2 784
沙特阿拉伯	224 050	塔吉克斯坦	2 112
波兰	213 071	阿富汗	1 750
泰国	175 442	也门	697
土耳其	145 471	尼泊尔	579
哈萨克斯坦	119 833	东帝汶	332
马来西亚	117 644	不丹	215

值得注意的是，中国企业在"一带一路"沿线区域投资最多的一些国家，在全球吸引外资的规模其实并不大。例如，截至2015年末，在中国企业对"一带一路"沿线国家存量FDI最多的前10位中，有老挝（第5位）、缅甸（第7位）、巴基斯坦（第8位）、蒙古国（第10位），而这4个国家在"一带一路"沿线国家中全球吸引外资的排名分别是：第50位、第33位、第27位、第37位。这说明中国选择投资合作国的决策因素与世界其他国家不是完全一样的。

三、全球投资政策发展趋势

目前，在全球范围内投资政策的发展越来越复杂，分歧越来越大，充满了不确定性。特别是针对可持续发展的考虑，使得投资政策的制定更加具有挑战性，发展更具多面性。在投资政策方面的分歧，也反映了社会和政府对于全球化的不同态度和影响。与此同时，更多的政府干预措施也降低了投资者对于投资政策的可预测性。但是，总体来看，只有那些旨在实现可持续性和包容性的投资政策，才能得到国际社会的广泛支持。这样的投资政策有助于减少投资关系的不确定性，并且提高稳定性。

2016年，各国推出的投资政策措施继续以加强投资促进、投资自由化和便利化为主。有58个国家或经济体采取了至少120项投资政策措施，这是自2006年以来数量最多的一年，其中，有79%的投资政策是投资促进和自由化措施，这一比例比近几年有所降低，有21%的投资政策是投资限制性措施。在这些投资促进和自由化措施中，外国投资者在各种行业中的入境条件更加自由，而且许多国家都精简了外资注册的程序，并且提供了新的投资激励措施或者继续推进自由化。而投资限制性措施包括设置新的投资限制措施或者法规。特别是在涉及外资并购方面，如果外国投资者的目标企业对于东道国很重要，或者会影响到国家安全，一些国家会采取谨慎批评性的态度。此外，一些公司还受到政治压力，阻碍它们在国外进行投资。

许多国家通过具体的投资法来管理跨境投资，这些投资法与国际投资协定针对相似的问题，至少有108个国家制定了投资法。投资法与国际投资协定具有相同的组成部分，包括前言、定义、投资者的准入和待遇、投资促进，以及争端解决。因此，国际投资协定的改革和投资法相应条款的现代化应该携手并进。

国际投资协定的数量及涵盖领域继续扩大并且更加地复杂。在2016年又新签署了37个国际投资协定，同时有19个国际投资协定在2017年终止。截至2016年末，全球总共有3 324个国际投资协定，这些都反映了各国政府正在重新调整参与国际投资协定的方向。

在争端解决方面，基于新条约的投资者-东道国争端解决机制（ISDS）的案件有增无减。2016年有62起新案例，案例总数达到767起。截至2016年底，投资者赢得了所有案件中60%的判决。

2016年G20峰会通过了《G20全球投资指导原则》，这是全球首个多边投资规则框架，具有重要的意义。首先，各主要的发达国家和发展中国家在此之前从未对在国际投资领域的全球治理达成过共识。其次，其为未来达成多边投资协定提供了可能性，在原则性的框架下可以进一步启动多边投资协定谈判的可行性研究，为未来达成多边投资协定奠定了基础。最后，作为世界首份投资政策的多边纲领性文件，其为各国协调制定国内投资政策和商谈对外投资协定提供了重要指导。

虽然《G20全球投资指导原则》并没有约束力，但是这是首次在主要发达国家、发展中国家和转型经济体之间就投资问题实现了多边协商一致，而且中国为《G20全球投资指导原则》的成功制定和达成共识做出了重要贡献。

四、"一带一路"沿线地区投资政策趋势

这里选择中国企业投资存量最多的20个"一带一路"沿线国家的投资政策进行分析，总体来看，有以下特点。

（　　）投资政策总体以促进投资和投资便利化措施为主

各国主要以采取促进 FDI 的投资政策为主。从 2012 年至 2017 年 6 月，这 20 个国家共采取了 149 项投资政策，其中 121 项为投资促进政策、19 项为投资限制性政策、9 项为中立政策。积极采取促进性投资政策的国家有印度、越南、缅甸、印度尼西亚，我们发现这几个国家都是近年经济发展速度较快的沿线国家（见表 7-6）。

表 7-6　　"一带一路"沿线部分国家的投资政策类型一览（2012 年—2017 年 6 月）

国家	投资促进政策	投资限制性政策	中立政策	国家	投资促进政策	投资限制性政策	中立政策
新加坡	2	0	0	柬埔寨	1	0	0
俄罗斯	7	6	4	越南	14	1	1
印度尼西亚	9	3	0	伊朗	0	0	0
哈萨克斯坦	8	2	0	沙特阿拉伯	4	0	0
老挝	1	0	0	马来西亚	1	0	0
阿拉伯联合酋长国	4	0	0	土耳其	5	0	0
缅甸	11	0	1	吉尔吉斯斯坦	0	0	0
巴基斯坦	2	0	0	塔吉克斯坦	2	1	0
印度	42	4	3	乌兹别克斯坦	6	0	0
蒙古国	2	1	0	斯里兰卡	0	1	0

数据来源：作者根据 UNCTAD 数据库整理所得.

（二）国别投资政策的数量和性质差异明显

一方面，各国投资政策数量差异大。有的国家出台投资政策较为频繁，比如印度在 5 年内制定了 49 项新的投资政策，而伊朗、吉尔吉斯斯坦却几乎没有出台新的投资政策。另一方面，各国投资政策类型重点不同。虽然大部分国家以促进性投资政策为主，但是也有个别国家出台了不少限制性措施，比如俄罗斯就制定了 6 项限制性投资政策，促进性投资政策有 7 项。俄罗斯的限制性措施主要表现在对外资进入和所有权的控制上，比如规定外资在媒体公司的股权不得超过 20%；在外商投资法中增加战略性活动的类型；修改联邦"关于国防和国家安全战略重要性企业外商投资程序"，对外资进入某些领域设置障碍等。

（三）投资政策的针对性依然存在

尽管各国主要采取投资促进和投资便利化政策，但是有针对性的投资政策依然存在（见表 7-7）。对外资的针对性政策主要集中在金融、电信和媒体行业，其主要原因可能是出于对国家安全、社会稳定的考虑。印度在采矿业方面出台了外资限制性政策，印度、斯里兰卡还制定了政策以限制外资获得国内土地。

值得注意的是，有针对中国的限制性投资政策。以印度为例，中国提出"一带一路"倡议后，与斯里兰卡、孟加拉国等南亚其他国家相比，印度的反应一直不太积极。

印度作为亚洲重要经济体，中国对其直接投资存量仅占我国对外投资总量的 0.34%。而中国作为世界第二大经济体，对印度的直接投资存量仅占印度吸收外资总量的 1.34%。印度的税收制度和行政审批过程给中国投资者增加了许多困难，这可能是造成中国对印度投资增长缓慢的原因之一。此外，印度还出台一些政策限制了中国投资。例如，印度在 1968 年出台了《敌国财产法令》。此后，在 1977 年、2010 年、2016 年，印度政府分别对法令进行修改与完善。印度还在 2015 年出台法案限制特定国家公民获得其国内土地，若要获得不动产需要首先经过相关部门的严格审查。

表7-7　　"一带一路"沿线部分国家限制性措施一览表（2012年1月至2017年6月）

国家	投资政策	类型	行业	时间（年）
俄罗斯	限制外资在媒体公司的股权不超过20%	进入和建立（所有权和控制）	服务（出版、音像和广播活动）	2014
俄罗斯	外国参与信贷机构的比例仅限于特定资本的50%	进入和建立（所有权和控制）	服务（金融和保险活动）	2015
俄罗斯	修改"战略性公司外商投资法"	进入和建立（所有权和控制）	没有具体行业，但主要涉及制造业（食品、饮料和烟草制品），服务（运输和仓储）	2014
俄罗斯	在外商投资法中增加战略性活动的类型，修改联邦"关于国防和国家安全战略重要性企业外商投资程序"	进入和建立（所有权和控制）	服务（运输和仓储）	2014
俄罗斯	拒绝美国公司购买彼得罗瓦克医药公司（Petrovax Pharm）	进入和建立（所有权和控制）	制造（基础药品和药品的制造）	2013
俄罗斯	禁止外国银行在俄境内设置分行	进入和建立（所有权和控制）	服务（金融和保险活动）	2013
印度尼西亚	增加智能手机的最低当地含量要求	待遇和运营（运营条件）	制造（计算机、电子和光学产品、电气设备制造）	2017
印度尼西亚	对电子支付服务公司引进外资所有权限制。对提供电子支付服务的公司的外国所有权限制为20%	进入和建立（所有权和控制）	服务业（批发零售业，金融保险业）	2016
印度尼西亚	宣布限制银行所有权的新规定。将金融机构新收购的所有权限制在40%，非金融机构占30%	进入和建立（所有权和控制）	服务（金融和保险活动）	2012
哈萨克斯坦	修改"电视和广播法"	进入和建立（批准进入）	服务（电信）	2017
哈萨克斯坦	政府提高对4G电信服务的垄断	进入和建立（所有权和控制）	服务（电信）	2015
印度	禁止对国际金融特别行动组（FATF）认定的"非合作国家和地区"进行直接投资	进入和建立（其他）	没有具体行业	2017
印度	采取新的油气勘探和许可政策	进入和建立（批准进入），待遇和运营（运营条件）	初级产业（采矿和挖掘）	2016
印度	特定国家公民获得不动产需经外储银行事先批准	进入和建立（获得土地）	没有具体行业	2015
印度	"非竞争条款"不允许FDI进入医药部门	待遇和运营（运营条件）	制造业（基本药品和医疗设备制造）	2014
蒙古国	通过新的投资法	进入和建立（所有权和控制）	初级产业（采矿和挖掘），服务（出版、音像和广播活动，金融和保险活动）	2012
越南	加大对外国投资活动的审查力度	待遇和运营（其他）	没有具体行业	2016
塔吉克斯坦	采取外汇管制	待遇和运营（资本转移和外汇）	没有具体行业	2015
斯里兰卡	禁止外国人购买土地。内阁决定禁止外国人在斯里兰卡拥有土地。然而，长期的土地租赁仍将被允许，法律将不适用于外交使团	进入和建立（获得土地）	没有具体行业	2013

数据来源：作者根据UNCTAD数据库整理得到.

（四）产业导向性突出

"一带一路"沿线国家在制定投资政策时，还表现出明显的产业导向性的特征。的确，不管一国多么需要资金，也不可能每个产业对国外资金具有相同的"饥饿感"，或者说，外资在不同的产业间的边际收益不同，因此会导致不同产业对外资的需求度有差异，这也导致针对不同产业的外资政策的出台。

就沿线国家而言，除了不涉及具体行业的投资政策措施以外，大部分措施针对服务业。具体来看，涉及初级产业11项、制造业12项、服务业54项。在54项针对服务业的投资政策中，促进性政策为41项、限制性措施为10项、中立性措施为3项。

从更细的产业分类来看，涉及采矿业的投资政策措施共10项，其中5项为促进性政策、2项为限制性政策、3项为中立性政策。涉及电力行业的全部为促进性的投资政策。涉及运输业的政策除俄罗斯外，大部分的政策也为促进性政策措施。

由此，我们发现沿线国家也遵循了大多数发展中国家制定投资政策的思路。国民经济的发展需要有一个合理的产业结构，而这一产业结构会经常处于变动之中，即在某一时期的产业结构会因科学技术水平的提高、社会的进步、资源状况的变更而变为不合理，那么，在产业结构由不合理向更加合理的状态过渡时，首先需要有资金分配上的倾斜，即将投资重点放在那些需要发展的产业。而要将资金吸引到理想的产业上去，就应当制定相应的政策，采取措施去优化该产业或行业的环境，使其盈利率相对高于别的产业，投资的风险性相对较小。对于许多发展中国家，为了鼓励在能源、交通行业引进外资，可以在审批、税收、财政、金融等方面制定优惠政策，简化手续，加强管理，同时可以有目的地引入外资，兴建一定的基础设施。

第三节　中国与"一带一路"沿线国家投资规则的主要问题

从两个层面来分析中国与沿线国家的投资规则中存在的问题：一方面是沿线国家内部的投资政策；另一方面是中国与沿线国家之间的双边投资协定。

一、沿线国家国内投资政策存在的主要问题

"一带一路"倡议提出以来，中国不断加强同沿线国家的投资合作，但是沿线国家内部的投资政策中仍存在一些不利于中国企业进行投资的因素，而且中国与沿线国家之间的双边投资协定也面临滞后，难以满足当前投资合作快速发展需要的问题。

（一）劳工本地化政策

中国企业劳工本地化是中国在"一带一路"沿线国家投资中面临的重要问题。沿线国家往往对本地的就业情况比较敏感，从而会限制中国企业当中的中国劳工数量，这对中国海外投资经营产生了一定的制约。

例如，在伊朗，由于其国内失业率较高，对引进外籍劳工持较消极的态度，根据规定，外国员工与伊朗本地员工的比例至少应达到1：3，即每进入伊朗市场一名外国人，至少要另外聘用三名伊朗人。伊朗国内有的省份对雇员本地化的比例要求甚至比上述规定更高。又如，阿塞拜疆在2008年收紧移民政策，严格限制外籍劳工进入。中资企业在阿塞拜疆投资必须以雇用当地员工为主，而在阿塞拜疆承建工程项目的中资企业，通常因为拿不到足够的劳工准入证，从而增加了大量的工程成本。①

① 徐绍史．"一带一路"国外投资指南[M].北京:机械工业出版社,2016.

老挝关于外资企业劳工本地化的限制更加严格。老挝政府规定了企业和项目引进外国劳务人员的比例，其中，引进的体力劳动者不能超过总人数的10%，而脑力劳动者不能超过总人数的20%（政府批准的特殊情况除外）。但是，这项政策对中国企业造成很大的困扰。老挝是一个相对地广人稀的国家，全国人口仅为690万，劳动力较为稀缺。最为突出的难题是老挝本土劳动力的技能和教育水平通常与外企需求不相匹配。老挝全国有5所大学、133所大专、11所师范学校，学科设置以农业、服务业为主，理工科的职业教育不多。同时，佛寺教育是老挝国民教育中的重要组成部分，佛寺教育多注重佛经和哲学。目前，老挝劳动力市场上大多数从业人员没有受过正规的职业培训，管理技术人员严重缺乏。[①]

由此可见，沿线国家的劳工本地化政策在实际的执行过程中为外资企业造成了一定的现实难度，当地劳动力供给的能力可能存在瓶颈。一方面是外资公司的用工需求可能无法在当地得到满足；另一方面，东道国政府想提高本土员工的就业率。这可能会给外资企业的经营活动带来困难，制约企业经营管理活动、获取利润。

（二）土地政策

中国企业在"一带一路"沿线国家的投资，无论是农业还是工业都不可避免地涉及当地的土地问题，由于土地问题比较敏感，所以处理不当很容易引起投资纠纷，部分沿线国家不允许外资企业获得土地。例如，伊朗的《外国投资促进与保护法》规定，禁止以外国投资者的名义以任何形式拥有任何土地。[②]又如，在老挝土地所有权均为公有，不得转让，企业或个人只能转让和受让土地使用权，用于生产经营目的的土地使用权获取，在老挝最典型的是用于采矿业、能源行业

---

① 上海国际问题研究院.中国与老挝发展合作的评估与展望[EB/OL].(2017-04-24).https://www.sohu.com/a/136044965_761681.

② 根据该法实施细则第33条的规定,因外国投资而设立的伊朗公司,在经过伊朗投资与经济技术援助组织批准后,可根据其投资项目需要拥有适当的土地。

以及农业的土地特许经营模式。

由于部分国家严格限制外国投资者的土地获得，因此，在土地使用过程中，中资企业应格外重视。

（三）金融政策

首先，融资受限。"一带一路"沿线国家由于自身资金有限，因而很少能够给外资企业提供充足的融资服务。例如，在中亚的外资企业融资途径以银行贷款为主，通过证券市场获取资金往往很难。土库曼斯坦、塔吉克斯坦、乌兹别克斯坦的证券市场处于起步阶段，基本不具备为外国企业融资的条件。此外，这些国家的银行规模往往较小，贷款利率普遍较高，难以满足外资企业的需求。

其次，外汇管制。当东道国政府采取外汇管制措施，限制或禁止外国投资者将其投资成本利润或其他合法收入转移出东道国，境外投资者就会面临风险。例如，在阿塞拜疆虽然金融汇率稳定，但是其政府对外汇管制严格，中国企业在从阿塞拜疆汇出货款或工程款时，面临很多困难，因此中国企业赴阿塞拜疆开展经营活动面临着一定的汇兑风险。此外，在中亚国家外汇兑换及利润汇出往往比较困难。虽然除土库曼斯坦以外的其他中亚国家规定，外国投资者在本国的，货币可以自由兑换，合法利润可以自由汇出，但是在实际操作过程当中，由于外汇短缺等问题，这些国家的外汇汇出会遭受较大限制。土库曼斯坦的外汇管制更为严格，每人每天可购买的外汇不得超过1 000美元，每人可携带出境最多不超过10 000美元。由此可见，中国企业在中亚各国投资必须慎重考虑外币兑换及利润汇出的问题。①

最后，跨境结算。目前，中国已经与"一带一路"沿线的22个国家和地区签署了本币互换协议，总额达9 822亿元人民币。尽管如此，仍然有相当一部分

---

① 丁志刚,潘星宇."丝绸之路经济带"背景下中亚五国投资环境评估与建议[J].欧亚经济,2017(2):38-44.

的沿线国家的本国货币与人民币不能直接结算，需要以美元计价结算，而且货币互换所涉及的金额也有待提高。由于受全球经济危机和沿线国家汇率波动的影响，如果按照美元计价结算，往往会给中国企业在投资过程中的经济往来和利润汇出带来风险。

（四）准入壁垒

有的沿线国家对某些行业设置了准入壁垒或政策限制，中国企业在与这些国家开展相关领域的项目合作面临很多困难。例如，中亚国家在能源行业就制定了较为严苛的市场准入限制条件。

哈萨克斯坦近年来对石油天然气等战略资源加强了国家控制力度，根据其《矿产资源与矿产资源使用法》，国家对矿产品的交易和地下资源利用权的转让有"优先购买权"。这一规定使哈萨克斯坦地下资源利用者在买卖和转让交易中受到限制，对未来外国投资者进入和退出哈萨克斯坦矿业市场，特别是收购哈萨克斯坦矿业企业，构成了实质性限制与风险。此外，其在油气行业及劳务方面提出了"哈萨克含量"的规定，即在哈注册的各类公司在经营活动中，凡涉及他国商品工程和服务采购的事宜，都必须依法在投资合同和矿产资源开采合同中明确规定采购比例，还包括外方和哈方被雇佣人员的比例。而现实生产过程中，很多需要采购的商品都属于工艺复杂的器械设备因而需要巨额投入，经验丰富的技术人员也十分稀缺，一旦完全遵守"哈萨克含量"，势必将给企业的运营增加成本。哈萨克斯坦石油与天然气部曾经对未按照合同履行"哈萨克含量"的油气企业进行罚款。[①]

乌兹别克斯坦也同样实行了对外资进入能源及重点矿产品开发等领域的限制政策，鼓励外资向农业加工工业、基础设施及高新技术产业等领域发展。塔吉克斯坦也有类似的限制规定，但由于国内技术水平较低，目前外资企业在矿产资源

---

① 中债资信评估有限责任公司,中国社会科学院世界经济与政治研究所.中国对外直接投资与国家风险报告(2017)——"一带一路":海外建设新版图[M].北京:社会科学文献出版社,2017.

勘探和开发领域仍有一定发展空间。而土库曼斯坦的整体环境较为封闭，经济自由化和市场化程度不高，对外资进入的产业限制更多。

（五）环保政策风险

随着环保意识的增强，环保和公共卫生安全日益作为一个独立的议题被提出，成为中国企业投资面临的重要考虑因素。由于东道国政府的评估标准和容忍度会随着国内局势的变化而有所调整，环境风险往往只是政治、经济、法律和社会文化等国家风险的最终表现形式。处于强势地位的东道国政府，可以通过合理合法的法律和行政手段，对跨国企业进行环境规制，使得环保风险日益成为对外投资合作中面临的一项重要风险。在"一带一路"建设过程中，许多中国企业因环境问题遭到东道国的环境规制而损失惨重。中国企业频繁遭遇环境风险主要有两方面的原因。

一方面是由于有的沿线国家环保法律政策相对严格和复杂。例如，中东欧国家非常重视环保，制定了一系列环保法规，内容广泛细致。捷克的环保法规涉及空气、水、土壤、河流、自然环境以及废物处理等各个领域，同时，捷克还是一系列国际环保公约的签署国，如《保护臭氧层维也纳公约》《联合国气候变化框架公约》《生物多样性公约》《濒危野生动植物种国际贸易公约》《联合国防治沙漠化公约》等。而且，捷克重视市场管理措施，主要包括重大工程项目施工前必须进行环境影响评估、对有害气体排放实行配额管理、严格的产品有害物质含量标准、规定商品包装的种类、强制对某些废旧商品及其包装实行回收制度等。因此，中国企业若在这些地区投资，必须要高度重视并深入研究其环保法规，以免造成不必要的风险。

另一方面是因为部分中国企业对沿线国家环境法律和监管体系了解不足，环保责任意识淡薄。个别企业环保意识淡薄，不仅为其自身带来了经济损失，还对中国对外投资合作的整体形象产生了负面影响，使中国对外投资合作陷入了负面舆论的旋涡。

（六）税收政策

企业在"一带一路"沿线国家投资的时候，可能会遭遇到税收管辖权不同、税收协定带来的重复征税和税收饶让不足等风险。由于税制结构的差异和税收筹划的不足，中国企业可能会被东道国列入刻意避税的"黑名单"，因此中国企业面临妥善处理当地税务执法部门的管制，以及定价调查等一系列税收问题。

首先，在税制结构差异方面。沿线国家企业所得税税率差异较小，整体税负适中，有利于我国企业对外投资。但是从实际税负来看，一些沿线国家的名义税率与实际税负之间存在一定差距。沿线国家的种种税收问题所导致的风险，需要引起我国企业的高度重视。

其次，在税收改革方面。沿线国家会随着其经济发展而不断地调整税收政策，税收政策变化过于频繁，就会增加不确定性，进而对企业的纳税成本产生一定的影响，中国企业可能会因为没有及时了解新的政策而调整涉税业务，触犯相关法律法规，面临税务风险。

最后，在税收政策缺陷方面。中国目前的对外投资合作税收政策是以吸引外资为主，而境外投资的税收政策较少，缺乏系统性和规范性。此外，部分沿线国家对外签订的国际税收协定较少，或者即使签订了税收协定也缺少税收抵免条款，这些都增加了中国企业境外投资税收的不确定性。

二、中国与沿线国家投资协定中存在的主要问题

中国与沿线的56个国家签署了双边投资协定（BIT），尽管已经签订的双边投资协定对于中国与沿线国家的投资合作起到了积极的促进作用，但是随着时间的推移，现有的双边投资协定已经不能适应中国企业"走出去"的需要，也不能满足沿线国家参与"一带一路"建设的要求。总结来看，中国与"一带一路"沿线国家签订的双边投资协定存在以下主要问题。

（一）内容滞后

中国与沿线国家之间的 BIT 大多签署于 20 世纪 90 年代，目前以美国 2012 年 BIT 范本为代表的新型 BIT 已经开始推行，相较之下，我们与沿线国家之间的 BIT 版本较低，而且内容滞后，难以跟上新形势的需要。更有甚者，中国与文莱、约旦等国签署的协定至今尚未生效。20 世纪 90 年代，中国的对外直接投资才刚刚起步，对作为投资母国的利益保护诉求并没有足够重视：一是保护程度普遍不高，二是较少涉及投资自由化和投资便利化的内容，三是没有一个协定采用了准入前国民待遇加负面清单的管理模式。而现在中国与这些国家的投资合作规模不断扩大，滞后的 BIT 规则难以保障参与各方的利益。

（二）投资保护力度不够

如果东道国存在政局动荡、腐败以及法律制度不健全等问题，这就会成为中国企业对外投资的风险来源。当东道国政府的政治稳定性较低时，有可能使中国企业的投资利益受损，人员安全受到威胁。当东道国法律制度不健全时，中国企业也可能受到当地政府或部门的干预甚至处罚等，导致企业经营蒙受损失。而中国现有的与沿线国家签订的双边投资协定对于这些可能存在的风险所造成的企业损失明显保护不足。

以双边投资协定中的"投资"定义为例。"投资"定义是 BIT 的核心条款之一，即体现了 BIT 的缔约目的，投资也是 BIT 直接保护的对象。但从国际投资协定的发展来看，中国与一些沿线国家间现存 BIT 中的"投资"定义在立法体例和具体内容上滞后，不能满足保护双边投资合作的现实需要。中国在 20 世纪 90 年代初签订的 BIT，大多数采取了以资产为基础的"投资"定义。这些 BIT 先抽象概括"投资"的含义，然后"开放式"地列举几种主要投资形式。①"投资"定义范围越小，意味着东道国保护外资的责任越小而管制外资的权力越大。目前，以美国2012年BIT范本为代表，国际投资协定中"投资"的定义已经外延，通过广泛的投资定义保护并促进国际投资，已经成为投资协定的重要发展趋势。因此，中国目前与沿线国家签订的BIT在"投资"定义上明显滞后，"投资"定义范围较小，限制较多，定义条款自身存在着严重的缺陷，其中列举的投资形式不仅种类有限，而且用语不严谨。为了有效保护投资，促进双边投资合作的顺利进行，中国与沿线国家的BIT中关于"投资"的定义应该予以重构。②

（三）投资促进导向不足

中国与沿线国家签订的双边投资协定大部分是双边投资保护协定，大部分没有涉及投资促进条款，虽然有的协定有投资促进条款，但是内容过于笼统，导向作用不强。

虽然很多沿线国家希望通过缔结双边投资协定来吸引外资，并从中受益，但是中国与它们的双边投资协定当中却极少含有能够鼓励对外投资或吸引投资的投资促进与便利条款，这些协定更多通过保护投资来间接地促进投资。以《中华人民共和国政府与东南亚国家联盟成员国政府全面经济合作框架协议投资协议》为例，该协议的第二十条投资促进条款为"在其他方面，缔约方应合作采取以下措施加强中国-东盟投资地区意识：①增加中国-东盟地区投资；②组织投资促进活动；③促进商贸配对活动；④组织并支持机构举行形式多样的关于投资机遇和投资法律、法规和政策的发布会和研讨会；⑤就与投资促进和便利化相关的互相

---

① 例如，中哈BIT第一条"投资"定义条款规定:"投资"一词系指依照接受投资缔约一方的法律和法规在其领土内所投入的各种资产,尤其是:(1)动产和不动产的所有权及与其有关的任何财产权利;(2)在企业和公司中的股份或其他形式的参股;(3)金钱请求权或具有经济价值的行为请求权;(4)知识产权,包括:著作权、工业产权、商标、公司名称、商品产地名称、商业秘密以及专有技术和工艺流程;(5)依照法律或合同授予的从事经济活动的权利,尤其是勘探和开发自然资源的权利。

② 张光.论中国与中亚国家BIT中"投资"定义之重构[J].暨南学报:哲学社会科学版,2017(7):86-92.

关心的其他问题开展信息交流。"不难发现，这样的投资促进条款是比较粗糙的，并且操作性不强，也不具有约束性。

（四）投资便利化环节薄弱

一些沿线国家投资便利化基础薄弱，在边境管理、基础设施和运营环境等方面，都存在较大缺陷：在边境管理方面，手续繁杂，缺乏标准化流程，口岸管理效率低下；在基础设施方面，海上运输、港口设施、信息通信与物流设施较落后，影响无纸化通关应用、电子商务发展以及口岸管理平台建设；在运营环境方面，政策连贯性与稳定性难以保证。投资便利化的基础薄弱对沿线国家参与"一带一路"建设形成了较大的障碍。通过中国与这些国家的双边投资政策的协调，特别是投资协定的更新，来促进投资便利化程度的提升，显得尤为重要。

（五）投资争议仲裁作用有限

根据《解决国家与他国国民之间投资争端公约》而成立的ICSID的仲裁机制因其非政治化解决争议的方式而不断受到投资者的青睐。中国政府于1993年向ICSID交存批准加入书，在批准文件中，中国指出"仅考虑把由征收和国有化产生的有关补偿的争议提交ICSID管辖"。所以长期以来，中国对国际投资仲裁持非常谨慎的态度，具体表现为：在早期签署的BIT中均为限制性同意仲裁条款，即要求投资者在仲裁之前需穷尽当地救济方式，可仲裁的争端范围仅限于征收的数额而非征收的责任本身。基于这一保守做法，中国政府在一段时间内确实极少成为ICSID仲裁案件的被诉方，但这一做法的缺点是阻碍了中国企业利用国际仲裁保护自身利益。1998年之后，中国签订的BIT开始摆脱争端的限制性定义束缚，采取开放式的做法——允许"任何投资争端"被提交至ICSID。但是，截至2016年6月在中国与"一带一路"沿线的56个国家签署的BIT中，有40多项都签署于1998年之前，其中包括哈萨克斯坦、老挝、泰国等主要投资对象国。因此，这些BIT已经很难切实保护中国在当地的投资。①

以中国投资者起诉外国政府的第一起案件为例。黑龙江国际经济技术合作公司等在2010年针对蒙古国政府提起的国际仲裁案，已结案交仲裁庭裁定，但鉴于蒙古国政府仅同意将"涉及征收补偿款额的争议"提交仲裁，仲裁庭对本案无管辖权，因此驳回了中国投资者的全部仲裁请求。中蒙BIT仅允许将"涉及征收补偿款额的争议"提交仲裁，因此，关于东道国是否实施了非法征收的争议，只能由东道国国内法院审理。按照这种逻辑，所有投资争议均可诉至东道国法院，但仅有"涉及征收补偿款额的争议"可以提交仲裁，并且以投资者未将争议诉至东道国法院为前提，对于其他争议，蒙古国并未同意提交仲裁解决。中蒙BIT当中的"仲裁范围条款"并非个例，中国早期对外缔结的BIT采用了几乎完全相同的条款，按照本案的仲裁裁决，当中国企业在这些国家的投资被征收时，除非东道国明确宣布其行为构成征收，否则中国企业很难通过国际仲裁向东道国政府索赔，中国企业的海外投资难以得到有效保护。

（六）政策新议题较为落后

伴随对社会责任投资理念的倡导，当前国际投资规则中增加了平衡、经济发展、环境保护、国家安全等新议题。近年来世界各国签订的国际投资协定涵盖健康、环境、道德等公共利益内容的数量有明显增加。"一带一路"倡议遵循亲诚惠容的外交理念，倡导中国与沿线国家共商项目，投资共建基础设施，共享合作成果，这就要求在"一带一路"倡议实施过程中，应该强调投资者和东道国间的利益平衡，平衡经济发展与环境保护，遵循和重视投资东道国的公共政策。但是，中国与沿线国家之间的BIT很少有涵盖这些新议题的条款。

例如，在一般例外条款方面，随着发展中国家越来越重视对外投资合作，一些沿线国家在制定或更新的BIT范本中加入了一般例外条款，包括阿塞拜疆、埃

---

① 竺彩华,李诺.全球投资政策发展趋势与构建"一带一路"投资合作条约网络[J].国际贸易,2016(9).

及、印度、印度尼西亚、蒙古国、塞尔维亚和斯洛伐克等，允许投资东道国在特定情形下，采取背离协定中的实体性义务的措施，以保护缔约各方公共利益的条款。这也提醒和促使中国应该在保护公共利益的一般例外条款问题上转变立法理念。①

此外，与环境保护、劳工保护、可持续发展等相关的政策新议题也几乎没有出现在中国与沿线国家的双边投资协定中。双边投资协定在政策新议题方面的落后，难以支撑"一带一路"建设的发展需要。因此，在未来签订与更新双边投资协定时，加入与公共利益相关的政策议题显得十分必要。

第四节　"一带一路"投资规则协调策略

为促进"一带一路"建设，中国在与沿线国家共同制定域内国际投资规则的过程中应发挥更加积极的作用，参与各方共同为国际投资活动建构相对稳定、合理的国际法治秩序，促进域内国际投资合作关系的良性发展。

一、总体原则

扩大相互投资是共建"一带一路"的优先合作方向，中国在加快营造自身高标准的国际营商环境的同时，也需要对"一带一路"沿线区域建立的有效投资规则进行有效协调。"一带一路"投资规则协调的原则应该既与全球投资政策发展的方向相一致，又能体现"一带一路"建设的特殊性。

（一）反对投资保护主义原则

由于投资在"一带一路"建设中发挥着关键作用，因此避免对跨境投资实施

---

① 吴智,钟韵漪.中外双边投资协定中的"一般例外"条款研究——以"一带一路"倡议为视角[J].中南大学学报:社会科学版,2017(4).

保护主义符合各方利益。目前，部分"一带一路"沿线国家对外国投资设置了较大的限制，也对本国企业的对外投资进行了限制。应该与沿线国家通过对话等机制，呼吁各国改善投资环境，建立更加开放、非歧视、透明和可预见的投资体制，避免投资保护主义。这一原则与2016年G20峰会提出的《G20全球投资指导原则》相一致。

（二）投资保护原则

投资政策应该为投资者和投资（包括有形及无形的资产）提供明确的法律保障和强有力的保护，包括使用有效的诊断与预防机制、争端解决机制以及执行程序。争端解决机制应该公平、开放、透明，同时有适当的保障措施，防止滥用权力。[①] "一带一路"建设必须确保投资者的投资利益得到有效的保护，同时，对投资进行有效的保护也是促进区内资金流入的重要措施。这一原则与投资促进及便利化是相辅相成的，它既包括国别层面的投资保护，也包括国际层面的投资保护。在国别层面，投资保护包括法治、契约自由以及向法庭申诉的权利；在国际层面，投资保护又包括国民待遇、最惠国待遇、公正公平待遇、对国家征收的补偿，资本转移的权利以及有效的争端解决机制。虽然保护投资利益非常重要，但与此同时，也应防止投资者滥用投资保护条款及国际争端解决机制对东道国政府的正常监管产生阻碍。

（三）投资促进与便利化原则

部分沿线国家通过投资促进及财政、金融激励措施吸引外国投资者，包括出台各种投资鼓励措施和建立经济开发区。此外，有的国家还设立了投资促进机构，负责外国投资促进工作。投资促进与便利化原则强调的是利用外资来使经济效益最大化，同时也要提高社会效益与效率。这一原则有两层含义：一方面呼吁各国应加强透明的便利化措施，与投资促进措施相配合，便利投资的建立、经营

---

① 该条原则为《G20全球投资指导原则》第三项。

及扩大业务，避免重投资优惠而轻投资便利化的倾向，呼吁各国在促进投资的同时，着力通过便利化措施改善企业投资与经营环境，解决外资流入障碍，如简化投资审批流程；另一方面又呼吁各国不能过度依赖投资鼓励及优惠政策，更不能为吸引外资降低社会环境等标准。应避免各国以邻为壑的恶性竞争，即为了吸引投资，过度追求优惠政策，或降低监管标准。

（四）可持续发展原则

可持续发展原则是新一代国际投资规则核心理念的体现，这一原则在《G20全球投资指导原则》中的表述为"投资及对投资产生影响的政策，应在国际、国内层面保持协调，以促进投资为宗旨，与可持续发展和包容性增长的目标相一致"。它明确阐释在两个层面保持政策的协调一致：一是国别投资政策与国际投资政策的协调一致，二是投资政策与贸易、竞争、税收和环境等相关政策的协调一致。

这项原则的意义在于投资应服务于可持续发展和包容性增长，而不仅仅服务于增长。促进可持续和包容性的增长还意味着应该鼓励与可持续发展相关的关键产业发展，如基础设施、卫生医疗、教育农业等。为了更好地利用外资投资于这些产业，各国需要实现三大平衡：一是项目投资回报与确保公共服务之间的平衡，二是投资自由化与投资监管之间的平衡，三是促进私营部门投资与发挥公共投资基础作用之间的平衡。投资是实现可持续发展的有效手段，而非终极目的。投资政策应该纳入总体发展规划，并与税收、贸易、环境等其他政策相互配合。可持续发展原则的重要意义在于它有利于更好地体现"一带一路"倡议促进全球和平合作与共同发展的初衷和目的。

（五）对话合作原则

投资政策的很多重大问题都需要各国政府之间通过沟通和合作，才能有效解决，因此，"一带一路"建设中的投资规则协调、制定与实施都离不开国际对话和合作，以维护开放的、有利于投资的政策环境。截至2016年底，已有100多个国家表达了对共建"一带一路"倡议的支持和参与意愿，中国与39个国家、地区和国际组织签署了46份共建"一带一路"合作协议，其中就包括投资合作领域。中国政府成立了推进"一带一路"建设工作领导小组，在国家发展和改革委员会设立领导小组办公室，领导小组办公室制订了工作方案，有步骤地推进同相关国家的合作，按照协商一致的原则与先期签署备忘录的国家共同编制双边合作规划纲要。

目前，对话合作原则在共建"一带一路"的各个方面都发挥着重要作用，在投资规则的协调方面，也应继续推行这样的原则。"一带一路"沿线国家国情各不相同、产业各有差异、投资环境也有差别，因此，在投资规则的制定与实施方面很难完全一致，必须要切实考虑不同国家的不同情况与需求，通过对话与合作的机制来完善"一带一路"建设的投资规则。

二、分类协调

"一带一路"沿线国家之间差异较大，既有经济发展程度较高的国家，例如新加坡这样的高收入国家，人均GDP上万美元；又有中低等收入国家，如老挝、柬埔寨等，人均GDP仅千美元左右（见表7-8）。既有投资环境良好的国家，如捷克等东欧国家的投资政策比较完善，投资体制比较透明，投资风险较小；又有投资环境不完善的国家，投资政策不连贯，容易发生投资纠纷，导致企业投资利益受损。既有与中国双边外交关系成熟稳定的国家，也有相对来说双边外交关系还需进一步发展的一些国家。鉴于"一带一路"沿线国家之间的巨大差异，以及与中国已有合作关系的发展进度不同，在完善"一带一路"投资规则时，与不同类型的国家应该共商采取不同的规则内容和模式。

表 1-8   按世界银行的收入标准对部分沿线国家的分类

高收入国家（17个）	中高等收入国家（20个）	中低等收入国家（24个）	低收入国家（2个）
阿拉伯联合酋长国	阿尔巴尼亚	埃及	阿富汗
阿曼	阿塞拜疆	巴基斯坦	尼泊尔
爱沙尼亚	白俄罗斯	不丹	
巴林	保加利亚	东帝汶	
波兰	哈萨克斯坦	菲律宾	
捷克	黑山	格鲁吉亚	
卡塔尔	克罗地亚	吉尔吉斯斯坦	
科威特	黎巴嫩	柬埔寨	
拉脱维亚	罗马尼亚	老挝	
立陶宛	马尔代夫	蒙古国	
沙特阿拉伯	马来西亚	缅甸	
斯洛文尼亚	马其顿	摩尔多瓦	
新加坡	塞尔维亚	斯里兰卡	
匈牙利	泰国	塔吉克斯坦	
以色列	土耳其	乌克兰	
斯洛伐克	土库曼斯坦	乌兹别克斯坦	
文莱	伊拉克	亚美尼亚	
	波黑	印度	
	俄罗斯	印度尼西亚	
	伊朗	约旦	
		越南	
		孟加拉国	
		叙利亚	
		也门	

数据来源：作者根据世界银行相关资料整理所得．

（一）与发达经济体共同制定和实施的投资规则

首先，推行准入前国民待遇加负面清单管理制度。一方面，中国已经开始实施准入前国民待遇加负面清单的外资管理制度，在自贸试验区运行的这几年时间里取得了较好的效果。但是，目前几乎没有采用准入前国民待遇加负面清单的模式与其他国家签署投资协定。在当前中美投资协定负面清单的谈判中，中国也面临着一些问题和困难。因此，可以考虑与发达经济体采用准入前国民待遇加负面清单模式进行投资协定谈判，这将有利于促进区内投资开放，以及我国进一步尝试更高标准的投资自由化的国际规则。

其次，逐步接纳高标准的环境保护条款。一方面，国际投资协定中加强环境保护条款建设成为一种趋势。美国2012年双边投资协定范本对环境条款进行修订，其要求东道国不得以降低国内标准来吸引外资，东道国应承担起本国的环境保护义务。很多发达经济体在签订国际投资协定时，越来越重视环境保护条款。另一方面，中国的环境问题在社会治理当中越来越重要，加强环境保护是适应未来国家长久发展的重要措施，中国应树立起负责任的大国形象，提高对环境的保护程度，重视投资与环境的协调发展。中国积极完善国际投资协定中的环境保护条款，可以促进国内立法，以加强环境保护。因此，逐步接纳高标准的环境保护条款，既适应了国际投资法的发展，又是适应未来国家长久发展的一个重要方面。

再次，提前筹划数字经济投资政策。数字经济是把基于互联网的技术应用于商品和服务的生产和贸易中，目前数字经济是全球经济日益重要的组成部分。数字经济对投资具有非常重要的意义，而投资对数字经济的发展同样至关重要。面对数字经济的崛起，投资政策应该充分考虑数字经济对跨国公司经营活动的影响。目前受数字化影响较大的传统行业对外资存在较多的限制，因此外资监管需要改变以适应数字经济的需要，以避免因这些监管阻碍数字技术的提升。目前我国的数字经济发展战略没有充分考虑到投资问题，因此，在"一带一路"投资规则的制定和实施中，中国可以考虑与发达经济体共同研究涉及数据安全隐私权、知识产权保护、消费者保护和维护文化价值观等问题，在兼顾公共利益和私人投资者的利益之间，寻找适当的平衡点。

最后，建设更高水平的双向投资开放体制。我国应与发达经济体在新一代投资协定中，坚持高水平的投资开放和投资保护，这将有利于提高利用外资的质量和水平，也有利于实现对外投资和吸引外资两方面利益的平衡。与此同时，积极参与同美、欧等发达国家在国际投资领域规则制定方面的合作。在未来国际投资规则的改革过程中，应争取使国际投资新规则有利于保护我国企业的海外投资利益。

（二）与发展中经济体制定和实施符合自身条件和诉求的投资规则

"一带一路"沿线国家数量众多，以发展中国家为主，相比欧美发达国家，这些国家在国际投资法律制度建设方面起步较晚，发展水平较低，对公共利益的保护认知不足，过度自由化的国际投资规则未必会给发展中国家带来预期的经济效益。因此，应该充分尊重和理解发展中经济体的自身条件和诉求，不应追求不切实际的投资规则，应更多地体现各缔约方权利与义务的均衡、利益成果共享的价值取向，这也将有助于中国与沿线发展中国家达成互利共赢、多元平衡、安全高效的投资合作发展目标。为此，需要注意以下几点：

首先，更加注重东道国的公共利益。维护东道国的公共利益在投资合作中显得日益重要，因此，"一带一路"投资规则应为东道国保留适当的公共政策空间，这就需要做到以下两个方面：一方面，应该赋予东道国政府为合法的公共政策目的而管理投资的权利。投资监管权是一国主权的明确表示，对投资的监管既包括总体法律、法规体系，也包括产业或行业规则及规制，监管不仅仅是政府的权利，也是政府的义务，而且适当的监管体制将为投资者提供一个明确、稳定、可预见的投资环境。另一方面，应该强调投资者母国在公共利益相关项目上对本国投资者的指导和规范。母国政府应该引导本国投资者进行负责任的投资，倡导符合东道国公共利益的新投资。

其次，更加注重企业的社会责任。一方面，对外在投资规则层面明确负责任的商业行为和良好的公司治理原则。参考联合国、国际劳工组织等国际机构的企业社会责任标准，制定符合"一带一路"投资合作目的的企业社会责任标准，并通过有效措施来监督其实施，在可能的情况下，将这些自愿性的标准过渡到约束性的标准。另一方面，对内建立企业约束制度。由相关部门牵头确立企业社会责任清单，由专家、企业及社会团体共同完成，包括污染治理、服务社会、补偿机制等多方面内容；对有投资行为违反当地法律、不讲信誉、破坏国家形象的企业，进行相应处罚、纳入中国企业海外投资黑名单；制定海外投资项目限制类和鼓励类清单，抑制一些企业盲目跟风、一味追求大项目投资，控制中国企业对资源、能源等敏感行业的投资，加大产能和基础设施领域的合作力度，树立中国在"一带一路"建设中的良好形象。

最后，更加注重可持续发展和包容性增长目标。投资不仅要服务于经济增长，更要服务于可持续发展和包容性增长。中国应利用"一带一路"机遇，提出充分考虑发展中国家利益的规则方案，加强投资规则中的发展内容，更多地体现可持续发展、包容性增长的理念。比如，中国可以在投资协定中体现"帮助条款"，鼓励母国企业对欠发达国家进行投资，特别是在基础设施领域投资并提供关乎民生的社会公共产品。这样的政策立场既与我国当前的"一带一路"发展愿景、"义利观"相契合，同时也能体现对国际投资规则的创新和完善。

（三）对投资高风险进行引导，建立保护海外利益的投资规则

投资风险是中国在进行"一带一路"建设中不可回避的重要问题。自2013年中国提出"一带一路"倡议以来，中国对沿线国家的直接投资年均增长率为38.6%，并且得到国际社会的广泛认可和支持。尽管如此，在对中国企业投资"一带一路"的研究中，我们发现有两个情况值得关注：一是中国在沿线国家的投资占比低于在全球的平均水平；二是企业海外投资面临较大不确定性。这意味着，投资风险阻碍了"一带一路"域内投资合作的发展，同时中国企业也面临较高的投资风险。因此，对投资高风险进行引导，建立投资保护规则至关重要。

加强双边投资协定在双向扩大海外投资利益保护中的作用。一方面，实现双边投资协定权利与义务新平衡。在对外新签或续签双边投资协定时，在保护

外资在华利益的同时，应适度提高投资保护的要求和标准，旨在减少投资企业在海外投资时面临的东道国政策限制，从而使跨境投资在保护标准与权利方面实现新的平衡性变化。另一方面，应高度重视对各类风险的考量，确保合作各方在投资过程中能有效应对可能发生的政治风险、经济风险和社会风险。

除各种政治、法律和经济风险之外，中资企业在海外投资过程中也遭遇过大量其他风险。例如，中国铁建公司的墨西哥高速铁路项目、中国电力投资集团的缅甸密松水电站项目就是典型的由于其他风险造成我国海外投资受损的案例。其中，环境责任、劳工标准文化、保护当地经济贡献和正当行政程序都是其主要的表现形式。各国应该采取适当方式予以规避：一是以投资协定保护各方的合法利益。这需要考虑投资者和当地民众的利益平衡，明确东道国政府的保护和管制责任，在投资决策中将当地民众的利益诉求纳入考量范围。二是在投资协定中添加"政府管理标准"条款。若是只通过降低投资标准以吸引外资，可能在短时间内增加外资，但最终可能使民众对投资企业的合规经营活动产生反感。可以在签订或修订的双边投资协定中适时加入"政府管理标准不降低"条款，并在承诺不降低环境、劳工等投资标准之外，加入管理外资的正当行政程序规定，以保障东道国以公平合理的投资条件和程序吸引外资，通过执行合理的标准和程序，减少当地民众对外资企业违规的疑虑，从而保持和谐的投资关系。三是强化企业海外信息披露机制。以政府投资的方式建设并运营投资企业透明度网站，鼓励企业在透明度网站上及时发布履行社会责任的报告，相关的行业组织或部门可以定期发布行业透明度报告或投资企业透明度报告。我国政府应对企业信息披露的完整性、真实性、准确性和及时性进行监督。[①]

三、重点工作

在制定国际投资协定方面，应该为相关产业及政策领域做出充分的保留，并且同时考虑国内贸易、企业发展的相关政策，使之与投资协定中的权利和义务协

---

① 张晓君,孙南翔.企业海外投资的非政府性障碍及中国的对策研究[J].现代法学,2016(1).

调一致，确保各项经济政策相互配合。

（一）完善投资争端解决机制

首先，探索有效的争端预防机制。在国家层面上，可考虑建立统一处理投资者申诉的主管部门，负责协调处理外国投资者的投诉，以及日常遇到的困难。该机制应有明确的跨部门协调授权，确保能够快速高效地处理投资者争端，同时应加强部门预防处理外资争端的能力建设。在国际层面上，可将有关争端预防与管理的条款纳入双边投资协定，并将之整合到争端解决机制当中。可以考虑构建非诉讼争端解决机制，规定在诉诸国际仲裁前必须首先尝试通过非诉讼争端解决机制，也可以先通过构建特定机构进行调解与磋商。

其次，探索合适的国际仲裁方式。加强与沿线国家仲裁机构之间的互动与交流，推动仲裁智力资源、案件管理、硬件实施等多层次共享机制，适时建立统一的仲裁规则与仲裁员名册，甚至可以最终考虑共同发起成立一个具有独立性的争端解决平台，或者成立"一带一路"仲裁联盟。目前的国际仲裁规则是英国和美国制定的，有一些规则用来解决"一带一路"的投资纠纷并不合适，如果构建"一带一路"仲裁联盟，有利于针对"一带一路"建设的实际情况进行微调，沿线国家一起来研究需要什么样的仲裁规则。

最后，加强调解、仲裁与诉讼之间的有效衔接。一是构建调解与仲裁、诉讼有效衔接的机制。在调解无法有效解决纠纷的情况下，实现由调解向仲裁或者诉讼的快速转化。二是实现仲裁与诉讼的有效衔接。由于仲裁机构与调解机构一样，缺乏法院的国家强制力，仲裁协议效力的确认、仲裁的财产保全与证据保全、仲裁裁决的执行都需要法院的支持，这就需要仲裁机构与法院有效衔接，提高仲裁的效力。

（二）促进投资便利化

投资便利化是比较容易取得进展的一个领域。中国可在"一带一路"合作机制内，积极呼吁区域性投资便利化，加强区内投资政策的协调，降低投资准入的壁垒，提高投资保护的力度，促进区域内投资流动及产能合作。

呼吁"一带一路"投资便利化。以"一带一路"投资便利化呼吁为契机，促进各国间对投资便利化的深入理解，建立政府间便利化政策的长效沟通机制，使各国政府和管理机构可以就便利化的发展规划和关键领域进行交流与对接，共同制定促进投资便利化的规划和措施，协商解决推进便利化面临的问题，为投资便利化提供政策支持。

加强投资便利化的机制化与能力建设。一方面，可以倡议"一带一路"国家组建"投资便利化委员会"，既可以是常设的，也可以是临时的，其职能是统一协调投资便利化措施，落实相关领导人在各项国际会议上达成的有关促进投资便利化的决定，监督各国的推进措施。另一方面，呼吁"一带一路"各国加快单一窗口建设，制定便利的通关办法，与"一带一路"沿线国家进行监督、监管、互认和信息交换，共同营造公正、公开、透明的营商环境，加强制度建设，增强法规和行政程序的公开化与透明化。此外，也可设立投资便利化巡视员等制度。

（三）加强区域内投资规则的协调一致性

梳理更新投资条约网络，避免"意大利面碗"效应。中国是全球签订国际投资协定最多的国家之一，据笔者不完全统计，截至2016年共签有132个双边投资保护协定，以及11个含有投资条款的双边、区域贸易协定。此外，我国还签署了100多个避免双重征税协定。截至2016年6月，中国已与"一带一路"沿线56个国家签订了双边投资协定，与54个国家签署了避免双重征税协定。这些投资协定在不同时期、与不同经济发展水平的国家签订，在众多核心条款上存在着很大差异。一些老的投资协定基本上与中国的现行发展状况以及投资体制不匹配。在中国与"一带一路"沿线国家签署的投资协定中，老、中、新三代协定皆有部分交叉重叠，这为协定的落实和履约工作增加了难度。这些协定看似各自独立，但它们可能通过最惠国待遇相互关联，在投资协定实体条款不一致的情况下，这可能会导致潜在冲突，甚至造成外国投资者选择对其有利的协定，对我国提起诉讼的情况，特别是在投资者国籍日益模糊及多元的趋势下，更加剧了这一问题的严重性。因此，应考虑与沿线国家签署或变更 BIT、自由贸易协定。对尚未签署自贸协定或者 BIT 的国家，应尽快启动谈判，对于已经签订 BIT 的国家，加快协议条款变更和补充。

协调投资协定与国际法、国内法的关系。梳理和更新双边投资协定需要考虑与其他国际法之间的关系，包括应与国际环境法、劳工法、人权法以及贸易法等进行协调，避免相互矛盾，并能发挥协同效应。双边投资协定必须与国内有关法律法规保持一致，例如，应该明确公正与公平的待遇标准，为避免不一致，应该明确这些原则在国内法中的含义。

加强投资政策与产业政策的协调。沿线国家会利用产业政策来指导经济发展。一些新的产业发展政策常常包括对特定产业的投资进行鼓励或限制，因而可能会对投资产生有利或不利的影响。所以，应该加强投资政策与新的产业政策之间的协调，防止过度的优惠政策或者保护主义政策倾向。

（执笔人：文洋）

第八章

"一带一路"背景下的人民币国际化

随着"一带一路"倡议出台、亚投行成立、人民币加入SDR等标志性事件的接连发生，人民币国际化再次成为热点。人民币国际化和"一带一路"同为当前热点，也同为关系到中华民族复兴大业的重要历史性事件，关系密切、相辅相成，有必要对两者及两者关系做研究。我们拟以人民币国际化问题为研究对象，针对"一带一路"沿线国家的总体国情，多角度对该区域内人民币国际化面临的问题展开讨论。通过对中国"一带一路"倡议和人民币国际化千丝万缕关系的梳理，结合自身观点，利用SWOT分析的框架分析在"一带一路"背景下推进人民币国际化的机遇和风险，对比中国的优势和劣势。通过借鉴历史上主要货币国际化的历史，对主要国际货币的国际化进程的历史进行回顾与研究。从美元、德国马克、日元的国际化道路中寻找着对人民币国际化有益的借鉴，尤其是从与当前"一带一路"背景下的中国相似的历史事件中寻找借鉴，找寻蕴含其中的世界货币发展规律，以期对人民币的国际化产生有益的启示。

第一节　"一带一路"推进人民币国际化的SWOT分析

SWOT分析模型是一种被企业用来确定自身竞争的优势和劣势、机会和威胁的科学分析方法，通过对公司内部资源和外部环境的综合分析来制定商业战略。该分析法现已被广泛应用于除分析企业之外的各种情境中，本章也尝试采用此种办法来分析问题，由于分析国家行为和分析企业之间还是有很大的差别，另外出于对全文结构统筹的需要，在使用该模型时对有些细节稍有修改。

一、S（Strengths）优势①

"一带一路"和人民币国际化相辅相成，体现在两个方面：一是"一带一路"的建设需要人民币国际化；二是"一带一路"的建设可以有力地推动人民币国际化。

"一带一路"的建设需要海量的资金，亚洲开发银行之前的测算认为投资于亚洲基础设施的资金需要8万亿美元以上，根据中国国务院发展研究中心的估算，2016年至2020年，"一带一路"沿线国家和地区的基础设施投资需求在10.6万亿美元以上。目前看来，相应的资金规模远小于此数，而人民币国际化可以为中国资金的对外投资提供便利，为"一带一路"的建设提供资金支持。人民币一旦实现国际化，中资企业面临的汇率波动等风险降低，融资汇兑等成本降低，手续简化，这都将给参与建设"一带一路"的中资企业带来极大的便利。中国作为"一带一路"沿线区域经济总量最大的国家，还有着全球最高的外汇储备，中国资金的积极参与将在很大程度上满足"一带一路"沿线国家基础设施建设的资金要求。

反过来，人民币的国际化也需要"一带一路"为之提供动力（如图8-1所示）。建设"一带一路"，要使资金融通，中国要增加对沿线国家的投资，这将产生巨额的融资、支付、结算，人民币若能扩大境外流通量，在这些领域提高人民币的受认可度和扩大使用范围，符合各方利益。再者，"一带一路"的建设，深化金融合作必不可少，诸如增加中国与沿线国家各方的本币互换、签署金融监管

---

① 由于是"对'一带一路'背景下推进人民币国际化"的分析，侧重于"一带一路"的背景，因此本小节所总结的优势尽量不包括一些与人民币国际化关系甚大而与"一带一路"无明显关联的优势。诸如中国金融基础设施建设的进步、中国有着高额的外汇储备，等等，这些显然都是人民币国际化的优势，但这是一个普遍性的优势，即便不在"一带一路"的背景下，仍不失为一个优势，本节尽量避免这种偏离"一带一路"背景的优势。不过由于事物总是相互关联的，即使是"中国金融基础设施建设""高额的外汇储备"，也与"一带一路"有着重要的联系。因此只能尽量总结一些与"一带一路"联系较大又与人民币国际化联系较大，还利于在"一带一路"背景下推进人民币国际化的优势。后面的W（Weak-nesses）劣势、O（Opportunities）机遇、T（Threats）挑战分析亦同此理。

合作的协议、完善跨境风险管控机制等，这些多边金融合作的开展也将助力人民币作用的发挥。还有一点经常被忽略，那就是在当今世界的货币体系中，人民币自身的影响力的提高，可能会造成人民币与其他币种的"短兵相接"。如同分蛋糕一样，要让自己那一份蛋糕变得大一些，又不想缩小别人的蛋糕，唯一的办法就是把蛋糕做大。"一带一路"建设，会直接拉动沿线国家的经济增长，这是全球经济的增量，在这其中随着人民币影响力的扩大，阻力会逐渐减小。当然，阻力小只是相对于在其他区域而言，阻力只是相对地而非绝对地小，人民币在国际投资、贸易结算以及储备货币中的使用量的增加并不意味着其他货币使用量的减少。

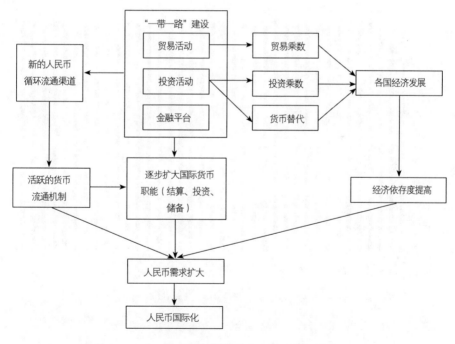

图8-1　"一带一路"倡议助力人民币国际化的机制

"一带一路"沿线国家亟需大量的基础设施建设，而中国在基建领域有着强大的生产能力。除基建外，中国在航天、深潜、人飞机、卫星导航、超级计算机、万米深海石油钻探设备等领域都取得了重大突破，华为、大疆无人机、海尔等若干具有国际竞争力的企业脱颖而出。如今，中国制造业的规模已居世界第一，也建立起了独立完整的制造业体系，中国在各种制造产业的产能恰好可以满足"一带一路"沿线国家的需要。

2016年中国与"一带一路"沿线国家进出口总额6.3万亿元人民币，这一数值还在以快于中国与全球进出口总额增速的速度逐年增加，中国对"一带一路"沿线国家的直接投资总额也在持续增加（如图8-2所示）。可以预见中国与"一带一路"沿线国家的经贸往来会愈加密切。

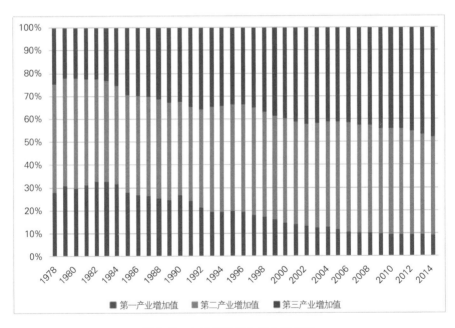

图8-2 中国历年产业增加值构成

数据来源：国家统计局.

经由2013年10月习近平主席的倡议、2014年10月21个首批意向创始成员国财政部长或授权代表签署筹建亚投行备忘录、2015年6月57个意向创始成员国财政部长或授权代表签署《亚洲基础设施投资银行协定》，2015年12月亚投行正式成立，这是第一个由中国首倡设立的国际性金融机构，总部设在北京。根据筹建亚投行备忘录，法定资本为1 000亿美元，中国初始认缴资本目标为500亿美元，出资50%，是最大的股东，后来随着成员的增加，出资比例有所修改，亚洲域内成员和域外成员的认缴股本出资比例为75∶25，并参照GDP比重进行分配，以此方式中国依然是亚投行最大的股东，具有最大的投票权。亚洲基础设施投资银行，顾名思义，其业务重点是对亚洲的基础设施建设进行投资，可见其业务与"一带一路"建设高度契合。

2014年丝路基金注册成立，由中国外汇储备、中国投资有限责任公司、国家开发银行、中国进出口银行共同出资成立。其设立本身就是"一带一路"倡议的组成部分，为"一带一路"地区的经贸合作和互联互通提供融资支持，它是中方独资的单边金融机构。

除亚投行、丝路基金之外，金砖国家开发银行、上合组织开发银行也有望成立，此外中国国内也有不少金融机构参与"一带一路"建设，诸如国家开发银行、中国进出口银行等政策性银行，工建中农"四大行"等商业银行。这些金融机构的业务无不与"一带一路"建设息息相关，在这些金融机构使用人民币进行业务往来，是推进人民币国际化的重要优势之一。

二、W（Weaknesses）劣势

人民币在"一带一路"区域有多少存量，并无官方精确数据，但鉴于人民币国际化的发展时间尚短和中国未完全放开的资本管制等因素，其在"一带一路"区域的存量不会很高，离岸市场的建设也比较落后。"一带一路"区域的人民币资金主要集中分布在中国香港和新加坡，其他区域人民币存量有限。

现阶段中国也面临着"特里芬难题"，即如何才能为全球提供流动性并且还

可以保持币值的稳定性。人民币作为国际货币必须以保持稳定作为核心前提，但是不增加人民币在"一带一路"沿线的存量，则人民币在此区域实现路径突破毫无可能。中国从1994年以来长期保持双顺差，尤其是经常账户，且按照目前趋势来看，中国短期内不太可能在经常账户下实现逆差，则增加"一带一路"沿线人民币的存量只有在资本与金融账户下实现逆差一途。

事实上，最近几年中国资本外流压力非常大，外汇储备急剧减少（如图8-3所示），人民币一度承受着极大的贬值压力，而这还是在中国收紧资本管制、审慎地向海外投放资金的情况下，可以想象，假如中国主动增加海外人民币存量，则人民币贬值的压力、国内金融系统承受的压力会更大。

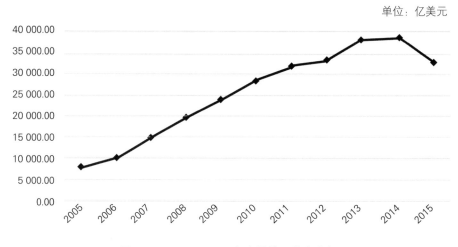

图8-3　2005—2015年中国外汇储备余额

数据来源：国家统计局.

"一带一路"沿线国家风险包括社会和文化环境、法律环境、经济环境、政治环境和技术环境中存在的风险，其中尤以经济风险和政治风险较大。经济风险的主要成因是沿线国家经济发展水平不高、基础设施欠缺、财政状况不佳、市场化程度不高。政治风险则包括政局动荡、大国干预。有些与政府合作的项目，可能会因政权更迭而搁浅，可能会因政党轮替而遭遇违约。

　　对于这些风险，我们虽然有一定的认识，但在现实中并无良好的应对办法。中国与沿线国家尚未建立完善的金融合作、管理和监督机制，自身也没有权威的风险评级机构和覆盖面广的保险业务，处理当地的突发事件受到限制。2015年，中国对"一带一路"沿线国家的投资流量是189.3亿美元，比上一年增长近四成，增幅是对全球投资增幅的两倍，占2015年中国对全球投资流量总额的13%。这组数据看起来还不错，但是投资流量的前十名分别是：新加坡、俄罗斯、印度尼西亚、阿拉伯联合酋长国、印度、土耳其、越南、老挝、马来西亚、柬埔寨（如图8-4所示），其中，对新加坡的投资流量占"一带一路"沿线国家的55%，而紧随其后的俄罗斯仅有16%（29.61亿美元），即便如此同比增长还有367%之多，此外超过10亿美元的只有印度尼西亚和阿拉伯联合酋长国[①]。可见2015年中国对"一带一路"沿线国家的投资流量虽然有大幅增长，但主要还是集中在一些经济发展良好、政治稳定的国家，其中对新加坡一国的投资就占半数以上，这当然体现了市场经济的固有规律，但也可见对其他国家进行投资难度很大。

　　2012至2015的四年间，中国对"一带一路"沿线国家投资流量占对全球投资流量总额的比例分别是14.86%、11.65%、10.83%和12.51%，2016年则为8.54%，低于2007年到2012年10%左右的平均值。可见在2013年正式提出"一带一路"倡议后，中国企业对该区域的投资额没有显著上升。此外，在这些国家的投资主要由国有企业推动，民营企业参与较少，而近些年，中国民营企业在中国对外直接投资的份额中已占半壁江山，这直接反映了在"一带一路"沿线投资

---

① 中华人民共和国商务部，中华人民共和国国家统计局.2015年度中国对外直接投资统计公报 [M].北京：中国统计出版社，2016.

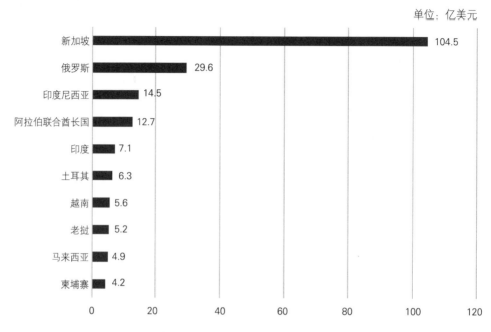

图8-4 2015年中国对"一带一路"沿线直接投资流量前十国

数据来源：国家统计局．

的高风险和其不太乐观的盈利前景。[①]

　　虽然相较而言，我们认为现阶段增加人民币海外存量的问题更突出，但这些海外人民币如何回流，也是一个我们必须面对的问题。当前人民币的回流渠道狭窄，在资本项目下人民币未完全实现可兑换的情况下，仅有跨境贸易结算、沪港通（沪港股票市场交易互联互通机制）、境内机构发行离岸人民币债券、获准金融机构进入银行间债券市场、人民币合格境外投资者（RMB Qualified Foreign Institutional Investors，RQFII）等渠道，并且设有额度限制。

　　在人民币汇率双向波动、特定阶段贬值预期还有所上升的背景下，回流机制

不畅更是降低了海外持有意愿。虽然建设"一带一路"是共赢之举，不过有些国家和中国久有争议，这显然很不利于"一带一路"的建设。

三、O（Opportunities）机遇

在"一带一路"沿线区域推进人民币国际化，可以提高人民币支付结算的便捷性，从而促进沿线各国之间更大规模、更深层次的资源要素流通，加速中国与"一带一路"沿线国家和地区间的区域经济一体化。

在全球分工日益深化的今天，即便像中国、美国这样庞大的经济体量和市场也不能"自力更生"，中国明确表达支持全球化的态度。"一带一路"若能在区域经济一体化方面有所进展，不仅会加快本地区国家的经济发展、增强经济实力，也能有效缓解政治层面的矛盾，稳定局势。各国则可以凭借此区域的整体力量提升获得共赢。

不过"一带一路"沿线各国的情况是如此悬殊、复杂，谈区域经济一体化未免为时过早，只能算是一个遥远的目标，但是当下有一个比较现实的选择，就是把"一带一路"倡议与中国的自贸区规划对接，以人民币国际化连接。自由贸易区建设已是中国继加入WTO之后新一轮对外开放的重要抓手，意义非凡。2002年中国与东盟签署了《中国-东盟全面经济合作框架协议》，2010年中国-东盟自由贸易区建成。此后，中国又相继与巴基斯坦、韩国、澳大利亚、瑞士、智利等国签订了自贸协定。党的十七大把自由贸易区建设提升为国家战略，党的十八大提出加快实施自由贸易区战略，十八届三中、五中全会进一步提出要以周边为基础加快实施自由贸易区战略。2015年12月6日，国务院发布了《关于加快实施自由贸易区战略的若干意见》，提出"加快实施自由贸易区战略是我国适应经济全球化新趋势的客观要求，是全面深化改革、构建开放型经济新体制的必然选择"。近期的目标是逐步提升已有自由贸易区的自由化水平，积极推动与中国周边国家、地区自由贸易区的建立。从中长期看，要形成包括邻近国家和地区、涵盖"一带一路"沿线国家以及辐射五大洲重要国家的全球自由贸易区网络，使中

国的对外贸易、双向投资更加自由化和便利化。

在国内，继推出上海、广东、福建和天津4个自由贸易试验区之后，2016年中国又推出了7个自贸区试点，包括辽宁省、浙江省、河南省、湖北省、重庆市、四川省、陕西省。河南、湖北、重庆、四川、陕西地处内陆，中国全面开放的布局非常明显，除了东南沿海地区坚持既定自由贸易路线外，中部的河南、湖北，西北的陕西，西南的四川、重庆，渤海地区的天津，东北的辽宁都将进一步开放，以形成多层次、全方位的对外开放格局。2016年11月2日，国务院发布了《关于做好自由贸易试验区新一批改革试点经验复制推广工作的通知》，对广东、天津、福建、上海这四个自贸区试点的工作予以认可，并把行之有效的制度在全国范围内复制推广。

可以预见，在自贸区试点积累大量经验的基础上，中国将进一步建立贸易便利化机制，实施单一窗口和通关一体化；创新外商投资管理体制，实行准入前国民待遇加负面清单管理制度；完善境外投资管理体制，清理取消束缚对外投资的各种不合理限制；加快构建开放安全的金融体系，完善涉外法律法规体系，建立健全中国更高水平对外开放体系。而与"一带一路"的对接和人民币国际化的推进，会更快、更好地深化中国对外开放的改革。

从长期来看，人民币国际化必将促使中国金融不断提升自身效率，跟上世界金融的发展，有利于加快中国金融市场改革步伐，更好地发挥金融资源配置中市场的主导作用。具体到"一带一路"建设中，中国金融机构要帮助中国企业更好更快走出去，这不仅需要金融机构本身服务的升级，也需要中国政府加大国内金融市场的改革力度。深化金融体制改革难免会触动一些人的既得利益，这种情况下，像加入WTO一样通过外部的条约责任和有形具体的承诺来促进国内的体制改革就是一个切实可行的选择。

从另一个角度来说，"一带一路"沿线区域较大的经济风险会有力促进中国金融行业服务水平和金融监管水平的提高，能在该区域开辟一片沃土的金融企业，必将披荆斩棘、砥砺前行。因此，在"一带一路"背景下推进人民币国际化不仅会进一步深化中国国内金融体制的改革，也将在国际上培养一批具有极强竞争力的金融企业。

当前的国际货币体系总体上有利于发达国家。随着世界经济格局的发展，客观上要求提升发展中国家群体的话语权。事实上，亚洲基础设施投资银行和金砖国家开发银行等一众新型多边金融机构均是以发展中国家为主成立的。

2015年11月30日，IMF执董会决定把人民币纳入特别提款权（SDR）货币篮子，人民币加入特别提款权货币篮子是人民币国际化的新标志。在将人民币纳入SDR、亚投行等国际性金融机构成立的同时，"一带一路"不断推进人民币国际化，整合增加发展中国家群体在世界货币体系中的话语权，能够切实促进国际货币体系的改革与完善，使当前国际货币体系发展得更加多元、灵活、稳定。

四、T（Threats）挑战

2008年金融危机以来，全球贸易深化程度（总出口占GDP比例）发生逆转，保护主义高涨，贸易增长黄金期告一段落。2015年我国进出口萎缩8.1%，低迷形势短期内难以改变，依靠贸易推进人民币国际化的空间有限（如图8-5所示）。另外，我国贸易结构也会制约人民币贸易输出规模。从进口商品结构看，中国进口商品以大宗商品和进口加工料件为主，国际市场上大宗商品普遍以美元定价，中国进口加工料件的计价货币选择权则主要由委托加工的发达国家跨国企业掌握。从出口商品结构看，中国企业尚未获取全球价值链主导权，中资企业在国际分工中处于中低端位置，对发达国家出口低端产品更属于买方市场。进出口两方面的劣势致使全球贸易人民币计价份额上升前景受限，只有随着中国出口转型升级以发挥"生产者定价"的优势，才能依靠贸易渠道推进人民币国际化。

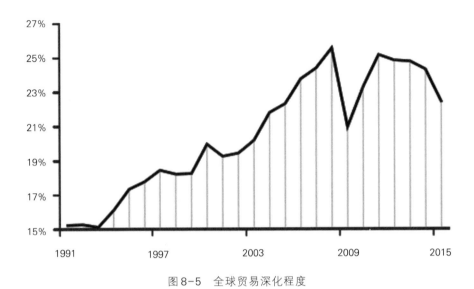

图 8-5　全球贸易深化程度

资料来源：作者根据中国银行国际金融研究所的相关资料整理所得.

在依靠贸易推进人民币国际化的空间有限的情况下，增加对"一带一路"的投资似乎是个理所当然的选择。然而，当前中国经济进入新常态，传统发展动力快速衰减，结构性矛盾突出。一方面，传统比较优势正在减弱。另一方面，增长新动能尚未崛起，难以抵消传统产业下拉作用。我国尚未形成能够拉动较长经济链条的关键技术或核心产业，"互联网+"、绿色经济等新业态体量较小，短期内难以形成较大的经济拉动作用。此外，金融风险积聚，加剧前景不确定性。"三去（去产能、去库存、去杠杆）"关键时期，我国银行业不良率持续"双升"，2016 年 6 月末上市银行不良贷款余额为 1.1 万亿元，不良贷款率为 1.68%。债务违约现象明显增加，2016 年 5 月底我国债券市场违约事件 31 起，涉及金额 224.4 亿元，相比 2015 年增加了 89%（如图 8-6 所示）。随着新兴金融业态的发展，金融风险跨市场、跨地区、跨境传播也更加频繁和迅速。

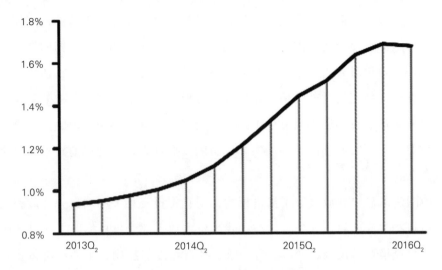

图8-6　我国上市银行不良率

资料来源：作者根据中国银行国际金融研究所的相关资料整理所得.

　　未来，我国经济能否成功平稳转型，不仅关系到国内生产动能的调整，同时也决定未来我国产业在全球的竞争格局，直接关系到"一带一路"倡议的成败，亦决定了人民币在国际上的基本供求格局。

　　在"一带一路"建设中推进人民币国际化，前文一再强调增加投资的重要性，也多次提到资本管制对人民币国际化而言是一个障碍。长期来看，中国必将逐渐放开资本管制，资本账户开放与货币国际化相辅相成，尽管人民币国际化并不要求资本账户完全开放一步到位，但资本账户开放是人民币国际化的长期方向与必然要求。加大对"一带一路"的投资也的确是当下比较可行的方法，不过这就会考验中国的金融监管能力和对资本流出节奏的把控能力。

　　根据国际经验，放开资本市场时资本的流出可能会造成以下三方面的不利后果：（1）国内贷款利率水平急剧升高，使实体产业融资成本上升，引发资金链断裂而陷入停滞破产状态，使实体产业产生灭活效应；国际资本将以极低廉的价格收购那些被灭活的实体产业。（2）资产价格显著下跌，刺破前期资木流入造成的资产泡沫，使持有国内资产的居民部门、企业部门和政府部门的资产严重缩水。（3）本币对外币的汇率大幅度贬值，使得过去大量对外币举债的国内金融与实体产业部门的对外负债急剧增加，从而加大它们破产以及被外资兼并收购的风险。虽然我国还不易发生上述三种情况，但这些不利情况的发生仍对我国有所警示，国家必须高度关注实体经济的发展动态，同时提前建立起资本流动预警系统。

中国资本账户开放采取了渐进模式，与直接投资相关的项目先开放，与套利、投机相关的项目后开放。目前，我国资本项下部分可兑换以上项目已达37项，不可兑换项目仅余3项。近期全球金融市场震荡加剧，主要经济体货币政策分化，跨境资本异常流动加剧。2014年下半年以来，我国非储备性质的资本和金融账户由顺差转为逆差，外汇储备由增转降，净误差与遗漏项、银行结售汇以及银行代客涉外收付款差额持续为负，资本外流压力增大。在此背景下，我国资本账户开放进程有所放缓，甚至个别领域缩紧管制，在短期内对人民币在国际上的使用产生了冲击。因此，如何实现开放和稳定的双重目标，如何逐渐开放资本项目、增加对"一带一路"的投资并应对好资本外流的风险，都是重要的挑战。

中国要与沿线国家建立完善的金融合作、管理和监督机制；形成一批权威的风险评级机构和有力的保险企业；在政府层面成立主管境外中资机构和个人的海外利益保护部门，在各国政府间建立执法安全合作规范机制；提高境外安全风险评估和信息收集工作的及时性、准确性。面对区域内外的大国博弈，中国又该如何应对？

五、 SWOT模型分析结果

优势	(1)"一带一路"和人民币国际化内在的相辅相成 (2)中国与沿线国家经贸联系日益密切，互补性强 (3)在一些与"一带一路"倡议关系密切的金融机构中，中国具有较强的话语权	(1)人民币在"一带一路"沿线区域海外存量不足 (2)"一带一路"外部环境风险大，中国尚无完善的应对机制 (3)人民币大循环回流渠道不够通畅 (4)中国与部分"一带一路"沿线国家有着直接的利益冲突	劣势
机遇	(1)有利于加速"一带一路"区域的经济一体化，与中国自贸区战略衔接，形成多层次、全方位对外开放的格局 (2)倒逼中国国内的金融体制改革 (3)有利于国际货币体系向有利于中国的方向变革	(1)中国自身存在较大的经济转型压力 (2)资本外流带来风险 (3)"一带一路"沿线大环境本身的风险	挑战

在"一带一路"背景下推动人民币的国际化，主要的优势有："一带一路"和人民币国际化这两个关系中华民族复兴大业的顶层设计具有内在的统一性，相辅相成，互为犄角；"一带一路"需要人民币国际化提供资金支持，而对"一带一路"的资金支持又会给人民币国际化注入大量的动能；"一带一路"的建设需要增加海外投资、加强金融监管、升级国内产业结构、深化国内金融体制改革等，这些对于人民币国际化也非常重要。相比其他经济体量大国，中国的优质产能更易为"一带一路"沿线国家所接纳，这些国家需要的中长期建设资金，中国也有能力提供。中国在亚投行、丝路基金等金融机构拥有重要的或者全部的决策权，有机会增加人民币在这些金融机构中的使用。主要的劣势则是人民币在"一带一路"沿线区域海外存量不足，回流渠道也不通畅，面对"一带一路"沿线国家和地区的高风险，中国目前没有建立起完善的风险控制体系，有时候，中国自

身也和周边国家有着争议和冲突。

机遇和挑战并存，人民币在"一带一路"沿线区域接受度的提高，有利于加速"一带一路"沿线区域的经济一体化，深化中国对外开放的格局，有利于倒逼中国国内的金融体制改革，有利于国际货币体系向有利于发展中国家的方向变革。但中国自身存在较大的经济转型压力，大量资本外流会带来金融风险，"一带一路"沿线复杂的环境、高企的风险有可能使中方企业望而却步或铩羽而归，盲目放松资本管制、增加人民币投资不仅难以使人民币成为该区域通行的货币，甚至会积聚风险反噬国内金融系统，甚至威胁实体经济。

对比优劣势，可见随着中国经济实力的不断发展，随着时间的推移，优势会愈加凸显，而劣势则会逐渐淡化，且诸如海外存量不足、尚无完善的风控机制、循环回流渠道不畅等问题都是一种货币国际化初期难以避免的情况。对比机遇和挑战，挑战固然巨大，但像经济转型、金融投资改革等挑战是中华民族要实现复兴不得不面对的"拦路虎"，是回避不了的。从整体看来，优势与劣势均有，挑战和机遇并存，主要还是看未来一段时期中国国内的经济实力能否继续稳步提升，国内各项经济金融改革能否深化推进，这是改变优劣势对比、增加把握机遇和迎接挑战自信的关键。

第二节　典型国际化货币的经验

克鲁格曼（Paul R. Krugman）曾经说过："历史是经济学家唯一的样本。"当前主要的国际化货币有美元、欧元、日元、英镑。英镑是第一个真正意义上的国际货币，其崛起具有相当的偶然性。当时是英国最辉煌的时期，实力在全球一时无两，又是金本位，和当前中国面临的情况大相径庭，而欧元从脱胎之日就天然是国际化货币，反倒是已经成为历史的德国马克与当前人民币所处境遇颇为相似。

基于以上粗略的判断，本节主要分析美元、德国马克及日元国际化的历史进程及其特点，从这三种货币国际化的历史中归纳总结出一些经验。尽管人民币国际化道路无法完全复制其他货币国际化的历史进程，但是美元、德国马克和日元的国际化历史经验仍然对人民币具有重要的借鉴意义。

一、美元的国际化

美元国际化的过程基本就是其把英镑赶下货币霸主宝座的过程。美元在与英镑的交锋中崛起，大致可分为三段时期：英镑独大、此消彼长、美元加冕。

（一）美元国际化的简介

第一次世界大战（简称"一战"）之前为英镑独大。1907年前的美国商人寻找进出口信贷，并不是通过纽约而是经由伦敦获得的，因此信贷大多用英镑计值。美元不仅没有在境外流通，即使在本国的对外贸易中也不是主要的结算和支付工具。直到1907年，美国国内爆发金融危机，此后为了润滑和稳定金融市场，1914年美联储正式运营，至此美国终于建立起中央银行。除此之外，《1913年联邦储备法》发布，该法授权凡拥有资本达100万美元以上的国民银行都可以跨国建立自己的分支机构，此外，若贸易票据的金额不超过自有资金的一半，则能够进行自由买卖，美国银行开始走出国门。

两次世界大战实现了英镑和美元的此消彼长，具体又可以分为"大萧条"发生前和发生后两个阶段。美国在一战中成为名副其实的世界工厂和大粮仓，出口订单剧增，美国从战前的债务国翻身成为战后的大债权国，美元能够被广泛信任从而被接受。同时，一战切断了欧洲贸易和信贷的供应，作战双方的银行都被迫转向纽约承兑贸易票据。借此机会，美联储也积极向世界推销美元。1916年底，美国不再对英国提供战争支持，一战时英国积累了庞大的财政赤字，国内通货膨胀问题严重，物价疯狂上涨，这给英镑造成了巨大的贬值压力，终于在1917年英镑开始大幅贬值。由此在国际金融市场上美元的吸引力大增，迅速成为了足以媲美英镑的国际货币。1925年英镑恢复了在一战期间中止的金本位制，但由于黄金储备不足，只得使用金块本位制（Gold Bullion Standard），在这个过程中英镑的币值被高估，英国商品的出口竞争力下降，贸易逆差增加，英镑的国际地位进一步下降。随着1929年"大萧条"席卷全球，美元的国际地位开始下滑。尽管美国通过提高贴现率使美元汇率得以暂时稳定，但美国的银行体系却因此遭受严重打击。1931年，德国等地发生挤兑，波及英国，同年9月英国宣布放弃金本位制，这反而使得英国的货币政策转而更为灵活，再加上英联邦国家的支持，在20世纪30年代英镑再度焕发活力。

第二次世界大战（简称"二战"）之前美国的经济总量已然稳居世界第一，二战后，欧洲老牌资本主义国家不管是战胜国，还是战败国，都因遭受战争摧残实力大降。战时，欧洲各国工业生产遭到破坏，英国也被迫实行外汇管制，只有美国通过给各国提供融资、出口，不仅从1929年"大萧条"的泥潭中彻底抽身，实力还进一步增强。1944年，美国国内生产总值占资本主义世界的一半，黄金储备更是占据全球的70%以上[1]（一说1945年美国黄金储备约占全球的59%，占西方国家黄金储备总量的3/4[2]），美元成为世界上唯一能够进行自由交易的货币。1944年7月，布雷顿森林会议召开，会议决定美元和黄金直接挂钩，而别国货币通过相对比价与美元挂钩，各国政府或央行可以按官方价格随时向美国用美元兑换黄金。由于这项规定意味着美元即为黄金，从此美元占据了超越别国货币的非凡地位。英镑彻底无法与美元媲美，美元最终胜出，占据了绝对的霸主地位。世界主要国家或地区占世界GDP的比重变化见表8-1。

---

① 吴君.人民币国际化的条件、潜能与推进战略 [M].北京：中国财政经济出版社，2014.
② 温建东，麦延厚.人民币国际化与中国外汇市场发展 [M].北京：经济科学出版社，2011.

表8-1　主要国家或地区占世界GDP的比重变化（世界GDP总额为100，单位%）[1]

国别	1700年	1952年	1978年
中国	22.3	5.2	4.9
印度	24.4	4.0	3.3
日本	4.1	3.4	7.6
西欧	21.9	25.9	24.2
美国	0.1	27.5	21.6
苏联	4.4	9.2	9.0

（二）"马歇尔计划"的简介及其与"一带一路"倡议的对比

"马歇尔计划"又称"欧洲复兴计划"，是二战结束后不久美国参与西欧国家重建并提供经济援助的计划，核心内容是美国通过对欧洲的基建投资和财政拨款，帮助欧洲经济复苏。"马歇尔计划"推动了欧洲国家的战后复兴以及北约组织的建立，并阻止了希腊、意大利等国家的共产党获取国家政权，同时美国通过该计划获得了大量的对欧出口权，美元成为欧洲贸易的主要结算货币，美国也输出130亿美元援助资金，相当于马歇尔演说当年美国国内生产总值的5.4%左右，占当时美国黄金储备的58%左右，极大缓解了欧洲流动性缺乏（即"美元荒"）的问题，巩固了美国主导的布雷顿森林体系。

如果将"一带一路"倡议与1947年美国"马歇尔计划"相比，二者是有根本性区别的。首先，美国与中国所处位置不一样，"马歇尔计划"推行时美元已是世界货币，而人民币目前尚未国际化。目前中国经济总量位居全球第二，人均GDP不及世界平均水平，国内发展还不均衡，产业结构也需继续调整，因此并不具备1947年美国的经济体量与地位，更没有当年美国的相应国际货币制度安排。其次，就"一带一路"倡议本身来讲，"一带一路"是在后金融危机时代，中国在南南合作基础上将自身的产能优势、技术与资金优势、发展经验转化为合

① 麦迪逊 A.中国经济的长期表现:公元960—2030年 [M]. 伍晓鹰，马德斌，译.上海: 上海人民出版社, 2011.

作优势的结果，是中国推进全方位开放的结果。"一带一路"倡议彻底摒弃了冷战思维、零和博弈的旧模式，顺应了和平、发展、合作、共赢的新潮流，其内涵和意义远远超越了"马歇尔计划"（见表8-2）。

表8-2　　　　　　　　"马歇尔计划"与"一带一路"倡议的比较

	"马歇尔计划"	"一带一路"倡议
提出时间	1947年7月	2013年9月
首先倡导国	美国	中国
思想来源	杜鲁门主义	人类命运共同体
相关文件	《1948年对外援助法》	《推动共建丝绸之路经济带和21世纪海上丝绸之路的愿景与行动》
参与国	奥地利、比利时、丹麦、法国、联邦德国、英国、希腊、爱尔兰、意大利、卢森堡、荷兰、挪威、瑞典、瑞士、土耳其和美国	截至2019年，已经得到了150多个国家和国际组织的积极响应和参与
参与国间关系	援助与被援助	平等合作、互利共赢
参与国经济情况	二战后，欧洲经济依然徘徊在战前水平以下，并且几乎看不到增长的迹象，农业生产是1938年水平的83%，工业生产为88%，出口总额则仅为59%	沿线国家GDP总和约占世界的25%，总人口占世界的63%，各国间差异较大，仅有21国超过世界人均GDP，财政收入有限，基础设施投资困难
国际货币体系	布雷顿森林体系	牙买加体系或布雷顿森林体系II
首先倡导国经济地位	美国的国民生产总值占到了世界的40%、工业生产占62%（1947年）、出口贸易占32.5%（1947年）、黄金储备占70%（1948年）	2015年中国GDP为11.008万亿美元，占世界的14.9%，人均GNI为7 930美元，低于世界平均水平，仅为世界水平的75.5%
内容	美国对西欧提供物质资源、货币、劳务援助和政治支持	政策沟通、设施联通、贸易畅通、资金融通、民心相通
持续时间	4个财政年	30年以上
副产物	冷战、欧洲经济联合体	—

（三）"马歇尔计划"与"一带一路"促进各自货币国际化的比较

仅仅将"一带一路"与"马歇尔计划"进行对比，还不足以为人民币国际化提供参考，有必要进一步探索其促进各自货币国际化的异同。

两者的共同点很明显，即都是通过向海外提供投资，为他国提供更充足的流动性，从而在客观上增加了本币在国际范围的使用，且两者的背景都是国内有着充足的资金供给和生产能力，而国外有着旺盛的需求，尤其是基础设施严重不足。两者的不同则主要有：

1. 美元和人民币所处位置不同。在发起"马歇尔计划"时，布雷顿森林体系已经建立，美元本来就已在世界范围内得到广泛认可；而"一带一路"倡议提出至今，人民币国际化仍处于起步阶段。20世纪50年代上半期，美国提供的借贷资金已占国际借贷市场资金总额的78%；美国海外直接投资规模由1946年的72亿美元增至1970年的782亿美元，占世界海外直接投资的60%[①]。这与当前的人民币不具备可比性。同样是促进本国货币的国际化，由于美元和人民币所处背景不同，体现在具体操作实践中就是执行"马歇尔计划"用的都是美元，而"一带一路"倡议中的很多项目都没有采用人民币。

2. 突出区域经济一体化程度不同。"马歇尔计划"本质上是一项援助计划，政治色彩浓厚，对受援国有着严苛的附加要求。浓厚的政治色彩和严格的受援条件激起一些西欧国家的抵触，导致欧洲产生危机感，欧洲内部不得不思考如何在美苏的夹缝之间求生存。这一定程度上促使了欧洲国家寻求抱团，间接影响了欧元的产生。因此，"马歇尔计划"最初可能有希望推进美欧经济一体化的目标，但最终结果却在某种程度上给美元自己培养出一个对手。反观"一带一路"倡议，将合作、开放、包容、共赢作为关键词，除了资金融通和贸易畅通外，还强调基础设施的联通、政策的沟通等内容，始终把加深沿线国家经济一体化程度放在重要位置。

[①] 刘增彬. "马歇尔计划"对推进人民币走向非洲、拉美的启示 [J]. 金融与经济，2012（8）.

3.资金来源广泛程度不同。"马歇尔计划"全由美国出资，是美国单方面地支持欧洲在战后复兴。而"一带一路"倡议是一个开放的倡议，建设"一带一路"的资金来自多个国家、包括各种大小企业和金融机构。中国倡导成立的亚投行等相关多边机构也都持开放性原则，欢迎其他国家的参与和共建，这就使得"一带一路"建设涉及金额规模将远超"马歇尔计划"。这有两方面影响：一方面，中国不是唯一出资方，在推进人民币国际化的问题上需要与其他出资方协调；另一方面，由于涉及金额大，也给人民币国际化带来更多的机会。

4.参与国经济发展程度不同。"马歇尔计划"的受援国基本都是发达国家，金融制度体系、人才储备等要素较为完善，而"一带一路"沿线国家发展非常不均衡，多是发展中国家，情况更复杂，推进人民币国际化的难度更大，风险更高。

5.中美两国金融体系完善程度不同。比起当年美国，中国如今的金融体系尚不完善，"一带一路"的建设会起到倒逼中国金融改革的效果，这是"马歇尔计划"所不具备的。

二、日元的国际化

1964年，在美国的施压下，日本成为国际货币基金组织（IMF）成员国，这就意味着其有保证本国货币自由对外兑换和稳定日元汇率的责任。1973年，黄金与美元脱钩，国际储备货币开始走向多元化，随着日本的经济实力大涨，日元在国际货币体系中初露锋芒。日元国际化起步于贸易领域，从1949年起，日本政府一直实行1美元对360日元的单一固定汇率制度，稳定的汇率使得日本对外贸易飞速发展，并迎来1956—1974年的经济高速增长，日元在国际贸易中也逐渐被认可。但此阶段日本政府由于担心国际社会对日元的操控过度在一定程度上会削弱日本央行对货币供应量的控制，从而使得日本货币政策自身的有效性被削弱，同时也担心巨额资本的频繁出入会造成日本外汇市场的不稳定，因此日本在这一时期对日元的国际化持否定态度，并采取了一些限制措施。

1971年，为挽救大厦将倾的布雷顿森林体系，西方主要国家签订《史密森学会协议》，美元有所贬值。日元对美元汇率约为308，在此基础上有2.25%的浮动。1973年日本政府宣布日元实行浮动汇率制度。尽管日元升值，但日本仍然对美国有着大量的贸易顺差。美国提出为了纠正日元汇率低估问题，日本必须采取金融自由化和日元国际化的措施。1980年12月，日本新的《外汇及对外贸易管理法》出台，金融机构外汇交易自由化的原则得以达成，实现了日元的可自由兑换。1984年日元-美元委员会设立，日美两方政府就日元的国际化、日本金融资本市场的自由化以及减少国外金融机构进入日本金融资本市场的壁垒方面取得共识，日元国际化向前迈进了一大步。1985年日、美、德、法、英五国财政部长及央行行长在美国纽约举行国际会议，签订了《广场协议》，决定通过五国对外汇市场的联合干预，有序下调美元对日元及德国马克等货币的汇率，以解决美国在贸易上的巨额赤字问题。不料日元失控暴涨，升值使得各种资金纷纷购买日元，使其过度升值，过度升值又引发人们的恐慌，日元持有者又开始大量抛售日元，日元转而又暴跌，日本国内资产价格随之大跌，经济泡沫破灭，日本经济增长开始迟滞。日元升值期间，购买力提升，日本的对外投资大幅增加，日元的大量输出是日元流动性增强的主要途径。

日元目前是重要的国际交易货币和国际储备货币，地位仅次于美元和欧元。由于货币的发行国日本的主权信用评级非常高，日元还是公认的避险货币。日元的国际化是在日本经济强盛、国际贸易地位提高和金融改革的共同推动下快速迈进的，总体而言是在升值中进行的，而且升值持续期长、幅度大。但是，日本在日元国际化的问题上一直受美国控制。1997年东南亚金融危机爆发时，日本奉行"绝缘思想"，未承担起维护亚洲金融稳定的重任，纵容日元大幅贬值，使日元和日本的形象受损，日元也失去了东亚地区"锚货币"的地位。日元对美元汇率变化如图8-7所示。

图8-7　日元对美元汇率变化

资料来源：作者根据日本统计局相关资料整理所得.

　　黑字还流计划（Capital Recycling Program）是20世纪日本政府为削减国际收支顺差、促进对外投资，从贸易顺差中取出部分资金以较优惠的条件贷款给发展中国家的金融政策。所谓"黑字"，是相对于"赤字"而言的。日本因贸易顺差造成国际收支不平衡，对外日元升值压力大、日美贸易摩擦频繁；对内日元有较强的通胀压力，通过黑字还流计划的实施，日本较妥善地解决了这个问题。

　　黑字还流计划中主要包括政府发展援助（Official Development Assistance，ODA）和商业性贷款两类业务。两者的具体贷款途径和贷款条件有所差别，但其共同点都是对发展中国家提供大量日元贷款（以亚太地区尤其是亚洲国家为主），支持发展中国家生产能源、原材料的项目投产，发展中国家将这些能源、原材料再出口到日本换取日元以偿还贷款。黑字还流计划的资金来源除了ODA预算资金外，还包括私人储蓄资金（如图8-8所示）。ODA预算资金包括国家税收和财政融资，前者是无利息的，约占三成，后者包括发行国债、养老保险金等，需要较低的利息成本，约占七成。私人储蓄资金主要通过日本商业银行存款、金融机构发债和外国政府及国际组织发行日元债券筹得，利息成本较高。私人储蓄资金是黑字还流计划资金的主要来源，黑字还流计划的资金共约650亿美元，其中有460亿美元来自私人储蓄资金，约占七成。[①]

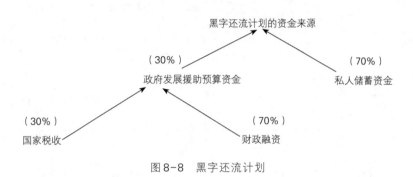

图8-8　黑字还流计划

日本ODA和黑字还流计划互有交叉，关系密切，但又各成体系。值得一提的是，除日元贷款外，日本对华ODA还包括无偿援助和技术合作，但以日元贷款成效最显著（见表8-3）。1978年，中国改革开放刚刚起步，急需进口一批工业机械设备，而日本也希望向中国出口机械设备，但是中国外汇储备短缺，无有效的支付手段。在日本政府和商界人士的建议下，中国国内决定改变以往"自力更生"杜绝外援的政策，向日本申请日元贷款。日本对华ODA的数额大、利息低、期限长，附加条件少，解了中国的燃眉之急，建成一批交通运输、电力、通信等基础设施。

---

① 刘肯.日本"黑字还流"计划探析［J］.中国金融，2012（1）.

表 8-3　　　　　　　　日本对华 ODA 概况一览（1979—2000 年）

序号	时间	额度	主要项目	偿还期限	年利率	其他
1	1979—1983 年	3 309 亿日元			3%	包括"商品贷款"1 300 亿日元
2	1984—1989 年	4 700 亿日元	铁路、港湾、机场、道路、通信、电力、城市建设、农业、环境等，每次贷款的具体项目不同	四次贷款期限均为 30 年（宽限期为 10 年，在第一个 10 年无须偿还本息）	1988 年以前 3%～3.5%，1988 年以后 2.5%	包括"黑字还流贷款"700 亿日元
3	1990—1995 年	8 100 亿日元			2.5%～2.6%	包括"黑字还流贷款"项目 2 个
4	1996—2000 年	9 700 亿日元			1.8%～2.3%	有关环境项目的年利率为 1.3%～2.1%

1979—2000 年的四次对华贷款周期均为 5 年，自 2001 年以后改为单年度方式。自 1979 年到 2006 年 6 月，日本累计向中国提供日元贷款 32 078.54 亿日元[①]，几乎占中国利用外国政府贷款总额的一半。

总体而言，黑字还流计划和 ODA 贷款都非常成功，不仅改善了日本国际收支失衡的问题，也帮助包括中国在内的一批发展中国家解决了外汇短缺的难题。通过这些日元贷款，这些发展中国家的基础设施建设水平得到提高，开采、运输原材料的能力得到提升，也使日本得以进口自身所需的能源、原材料。此外，这些贷款及其他援助计划密切了日本同发展中国家的联系，日本的国际形象大幅提升。最后，日元贷款使得日元大规模流向海外，增加了离岸日元总量和流通量，提高了日元的国际化程度。日本企业也借机走出去，积累了巨额的海外净资产，以至于有人认为如果以 GNP 而非 GDP 作为比较标准，日本的经济地位会更高。

在向海外发放大量日元贷款的同时，日本经济学界还提出"雁阵模式"的产业发展理论，大概内容指在工业化时代，发展中国家要通过开放市场以接受发达

---

① 数据为协议金额，截至 2006 年 5 月底，实际使用 23 864.13 亿日元。

国家的直接投资和产业转移。发达国家以前在这些产业具有比较优势,发展中国家加入竞争后,这些以往的优势产业有可能变成劣势产业。发达国家要开发更高端的产业并把低端产业转移到发展中国家,但这些低端产业于发展中国家国内而言则是高端产业,又是它们的优势产业。于是,发展中国家(下游国家)不断承接着从发达国家(上游国家)转移出来的产业,发达国家自身则不断开发进入新产业,以此共同实现产业结构梯次升级。20世纪后半叶,随着日本经济崛起和产业结构不断升级,形成了一个从日本到韩国、中国台湾等以"亚洲四小龙"为代表的亚洲新兴工业化经济体,再到其他东盟国家和中国大陆的"雁阵"。日本加大研发力度,并从欧美引进先进技术,新兴产业发展起来后再将落后产业(如纺织业之类的劳动密集型产业等)转移到"亚洲四小龙","亚洲四小龙"产业升级后再把落后产业转移到其他经济更落后的国家和地区,依次升级产业结构,实现了整个东亚、东南亚地区的经济腾飞。在"雁阵模式"的指导下,日本在不断升级本国产业的同时也采取各种办法促进对外投资,从法律、政府机构的设置、贷款、税收、保险、外汇等多个角度为企业海外投资提供便利。

黑字还流计划、ODA贷款和雁阵模式共同作用,优化了亚洲整体的产业结构,提升了日本在东亚地区的地位,也推动了日元的区域化和国际化,使日元超过英镑成为仅次于美元、德国马克(后来则是欧元)的世界第三大货币,一度扛起东亚地区"锚货币"的大旗。

三、德国马克的国际化

欧元的正式启动虽然使德国马克退出了流通领域,但是相比欧元,德国马克国际化的成功经验依然有值得借鉴的意义。

二战后,美元成为国际交易中各国均认同的主要"清偿手段",各国通过贸易销售本国的商品、劳务给美国来获得美元,美国则通过贸易逆差将美元输出。德国持续地对美国保持顺差,积累了充足的美元储备,然后通过资本输出和对外援助的方式把美元输送至西欧其他国家。基于德国历史上深受通货膨胀之害,为稳定国内物价，德国中央银行将"币值稳定"作为最高目标，且德国央行具有相当强的独立性，因此德国马克币值一直非常稳定。

长期的贸易逆差使得美国的国际收支状况自20世纪50年代中后期开始恶化，美国的黄金储备已经不足以兑付西欧国家所持有的美元资产，国际社会开始失去对美元的信心。相反，联邦德国长期保持贸易盈余，且出口依存度远高于进口依存度，使得联邦德国马克开始对美元、英镑升值。20世纪70年代，布雷顿森林体系被牙买加体系所取代，在此过程中联邦德国马克币值展现了超强的稳定性，在国际上的地位进一步提高。值得一提的是，在20世纪90年代之前，联邦德国的资本账户一直没有完全放开。

伴随着欧洲经济一体化的发展，在德、法两国的号召下，欧洲共同体成员国于1979年开始建立欧洲货币体系。联邦德国的经济实力最强，因此联邦德国马克在欧洲货币体系中处于核心地位，至此，联邦德国马克力压日元、英镑，成为实力仅次于美元的国际化货币，也为之后欧元的诞生奠定了基础。

日本的经济总量虽然超过了联邦德国，但是日元的国际化程度却不如联邦德国马克。国际货币有交易、计价、储备等职能。在全球贸易结算中，1980年联邦德国马克在全球出口中的计价比例为13.6%，日元却仅为2.1%，1992年德国马克为15.3%，日元翻了一番也才4.8%（见表8-4）。在全球外汇市场交易占比这个指标中，1989年联邦德国马克和日元处在同一起跑线，但接下来两者迅速拉开了距离，联邦德国马克及后来的欧元对日元形成压倒性优势。从出口计价份额和贸易份额之比来看，日元在主要货币中的表现也是最差的。从官方持有的国际储备币种结构来看，1979年至1995年，日元的最大值不过7.7%，而联邦德国马克的最小值也有9.5%，始终超过日元的比例（如图8-9所示）。在一些指标上日元超过了联邦德国马克，如国际债券市场上发行债券的币种结构中日元有几年超过了联邦德国马克，但优势并不明显，且与后来的欧元相比日元又大大不如（如图8-9所示）。考虑到日本经济总量比德国大，在2000年之前两国对外贸易量差距也不大，正式推进联邦德国马克、日元国际化的时间点又相近，都是在布雷顿森林体系崩溃后，可以说，日元的国际化程度是不如德国马克的，甚至比起德国马克，日元的国际化是失败的（见表8-5）。

表8-4 全球出口计价（单位：%）

币种	1980年		1992年	
	全球出口计价份额	出口计价份额与贸易份额比	全球出口计价份额	出口计价份额与贸易份额比
美元[①]	56.1	4.5	47.6	3.6
德国马克[②]	13.6	1.4	15.3	1.4
日元	2.1	0.3	4.8	0.6
英镑	6.5	1.1	5.7	1
法国法郎	6.2	0.9	6.3	1

资料来源：李稻葵.人民币国际化道路研究［M］.北京：科学出版社，2013.

注：出口计价份额与贸易份额比=该币种的全球出口计价份额/该国的全球贸易份额。

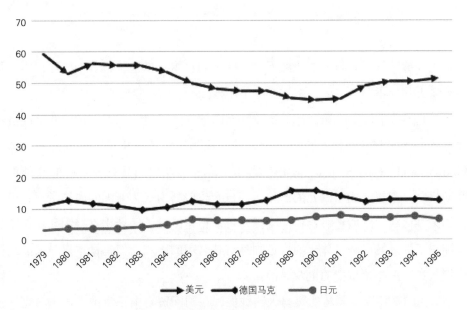

图8-9 国际储备币种结构（单位：%）

数据来源：李稻葵.人民币国际化道路研究[M].北京：科学出版社，2013.

---

① 李稻葵.人民币国际化道路研究［M］.北京：科学出版社，2013.

② 1990年7月1日前，为联邦德国马克。

表8-5 全球贸易计价币种结构（单位：%）

年份	美元	德国马克[①]	欧元	日元
1989	90	27		27
1992	82	40		23
1995	83	37		24
1998	87	30		22
2001	90		38	24
2004	88		37	21
2007	86		37	17
2010	85		39	19

资料来源：李稻葵.人民币国际化道路研究[M].北京：科学出版社，2013.

注：外汇市场上一笔交易同时涉及两种货币，因此表中单个货币份额加总值是200%。

比较德国马克和日元的成败得失，德国和日本在推进各自货币国际化的过程中有以下几处不同：

1.德国善于借助区域合作，依靠欧洲区域内的经贸往来，在加深欧洲经济一体化的基础上提升德国马克的地位，使其成为欧洲关键货币。如欧洲货币体系（European Monetary System，EMS）的建立形成了以德国马克为中心的欧洲汇率联动机制，直接促成了欧元的产生。而日元也曾努力成为亚洲的中心货币，但日元的区域化缺少区域经济合作的支撑，可以说是跳过了区域化直接国际化。比起欧洲，亚洲区域经济一体化的推进固然有其客观的困难，但是日本自身未能沉得住气坚持下去亦是重要的主观原因。

2.德国坚持自身强势的贸易大国地位，在国际贸易中稳步推进德国马克（包括欧元）的国际化。日本则倾向于通过金融交易和增加海外投资来扩张日元的影响力，为此日本较早地实现了资本项目下的完全可兑换。

---

① 1990年7月1日前，为联邦德国马克。

3.鉴于历史上对通货膨胀的惨痛记忆，德国的货币政策侧重于稳定币值，日本的货币政策侧重于刺激增长，日本经常实行极为宽松的货币政策，释放大量流动性。

4.德国政府敢于承受美国的压力，德国央行也相对独立；日本则不同。面对美国提出的德国马克升值、日元升值和德、日两国金融自由化等要求，德国更能扛住压力按照自己的节奏来。

5.第2、3、4条的合力使得日元币值非常不稳定，在国内时而通胀时而通缩，在国外则大幅度地贬值和升值，大幅度升值有美国施压的因素，但和日本政府希望借日元升值加快国际化步伐也有关系。在金融自由化、低利率刺激经济增长的政策组合下，日元的大幅升值确实在短期内加快了日元国际化的步伐，但却吹大了国内资产价格泡沫，泡沫的刺破直接使日本国内经济陷入低迷，日元进一步国际化乏力。在"不可能三角"中，德国倾向于选择放弃资本自由流动，日本则倾向于放弃固定汇率，而汇率的不稳定直接打击了人们对日元的信心。

四、历史经验的参考

尽管我们强调"马歇尔计划"和"一带一路"倡议有着诸多不同，但在此时中国和彼时美国所处的国内外环境仍然有着很多共性：国内资金充裕、产能强大，海外则资金短缺、亟需大量的基础建设，所以总的来说，"马歇尔计划"的实施路径还是对中国有着重要的借鉴意义。此外，我们不妨将日本向发展中国家提供优惠日元贷款、助推发展中国家经济增长的一系列计划比作"日本版马歇尔计划"，结合美国、日本两方面的经验，对中国的借鉴意义更大。

美、日两国在向欧洲、亚洲提供援助或者贷款时，都把基建作为重要内容，而且都有国际开发性金融机构作为实施工具，如世界银行和亚洲开发银行。中国目前也可以通过亚投行、丝路基金等融资平台与"一带一路"沿线国家共同发展基础设施建设，中国自身还有独特的优势，就是中国的基建能力非常强大。以基础建设牵头，纲举目张，带动其他产品的出口，带动资金的流出，是一条务实可行的道路。但在增加对外投资和开展国际产能合作时，要吸取日本产业空心化和币值大幅波动的教训。

比较德、日的历史，可知区域经济合作对推动一国货币国际化的重要性。因此中国在建设"一带一路"时要时刻把握机会推动本地区的经济一体化，关键时人民币先实现区域化再全面国际化是较为稳妥的途径。德国通过维护德国马克币值的稳定，一步步成为欧洲的"锚货币"、干预货币，最后成为储备货币；日本的货币政策侧重于刺激经济增长，结果却不尽如人意。中国此后的货币政策应该在刺激经济增长和维护币值稳定间取得平衡，并稍向维护币值稳定倾斜。但所谓币值稳定并不是单指对美元的汇率，事实上美元自身的币值就不稳定，币值稳定也不是固定汇率，只是说避免大幅度升值贬值。此外，维护中国央行的独立性也至关重要，无论是货币政策的制定还是外汇管制的放松都应审慎、独立，顶住国内外的各种压力和干扰。

第三节　推动"一带一路"人民币国际化的国内金融机构

国内金融机构是推动人民币国际化的重要载体，无论是境外人民币的清算、离岸人民币债券发行和承销、人民币回流渠道的建立，还是理财、避险等产品的发展与创新，国内的金融机构都是主要的参与者。"一带一路"建设也离不开国内金融机构的助力，"一带一路"倡议中"五通"的"资金融通""设施联通""贸易畅通"更是需要金融机构的参与。讨论"一带一路"背景下的人民币国际化，金融机构无疑是一个较好的角度。

一、亚投行（多边金融机构）

亚洲基础设施投资银行（AIIB），简称亚投行，是由中国发起成立的多边发展银行，也是中国首次倡议设立的多边金融机构，总部设在北京，于2016年1月开始运营，至2018年2月份已在全球发展至84个会员。其使命是深化亚洲各国的基础建设互联互通，促进经济一体化进程，加强中国与其他亚洲国家和地区的合作，通过为各国生产部门提供融资支持（融资项目主要是发展中国家的基础设施建设项目，融资方式有贷款、股权投资、提供担保等），以提升和改善亚洲及其他地区的社会效用和经济成果。亚投行的法定股本金额为1 000亿美元，中国拥有近三成的股份，且目前的行长由中国人金立群担任，因此中国对亚投行虽不能实际控制，但有着至关重要的影响力（见表8-6）。

表8-6   亚投行主要成员股份及投票权占比[①]

法定股本：1 000亿美元

域外成员：250亿美元			域内成员：750亿美元		
	股份/亿美元	投票权/百分比		股份/亿美元	投票权/百分比
德国	44.8	4.3	中国	297.8	26.9
法国	33.8	3.3	印度	83.7	7.8
英国	30.5	3.0	俄罗斯	65.4	6.1
意大利	25.7	2.6	韩国	37.4	3.6
荷兰	10.3	1.2	澳大利亚	36.9	3.6
波兰	8.3	1.0	印度尼西亚	33.6	3.3
瑞士	7.1	0.9	土耳其	26.1	2.6
埃及	6.5	0.8	沙特阿拉伯	25.4	2.5
瑞典	6.3	0.8	伊朗	15.8	1.7
挪威	5.5	0.7	泰国	14.3	1.5
其他	33.9	5.6	其他	100.9	16.2

---

① 中国一带一路网.亚投行［EB/OL］.（2016-09-28）.https://www.yidaiyilu.gov.cn/zchj/rcjd/958.htm.

从亚投行的全称——"亚洲基础设施投资银行"就可看出：该机构的主要投资方向正是亚洲基础设施；"一带一路"也强调各国要"设施联通"。中国经济增长的经验被极简地归结为一句话："要想富，先修路。"亚洲多数国家的基础设施建设严重短缺。据亚洲开发银行的估算，仅 2010 年至 2020 年，亚洲就需要追加至少 8 万亿美元用于投资区域内基础设施（其中约七成用于新建基础设施，三成用于维护现有的基础设施），才能维持现有的经济增长。而据亚洲开发银行 2017 年发布的报告，2016—2030 年亚洲地区的基建需求年均约 1.7 万亿美元[①]。现有的多边机构中，亚开行的总资金为 1 600 亿美元左右，世界银行为 2 230 亿美元，而这两家机构每年只能给亚洲提供约 200 亿美元的资金，远不能满足需要。亚投行的设立有助于缓解这一窘境，行长金立群指出该行已被授权发放 2.5 倍于资本金（1 000 亿美元）的贷款，预计下一步亚投行的业务规模会迅速增加，金立群说："这意味着如果亚投行打造一个非常坚实的基础，我们不必追加资本，就可以放贷 2 500 亿美元，与世界银行现在的规模相当。"[②]

截至 2017 年年底，亚投行为 24 个项目提供贷款，总额为 42 亿美元，撬动了 200 多亿美元的资金。项目都在亚洲，绝大部分均为发展中国家，项目涉及交通、能源、城市基础设施、水利、电信等领域。运营不足两年，亚投行凭借其良好的资本充足性和流动性、稳固的治理架构等因素，在 2017 年 6、7 月份相继获得穆迪、惠誉和标准普尔的最高信用评级，10 月份又获得巴塞尔银行监管委员会零风险权重的认定。

预计，亚投行未来会迅速扩大资金投放量，这显然利于"一带一路"建设，但短期尚未成为实质性推进人民币国际化的动力。当前，亚投行在开展业务时，

① 田国立.构建金融大动脉 助力"一带一路"建设再上新台阶 [EB/OL]. (2017-06-14) .http://www.bankofchina.com/aboutboc/ab8/201706/t20170614_9636859.html?keywords=%E4%B8%80%E5%B8%A6%E4%B8%80%E8%B7%AF.

② 中国一带一路网.亚投行 [EB/OL]. (2016-09-28) .https://www.yidaiyilu.gov.cn/zchj/rcjd/958.html.

仍主要采用美元。这并非是中国在亚投行没有足够的影响力，而是相比于美元，人民币目前虽已加入SDR货币篮子，但在国际被接受程度、国际应用范围等领域仍有许多不足。不过随着具体项目和市场需要的变化，根据具体情况，可以在适当的时机、适当的项目上采用人民币。

二、丝路基金

与亚投行相比，丝路基金更是专门为"一带一路"而设，其宗旨就是秉承"开放包容、互利共赢"的理念，重点致力于为"一带一路"框架内的经贸合作和双边多边互联互通提供投融资支持，与境内外企业、金融机构一道，促进中国与"一带一路"沿线国家和地区实现共同发展、共同繁荣。丝路基金于2014年12月29日在北京注册成立，全部由中国出资，最初资本金为400亿美元，随后在2017年5月的"一带一路"国际合作高峰论坛上，习近平总书记宣布中国政府将向丝路基金增资1 000亿元人民币，首期资本金100亿美元，出资方包括外汇储备、中国投资有限责任公司、中国进出口银行、国家开发银行（如图8-10所示），其中外汇储备、中国投资有限责任公司、国家开发银行分别通过梧桐树投资平台有限责任公司、赛里斯投资有限责任公司、国开金融有限责任公司进行注资。

丝路基金定位为中长期开发投资基金，在确保中长期财务可持续和合理的投资回报的前提下，通过多种投融资方式（以股权投资为主），重点围绕"一带一路"建设，支持相关国家和地区的基础设施、能源等项目的建设。如今资本市场上的私募股权投资基金投资期限一般不足10年，资金供给方普遍不愿对期限过长的项目进行投资，而很多和"一带一路"建设相关的项目恰需要中长期的投资，丝路基金这种以中长期股权投资为主的资金支持将有效缓解这一难题。

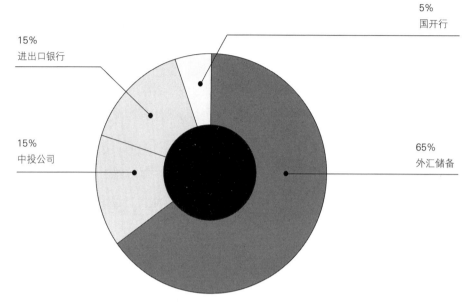

首期资本金100亿美元

15%
进出口银行

5%
国开行

15%
中投公司

65%
外汇储备

图8-10　首期100亿美元资本金的股权结构①

　　截至2017年12月，丝路基金已经签约17个项目，承诺投资约70亿美元，支持的项目所涉及的总投资额达800多亿美元。不同于亚投行以贷款为主的运营方式，丝路基金采用多种基金投资方式，包括与外资协商成立专项合作基金、与国际多边机构合作设立联合基金、投资成熟的商业基金等方式，这不仅有利于用较少的成本撬动更多的资金服务于"一带一路"，也有助于利用国际多边机构成熟的管理经验、项目资源和国际影响力。丝路基金的资本金大部分是美元，事实上利用好中国的外汇储备正是丝路基金的设立目的之一。不过在新获得1 000亿元人民币的增资后，如何更好地使用人民币提供投融资服务、推进跨境人民币投资

　　①　陈果静. 首期100亿美元资本金的股权结构［EB/OL］.（2015-04-22）. http://www.ce.cn/xw-zx/gnsz/gdxw/201504/22/t20150422_5173694.shtml.

项目？这成为丝路基金积极探索的课题。[①]

三、政策性银行、商业银行等金融机构

在 2017 年 5 月的"一带一路"国际合作高峰论坛上，习近平主席的演讲中除了宣布向丝路基金增资 1 000 亿元人民币以外，还提到中国国家开发银行、进出口银行将分别提供 2 500 亿元和 1 300 亿元等值人民币专项贷款，用于支持"一带一路"建设。

国开行是我国最大的对外投融资合作银行，亦是服务"一带一路"建设的主力军之一。截至 2017 年末，国家开发银行国际业务余额 3 327 亿美元[②]，在"一带一路"建设上，截至 2017 年底，国家开发银行累计在"一带一路"沿线国家承诺贷款超过 2 500 亿美元，贷款余额超过 1 100 亿美元，涉及能源、矿产、交通、基础设施等领域[③]。除发放贷款之外，2017 年 12 月 20 日国开行还在中国香港以私募方式发行了 3.5 亿美元 5 年期"一带一路"专项债[④]。

进出口银行参与了近半数的国家明确的"一带一路"重大标志性项目，从 2014 年至 2017 年第三季度末，进出口银行在"一带一路"沿线国家累计签约项目逾 1 200 个，签约金额超 8 000 亿元[⑤]，贷款余额超过 6 700 亿元[⑥]。值得一提的是，进出口银行专门加强了"跨境人民币贷款业务"的推进工作。

---

① 和佳.丝路基金已签 17 个项目 涉及总投资额达 800 多亿美元［EB/OL］.（2017-12-09）. http://money.163.com/17/1209/07/D56RS8HM002581PP.html.

② 彭扬.国开行：2018 年将有力落实"一带一路"2 500 亿元专项贷款［EB/OL］.（2018-02-01）.https://www.yidaiyilu.gov.cn/xwzx/gnxw/46635.html.

③ 张欢.国开行：推动香港发挥"一带一路"建设重要节点作用［EB/OL］.（2018-01-16）. https://www.yidaiyilu.gov.cn/xwzx/roll/44190.html.

④ 欧阳晓红.国开行在香港发行首笔 3.5 亿美元"一带一路"专项债［EB/OL］.（2017-12-21）. https://www.yidaiyilu.gov.cn/xwzx/roll/40591.html.

⑤ 周萃.发挥金融服务优势 助推"一带一路"建设［EB/OL］.（2017-09-27）.http://www.ex-imbank. gov. cn / tm / nineteen / list. aspx? nodeid=1198&page=ContentPage&categoryid=0&contentid= 30427.

⑥ 胡晓炼.用政策性金融助力"一带一路"［EB/OL］.（2017-07-26）.http://www.eximbank.gov. cn/tm/nineteen/list.aspx?nodeid=1198&page=ContentPage&categoryid=0&contentid=30370.

在国际开发性金融机构积极参与建设"一带一路"的同时，国内商业银行也在支持"一带一路"建设中发挥着独特的作用。

中国银行向来以国际化程度高著称，随着"一带一路"倡议的提出，中国银行国际化步伐加快，至2017年已在全球50余个国家设立了600多家海外机构，覆盖20多个"一带一路"沿线国家，拥有1 600多家代理行，覆盖了179个国家和地区。2015年至2017年11月，中国银行参与了"一带一路"建设的520个大型项目，提供授信支持980亿美元[①]。在"一带一路"建设中推进人民币国际化，中国银行有其得天独厚的优势，除了拥有数量庞大的海外机构外，中国银行还建立了较完善的人民币支付清算系统，可以做到7×24小时全球人民币的清算，仅2016年一年，中国银行的跨境人民币清算量就高达312万亿元。在一些重大项目中，中国银行积极使用人民币进行贷款，引导境外主体使用人民币。除常规贷款外，中国银行还首创"一带一路"的主题债券，并协助他国在中国债券市场上发行人民币债券。[②]

作为资产规模最大的中国商业银行，截至2017年上半年末，工商银行境外机构总资产达到3 405亿美元，实现税前利润19.23亿美元。截至2017年5月，工商银行已累计支持"一带一路"沿线项目200余个，承贷金额670余亿美元，且拥有3 300多亿美元的项目储备。[③]

除国有大型商业银行之外，还有诸如中信、浦发、兴业等股份制银行参与到"一带一路"建设中。至2017年上半年，共有9家中资商业银行在"一带一路"沿线26个国家设立了62家一级分支机构，授信规模超过1万亿美元，项目储备

---

① 张莫.中行助力"一带一路"三年完成各类授信支持近千亿美元［EB/OL］.（2018-01-09）. https://www.yidaiyilu.gov.cn/xwzx/gnxw/43043.html.

② 佚名.中行：已跟进"一带一路"大型项目460个 授信支持680亿美元［EB/OL］.（2017-05-12）. http://news.china.com.cn/2017-05/12/content_40797121.html.

③ 周鹏峰.工行：已支持"一带一路"沿线项目212个 承贷金额674亿美元［EB/OL］.（2017-05-12）. http://news.china.com.cn/2017-05/12/content_40797120.html.

超过 1 500 个[①]。此外，证券交易所、证券公司等其他金融机构也在发行、承销人民币证券等方面发挥着各自的作用。

四、中国出口信用保险公司

鉴于大型基建项目投资金额大、建设周期长，在海外投资固有的汇兑风险、违约风险，以及在"一带一路"沿线国家存在着特有的战争、经济、政治、法律等风险，走出国门建设"一带一路"的资金需要配套的保险服务兜底。中国信保作为国家出资设立的政策性保险公司，经营范围涵盖出口信用保险和海外投资保险等业务。2017 年我国政策性信用保险年度承保金额达到 5 246 亿美元，同比增长 11%。其中，海外投资保险实现承保金额 489 亿美元，为面向"一带一路"沿线国家的出口、投资等业务累计承保 1 298 亿美元。[②]

第四节 人民币国际化的推进举措

在前几节的分析中，已能得出一些结论。在对"一带一路"背景下推进人民币国际化的 SWOT 分析中，我们梳理了优势、劣势、机遇和挑战；在对美元、日元、德国马克国际化历史的回顾中，我们得出了一些参考。那么，就如何应对风险，如何扬长避短，其他货币的历程具体对中国有何借鉴？本节将提出明确的政策建议。最后再指出一些值得注意的问题作为结尾。

---

① 周鹏峰.中国银行董事长田国立独家专访：服务国家战略 构建"一带一路"金融大动脉［EB/OL］.（2017-05-18）.http://www.bankofchina.com/aboutboc/ab8/201705/t20170518_9448102.html?keywords=%E4%B8%80%E5%B8%A6%E4%B8%80%E8%B7%AF.

② 杜海涛.中国信保 2017 年面向"一带一路"累计承保金额达 1 298 亿美元［EB/OL］.（2018-01-05）.https://www.yidaiyilu.gov.cn/xwzx/gnxw/42577.html.

一、深化国内金融体制改革，进一步完善国内金融体系

鼓励中资金融机构积极开发多种人民币衍生产品，满足不同风险偏好经济主体对人民币金融产品的需求。降低人民币的融资成本，尽快建成高效率、多元化的资本市场。大力推动境内大宗商品期货的发展，挖掘期货市场的避险功能和价格发现功能，为早日实现大宗商品的人民币计价创造条件；在充分考虑到放开资本管制后给国内经济带来冲击的前提下，适时推动人民币资本项目下的自由兑换。

继续推进人民币金融基础设施建设，为全球人民币使用者提供更便利、更友好的制度环境，更全面、更完善的系统支持，对吸引更多境外投资者使用人民币、进一步推进人民币国际化发展至关重要。一方面，进一步优化人民币跨境支付系统（CIPS），在与要素市场连接等方面提升系统功能。同时，发挥好人民币清算行机制作用，带动离岸市场人民币业务有序发展。另一方面，完善人民币资金和金融资产交易设施及配套制度建设，包括法律、会计、审计、税收、评级等方面，为人民币国际化发展奠定基础。

二、多举措化解风险

发展中国自己的信用评级机构，充分利用大数据建设完善的征信系统，使得中资企业走出去时尽量避免信息的不对称。征信管理部门应与国外加强交流，鼓励中国的评级机构和征信机构开展跨境业务、参与跨境合作。完善当前的保险机制，鼓励中资保险公司提供多样化和贴近当地实际的保险业务，为中资企业参与建设"一带一路"提供保障。

建立高效的区域金融监管合作机制，构建贴近"一带一路"区域的国际性金融风险预警系统，加强应对跨境风险的交流。除金融监管领域外，还应着力加强政策沟通以及文化、思想的交流，打造多层次合作机制，形成命运共同体。官方要利用好博鳌亚洲论坛、中国-东盟论坛和中阿合作论坛等平台，民间的智库、高校等团体也要形成长效交流机制，充分了解对方的文化以凝聚共识。

在培养国内金融、法律等方面的人才时，也要积极支持"一带一路"其他国家的教育，帮助它们培养胜任国际交流的各行业合格人才，必要时还可以由中国牵头为教育水平落后的国家制订教育计划或培训计划，支持当地有志青年来中国留学。

三、增加人民币在各种国际领域的使用

扩大与"一带一路"沿线国家的双边本币互换，并充分利用货币互换协议扩大人民币的使用范围和规模。在亚洲基础设施投资银行、金砖国家开发银行等多边性金融机构中增加以人民币发放贷款的份额，充分发挥丝路基金等政策性金融机构的示范效应。针对建设"一带一路"融资中银行贷款所占比例较高的情况，应增加债券融资的占比。支持符合条件的沿线国家、金融机构及企业在中国境内发行人民币债券，支持中国企业在境外拓宽投融资渠道，符合条件的中国境内金融机构和企业可以在海外发行人民币债券。增加海外贷款，增设专营境外人民币贷款的基金，增加人民币在金融交易中的使用，既补齐境外企业缺乏人民币的短板，为境外企业和中国企业在贸易中使用人民币结算提供条件，也利于构建人民币流出－流入的循环。

人民币的国际化必然伴随着人民币离岸金融中心的快速发展。中国香港作为目前最重要的人民币离岸中心，其经济金融环境优越、政治地位特殊，是人民币国际化天然的离岸实验场。利用上海自贸区的政策便利，建立全球"一带一路"资金融通中心和资金交易中心，建立更为顺畅的离岸市场和在岸市场协调机制。不断积累面向国际市场的有关人民币产品、通道和管理措施等方面经验，逐步扩大离岸人民币市场规模，稳步推动人民币离岸市场纵深发展，在"一带一路"建设中构建人民币"国际大循环"通道。

以基建为突破口扩大贸易结算领域和投资领域中人民币的使用，鼓励国内电子商务、通信、物流等优势行业开展跨境业务，适时扩大人民币在大宗商品交易中计价结算的范围。其实西方国家多年前就曾采取过"贷款换石油"的办法，中国可以借鉴，将该模式尝试推广到其他更多的大宗商品上来。

在大力推动境内大宗商品期货发展的同时，适时采用人民币计价结算。2015年8月1日，中国境内原油期货开始采用人民币计价结算，在其他具有优势的大宗商品领域也可借鉴原油期货的经验。此外还可积极探索新趋势，比如中国作为碳排放大国，就可以考虑积极开发碳交易市场，开发以人民币标价的碳金融产品。

四、引导民间资金参与"一带一路"建设

"一带一路"建设需要资金数额之巨显然不是中国政府单方面所能承担的。因此有必要鼓励民营企业参与建设"一带一路"，鼓励民间资金对"一带一路"建设项目进行投资。不过资金天然具有趋利性，这些资金能否流向"一带一路"，仅靠政治动员是不够的，关键还在于项目的盈利性和对其风险的权衡。中国政府在鼓励本国企业进行直接投资时，还应采取相应措施帮助企业规避风险、承受风险，如上文中提到的发展可靠的信用评级机构和征信系统、减少中资企业信息的不对称、提高保险业服务水平、建立高效的区域金融监管合作机制等等。此外优化国内的制度安排也非常重要，诸如提升贸易便利化水平、加快构建开放的金融体系、完善涉外法律法规体系等等。要利用好中国电子商务发展较好的优势，鼓励电商、物流等相关企业进军跨境业务，把电子商务作为推动人民币成为"一带一路"关键货币的一大突破口，鼓励跨境电商与支付平台联合，推出符合相关国家支付习惯、文化传统的产品和服务，达到多使用人民币计价标价、最终使人民币在线上结算中占据更大份额的目的。

五、用移动支付助力人民币国际化

在一些国家，人民币现钞为当地居民所认可，因此在日常生活中是可以流通的。华人在国外互相之间经常使用支付宝、微信进行转账，有些大型商场也接受顾客采用支付宝、微信支付。以微信"钱包"功能为例，鉴于有些国家无法用微

信绑定本地银行卡，"钱包"的钱无法提现，因此本地居民通常没有使用微信"钱包"的积极性，但事实上使用微信"钱包"收付账款并不需要绑定银行卡，由于华人广泛使用微信，因此其实即便国外当地居民无法直接将微信"钱包"中的资金提取到自己的银行卡，他们也可以通过转账给华人进行间接提现。中国政府可以在恰当的时机和境外当地政府协商，助推微信、支付宝等国产支付工具的海外使用。

六、将金融资本与产业资本"走出去"相结合

从"马歇尔计划"和"雁阵模式"等国际经验可知，单纯的金融资本走出去容易造成资金空转，并不能有效推进人民币国际化。中国应借助自身制造业的优势，如强大的基建能力，带动资金的流出。"虚"是金融资本，"实"是产业资本，两只拳头出击，虚实结合，双管齐下。

七、重视"一带一路"沿线地区的经济一体化

从德国和日本的历史中可知，完善的区域经济合作安排对推动一国货币国际化大有裨益。中国在建设"一带一路"时，要把握机会推动沿线地区的经济一体化，择机助推人民币的国际化。

八、以国内经济尤其是实体经济做后盾

如前文所说，人民币国际化只是中国综合实力增强的反映。目前，中国的国内生产总值虽然已稳居世界第二，但人均值却不及世界平均水平，和发达国家还有很大的差距。而且由于人口老龄化，老年抚养比上升，人口红利逐渐消失，劳动力成本上升，依赖劳动密集型产业已难持续。当前，中国经济面临着艰巨的结构调整任务，创新能力不足、经济结构失衡、贸易大而不强。要扩大贸易规模，提升贸易质量，培育更多的中国跨国公司在全球产业链中建立主导地位，从而进一步增强人民币资产吸引力。通过以"三去一降一补"为核心的供给侧结构性改

革，盘活现有资产，增强经济的流动性和活力，建立与国内外需求变化相适应的有效供给机制，才能为中国经济可持续发展提供保障，也才能够为人民币国际化提供坚实的经济基础。深化供给侧结构性改革是下一步推动人民币国际化的必由之路。要以供给侧结构性改革推动技术进步，坚持金融服务实体经济，防止泡沫化和虚拟化。同时，人民币国际化可以在直接投资、技术进步、贸易升级等方面与供给侧结构性改革形成良好互动，共同推动中国经济进行结构调整和转型升级，支撑人民币国际化的长久可持续发展。

中国不仅要保证经济的增速，还要完成由"大"到"强"的转变，成为真正的经济强国，人民币才能得到全球货币使用者的长久信任，才能有机会提升作用。

九、节奏要审慎，守住不发生系统性金融风险的底线

前文提过人民币国际化不能孤军深入、追求冒进。事实上，自2015年8月以来，人民币在全球支付体系中的地位由于人民币的不断贬值一直在下滑，在2016年10月，人民币的支付份额所占比重下降到1.67%，致使人民币回落至全球第六位，同时在国际贸易金融领域也被欧元赶超下滑至全球第三位。2017年4月所公布的最新数据中，人民币在国际支付使用中的份额低至1.6%，被瑞士法郎超越，退居全球第七位。不过2017年以来，人民币对美元汇率表现强势，跨境资本流动逐渐平衡。

在汇制改革逐步推进的支撑下，中国的资本账户会随着人民币国际化的推进而逐步自由化。根据IMF最新的《汇兑安排与汇兑限制年报》和资本项目交易分类标准（七大类40项），目前人民币资本项目实现部分可兑换的项目为17项，基本可兑换8项，完全可兑换5项，完全不可兑换的项目不多。资本跨境自由流动可以优化金融资源配置，提高资本效率，产生最大的经济效益。然而，资本自由流动具有规模大、速度快、影响大、不易把握等特点，容易冲击金融市场，滋生资产泡沫，加剧汇率波动，引发金融危机。中国应当汲取日元国际化的

教训，审慎有序推进各项金融改革，切实降低国际资本冲击。作为发展中国家，我国在市场、规则、制度、管理等方面仍有不成熟之处，需要逐步完善，贸然地完全放开资本项目将引致巨大风险，在现阶段以及可预见的未来，保持一定程度的资本项目管制仍然是十分必要的。

金融稳定是实现人民币国际化的必要前提。随着资本账户的不断开放，跨境资本流动、国际金融市场波动等外部冲击对国内金融市场的影响不断加深，由单个市场或者局部风险引起连锁冲击而导致系统性风险发生的概率不断提高。提升宏观管理能力，尤其是在资本账户更加开放背景下，统筹管理资本流动和宏观金融风险，是下一步推进人民币国际化发展必须完成的命题。应构建更加全面、更具针对性的宏观审慎政策框架，将汇率政策与货币政策、财政政策等工具协调使用，将物价稳定、汇率稳定、宏观经济稳定增长等政策目标统一在金融稳定的目标框架之内；积极探索宏观审慎监管政策，着眼于金融体系的稳健运行，强化金融与实体经济的和谐发展，以防控系统性风险作为实现金融稳定目标的重要支撑。我国应当以宏观审慎政策框架作为制度保障，将汇率管理作为宏观金融风险管理的主要抓手，将资本流动管理作为宏观金融风险管理的关键切入点，全力防范和化解极具破坏性的系统性金融危机。一方面，坚持汇率市场化改革方向的同时，提高汇率管理能力，积极引导市场预期，综合利用各类工具，完善外汇市场建设。另一方面，把握自身节奏，审慎有序推进各项金融改革，切实降低国际资本冲击。同时，整合金融监管体系，及时监控跨境资本流动，做好极端波动、异常问题的处置预案，提升金融监管应急处理能力。

从内部博弈的角度看，在国内改革由于要触动既得利益集团而进入攻坚期，可借人民币国际化的外部压力倒逼改革。中国未来的利改、汇改、金融体系改革再到资本账户自由兑换很可能是同步并行，成熟一项，推出一项。由于制度调整的棘轮效应，人民币国际化的推进会暴露出国内金融体系不健全，从而凝聚改革共识，倒逼其他金融领域的改革，最终促成中国建立起一个健全而市场化的现代金融体系。相比一步到位激进的改革，渐进式改革虽然依旧存在风险，但在中国巨额外汇储备和政府对金融体系掌控能力较强的保障下，这些风险是可控的。平衡人民币走出去的节奏和国内金融体制改革的节奏是中国的智慧，不发生系统性金融风险是中国的底线。

（执笔人：刘东、王天坤）

| 第四篇 |
"一带一路"的国际市场主体与劳务合作

　　党的十九大报告明确提出，要以"一带一路"倡议为重点，坚持引进来和走出去并重，遵循共商共建共享原则；加强创新能力开放合作，形成陆海内外联动、东西双向互济的开放格局。在经济发展进入新常态，我国对外开放进入高水平的新时代，民营企业作为最具活力的市场微观主体，充分发挥机制活、民间性的优势，走出去参与"一带一路"倡议的步伐不断加快，已经成为落实"一带一路"倡议的重要力量。不同于英美等国的发展经验，中国跨国公司在"一带一路"的倡议下，秉承共商共建共享的理念，走出了一条包容发展的道路。"一带一路"倡议扩展了沿线国家劳务合作空间，提升了劳务合作层次，同时也为中国国际劳务合作发展带来新的挑战。本篇将着重分析"一带一路"的国际市场主体与劳务合作的问题，探讨民营企业如何更好参与"一带一路"倡议，分析跨国公司的发展路径，讨论国际劳务合作的方向。

第九章

民营企业走出去参与"一带一路"建设研究报告

推进"一带一路"建设，是以习近平同志为核心的党中央主动应对全球形势深刻变化和我国发展面临的新形势新任务新要求，统筹国内国际两个大局，立足当下、谋划长远做出的重大决策，是构建我国开放型经济新体制的顶层设计，是参与和完善全球治理体系的主动作为，是助力实现"中国梦"的重大举措。本章主要从需求导向出发，以案例研究的方式总结归纳了民营企业参与"一带一路"倡议的若干模式，深入分析了民营企业在参与过程中面临的主要困难，提出了有针对性的意见和建议。

第一节　民营企业参与"一带一路"建设的重要意义

改革开放使我国日益融入经济全球化和区域经济一体化的进程，民营企业走出去参与"一带一路"建设意义重大。

一、民营企业走出去参与"一带一路"建设是全面推进新时代高水平改革开放的必然趋势

不断扩大对外开放、提高对外开放水平，以开放促改革、促发展，是我国经济社会发展不断取得新成就的重要举措和成功经验。随着国际经贸格局深刻调整和我国资源要素条件变化，我国对外直接投资快速增长，已从"引进来"为主，逐步转变为"引进来"与"走出去"并重。2013年，习近平总书记提出实施"一带一路"倡议，在全面深化改革、努力转变经济发展方式的同时，坚定不移地扩大开放的广度和深度。民营企业顺应改革开放大势，走出去和参与"一带一路"建设的动力不断增强，活力不断释放。据商务部统计，2017年全年，我国境内投资者共对全球174个国家和地区的6 236家境外企业新增非金融类直接投资，累计实现投资1 200.8亿美元，投资流向租赁和商务服务业、批发和零售业、制造业以及信息传输、软件和信息技术服务业的占比分别为

29.1%、20.8%、15.9% 和 8.6%，其中，民营企业占比超七成。截至 2017 年底，我国企业在 44 个国家和地区在建初具规模的境外经贸合作区 99 个，地方企业为主体建设的合作区 93 家，占合作区数量的 94%，占合作区投资总规模的八成。全国工商联发布的《2017 中国民营企业 500 强调研分析报告》显示，2016 年民企 500 强的海外投资项目为 1 659 项，增长 24.92%；投资总额达 515.32 亿美元；进行海外投资的企业数量从 2015 年的 201 家增加到 2016 年的 314 家；民企 500 强出口总额为 1 495.4 亿美元，增幅达 35.99%。随着"一带一路"倡议的实施，必将进一步促进我国经济与世界经济深度融合。在这种大背景下，民营企业走出去参与"一带一路"建设是大势所趋。

二、民营企业走出去参与"一带一路"建设是参与供给侧结构性改革、实现转型升级高质量发展的重要途径

随着我国经济体量的不断增大，经济发展进入新常态，经济发展与能源资源短缺、环境承载能力弱的矛盾更加突出，建设现代化经济体系任务艰巨。建设现代化经济体系离不开加快推动形成全面开放新格局。开放带来进步，封闭必然落后。目前，民营企业普遍面临产品市场饱和、资源短缺、劳动力成本上升、高端技术支撑不足等问题，不少企业都在低质量重复发展的原地"绕圈"。实现高质量发展急不得，也等不起。在这个由规模扩张式发展向质量效益型发展转变的关键时期，一部分企业通过走出去参与"一带一路"建设，利用两个市场两种资源，解决当前结构失衡、效益低下、需求不足等制约企业发展的"瓶颈"问题，在高质量发展方面迈出了可喜的一步。另外，随着新一代产业革命的新突破，商品、劳务、资本、技术、信息和人才等各种要素跨国流动日趋频繁，各种创新要素更具开放性、流动性，中国企业走出去融入全球创新网络、提升自身能力显得更为紧迫。经过 40 年的持续快速发展，我国在钢铁、电解铝、水泥、煤炭、焦化、纺织、平板玻璃、金属机械制品等诸多领域，都出现了产能过剩现象，民营企业聚集的低端产品领域更是产能过剩的重灾区。为此中央提出以"三去一降一

补"为主要内容的供给侧结构性改革举措，就是希望借此去除落后产能，增强高端供给能力，提高供给体系适应市场变化的灵活性。民营企业完全可以通过走出去参与"一带一路"建设，在推进国际产能和装备制造合作的基础上，促进自身产业的优化升级。

三、实施"一带一路"建设为民营企业带来重大发展机遇

"一带一路"建设贯穿欧亚大陆，截至2017年，其涉及65个国家，总人口44亿，约占全球的63%；年生产总值约21万亿美元，约占全球的29%；沿线国家资源禀赋各异，经济互补性较强，彼此合作潜力和空间很大。据商务部统计，2017年全年，我国企业对"一带一路"沿线的59个国家有新增投资，合计143.6亿美元，占同期总额的12%，比2016年同期增加3.5个百分点。在"一带一路"沿线的61个国家新签对外承包工程合同额1 443.2亿美元，占同期总额的54.4%，同比增长14.5%；完成营业额855.3亿美元，占同期总额的50.7%，同比增长12.6%。习近平总书记在博鳌亚洲论坛2018年年会主旨演讲中明确表示，共建"一带一路"倡议源于中国，但机会和成果属于世界。"一带一路"以政策沟通、设施联通、贸易畅通、资金融通、民心相通为主要内容，努力构建"一带一路"区域经济一体化新格局，旨在打造顺应经济全球化潮流的最广泛国际合作平台。要看到，国内外经济的转型，特别是"一带一路"沿线国家经济的转型发展，需要我国民营企业走出去。比如，"一带一路"沿线基础设施互联互通，就给民营企业提供了许多建设工程、装备供给、工程服务等方面的机遇；一些人口集中、交通方便的地区，给中国民营企业投资建厂兴业提供了难得的机遇；而在中东、丝绸之路沿线一些国家战后油气田、城市、交通和其他设施的恢复，也需要我们民营企业的参与。落实"一带一路"建设，有利于深化与沿线国家的产业合作，鼓励具有知识产权和较高技术水平的企业到沿线国家投资兴业，让制造业走出去，把技术标准带出去；有利于支持劳动密集型企业，到劳动力资源丰富、靠近目标市场的沿线国家投资设厂，不断扩大境外市场，提升国际化经营能力；有利

于引导产能优势企业到资源密集、市场需求量大的沿线国家建设生产基地；有利于鼓励和引导企业到沿线主要资源出口国投资设厂，延伸产业链，提高资源就地加工转化比重；有利于引导企业在沿线国家合作建设产业园区，使中小企业抱团走出去，培育一批具有国际竞争力的跨国企业，在更高层次参与国际产业分工；有利于鼓励有条件的企业到科技实力较强的地区并购先进技术、国际品牌和战略股权，设立研发中心。这些都为民营企业走出去指明了发展方向，提供了重大的发展机遇。

第二节　民营企业参与"一带一路"建设的原因和现实路径

从现实看，民营企业在走出去参与"一带一路"方面积极探索，取得了明显成效，很多规律性认识需要我们深入思考。

一、民营企业走出去参与"一带一路"建设的主要原因

资本是逐利的，也是流动的。哪里有价值洼地，资本就会流动到哪里。由于民营资本属于私有产权，因此企业目标导向更为明确。从接触到的案例看，民营企业走出去参与"一带一路"建设有以下六个方面的主要原因。

（一）规避贸易壁垒

当今世界民族主义、唯我主义盛行，以美国为代表的发达资本主义国家重新筑起贸易保护铁幕，新的非关税壁垒措施层出不穷并广泛使用，多边贸易协定面临着巨大挑战。中国企业要想顺利进入国际市场，必须跨越或是规避贸易壁垒，而走出去就成为首选。比如，美的集团自2007年开始，先后在6个国家建有7个生产基地，辐射欧洲、非洲、南美洲、东南亚等区域，这一系列海外战略布局，有效地规避了贸易保护主义和贸易壁垒的阻碍，降低了生产成本，实现了销售额

和利润的快速成长。数据显示，美的海外业务占整个集团业务的40%，2015年出口额达80亿美元，在国内家电行业排名第一。2001年，土耳其针对中国企业设置了眼镜贸易保护措施，温州明明光学有限公司在土耳其投资，建立起该国第三大眼镜生产企业。

（二）降低生产成本

当前，制约民营企业发展的最大因素就是成本高，降成本既可以直接提高企业盈利，增强企业造血能力，又可以为企业可持续发展打下坚实基础。降成本也是供给侧结构性改革的重要内容。近几年，企业成本快速增长，尤其是土地、社保、人力等刚性成本相比东南亚和非洲，已经没有优势。在行业普遍利润较低的情况下，民营企业自然愿意眼光朝外走出去，降本增效。天津彤力盈公司在国内月雇工成本为每人600美元，而缅甸仅为80美元，该公司以月工资100美元很快就能在缅甸招满工人。陕西德融科技信息发展有限公司是一家专业从事黄连木籽油生产生物柴油等生物质新能源研发、销售的高新技术企业，公司充分利用瓦努阿图、汤加等国富产麻风果、木薯等能源作物的优势，在两国投资建立了4万吨的生物柴油建设项目和5万吨的纤维乙醇建设项目。

（三）产品国内市场受限

相比发达国家，目前国内在部分市场进入方面门槛较高、管制仍然偏紧，受各方面因素制约，一些领域和部分市场对民营企业封闭，民营企业相关产品和服务难以在国内获得应有的发展，企业只有远走海外，拓宽国际市场，寻找发展之路。天津的工合聚能石油精化有限公司自主研发的化学降粘助采增油技术，能够有效化解稠油开采难题，由于中石油、中石化不接受该项技术，在该项技术在国内推广无望的情况下，该公司只能将此技术推广到国外大石油公司使用。

（四）利用优势产能

经过改革开放 40 多年的发展，我国已经形成了相对比较完备的工业体系，特别是民营经济聚焦的领域形成了一批具有比较优势的产能。这些优势产能在其他发展中国家也是财富，通过有序利用就可转化为现实生产力。如乌兹别克斯坦的畜牧业发达，但皮革加工落后，浙江南龙皮业有限公司为了解决国内原材料不足而在乌兹别克斯坦建厂，立足当地市场后，又通过输出国内优势生产线，陆续开发了 8 个项目，既有在技术、设备、工艺等方面明显超过当地水平的制革、肠衣、铜制品等优势项目，又有瓷砖、手机等填补当地产业空缺、具有市场潜力的新项目。

（五）提升市场竞争力

相比发达国家的跨国企业，我国民营企业短板非常明显，具体表现在品牌不响、技术不强、渠道不畅上。要想成长为世界级企业，就必须要走向世界，获取先进的技术、品牌、资源和渠道，来提升核心竞争力。浙江的万事利集团主要生产丝绸制品。该公司为获取品牌、技术、人才等战略要素，提高国际经营能力，实现跨越式发展，于 2013 年收购了一家法国丝绸企业，该公司专为国际奢侈品牌提供丝巾生产设计等服务，已有 120 余年历史。收购后，万事利产品实现了"中国丝绸法国制造"，极大地提升了企业的品牌影响力。浙江的卧龙控股集团有限公司 2011 年完成了对欧洲第三大电机生产商 ATB 公司驱动技术股份集团的并购，并购额达 1.44 亿美元，通过收购获得了高端电机的核心技术和市场份额，突破了技术垄断，推动了自身转型升级，企业因此被评为年度中国民营企业海外并购十大案例之一。

（六）实现全球产业布局

从国际环境来看，我国仍然是全球产业转移的最大受益者，工业制造基础能力相对来说雄厚，这为我国经济转型提供了产业基础，但作为全球十多年的制造大国，已开始面临美国制造业回流，东南亚、南亚及非洲地区国家具有强有力的制造业竞争力，且竞争更为激烈，我国产业经济转型外部环境不容乐观。一些企业开始谋划全球产业布局，以谋求提升在全球产业链分工链条上的位置，进而实现向高端产业和产业链顶端跃迁。浙江的正泰集团为实现成为全球领先的清洁能源与智能电气系统解决方案供应商的目标，加大了国际工程投资力度，构建全球研发体系，在海外投资10多家子公司，构建了多层次的国际营销网络，在俄罗斯、捷克、西班牙、巴西等80多个国家和地区设立销售子公司和物流基地，改变依靠国外经销商代理的单一模式，由单一卖产品向EPC总包"交钥匙"，向运营电站收电费"卖服务"转型，延伸了产业链，实现了集团国际化布局。

此外，为改善生活环境、实现子女教育、增强财产保障，进行投资移民，也成为部分企业走出去的动因。

二、民营企业参与"一带一路"建设的现实路径

随着"一带一路"建设的逐步实施，沿线各国对此寄予厚望，纷纷提出优惠措施吸引我国民营企业和社会资本前去投资兴业。不少企业结合行业特征和企业特点，积极探索"走出去"发展的新路径，初步形成了由最初的单打独斗、绿地投资为主转变为并购、合资合作、集群式"走出去"并重的局面。

（一）直接投资型

直接投资型就是通过直接投资，设立海外生产基地，实现国际国内两种资源、两个市场的优势互补。广东的巨大集团是一家长期从事电子类产品生产和销售的公司，在巴西与当地企业合资投产液晶电视及音响产品的组装线，由原来在国内生产整机出口到南美的综合税率近50%，通过散件出口再到巴西组装，变原产地为巴西，产品的综合税率（关税）接近零，取得了极大的价格竞争优势。青岛金王集团旗下的应用化学股份有限公司为降低生产制造成本，实现产业升级，

2006年在越南投资设厂，劳动力成本大幅降低，不仅享受进出口免关税，同时企业所得税从正式投入运行起享受12年优惠期限（从盈利之年起3年免税，此后7年享受7.5%的所得税优惠，剩余优惠期内所得税不超过利润总额的15%，优惠期限后的所得税税率为22%），由于其产品大多销往东南亚市场，供应周期也相应缩短。福建峰亿轻纺有限公司得知东南亚对欧出口将实现零关税后，于2011年果断在柬埔寨投资建厂，将大量的产品订单转移至柬埔寨生产，已拥有35条生产线，3 000名工人，年产值3 500万美元。这类企业多以产品附加值较低的制造业为主。

（二）抱团合作型

抱团合作型就是以龙头企业和工业园区为依托，带动中小企业集聚走出去。温州民营企业数量多、规模小、分布行业广，它们发挥"能抱团、善办商城"的传统，1998年在巴西开办了第一个境外中国商品城，带动了产品出口。目前温州市在"一带一路"沿线区域已经建成了3个国家级境外经贸合作区和1个省级境外经贸合作区，总建设面积将近10平方公里，成为了全国拥有最多国家级境外园区的地级市。浙江华立集团在泰国建设了泰中罗勇工业园，吸引汽配、机械、家电等近4 060家中国企业入园设厂，集工业区、保税区、物流仓储区和商业生活区于一体，既能使企业抱团规避风险，又能享受园区特殊的"八免五减半"税收优惠政策。江苏红豆集团在柬埔寨建设的西哈努克港经济特区，截至2017年底，吸引了来自中国、欧美、日韩等国家和地区的服装、箱包、制鞋、电子等类入区企业118家，为当地提供了近2万个就业岗位。山东桑莎制衣集团2011年开始在柬埔寨投建园区，联合中国境内多家面料、辅料、服装加工企业入驻，形成了以服装加工为龙头，集纱线、面料、辅料、成衣、物流于一体的完整产业链，该园区最终经柬埔寨政府批准为桑莎（柴桢）经济特区，享受零关税待遇，形成了中小企业在海外的综合竞争优势。这类企业多是依托龙头企业，以海外园区建设为主。

（三）资源收购型

面对国内能源资源日趋紧张，一些成本驱动型企业危机意识较强，希望通过走出去获取境外优质矿产、能源、农牧等资源，延伸产业链。深圳正威集团是一家以有色金属完整产业链为主导的全球化集团公司，自1997年OEM、ODM生产起步，2003年开始向产业链上游扩张，先后在大洋洲、非洲、南美洲购买了大量的矿产资源，2007年正式进军欧洲市场，2010年在中国香港、瑞士日内瓦、新加坡等地建立贸易平台，围绕市场、人才和管理的国际化，实施"大增长极、大产业链、大产业园"发展战略，实现了产业链的全球配置。青岛恒顺众昇集团2012年投资设立恒顺新加坡公司，开展境外矿产资源项目收购，至今先后在印度尼西亚收购了3 462公顷煤矿、2014公顷镍矿和476公顷锰矿，为其电厂及冶炼项目提供了稳定的基础原料。重庆博赛矿业（集团）、有限公司收购西非加纳铝矿公司，获得约1亿吨储量优质高铝低硅的铝矿资源。这类企业一般为能源资源依赖型企业。

（四）技术兼并性

相比国外，国内企业核心技术不强，容易受制于人，一些企业选择走出去兼并收购海外高科技公司以掌握核心技术，增强国际竞争力。西安通源石油科技股份有限公司是一家以油田增产技术研发、产品推广和作业服务为主的民营企业，2014年企业投资7 500万美元，收购了美国具有先进技术和服务能力的优势企业——安德森有限合伙企业（API）66.75%的股权，收购完成后，2014年API业绩创造历史新高，产值达1.15亿美元。广东伊之密是一家专注于"模压成型"专用机械设备的集设计、研发、生产、销售及服务于一体的高新技术企业，2011年成功收购了美国百年企业HPM的全部知识产权，在美国俄亥俄州建立HPM北美公司，聘用原公司管理人员和技术人员进行新产品研发及售后服务，把生产基地设在中国，既保护了自己购买的核心技术不流失，同时又有效控制了生产成本。吉利集团2010年以18亿美元收购沃尔沃汽车集团全部实物资产和无形资产，包括3家工厂、1万多项专利，完整的研发体系、供应链、员工培训体系、安全试验中心、大型试车场以及遍布全球的销售与服务网络。这些企业多以制造业和高科技企业为主，产品附加值较高，具备较强的对外投资能力和资源。

（五）统筹整合型

为了充分利用海外高端的人力资源和技术，一些企业走出去建立研发中心和营销网络以整合资源来提升产品的附加值，"不求所有，但求所用"。山东盛瑞传动股份有限公司是国内重型发动机零部件大型骨干制造商和汽车自动变速器科研制造领域的领军企业，通过国际化产学研战略合作，先后在德国、英国等地成立研发中心，整合吸纳了世界先进的人力和技术资源，其研发的八档自动变速器打破了国外汽车在该领域的技术垄断。三胞集团在美国、英国、以色列以及中国香港等地完成了市值近70亿美元的海内外并购，收购商贸流通、健康养老等企业股权，海外员工超过2万人。大连远东工具有限公司2008年仅以920万欧元收购欧洲著名的工具企业沃克公司，保留了所有销售人员及营销渠道，一跃成为全球规模最大的高速钢刀具生产企业。这些企业多以技术密集型制造业和商业模式创新的服务业为主，亟需获得技术、品牌、市场等资源要素。

（六）配套协同型

一些企业走出去参与"一带一路"建设，并不是落后产能的转移，一些在国内拥有富余的基础设施建设、房地产等产业链较长行业优势产能的民营企业通过对外承揽海外工程，协同带动产业链上下游企业的装备、产品、服务"走出去"。西安达刚路面机械股份有限公司是一家专业从事公路筑养路机械设备开发设计、生产、销售、技术服务和海内外工程总包为一体的高新技术企业。自2011年以来，公司与斯里兰卡国家公路发展局签订了多项"道路升级改造工程"合同，合同金额近4亿美元，带动了与企业关联的工程设计、施工、维护等诸多中小企业共同走出国门，开拓海外市场。山东青建集团在30多个国家和地区开展建筑业工程承包和劳务合作，平均每年劳务输出5 000余人，带动中小企业走出去达150多家。沈阳远大铝业工程有限公司依托多年建筑幕墙行业发展优势与全球系统整合之力，在幕墙总承包工程营业额、海外承包工程营业额、总设计营业额、海外设计营业额等方面多年保持业内全球领先地位，主导国际建筑幕墙工程市场，稳居世界幕墙第一。这类企业一般主要从事工程类、产业链条较长的总包类业务。

（七）产品引领型

这是未来一段时期我国企业真正走国际化发展道路的一种重要形式。深圳华为1987年成立以来，长期致力于研发投入，持续构建产品和解决方案的竞争优势，截至2016年底，华为在全球168个国家有分公司或代表处；在美国、欧洲、日本、印度、新加坡等地区构建了16个研究所、28个创新中心、45个产品服务中心，拥有7万多人的全球最大规模的研发团队，每年将销售额的10%投入研发，累计获得专利授权36 511件。过去10年，华为累计研发投入250亿美元。正是依托不断领先的技术优势，产品和解决方案已经应用于全球170多个国家，服务全球运营商50强中的45家及全球1/3的人口，成为全球领先的信息与通信解决方案供应商。青岛金王集团原是一家生产蜡烛制品的小作坊，在发现欧美市场每年有上百亿美元的市场需求后，专注研发和品牌投入，其产品销量国际市场份额现已占到第二位，产品标准已上升为国际标准，拥有1 200多项专利产品，是美国沃尔玛、瑞典宜家家居及法国家乐福等26家世界500强企业在日用消费蜡烛类产品最主要的供应商。这类企业往往具有直接的产品成本优势或技术比较优势，由产品国际化走向了技术、人才、管理和品牌的国际化。

（八）海外融资型

这可能是具备条件的优质民营企业走出去的一条重要途径。广东迈瑞公司是一家中国医疗设备制造商，2006年成功在美国纽交所上市，利用海外资本市场便利的融资条件，在2008年收购了一家美国医疗器械商（Datascope）的生命信息监护业务，一跃成为该领域全球第三大品牌。陕西鼎天济农腐殖酸制品有限公司是一家专业经营腐植酸有机肥料的高新技术企业，产品市场需求旺盛，企业在2007年通过反向收购，登陆美国OTCBB市场，2009年11月公司成功转板到纳斯达克主板交易，截至目前，公司共进行了两轮海外融资，融资金额达数千万美元。这类企业多以获取海外资本市场支持，走本土化发展道路为目的，主要集中在资本密集型和技术密集型企业。

当前走出去的民营企业已遍布"一带一路"沿线国家，但投资区域化特色明显，其中在我国港澳等地主要以设立窗口公司为主；在东南亚、中亚、南美、非洲等地主要以共同促进产业升级为主；在北美、欧洲等地主要以建立研发中心、营销网络为主。值得注意的是，在"一带一路"沿线，相比较"一带"，"一路"沿线的条件更为成熟，越来越多的龙头企业通过建设工业园区、商贸物流园区的方式，吸引产业链上下游的中小企业走出去。

三、民营企业走出去参与"一带一路"建设的成功经验

当前，民营企业走出去参与"一带一路"建设仍然处于转换机制、学习和适应"国际惯例"的成长期。深入研究走出去企业的成功经验，具有很强的借鉴意义。

（一）走出去就要有跨国战略思维

一是有国际化的战略视野。任何国家的企业在走出去以及对外经济开放中，现代跨国公司都非常重要。但我们走出去的民营企业中，有的仍然是家族式企业，与现代跨国公司体制相比还有一定差距，必须要进行体制改革，形成中国现代跨国公司体制，体现"中国范"。江苏亨通集团董事局主席崔根良说，"经济全球化时代，一个企业不融入世界格局，自身的生存和发展就很难得到延续，你今天不搞国际化，明天就可能成为别人国际化的一部分"。目前亨通集团在全国13

个省市和海外6个国家或地区设立研发产业基地，占国内光纤网络市场的25%、全球市场的15%，其围绕"5-5-5"的国际化目标（50%以上的国际市场、50%以上的国际资本、50%以上的国际化人才），产业布局欧洲、南美、南非、南亚、东南亚等国家和地区，在全球30多个国家设立营销技术服务分公司，在119个国家注册商标，业务覆盖130多个国家及地区。二是培育国际经营人才。培育国际经营人才应包括培养和用好投资国的人才。天津聚龙集团大胆吸引和起用不同国籍和文化背景的优秀人才担当重任，创建了具有中国特色的"团长+政委+参谋长"的协同管理模式，即聘请当地具有资质的资深经理人担任"团长"，负责种植园的经营运作；由国内外派管理人员担任"政委"，负责综合管理与协调；由通晓中国和印度尼西亚两国语言且具备专业水准的东南亚华裔员工担任"参谋长"，辅助决策与沟通，为国际化发展打牢人力资源基础。青岛特锐德电气股份有限公司为打开海外营销渠道，在中国香港成立控股公司，将49%的股权平均分配给10位拥有营销经验、熟悉本地市场的外国人，再由这些人分别成立本土公司。通过这样一个特殊的股权结构设计，公司在北美、大洋洲、非洲等地建立了200多人的营销团队。三是依靠核心竞争力。新疆特变电工公司依靠"输变电高端制造、新能源、新材料"一高两新核心技术、系统集成技术和品牌，先后获国家科学技术进步特等奖1项、一等奖4项，在中亚、南亚、非洲等17个国家承接电网、火电站、太阳能光伏电站等工程项目，其高新技术产品先后进入美国、印度、俄罗斯、巴西等60余个国家和地区，逐步把节能化、智能化、自动化电力建设的技术、标准和经验输送到世界各地，现已发展成为世界输变电行业的龙头企业。

（二）走出去必须注重风险防范

从我们以往"走出去"过程中的经验教训来看，民营企业由于国际交流能力较弱，对国际市场规则和投资国的宏观环境缺乏了解，在决策时没有进行风险评估，也没有进行可行性评价，导致一些重大的投资造成了一定的损失。因此，提高风险意识、健全防控机制，是企业走出去实现稳健发展的基本保证。研究发现，成功走出去的企业普遍重视法律，强调在投资前认真做好法律尽职调查。天津德利得公司在开发利比里亚铁矿项目时，专门成立了法律部，对项目长期进行跟踪和把关，扫清招投标过程和未来投资运营中的法律障碍。与该国政府签订的矿产开发协议，获得该国议会批准后经总统签署为特别法案，使投资项目得到了法律上的最高保障。

（三）走出去需要实施本土化战略

不少企业认识到，企业走出去后必须在用人、经营管理、企业文化等方面努力实现本土化，尊重东道国当地的风俗文化、宗教信仰、消费习惯和市场规则，重视为所在国的经济、民生做贡献，才能行稳致远。一是要实现经营管理本地化。吉利集团在并购沃尔沃后，采取"沃人治沃、放虎归山"的做法，降低了投资风险，实现了新的发展。陕西宝鸡专用汽车有限公司表示，国外劳工组织特别是工会很强势，要多听取它们的意见，在国外尤其是要和它们处好关系，这样会免去很多麻烦和风险。二是要推进文化融合。企业走出去参与"一带一路"建设，必须要真正融入当地生活，实现文化融合、扎根本地。浙江富通集团在德国收购一家族酒店后，项目负责人为感恩原酒店经营者，主动祭奠其先人，对方感动之时，主动提出义务为酒店提供管理咨询。天津彤力盈进出口有限公司在缅甸投资建厂，股东既有中国国内伙伴，也有配件供应商、行业营销专家和当地商界领袖，人和优势凸显，企业不仅顺利从当地政府拿到优惠政策，还贯通了企业经营的上下游。三是要履行社会责任。天津中润华隆集团积极在赞比亚当地捐赠财物、整修道路、资助教育，发起成立文化和环境保护组织，它们帮助穆库尼部落修建部落文化博物馆、保护古树、修路打井、建立自来水系统，在当地政府和人民心中树立了负责任的企业形象，该集团董事长被推举为赞比亚的外籍酋长。红豆集团、华坚集团、华立集团、特变电工公司等企业在东道国从事捐资助学、扶贫济困、服务社区等社会公益活动，对于树立企业良好形象，增强可持续发展后劲，具有十分积极的意义。

国有企业是我国经济的支柱，在走出去参与"一带一路"建设中发挥着主力军的作用。但民营企业反应迅速、市场敏感度高，容易被市场接受，走出去能够发挥探路者的作用，降低国家风险，是企业走出去的生力军。两者的走出去存在明显的区别：一是产权基础不同。国有企业产权属于国家，虽然近些年国有企业普遍建立了较为规范的现代企业管理制度，但部分国有企业经营管理者并没有担起经营管理的主体职能，甚至于有些时候是由国资委代表国家履行对国有企业资产保值增值、绩效考核的职能。随着近几年国有资产监管体制的逐步严格，特别是在当前外汇市场管制、对国有企业海外投资项目严格管控的情况下，一般涉及重大市场决策，往往要经过国内各种机构审批和合规性检查，这种繁杂的程序往往使得企业在国际市场竞争中错失良机。而民营企业由于产权明晰，企业家对企业生产经营和市场信息高度关注、决策更为迅速，往往更能把握时机，获得先机谋求发展。换句话说，国企拥有较好的装备、技术、人才、渠道和品牌基础，掌握的资源也比民企丰富，"先天好"，但民企则产权更加明晰、机制更加灵活，员工激励更加到位，对市场反应更加灵敏，"后天足"。二是目标不尽相同。国有企业走出去参与"一带一路"建设虽然也有利益层面的驱动，但更多是服务国家对外经济合作和政治交往大局，在国家层面，国有企业始终是推进"一带一路"建设的主力军。特别是在基础设施互联互通方面，由于投资大、项目工程量大，民营企业较少涉及，在这方面，国有企业承担了更多的责任。而在做产品、做产业、扩大市场方面，民营企业相比国有企业更有优势，它们更加注重自身利益。许多民营企业，本来就是做制造业的，特别是做消费品制造业的，在哪里投资合适、哪里有市场、怎样营销、如何开拓市场等，它们的反应都较为灵敏，而且有预算硬约束，委托代理关系清晰，风险更加容易得到控制。三是实施内容不同。"一带一路"倡议提出以来，国有企业特别是中央企业充分发挥自身优势，在基础设施建设、能源资源开发、国际产能合作等领域积极参与沿线国家开发，建设了一批具有示范性和带动性的重大项目和标志性工程。"一带一路"倡议提出后，3年共有47家中央企业参与了"一带一路"沿线国家1 676个项目，为促进东道国当地经济社会发展、民生改善发挥了重要作用。基础设施建设主要由国有企业承担。但基础设施互联互通之后，更重要的是产业的"落地生根"，没有产业部门，就谈不上"一带一路"的综合经济效益。优质产业落地，关键要靠民营企业。因此，基础设施投资建设与优质产能走出去要同步进行。在"一带一路"建设中，国有企业可以通过业务合作、合资办厂等形式与民营企业和社会资本形成业务上的联系或者产业上的分工协作。由于当前诸多国外政府对我国国有资本的限制，国有企业和民营企业可以在走出去过程中参与混合所有制改革，在海外形成混合所有制的跨国公司，既有利于避免国有企业战略决策的滞后，也可以规避国有企业海外投资的风险。

在这里，我们讨论民营企业和国有企业走出去参与"一带一路"建设的区别，不是说要肯定一方否定另一方，而是说国有企业和民营企业完全可以发挥各自优势，携手共进，共同走出去。

第三节 民营企业参与"一带一路"建设面临的问题和风险

研究表明，尽管民营企业走出去参与"一带一路"建设积极性越来越高，但民营企业走出去整体上仍处于起步阶段，自发、零散、"单打独斗"走出去的现象仍较突出，面临着不少困难和问题。

一、企业走出去参与"一带一路"建设在国内遇到的困难和问题

近年来，政府部门为企业保驾护航做了大量卓有成效的工作，但由于引进来是长期以来经济工作的重要方面，政府部门普遍缺乏引导服务支持企业"走出去"的有效经验，常常是摸石头过河，无法应对企业迫切的"走出去"需求，制约着"走出去"企业的发展。

第一，政策旧。一是有效政策供给少。很多企业反映，目前支持企业"走出去"的政策不足，很多政策仍主要集中于鼓励产品出口，对企业的商务活动和投资并购的实际支持较少，就是补贴也多是"事后补贴"，事前的风险投资引导资金少。优惠政策重鼓励企业走出去，但对企业走出去再回来的研究和支持明显不足。如中资企业控股的海外公司在我国投资时的国民待遇问题；中资企业控股的海外资源、能源运回国内的配额限制问题等。现有企业"走出去"政策法规体系是由过去境外投资管理体制演化而成，近年虽不断加大企业境外投资管理方式改革，实行以备案制为主，但根据国家发改委《境外投资项目核准和备案管理办法》、商务部《境外投资管理办法》的规定，企业对外投资的同一个项目，仍需根据不同的监管内容分别向两个部门申请项目或合同的备案核准，需提报两次材料，需获得两个部门的备案或核准答复。民营企业在进行境外投资的过程中，需要在投资主体等方面向多个国家机关申请审批，虽然备案后会给企业（在海外设立销售网点）奖励数十万元，但通常情况下报备耗时较长就会错过商机。二是支持政策多倾向于国企。如政策性金融保险机构支持国有企业的力度大于支持民营企业的力度，中国进出口银行、中国出口信用保险公司每年的境外投资贷款额度和保险额度总量一定，地方在支持大的国企项目后，很少还有留给民营企业的额度。政府专项扶持资金同样偏向于国有企业，国家外经贸发展专项资金、地方政府支持"走出去"专项资金等多用于支持国企项目，对民营企业支持不足。三是政策知晓度差。据不完全统计，10多年来，国务院和10多个部委相继出台了涉及"走出去"的政策文件130多个。文件出台密集，政出多门，条块分割，客观上没有形成合力。扶持企业"走出去"政策性资金和补贴也同样分散在多个部门，如外经贸发展专项资金、中小企业国际市场开拓资金、对外承包工程保函风险专项资金、对外承包工程项目贷款财政贴息、对发展中国家投资贸易专项资金等，给民营企业申报带来不便。同时，政策大多通过政务门户网站等方式向社会公开，缺少多渠道的宣传途径，包括一些综合服务性信息，如商务部逐年编制并在网站上公开的《对外投资合作国别（地区）指南》、中国出口信用保险公司发布的《国家风险分析报告》等直接服务走出去的重要信息资源，没有及时传递给民营企业和商会。

第二，融资难。一方面，国内金融机构境外服务能力不足。国内金融机构"走出去"步伐缓慢，在海外设立的分支机构和布局的经营网点少，所开展的海外业务和能力满足不了企业需要。截至 2016 年底，只有 9 家中资银行在 26 个"一带一路"沿线国家设立了 62 家一级机构，其中包括 18 家子行、35 家分行、9 家代表处。绝大多数企业反映，新设立的境外企业尚未在东道国建立良好的市场信誉，从境外银行获得贷款的难度很大。向境内银行间接融资是主要途径，且需要境内母公司或境内商业银行提供担保，如直接担保、备用信用证或融资性保函等内保外贷方式，但品种相对较少，而境外企业历史上形成的国外资产也无法用于外保内贷，企业往往较难获得融资。很多企业"走出去"以后，国外成为发展重心，资产集中于国外，而国外资产不能在国内金融机构进行抵押，企业难以获得贷款，发展受到较大限制。另一方面，国内融资成本高。无论政策性银行还是商业银行的贷款利率多高于国外。目前我国针对"走出去"的政策性银行有国家开发银行和中国进出口银行，这两家银行的服务门槛较高，民营企业一般难以企及。中国进出口银行陕西分行表示，民营企业"走出去"通常想以小博大，但以蛇吞象，净资产少、融资额大，银行认为风险很大，宁可不做也不能犯错。西安某家企业负责人表示，企业在收购美国一家高科技公司时，需要资金 7 500 万美元，企业先后与国开行等 8 家银行接洽均无结果，之后用个人股权在银行做了质押才拿到贷款。收购成功后，将海外资产注入上市公司，又历时 2 年之久。

第三，保险贵。虽然我国已经建立政策性保险机制，但不少企业对此并不了解，此外受保费成本、服务网点等因素影响，政策性保险机构难以满足企业在风险高的国家开展业务投保需求。目前在境外投资保险方面，只有中国出口信用保险公司开展境外投资项目的保险业务，范围仅限于战争、汇兑限制、政府违约等政治风险且费率较高。很多企业反映，对于风险较高地区的项目，中信保就会直接拒绝承保。还有个别省份的不少企业反映，目前不少内陆省份鼓励企业"走出去"，对"走出去"保险保费提供50%至80%的补贴，而个别省份政府经费紧张，不仅补贴少而且有封顶，企业获得支持有限。

第四，用汇难。目前国家对外汇使用管理仍相对较严格，国家外汇管理局及其下属单位在企业使用外汇的审批上手续复杂、效率较低，企业往往不能及时获得境外投资资金，以致错失商机。部分企业尤其是中小企业只能采取个人购汇的方式，而我国境内个人年度购汇总额为5万美元，这样的额度限制对于动辄成百上千万美元的商业需求而言只能是杯水车薪。很多企业不得已只能寻求非正式渠道筹集外汇汇出投资，资金成本提高很多且风险很大。绕开现行管理体制通过非正式渠道开展境外投资，也影响了投资效率。

第五，服务弱。一是政府部门统筹服务能力弱。许多省（市）政府尚未建立支持"走出去"的多部门联席会议机制或工作制度，各部门在信息、政策各方面缺少横向沟通与合作。地方政府对"高水平引进来"有兴趣，对"大规模走出去"却认识不足，工作着力点仍停留在招商引资上，对服务企业走出去不积极，也没有制定系统的服务政策和措施。二是外事和商务部门服务企业"走出去"尚需进一步加强。当前我驻外使领馆普遍还没有把服务民营企业的海外投资作为工作重点，有些使领馆仅将经过国内备案的投资企业和项目纳入服务范围。企业在境外投资、承包工程、劳务合作、申请外经贸发展专项资金时，商务部门都要事先征求驻外使领馆意见。据"走出去"的企业反映，使领馆能提供的所在国政策、法律、人文等方面的信息咨询和专业服务不多，同时还存在对民营企业的偏见，服务意愿不强。具体表现为：不大愿意出席民营企业与当地政府的商业活动，不大愿意为民营企业出具在国内进行融资、担保的有关材料等。三是中介服务机构的能力与水平滞后于"走出去"的需要。目前中介服务机构开展海外业务的能力普遍薄弱，缺乏国际化的律师、会计、税务、人才、知识产权、咨询、投行等中介服务机构，企业很难获得有效的中介服务。很多企业寻找服务都是"口口相传"，导致不少中介服务机构"坐地起价"，企业因成本原因难以接受服务。

第六，签证难。部分国家对我国企业"走出去"设障围阻，对因私护照的民营企业人员发放工作许可和签证控制较严，民营企业获得签证难度越来越大。而在国内，民营企业因私出国护照办理手续繁杂，APEC商务旅行卡需求大，但办理数量少，而且办理商务旅行卡仅限于少数企业高层。例如，个别省份绝大多数企业的主要贸易伙伴为中亚五国，这些国家对中国的劳务签证要求很严，办理难度大。目前民营企业到这些国家去，出国人员只能办理商务签证、旅游签证，不能从事劳务工作。一年的签证只能停留半年，且必须一个月返回中国一次，大大增加了企业的运营成本。

二、企业"走出去"在国外面临的五大风险

"走出去"面对完全不同的国情、政治、法律、文化、宗教和风俗习惯，商务活动往往"处处有险、步步惊心"，很多企业交了大量学费。

（一）政治风险

"一带一路"沿线国家大多为东南亚、中亚、西亚、南美、非洲等发展中国家和地区，有些国家政局不稳、政府腐败的问题较为严重，企业投资风险很大。不少民营企业抱着"胆大就赚钱"的心态，在这些地区开展投资，然而并没有建立相应的风险管控机制，缺少预警和预案，在发生政治、法律风险后措手不及，遭遇较大损失。例如，由于印度尼西亚渔业政策调整，单方面终止了与我国已签订的双边渔业协定，致使福建省部分渔业公司与印度尼西亚合作远洋渔业和水产养殖的企业项目全面暂停，企业损失惨重。闽东汽车电器厂在也门投资建设钢铁厂项目，因受战乱影响几乎陷于停顿。

（二）外交风险

有些国家同中国存在一些争议，直接波及在这些国家投资的中资企业。福建

一家企业表示，企业自2007年起投资一家东南亚的铁矿，其间因为被投资国的领导换届等政治问题，引发了经济合作上的矛盾，企业几乎破产。

（三）法律风险

市场风险主要来自于法律方面，很多企业短期内不能适应别的国家的法律，经常受到法律问题制约。而西方资本主义国家政权大多代表国内大型企业利益，动辄使用政治资源干扰商业行为，给我国企业带来较大威胁。福建新大陆集团反映，美国和欧洲等国家对于我国的先进产品，常常采用"先让你的产品进来再进行打压收购"的策略。新大陆集团在拒绝美国霍尼韦尔公司的收购要约后招致该公司在美国的报复性知识产权诉讼，霍尼韦尔公司动用政治力量，导致新大陆集团在后续审判中十分被动。新疆天山电梯反映，企业在外投资开拓市场，因为不注重知识产权保护，被当地代理人利用英文和中文的差异恶意抢注商标（"天山电梯"的英文商标为"Tianshan Lift"，恶意注册公司"田陕立夫特"的英文商标也为"Tianshan Lift"），开设贸易公司倒卖天山电梯产品，企业利益受到很大损失。

（四）汇率风险

近年来，中国经济持续高速发展，人民币持续坚挺，而包括东南亚、欧洲、南美等很多国家的经济形势出现波动，货币相对人民币出现贬值，致使许多"走出去"的企业收归国内的利润出现较大程度缩水。例如，2014年末受国际油价暴跌和西方制裁影响，俄罗斯卢布暴跌，直接增加在俄投资企业如福耀玻璃的生产成本，间接影响在俄商品销售，延长投资成本回收期，严重影响在俄投资收益。俄罗斯卢布的大幅贬值，已导致蒙古国、哈萨克斯坦、白俄罗斯、吉尔吉斯斯坦等国家货币相继贬值，商家购买力下降，相应地提高了我国出口商品价格，削弱了我方企业出口商品的竞争力，很多贸易合同不能按期履约，部分履约客户货款不能按期到账。

（五）文化风险

有的企业将在国内的做法简单套用到目标市场，受到不少挫折。不少企业反映，"走出去"企业目标国有各自的特点，"走出去"企业若和对方企业在民族、文化、信仰、语言、风俗习惯等方面有契合点，生意就比较好做。反之，则投资经营风险较大。厦门一家企业反映，企业在委内瑞拉投资设厂，当地人收入不高却都有低保，因此挣够基本工资就不愿加班，对于加班这样在中国很平常的事情十分反感，企业遇到赶订单的情况往往十分头疼。

三、企业自身素质制约走出去

走出去对企业的综合素质提出了更高的要求，包括信息、人才、管理、知识产权等方面的企业自身素质的局限性直接影响了企业"走出去"的效率和效益。

（一）信息匮乏

商机即信息，获取有效信息是企业成功实现"走出去"的第一步。现在，许多民营企业信息获取不畅，走出去时主要依靠亲朋好友介绍项目，缺乏对项目可行性的有效评估，造成不少对外投资无果而终。有的中国企业信息无法互通，为争夺信息，在海外市场为争夺某个项目而进行内部价格倾轧，恶性竞争后导致两败俱伤，直接导致海外投资损失。新疆一家企业反映，其企业代理出口的北方奔驰卡车，在哈萨克斯坦等国就遇到中国另一家企业的价格战，汽车卖出"白菜价"，都挣不到钱。大型企业尚且如此，中小企业对于国外市场更是如同"盲人摸象"。相当多的"走出去"企业并没有在商务部门备案，商务部门与企业对接存在困难，也难以给予信息支持。

（二）人才紧缺

对民营企业而言，其在吸引人才方面与国有企业相比缺乏优势；若依靠自身培养，无论是资金成本还是时间成本都难以承受，同时还要面临"虹吸"现象。在东道国招聘员工，往往受多种因素制约，要么难以找到素质高的合适的劳动力、高级人才；要么人力成本高于国内，急剧增加企业成本。此外，一些企业表示，近些年随着海外投资规模的加大，技术工人也十分稀缺。福建一家企业反映，企业难以招聘到国际经营管理人才，致使公司收购日本一家企业后迟迟无法派出管理人员，无法掌握日本企业的实际控制权。西部不少企业均反映，由于相对偏远，人员招聘极其困难，如招聘大学毕业生，外地生源根本不愿意来，本地生源稍有能力也都离开，企业用人举步维艰。

（三）经营管理低端

我国一些企业特别是民营企业走出去没有关键核心技术和高端产品的输出，更没有形成有认知度的国际品牌。不少民营企业对外投资主要集中在服装纺织、箱包、石材、矿山等劳动密集型行业，不少企业是以设立境外贸易促销网点为主体，资本密集型投资少，高新技术投资更少。不少民营企业只是将走出去作为境内业务的一种补充，在面对国际市场时，仍然采用国内市场规则，产权关系模糊，财务管理不规范，经营机制未能与当地市场运行规则接轨，存在管理上的"水土不服"。尤其是在劳工保护、外资政策、文化背景、消费特点等方面缺乏深入细致的了解，容易造成管理漏洞，进而面临经济、社会、法律、安全等方面风险。

第四节　推动民营企业参与"一带一路"建设的建议

当前，民营企业走出去参与"一带一路"建设已经成为企业参与经济全球化的必由之路，是参与国际市场竞争的重要途径。在我国境外投资规模逐步扩大、国际社会贸易保护主义抬头的情况下，我国企业走出去将遭遇更多困难，必须要形成多方协同的工作体制和机制，就是政府"一带一路"规划指导，政府各个部门协同，跨国公司或者其他类型企业为主体，世界市场来调节，国际规则来规范。为此，提出如下四个方面的建议：

一、对于政府的建议，主要是加强顶层设计、统筹规划

在当前经济下行压力持续增大、部分行业产能出现严重过剩、投资意愿下降、市场需求不足的情况下，企业走出去谋求生存发展空间的愿望十分强烈，国家应当把"走出去"战略放在更加重要的位置，从政策、法律、体制机制上为企业走出去保驾护航。

（一）增强规则话语权

充分把握中国经济转型的内部需求和金融危机后全球再平衡的机遇期，塑造负责任大国的形象，在更为广阔的范围内提升制定规则的话语权。除了继续发挥 WTO、APEC、G20 等多边协议的作用，更加注重"一带一路"建设实施的重要作用，发挥好"一带一路"高峰论坛的平台作用，在国际重要会议倡议"一带一路"的理念，更好发挥丝路基金、亚投行等金融资源的牵引作用。

（二）完善国内法和国际条约体制

在国内法层面，修订完善《境外投资管理办法》，尽快出台境外投资促进法或类似法律，对我国企业境外投资的投资主体、投资形式、审批程序、融资税收政策、管理部门及职能、中介服务机构参与争端解决等做出法律规定。尽快修订《对外劳务合作管理条例》《对外承包工程管理条例》等单行法规和文件，为企业走出去和境外大项目合作提供系统性、综合性指导。在国际法层面，重视条约签订工作，提高对投资的主动性保护，形成宽领域、全方位、深层次的投资保护法律网络，搭建和利用好现有国际机制和合作平台，为企业规避境外投资经营风险、赔偿损失、解决争议等提供法律依据。加快推进"一带一路"沿线国家双边或多边投资保护和避免双重征税协定的商签进程，进一步扩大税收协定的覆盖范围，对企业遭遇的歧视性待遇及时进行外交磋商，保障企业海外权益。

（三）加强走出去工作的制度安排

整合各部门走出去职能，设立国家级海外投资促进机构，全面承担走出去管理和服务职能，统筹研究制定境外投资的总体战略和政策措施，并按行政区划建立相应分支机构，推进在重点国家（地区）设立代表处。建立走出去联席会议制度，政府部门之间要加强协调沟通，形成工作机制，有效整合资源，做好宏观指导。改进以GDP为主要指标的政绩考核模式，将当地民营企业在境外创造的价值纳入考核指标，有效提高地方政府推动企业"走出去"的积极性。

二、对政府有关部门的建议，主要是优化政策支持，打造综合服务体系

一是区别产业类型，加强分类指导。鉴于不同产业企业走出去的目的和方式不同，应加快出台指导、促进针对各类民营企业"走出去"的政策措施。对于和

发达国家存在差距的追赶型产业，应在融资和外汇方面支持其到海外并购，也可支持其到海外设立研发中心，直接利用国外的高端人才推动技术创新。对于技术处于或接近国际前沿的领先型产业，可利用财政拨款设立科研基金，支持与科研院校形成协作，进行新产品新技术开发所需的基础科研；也可支持相关行业的企业组成共用技术研发平台，攻关突破共用技术瓶颈。对于以劳动密集型出口加工业为代表的已经失去比较优势的退出型产业，可通过提供人才培训、展销平台，鼓励企业转向"微笑曲线"两端，协助加工企业利用其技术、管理、市场渠道优势，抱团出海到工资水平较低的发展中国家，利用当地廉价劳动力资源优势提高竞争力。对于人力资本需求高、研发周期短，有利于"弯道超车"，直接和发达国家竞争的产业，应提供孵化基地、加强知识产权保护、鼓励风险投资、制定优惠政策，支持国内外创新型人才创业，支持其在当地发展。此外，"21世纪海上丝绸之路"运输成本低、人口密度大、市场比较成熟；"丝绸之路经济带"人口比较稀少，市场相对不成熟，而且陆路运输的成本相对比较高。在指导企业走出去时，要充分考虑到"一带"与"一路"的区域分工，推动"走出去"的产业与国内产业形成分工和协作，注重带动国内产业升级和促进国内经济增长。

二是深化金融体制改革。相比产品走出去和项目走出去更高层次的是资金走出去，也就是贸易、投资、金融、产业分工协作走出去。要支持金融机构加快境外布局，逐步放宽对中资银行开展离岸业务的限制，允许更多的银行等金融机构在境外设立分支机构，或与境外金融机构建立合作关系，加快推进海外业务拓展。鼓励商业银行加大对企业境外投资的贷款支持力度，创新推出无追索权融资等贸易融资产品。商业银行在风险评估基础上，要探索以境外股权、资产为抵押提供项目融资，盘活利用企业的境外资产。鼓励发展多种形式的境外股权投资基金，采取债权和基金等形式，吸收社会资本参与。鼓励专业政策性银行创新金融模式，扩大内保外贷范围，拓展外保外贷业务，允许企业以境外和境内资产权益抵押申请境外贷款。创新出口信用保险产品，大力发展海外投资险，利用中信保等政策性金融机构，针对重点国别、境外经贸合作区和境外产业集聚区的海外投资风险提供保险保障机制。持续加强亚洲货币合作，推动人民币参与国际结算，减少汇率波动风险。

三是加强对走出去的财税支持力度。积极探索建立境外发展基金制度、投资损失准备金制度和海外收入税收减免制度，继续扩大外经贸发展专项资金投入规模，探索成立境外投资专项资金，从境外投资保费补贴、贷款贴息、前期费用补贴等方面加大对走出去企业的支持力度。扩大税收饶让适用范围，试点实施境外投资加速折旧、延期纳税、减免降低企业及境外员工所得税、关税、增值税等优惠性税收支持政策。探索建立海外投资准备金制度，允许企业根据境外投资项目和投资总额，按不同比例建立储备金，并允许企业对依法提取的风险准备金进行税前扣除。对"走出去"的民营企业试行资本项下的人民币可自由兑换，针对经营业绩较好的民营企业放宽在海外并购中的外汇汇出权限。

四是建立有利于"走出去"的社会化服务体系。充分发挥"互联网+"优势，完善对外投资信息咨询服务体系，探索建立涵盖走出去部门的综合信息服务平台，建立国别市场资源、自然资源、投资项目资源数据库，为"走出去"企业提供精准化信息服务。加强行业贸易预测与预警工作，及时收集和调查反倾销、反补贴、保障措施、国际贸易壁垒和国内产业损害信息，并做好有关国家工作和舆论引导工作，防止媒体恶意炒作，维护与企业驻在国双边关系。积极组织企业参加境外国别推介活动，对重点国家、重点企业开放民营企业因公出境渠道，给予快捷便利的签证审批。政府部门要鼓励和支持有关商（协）会、中介和信用保险机构，建立民营企业风险预警与信用风险管理平台，实现风险管理关口前移，对于纳入海外投资风险保障平台的重点项目，给予重点关注和项目跟踪推动。推进具备全球化能力和资质的本土会计师事务所、投资银行、法律咨询等中介服务机构的发展，为企业"走出去"提供法律、税收、会计、资产评估、工程咨询等服务。

五是加强人才队伍培养。建立创新人才培养保障机制，设立人才发展基金，鼓励学校、科研院所等机构与企业互动，引导企业员工参加国内外高等院校和专业机构培训，加快培养一批熟悉国际市场运行规则、了解东道国法律法规和文化、外语精通、业务熟练的国际化经营人才。组织国际人才交流活动，通过国外各种对华专项教育援助和交流项目，加大对境外高端复合型人才的引进力度。支持企业外籍员工到国内学习培训，提高外籍员工融入"走出去"企业的能力。

三、对社会组织和中介机构的建议，主要是规范服务行为，提高服务水准

一是充分发挥工商联服务职能。发挥工商联联系企业的优势，开展企业"走出去"愿望和需求调查。密切与政府部门的联系，及时获取海外投资信息，积极开展项目推介、风险预警、政策解读、境外考察等服务。加强与驻华使领馆及涉外机构的联系，配合驻外机构做好民营企业境外服务、管理、协调及信息报送工作。积极关注"走出去"企业在外的生产经营状况，建立企业健康档案和海外投资不诚信行为黑名单制度，促进"走出去"企业诚信经营、健康发展。定期组织企业管理层、财务人员培训，深入开展境外投资知识培训、财务知识辅导和征信知识教育，引导民营企业家熟悉国际惯例，掌握国际贸易规则和国际金融等涉外知识。搭建民企与国企的沟通桥梁，引导大企业带动中小企业、国企带动民企走出去，组织中小企业以产业链集群方式"走出去"。发现并树立"走出去"企业典型，总结经验，发挥示范带动作用。

二是进一步发挥行业商会的作用。充分发挥行业商会协调作用，以行业自律为纽带，加强企业之间的沟通与合作，建立企业联盟，共享信息，共御风险，维护投资秩序，避免行业内部恶性竞争。在"走出去"企业集中的国家，加强引导和指导，加快组建境外商会。延伸国内商会在境外的服务职能，加强与目标国政府、驻外使领馆经商处、目标国商会的沟通协调和交流合作，发挥商会在解决国际投资争议、贸易摩擦、法律纠纷中的支持作用。行业商会要密切关注中小型境

外项目在劳资关系、环境保护、安全生产方面的问题，提前做好排查和应急预案。支持大型项目参照国际惯例，加强和改进行业商会在信息透明度、社会责任、本土化等方面的工作。

三是提升中介组织服务能力。支持中介组织发挥专业优势，有重点地加强国别研究，探索政府购买中介组织服务的方式，鼓励企业更多依托中介组织成功"走出去"；提升中介组织在会计、法律、资产评估、风险投资等领域的服务能力，构建市场化、社会化、国际化的涉外中介组织体系。支持发展一批有能力承办国际业务的中介机构，在国际法律、会计、审计、评级、评估、金融等领域为民营企业"走出去"提供配套服务。

四、对于民营企业的建议，主要是苦练内功，提升自身素质

企业是市场活动主体，比如"一带一路"的基础设施联通、资金融通等，企业是主体，如何投资、生产、经营、销售、决策、成本控制等都是企业的事情，政府指导不能越俎代庖，更不能包治百病。民营企业要从自身实际出发，增强"走出去"综合能力，同时以企业走出去带动中国标准、中国技术、中国设计、中国经营、中国服务"走出去"，最终实现全产业链"走出去"。

（一）借船出海

充分发挥大企业大集团在资金、技术、管理、品牌、商誉、渠道、网络等方面的优势，在海外积极开展园区建设，为国内不具备单独"走出去"条件的企业搭建平台、提供服务，与产业链上下游中小企业合作，协同发展。让中小企业搭乘大型企业的船舶，增强"走出去"抵御风险的能力，提高盈利能力。

（二）借梯上楼

应善于借梯上楼，实现转型升级。互联网时代各个行业都在研究"互联网+"的模式。民营企业要培育互联网思维，积极进行商业模式创新，借助互联网融入全球经济。在"走出去"过程中，充分利用海外高端管理人才和研发机构，保留原公司管理团队和研发团队，有利于民营企业在海外迅速扎根、发展、壮大。

（三）借鸡生蛋

民营企业不要只局限于自有资金，要科学选择融资方案，合理规划自身资本、其他股东资本、银行资本、投资公司资本、短期长期债务、本外币等，降低和分散投资风险。在冲突多发地区投资避免重资产，要利用当地资源，实行海外投资轻资产化。轻资产不是虚拟资产。民营企业特别是一些大中型民营企业在"走出去"时，一定要考虑国家利益：一是对外投资项目要能够带动国内产业发展；二是投资的项目要有造血能力，营收和利润要回流，不能借"走出去"搞财富外流和个人移民，损害国家利益。

（四）充分评估投资风险

要做好项目可行性研究，这是"走出去"过程中必须做的功课。要重视防范法律风险，提前调研当地金融、贸易、投资、税收、法律以及市场准入、监管、行业、技术、标准等情况，了解东道国政策，尤其是投资、土地、用工等主要政策，做好投资前期工作，明确投资方向、投资方式、预期收益等事项，尤其是要避免拼凑高访成果、偏信抄底机会而盲目签约，要确保理性地"走出去"。此外，走出去的企业之间也要自律与协调，绝不能中国人之间搞恶性竞争或是"窝里斗"，损失国家利益。

（五）促进文化融合

遵守国际规则，加强企业社会责任意识。加强与东道国政府部门、工会组织、NGO等组织的联系，合理表达利益诉求，避免利益冲突。民营企业在"走出去"的过程中，应加强企业文化建设，汇集国内外优秀的文化基因，尊重当地文化习俗、节约资源、注重质量、保护环境、践行创新，促进东道国社会和谐，经济发展，树立中国民营企业的良好形象。

（六）要努力发展为全球公司

民营企业和国企都是中国的企业，有很大的互补优势，为更好地融入经济全球化进程和更多参与国际分工合作，民营企业可以考虑和国有企业混合经营，增强吸纳整合全球资源的能力，进而发展成为全球公司和现代跨国公司。

（执笔人：冯东海）

第十章

国际利益和跨国公司

跨国公司是国际资本的载体，已有的研究多将其看作单纯追求利润的主体，忽视了经济和政治的互动关系。本章从跨国公司和国家利益的关系出发，通过梳理跨国公司的发展历程，特别是重点分析各国跨国公司发展背后所发生的财富的分配和权力的转移过程，论证跨国公司是国家利益的重要组成部分。如果把跨国公司放到国际权力和财富的变革交替的过程中，不难发现，那些个叱咤商界的跨国公司，不过是恢宏历史图景中的一只小船，承载着财富和权力的梦想，驶向全球。不同于英美等国的发展经验，中国跨国公司在"一带一路"倡议下，秉承共商共建共享的理念，走出了一条包容发展的道路。

第一节　跨国公司的相关理论：经济学观点和政治经济学观点

主流经济学认为跨国公司之所以将生产经营分支机构布局在不同国家，主要是因为东道国存在母国不具有的区位优势，比如市场、劳动力、资源等因素优势，其中比较有代表性的理论主要有专有资产理论、内部化理论、产品生命周期理论[①]。（1）专有资产理论：又称垄断优势理论和所有权优势理论[②]，该理论认为企业的垄断优势和国内国际市场的不完全性是跨国公司进行对外直接投资的决定性因素，并强调跨国公司应该拥有某些特殊资产。因为与当地企业相比，跨国公司存在不熟悉东道国经济、社会、法律和文化条件等不利因素，所以只有具备能够为其在创新性、成本、财务或营销方面带来竞争优势的专有资产，才能够弥补其和当地企业竞争时的劣势。需要注意的是，专有资产的范围很宽泛，只要能为企业带来未来收入的资源和能力都可以理解成为专有资产。（2）内部化理

[①]　罗伟.跨国公司和中国经济的竞争力［D］.天津：南开大学，2014.

[②]　1960年美国学者海默（S. Hymer）在麻省理工学院完成的博士论文，对传统利润差异论提出了挑战。由于海默和查尔斯·金德尔伯格对该理论的巨大贡献，有时又称其为"海默－金德尔伯格传统"。

论①：内部化理论实源于产权经济学理论，该理论的重要贡献在于它们把市场交易内部化原理引入国际直接投资领域②。由于国际中间产品市场可能存在交易性和市场失灵，即市场无法以最理想的方式组织交易，所以许多中间产品交易成本非常高。当交易在企业内部进行的净收益可能超过同一交易由外部贸易关系实现的净收益时，该外部市场将被内部化，国际市场的内部化促使跨国公司的出现。（3）产品生命周期理论③：认为产品和生命体一样，需要经历从创新阶段到成熟阶段、标准化阶段的历程。产品在不同的发展阶段其竞争优势和区位优势并不相同，该理论从动态的角度考察了跨国公司的海外投资行为。到了20世纪70年代之后，跨国公司理论进入"百花齐放"阶段，有小岛清（1977）提出的边际产业扩张理论，尼克博克（1973）的跨国公司寡占理论，赫斯特（1971）的跨国公司平行联合体模型等。

　　然而不管是垄断优势理论、内部化理论、产品生命周期理论、边际产业扩张理论还是区域选择理论都只能部分解释特定历史阶段的跨国公司对外投资行为。后来约翰·邓宁借鉴和综合了以往跨国公司理论的精华，又发展了折中理论，将所有权、内部化、区位优势三种因素等量齐观，但是分析方法仍然是静态的。20世纪以来，国际直接投资理论界又出现了一系列影响深远的理论流派，其中具有代表性的有投资发展水平理论、发展中国家国际直接投资理论、竞争优势理论以及投资诱发要素组合理论。虽然各种跨国公司对外投资理论的视角不同，但是这些观点都是在经济学理性人假设下提出的理论，暗含着跨国公司是经济力量的必然结果。简单地说，经济学上对跨国公司的理解多是将其简化为追求利益最大化的经济主体，认为当国外投资的收益率高于国内，或者国外的成本低于国内成本

---

　　① 威廉姆森（Williamson）20世纪70年代将科斯（1937）的理论深化，指出企业组织结构的革新（包括创立一个内部市场）能够在很大程度上减少企业内部控制的损失。

　　② 英国学者巴克利（P. J.Buckley）和卡森（M. C.Casson）在1976年合作出版的专著《跨国公司的未来》中系统提出了内部化理论，该理论后由加拿大学者拉格曼（A. M.Rugman）在1981年出版的著作《跨国公司的内幕》中做了进一步的发展。

　　③ 美国哈佛大学学者弗农（R. G.Vernon）于1966年5月在《经济学季刊》上发表的《生命周期中的国际投资和国际贸易》一文中，首次提出了产品生命周期理论。

时，跨国公司就有动力进行对外投资。

那么现实中的跨国公司是在绝对完美的完全经济市场假设下进行投资决策的吗？答案自然是否定的，于是还有一部分经济学家考虑到各国的投资政策、税收政策对跨国公司产生的影响，并在此基础上发展了跨国公司的"公共政策理论"。该理论认为本国的公共政策会影响跨国公司进行对外决策：一方面是母国的税收政策的影响，比如税收减免、税收延迟和转移定价。比如美国20世纪60年代税法规定，跨国公司的国外和国内收入都将被征税，但是母公司通过子公司进行经营，只有当国外收入所得返回国内时才进行征税。此税收政策在很大程度上促进了美国海外跨国公司的扩张。而2017年美国政府的减税政策又从另一个方面诠释了母国税收政策对跨国公司的影响。此次美国减税最大的亮点在于刺激"美国跨国公司的海外利润回流"，将"属人制"改成了"属地制"，即只要在海外已经缴税，美国企业转回本国的利润就不用再缴，这是本次金融危机之后美国为了刺激本国经济，利用税法政策吸引跨国公司回到美国本土投资，最终带动国内的企业投资和就业以及居民收入增长的最新例子。Buettner和Ruf（2005）研究了德国跨国公司在其他欧洲国家的直接投资对税率的敏感度。研究结果表明，平均有效税率和法定税率对德国跨国公司在其他欧洲国家的选址具有显著影响，法定税率每下降10%，FDI则倾向于增加20%[①]，但也有实证研究显示税收政策的作用不那么明显。Lipsey（1999）研究了美国企业在10个亚洲国家的区位分布，发现市场规模、增长速度、人均收入、与美国的距离以及美国企业在东道国的税率能够部分解释美国在这些发展中国家投资变化，但是税收对FDI的影响并不显著。[②]不管怎样，公共政策理论为学界研究跨国公司提供了新的视角。

综上所述，经济学的理性主体假设只将跨国公司看作逐利的对象，没有考虑

---

① BUETTNER T, kUF M.Tax incentives and the location of FDI:evidence from a panel of German multinationals[G]. Deutsche Bundesbank Discussion Paper. Series 1: Economic Studies, 2005（17）.

② LIPSEY R E. The location and characteristics of U. S. affiliates in Asia [R].NBER Working Paper, 1999.

其背后的国家色彩，而公共政策理论虽然提及国内税法的影响，但是本质上和经济学观点一致，税收政策对跨国公司的影响本质上也是经济利益的影响。以上的理论分析其实都忽视了跨国公司背后蕴含的经济和政治互动，忽视了在以跨国公司为载体的对外投资过程中所体现的财富和权力的转移。于是国际政治经济学的兴起为研究跨国公司提供了新的视角，1975年现实主义的代表罗伯特·吉尔平在《美国霸权与跨国公司：对外直接投资的政治经济学》一书中首次提出了"国际政治经济"的概念，指出现代国际关系的动力很大程度上是经济和政治的互动结果，这种互动体现为财富与权力的关系。有意思的是，这本国际政治经济学的开山著作恰好是一部从国际政治经济角度解释跨国公司的奠基性著作，可见国际政治经济学与跨国公司是世界政治经济大变革催生出的一对孪生子[①]。查尔斯·金德尔伯格认为传统的厂商理论把分析建立在完全竞争市场之上，而跨国公司和对外直接投资的分析是建立在不完全市场假设之上的[②]，他引入了政府的视角促使学界进一步思考跨国公司与母国或东道国政府之间的关系。苏珊·斯特兰奇强调安全、生产、金融和知识四大结构性权力，并从四大结构的角度分析国家和市场之间的关系，指出不同结构与主权国家及跨国公司之间的互动联系及其对国际关系的影响。[③]还有部分学者从依附论的角度来研究跨国公司和国家之间的关系，认为跨国公司的发展会进一步深化中心国家对边缘国家剥削和控制的关系。随着附属国的国内和国际结构受跨国公司、国际商品以及资本市场影响的加强，依附性的结构就会加深，附属国就会仍然处于不发达的状况。[④]

近年来，国内已经开始有学者关注跨国公司和国际利益之间的关系。余万里

---

① 黄河.国际政治经济学视角的跨国公司理论：基于文献述评分析 [J].上海商学院学报，2013 (6)：17-24.

② 金德尔伯格 C.1929—1939年世界经济大萧条 [M].宋承先，洪文达，译.上海：上海译文出版社，1986.

③ 斯特兰奇 S.国家与市场 [M].杨宇光，等，译.上海：上海世纪出版集团，2006.

④ 王正毅.国际政治经济学通论 [M].北京：北京大学出版社，2010.

（2003）提出了跨国公司国际政治经济学的概念[①]。跨国公司是对外直接投资的重要载体，钟飞腾（2010）从分配效应的政治经济学和政策效应的政治经济学角度分析了对直接投资的影响[②]。总的来说，国际政治经济学作为国际政治学的一个重要分支学科，其理论体系发轫于三大知识传统，或者说受到三大意识形态的浸润，即现实主义、新自由主义和新马克思主义。关雪凌、张猛（2014）认为这三种理论模式及上述三个领域的研究构成了关于跨国公司的国际政治经济学理论研究的主体，其核心仍然是"跨国公司与民族国家"的关系问题。在推动经济全球化发展的进程中，发达国家跨国公司以对外直接投资为载体直接服务于其母国利益，主要表现为：跨国公司通过国际分工操控全球财富分配，从而增加母国财富；跨国公司极力淡化其资本的"国籍"进而加速全球扩张；跨国公司与母国政府形成一个利益共同体，从而成为东道国的一柄"双刃剑"[③]。

虽然国内学者已经开始关注跨国公司和国际利益之间的关系，但是总体来说，目前学界对于跨国公司的研究还主要集中于经济学的分析研究框架之内。本章将尝试突破经济学的分析框架，先从跨国公司的历史经验中寻求线索，结合世界经济格局的发展脉络，把跨国公司嵌入历史的图景中，从一个更为宏观的视角来看待跨国公司和国际利益的关系。跨国公司不仅是经济学完美假设下抽象追求利润的主体，更是一个历史变革的参与者和见证者，参与了国际格局的变迁，并在其中扮演着不可或缺的作用。本章的创新点：一是强调跨国公司的政治和经济的互动关系，突出跨国公司的对外投资和国家利益之间的关系；二是将跨国公司的发展嵌入到大国兴衰的历史图景中，通过梳理不同历史时期英国、美国和新兴经济体跨国公司的发展历程，展示跨国公司和国家兴衰的关系；三是指出中国跨国公司在"一带一路"倡议下，秉承共商共建共享的理念，走出了一条历史上少见的包容发展的道路。

---

① 余万里.跨国公司的国际政治经济学 [J].国际经济评论，2003（2）.
② 钟飞腾.对外直接投资的国际政治经济学 [J].世界经济与政治，2010（12）.
③ 关雪凌，张猛.发达国家跨国公司是如何为国家利益服务的 [J].政治经济学评论，2014（7）.

第二节　跨国公司发展的历史经验

现代公司最早可以追溯到16、17世纪由英国人和荷兰人发起的航海探险。英国东印度公司创建于1600年，荷兰东印度公司创立于1602年，这两家欧洲公司在接下来近两个世纪的历史长河中垄断了欧洲和亚洲的贸易。荷兰东印度公司占据了印度尼西亚贸易额最大份额，而英国人则垄断了与印度和中国的贸易。英、荷两国政府为本国公司在全球贸易中的利益服务，两国的纳税人用自己的金钱支持海军保卫由贸易公司发展起来的殖民帝国。虽然西班牙和葡萄牙是最早进行新世界探索和拓展海外航线的国家，但是荷兰和英国却后来者居上，最终垄断了全球的贸易，同时还扮演着殖民统治者的角色，一个非常重要的原因就是英、荷两国特有的公司制度，特别是公司自身的金融安排和组织架构的发展。其跨国公司逐渐演变成国家工具，将其自身嵌入当时欧洲文明的梦想和野心。

虽然当时英、荷这两国的跨国公司不大符合现在学界对跨国公司的认识，还没有在海外设立分支机构和开辟海外市场。但如果从目标来看，它和现代的跨国公司在全球范围内追求利益、获取财富在本质上是一致的；只是当时局限于技术或者交通成本等原因，没有在全球建立今天我们所熟知的遍布全球的海外分支和研发基地。如果抛开不同时代跨国公司在全球的表现形式，单从全球获利的企业目标以及对全球经济的垄断性来看，当时这两国的跨国公司绝对可以称得上是跨国公司的雏形，这也就意味着，跨国公司从成立之初就和国家利益绑定在一起。财富和权力是国家利益的核心，但与财富不同，权力是不能被量化的，汉斯·摩根索在《国家间政治》中对权力的定义为"人们对其他人的思维和行动的控制力，权力如同财富一样，是导致某种特定结果的能力"[①]。跨国公司恰好又和财富与权力都有着扯不断的联系，财富是权力的基础，权力是财富的保障。跨国公

---

① 摩根索H.国家间政治 [M]. 徐昕，郝望，李保平，等，译.北京：北京大学出版社，2007.

司在权力的庇护下承载着资本和财富，漂洋过海寻求更丰厚的投资回报。同时，跨国公司又利用其强大的财富实力影响或改变着权力。当权力从国内延展到东道国，扩散在国际领域，这种财富和权力的相互影响就构成了国际竞争力。

历史是昨天和明天的对话，本节希望通过梳理跨国公司的历史发展及其背后的财富和权力转移过程，能对理解当下和未来的全球跨国公司发展有所启示。

一、跨国公司：英国维护海外利益的国家工具

17世纪后期到18世纪，欧洲五个沿海国家——葡萄牙、西班牙、荷兰、法国以及英国，一直在为争夺亚洲和美洲的经济利益而斗争，为控制海外帝国和欧洲的霸权战争不断，直到最后剩下了一个在欧洲大陆拥有支配性力量的法国和一个支配着公海的新兴挑战者英国。尽管两国实力都不断增长，但是到了1750年之后，英国凭借着本国工业革命的发展以及对海外通道的控制权，实力大增。当时，对于未来的国际经济，法国和英国都有各自的设想。基于工业革命发展起来的生产性技术以及在海洋上的海军实力，英国渴望建立一个以英国为核心，立足贸易、开放、相互依赖的世界经济体系，目标自然不是提高各国福利，而是强化和巩固英国在全球的财富和权力。同样，处于欧洲大陆的法国拿破仑也想建立一个以法国为中心的世界经济体系，途径是建立一个封闭的大陆经济体系。但是随着滑铁卢战役的失败，一个衰落的法国再也无力抗争一个正在崛起的英国，世界上再无国家能对英国的世界经济霸权提出挑战。

英国对跨国公司的设想和亚当·斯密自由贸易理论密不可分，自由贸易理论认为贸易创造的财富来源于货物的交换，而不是占有领土。帝国和领土的控制成本要远远大于收益，并且妨碍了贸易的自由，而英国的优势在于制造业而非帝国。因此，英国应该建立一个基于自由贸易和非歧视对待的国际经济体系，英国基于自身的技术和资源优势，处于核心地位，向发展中国家出口劳动力、资本和

商品,并廉价购买自己所需要的商品。正如经济学家斯坦利·霍夫曼所说:"不受约束的商业,使得全球不少地方成了理想的附庸国。"①随着英国工业革命的不断扩散,19世纪后半期英国的跨国公司进入了迅猛发展阶段。这些跨国公司技术先进、资金雄厚,成为现代跨国公司的先驱,比如英国的尤尼莱弗公司、帝国化工公司以及一些石油公司都纷纷在海外投资建厂。英国经济学家史丹莱·杰温斯描述英国19世纪中期成为"世界工厂"时写道:"美国和俄罗斯的平原是我们的粮田;芝加哥和敖德萨是我们的粮仓;加拿大和波罗的海沿岸是我们的林木生产者;在澳大利亚和新西兰放牧着我们的羊群;在阿根廷和北美的西部大草原放牧着我们的牛群;秘鲁运给我们白银,黄金则从南美和澳大利亚流到伦敦。"②巨大的海外利益造就了大英帝国的辉煌,但是伴随着跨国公司海外投资,前期使得英国的海外投资回报率丰厚,积累了财富;后期为何又出现了工业和经济权力的滑坡,导致其被美国接替呢?英国的衰落是个很难回答的问题,如果只从对外投资的角度来看,这与英国过分重视海外投资有关,19世纪后期和20世纪早期英国对自己对外投资不断增加的情况所进行的战略准备不足。英国在海外投资的后期海外投资利润下降,竞争力有所下降,其时英国面临着两个选择:第一种是英国可以出口积累起来的资本,通过提高海外收益促进发展;第二种选择就是转回关注到英国本身,复苏英国的经济,在国内实现收入的再分配③,但是英国的金融精英和政治精英更多地支持了第一种选择。

纵观英国跨国公司的海外投资进程,可以发现英国的海外投资主要基于四个条件:一是有利的国家秩序。拿破仑战争之后,整个欧洲大陆再也没有国家可以抗衡英国的实力,英国的全球霸主地位得以保障。试想如果当年拿破仑在他失败的地方获得了成功,统一了欧洲大陆,那么英国不得不削弱其工业产能并减少资本出口,对其进行抗衡。一个相对稳定和友好的周边环境也至关重要,英国的对

---

① STANLEY J. The Goal Question [M]. London: Macmillan, 1906.

② 周一良,吴于廑.世界通史资料选辑 [M]. 北京: 商务印书馆, 1972.

③ JOHN S.The End of Empire [M]. New York:Praeger, 1964.

外投资要依赖于强大的海洋实力，必须拥有海上控制权或者是和海洋强国的友好关系，才能保障英国海外资产的安全和利润。拥有一个有利于英国的国际秩序，英国的海外投资才能进行并扩张。一旦条件发生了变化，其海外利益必然受到损害，同样也意味着英国的权力受到削减。二是国内财富的积累。海外投资的一个根本动力就是海外投资收益率高于国内，也就是有更多的利润回报。这个投资的前提是国内已经有了充分的资本准备。从世界上最早的跨国公司海外投资到英国霸权下的海外扩展，无不表明"自由贸易即强者的政策"。英国从帝国政策转变为对外投资只是方式的改变，核心还是权力和财富的扩张。三是自由主义思想的影响。英国对国际经济的设想和亚当·斯密及自由贸易理论密不可分。自由主义经济学家的观点，让英国决策者相信打开门户，减少贸易和投资壁垒，英国就会以更低的成本去创造一个基于贸易和投资的而非领土的庞大帝国，相比于维护海外领土，这是个更优的选择。四是技术进步。这个阶段英国海外投资还有一个重要的客观条件，就是技术革命。大量廉价的钢铁和蒸汽机的应用，大大降低了海上和路上的交通成本，为前所未有的全球范围内的劳动分工提供了条件。

二、跨国公司：二战后美国霸权的一大支柱

1914 年以后的两次世界大战又重塑了世界政治经济格局，这段历史塑造了美国对世界经济的理解，为日后美国跨国公司的发展写下了脚本。关于两次世界大战的原因不是本章的重点，不做赘述。但有个观点和跨国公司的海外投资相关。金德尔伯格认为一战之前英国作为核心向世界提供国际经济活动的规则，但是到了 20 世纪二三十年代，英国能力不足，但是美国又没有意愿去重建一战摧毁后的世界经济秩序，世界领导力的真空引发了第二次世界大战。事实上，英国在一战前海外投资收益的降低，虽然不是国力下降的全部原因，但对其国际利益还是影响很大的。一战后国际经济领导力分散，表现为世界经济分为几个孤立的集团。英国放弃了自己渴望的多边自由体系，在 1932 年签订了《渥太华协定》

建立了帝国特惠制的英镑区，通过建立地区性的贸易集团和世界其他地区分开。美国也于1930年通过《斯穆特–霍利华法案》，德国和日本在各自霸权的支配下，也远离了统一的世界经济体系。整体来说，战后的几年内，世界经济开始向区域集团化发展，各自为战，全球经济缺乏绝对的领导力量来提供全球性的规则和制度。在此背景下，跨国公司自然举步维艰，难以发展了。

时间到了1936年，美国开始向获取世界政治经济的领导权迈进了。标志性事件就是美国和英法签署了《三方货币协议》，该协议规定了国际汇兑安排将美元的黄金价格作为买卖通货的标准，表明了英国和法国接受美国主导的新的国际金融协商机制——一种准美元本位制。该协议也表明了美国在20世纪30年代经济危机之后，开始逐渐走向全球政治经济治理的国际舞台。二战之后，美国主导建立的布雷顿森林体系，也标志着美国掌握了国际经济体系的核心控制权。这些核心国家制定的规则之所以能被广泛接受，一方面是因为核心区的权力和地位；二是这些规则在某种程度上也促进了边缘区的经济增长。美国自冷战以来作为世界唯一的霸主，在为全球提供公共产品方面功不可没，但这正是建立在美国曾经所迷信的"霸权稳定论"的基础之上的。作为当今世界上唯一的超级大国，毋庸置疑的是，自二战以来美国在全球治理领域中发挥了无可替代的作用。但是美国的全球治理其实是意在打造一种符合美国利益的全球政治经济秩序，美国利益的优先性被置于首要地位。

《跨国公司与美国霸权》的作者吉尔平就曾说过，"美国的跨国公司海外扩展只有联系第二次世界大战后建立起来的全球政治经济体系的来龙去脉才能得到理解"[①]。二战后美国对世界经济的设想是建立一个非歧视的多边体系，主要是为了反对英国的歧视性待遇，特别是英联邦的帝国特惠制。但最终为了抗衡苏联，拉拢德国和日本，美国不得不对非歧视的多边体系进行调整。一方面，美国利用经济手段扶持了欧洲的合作，降低了欧洲国家之间的投资壁垒，避免这些国家转向苏联阵营。当然，作为美国支持欧洲市场发展的对价条件是美国跨国公司在欧

---

① 吉尔平R.跨国公司与美国霸权［M］. 钟飞腾，译.北京：东方出版社，2011.

洲的子公司享有和欧洲国家所有的公司同等的待遇，即"国民待遇"。此外，战后初期，美国通过"马歇尔计划"对欧洲进行援助，其附带的国际贸易和国际支付自由化条件为美国企业大规模进军欧洲市场铺平了道路。正如跨国公司问题专家尼尔·胡德和斯蒂芬·扬所指出的："美国公司是唯一有能力出口并在国外扩展的公司，对外直接投资变成了私人资本流动的主要部分，美国成为主要母国，而欧洲成了主要东道国①。"

此外，由于战争的巨大消耗，美国在很多原材料比如铜铁领域出现了短缺，战后美国采掘业的对外投资迅速发展，在欧洲、南美、加拿大以及其他地区都开始了采掘业的海外投资。在此期间美国税法也对采掘业的海外投资起了推动作用。20世纪50年代，朝鲜战争爆发之后，杜鲁门总统成立原材料委员会，该委员会建议修改美国税法以鼓励在矿产和石油行业的对外投资。在这些优惠政策的激励下，美国采掘业开始大举对外投资，使得美国经济慢慢转向依赖国外的能源。20世纪50年代后期，美国跨国公司迅猛发展，许多公司的大部分利润来源都是国外收益。1945年，主要资本主义国家对外直接投资总额为200亿美元，其中美元占42%，到1967年，主要资本主义国家对外直接投资总额达到1 050亿美元，其中美国占50.5%。据统计，在1956年世界最大的200家跨国公司中，美国有144家，占70%以上②。在战后20年间，美国公司几乎等同于跨国公司的代名词，其资本实力和海外规模巨大，因此，从全球获取的利润也远远超过其他发达国家，成为了美国霸权的重要支柱。

美国的第一家跨国公司是胜家缝纫机公司，于1867年建立，随后在全球设厂，最早的分厂设在英国，其产品供应给欧洲和其他地区。1880年又在伦敦和汉堡设立欧、亚、非业务的销售机构，全球销量已达25万台。在1908年的时候，该厂的总部胜家大厦是世界上第一栋摩天大厦，是当时世界上最高的建筑物。进入20世纪之后，尤其是二战之后，胜家公司进入了大发展时期，推出多

① 王丽颖.美国跨国公司怎样快速成长？[N].国际金融报，2015-10-12.
② 吉尔平R.跨国公司与美国霸权[M].钟飞腾，译.北京：东方出版社，2011.

种机型，满足和推动了服装业的发展。到了20世纪60年代，该公司在全球开设了3万多家专卖店和经销点，实现了全球扩张。仔细回顾胜家的发展历程，就会惊奇地发现，它的发展和扩展与美国的崛起时间基本一致，胜家就是当时美国大批跨国公司中的一个代表和缩影。20世纪70年代早期，美国对外投资占公司设备年度资产的20%以上，在某些关键性行业领域比如化工、电子产品、消费品的占比达到30%以上，可见跨国公司总资产的很大部分在国外。此外，1973年美国对外投资的收益占美国外国收入的15%，并且比例不断上升。1973年美国吉列、可口可乐、胡佛、IBM等跨国公司来自海外经营的收入占总收入的50%以上。美国的跨国公司从欧洲市场走向全球，从最初的石油、矿产类的高度寡头垄断的行业逐渐发展到制造业的对外投资中。

二战后美国还面临一个问题，就是如何争取把日本融入更大规模的世界经济中，防止日本被苏联控制的市场吸引进去。为了这个目的，美国鼓励日本出口，并给予其经济援助以及降低日本出口的成本，容忍了日本对对外直接投资的限制和对进口美国生产货物的贸易壁垒，更容忍了日本在美国市场的各种"倾销"。从某种程度上来说，是美国的帮助和容忍使得日本跨国公司快速地进入了国际市场。日本的跨国公司在政府的支持和鼓励下纷纷走出国门，在美国和亚洲大量投资，在汽车、家电等方面参与到全球市场，并成功打入美国市场。

三、跨国公司：世界多极化竞争的重要体现

随着欧洲经济的逐渐恢复以及美国对日本跨国公司的容忍，到了20世纪70年代，西欧和日本的跨国公司不断向外扩张，在全球范围内和美国的跨国公司展开竞争。尽管在20世纪70年代，美国跨国公司的实力仍然最强，但是和西欧国家、日本的差距正在逐渐缩小。西欧国家的跨国公司不仅数量增多，规模扩大，最重要的是技术、研发和管理能力和美国跨国公司的差距都在不断缩小。日本的跨国公司实力也不容小觑，在20世纪80年代后期，更加重视顾客体验的日本跨

国公司在此阶段和欧美国家跨国公司的差距不断缩小，世界跨国公司形成了美、欧、日"大三角"格局（如图10-1所示）。

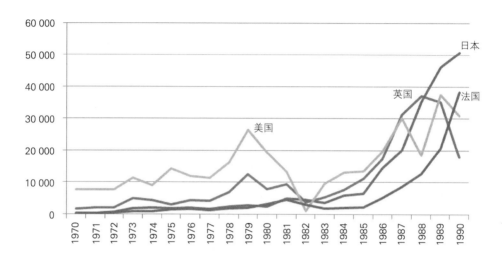

图10-1　1970—1990年美国、英国、法国和日本的对外投资情况（单位:百万美元）

数据来源：作者根据世界银行相关资料整理所得.

　　这个阶段发展中国家的跨国公司也开始逐渐走向历史舞台。自20世纪70年代开始，全球石油价格大涨、原材料价格大涨，发展中国家和新兴经济体开始慢慢积累了国家财富，这些财富在利益的驱动下开始走出国门，开辟新的海外市场。20世纪80年代后期，亚洲四小龙以及巴西、墨西哥等新兴国家（地区）开始出现一批有影响力的跨国公司，使得跨国公司不再是美国公司的代名词，跨国公司开始从美国绝对主导的时代向全球化多极化发展（如图10-2所示）。

　　为了确保美国跨国公司的绝对优势，美国通过其全球霸主地位，利用外交、贸易政策，依托其全球领先的科技优势，开始对目标国（地区）提出经济制裁。1988年美国根据1974年贸易法中的"一般301条款"修订了所谓"超级301条款"，这个条款规定美国每年确认一份在实行"自由贸易"方面不好的国家（地

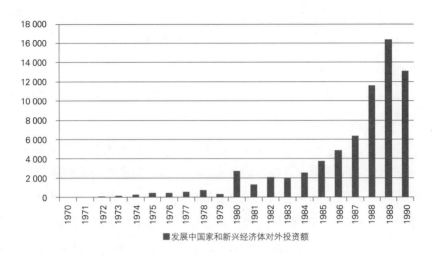

图 10-2　1970—1990 年发展中国家和新兴经济体对外投资的情况（单位:百万美元）

数据来源：作者根据世界银行相关资料整理所得.

区），与这些国家（地区）进行贸易谈判，否则就会对其进行报复。简单地理解，"一般 301 条款"作为美国实施贸易保护的武器，总统能够单方面实施关税或其他贸易限制，以保护本国产业免受其他国家"不公平贸易做法"的损害。只要美国单方面认定为不公平或不合理时，就可借助"一般 301 条款"开展贸易战。除了"一般 301 条款""超级 301 条款"，美国还有"特别 301 条款"，只是具体内容有所不同。"一般 301 条款"认为某贸易伙伴的某项政策违反贸易协定，或被美国单方认定为不公平、不公正或不合理时，即可启动单边性、强制性的报复措施；"超级 301 条款"是针对外国贸易障碍和扩大美国对外贸易的规定；"特别 301 条款"是针对知识产权保护和知识产权市场准入等方面的规定。但是三个条款的共同之处是总统或贸易代表都有"自由裁量权"。也就是说，美国在启动"一般 301 条款"时，不需要任何证据和任何机构"仲裁"，只要是美国单方面"认为"违背了自由贸易原则的，美国就可以发起"贸易制裁"。从这个意义上来看，"一般 301 条款"是美国国家利益的捍卫者，是美国在经济领域的"核弹"。

20世纪80年代日本经济发展迅速，跨国公司实力不断增强，但是到了90年代却停滞不前，其中原因自然很多。但是从对外投资方面来看，一方面，美国对日本先后动用了"一般301条款"和"超级301条款"，这对日本经济打击很大。另一方面，也让日本在此后十年内实现了产业转型，逐渐摆脱了严重依赖能源的重工业，形成了一批"不依赖石油"的家电、汽车和半导体行业的大型跨国公司。

20世纪90年代之后，尽管发生了东南亚金融危机等事件，但是随着信息技术革命的发展，全球范围内市场经济规则的建立和贸易壁垒的逐渐降低，全球化趋势的不断增强，跨国公司进入了飞速发展的时期。全球跨国公司母公司数量从1990年的3.5万家扩张到金融危机爆发前2007年的8.1万家，跨国公司母公司及其子公司占有世界总产出的1/3、全球工业生产的4/5、世界贸易的2/3、国际技术转让的70%~80%，国际直接投资的90%[①]。从图10-3可以看出，自20世纪90年代以来，以跨国公司为载体的全球对外投资总体是上涨的趋势，在2008年金融危机爆发之前，全球对外投资总额达到峰值。

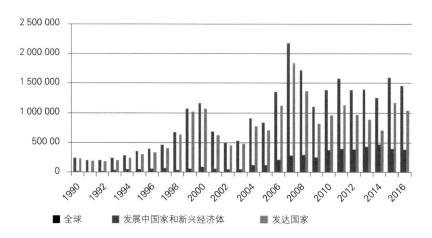

图10-3　20世纪90年代之后全球对外投资情况（单位：百万美元）

数据来源：作者根据世界银行相关资料整理所得.

---

① 余万里.跨国公司的国际政治经济学［J］.国际经济评论，2003（2）.

虽然当前的国际政治经济格局和19世纪英国主导下的或者是二战后几十年内美国主导下的国际政治经济格局有很大的不同，正在朝着多极化发展，但是不可否认的是，美国霸权依旧存在，发达国家的跨国公司作为国际垄断资本的重要载体和现代企业全新的生产组织形式，仍然为维护母国财富和权力发挥着重要作用。跨国公司不仅成为世界经济的增长引擎和经济全球化的重要推动力，还成为在世界经济和国家关系中和主权国家并列的参与主体。跨国公司虽然不是主权国家，但是在很大程度上参与和改变了全球权力的运行，改变了财富的分配方式。跨国公司控制了资本、人力和技术等生产要素的国际配置，主要通过价值链的分工主导着全球财富分配的过程。随着市场规模和交易成本的降低，资本和技术等要素的全球流动大大增强，跨国公司的生产性活动得以在全球范围内实现专业化分工。传统的以要素禀赋为基础的国际产业间分工让步于基于要素可流动的产业内分工、垂直专业化贸易和公司内贸易。这种变化的结果是，原来以国家为主体、以产品为纽带、以产业为界限的产品分工逐渐演变为以跨国公司为主，以对外投资为纽带，以价值链上的劳动、资本、技术等特定要素为界限的价值链分工。这种从产品分工到价值链分工的趋势是发达国家在全球投资的必然发展结果。实力雄厚的跨国公司按照其全球战略在全球范围内对各个要素进行配置，实际上，这表明跨国公司有能力在全球范围内进行资源整合，跨国公司对价值链的安排已经不再局限于某几个国家的地理范围，而是以对自己有利的所有经济体为资源分配的范围，形成真正意义上的全球化和网络化经营。这种垄断优势基本都在少数强国手中，凭借这种经济上的垄断优势，强国往往以牺牲弱国的利益来获取本国财富的增加。跨国公司这种控制价值链分工的能力使得它们拥有了超额利润的分配权，为资本的重新分配奠定了基础。通过这种竞争优势，跨国公司将财富转化为母国的国民财富和国际影响力。①

在2008年之后，随着各国保护主义和逆全球化的兴起，各国国家主义盛行，

---

① 关雪凌，张猛.发达国家跨国公司是如何为国家利益服务的［J］.政治经济学评论，2014（7）.

使得跨国公司对外投资规模不断下降，特别是发达国家的对外投资规模不断下降。金融危机后，作为世界经济的引擎，发展中国家和新兴经济体的对外投资规模仍然不断增加，但是和发达国家的差距仍然不小。

四、跨国公司：财富和权力的交织

在各国发展的历史细密经纬之中，跨国公司始终是条隐匿的线。简单可以概括为，国家权力支撑跨国公司走出去，同时跨国公司又返回来形成国家竞争力，跨国公司和国家利益是一种互动关系。经济学对跨国公司的解释是建立在特定的政治秩序的假设前提之下的，但是经济的运行离不开权力[①]的运转，特别是当这种经济行为涉及国家与国家之间的关系时，这种经济和政治的互动尤为突出。正如卡尔所指出的"经济学以一个政治秩序为前提假设，因此，如果经济和政治割裂开来，孤立地研究经济，自然是徒劳的"[②]。英国经济在海外扩张的进程中体现了这种互动，二战后美国跨国公司的发展也诠释了这种互动。正如美国前财政部长亨利·福勒所说："如果没有美国在全球的影响力及其声誉，过分估计美国企业到海外的成就和机会是不可能的。"[③]

第一个问题是，跨国公司是如何走出去的？除了对利润的追逐，还需要母国在背后提供强有力的支持。一是相对有利于本国跨国公司发展的国际秩序。从历史上来看，英国的对外投资要依赖于强大的海洋实力，必须拥有海上控制权或者是和海洋强国的友好关系。而自拿破仑战争之后，整个欧洲大陆再也没有国家可以抗衡英国的实力，英国的全球霸主地位在很大程度上保障了英国海外投资的资产和利润。二战之后的美国也是一样，二战之后美国的实力明显强于其他国家，逐渐发展成全球霸主，在此过程中美国的跨国公司得到迅猛发展。需要注意的是，1945年的美国和19世纪的英国有着显著不同的国际环境。美国虽然实力最

---

① 本章对国家权力、国际竞争力和国际力量的含义不做细分。
② CARRE H.The Twenty Year's Crisis, 1919-1939 [M]. New York:Macmillan, 1951.
③ KARIL.Silent Surrender:The American Economic Empire in Canada [M]. New York:Liveright Press, 1970.

强，但是在中欧到太平洋的广阔区域被苏联占据了，这是当年英国没有遇到的情况。为了抗衡苏联，拉拢德国和日本，美国不得不在原来的预想中进行调整和改变，才有了后来跨国公司在欧洲的发展以及对日本跨国公司的容忍。二是国际经济规则制定能力和话语权。跨国公司的发展依托于核心国在全球经济规则中的强大话语权。二战之后，在美国的主导下召开了布雷顿森林会议，确定了战后全球经济秩序的三大支柱，即国际货币基金组织、世界银行和关贸总协定，同时也确定了美国在这些国际经济组织中的主导地位。正如美国经济学家西蒙·库兹涅兹所说，"发达国家中的大国为那些不情愿的伙伴们设定了国际贸易和劳动分工"①。三是母国的金融优势支撑了海外投资。英国在作为全球海外投资核心区的时候，提供了全球货币和流动性，并在此基础上建立了国际货币体系。如1870年到一战之前，英国在金本位制度和自由贸易时代中对国际经济事务具有绝对话语权，是任何国家无法挑战的。而美国在二战后，建立了布雷顿森林体系，确定了美元和黄金挂钩、其他货币和美元挂钩的双挂钩国际货币制度，奠定了美国的金融霸权地位，直至今日还对全球金融有着深刻的影响。

第二个问题自然是跨国公司的财富又是如何返回来形成国际权力的呢？跨国公司是资本的载体，资本的本性就是逐利的，跨国公司的海外扩张就是为了获取海外利益。联合国发布的数据显示，在2011年，国家直接投资收益率的平均水平是7%，其中在发展中国家和新兴经济体中的投资收益率分别为8%和11%，而发达国家的投资收益率仅为5%。可以粗略看出，发达国家的跨国公司全部利润的一半左右来自于海外。跨国公司在海外投资，一定程度上促进了东道国的经济发展，同时也通过其控制的全球资源配置，把巨额利润回流到母国。同时，跨国公司充分利用和控制全球价值链，让利润流向母国，提高本国国民福利，跨国公司和母国形成相互依赖、互为目的的利益共同体，对东道国是一把双刃剑②。在

---

① 吉尔平R.跨国公司与美国霸权 [M]. 钟飞腾，译.北京：东方出版社，2011.
② 关雪凌，张猛.发达国家跨国公司是如何为国家利益服务的 [J]. 政治经济学评论，2014 (7)：

跨国公司投资的背后伴随着权力和财富的再分配，这种再分配的结果就是前期有利于核心区的政治经济秩序逐渐弱化。伴随着权力和财富的转移，曾经的边缘区试图建立或者重组新的世界经济秩序，以便获取更多的财富和权力。而东道国因为处于利益分配的低端，虽然可以通过获取产业转移、扩大就业创造繁荣的经济增长局面，但在国际制度安排的约束下和无数条全球价值链的绑定下，很多发展中国家陷入长期的贫困，不能实现国家富裕和强大。

跨国公司和国家权力间的这种互动关系，用吉尔平的观点来说，就是"短期来看，权力分配和政治体系的性质决定了财富得以生产和分配的框架。长期来看，经济效益和经济活动区位的转移将削弱既有的政治体系并使之转型。这种政治转型反过来将导致经济关系的变革，使其反映出该体系中政治上的处于上升势头的国家的利益。"各国跨国公司参与和见证了这种世界政治经济格局的变迁、跨国公司所体现的财富与权力的交替，以及引发的权力和政治体系的国际分配转移。从这个角度可以让我们重新思考跨国公司和国家权力之间的关系。

第三节　中国跨国公司的发展

我国自1978年实行改革开放之后，对外投资有了新的发展，中国才有了现代意义的跨国公司的发展。改革开放以后，中国跨国公司伴随着全球化的深化而不断发展，取得了较大的成就。

一、我国跨国公司的发展进程

第一个阶段是1978年到1991年，这是我国跨国公司的起步发展阶段。20世纪80年代，我国跨国公司都是以国有企业对外投资为主，主要以贸易企业为主，在国外设立的大多是窗口型的小企业，在区域上主要投资区域是我国港澳地区以及中东等少数地区。前期我国的对外投资都是以简单外包、派遣劳务、建立营销网点为主，涉及的制造业主要是以开发资源和小型加工生产为重点。1978年，国务院批准组建"中国建筑工程公司"，这是中华人民共和国成立以来的第一家对外承包劳务公司。随后，中国银行在中国香港地区创办了我国第一家对外合资金融企业——中资兴业财务有限公司。在1979年至1983年，一共有61个对外投资企业被批准，总投资额为10 119万美元，分布在23个国家和地区。但是由于我国对外投资刚刚起步，缺乏投资和管理经验，企业竞争力有限，普遍出现了亏损。在1985年之后，我国对外投资中生产性企业开始不断增加，主要用于缓解国内资源的紧张。但是由于当时我国国内建设资金不足，外汇短缺情况严重，主要鼓励企业以国产设备和技术作为投资，面向发展中国家合作开矿办厂。20世纪80年代我国的对外投资行业分布主要集中在采矿业、炼铝业、远洋渔业、森林开发业等，还有一些集中在生产装备、承包工程、交通运输和金融保险等行业。我国对外投资的主要投资区域多是发展中国家，极少数投资在发达国家。其中有代表性的跨国公司是中国国际信托投资公司，当时投资了4 000万元人民币，在美国建立了西林公司，主要从事林业和木材加工，在1986年成为中信独资子公司。1986年，又在加拿大投资购入加拿大赛尔加纸浆厂50%的股份，在澳大利亚投资1亿多美元购入波特兰铝厂10%的股份。从1978年至1991年这个阶段，中国在海外兴办的非贸易性企业共911家，总投资为24.8亿美元，其中，中方投资为10.6亿美元。中方的投资以现汇、设备、技术三种形式出现。这一阶段的对外投资多是由国家大型企业集团和全民所有制大企业为主，对外投资的跨国公司包括合资、独资企业。中国公司的海外投资开始慢慢从贸易为主转向国际生产投资，投资规模显著增加[①]。

第二个阶段是1992年到2001年，这是我国跨国公司的调整发展阶段。1992年，邓小平发表南方谈话，指出要坚持以经济建设为中心，解放思想，全面深化

---

① 杨清.中国跨国公司成长研究 [D].南京：南京航空航天大学，2006.

改革开放。中国的改革开放使经济进入了新阶段，跨国公司也开始进入了新的发展时期。截至 2000 年底，中国累计设立的海外企业为 6 200 多家，协议投资总额 113.6 亿美元，其中中方协议投资额 75.7 亿美元，对外投资的地域分布遍及全球 160 多个国家和地区。这一阶段一个突出的特点是民营企业和民间资本参股的大型企业开始对外投资，如三九集团、小天鹅电器公司、TCL、海尔、华为等，先后走出国门参与跨国经营。海尔集团是这个时期中国企业对外直接投资的代表性企业，海尔集团 1995 年开始在海外投资建厂，1996 年在印度尼西亚建了第一家生产电冰箱的合资企业，随后在菲律宾、马来西亚、南斯拉夫、中东、美国纷纷建厂。这一时期海尔的境外合作项目有 20 多个，合同金额超过 5 亿美元。概括来说，随着我国对外开放的程度不断加大，这个阶段我国跨国公司的投资规模增长很快，境外新增加的企业数量也明显增加。同时，随着中国企业在海外经验的不断丰富，技术和管理能力不断提高，我国跨国公司的海外投资收益率也显著提高。还有一点就是中国对外投资的主体由过去以国有企业为主，逐渐向多元化发展，民营企业开始加大对外投资，丰富了我国对外投资的主体形式。

第三个阶段是 2001 年至今，是我国跨国公司的迅速发展时期。2001 年中国加入世界贸易组织，这一重大历史事件也对我国企业走出去产生了深远的影响。中国的企业可以在世贸组织的框架内享受和遵循各国的贸易与投资自由化的规则，不受歧视地进行国际竞争。同时我国政府也明确提出了"走出去"战略，实施"引进来"和"走出去"并举的方针。中国乘上了全球化的大船，中国企业在参与全球化的过程中迅速发展。与此同时，随着我国外汇储备的不断累积，我国对外投资的资本积累也有了基础，由 20 世纪 70 年代的限制外汇对外投资到现在的鼓励海外投资，中国企业海外投资迎来了全面发展的高峰期。

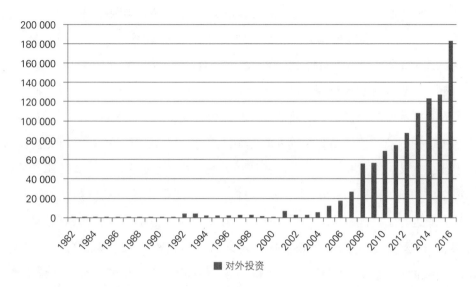

图10-4　20世纪80年代之后中国对外投资情况（单位：百万美元）

数据来源：作者根据世界银行的相关资料整理所得．

从图10-4可以看出，中国对外投资在2001年之后进入了发展的高峰期，对外投资规模不断增加。2008年金融危机爆发之后，发达国家的对外投资普遍减缓，但是其对我国对外投资的影响不大。2016年，美国虽然仍是世界上最大的对外投资国，但对外投资小幅下降至2 990亿美元，中国对外投资逆势增长，成为全球第二大对外投资国[①]。中国对外投资的高速增长反映了中国企业走向国际化、参与国际竞争的客观需要，随着"一带一路"建设和国际产能合作的推进，中国跨国公司还会迎来新的发展阶段。

二、跨国公司：中国参与全球经济的重要体现

正如吉尔平所说："美国跨国公司的海外扩展只有联系第二次世界大战后建立

[①] 联合国.联合国发布《2017年世界投资报告》：中国成为全球第二大投资国［EB/OL］.（2017-06-08）. http://world.people.com.cn/n1/2017/0608/c1002-29326525.html.

起来的全球政治体系的来龙去脉才能得到理解。"同样地，中国跨国公司的发展也必须放到中国参与全球政治经济格局中才能显示其全貌。回顾前文我国跨国公司的发展历程就会发现，不同阶段的开始都是伴随着一个重大的历史事件。

第一个重大历史事件是1992年邓小平南方谈话。邓小平在南方谈话期间发表了许多振聋发聩的讲话，勇敢地为改革开放大业护航。当时的国内，针对改革的诸多争论、质疑声不断，邓小平以他独有的睿智和眼光，在南方谈话过程中，对于社会主义的本质和判断标准、计划和市场的关系等重大问题做了改革开放以来最全面明确的阐述。小平同志在他的暮年，对20世纪90年代之后的中国政治经济大局进行了精确定位。"胆子更大一点，步子更快一点"，南方谈话精神已成为引领一代改革人前进的号角。1992年之后，中国跨国公司从最初的小规模，以国有企业为主开始发展壮大，民营企业开始走出国门，生产性企业不断增加，中国的跨国公司逐渐走上了国际舞台。

第二个重大历史事件就是2001年中国加入世界贸易组织。在入世的最后关头，我国政府把中国入世定义为一项"政治性很强"的决策。1999年11月15日，我国政府在中央经济工作会议上将入世目的阐述为：一是中国有强的政治动机参与到21世纪贸易新规则的制定当中去。这是中国要首次将自己置于全球行为的体系中，主动和积极地参与国际体系的改革和重构，以更好地获取中国的利益和需求。这是中国对待入世问题的选择和为重组国际体系结构而努力的信念。二是加入世界贸易组织后通过参与竞争来加速改革与开放的进程。特别是国有企业改革和金融体制改革，虽然可能带来外部的激烈竞争，但也有可能会增加总出口。随着全球经济一体化趋势越来越不可避免，中国感到获得世贸组织成员国地位是保住这个进程的一个手段。三是这是把握国际大事与捕捉战略的机遇期。正是基于这三点的判断，我国政府最后才完成了中美谈判和中欧谈判，于2001年加入世界贸易组织。这两件历史性事件对中国海外投资产生了巨大的影响，1992年的南方谈话对社会主义的本质和判断标准、计划和市场的关系等重大问题做了改革开放以来最全面明确的阐述，促使了非公经济的发展，使得民营企业成为对外投资的重要组成部分。2001年的入世，中国开始参与到全球经济规则的改革和制定中，把握了全球化的历史机遇，使得中国对外投资在2001年之后得到了大规模增长。2008年之后，发达国家爆发的金融危机席卷全球，新兴经济体成了全球经济的新引擎。

第三个重大历史事件就是"一带一路"倡议。随着中国开放型经济的发展以及在国际政治格局的地位越发重要，特别是党的十八大以来，在"一带一路"倡议的带动下，我们加快"走出去"步伐，增强企业国际化经营能力，中国的跨国公司从小到大、从少到多、从弱到强，逐步成长为全球跨国公司大家庭中的重要一员。在"一带一路"倡议的助推下，中国已经产生了一批国际上有影响力的跨国公司，华为、海尔、吉利、五矿、中石油、中石化、三一重工、阿里巴巴等大型企业。中国企业联合会的调研表明，2016年，中国跨国公司中前100名的海外资产总额达到7.1万亿元，比5年前提高了1.18倍；海外营业收入达到4.7万亿元，比5年前提高了52.6%；海外员工总数达到101万人，比5年前提高了1.4倍。历史不会简单地重复，但总是压着相同的韵脚。如同英国和美国跨国公司的发展历史，中国跨国公司的发展也呼应着经济和政治的互动关系，随着中国改革开放的进行，全球化参与程度的提高，国家综合实力不断提升。强大的中国支持了跨国公司走出去发展壮大，而跨国公司的发展又返回来增强中国的国家竞争力，提升中国在国际舞台的话语权。中国作为新兴经济体的代表，开始在全球政治经济治理中发挥越来越重要的作用。

三、"一带一路"倡议下中国跨国公司的发展——以央企为例

"一带一路"倡议是以习近平同志为核心的党中央站在党和国家事业发展全局的高度，主动应对世界形势的深刻调整变化，统筹国内国际两个大局而做出的重大决策[1]。党的十九大将推进"一带一路"建设内容写入党章，不仅充分体现

---

[1] 国资委.国资委：推动央企当好"一带一路"建设中坚力量［EB/OL］．（2017-05-24）.http://finance.sina.com.cn/roll/2017-05-24-doc-ifyfkqwe0901323.shtml.

了在中国共产党领导下，中国高度重视"一带一路"倡议、坚定推进"一带一路"国际合作的决心和信心，也说明"一带一路"倡议的政治、外交意义，将对中国及世界产生巨大影响。央企是国家经济发展的重要支柱，是实施国家重大发展设想的重要力量。央企围绕新时代国家发展设想，积极主动融入到"一带一路"建设中，扎实推进具体项目的落地，承担相关公共产品供给、相关制度先行先试的重担，既体现了中国自身对"一带一路"建设的率先践行，发挥了很好的引领示范作用，也能进一步提升中国在全球的形象，确保中国资源能源安全，为推动国家发展设想实施和经济持续健康发展贡献更大的力量。

"一带一路"建设的推进，在给世界发展注入新活力的同时，也为中国企业加大海外发展的步伐、锤炼国际竞争力提供了世界级的舞台。越来越多的中国企业对在"一带一路"沿线投资、发展表现出浓厚兴趣。但是，"一带一路"沿线以发展中国家为主，经营环境复杂多样，给企业参与"一带一路"建设带来了严峻挑战，前景诱人，同时风险也大。相较于中小民营企业，央企资源、规模、技术人才等整体实力雄厚，抵御风险的能力相对较强，带头参与"一带一路"建设，不仅有利于快速展现我国建设的新成果和硬实力，也为今后中小企业向国外投资兴业打下良好基础，营造良好环境；而且较早面对相应的海外风险冲击所积累的宝贵的国际化经验，也可为中小企业参与"一带一路"建设提供借鉴。目前，央企作为国内企业走出去的"排头兵"和"领头羊"，在自身海外业务不断壮大的同时，也带领一批中小企业开拓了沿线市场，跟随央企"走出去"已经成为中小企业发展海外市场的重要形式。据统计，截止到2017年5月，央企投资设立境外单位9 112户，分布在全球185个国家和地区。"十二五"以来，央企境外资产总额年均增长15%，成为了名副其实的中国境外投资主力军（如图10-5所示）。

"一带一路"建设的推进，为央企将自身优势与国外需求相结合，主动与全球经济深度融合，在更高层次上嵌入世界产业链提供了机遇。在2017年5月份央企参与"一带一路"共建情况的新闻发布会上，国务院国资委的肖亚庆主任介绍，自习近平主席提出"一带一路"倡议后，央企积极响应并参与"一带一路"

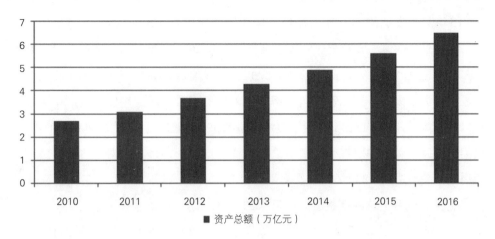

图10-5　央企境外资产总额（2010—2016年）

数据来源：其中2016年为按照年均增长15%测算所得.

建设，迅速把"一带一路"沿线国家作为海外业务拓展的重点，目前共有47家央企参与、参股或者投资，与沿线国家的企业合作共建了1 676个项目。通过与沿线国家深度合作，不仅带动了当地经济社会发展，央企自身的国际竞争力也得以明显提升，国际化经营经验更加丰富，国际化进程明显加快。经过多年的不懈努力与探索，目前央企在部分领域已经进入国际先进技术行列，如高铁、核电、冶炼、输电发电、通信技术等，成为体现我国技术创新实力、高端装备制造业发展水平的重要名片。

第四节　打破历史循环：合作共赢的中国智慧

改革开放以来，中国的综合国力和国际影响力日益加强，特别是加入世贸组织之后，中国企业积极实施"走出去"战略，广泛参与国际市场的竞争，逐渐融入全球经济，通过对外直接投资和海外并购等方式，成为中国境外投资的主力军。金融危机之后，全球范围内对外直接投资的总体规模下降。在2009—2013

年的 5 年间，发达国家对外直接投资年均增长率仅为 0.26%，而此前 5 年的年均增长率高达 25.3%。随着全球经济逐渐恢复，自 2015 年起发达国家对外投资增长了 33%，达到 1.1 万亿美元，但仍比 2007 年的峰值低 40%。与发达国家相比，金融危机之后，发展中国家和新兴经济体对外投资相对活跃。2013 年发展中国家及新兴经济体对外投资已占到全球 FDI 流出量的 39%，远高于 20 世纪初 12% 的水平。作为新兴经济体的中国在金融危机之后的变化抢眼，2016 年的对外直接投资额再创历史新高，达到 1 830 亿美元，同比猛增 44%，首次跃居为全球第二大投资国。

金融危机后全球经济进入转型升级的关键时期，正如世界经济论坛年会论坛主席克劳斯·施瓦布所说，"世界正以空前的速度持续变化，在这关键转折点，需要有担当有领导力的新模式来应对世界面临的新挑战"。可见，在未来全球跨国公司的发展中，必须打破冷战思维，摒弃零和思维，避免陷入修昔底德陷阱的思维惯性，走出一条有别于历史上跨国公司多被作为国际利益工具的全新对外投资之路。在此背景下，中国提出了"一带一路"倡议，继承和发展了古丝绸之路沉淀下来的以和平合作、开放包容、互学互鉴、互利共赢为核心的丝路精神，以共商共建共享为黄金原则，探索出一条合作共赢的新的对外投资之路。

和英国将跨国公司作为维护海外利益的工具，美国将跨国公司作为其霸权稳定的战略部署相比，"一带一路"倡议下的中国跨国公司海外发展在投资理念和投资实践上都有自己的创新，打破了历史循环，秉承的是共商、共建、共享的理念，倡导"和平合作、开放包容、互学互鉴、互利共赢"的"丝路精神"，以政策沟通、设施联通、贸易畅通、资金融通、民心相通为主要内容，全方位推进务实合作，目的就是要打造政治互信、经济融合、文化包容的利益共同体、责任共同体和命运共同体，促进大国之间建立"新型大国关系"，推动国际秩序向互利共赢、融合受益发展[1]。

在实践中，"一带一路"倡议下的中国跨国公司进入新的发展阶段，仅以

---

[1] 习近平.共担时代责任 共促全球发展——在世界经济论坛 2017 年年会开幕式上的主旨演讲 [EB/OL].（2017-01-18）.http://politics.people.com.cn/GB/n1/2017/0118/c1001-29030932.html.

2017年为例,我国企业共对"一带一路"沿线的59个国家非金融类直接投资达143.6亿美元,同比下降1.2%,占同期总额的12%,较上年提升了3.5个百分点,主要投向新加坡、马来西亚、老挝、印度尼西亚、巴基斯坦、越南、俄罗斯、阿拉伯联合酋长国和柬埔寨等国家(见表10-1)。2017年中国跨国公司海外并购发展迅猛,对"一带一路"沿线国家实施并购62起,投资额88亿美元,同比增长32.5%,中国石油集团和中国华信投资28亿美元联合收购阿联酋阿布扎比石油公司12%的股权。[①]"一带一路"倡议既强调跨国公司的发展,又有利于沿路沿线国家实现共同发展,对世界经济复苏、稳定和繁荣也有重要的现实意义[②]。自2013年提出"一带一路"倡议之后,2014—2016年中国对"一带一路"沿线国家投资累计超过500亿美元,中国企业已经在20多个国家建设56个经贸合作区,为有关国家创造近11亿美元税收和18万个就业岗位[③]。

表10-1 2015—2017年"一带一路"沿线投资情况

年份	投资规模	投资地区
2015年	148.2亿美元	沿线49个国家,主要有新加坡、哈萨克斯坦、老挝、印度尼西亚、俄罗斯和泰国等国
2016年	145.3亿美元	沿线53个国家,主要有新加坡、印度尼西亚、印度、泰国、马来西亚等国
2017年	143.6亿美元	沿线59个国家,主要有新加坡、马来西亚、老挝、印度尼西亚、巴基斯坦、越南、俄罗斯、阿拉伯联合酋长国和柬埔寨等国家
2018年1月	12.3亿美元,同比增长50%,占同期总额的11.4%	沿线46个国家,主要投向新加坡、马来西亚、老挝、越南、印度尼西亚、巴基斯坦、斯里兰卡和伊朗等国家

数据来源:作者根据商务部网站相关资料整理所得.

---

① 数据来源:商务部对外投资和经济合作司。
② 李若谷."一带一路"引领全球投资新趋势 [EB/OL].(2015-06-17).http://business.sohu.com/20150617/n415144934.shtml.
③ 数据来源:商务部对外投资和经济合作司。

在"一带一路"倡议下，我国跨国公司对外投资秉承和东道国合作共赢的理念，不仅关注跨国公司利益，更关注改善东道国的经济和社会发展，深受东道国欢迎。以中缅合作为例，缅甸是连接中国与南亚、东南亚，打通中国到印度洋的重要国家，是贯彻"一带一路"倡议以及"睦邻、富邻、安邻"政策的重要对象国，缅甸对中国倡议的"一带一路"和"孟中印缅经济走廊"规划态度积极。中缅油气合作空间广阔，其覆盖的产业链将带动对缅甸基础设施、制造业等投资迎来新一轮大发展。首先，油气管道不仅是中方的能源通道，也是缅方的能源大动脉。截至 2016 年 5 月中缅天然气管道已向国内供气 100 亿立方米，向缅甸累计分输 7 亿立方米，主要满足了当地的发电需要。①油气管道项目已成为缅甸多年以来最大的外资项目。受惠于该项目的顺利实施，天然气已成为缅甸目前出口最多的产品。其次，通过管道项目建设和运营，缅甸每年获得巨大的直接经济收益。这些收益包括国家税收、投资分红、路权费、过境费、培训基金以及社会经济援助等。最后，管道项目大力推行用工当地化。项目建设从勘察设计阶段起，就优先考虑当地企业，积极带动沿线地区居民就业。施工高峰期，当地用工超过参建人员总量的 60%。这种融合式发展密切了双方的经济联系，不仅实现了跨国公司的发展，还解决了当地就业和民生问题，促进了当地经济和社会协调发展，以实际行动践行了"一带一路"所倡导的积极对接沿线国家发展和区域合作规划，打造了政治互信、经济融合、文化包容的利益共同体、责任共同体和命运共同体。

第五节 "一带一路"倡议下中国跨国公司的发展建议

纵观跨国公司的发展史，我们会发现，跨国公司的发展就是一部世界史的缩影，时刻伴随着大国权力和国家财富的分配。当英国战胜法国，成为欧洲唯一的

---

① 马晓霖.中缅油气管道：兼具战略和标本意义［N］. 华夏时报，2015-04-15.

强国时，开始通过跨国公司在全球追逐财富。当二战之后，美国成为世界超级大国的时候，美国也开始通过对外投资服务国家利益，造就了现在美国众多的巨型跨国公司。如果按照邓宁的投资发展周期理论，就是当一国国民生产总值累积到一定程度的时候，已形成了较强的所有权优势和内部化能力，那么对外直接投资将大幅度上升。但是邓宁只是从所有权和内部化优势来解释，没有从国家层面来解释。当一国国民生产总值增加的同时，在全球政治经济格局中的地位、影响力也会有所变化。正如霍特里所说："实际运转的政治动力只能根据经济来表示。每次冲突都是争夺权力，而权力有赖于资源。"当民族国家在追求权力和财富的时候，必将在全球范围内展开竞争，而跨国公司是各国的必然选择。历史经验表明，大国一定伴随着资本的输出。

在全球金融危机的影响日益消失，各国参与全球治理的目标逐渐淡化的背景下，中国作为新兴经济体的代表，提出了共商共建共享的全球治理新理论，并提出了"一带一路"倡议，既显示了我国的全球责任，又为中国自身对外开放战略的全面升级提供了有力支撑。在"一带一路"倡议下，中国企业"走出去"将会迎来难得的历史机遇。"一带一路"倡议下中国跨国公司的海外投资打破了零和博弈的思维，旨在实现和当地经济的共同发展、互利共赢。但是，这并不意味着要忽视中国跨国公司的经济主体目标，特别是当前我国跨国公司"走出去"的主体依旧是国企；相反，这对我国跨国公司海外投资提出了更高的要求，既要处理好跨国公司和国家利益、东道国利益之间的关系，又要处理好企业和政府之间的关系，特别是在国企"走出去"的过程中。为此要做到以下几点：

一是提高对跨国公司的认识，将跨国公司的发展和国家利益融合。日本学者大前研一在《无国界的世界》里提出跨国公司已经成为强大独立的行为主体，甚至超过了民族国家。在全球化背景下，民族国家的力量可能会被逐渐削弱，不管是母国还是东道国，都有可能被跨国公司替代。如果按照这个理论，全球化应该实现主流经济学家萨缪尔森的要素价格均等化的预测，但实际上是富国和穷国的差距越来越大。新兴经济体虽然在跨国公司的发展过程中获取收益，但是由于利益分配的不均衡，跨国公司通过投资和技术的扩散，在一定程度上促进了东道国经济，但是当垄断利益形成之后，利润就会回流到母国。IMF数据显示，2017年美国的人均GDP水平达到59 609美元，金砖五国的人均GDP水平为7 423美元，不足美国的1/8。从国别来看，2017年美国的人均GDP是印度的32.2倍，是南非的10.67倍。整体上来看，金融危机之后的十年时间内，发达国家和发展中国家的经济发展失衡矛盾依然突出。跨国公司即使规模再大，仍然是个企业，是受到其母国控制的，替代不了民族国家。跨国公司的全球化程度无法掩盖其国籍，区别跨国公司的国籍不是看它的生产和市场在哪里，而是看它的利润最终回到了哪里。三菱公司、东芝公司不论其产品是中国制造还是美国、韩国制造，其利润都要计入日本的国民生产总值，是日本的公司。在全球化的过程中认识到跨国公司是有国籍的，一方面，有助于中国在引进外资、保护本国产业方面更加有针对性。只有在本土培育出有国际竞争力的企业，这些企业将来才能成为中国企业"走出去"的主力军。另一方面，明确了跨国公司是有国籍的，有助于我们处理好政府和市场的关系。跨国公司"走出去"投资不再是单纯的市场行为，背后需要强大的母国支持，需要母国在货币、技术和外交等方面都给予保障。法国总统戴高乐就曾公开谴责所谓"美元的霸权"，"因为布雷顿森林体系或汇兑金本位制，注定要使美国享有特权，可以用本国货币偿还债务，或更甚之，用本国货币购进外国企业"。此外，日本跨国公司在20世纪七八十年代能顺利进军美国市场，也是由美日关系的微妙关系所决定的。随着中国"一带一路""国际产能合作"等外向型发展规划的不断推进，政府将在对外合作中发挥越来越重要的角色。2015年，中华人民共和国经济外交史上第一次为一个项目派出主席特使，雅万高铁成功实施，这是东盟首个从技术标准、勘察设计、施工建造、工程装备等全产业链使用"中国标准"的高铁项目。

总之，要提高对跨国公司的认识，实现跨国公司的发展和国家利益、东道国利益融合。我们既不能将跨国公司重新归位于海外扩展的国家工具，也不能简单地认为跨国公司是单纯的经济主体；既不能夸大跨国公司的政治目的，但也不能忽略其对国家利益的作用，同时在海外投资过程中还要考虑和东道国合作共赢。跨国公司和母国的利益，以及跨国公司和东道国的利益有可能出现重合，实现合作共赢。

二是协调好市场和政府的关系，助推中国跨国公司从大变强。中国跨国公司经历了从无到有、从小到大，但是距离从大到强还有一段距离。中国企业入围世界500强企业的数量逐年增多，跨国指数也高于发展中经济体，然而我们还应该清楚看到中国入围世界500强的企业平均营业收入和利润都低于均值水平。特别是在金融危机之后，受国际环境的影响，中国入围世界500强企业中的亏损企业占比高于世界500强企业的平均水平，说明中国跨国公司的规模逐渐扩大，营业收入增多，但并不强。究其原因，主要有三点：（1）中国入围企业多是资源性垄断和管制行业，其营业收入多取决于政策性的行业垄断，其经营利润为垄断收益或政策性补贴，而非其运营管理能力的体现。2016年，中国石油行业和银行业入围世界500强的企业分别是13家和10家，中国炼油业入围企业的平均营业收入为2 059.92亿美元，而同行业世界500强企业的平均营业收入仅为1 744.51亿美元；中国银行（商业储蓄）业的平均利润高达221.36亿美元，远高于世界500强企业中平均利润最高的制药业，制药企业平均利润为84.19亿美元。（2）政府对银行业、能源业的严格管制削弱了国内行业的竞争，政策性的保护弱化了企业核心竞争力的培育。中国入围企业的发展壮大，多是依靠国内市场的收益增多而壮大，走的是内生性发展的道路，而缺少适度竞争的国内环境，弱化了中国企业的国际化运营能力，对培育企业应对世界经济危机的能力掣肘颇多。（3）大型国有企业缺少具有全球化战略及卓越运营能力的企业家。许多企业的成功经验表明，一个企业的成长与发展需要由具备胆略与能力的企业家来引领，如联想、华为、海尔等。因此，要做到以下几点：（1）要给予国有企业和民营企业同等的待遇，营造公平的竞争环境，以提升中国企业的竞争能力。（2）要营造适应企业家成长的内部环境和外部环境，也需要创新人才选拔机制，为企业家的脱颖而出提供制度保证。（3）引导和鼓励企业以经营模式创新和技术创新来引领企业快速发展①。

具体建议有：（1）鉴于我国跨国公司中的国企数量众多，建议将国有企业走出去与国有企业体制改革相结合。对于走出去的国企进行体制改革，先行先试，从管企业转向管资产，建立产权清晰、权责明确、政企分开、管理科学的现代企业制度。同时，在"一带一路"建设中，除了国家层面的考量之外，还要优先考虑央企的经济利益，建立完善合理的绩效考核机制。（2）在国企体制改革中，还要根据主要东道国和地区的不同，区别对待，有针对性地推进现代企业制度的建设和跨国公司体制的改革。在国企走出去的过程中，还要处理好跨国公司的民族性和国际性的问题，逐渐向全球性的跨国公司转型，实现公司的本土化、专业化、国际化，重视人才先行，改变当前我国跨国公司"大而不强，大而不优"的现状。通过"一带一路"建设，发展壮大一批在国际上具有影响力的中国跨国公司。（3）要设计合理的国内母公司与国外子公司管控体系。改变目前决策层级过多、委托代理扭曲的现状，健全央企海外投融资决策机制，提高决策效率。建议重大投资、并购、担保等决策须经由国资委委托的第三方进行风险评估，降低决策风险。在总风险可控的前提下，赋予海外子公司更多的决策自主权。（4）积极丰富资金来源。国企在"一带一路"倡议下的投资应跳出独资的思维惯性，积极吸收中国民间资本、东道国有影响力的国企或者民间资本，还可以引入国际资本，并以符合法律规定的组织架构形式建立股份制公司，实现利益共享、风险共担。这种多元化的股份制形式不仅可以实现互相监督、提高经营效率，还能大大降低海外子公司的运行风险。

三是要从国家层面提供跨国公司走出去的相关支持。历史经验表明，跨国公司走出去不单纯是市场行为，背后需要强大的母国实力支持，日本跨国公司在20世纪70至80年代能顺利进军美国市场，也是由美日之间的微妙关系所决定的。借鉴英美两国跨国公司走出去的历史经验，需要母国在货币、技术和外交、良好的国际环境以及国际规则话语权等方面都给予保障。此外，随着中国"一带

---

① 何芬兰.由大向强，中国跨国公司任重道远［N］.国际商报，2017-04-12.

一路""国际产能合作"等外向型发展的不断推进，政府将在政策沟通等方面发挥重要的角色。

四是积极参与全球经济治理，让中国"共商共建共享"的理念惠及全球。发达国家经验表明，跨国公司的强大需要一套有利于其发展的国际规则。而制度都是非中性的，如何让国家制度更有利于本国跨国公司的发展，就需要国家间的协调，并不断努力推进与外国政府、国际组织和机构、跨国公司建立双边、多边合作机制。更重要的是，我国要积极参与到全球政治经济的治理中，通过话语权的提升，推动中国海外直接投资。正如习近平同志在中共中央政治局就全球治理格局和全球治理体制进行第二十七次集体学习时指出："要推动变革全球治理体制中不公正不合理的安排，推动国际货币基金组织、世界银行等国际经济金融组织切实反映国际格局的变化，特别是要增加新兴市场国家和发展中国家的代表性和发言权，推动各国在国际经济合作中权利平等、机会平等、规则平等，推进全球治理规则民主化、法治化，努力使全球治理体制更加平衡地反映大多数国家意愿和利益。"

全球治理是与全球化紧密相连的，但二者的逻辑和价值取向却不尽相同。全球治理的关键在于"分担"、"分享"与"分别"，即协调各国分担责任、分享利益，并对不同发展程度的国家分别对待，对发展水平相对落后的国家给予一定的关怀和协助。这是全球化由于倡导"适者生存"而饱受诟病，而全球治理由于对人类社会的广泛关怀赢得人心的根本原因。而且从某种程度上来说，全球治理是全球化的一个逻辑结果，伴随着全球化的发展，特别是经济全球化的发展，世界成为一个统一的国际市场，传统的国内或者区域问题失去了明确的边界性而具有了扩散性，全球性问题不断衍生和增加，仅凭一国或者部分国家之力难以解决。因此全球治理要有效地解决这些领域的失序问题，不仅需要所有国家的积极参与，同时还需要打破现有的国家间的物理边界，需要国家分享和让渡部分主权，特别是经济主权，而这又与民族国家的主权属性相违背，与"国家主义"学说相背离。中国提出的共商共建共享并不是为了另起炉灶反对已有的全球经济治理体系，相反正是中国出于对全球责任的自我要求，是对完善全球金融治理体系不断思考的结果。中国理念的亲诚惠荣，中国所倡导的包容联动，是当前全球治理的一股清流，是打破霸权，建立合作共赢的时代需要。以"一带一路"的雅万高铁投资为例，我国积极响应印度尼西亚的诉求，即该高铁的建设资金不使用国家财政预算，也没有政府的担保。国家发改委与印度尼西亚国企部"搭台"，由双方企业"唱戏"。与以往海外承包工程大多采取"设计、采购、施工总承包的EPC"形式不同，雅万高铁创新性地设计了合资模式。2015年10月16日，由中国铁路总公司牵头的中国企业联合体与印度尼西亚国有建设公司（WIKA）牵头的印度尼西亚国有企业联合体在雅加达签署了雅万高铁合资协议，印度尼西亚方持股60%、中方持股40%，项目运营期长达30年。这种方式一改中国建筑施工企业以往主要赚取施工利润，项目建成后即撤出的发展模式，中方企业和印度尼西亚企业双方共同建设、共同经营、利益共享、风险共担，是名副其实的利益、命运共同体。中方的诚意还体现在很多方面。作为东盟首条从技术标准、勘察设计、施工建造、工程装备等全产业链使用"中国标准"的高铁项目，印度尼西亚本地化程度高达60%。这个项目将为当地带来很好的经济效益、社会效益和环保效益。根据中方的方案，凡是能在印度尼西亚购买且满足质量要求的材料、设备等，都使用印度尼西亚本地生产的；凡是印度尼西亚工程技术人才和其他员工，能够胜任高速铁路建设、运营和管理职能的，都尽量使用印度尼西亚员工[①]。在中国共商共建共享的理念下，未来跨国公司的发展虽然仍然会与国际利益相关，但更多地也会照顾好东道国的发展，在母国和东道国之间实现相对公平的利益分配，共享全球经济发展的果实。

历史不会简单地重复，但总是压着相同的韵脚。如同跨国公司的发展历史，中国跨国公司的发展也呼应着经济和政治的互动关系。随着中国改革开放的进行，全球化参与程度的提高，国家综合实力提升，强大的中国支持了跨国公司走出去发展壮大，而跨国公司的发展又返回来形成中国的国家竞争力，提升中国在

① 赵超霖.从雅万高铁看国家发改委的国际角色［J］.中国战略新兴产业，2016（3）.

国际舞台上的话语权。中国作为新兴经济体的代表，开始在全球政治经济舞台上发挥越来越重要的作用，提出共商共建共享的合作理念，既显示了我国的全球责任，又为中国自身对外开放战略的全面升级提供了有力支撑。如果把跨国公司放到国家权力和财富的变革交替的过程中，不难发现，那些叱咤商界的跨国公司，不过是恢宏历史图景中的一只小船，承载着梦想，驶向全球。希望本章的研究能对我国跨国公司的发展有所益处，在"一带一路"倡议的助推下，中国的跨国公司扬帆远行，合作共赢，惠及各国。

（执笔人：尤苗）

第十一章
"一带一路"倡议与国际劳务合作

"一带一路"倡议扩展了沿线国家劳务合作空间,提升了劳务合作层次,同时也为中国国际劳务合作发展带来新的挑战,技术劳动力供给无法满足劳务合作质量提升需求,劳动力市场风险影响劳务合作安全性,技术人才培养地区和专业布局与劳务合作需求不匹配等问题并存,制约了中国与"一带一路"沿线国家劳务合作水平的提升。对此,未来应以开放视角预估"一带一路"区域劳动力资源,合理规划劳务合作发展规模;多渠道推进技术人才培养,提升跨境劳务合作人员素质,优化技术人才培养地区和专业布局,提升中国与"一带一路"沿线国家人才对接程度;同时加强国际合作和组织沟通,管控劳动力市场风险,为国际劳务合作营造更安全的发展环境。

第一节 "一带一路"国际劳务合作的重要性

改革开放以来,中国凭借劳动力资源丰富和用工成本较低的优势,开拓国际劳务市场,劳务输出规模不断增长,范围日益扩大。2016年,中国劳务输出人员总量接近97万人,分布在全球180多个国家和地区。2013年,习近平主席提出共同建设"丝绸之路经济带"和"21世纪海上丝绸之路"的"一带一路"倡议后,中国与沿线国家在基础设施建设、产能合作和对外投资方面日益加强,"一带一路"倡议带来的劳动力直接需求及辐射效应逐步显现。

然而,随着国际劳务合作的持续深化,中国面临的挑战也不断增加,中国与"一带一路"沿线国家的劳务合作开始由低端劳动密集型劳务合作向技能型、知识型人力资本合作转型,促使中国劳务企业寻求劳动力素质提升的渠道;随着中国对"一带一路"沿线国家投资规模的扩大和海外项目的持续运营,国际劳动力市场风险对劳务合作人员的影响日益显现,有效防范制度、法律、政治和军事风险成为中国劳务合作人员海外上岗的必修课;"一带一路"合作深化要求劳务派出人员具备相关产业的专业技能和知识,对国际劳务合作的区域对接性和专业匹配性提出了更高的要求。

对此，我们以"一带一路"倡议为背景，分析国际劳务合作面临的机遇与挑战，从劳务合作规模扩大与人员素质提升的角度考察中国及沿线国家在劳务合作领域的前景；从技术劳动力供求匹配、劳动力市场风险、技术人才培养的专业和区域布局的角度，探讨国际劳务合作面临的问题，并对劳务合作未来的发展方向提出建议，使其更好地服务"一带一路"倡议。

第二节　"一带一路"倡议下国际劳务合作的新机遇

随着对外开放政策的推进，中国与"一带一路"沿线国家国际劳务合作规模不断扩大，总人数从1995年的5.8万人增长至2016年的12.9万人，年均增长率达3.88%，占中国全球劳务合作总量的31%左右（如图11-1所示）。中国与"21世纪海上丝绸之路"沿线国家的劳务合作规模增长尤为显著，占"一带一路"沿线国家的比重从1995年的60.3%增长至2016年的75.6%，其中新加坡、马来西亚、越南、柬埔寨四国的中国劳务人员居于前六位，并且前两国的比重一直保持上升态势，新加坡是中国在"一带一路"沿线国家中劳务合作规模最大的经济体，其占比从1996年的49.2%上升至2016年的60.1%。"丝绸之路经济带"沿线的国家比重则波动明显，近期呈下降趋势，其中俄罗斯和沙特阿拉伯居于前六位，后者比重从1996年的接近零增长至2016年的6.9%，目前是中国在"一带一路"沿线的第二大劳务合作国。

一、"一带一路"沿线国家劳务合作增长空间较大

"一带一路"沿线国家的工业化进程不一，处于工业化后期、中期和初期的国家分别占到48.4%、25.0%和21.9%。新加坡和以色列已经步入后工业化阶段，整体来看，66.0%的国家第二产业就业结构正偏离10%以上，工业部门产值份额

高于就业份额，仍具吸纳就业的能力。如果在封闭经济环境下，这种部门间转移只能依赖各国自身农业部门的劳动力输出以及对其进行人力资本投资来实现，而在开放经济中，国家之间的劳动力流动成为这些国家产出和就业均衡发展的重要渠道。跨国投资规模的增长则进一步推动了发展中国家的工业化进程，扩大了国际劳务合作的规模。中国对"一带一路"沿线国家的投资总额从1995年的4.8亿美元上升至2016年的145.0亿美元，年均增长率达到17.6%，占中国对外投资总额的24%左右（如图11-1所示）。从2013年"一带一路"倡议提出之后，中国对投资国的选择变得更为广泛，投资拉动劳务合作扩张的趋势更加明显。

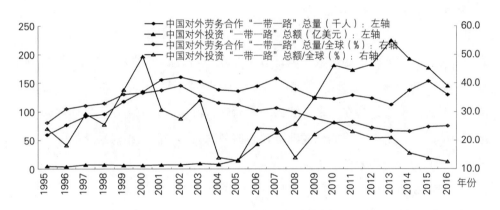

图11-1　中国对"一带一路"国家投资和劳务合作（1995—2016年）

数据来源：CEIC数据库和《中国贸易外经统计年鉴》（1999—2017年）.

从"一带一路"沿线国家劳动力结构来看，多数国家劳动力平均年龄呈上升趋势，中东欧国家、独联体国家的老龄化程度相对较高，东盟和南亚国家的老龄化速度在近十年内增长最为迅速（如图11-2所示）。从国别统计来看，47.4%的国家15~44岁的劳动力占比在65%以下，其中55岁以上的劳动力占比普遍超过10%，有的甚至超过20%，俄罗斯、泰国、新加坡、以色列等国的老龄化程度较高，对外来劳动力的需求较大；沿线国家中，中青年劳动力比重在75%以上

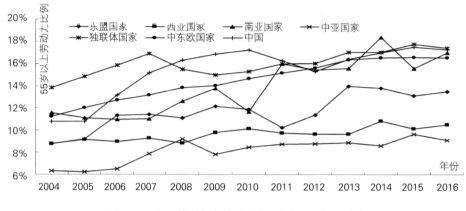

图11-2　分区域老年劳动力比例（2004—2016年）

数据来源：国际劳工组织数据库.

的国家只占21.3%，且这些国家大部分为小型经济体，劳动力资源不超过1 000万人，因而对减缓区域劳动力老龄化趋势的作用并不显著。"一带一路"沿线国家的劳动力老龄化趋势在未来十到二十年间仍将持续，处于工业化后期和后工业化阶段的国家，尤其是工业化成熟度较高但国内人力资源又相对缺乏的国家，均已成为外来劳动力的主要引进国。

二、"一带一路"倡议有助于提升中国劳务合作层次

除了总量增长空间较大以外，中国劳务合作人员的层次也将随着"一带一路"倡议的推进而提升。2004年，中国劳务合作人员的从业结构主要集中在加工制造业、建筑业和农林牧渔业，从事这三类行业的人员占比达77.8%。随着国际劳务市场需求和中国海外投资结构的变化，中国对外劳务合作人员的从业结构也日趋丰富，农林牧渔业及加工制造业等简单体力工作行业从业比重逐步下降，建筑工程业、交通运输及商贸、住宿和餐饮业从业比重逐渐上升，文化艺术与体育业从业比重也有所提升，至2016年，我国国际劳务合作人员从事最多的行业为建筑工程业，约占46.5%，加工制造、交通运输、农林牧渔以及商贸、住宿和

餐饮业实现了较为均衡的发展，合计从业人员占到 37.6%，国际劳务人员就业多样化粗具规模（见表 11-1）。

表 11-1 　　　　　　　　　　对外劳务合作人员从业结构（%）

年份	2004	2005	2006	2007	2008	2009	2010	2011	2012	2013	2014	2015	2016
农林牧渔业	13.9	13.2	11.6	10.6	10.5	9.6	9.8	9.9	9.3	7.3	6.2	5.7	5.9
加工制造业	37.6	35.5	34	32.4	28.4	24	24.4	24.7	21	18.9	16.3	15.8	15.8
建筑工程业	26.3	29.4	33.8	36.3	40.3	43.9	42.3	40.6	41.5	46.4	47.5	47.5	46.5
交通运输业	9.2	8.4	8.5	8.7	6.7	5.8	6.2	6.5	9.6	9.4	11.7	11.4	10.5
信息技术业	0.2	0.2	0.2	0.2	0.1	—	—	—	—	0.2	0.3	0.4	0.3
商贸、住宿和餐饮业	2.6	2.9	3.3	3.7	4.6	—	—	—	—	4.6	4.3	4.7	5.4
文化艺术与体育业	0.4	0.4	0.4	0.4	0.4	—	—	—	—	0.5	0.5	0.7	0.7

数据来源：作者根据商务部数据中心原始数据整理所得．

多年来，我国劳务输出人员以农村剩余劳动力、城镇下岗工人及一般技术人员为主，受教育水平和技术层次较低。随着中国国际劳务市场的扩大、业务领域的拓展，中国与"一带一路"沿线国家的劳务合作开始由低端劳动密集型劳务输出向技能型、知识型中高端人力输出转型，占据中国劳务合作市场一半以上的新加坡，近年来劳务用工中高端化倾向显现，促使中国劳务企业扩大校企合作、国际雇主合作和国际组织合作，加强人力资本培训。20 世纪初，企业国际化经营"走出去"战略提出以来，中国对外投资步伐加快，带动大量国内劳务人员走向海外，尤其是"一带一路"倡议提出以来，中资企业国际业务进一步发展，项目经营、海外售后、运营、维护方面的人才均有所增加，作为"一带一路"倡议投资主力军的中央企业，除了使用国内劳务人员之外，雇用当地员工的比例也逐年提高，通过企业内部培训和依托中国院校培训的双向渠道，国内外员工的知识技能得到了较快的提升。在国际劳动力市场和中国对外投资双重力量的拉动下，中国对外劳务合作的层次不断提升。

第三节 "一带一路"倡议下国际劳务合作的新挑战

"一带一路"沿线国家整体受教育水平和技能素质的提升带动国际劳务需求向较高素质发展，而对普通劳动力的需求则逐步递减，目前中国劳动力的受教育水平尤其是技能水平在同等工业化水平的国家中处于中等偏下状态，制约了劳务合作水平的提升。

一、技术劳动力供给无法满足劳务合作质量提升需求

"一带一路"建设为中国国际劳务合作带来新机遇的同时，也揭示出未来劳务合作领域中面临诸多挑战。首先是技术劳动力供给无法满足市场需求。"一带一路"沿线国家劳动力整体受教育水平处于上升状态，高等教育劳动力的比重从2004年的21.7%上升至2016年的30.0%，同期中等以上教育水平的劳动力则从72.5%上升至83.4%，中国高等教育劳动力比重从2004年的6.8%上升至2016年的18.9%，但仍然低于区域平均值（如图11-3所示）。从技术能力来看，"一带一路"沿线国家具有技术等级的劳动力中，高级技术劳动力比重从2004年的27.5%增长到2016年的31.9%，中级技术劳动力比重则稳定在58%左右，中国高级技术劳动力只占所有技术劳动力的12.9%，仅优于印度、泰国、越南、印度尼西亚、老挝、孟加拉国、缅甸和柬埔寨，中级技术劳动力占比为41.6%，两者均低于"一带一路"沿线国家平均水平（如图11-4所示）。

随着人口老龄化及劳动力市场供需力量的改变，中国局部地区和部分行业对周边国家的劳动力需求也逐渐显现，近年来越南、老挝、缅甸等国家的劳动力大

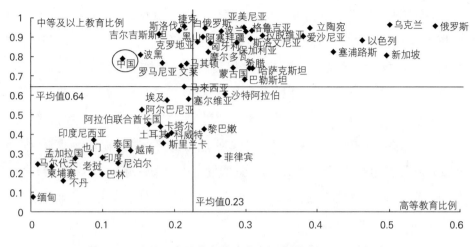

图 11-3 高等及中等教育劳动力比例均值（2010—2016 年）

数据来源：国际劳工组织数据库和联合国数据库.

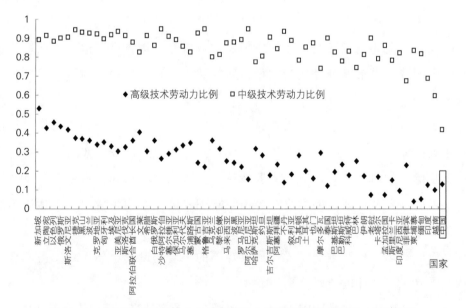

图 11-4 中高级技术劳动力占技术劳动力的比重均值（2010—2016 年）

数据来源：国际劳工组织数据库和联合国数据库.

量流入预示着中国国际劳务净输出国的身份正在发生变化，如何提升来华务工人员的技能水平从而增加产业附加值成为中国经济转型升级所面临的重要问题。然而，目前国内技术人才培养的国际化进程缓慢，规模较小。2016年来华留学生中本科、研究生、专科和中职生比重分别为58.5%、34.7%和6.8%；职业技术留学生比重较低，每年中等职业学校的来华留学生总量仅为1 500人左右，但其中约有93%来自亚洲和欧洲，且该比例近年来基本稳定。这表明职业技术留学生人才的培养更多地服务于与中国地缘邻近的发展中国家，对这些国家的劳动力基本技能提升起到了积极而稳定的作用，但目前由于培养规模较小，较难满足"一带一路"建设的人才需求。

二、劳动力市场风险影响劳务合作安全性

"一带一路"沿线国家劳动力市场制度安排不一，政府公共管理能力存在差异，因而各国劳动力市场风险也不尽相同。阿尔巴尼亚、吉尔吉斯斯坦、泰国、亚美尼亚、匈牙利、孟加拉国、格鲁吉亚、塔吉克斯坦、柬埔寨、越南等国的劳动力市场制度较为宽松；新加坡、沙特阿拉伯、阿曼、阿拉伯联合酋长国、科威特、立陶宛、波兰、不丹、文莱和卡塔尔等国的劳工制度较严，因而对投资等商业活动影响较大。工会力量也是影响劳动力市场灵活性的重要因素，"一带一路"沿线国家的工会力量差别显著，塞浦路斯、乌克兰、哈萨克斯坦、亚美尼亚、克罗地亚、波黑和俄罗斯的工会密度在30%以上；希腊、罗马尼亚、塞尔维亚等中东欧国家的工会力量较强，集体谈判的覆盖率普遍达到或超过50%；马来西亚、菲律宾、印度尼西亚、泰国、土耳其、巴勒斯坦、拉脱维亚、爱沙尼亚等国的工会密度和集体谈判覆盖率则基本低于10%（如图11-5所示）。

用工制度和工会力量的强弱会对工资调整、劳资冲突、解雇成本等产生多方面的影响。从工资调整的灵活性来看，"一带一路"沿线国家的法定最低工资占平均工资的份额平均为42.8%，低于世界平均水平。希腊、塞尔维亚、斯洛文尼

亚、沙特阿拉伯、以色列等国的法定最低工资及其占平均工资的比重均处于区域内较高水平，工资调整的灵活性较低；印度尼西亚、尼泊尔、菲律宾、巴基斯坦、斯里兰卡、老挝和柬埔寨等国的法定最低工资较低，虽然其占工资的比重超过区域平均值（如图11-6所示），但主要源于其平均工资较低。这些国家基本处于工业化初期，外来投资拉动实际工资上升的空间较大，因而短期内不会面临工资下调的压力，并且由于工会和集体谈判结构具有高度分散性，"三方会议"制度作用较为有限，因而对这些国家工资波动的束缚不大。从劳资冲突风险来看，依据国际劳工组织2003年以来对各国罢工和停工状况的不完全统计，"一带一路"沿线国家中的新加坡、捷克、爱沙尼亚、斯洛伐克、菲律宾、马来西亚、匈牙利、埃及、孟加拉国、泰国的罢工次数年均小于10次，规模和持续时间较短，劳动力市场风险相对较小，而印度、立陶宛、波兰、斯里兰卡、塞浦路斯、以色列的年均罢工次数在30次以上，且参与人数和造成的工作日损失较多。

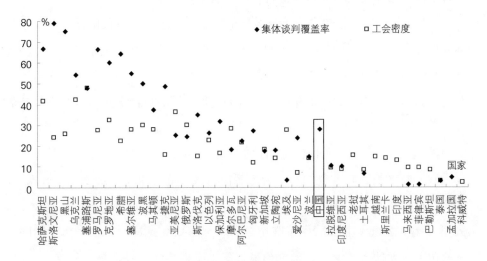

图11-5　工会密度和集体谈判覆盖率（2010—2016年）

数据来源：国际劳工组织数据库.

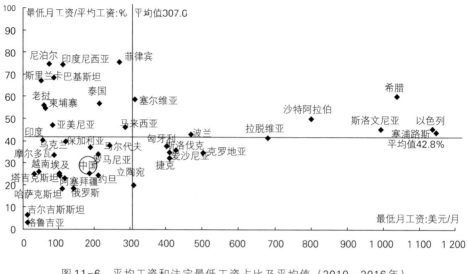

图 11-6　平均工资和法定最低工资占比及平均值（2010—2016 年）

数据来源：国际劳工组织数据库.

三、技术人才培养地区布局与劳务合作区域需求不匹配

"一带一路"沿线有 60 多个国情各异的国家，由于经济发展阶段、劳动力市场开放程度和制度发展的差异，各国参与国际劳务合作的程度大相径庭；中国各省、自治区和直辖市与"一带一路"国家的对接程度不一，不同地区的人力资源和劳动力供给参差不齐，因此从区域布局的角度来看，国际劳务合作也面临新的挑战。

中国与"一带一路"国家对接的 18 个省、自治区和直辖市近年来对外劳务合作人数不断增长，其占全国对外劳务派出总人数的比重也呈现稳步上升态势，但不同省市存在明显差异。与"丝绸之路经济带"对接的省、自治区和直辖市派出人员占比从 2006 年的 58.2% 下降至 2016 年的 33.8%，其中辽宁省为中国国际劳务输出前五位的省市之一，但其份额近年来呈现持续下降态势。相反，"21 世纪海上丝绸之路"对接省、自治区和直辖市则从 41.8% 上升至 85.3%，上海、天津、宁波-舟山、深圳、青岛、大连、厦门七个重要港口城市输出人员占比从2008年的29%上升至2016年的35.3%，广东、福建两个对外劳务输出大省呈现持续上升的态势。这与"一带一路"沿线国家对外劳务市场的变化密切相关，"21世纪海上丝绸之路"沿线国家对中国劳务人员的需求持续旺盛（见表11-2）。

表11-2　　中国与"一带一路"沿线国家劳务合作人员输出省、自治区、

直辖市分布结构和输入国家分布结构

年份	中国向"一带一路"国家派出人员省、自治区、直辖市分布结构（%）									中国劳务人员在"一带一路"国家分布结构（%）						
	①	②	③	④	前五名省市					⑤	⑥	前五名国家				
					山东	江苏	辽宁	广东	福建			新加坡	俄罗斯	沙特阿拉伯	马来西亚	越南
2006	45.2	58.2	41.8	—	14.6	16.9	17.9	6.2	3.7	40.7	59.3	44.3	4.0	1.8	1.7	5.5
2007	24.8	57.7	42.3	—	12.2	14.1	9.4	6.3	5.5	41.1	58.9	43.7	4.5	1.9	1.9	6.4
2008	44.5	50.1	67.1	29.0	11.5	12.0	6.9	6.6	7.1	38.9	61.1	47.5	5.0	2.6	2.2	6.1
2009	34.2	57.6	67.3	45.4	13.9	10.0	6.4	3.0	5.5	37.1	62.9	50.4	3.8	3.5	2.1	5.4
2010	39.6	50.3	67.1	33.0	12.7	9.3	4.9	6.7	5.1	35.1	64.9	53.3	3.5	3.9	2.1	4.8
2011	41.5	48.8	66.8	30.6	11.9	9.6	5.1	8.7	6.8	33.7	66.3	55.2	3.6	4.8	2.4	4.1
2012	43.4	42.2	72.0	32.7	11.0	9.9	5.4	8.8	7.5	33.0	67.0	55.8	2.9	5.8	2.2	3.7
2013	41.2	39.1	78.7	35.4	11.5	10.0	4.7	7.7	8.2	29.3	70.7	59.3	2.0	6.7	2.2	3.1
2014	41.9	34.3	84.4	38.7	11.8	8.7	3.4	8.7	9.9	27.4	72.6	62.3	2.2	6.9	2.7	2.4
2015	42.1	34.1	84.6	35.0	11.7	9.5	4.0	8.1	9.9	25.1	74.9	63.1	2.1	6.8	3.4	2.1
2016	42.2	33.8	85.3	35.3	11.8	9.4	3.8	8.2	9.8	25.0	75.0	60.1	2.1	6.9	3.2	2.1

注：①"一带一路"对接省、自治区、直辖市/全国；②"丝绸之路经济带"对接省、自治区、直辖市/"一带一路"对接省、自治区、直辖市；③"21世纪海上丝绸之路"对接省、自治区、直辖市/"一带一路"对接省、自治区、直辖市；④重要港口城市/"一带一路"对接省、自治区、直辖市；⑤"丝绸之路经济带"国家/"一带一路"国家；⑥"21世纪海上丝绸之路"国家/"一带一路"国家。"丝绸之路经济带"对接省、自治区、直辖市主要包括新疆、重庆、陕西、甘肃、宁夏、青海、内蒙古、黑龙江、吉林、辽宁、广西、云南和西藏，"21世纪海上丝绸之路"对接省、自治区、直辖市主要包括上海、福建、广东、浙江和海南，表中统计的重要港口城市包括上海、天津、宁波-舟山、深圳、青岛、大连和厦门。

数据来源：作者根据《中国贸易外经统计年鉴》（1999—2017年）和商务部数据中心原始数据整理所得．

与之相对应，"一带一路"沿线国家对接的18个省、自治区和直辖市技术劳动力培养规模也呈现持续上升态势，但"丝绸之路经济带"对接的省、自治区和直辖市的培训和毕业生比重呈现波动变化，近期呈下降态势，"21世纪海上丝绸之路"对接省、自治区和直辖市则从2006年的16.6%上升至2016年的20.2%，但整体培养规模明显低于前者，与劳务输出结构存在显著差异。山东、河北、安徽、浙江和贵州目前为我国职业技术教育大省，大约培养了全国1/4以上的中等职业技术生，然而其中仅山东省劳务输出规模居于前列，且除了浙江省以外，其他各省区均不是"一带一路"直接相关的对接省、自治区和直辖市，职业技术教育与"一带一路"国际劳务合作之间存在一定的区域不匹配性。与此同时，教育资源分布也存在不匹配性，在"一带一路"对接省、自治区和直辖市中，广西、宁夏、陕西三省区在师资和经费配给中均处于劣势，广西作为面向东盟区域的国际通道，打造西南、中南地区开放发展新的战略支点，是"21世纪海上丝绸之路"与"丝绸之路经济带"有机衔接的重要门户，宁夏和陕西则是面向中亚、西亚国家的通道，在西北商贸物流、产业发展和人文交流中起着重要作用，这三个地区的人力资本投资状况与其在"一带一路"建设中的重要定位具有较大差距，未来急需补足短板。

四、技术人才培养专业布局与劳务合作产业需求不匹配

国际劳务合作人员从业结构的变化要求其技术素质更加专业化，而非仅仅停留在初级简单劳动的层面。从职业技术教育的专业结构来看，我国目前商贸与旅游类、加工制造类、能源类、资源与环境类、建筑工程类的技能人才存在结构性不足，而农林牧渔类、信息技术类、交通运输类和文化、艺术、体育类的职业教育人才则存在结构性过剩，与国际市场上的需求情况并不完全一致。目前加工制造类专业结构与国际劳务市场中相应行业的就业结构趋势基本一致，交通运输业的国际劳务需求呈现增长趋势，文化艺术与体育业目前行业占比较小，但增长明显，并且随着"一带一路"沿线国家经济互联互通和文化交流的增加，这两类国

际劳务需求未来仍有增长的可能，有助于消化国内相对过剩的职业技术毕业生。农林牧渔类专业结构增长的趋势与国际劳务市场需求结构下降的状况相反，而国内同样也存在结构性过剩，因此需要适当调减培养规模。随着中国对"一带一路"沿线国家基础设施投资的增加和各国在能源资源项目上的深化合作，对建筑工程、能源、资源类职业技术人才的需求仍有增加的趋势，国际贸易的扩大和国际旅游往来人数的增长则将进一步拉动商贸与旅游类专业人才的需求，已有的这几类专业人才既需应对国内结构性不足的问题，又需要满足国际劳务市场需求的增长。因此，需要进一步拓展人才培养规模（见表11-3）。

表11-3　　　　　　　　中国职业技术教育人才培养专业结构（%）

年份	2004	2005	2006	2007	2008	2009	2010	2011	2012	2013	2014	2015	2016
农林牧渔类	5.6	5	4.7	4.1	3.9	3.9	4.7	6.5	10.4	14.4	12.5	11.4	9.1
加工制造类	11.1	13.5	17.1	20.9	22.9	25.2	27	23.6	19.6	18.1	17.4	16.2	16
建筑工程类	2.4	2.3	2.4	2.3	2.5	2.6	2.7	2.8	2.9	3.3	4.1	4.1	4.5
交通运输类	2.4	2.6	2.7	2.9	3.1	3.4	4.1	4.7	5.7	5.8	6.4	7.5	8.6
信息技术类	25.1	26	25.9	25.7	25.2	25	23.7	22.9	21	18.5	17.6	16.8	16.6
商贸和旅游类	9.2	9.8	9.3	8.8	8.5	8.5	8	8.5	8.8	8.6	4.1	4.7	4.7
文化艺术与体育类	6.4	6.1	5.9	5.5	5.3	5.2	5.8	5.4	5.1	5.1	5.3	5.4	5.7

数据来源：作者根据中经网数据库原始数据整理所得.

第四节　推进"一带一路"国际劳务合作的策略

"一带一路"建设扩展了沿线国家劳务合作空间，提升了劳务合作层次，同时也为中国国际劳务合作发展带来新的挑战，技术劳动力供给无法满足劳务合作质量的提升需求，劳动力市场风险影响劳务合作的安全性，技术人才培养地区和专业布局与劳务合作需求不匹配等问题并存，制约了中国与"一带一路"沿线国家劳务合作规模和水平的提升。对此，中国未来应从以下几方面推进国际劳务合作的发展，使其更好地服务于"一带一路"建设。

一、以开放视角预估"一带一路"区域的劳动力资源，规划劳务合作发展规模

随着新时期对外开放战略的推进，中国与"一带一路"沿线国家的工业化进程联系更为紧密，与全球不同国家的产业合作程度逐渐加深，劳动力市场的国际开放程度也进一步提高，因此，需要改变封闭经济的思维模式，从开放和经济一体化的视角预测劳动力的供给和需求，从而更加合理地规划国际劳务合作的发展规模，实现劳动力供求动态均衡。

二、多渠道推进技术人才培养，提升跨境劳务合作人员素质

中国与"一带一路"沿线国家的合作目前主要集中在路网、港口、通信、能源开发利用、贸易和金融领域，而在教育和培训等民生项目领域的合作则处于起步阶段。然而，国际劳务合作"换代升级"的要求表明，各国在职业技术教育和劳动力培训领域的投资空间十分可观，并且"一带一路"沿线许多国家与中国的地缘和文化较为接近，合作前景广泛，可以通过政府、教育机构、产业组织、企业、非政府组织相结合的方式，拓展留学和培训项目，互认学历和技能证书，利用丝路基金、亚投行基金与其他实体组织资金相结合的方式，共同拓展技术人才培养渠道。

三、加强国际合作和组织沟通，管控劳动力市场风险

"一带一路"沿线国家劳动力市场制度多样，劳资冲突风险频率和强度各异，随着中国与沿线国家贸易往来、直接投资和劳动力流动的加深，不同文化间的冲突会更加显现。对此，中国需要积极参与不同层次的工会、雇主以及政府的社会伙伴和社会对话机制，积极应对跨国经营和国际劳动力市场中存在的各类冲

突，在实践中积累跨文化的劳动力市场风险管理经验，同时积极倡导并致力于推进中国特色和谐劳动关系的构建，将"利益共同体"和"命运共同体"理念贯彻到新时期对外开放战略实践中。

四、优化技术人才培养地区和专业布局，提升中国与"一带一路"国家人才对接程度

技术人才培养布局需要以"一带一路"建设为引导，以区域经济和产业优势为依托，合理规划技术教育和培训机构、师资和资金投入，对"一带一路"建设核心区、经济枢纽、重要窗口和战略支点省市的人才供给进行合理规划，尤其是教育资源与"一带一路"建设定位差距较大的农业人口集中区域、少数民族集中区域以及经的国济相对落后的西部、西南省市更需要进行倾斜支持，减少人才流动障碍，发挥地区间资源优势互补性。同时，依据国内外劳动力市场对技术人才的专业需求，合理规划并及时调整各类技术劳动力的培养规模，有效降低结构性过剩和短缺。

（执笔人：张原、陈建奇）

| 第五篇 |
"一带一路"倡议与国内东西区域的对接

"一带一路"建设不仅涉及中国与相关国家如何深化合作,还涉及中国东西区域如何对接等课题。新疆作为"一带一路"的西部核心区,一方面,要在总体布局和具体项目推进时,把稳定的因素考虑在内,对可能发生的风险进行预估和研判,进行有针对性的谋划,避免不必要的风险和损失;另一方面,"丝绸之路经济带"核心区建设也要服务于实现社会稳定和长治久安这个总目标。"丝绸之路经济带"核心区建设要基于新疆本地的区情,做好开放、发展、改革、稳定这四篇大文章。宁波是"21世纪海上丝绸之路"的重要起点,也是"一带一路"建设中从连云港、郑州到乌鲁木齐等连接中亚、西亚、南亚、中东欧、独联体和其他欧洲国家"丝绸之路经济带"的关键沿线节点,可与洋山港、宁波-舟山港、泉州港、厦门港等构成连接海上丝绸之路的海港群,经济发展和对外开放战略应该具有重要地位和作用,对促进十九大报告中提出的"推动形成全面开放新格局"早日落地、形成可复制可推广经验有利。

第十二章
"一带一路"规划与东部区域的对接：
以宁波为例①

宁波（简称"甬"）是浙江省内"双城记"主角之一，经济社会发展可辐射到义乌、舟山、绍兴、金华等"义甬舟"沿线区域，以及上海、南京、合肥、重庆等长三角重点城市，也是"一带一路"建设中从连云港、郑州到乌鲁木齐等连接中亚、西亚、南亚、中东欧、独联体和其他欧洲国家丝绸之路经济带的关键沿线节点，可与洋山港、宁波-舟山港、泉州港、厦门港等构成连接海上丝绸之路海港群，经济发展和对外开放战略应该具有重要地位和作用，[1]对促进十九大报告提出的"推动形成全面开放新格局"早日落地、形成可复制可推广经验有利。[2]

第一节　十八大以来宁波经济与开放发展巨大成就

全球金融危机和后危机时期，出现了外需减弱、贸易摩擦加剧、保护主义抬头、区域经济合作蓬勃发展、全球经济中心南升北降、主要发达国家"逆全球化"和"民粹现实主义"回归等外部不利条件，国内经济整体进入新常态，全国各地经济发展都面临较大不确定性，宁波也不例外。面对错综复杂的国内外形势和艰巨繁重的改革发展稳定任务，宁波市委市政府深入贯彻落实党的十八大、十八届历次全会和十九大精神，遵循中央和浙江省委、省政府经济工作重大部署，坚持新发展理念，以供给侧结构性改革为重点，先后出台"八八战略"、"名城名都"、推进"中国制造2025"试点示范城市建设、打造"3511"新型产业体系等发展规划，牢牢把握稳中求进工作总基调，凝心聚力，攻坚克难，十八大以来各项工作稳步推进，"3+15+X"政策框架体系基本形成，取得了历史性成就[3]：

——经济实力上新台阶。2017年地区经济总量达到9 846.9亿元，年增速7.8%，五年平均增速9.0%，分别比全国平均水平和浙江省平均水平高出1.8和

---

① 参见宁波市人民政府《关于宁波市参与国家"一带一路"建设的汇报》。

② 李远芳. 以"一带一路"建设为重点形成全面开放新格局[N]. 经济日报,2017-12-24。

③ 资料来源为历年《宁波统计年鉴》,下同。

0.7个百分点，当年经济增量比省内"双城记"另一主角杭州高出230.3亿元。人民得到更多实惠。2017年宁波人均生产总值124 017元，折合为18 368美元，大幅超过世界银行高收入国家或地区标准的12 736美元，比五年前提高了37 540元，提高幅度比全省高出11 561元。经济发展方式由原来投资、出口驱动向消费、投资驱动转变。

——创新驱动能力增强，经济发展方式由要素驱动向创新驱动转变。①工业创新转型持续开展。2017年规模以上工业研发投入248.1亿元，增长21.7%。②科技立项众多。全年专利申请62 104件，179项科技创新获得国家自然科学基金项目支持，1项获得国家重大专项支持，5项入选国家重点研发计划，4项入选国家科技支撑计划，4项入选国家国际合作项目，共计获得国拨经费7 092.9万元。③产学研创新活动蓬勃发展。全市新认定省级企业研究院22家，高新技术企业研发中心46家，累计390家，新增军民融合创新产业基地1家。④技术交易活跃。全市登记技术交易合同2 080项，成交金额42.8亿元，同比分别增长21%和95%。创新投入带来可观效果，规模以上工业新产品增长19.7%，产值率提高到32.4%，创历史新高。更为重要的是，衡量技术进步的全要素生产率对经济增长的促进作用在2016年触底回升，2017年继续保持增长，为经济发展由要素驱动向创新驱动转变奠定了坚实物质支持（如图12-1所示）。

——供给侧结构性改革持续推进。①农业领域，2017年产值同比增长2.2%，全年新增市级农业龙头企业16家，国家级重点企业9家。②工业领域，规模以上工业增加值同比增加9.6%，销售收入增长18.4%，35大类行业中有12个行业增加值超过百亿元。③服务业领域，2017年增加值4 427.3亿元，同比增长8.1%。④"质优宁波"建设扎实推进。联动推进"三强一制造"，制（修）订国际（国家）标准49项，新增"浙江制造"品牌认证产品35项。⑤单位能耗不断下降。规模以上工业单位增加值能耗下降4.0%，累计淘汰改造高污染燃料锅炉1 146台；淘汰老旧车1.9万辆。⑥完善排污权交易，全年新增排污权交易89笔，交易金额2 635.7万元，新增有偿使用535笔，金额2.2亿元。⑦企业经济效益稳

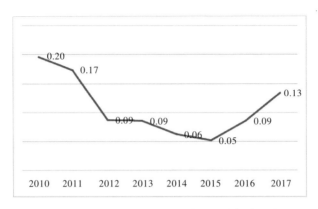

图 12-1　全要素生产率对宁波经济增长的贡献

资料来源：根据《宁波统计年鉴（2017）》《2017年宁波市国民经济和社会发展统计公报》整理.

步增长。规模以上工业企业、服务业企业利润分别增长30.9%和20%，其中股份公司、国有企业增加值分别增长11.2%和0.6%，民营企业增长8.6%，港澳台企业增长8.1%，外资企业增长8.5%。

——产业结构明显优化。2017年宁波三产结构的比例是3∶52∶45，第一产业和第二产业分别比2012年降低1个百分点，第三产业上升2个百分点。在增速上，第三产业年均增长10%，成为增长最主要动力，第一产业和第二产业年均增长也分别达到3.5%和7.5%。第二产业中的工业发展态势良好。2017年规模以上工业实现增加值3 266.7亿元，同比增长9.6%；利税总额2 097.9亿元，同比增长22.5%；利润总额1 264.1亿元，同比增长30.9%，利税、利润两项指标的总量均居全省各市首位，分别高出8.0和14.3个百分点。

——新产业、新业态、新模式不断涌现。①2017年战略性新兴产业、高新技术产业、装备制造业增加值分别为872.2亿元、1 337.5亿元和1 585.5亿元，分别增长15.7%、10.4%和14.1%。汽车制造业、电子信息产业、专用设备制造业发展迅速，分别增长18.3%、15.6%、13.8%。汽车制造业、纺织服装等五大优势产业产值增长20%。千亿级、行业骨干、高成长等三类培育企业产值分别增长

31%、24%和37%，新增全国企业（产品）单项冠军15个。②启动"凤凰行动"收益颇丰。新增境内上市公司18家，首发（IPO）融资82.5亿元，年末境内上市公司总数达73家；新增"新三板"挂牌公司33家，挂牌公司总数达157家，定向增发、公司债券等工具再融资513.9亿元。③电子商务发展迅速。全年完成网络零售额1 380.6亿元，同比增长34.8%；跨境电商进出口636.4亿元，同比增长135.6%，进口和出口分别增长49.7%和156.9%，"双十一"跨境电商进口零售交易单量、交易总额均居全国第一。

——现代服务业提质增效。①全市银行金融机构达63家，本外币存款18 149.1亿元，比上年增长6.8%；证券业，全市共有17家证券分公司，141家证券营业部，1家证券投资咨询公司，1家期货公司，3家期货分公司和39家期货营业部，年成交额5.6万亿元，比上年增长4.9%；保险业，国家保险创新综合试验区建设成效显现，全省首家保险资产管理公司获批设立，新增保险创新项目29个，全年实现保费收入302.9亿元，比上年增长17.6%。②传统服务业优势持续扩大。旅游业领域，2017年入境游客186.9万人次，实现旅游总收入1 715.9亿元，比上年增长18.6%。接待国内游客1.1亿人次，同比增长18.6%；实现国内旅游收入1 649.1亿元，同比增长19.0%。会展业领域，全市举办各类会展项目312个，县级以上举办商务会议（论坛）75个，特色节庆活动47个，荣获"2017年度中国十佳会展名城""2017年度金五星优秀会展城市奖"等荣誉。

——国际经济合作保持稳定，"一带一路"建设取得重要进展。①2017年口岸进出口贸易13 839.5亿元，增长18.5%，十八大以来平均增长2.1%。自营进出口总额7 600.1亿元，增长21.3%，过去五年的平均增速4.5%，是全国的1.7倍，出口占全国总体的3.25%。分企业类型来看，民营企业成为绝对主力，占比69%；分国别来看，欧盟、美国和东盟是最主要前三大贸易伙伴，合计进出口占比47.1%。宁波2017年实际利用外资40.3亿美元，五年平均增长7.2%，成为全国第九个累计实际利用外资超500亿美元的城市。②落实国家"一带一路"倡议取得突破性进展。宁波"一带一路"建设综合试验区获省政府批复，"16+1"经贸合作示范区列入《中国-中东欧国家合作布达佩斯纲要》，举办中国-中东欧国家投资贸易博览会、中国-中东欧国家合作发展论坛、中国航海日论坛、国际港口管理机构圆桌会议，发布海上丝路贸易指数，获批中国-中东欧国家贸易便利化国检试验区。①2017年实现与沿线国家经贸往来1 984.2亿元，同比增长21.0%，其中对中东欧16国进出口额197.9亿元，同比增长26.8%。

——交通基础设施持续改善，综合运输能力取得历史性突破。①以大通道枢纽城市为中心，2017年宁波完成交通基建投资260.7亿元，同比增长7.6%。交通强市建设持续推进，集空港、高铁、地铁、地面于一体的综合交通正在形成。综合运输能力不断增强。2017年货运量5.3亿吨，同比增长13.5%；客运量1.1亿人次，同比增长1.5%。②港口生产取得历史性成就。2017年宁波港域新建成泊位6个，万吨级以上生产泊位达到106个，航线243条，其中远洋干线117条，近洋支线74条，内支线20条，内贸线32条。2017宁波舟山港货物吞吐量10.1亿吨，成为全球首个"10亿吨"大港，连续9年位居世界第一；集装箱吞吐量2 460.7万标箱，同比增长14.1%，吞吐量居全球第四位、全国第三位。②宁波域内货物吞吐量5.5亿吨，增长11.1%；集装箱吞吐量2 356.6万标箱，同比增长13.9%。③国际影响力持续扩大。成立甬商总会，举办甬港经济合作论坛、海内外宁波周。④深化区域合作交流。积极融入长江经济带建设，主动参与长三角区域和浙东五市合作，对口支援帮扶和"山海协作"工程取得新成效；协同加快义甬舟开放大通道、舟山江海联运服务中心建设，海铁联运40万标箱，增长60%，宁波南部滨海新区成为省级经济开发区。

——民生改善成效显著。①就业扩大。2017年新增就业19.5万人，登记失业率为2.0%。②人民生活显著改善。人均可支配收入48 233元，比上年增长8.0%，超过地区经济增长速度。其中，城镇居民增长7.9%；农村居民增长8.0%。③扩大民生支出。全年财政资金用于民生密切相关的教育、文化体育与传媒、社

---

① 参见《2016:宁波梅山新区总体方案成果汇编》。

② 引自《宁波都市区开放发展和一体化发展行动方案》，本节介绍的材料主要源自该方案。

会保障和就业、医疗卫生、节能环保、城乡社区事务、农林水、交通运输、住房保障9大类支出共931.5亿元，占比66.0%。④居民健康水平显著提高。全市卫生事业医疗机构4 157家，专业卫生人员7.5万人，户籍人口孕产妇死亡率为0，婴儿死亡率为2.31‰，5岁以下儿童死亡率为3.02‰。⑤社会保障体系不断健全。社保卡金融账户激活率为70.6%，累计5.8万名困难残疾人享受生活补贴，7.5万名重度残疾人享受护理补贴，市县两级慈善机构募集善款5.3亿元，受助的困难群众达38.9万人次。⑥生态环境改善明显。中心城区空气质量优良天数比率为85.2%，增长0.5%；PM2.5年均浓度为37微克/立方米，下降5.1%。⑦绿水青山建设取得长足进步。全市地表水环境质量优良率达到71.3%，新划定生态保护红线面积1 687.4平方公里，劣 V 类小微水体基本消除。⑧"平安宁波"建设不断推进。生产安全事故起数、死亡人数分别下降16.8%和20.8%，防止民间纠纷引起的自杀5件、5人次；防止民间纠纷转化为刑事案件67件、175人次。

第二节　可能存在的问题

宁波经济发展和对外开放呈现稳中向好态势，但仍有些攻坚问题尚未得到根本解决，有些改革尚不到位，结构性矛盾亦很突出，主要表现在：

——经济发展模式主要依靠投资驱动。2016年最终消费、投资和净出口占地区经济比重分别为42.3%、51.7%和6.1%，与五年前相比，消费所占比重基本没变，投资增加了4.2%，净出口刚好减少了4.2个百分点。①与浙江全省相比，宁波消费低了5.9%，净出口少了0.5%，投资却高出6.4个百分点。在全国和浙江经济增长模式都在从原来的投资驱动向消费、投资"双轮"驱动方向转变的情况下，宁波似乎略有投资过大嫌疑。

——在省内经济地位尚未发生根本改变。2012 年，宁波占全省经济总量

---

① 引自《2016年宁波市国民经济和社会发展统计公报》，下同。

19%，2017年也仅为19.02%，五年内只扩大了0.02个百分点。2012年，宁波对浙江省经济增长的贡献率曾达到22.15%，到2017年不升反降，仅为15.12%，五年减少7.03个百分点，小富即安心态或许存在。作为改革开放初期的国家计划单列市，如何重塑经济发展新动能是必须要考虑的重要问题，这意味着宁波即便在经济发展方面"小跑"也是"后退"，更不用说真的退步了。

——工业"一业独大"仍然存在。与全省平均水平相比，2017年宁波第二产业占比高出8.4%，比2012年高出6.3个百分点，而第三产业占比则比全省平均水平低了7.7%，比2012年降低6.4个百分点。在五年平均增速上，全省第二产业平均增长5.5%，宁波高出其2个百分点，而全省第三产业平均增长11.2%，宁波反而低于其1.2个百分点。与杭州相比，2017年宁波的第二产业占比高出16.9%，第三产业占比则低了17.6个百分点，以至于在第二产业对经济增长的贡献方面，宁波比杭州高出32.3%（在第三产业方面，宁波比杭州低33.9%）。全国范围内，经济发展模式已经走进以服务业为主的发展阶段。与之相比，宁波包括现代服务业在内的第三产业发展相对滞后，存在第二产业"独大"的现象，经济增长需要从原来的工业驱动向工业、服务业驱动转变。

——对外贸易相对规模有减少趋势，实际利用外资下降。2012年宁波进出口贸易总额相当于浙江省的30.9%，是杭州的1.6倍，但到2017年仅相当于全省的29.7%，是杭州的1.5倍，五年内宁波贸易总量在省内的比重降低了1.2个百分点，相对杭州的优势也降低了10%。增速上，宁波五年进出口平均增速4.5%，比全省低0.9%，比杭州低了1%。跨境电商更是如此，2017年宁波跨境电商比杭州少了34.5亿元。实际利用外资增速下降。2017年宁波实际利用外资40.3亿美元，下降10.7%。受国际大环境的影响，全省实际利用外资规模只增长了1.8%，杭州也下降了8.3%，宁波实际利用外资仅占全省的22.5%，比杭州低14.4个百分点。

——部分存在经济发展的体制机制性障碍。主要表现在：一是省内宁波与杭州、舟山的区位分工尚未明确，省政府偏向性政策对甬作用不大，"失落感"明显；二是创新驱动战略的人才短板放大，相对高昂的生活成本和不具竞争力的薪资，吸引人才优惠度有待提高；三是参与国家分工产业竞争力下滑，前沿高新技术与东部沿海先发地区有差距，加工制造又面临内陆低劳动成本竞争挤压生存空间；四是投资拉动经济增长大环境改变，国家防范金融系统性风险的金融严控，窗口机遇期逐渐关闭；五是国家最早批准的跨境电子商务中心，归口管理权放在口岸办，与国内其他13个中心放在商务委完全不同，或对衔接内外贸和促进传统贸易转型升级有不利影响；六是对外开放制造业"单兵突进"现象明显，现代服务业亟待发展壮大；七是发展重点和定位有待进一步明确，装备制造和汽车业要求产值都在千亿元以上，传统汽车产能云集宁波，未来是否会有产能过剩仍值得进一步分析，等等。

第三节　发展思路、定位和目标

2018年是宁波全面贯彻落实十九大精神的开局之年，也是隆重纪念改革开放四十周年、决胜全面建成小康社会的关键之年。全面落实宁波市"十三五"发展规划，需要确立合理的发展思路，找准恰当定位，确立合适的发展目标。这对未来几年宁波经济发展和开放战略推进具有十分重要的意义。

一、总体要求

高举习近平新时代中国特色社会主义思想伟大旗帜，全面贯彻党的十九大、中央经济工作会议和省第十四次党代会、省委十四届二次全会、省委经济工作会议精神，认真落实市第十三次党代会、市委十三届三次全会和市委经济工作会议的决策部署，坚持稳中求进工作总基调，以创新、协调、绿色、开放、共享五大发展理念为引领，紧扣社会主要矛盾变化，按照高质量发展的要求，统筹推进"五位一体"总体布局，协调推进"四个全面"战略布局，坚定不移沿着"八八战略"指引的道路走下去，大力弘扬红船精神，秉持浙江精神，传承宁波精神，突出"改革强市、创新强市、开放强市、人才强市"导向，以供给侧结构性改革为主线，紧扣提高发展质量和效益这一中心，深入实施"六个加快"和"双驱动四治理"战略决策，加快推动质量变革、效率变革、动力变革，持续推进经济社会转型发展行动计划，着力建设创新型城市，着力打造港口经济圈，着力构建宁波都市区，着力提升国际化水平，统筹推进经济建设、政治建设、文化建设、社会建设、生态文明建设和党的建设，全面抓好改革开放、增长转型、改善民生、整治环境、防范风险、维护稳定各项工作，赶超发展，争先进位，把"名城名都"建设全面推向新境界，为浙江"两个高水平"建设做出更大贡献，高水平全面建成小康社会，为全面建成现代化国际港口城市打下坚实基础。

二、发展定位

——经济发展模式要从投资驱动向消费、投资共同拉动转变。投资曾在宁波经济发展中发挥过至关重要的作用，但伴随着发展而来的问题越来越多，收益比杭州低，成本却比杭州高。继续依赖投资拉动还面临市级财政统筹的能力弱、扩大投资与防范金融风险的矛盾并存等困难。扭转这种发展态势，势必要转变经济发展方式——从主要依靠投资驱动向消费、投资共同拉动转变。扩大消费对地区经济增长的贡献，需要切实落实"以人民为中心"的发展理念，强化发展的最终目的是维护和实现人民群众根本利益，着力改善民生福祉，满足人民对美好生活的向往。要坚持发展为了人民、发展依靠人民、发展成果由人民共享，推进公共服务均等化，加强和创新社会治理，维护社会公平正义，不断增强人民群众获得感和幸福感。要努力提高居民可支配收入水平，完善社会保障体系，让人民敢于消费、乐于消费。要把资金投到关键点上，扩大投资资金利用效率。

——深化供给侧结构性改革，提升供给质量和效益。深化供给侧结构性改革，加快破除无效供给，有效处置"僵尸企业"，淘汰落后产能。加大企业降本减负力度，进一步清理涉企收费，降低企业制度性交易成本和融资、用能、用电、用水等生产要素成本。提高供给体系质量和效率，加大"质优宁波"建设力度，支持企业实施"互联网+""标准化+""品牌+"行动，补短板。完善市场准入负面清单制度，健全社会信用体系，进一步激发企业创新活力，引导企业创新管理模式，建立健全现代企业制度。

——着力推动创新发展，走创新驱动高质量发展之路。强化创新是引领发展的第一动力，以更强的决心、更大的力度、更活的机制，加快建设国家创新型城市，促进新旧动能转换。完善促进创新创业的体制机制，鼓励和支持大众创业、万众创新，深入实施现代产业培育工程，积极培育新的经济增长点。推进创新平台建设，完善创新发展环境，强化以企业为主体的技术创新体系建设，集成创新要素资源，推动产业链协同创新和产业孵化集聚创新。强化人才是支撑发展的第一资源，千方百计抢人才，大力培养本土人才，创新人才引进机制，积极吸纳高校毕业生就业创业，着力提高全要素劳动生产率，加快形成以创新为主要引领和支撑的发展方式，打好转型升级攻坚战。

——坚持差异化竞争，争取省内并行而非先后发展。省外的长三角地区，要加强协调，促进分工合作，实现共同发展。省内区域经济发展定位，宁波应该坚持"双城记"的提法，强调与杭州的并列而非前后关系。产业定位要以宁波传统优势商贸经济、制造能力为基础，结合国家新发展理念强化的创新驱动发展模式，走"新兴制造+进出口"的强市发展之路。生产性服务业要与杭州错位竞争、错位发展，坚持只有先进的制造业才能带动生产性服务业，主要集中在智能制造、智慧城市、智能港航等相关生产性服务业建设。浙江经济的布局主要在杭州，政府偏向性政策导致省内更多资源配置到杭州和舟山，尤其是舟山的海洋性资源。与杭州、舟山相比，宁波的制造业创新所需资源配置尚未提出来，需要解决协调省内资源和地方资源的机制性割裂问题，积极争取国家和浙江省的偏向性资源配置，再塑甬在浙经济新地位。

——把港口最大资源与开放最大优势结合起来，更好发挥港口和开放带动作用。宁波是因开放、因港口兴起的城市，天然优质深水港走过了从简单运货上升到综合运输、附加值高的港口经济集群，由此带动商贸、进出口业务发展。可以说，开放是宁波的最大优势，也是繁荣发展的必由之路，是宁波再创发展新优势的关键所在。要坚持在更高起点上放大港口、开放的联动效应，主动融入"一带一路"和长江经济带建设，深化拓展经贸、人文等领域的全方位合作交流，增强港口经济圈的辐射带动能力，发展更高层次的开放型经济，全面提升城市国际化水平和新一轮对外开放水平，形成全面开放新格局。开放微观主体要坚持实体经济是国民经济的命脉，是一个城市综合实力的重要体现，也是赶超发展的主要引擎，须咬定青山不放松、久久为功抓实业，全力推进高质量发展，着力筑牢发展根基，增强实体经济国际竞争力。在资金引进上，要抢抓好项目、大项目，突出招强引优、以商引商、产业链招商，更好发挥"宁波帮"和各级商会、协会的作用，提升全球化、市场化、专业化招商水平。

——深化体制机制改革，再创制度创新新红利。改革是推进高质量发展、争创发展新优势的关键，必须坚定不移高举改革大旗，争当改革排头兵，勇做改革先行者，着力推进全面深化改革，营造一流的制度环境。深化"最多跑一次"改革，整合信息系统，破解信息孤岛，建设公共数据大平台，加快事项全面覆盖、投资审批全面覆盖、流程全面优化、乡镇（街道）全面延伸、标准全面统一，努力实现"快速办、就近办、网上办、移动办、全城通办"。推进受理与办理、办理与监督评价相分离，深化跨部门、跨层级"一件事情"梳理归集，拓展"一事联办"范围，减事项、减次数、减材料、减时间，在商事登记、不动产登记、企业投资项目、人才服务等领域取得新突破。推广"标准地"制度，确保一般企业投资项目开工前全流程审批100天内完成。推行"双随机、一公开"，加强事中事后监管，做到审批更简、监管更强、服务更优。

三、发展目标

——经济强市再上新台阶。经济保持中高速增长，2018年地区生产总值增长7.5%左右，财政收入、城乡居民收入增长与经济增长基本同步。2020年力争提前实现地区生产总值、人均地区生产总值、城乡居民收入比 2010 年翻一番；区域创新创业体系更趋完善，产业迈向中高端，制造业水平进一步提升，服务业比重进一步上升，新产业新业态形成规模。

——创新活力持续增强。坚持把创新摆在发展全局的核心位置，大力推进科技创新、产业创新、制度创新等各方面创新，让创新在全社会蔚然成风。2018 年实现研发经费占比 2.5%，全员劳动生产率增长 8%。加快实施《中国制造 2025 宁波行动纲要》，2020 年实现"制造大市"加快向"智造强市"转型，制造业创新能力明显增强。加快建设浙东南国家自主创新示范区，宁波新材料科技城、国际海洋生态科技城、航天智慧科技城、中官路创业创新大街、南北高教园区和国家级"双创"示范基地取得新突破。创新人才集聚显现，"3315"、"泛3315"和"资本引才"发挥重要作用，"甬智回归工程"、本土青年才俊储备专项行动、国家海外人才离岸创新创业持续开展，2018 年实现人才总量突破 235 万名。

——更具影响力的国际化港口城市。到 2020 年，宁波舟山港国际枢纽功能显著增强，配置全球资源要素的能力大幅提升，覆盖长三角、辐射长江经济带、服务"一带一路"的港口经济圈带动作用进一步显现。智慧物流、航运交易、航运金融、航运保险、船舶综合服务等能力进一步提升，国内外航运高端资源加快集聚，港口后服务业加快发展，港航物流服务体系更趋完善。基本形成更具国际影响力的港口经济圈和经贸合作交流中心、港航物流服务中心。

——经贸合作更为紧密，"一带一路"建设取得重大进展。2018 年货物出口总额增长 8%。加快转变外贸发展方式，服务贸易总额增长 10%。建设全国跨境电商中心城市，跨境电商交易额突破 150 亿美元。积极创建国家"一带一路"建设综合试验区，全力申报自由贸易港。建设"16+1"经贸合作示范区，深化中国-中东欧国家贸易便利化国检试验区建设，办好中国-中东欧国家经贸促进部长级会议，推动中国-中东欧国家投资贸易博览会成为国家级展会，努力打造中东欧商品进口、投资合作和人文交流首选地。加快自贸区政策复制落地，大力推进重点开发区和功能区创新转型、提升发展。①

——区域合作更加协调。2020年宁波都市区协同发展格局基本建立，现代化的综合立体交通网络基本形成，对周边地区带动作用明显增强。城市品质建设取得明显成效，美丽县城、特色小城镇和美丽乡村建设展现独特风貌，成为全国城乡统筹发展示范城市，国际化水平大幅提高，东亚文化之都影响力不断增强。

——争创更高品质的民生幸福城市。2018年居民消费价格涨幅3%左右，城镇新增就业15万人，城镇调查失业率、登记失业率分别控制在5%和3%以内。2020年实现就业更加充分，基本公共服务均等化水平稳步提高，社会保障更加公平完善。城乡居民家庭人均可支配收入持续增长，城乡居民收入差距进一步缩小，低保水平逐年提高，低收入群众收入较快增长，中等收入人口比重上升。公民思想道德素质和科学文化素质明显提高，城市文明程度进一步提升。现代公共文化服务体系基本形成，文化产业成为国民经济支柱性产业，文化引领经济社会发展的作用更加明显。法治政府基本建成，社会诚信体系更加健全，司法公信力明显提高，网格化管理、组团式服务、信息化支撑能力不断增强。

——绿色发展方式和生活方式基本实现。2018年确保完成省里下达的单位生产总值能耗和二氧化碳、污染物排放量目标，PM2.5年均浓度降至37微克/立方米以下，城区空气优良率超过86%。2020年基本确立循环经济体系，大幅度提高能源资源开发利用效率，能源和水资源消耗、建设用地、碳排放总量得到有效控制。主要污染物排放总量大幅减少，黑臭河和地表水劣V类水质断面全面消除，PM2.5浓度明显下降，环境空气质量达标区域进一步扩大，主体功能区布局和生态安全屏障基本形成，使宁波的天更蓝、水更清、地更净、景更美，更好践行"绿水青山就是金山银山"的发展理念。

---

① 来源于《宁波市发改委关于贯彻落实"一带一路"国家战略情况》。

第四节 重点建设任务

在实际工作中努力争取更好的结果，目的是推动宁波经济发展和对外开放走向"新高度"。"新"则要求新常态下经济发展稳中求进、稳中防变；"高"则要求走高质量创新发展之路；"度"则是要求提升开放度，开创更具影响力的国际经济合作。

一、推进创新发展新动力

——建设重大创新平台。全力推进新材料科技城和国际海洋生态科技城建设，实施"名校名院名所名人"引进工程，推动中科院宁波材料所、兵科院宁波分院、清华长三角研究院宁波分院做大做强，支持吉利沃尔沃汽车研究院、万华宁波高性能材料研究院等产业技术研究机构建设，建成国家智能制造装备质检中心、国家磁性材料计量测试中心，促进石墨烯创新中心创建国家级创新中心。

——培育创新集群。加强小微企业创业创新基地建设，培育一批众创空间和公共研发平台，创建宁波新材料产业创新服务综合体。推动军工技术与制造业有机融合、军民科技成果双向转移转化，积极创建国家军民融合创新示范区。

——完善区域协同创新体系。主动对接上海全球科创中心建设，积极引进高水平研发机构和技术资源。培育壮大科技服务市场主体，完善技术市场体系，加快宁波科技大市场建设，促进科技成果资本化、产业化。实施创业宁波引领计划，壮大创新型初创企业、高成长企业，培育具有国际竞争力的创新型领军企业。围绕国家重大产业布局和宁波产业链攀升需求，实施一批重大科技专项，突破一批关键核心技术。

——完善科技创新体制。创新财政科技资金分配机制，建立完善科技金融体系，大力发展天使投资、风险投资和科技信贷融资，引导社会资本投向创新创业活动。全面落实高新技术企业税收优惠、研发费用加计扣除政策，复制推广中关村先行先试政策，深化科技成果使用处置和收益管理改革。鼓励推动高校和科研院所科技人员服务企业，提高科研人员成果转化收益分享比例。

——加强知识产权保护，完善知识产权维权援助机制。深化国家知识产权区域布局试点，优化知识产权运营服务体系，建设中国（宁波）知识产权保护中心。支持企业开展跨国技术并购，集聚全球高端创新资源。弘扬劳模精神、工匠精神和甬商精神，激发和保护企业家精神，让崇尚创新、宽容失败的社会氛围更加浓厚。

——积极引进人才。目前宁波没有较为著名的大院大所，中科院材料所的人才积累也偏少，科研短板没有根本改变。不是省会的五个计划单列市中，宁波经济总量排在中间，人才引进优势不大，985之类的重点高校基本没有，人才供给存在严重不匹配。随着各地抢人才速度和力度增强，曾经的优势也会减弱。目前正在推进的杭州湾大项目，既离市区较远，薪资水平与12小时工作时长性价比也不大理想。促进宁波人才强市发展战略，还是要实施差异化政策，发挥地方政府和生产企业的积极性、主动性，以"抢时间、抢速度、争效益"为重点，到人才相对集中的地区，到大学去抢人才。在国际人才引进上，坚持高端和40岁以下的人才市内统筹并重，发挥"宁波帮"的海外影响力，用感情、用待遇、用事业引进各类海外优秀人才，再用这些示范作用像割韭菜一样一茬一茬地引进人才。在本土人才培养上，将柔性和组织培养结合起来，培养年轻优秀人才。

二、推动产业迈向中高端

——建设具有国际影响力的制造业创新中心。发挥制造业宁波竞争力强的优势，实施制造业重大技术、生产方式和组织模式创新，提高制造业核心竞争力。实施智能制造工程，加快推广智能制造、协同制造、服务型制造等新型制造模式。实施工业强基工程，开展质量品牌提升行动，支持企业加快技术改造，全面提高企业装备水平。优化工业发展布局，改造提升工业集聚区，建设一批新型工业化示范基地，推动传统块状经济向现代产业集群转变。鼓励龙头企业强化产业链整合，加快向系统集成服务商转型。健全中小微企业服务体系，推进中小企业"专精特新"发展，培育更多隐形冠军。实施制造业创新发展，需要补足短板。实际上，未来的创新驱动发展模式不太可能是企业单打独斗，而是行业比拼，需要在人才链、创新链、科研链整合协同，建立以企业为中心的创新主体，增强科技成果向现实生产力转化的能力。

——做大做强优势大产业。深入推进信息化与工业化、制造业与服务业融合发展，集中力量做大做强高端装备、新材料、新一代信息技术、港航物流服务、生命健康五大产业，进一步提升绿色石化、智能家电、时尚纺织服装等优势制造业，着力在文化创意、金融、旅游、海洋高技术、新能源汽车、通航产业等重点领域形成一批新增长点。积极争创"中国制造2025"国家级示范区，推进战略性新兴产业倍增发展，继续实施规模以上工业企业技术改造、智能化诊断三年行动计划，加快打造一批千亿级产业集群。大力培育企业梯队，扶持7家千亿级龙头培育企业、94家行业骨干培育企业、100家高成长培育企业、162家单项冠军培育企业，滚动实施"小微企业三年成长计划"。推进"凤凰行动"宁波计划，新增上市公司10家。

——创新发展服务经济。做精做强生产性服务业，增强工业设计、现代金融、信息服务和电子商务的国际竞争力。建设特色工业设计园区，推动工业设计产业化。依托宁波电商城和电商经济创新区，建设国家电子商务示范城市。适应消费升级新趋势，扩大服务消费，推动健康休闲、教育文化等生活性服务业向精细化和高品质转变。推进流通现代化，促进传统商贸服务业转型升级。实施社区邻里中心建设计划，建设"月光经济"夜市街区。依托丰富的山湖海资源和历史文化资源优势，发展山地旅游、湖泊旅游、海洋旅游、都市文化旅游，推进东钱湖旅游度假区、天一阁·月湖景区、雪窦山风景名胜区、四明山生态旅游区、三江口滨江休闲区等重点特色旅游区块建设，建成国内一流的休闲旅游目的地。实施千亿旅游投资工程和两千亿旅游消费工程，推进华强中华复兴文化园、华侨城欢乐港湾、象山影视城等重大项目建设，全面提升景区品质，打响"香约宁波"品牌。进一步深化国家服务业综合改革试点，优化服务业发展环境。积极吸引国内外大型服务机构落户宁波，鼓励服务业企业兼并重组，强化服务业标准化和品牌化建设，推动服务业企业提质增效、做强做大。

——积极推进农业现代化。转变农业发展方式，全面推进国家现代农业示范区建设，加强粮食生产功能区、主导产业集聚区和绿色都市农业示范区建设，增强粮食综合生产能力，加快发展绿色都市农业。发展农产品精深加工业、农产品物流和休闲农业，建设农业全产业链。完善农业保险制度，加快建立农业担保体系。培育新型农业经营主体，完善农业社会化服务体系，全面建成生产、供销、信用"三位一体"农民合作经济组织体系。培养新型职业农民，提高农民素质。健全农业科技创新激励机制，加强农业科技创新与推广，提升现代种业发展水平。加快农田水利基础设施建设，提升农业机械化水平，推进农业信息化。

——加快发展新经济新业态新模式。贯彻网络强国战略，实施宁波"互联网+"行动计划，建设互联网创新平台，加快互联网与传统产业、新兴产业融合发展。实施大数据战略，加快城市大数据中心建设，推进数据资源开放共享，加快发展信息经济。优化众创、众包、众扶、众筹空间，推动产业组织、商业模式、供应链、物流链创新，打造众创之城。把数字经济作为"一号工程"来抓，聚焦智能制造、智能城市、智能港航等重点领域，推动实体经济与互联网、大数据、人工智能深度融合。培育发展智能终端产业，建设宁波杭州湾新区智能终端产业园，举办全球智能经济峰会、中国机器人峰会，争取成为国家5G试点城市。

三、促进区域经济差异化协调发展

——坚持省内"双城记"，合理确定与舟山分工。明确与杭州的差异化分工。产业定位上，要以宁波传统优势商贸经济、制造能力为基础，结合国家新发展理念强化的创新驱动发展模式，走"新兴制造+进出口"的强市发展之路。宁波与舟山的关系需要理顺，双方各有优势也各有缺陷，需要优势互补。舟山地理位置优越，漫长海岸线基本没有开发，但地理位置处于交通末端，跨海陆路运输成本相对高昂，散货附加值也低，辖区面积小决定了难有经济发展的要素集聚，走规模化经营面临硬环境约束。宁波则相反，港口运输主要以集装箱为主，附加值高，江海联运成本低，但周围海岸线基本开发完成。舟山把国家级新区发展战略作为尖刀，腹地放在宁波，对于充分发挥舟山优势，突出宁波特色极为有利。要突破双方的行政制约，需要在省级政府层面推动，否则只能是"分割"，不会有"集体"优势。

——推动宁波都市区发展。深化落实宁波都市区规划。推进宁波与舟山协调发展，扩大与台州、绍兴、嘉兴等周边城市的合作，建立健全都市区协调发展机制，推动创新创业互促共进、交通设施互联互通、公共服务共建共享、生态环境协同共保。推进协同创新平台共建，促进区域科技人才资源共享，实现都市区产业合理分布和资源优化配置。巩固国家级综合交通枢纽地位，推动各类公共交通"零距离换乘"，构筑以宁波为中心的"一小时"都市区交通圈，促进都市区内部通勤一体化。加强能源、通信、供电供水等基础设施共建共享，探索电信、金融服务同城化。建设跨区域教育共同体、医疗联合体，推进公园卡、交通卡、医保卡等一体化。

——加快推进市域统筹发展。按照全市"一张图、一盘棋"的要求，实施市域统筹规划，落实主体功能区制度，推进城市总体规划、土地利用规划和环境功能区划等"多规融合"。依托城市轨道交通和城际铁路建设，加强紧凑型多功能组团和城镇的规划建设，完善市域城镇体系。积极推进东部新城、姚江新城、空港新区等重大区块建设，着力增强中心城区集聚辐射功能。推进余姚、慈溪和宁波杭州湾新区联动发展，优化整合空间布局和资源要素，打造宁波都市区副中心。加大奉化、宁海、象山统筹力度，增强区域综合承载能力和建设品位，提升生态经济和海洋经济发展水平。调整优化行政区划，改革完善市与县（市）区的建设管理机制，理顺市级功能区与行政区体制关系。实施四明山生态经济区建设提升工程，加快四明山区域发展步伐。

——推动城乡协调发展。全面提升城乡品质。牢固树立"精明增长""紧凑城市"理念，切实转变城市发展方式，实施中心城区品质提升工程，抓好"三江六岸"核心景观系统建设，加快中山路综合整治和重点区块开发，推进城市棚户区和城中村改造，促进城市有机更新。大力实施美丽县城创建专项规划，推进卫星城和中心镇改革发展。积极推进美丽乡村建设，统筹优化农村布局规划，改进农民改善型住房建设方式，加强农村自然风貌、传统建筑和农俗文化保护，充分展现浙东民居特色。加大城乡绿道、郊野公园建设力度，提高绿色休闲水平。加强历史文化名城、历史文化名镇名村、历史文化街区和名人故居保护利用，传承历史文脉。深入推进"三改一拆"，建立依法治违长效机制，基本实现县县无违建，建成基本无违建市。

四、打造"一带一路"港港联通和经贸枢纽

面对困难和挑战，只有找到切实可行的对策，才能化解矛盾，实现又好又快发展，但总体方向应该和中央、浙江省和宁波市委市政府的重大部署方向一致。相信各地保质保量地完成各自工作，应该能够促进域内经济向前推进。

（一）以与中东欧经贸合作为重点，着力提升贸易便利化水平，探索贸易畅通新机制

——要以"16+1"，争创中国（宁波）-中东欧经贸合作示范区。以建设中国-中东欧贸易便利化国检试验区为契机，加强中东欧国家商品准入管理机制研究，加快中东欧国家肉类、新鲜水果等特色优势产品输华准入。

——建立贸易商品认证体系和标准，推动我国与中东欧国家对相关标准体系进行共认。探索市场准入规则互认，推动定期磋商与交流。共同建设贸易便利化政策的推介平台和机制，推动双方政策互认。建设国际贸易"单一窗口"，实现货物作业"一站式"、通关无纸化。

——创新中东欧"走出去"简易模式，支持企业赴中东欧建设工业园区、营

销基地和资源开发中心。谋划建设中东欧产业园，实现中东欧优势产业与宁波产业链对接。提升中国－中东欧国家投资贸易博览会层级，支持中东欧国家设立签证服务中心、旅游办事处等办事机构。

（二）以落实十九大探索建设自贸港为重点，争创自由贸易岛

——以中国经贸合作和服务业扩大开放为重点，争创梅山自由贸易岛。创新国际船舶登记制度、航运业务运作模式、航运金融开放、航运税收政策，以梅山岛为核心争取国家港航服务改革试点，加快复制上海、天津等地国际船舶登记、中资"方便旗"船舶税收优惠、沿海捎带、启运港退税等政策。创新投资管理制度和投资贸易税收政策，扩大服务业和先进制造业对外开放。研究实施个人境外直接投资、开设自由贸易账户等政策，争取国际贸易结算中心试点。完善口岸监管政策，实施"一线放开、二线安全高效管住"的口岸监管方式，创新外商投资和金融等领域风险管理体系。探索高端人才政策创新，实施有利于人才集聚的住房、社保、户籍、个税减免奖励等政策，完善人员出入境政策。

——以中国能源合作和能源外交为重点，探索建设大榭国际能源贸易岛。谋划制订大榭国际能源贸易岛建设方案，争取复制中国（浙江）自由贸易试验区政策，推动油品全产业链投资便利化和贸易自由化。争取放宽原油、成品油进口资质和配额限制，争取开展保税油加注业务。争取油气设施网运分离试点，推动能源基础设施对民间资本开放。争取建设原油、成品油、LNG等能源大宗货物交易市场和交割基地，争取特定能源产品贸易的税收优惠政策。创新建立与能源贸易相适应的口岸监管方式。做大做强能源国际贸易，加大国资能源巨头与本地民营企业抱团"走出去"，加强与伊朗、沙特阿拉伯、土耳其等沿线资源国在能源开发、配套基础设施、上下游产业和投融资等领域合作。

——以高水平建设"21世纪数字丝绸之路"为重点，探索建设网上信息合作自贸岛。以中国（宁波）跨境电商综合试验区建设为契机，依托贸易、航运和纺织、服装、电器、文具等优势行业，大力发展跨境贸易电商，探索贸易新业

态、新模式。以宁波保税区、宁波跨境电商产业园、宁波电商创新产业园等为载体，构建个性化通关通检流程，扩大附加值高的进口商品品种，建成集通关、展示、交易、结算、配送等功能于一体的供应链综合服务体系，打造跨境电商数据中心。建立电子商务进出口新型海关监管和检验监管模式，鼓励银行机构为跨境电商提供支付服务，实施适应跨境电商特点的进出口税收政策，建立电商出口信用体系。进一步便利跨境电商企业收结汇，共同推进跨境电商人民币结算业务发展，支持甬易支付探索开展跨境支付业务。

（三）以产业发展为重点，着力完善互利共赢服务体系，探索产业科技合作新模式，巩固创新对外合作新经验

——深化国际产业合作，推动重点领域产业合作，聚焦新材料、高端装备、纺织服装、能源化工、家用电器等重点优势产业，采取投资建厂、合作开发、承包工程等多种方式分类推进国际产业合作，大力拓展与中西亚、东欧、非洲、拉美等地的能源资源合作。谋划建设智能经济国际合作园，吸引沿线国家和地区跨国公司、研究机构在宁波设立智能经济研发中心和分支机构，组建大数据、智能装备、智能家电等产业联盟。打造国际产业合作示范平台，高水平建设中意（宁波）生态园等国别产业合作园。支持中小民营企业"抱团出海"，在中东欧、东南亚等地合作新建一批境外经贸合作区。大力培育本土跨国公司，支持有实力的本土企业通过绿地投资、跨国并购等方式"走出去"。

——坚持创新、共享、共赢发展理念，加强国际科技合作与成果转移。建设双向合作科技园，推进宁波诺丁汉中英科技创新园、宁海中瑞科技园、海曙国际科创城等科技合作园建设，支持企业和机构在以色列、捷克、意大利等重点国家探索共建境外科技研发园。依托国际技术产业联盟（中国）总部、中科院宁波材料所等科研机构，推动与沿线国家和地区知名机构和产业组织共建联合实验室（研发中心）、国际技术转移中心，合作开展重大科技攻关。实施海外企业研发平台建设计划，搭建宁波国际科技商务平台，支持有条件的企业设立海外研发中心或产业孵化基地。

——健全"走出去"服务体系，努力让企业"走出去""走进去""走上去"。完善民营企业赴沿线国家和地区建设产业园区、营销基地和资源开发中心的财政、金融、税收等扶持政策，简化境外投资审批流程。整合各类对外交流合作机构资源，争取国家"一带一路"建设促进中心分支机构落户宁波，为企业提供法律法规、信息资讯、投融资、知识产权保护等服务。建立健全政策沟通长效机制，以友城合作和产业园（基地）建设为载体，与友好城市签署合作备忘录、制定合作规划和措施，为企业"走出去"提供政策支撑。

——发挥政府、商会、中介桥梁纽带，创新"走出去"风险防范机制。探索建立防风险机制，加强"走出去"公共信息平台建设，及时提供国别风险咨询、境外投资政策环境分析、风险监测预警等服务。依托海外"宁波帮"和海外华侨华人社团组织、驻外使领馆等力量，积极构建法律、安保、公关等网络体系，增强企业境外突发事件应急处置能力。探索建立防不正当竞争机制，规范"走出去"企业境外经营行为。探索建立防腐败机制，探索实行对外投资工程立项报告和腐败犯罪风险防控报告"双报告"制度，建立企业行贿"黑名单"制度等。

（四）以保险创新为重点，着力健全跨境金融保险服务，探索港港联通和经贸枢纽的资金融通、风险保障新体系

——高水平建设保险创新产业园区，大力推进保险领域改革创新，打造"一带一路"保险综合服务中心和保险创新示范基地。共同研究设立"一带一路"（宁波）巨灾保险合作基金，实现"一带一路"国家巨灾风险基金的集合、共享和互助，创新对外援助模式。加快发展对外工程保险、海外投资保险、境外人身意外伤害保险等业务，大力发展出口信用险，推动设立"一带一路"财产保险公司，为企业"走出去"提供全过程风险管理和一揽子金融保险服务。做大做强宁波东海航运保险公司，提高在全球航运保险市场的话语权和定价权。借力国家保险创新综合试验区 14 条先行先试政策，在特定区域试点开展跨境保险、离岸保险、保险资金跨境运用等业务创新，创新发展航运保险。打造"一带一路"保险合作交流中心，举办中国保险创新论坛并争取永久落户宁波。

——完善跨境金融服务体系，扩大跨境融资服务能力。大力推广 PPP 模式，引导社会资本积极参与"一带一路"重大基础设施建设。积极争取国家丝路基金、亚投行等资金倾斜支持，鼓励国有资本、社会资本共同探索设立宁波"21世纪海上丝绸之路基金"。发展多层次资本市场，支持符合条件的法人金融机构和企业到沿线国家和地区发行人民币债券和外币债券，推动符合条件的沿线国家和地区金融机构宁波分支机构进入银行间债券市场，积极争取 QFLP（合格境外有限合伙人）试点。深入推进境外并购外汇管理试点和跨境贷款对外债权登记管理试点。鼓励金融机构支持企业开展人民币境外直接投资活动，探索开展跨境人民币借款、贷款、贸易融资、结算、支付等金融创新业务。研究发展服务"一带一路"建设的征信机构。以科技金融为切入点，打造一流的金融和产业聚合平台，为企业开展国际产能合作提供便捷化、全过程的金融服务。

——加大开发性金融机构支持力度，扩大政府融资影响力。推动国家开发银行在宁波开展开发性金融政策、产品、服务等方面的试验创新，争取国家开发银行和中国进出口银行"一带一路"专项贷款向宁波倾斜，支持"一带一路"开放通道与平台、企业并购、产业投资、贸易融资、园区合作、港航物流等领域项目建设。有效利用境外资金，依托国家开发银行海外窗口平台，引导境外资金服务宁波产业转型升级和企业"走出去"。

——提升金融合作水平，探索中外资本合作新模式。推动金融机构开展互利合作，鼓励符合条件的金融机构和民营资本共同设立中外合资银行。支持沿线国家和地区金融机构在宁波设立服务于"一带一路"经贸合作的区域性总部或分支机构。加强金融监管合作，与经贸往来密切的重点国家（地区）探索构建区域性金融监管合作体系，扩大信息共享范围。

（五）以"活化石"为重点依托，着力推进人文交流合作，探索打造民心相通新平台①

——多元文化交流合作，要扩大中国-中东欧国家投资贸易博览会、中国-中东欧市长论坛的国际影响力，争取举办中国国际进口博览会中东欧分会场。继续办好国际港口文化节、中国航海日论坛、中东欧文化艺术交流季等系列活动。规划建设保加利亚索菲亚中国文化中心、宁波文创港、河海博物馆等项目，协同推进大运河文化带建设，加大宁波丝路文化宣传力度。加大沿线国家城市结好力度，建立高层定期会晤机制，打造"一带一路"友好城市典范。争取设立"一带一路"国家商会联盟，健全同沿线国家和地区"宁波帮"联络机制，积极发挥桥梁纽带作用。

——国际教育合作，要谋划建设"一带一路"职业教育合作办学基地、产教协同创新中心和国际交流教育中心，打造"一带一路"国家职业教育合作综合试验区。推进MIT宁波（中国）供应链创新学院、中国-中东欧科技成果转移中心和中国-中东欧国际物流与服务学院等建设，设立"一带一路"发展教研基地，高水平建好宁波海上丝绸之路研究院、宁波中东欧国家合作研究院，打造中英时尚产教协同中心。扩大"一带一路"产教协同联盟影响力，举办中国-中东欧国家教育交流会、"一带一路"产教协同高峰论坛等。办好捷克语言文化中心、斯洛伐克教育科研中心等，新引进若干沿线国家和地区知名高校、中小学校来宁波合作办学。探索境外办学和援外培训新模式，推进中非（贝宁）职业技术学院、中罗（德瓦）国际艺术学校建设，办好在印度尼西亚、波兰、俄罗斯等国家的境外办学项目。实施"一带一路"沿线国家和地区来甬留学生奖学金计划，在沿线国家和地区新建阳明学堂等。

——国际科技人才交流，要谋划建设"一带一路"国际人才交流港，大力推进国家引进国外智力示范区建设。组织举办中东欧青年创新创业大赛。提升中国

---

① 引自2017年中国（宁波）-中东欧国家旅游合作交流活动介绍。

新材料与产业化国际论坛、中国机器人峰会、中国智博会等科技交流平台影响力。继续推进"欧洲·宁波周"科技分团等科技招商活动，吸引沿线国家和地区专家、企业和社会组织来宁波开展科技对接交流。加强"一带一路"智库建设，推动与沿线国家和地区智库交流互访。

——扩大对沿线国家文化软实力影响力，要大力支持举办特色旅游活动和体育赛事。争取"一带一路"沿线国家和地区在宁波设立旅游办事处，支持境外旅游企业在宁波设立旅行服务机构，争取宁波机场口岸144小时过境免签政策，积极争取离区免税政策，大力开辟直飞洲际航线。与沿线重点国家城市互办"旅游年"，联合打造丝路特色的国际精品旅游线路和旅游产品，开展互为旅游目的地推广活动。继续办好国际旅游节，积极承办"美丽中国-海上丝绸之路"旅游联合推广活动。积极争办"一带一路"沙滩排球世界巡回赛，不断扩大国际网球巡回赛等赛事国际影响力。规划建设铭泰国际赛事中心。

第五节　未来对接"一带一路"的几点建议①

宁波因开放而发展。未来建设全面开放新格局，打造"一带一路"港港联通和经贸枢纽，要以服务"一带一路"倡议、长江经济带战略和提升国际化为重点，积极参与舟山江海联运服务中心建设，加快构建义甬舟开放通道，争创国家级海铁联运综合试验区，强化国际产能合作，打造面向环太平洋经济圈的海上开放门户。"一带一路"倡议提出以来，已经在各方面给宁波带来了可预见的巨大有益效果和良好发展态势，但在发展过程中，也遇到一些瓶颈和困难，希望得到国家有关支持，以更好打造港港联运互联互通，发挥区域经贸枢纽的作用。

---

① 相关材料主要源自宁波市调研相关内容整理，包括宁波市政府、宁波市发展和改革委员会、宁波市发展规划研究院、宁波市委办公厅、宁波市物研院、宁波梅山保税港区管理委员会等，感谢各单位的帮助和支持！

——建议在宁波深入推进全国首个"中国制造2025"试点城市建设，聚焦发展高端装备、新材料、新能源等战略性新兴产业，加快石化、钢铁、船舶等临港产业绿色转型，推动纺织服装、电子机械、模具文具向智能制造升级，发展壮大以智能经济为特色的新经济，全力发展高端港航产业，打造智能制造先行先试示范区。宁波也要以建设国际海洋生态科技城和新材料科技城为重点，积极培育众创、众包、众扶、众筹平台，着力推进创客社区、创意小镇、创业街区建设，完善创新创业政策支持体系，着力打造国内外有较强影响力的"双创"基地和科创高地。宁波要以服务长三角城市群和宁波都市圈建设为重点，建设面向全球、辐射亚太、引领全国的现代化国际港口城市，打造宁波都市圈核心节点，完善现代化基础设施，加强生态环境保护和生态文明制度建设，提升城市综合服务功能，推进港产城一体化发展，建设宜居宜业宜游的现代化国际滨海新城区。

——建议对尚处于探索状态的新鲜事物，国家有关部委在审批、监管上有新突破。考虑到宁波在"一带一路"建设上的重要意义，而港港联通建设目前国内尚无经验，还处于探索阶段，国家和有关部委或许可以在相关审批、监管上再有新突破，对发挥宁波服务"一带一路"整体建设推进、国家全面开放新格局建设，以及带动长江经济带和宁波都市圈经济社会发展大为有利。

——建议设立宁波-梅山自由贸易岛（港）。梅山是宁波加入"一带一路"建设的关键港区，也是海上丝绸之路的港口"活化石"之一。支持梅山新区建设为国家级新区，设立自由贸易港，可以发挥宁波临港经济的人才技术支撑作用，全力打造成国内外航运金融保障和跨境商贸服务的重要基地。新区内试点启运港退税、一票到底作业、海关监管互认、运输市场定价等改革，有助于引导临港产业向集群化、高端化和园区化发展，提升港口辐射沿海南北、沿江东西、甬昆西南的影响力，真正实现海港、江港、内陆港、航空港的互联互通和运力的智慧共享。

——建议宁波梅山港整体纳入中国（浙江）自贸区。考虑到国家级新区已有19个，倘若设立梅山新区较为困难，建议有关部门将梅山港区纳入中国（浙江）

自贸区范围。2016年宁波全市外贸进出口近1 000亿美元，梅山占比高达30%，是浙江推进自贸区建设的理想区域。目前，浙江自贸区仅限于舟山，而舟山港主要是石化产品进出口，功能较为单一。梅山则不同，区内标箱进出口占整个宁波–舟山港的绝大部分。将新区部分区域纳入自贸区试点范围，或自贸政策向梅山部分区域覆盖，无疑能更好地推动当地发展。

——建议在梅山建设国家级现代国际贸易物流基地。梅山港区腹地广阔，仅北仑港区周边就预留了3公里的深水岸线和10平方公里可优化利用建设用地。不大不小的地理空间和全国重要大宗商品口岸发展经验，是建设国家级现代国际贸易物流基地的理想区域。建议将其纳入到正在编制的"中国服务2025"规划当中，让其在能源贸易主体多元化和网运分离改革、国际贸易和投资便利化改革、海铁联运综合改革、跨境电商及配套金融改革等领域先行先试，推进制度创新。

——建议在宁波（梅山）成立"一带一路国家商会联盟"。"一带一路"意义不言而喻，许多地方政府纷纷围绕如何进一步推进建设出招发力，但多限于以地方政府区域为出发点，出台一些优惠政策、组织一些会议论坛而已，整体上缺乏与沿线国家商界特别是民间商界的共商共建的平台，而共商共建是"一带一路"倡议的原则，目的是让各国商会都要有参与感，有实实在在的获得感，需要成立"一带一路国家商会联盟"。

——建议由中国商业联合会牵头联合搭建"一带一路"国家商会联盟。目前，搭建"一带一路"国家商会联盟、共商共建民间商业沟通合作平台时机成熟，已有30多个国家商会表达了加入的意愿。"一带一路"国家商会联盟，既是民间商业界共商共建沟通平台，又是人心相通不可或缺的一个重要组成部分。该平台的建立，有利于建立一个统一的"一带一路"商业征信体系，促进贸易畅通，尤其是避免由于沿线（如南亚、非洲许多国家）的商业信用体系缺乏、信息不对称，导致许多中小出口商屡屡上当的问题再次发生。通过商会联盟这一抓手，能够在一定程度上解决商业征信和信用的问题，扩大企业信用基础数据的应用，对发展"一带一路"供应链极为有利。一旦建成这样的平台，将极大推动沿线国家的供应链金融向前发展，促进资金融通和贸易畅通良性循环、互动发展。

——建议商会联盟建立"一带一路"智慧商贸物流网络。在商会联盟这一平台下，遵循共商、共建、共享原则，可以基于实际需求，由中国商业联合会会员企业发起一只"一带一路"商贸基础设施基金，投资建设智慧物流园区。目前，中国在"一带一路"不少国家建设了港口、铁路、公路等设施，但商贸基础设施缺乏，如市场、仓库等。商贸基础设施是设施联通的重要一环。建立智慧商贸物流网络，可同时采用AI、物联网等技术，形成"一带一路"智慧物流体系。

——建议"一带一路"商会联盟研究发布"一带一路"商贸指数，建立商贸往来的风险预警体系。在"一带一路"国家商会联盟平台下，研究发布"一带一路"商贸指数以及建立风险预警体系，可以为"一带一路"提供数据分析等公共产品。在此基础上，也有利于统一物流等其他标准，对中国商贸企业"走出去"和引进来都有利，打造出"以我为中心"的国际供应链。实际上，目前我国与"一带一路"许多国家的食品标准不同，造成许多商品无法进出口，如土耳其的干果蜜饯原材料，由于食品添加剂标准不同，无法进口到中国。中国商业联合会在ISO的框架下，正在与土方协调，按中方标准生产。正因为有了这种合作机制，两国民间商会才可以共商共议，解决矛盾，统一标准后促进两国经贸交流。

（执笔人：项松林）

第十三章
"一带一路"规划与西部区域的对接：
以新疆为例

处理好发展与稳定、"一带一路"建设与社会稳定和长治久安这个总目标之间的关系，不仅事关新疆的"丝绸之路经济带"核心区建设，也事关"一带一路"建设的全局。因此，推进新疆"丝绸之路经济带"核心区建设，一方面，要在总体布局和具体项目推进时，把稳定的因素考虑在内，对可能发生的风险进行预估和研判，进行有针对性的谋划，避免不必要的风险和损失；另一方面，"丝绸之路经济带"核心区建设也要服务于实现社会稳定和长治久安这个总目标。作为拥有全国六分之一陆地面积的西北省区，新疆具有许多突出的特点，"丝绸之路经济带"核心区建设要基于新疆本地的区情，制定合理的发展战略，特别是要做好开放、发展、改革、稳定这四篇大文章。

第一节　"一带一路"建设与新疆的战略地位

如果说"一带一路"倡议对新疆的发展是天赐良机，是天时，那么独特的地理位置、辽阔的地域，就是新疆的地利；新疆人口数量较多，民族、宗教多样，多元文化的存在便利了与周边国家的交流、交往，这是人和的优势。新疆现有的自然资源和经济发展水平，为推进"一带一路"建设奠定了良好的基础，因此，作为中国向西开放和合作的区域，新疆在"一带一路"建设中具有独一无二的重要地位。

古丝绸之路始于汉、盛于唐、衰于明，它不是一般意义上的驼铃商道或交通要道，而是沿着高山、冰川、大漠、草原所形成的连接欧亚文明的洲际政治、经济、文化大通道。丝绸之路让中华民族走向世界，也让世界发现了中亚、西亚、南亚，发现了中国。"丝绸之路经济带"建设将为中国和中西南亚各国开辟新的合作空间，新疆将从"交通走廊""贸易走廊"转型为"经济发展带的核心区"和"新的经济增长极"。

凡事有利就有弊。与西部其他国家交往的地理上的便利性，既给新疆的未来发展提供了难得的机遇，也对新疆顺利推进"一带一路"建设提出了挑战。这些挑战并非因为推进"一带一路"建设而产生，但在推进"一带一路"建设过程中无疑会更加突出，应该认真应对。

一、地理因素

新疆地处我国西北边陲，地域辽阔，总面积达166万平方公里，占全国陆地面积的六分之一，超过了世界国土面积排名第18位的伊朗（164.5万平方公里）。新疆与俄罗斯、哈萨克斯坦、吉尔吉斯斯坦、塔吉克斯坦、巴基斯坦、蒙古国、印度、阿富汗8个国家接壤，陆地边境线达5 600多公里，拥有17个国家一类口岸，是我国面积最大、陆地边境线最长、毗邻国家和陆路口岸最多的省区，是我国连接中亚、南亚、西亚和欧洲的重要陆路通道，战略地位重要，发展外向型经济的优势突出。

古代几大文明所处地理位置决定了古代不同中心之间的交流主要是东西方人类文化之间的交流。[①]在东西方文化交流中，新疆是重要的节点。"东西方之间，亚、非、欧三大洲之间，从未停止以那里为走廊而从事的丰富多彩的交流"。[②]2 000年前，横贯东西、连接亚欧的丝绸之路的开通，让地处亚洲腹地的新疆成为世界上唯一的中国、印度、希腊、伊斯兰四大文化体系交汇的中心。

"一带一路"建设是在新的历史条件下中国发展的伟大谋划，它标志着人类文明发展的新阶段。人类文明兴起于大陆，在大陆板块诞生了四大文明。500多年前，随着新大陆的发现，人类进入大航海时代，陆权衰落、海权兴起，相应地，西方崛起、中国衰落，丝绸之路也随之衰落。在海洋文明称霸全球的时候，古老的大陆文明每况愈下，"古老而自豪的文化自尊荡然无存"，在西方人眼中，曾经的文明古国正沦为"病夫治国"。[③]如今，人类进入了信息时代，

---

① 刘迎胜. 丝绸之路[M]. 南京：江苏人民出版社，2014：3.
② 耿昇. 译者的话[M]//鲁保罗. 西域的历史与文明. 耿昇，译. 北京：人民出版社，2016：1.
③ 明浩."一带一路"与"人类命运共同体"[J]. 中央民族大学学报（哲学社会科学版），2015(6)：27.

非西方国家的影响力在上升，人类有机会克服过去大陆农业文明和海洋工业文明条件下的陆海之间、不同文明之间的失衡与冲突，建构人类命运共同体。在这种新的历史条件下，中国成为名副其实的沟通传统发达国家和发展中国家关系的国家。①中国地缘战略定位"越来越向亚洲的中心靠拢，陆权与海权并重"。②重新唤醒丝绸之路，就是中国这一战略定位的具体体现。新疆具有独特的区位优势，作为"丝绸之路经济带"核心区，其在中华民族伟大复兴中的重要作用由此凸显。

以新疆为中心的各民族、各文化间的相互交流，既有友好往来，也有军事对峙。自古以来，西域便是兵家必争之地，"西域一地，在吾国常人视之，以为边疆，无足轻重；而以亚洲全局观之，实为中枢"。③意图争霸亚洲的欧亚强国，都把西域当作重要战场。"以亚洲全局视之，吾国新疆，为西域最要区域，吾国得之，足以保障中原，控制蒙古；俄国得之，可以东取中国，南略印度；英国得之，可以囊括中亚细亚，纵断西伯利亚，故在昔英俄二国，已各视此为禁脔"。④作为被列强虎视眈眈觊觎的中国西北边塞，新疆对于国家统一、安全的意义至关重大。

在清代著名的海防与塞防之争中，左宗棠力主出兵西北、平定叛乱，收复新疆，稳定了西北，奠定了今天的格局。中华人民共和国成立后，特别是改革开放后，新疆的社会经济得到了极大的发展，也得到了国家和兄弟省区的支持，其稳定有了坚实的物质基础。

然而，由于新疆所处的特殊地理位置，分裂与反分裂的斗争一直没能停止。特殊地理位置促成了世界几大文明的相遇，对文明间的相互学习和借鉴功不可没，但文明交汇处也正是文明断裂带，是冲突的频发地带。

由于以上原因，新疆在"一带一路"建设中具有特别重要的地位和作用。推

①　王缉思. 中国的全球定位与地缘政治战略[J]. 世界知识,2013(21):16-21.

②　王缉思. 中国的全球定位与地缘政治战略[J]. 世界知识,2013(21):16-21.

③　朱希祖. 序言[M]//曾问吾.中国经营西域史[M]. 乌鲁木齐:新疆人民出版社,2014:1.

④　同上。

进"一带一路"建设，新疆的安全是保障，是前提；"丝绸之路经济带"建设不仅要促进当地的经济社会发展，也要有益于新疆乃至全国的安全与稳定。

新疆地处祖国边陲，在地理上原本存在不利因素，它被称作"四个远离"，即远离出海口、远离产业密集区、远离发达地区中心市场、远离政治经济中心城市。[①]由于这"四个远离"，在传统经济发展格局中，新疆的经济和社会发展受到制约。然而，国家西进战略的确立和"丝绸之路经济带"的建设，改变了这一格局。作为"丝绸之路经济带"建设的核心区，新疆可以化劣势为优势，扬与众国接壤之长，克服远离内陆省份之短。

二、人文因素

新疆人口的体量较大。截至2016年末，新疆人口为2 398万人。据联合国统计，2016年，世界人口排名中，名列第54位的叙利亚的人口为2 323万人，新疆人口比它多。与相邻8个国家相比，新疆的人口远高于塔吉克斯坦、吉尔吉斯斯坦、土库曼斯坦和蒙古国。人口是构成综合实力的要素之一，新疆具有与周边国家相当的人口体量（见表13-1）。

表13-1　　　　　与新疆相邻8个国家人口规模一览表（2016年）

序号	人口世界排名	国家名称	人口数量（人）
1	2	印度	1 304 200 000
2	9	俄罗斯	146 350 000
3	40	阿富汗	33 278 000
4	44	乌兹别克斯坦	30 911 000
5	93	塔吉克斯坦	8 617 000
6	110	吉尔吉斯斯坦	5 934 400
7	115	土库曼斯坦	5 412 600
8	135	蒙古国	3 060 100

① 王贵荣，庞岩. 新疆加快向西开放优势的再认识[J]. 新疆财经大学学报,2012(1):32.

新疆的人口构成多样化。新疆是多民族聚居的省区，共有47个民族，主要民族有13个。其中，维吾尔族、哈萨克族、回族、柯尔克孜族、塔吉克族、乌孜别克族和塔塔尔族7个民族信仰伊斯兰教。截至2017年末，新疆常住人口为2 444.67万人，比上年末增加46.59万人。不同民族共处一片土地上，促进了不同文化的交往、交流、交融，导致了文化的多样性。

在中亚、南亚、西亚和中东地区生活着不少维吾尔族华人、华侨，这些地区正是"丝绸之路经济带"的核心区或者扩展区与辐射区，在丝绸之路建设中能发挥重要作用。仅仅是土耳其就有维吾尔族华人、华侨5万多人，他们也能发挥在"一带一路"建设中的纽带和桥梁作用。①

在新疆历史上存在过包括萨满教、景教、佛教、摩尼教、伊斯兰教、道教在内的众多的宗教，在13个主要民族中，除汉族外，各少数民族大都有较深的宗教信仰，形成了以伊斯兰教为主的多元宗教并存的格局。与新疆接壤的国家，许多是以信仰伊斯兰教为主的国家，这为相互间的理解和交流提供了便利条件。

新疆民族、宗教的多样化，既有有利于交流、沟通、理解，促进民心相通的积极一面，也有不利的一面。"三股势力"打着民族、宗教的旗号在境内外的存在与活动，境外恐怖组织、宗教极端势力对当地国家安全局势的挑战及其对我国的影响与渗透，是"丝绸之路经济带"建设中必须重视的问题。

三、经济因素

新疆的地理环境和气候条件独特，农产品种类繁多，瓜果质优味美，是全国最大的商品棉、啤酒花和番茄酱生产基地，部分优质产品远销中亚、东亚、东南亚、欧洲和大洋洲。

---

① 许良英. 简论土耳其维吾尔族华人华侨与丝绸之路经济带建设[M]//邢广程,林文勋,蓝平儿. 中国沿边开发开放与周边区域合作:中国社会科学论坛(2014)暨第五届西南论坛论文集. 北京:社会科学文献出版社,2015:181-188.

新疆具有资源优势。新疆矿产种类全、储量大、分布广，而且矿产富集，容易开发，具有良好的开发基础，开发前景广阔。目前发现的矿产有142种，占全国已发现矿种的80.2%；探明有资源储量的矿种98种，其中能源矿产7种，金属矿产34种，非金属矿产57种。新疆拥有非金属矿产70余种，产地1 400多处，冶金辅助矿产8种，建材及其他非金属矿产35种，主要产地600多处，贵金属矿产包括金、银、铂族元素等8种，有色金属包括铜、铅、锌、铝等13种，稀有金属矿产资源有铍、锂等8种。新疆燃料矿产种类全，资源丰富，有石油、天然气、煤炭、页岩油、泥炭5种，其中石油、天然气、煤炭的储量和资源总量居全国前列。新疆还拥有丰富的清洁能源，风能和太阳能储量巨大。

新疆具有口岸优势。受绵延的喜马拉雅山脉和青藏高原影响，我国通向亚欧大陆西部的陆上口岸关卡主要集中在新疆。新疆目前拥有红其拉甫口岸、霍尔果斯口岸等17个国家一类口岸和12个二类口岸，是我国对外口岸最多的省区，便于与周边国家的经贸往来，2016年进出口贸易总额达到179.63亿美元。

新疆拥有良好的交通基础设施。已经建成的高速、国道、省道、乡村道路的多级覆盖，将几乎所有新疆乡镇级以上的居民点都连接起来了。截至2016年底，新疆拥有公路总里程达18.21万公里，客运量和货运量分别达28 993万人次和65 139万吨。[①]铁路将新疆的主要城市连接起来，并通过兰新线同内陆省份相连，出阿拉山口与中亚铁路相连，使得新疆铁路内联国内外联国际，便利了东通内陆省份西通中亚、欧洲的人员物资流动。截至2017年底，新疆已经拥有铁路营运里程6 244.4公里，在西北五省、自治区中是最高的。铁路客运量和货运量分别达3 558万人次和9 737万吨。空运方面，2017年全疆机场旅客吞吐量突破3 000万人次，货邮吞吐量18.8万吨、起降35.9万架次，目前共有机场19个，开通航线257条，通达17个国家。乌鲁木齐地窝堡国际机场吞吐量突破2 000万人次，达到2 150.1万人次，位居全国第18名，全疆吞吐量突破百万人

---

① 新疆维吾尔自治区统计局.新疆统计年鉴(2017)[M].北京:中国统计出版社,2018.

次的机场已达4个。^①

新疆的经济综合实力较强，并持续增长。2017年，新疆地区生产总值首过万亿元，达到10 920.09亿元，一般公共预算收入1 465.5亿元，全社会固定资产投资11 795.6亿元。经济结构趋于合理，一、二、三产业比例为17.1∶37.3∶45.6，现代农业生产、经营、产业体系基本形成，有色工业、装备制造业、纺织工业发展良好，非石油工业比重超过60%，高新技术、新能源等产业快速增长，新型工业化逐步向中高端迈进。以金融、信息、电商为代表的现代服务业成长较快，第三产业对经济增长贡献率超过55%。

四、中国向西开放和合作的区域

地处西部边陲的新疆，地理上原本存在不便性，"一带一路"建设的推进，却让其转化为有利的发展条件。

"一带一路"建设是中国对外开放的升级版，它将改变对外通道过于单一、经济重心倚重于东部沿海地区的局面。在改革开放初期，迫切需要引进资金、技术，需要学习先进的管理经验，扩大出口，国内东部和南部沿海地区因地理之便，享受到优惠政策，经济发展先行一步。现在，中国已经成为世界第二大经济体，拥有庞大的资金、成熟的工业体系。在这种情况下，既要解决国内地区发展不平衡问题，特别是西部地区发展相对滞后的问题，又要应对受近年来全球金融危机、经济增长乏力的冲击，中国经济长期高速增长的势头逆转、向发达国家出口困难的挑战，迫切需要加强与发展中国家的经济贸易合作。向西开放，向西发展，就成为必然的选择。

新疆位于我国的西端，与周边国家相比具有明显的优势。首先是地理优势。草原丝绸之路沿线的蒙古国、哈萨克斯坦、吉尔吉斯斯坦、乌兹别克斯坦、塔吉克斯坦和土库曼斯坦有着共同特点——地广人稀、资源丰富，都远离世界主要的工业中心，没有自己的出海口。其次是发展阶段的优势。这些周边国家还处在工

---

① 新疆维吾尔自治区统计局.新疆统计年鉴(2017)[M].北京:中国统计出版社,2018.

业化、城市化的起步或加速阶段，建设资金短缺、技术落后、经验缺乏，基础设施亟待建设，这给新疆向西开放和合作提供了宝贵的机遇。

第二节　新疆在"一带一路"建设中的作用和任务

对于新疆在"一带一路"建设中的地位与作用，《推动共建丝绸之路经济带和21世纪海上丝绸之路的愿景与行动》是这样表述的："发挥新疆独特的区位优势和向西开放重要窗口作用，深化与中亚、南亚、西亚等国家交流合作，形成丝绸之路经济带上重要的交通枢纽、商贸物流和文化科教中心，打造丝绸之路经济带核心区。"

建设"丝绸之路经济带"，境外的重点在中亚，我国的前沿是新疆。新疆既承担着我国向西开放桥头堡的重要作用，又肩负着连接和建设这条经济带的历史使命；既面向国际、国内两个大市场的舞台，又是充分利用国际、国内两大资源的重要阵地。新疆提出，要从历史和现实的结合上，深入研究其概念、定位、战略重点等理论问题，争当建设"丝绸之路经济带"的核心区、主力军、桥头堡；要以国际视野、世界眼光来谋划新疆的经济社会发展和长治久安，加快新疆向西开放步伐，提升改革开放水平和效益，做到点线面结合、近中远结合，有所作为、早有所为。

新疆是我国西部地区经济发展潜力较大的区域，已在整体上进入工业化中期，经济增速已跃入全国前10位，经济总量迅速增加，具备又好又快发展的良好条件和较强的辐射带动能力。依托相对丰富的自然资源、优越的区位条件、19个省市的强力援疆、一定的经济技术实力和产业基础，通过全面的区域合作，更加突出面向中西南亚和俄罗斯、蒙古国等新兴经济体的开放，变体制阻碍为体制推动，变资源优势为经济优势，变开放滞后为充分开放，变技术跟踪为自主创新，新疆完全有条件成为丝绸之路经济带建设的核心区。

根据上述要求，新疆维吾尔自治区党委和政府决定，新疆近期丝绸之路经济带核心区的建设重点是：五大中心，即丝绸之路经济带重要交通枢纽中心、商贸物流中心、金融服务中心、文化科技中心、医疗服务中心；三大基地，即国家大型油气生产加工和储备基地、大型煤炭煤电煤化工基地、大型风电基地；三大通道，即国家能源资源陆上大通道、商贸物流大通道、信息大通道；十大进出口产业聚集区，即机械装备产品、轻工产品、纺织服装产品、建材产品、化工产品、金属制品出口加工聚集区，信息服务业、进口油气资源、进口矿产资源、进口农林牧产品加工集聚区。

本节将从五大中心建设、新疆作为优质产能的梯度承接和转移区域、与中西南亚经济分工协作的实施区域和防范极端恐怖和宗教活动的实施区域等方面阐述新疆在"一带一路"建设中的作用和任务。

一、筑实西向互通的交通枢纽

要充分发挥新疆独特的地理优势，加快联通内陆省份与中亚、西亚、南亚以及欧洲和俄罗斯、蒙古国的铁路、航空、公路通道建设，重点以"丝绸之路经济带"北、中、南三大通道为主线，筑实西向互通的交通枢纽。建设好三大通道：从伊吾进入，沿巴里坤、富蕴、北屯、阿勒泰，向北从布尔津过吉克普林口岸（待开放）到俄罗斯，向西过吉木乃口岸、阿黑土别克口岸（待开放）到哈萨克斯坦，向东辐射对蒙古国的塔克什肯、红山嘴、老爷庙、乌拉斯台口岸的北通道；沿哈密，经乌鲁木齐、昌吉、石河子、奎屯、精河向西，从阿拉山口口岸出境，经伊宁，从察布查尔的都拉塔口岸、霍城的霍尔果斯口岸，以及昭苏的木扎尔特口岸进入哈萨克斯坦的中通道；从格尔木进入若羌后，经且末、和田、莎车、喀什，至塔什库尔干，从红其拉甫和卡拉苏口岸进入巴基斯坦和塔吉克斯坦的南通道。

要建设以乌鲁木齐和喀什为核心的国际性、国家级、区域级、地区级"四层级"综合交通枢纽城市。以乌鲁木齐为核心的国际性枢纽是亚欧国际交通枢纽，它以乌鲁木齐为核心节点，涵盖昌吉市、吐鲁番市、石河子市、阜康市以及五家渠等周边地市的主要节点。凭借城市、产业、金融、贸易、文化、国际合作等实力，打造成"一带一路"西向开放的源生性、内陆型国际综合交通枢纽，成为欧洲和中西亚地区进出中国的门户枢纽，人流、物流和信息流的转换中心。以喀什为核心的国际性枢纽是沟通两洋的交通枢纽，它以喀什为核心节点，涵盖疏附、疏勒、阿图什、阿克陶、乌恰等周边节点以及红其拉甫、卡拉苏、伊尔克什坦、吐尔尕特等重要口岸，充分利用内陆经济特区等政策优势，打造成为我国"一带一路"西向开放的源生性、口岸中转型国家级综合交通枢纽，强化我国与中亚、西亚国家以及印度洋方向的人员物资交往流通。

交通便利性的增强向维护稳定提出了新的、更高的要求。近年来，伊斯兰极端主义和恐怖主义活动猖獗，境外极端主义思想通过朝觐、探亲、经商、学经、学术文化交流等形式传入新疆，极端分子也企图潜入新疆，破坏新疆的稳定。一方面，不能因为存在上述挑战而影响"一带一路"的推进，不能用减少接触的办法维护安全。另一方面，也要做好安全防范工作。还要认识到，交通的便利、经济的整合，可以帮助中国从根源上控制和减少新疆分离主义制造的恐怖主义事端，要用"走出去"的积极办法从境外强化西部边疆的安全。

二、西部商贸物流中心

物流是现代经济发展的动脉和基础。新疆的物流业发展相对滞后，主要体现为：物流观念陈旧、物流成本过高、企业规模偏小、行业集中度低、基础设施落后、技术水平低、信息化水平不高，仅能提供简单的运输送货、仓库保管等基本服务，不能充分满足"一带一路"建设的需求。

要把物流业作为新疆优惠政策集中释放的产业，在交通基础设施的保障、经济贸易的联通以及人文的联通等方面下功夫，在各个节点城市之间打造互通紧密的物流体系。在网络体系的打造中，充分发挥各自城市的优势，使整个体系统一高效。建设联通国内国际的现代商贸物流网络体系，积极发展多式联运和国际物流，促进国内国际要素有序流动、资源高效配置、市场深度融合，着力打造面向

"丝绸之路经济带"沿线国家的商贸物流中心。

要以综合交通运输网络为依托,加快物流基础设施和信息平台建设,构建面向国内和中亚、西亚、南亚与欧洲国家的现代商贸物流服务体系,加快形成环乌鲁木齐商贸物流核心圈,培育形成喀什-克孜勒苏柯尔克孜自治州、伊犁-博尔塔拉蒙古自治州、克拉玛依-奎屯-乌苏、阿勒泰-北屯、塔城、哈密、巴音郭楞蒙古自治州、阿克苏、和田九个商贸物流产业集聚区。加快喀什、霍尔果斯经济开发区,伊宁、博乐、塔城、吉木乃边境经济合作区和阿拉山口、乌鲁木齐、喀什综合保税区等开放平台建设,发展加工贸易和保税物流基地,通过区域通关一体化改革打破地区限制,充分发挥现有经贸合作机制作用,办好中国亚欧博览会等大型展会,大力发展服务贸易和跨境电子商务,将新疆打造成中国至中西亚和欧洲铁路货运班列的重要始发站和中转集结中心。

要加强"丝绸之路经济带"对外开放平台建设,积极打造新亚欧大陆桥经济走廊、中国-中亚经济走廊、中巴经济走廊、中蒙俄经济走廊。加快推进乌鲁木齐综合保税区、阿拉山口综合保税区、喀什综合保税区、霍尔果斯综合保税区、奎屯综合保税物流中心、中哈霍尔果斯国际边境合作中心建设,积极申报设立吉木乃口岸综合保税区、巴克图口岸综合保税区、塔克什肯口岸综合保税区、伊尔克什坦口岸综合保税区、奎屯综合保税区、石河子综合保税区;加快推进新疆设立自由贸易试验区的前期准备工作,适时建立面向中亚的中国(新疆)自由贸易试验区,统筹规划口岸园区建设,在条件成熟的口岸设立一批国家级经济技术开发区、高新技术产业开发区和边境经济合作区。

新疆地区的外销产品主要以初级产品为主,产品往往具有价格低、体积大的特点,而且这些产品中大部分是农副产品,运输具有很强的季节性,一般都是集中在一个季节运输,运力不足是产品外销的重要障碍。

在做好新疆特色农产品——粮食、棉花等重要农产品物流和蔬菜、水果等鲜活农产品冷链物流的同时,要全面提升对外贸易水平,培育和发展通信、金融、信息服务、传媒、咨询等现代服务贸易,促进对外贸易方式换档升级;建设集大宗商品交易、保税交割、供应链金融等于 体的国际大宗商品采购交割服务体系，加快提升对外贸易质量和水平。在乌鲁木齐、喀什、霍尔果斯等地建设一批国际商贸集散地、大型边境贸易市场和储运中心、专业交易市场；在霍尔果斯、阿拉山口、巴克图、吉木乃等口岸规范发展一批边民互市贸易示范点，促进边境贸易持续健康发展。同时，积极发展跨境电子商务，支持跨境电子商务企业加强与境外企业合作，建立"海外仓"、体验店和配送网点等运营模式，加快农副产品、机电、轻工、纺织、建材、化工等出口加工基地建设，培育一批具有较高技术含量、较高附加值的出口产品，着力建设一批有市场前景和竞争力强的进出口产业集聚区，大力发展面向"丝绸之路经济带"沿线国家的外向型产业，提高新疆对外贸易整体水平。

要打通与国内其他省市的货运通道连接和项目对接，积极推进与中亚等国家和地区相互进一步开放与物流相关的分销、运输、仓储、货代等领域。进行管理体制改革，加强对交通、经贸、铁路等物流管理部门的交流、沟通和协调。提高管理技术水平，建立物流信息平台，实行供应链管理和模式创新，加快建设面对中亚、西亚的数据中心，采用智慧物流、供应链管理等重要技术手段。

三、区域国际金融中心

新疆具备"五口通八国，一路连欧亚"的独特区位优势，要充分发挥这一优势的作用，打造乌鲁木齐、喀什、霍尔果斯金融"铁三角"。积极推动在乌鲁木齐设立区域性证券交易所，建设以乌鲁木齐为中央区的"一核两翼"丝绸之路经济带核心区区域国际金融中心。

围绕打造三大特色金融基地、积极完善和壮大核心金融要素、实现金融服务功能的创新提升和强化金融风险防控4项重点任务，推动建设"一核两翼"的"丝绸之路经济带"核心区区域国际金融中心：将乌鲁木齐建设成丝绸之路经济带核心区区域金融中心中央区，将喀什和霍尔果斯分别打造成为"丝绸之路经济带"核心区区域金融中心的次中心。以"培育市场、集聚机构、创新产品及服务、加大金融对外开放"为基本路径，构建功能完备，立足新疆、面向中亚和南亚，辐射"丝绸之路经济带"沿线国家的区域性国际金融中心。

要全面建成国内外投资者共同参与，具备较强交易、定价、信息功能和创新能力的金融市场体系；全面建成多层次、广覆盖、分工合理、相互补充的金融组织体系；全面建成功能完善、统一高效的现代化金融基础设施体系；政策法规支撑体系完善，形成专业门类齐全、结构合理、具有较强支持功能的金融人力资源体系，形成国际金融人才聚集地；区域金融中心对核心区交通枢纽中心、商贸物流中心、文化科教中心、医疗服务中心的服务保障作用明显增强，对外开放达到新高度。

着力打造三大特色金融基地。一是要将乌鲁木齐打造成区域性国际金融综合服务基地。在乌鲁木齐构建"一区、三中心、三所"：规划出一定区域建设具有国际水准、地标性的"金融专属区"，在专属区内实行特殊的财税、土地政策；重点打造区域性黄金交易中心、货币交易中心和清算中心；积极推动在乌鲁木齐设立区域性证券交易所、区域性商品期货交易所和区域性产权交易所。二是要努力建设金融贸易和跨境金融服务基地。建设喀什金融贸易创新示范区，将其建成南疆四地州以及国家向西开放的重要金融平台。建设霍尔果斯及中哈霍尔果斯国际边境合作中心跨境金融服务中心，将霍尔果斯打造成区域性国际金融港，着力支持"丝绸之路经济带"国家的货币流通与金融合作，为国内企业和中亚企业提供"境内关外"的金融服务。三是打造内联外通的"一核两翼"区域国际金融中心。加强与北京、上海、深圳、香港等金融中心的合作，搭建与四大金融中心互通的外汇、证券、黄金、能源、金融、碳排放等交易平台。推进金融对外开放，加强与沿线国家和国际金融组织间的金融合作，为"丝绸之路经济带"提供融资保障。

积极完善和壮大核心金融要素。构建有特色的金融组织支持体系，大力发展地方金融机构，引进国内外金融机构，积极培育各类准金融机构。要完善多层次的金融市场创新体系，加快发展货币信贷市场、资本市场、保险市场和新兴金融市场业态，完善金融市场运行机制。要打造多元化的金融产品服务体系，优化银行产品与服务体系，鼓励资本市场产品与服务创新，鼓励符合地方需求的保险产品服务创新。

促进金融服务功能的创新提升。创新金融业发展模式，打造区域金融创新体系，推动互联网金融健康发展，大力发展普惠金融，创新发展绿色金融。要强化金融服务实体能力，积极发展能源金融、财富与资产管理业务和消费金融，以金融支持引导产业发展转型和中小企业发展。要优化金融后台服务支撑，大力发展金融信息与后台产业，加快企业和个人征信体系建设。

强力推进绿色金融发展。2017年6月14日，国务院常务会议决定在浙江、江西、广东、贵州、新疆五省区选择部分地方建设绿色金融改革创新试验区。根据《新疆维吾尔自治区哈密市、昌吉回族自治州和克拉玛依市建设绿色金融改革创新试验区总体方案》要求，并结合哈密市、昌吉回族自治州、克拉玛依市三地实际，在绿色金融制度、组织、市场、产品、服务、政策保障等方面先行探索，吸引和聚集大量绿色金融资源，达到筑巢引凤的效果，为今后全疆各地绿色金融改革创新提供有效范本，并以"3+n"模式在全疆范围推广改革方式。新疆绿色金融改革创新试验区工作将继续坚持"一个核心、双轮驱动、三大布局"的路径。"一个核心"，即通过绿色金融的支持，将绿色低碳技术作为经济绿色化改造的核心；"双轮驱动"，即通过绿色金融的支持，实施改造传统产业和培育新兴绿色技术产业两大战略；"三大布局"，即通过绿色金融的支持，各试点地州（市）结合自身特点，依托各自的主体功能区划分，做好城市化地区、农产品主产区以及重点生态功能区三大布局，作为经济绿色化改造的主要载体。

强化金融风险防控。建立金融风险防范体制机制，加强金融监管协调，补齐监管短板。要提高金融监管能力，健全金融业综合统计和分析制度，强化非现场监管与预警信息系统建设，加快将各类市场主体纳入监测与预警范围。要推动金融风险防控全覆盖，及时锁定、防控和化解风险，坚守不发生系统性、区域性金融风险的底线。

四、教育科技文化中心

作为"丝绸之路经济带"上的文化交汇地，新疆地处亚洲中心，向东拥有13亿人的国内市场，向西同样有13亿人的国外市场，同时有着与中亚国家人文相近、经济相融的独特区位条件，具备打造文化科技中心的天然优势。要努力实现这种优势的转化，促进新疆教育、科技、文化、旅游事业的发展，在此基础上，强化面向周边国家，特别是中亚国家的教育、科技、文化和旅游服务。

目前，新疆承担了我国大部分国家层面的与中亚开展教育合作的任务，建立了双边、多边的合作交流与协调机制。新疆高校在俄罗斯、吉尔吉斯斯坦、哈萨克斯坦、巴基斯坦等国家设立了10所孔子学院，逾2万名留学生在新疆高校就读。2016年9月，我国与中亚及"丝绸之路经济带"沿线7个国家的51所高校在乌鲁木齐成立了"中国-中亚国家大学联盟"，已经打下了良好的合作基础。

要在取得上述成就的基础上，进一步扩大对外教育交流与合作。要积极与沿线国家开展留学互访和合作办学，推动在乌鲁木齐、哈密、克拉玛依、喀什、伊宁、和田等地建设高校丝绸之路国际合作学院、职业教育学院和中亚国际学校，推动高校围绕自治区紧缺专业和重点学科开展中外合作办学，加大汉语在中亚等国的国际推广，定期举办大学校长和丝绸之路国际教育论坛。要加强面向"丝绸之路经济带"沿线国家人员的培训，特别是对政府官员、智库学者、企业精英的培训。

要和中亚国家之间逐步开展学生互换、学分互认等联合培养项目，对互换学生提供多项优惠政策，颁发双方学历证书，以促进优势互补及实质性合作办学，培养"一带一路"国际化人才。

外语资源是重要的战略资源。目前，新疆的高等院校未开设土库曼语、吉尔吉斯语、哈萨克语、乌兹别克语、乌克兰语、塔吉克语这些与新疆有密切经贸文化往来的周边国家的实用小语种课程①，相关人才匮乏。中亚国家已经出现了在国际交流中用本民族语言取代俄语的苗头。②在新疆的高等院校要适当增设周边国家小语种的课程，以便更好地推进"一带一路"建设。

国之交在于民相亲，民相亲在于心相通。在文化领域，要让世界更好地了解新疆。积极参与国家海外中国文化中心共建合作计划，建设中亚文化交流合作中心，办好新疆国际民族舞蹈节等大型文化交流活动。积极开展新疆与周边及沿线国家留学互访和合作办学，增加自治区政府来华留学生奖学金资助力度，鼓励外向型企业在新疆高校设立来华留学生奖学金项目，扩大公派出国留学人员规模；在新疆建设留学生预科基地、来华留学生示范基地、援外培训基地，全面提高新疆教育服务国家对外开放战略的能力。

2017年11月15日，科技部、国家发展改革委联合印发《关于支持新疆开展丝绸之路经济带核心区创新驱动发展试验的函》，批复新疆开展丝绸之路经济带核心区创新驱动发展试验。文件提出，科技部、国家发展改革委等有关部门将加强对新疆创新试验的指导，在有关规划编制、政策实施、项目布局、机制创新、对外开放等方面给予支持，帮助解决新疆创新试验过程中遇到的实际困难和问题，为丝绸之路经济带核心区建设、新疆社会稳定和长治久安总目标实现提供有力支撑。要抓住机遇，打造形成一批科技引领性力量，培养引进一批高端人才团队，形成一批具有重大影响力的科技成果，聚集形成一批创新型领军企业。把科技中心建设成为集科技合作、信息互通、战略研究、人才交流、新技术研发、技术转移、创业孵化、科技培训、成果推广等诸多功能于一体的创新聚集区，带动核心区提高自主创新能力和成果转移转化承接能力，形成具有重要国际影响力的国际科技合作中心，成为在中亚、西亚具有持续影响力的区域性创新高地。

建设高端科技创新平台，打造科技引领性力量。建设一批国家级重大科技创

---

① 蔡志全，赵红霞."一带一路"背景下新疆外语教育政策面临的挑战与变革[J].中国大学教学，2016(1)：56.

② 周殿生，王莉.新疆外语教育现状和调整策略[J].外国语，2011(1)：78-83.

新平台，形成一批科技创新引领性力量。建设国家重点实验室，建设国家工程技术研究中心，加快高新区建设，支持疆内外创新力量在新疆共建属地化研发中心。

建设国际创新合作基地，打造中亚西亚区域创新高地。加快推进乌鲁木齐"中国－中亚科技合作中心"建设，推进昌吉、克拉玛依、伊犁等城市（自治州）跨国科技交流合作，打造一个乌鲁木齐中心和喀什、塔城两个分中心，在技术研发、科技人才培养、园区建设等方面加强合作，与周边国家共建一批科技创新平台和科研成果转化平台，加强应对气候变化领域合作。

建设科技创新人才基地，构建高端人才聚集区。实施新疆科学家工作室建设工程，为高水平科技人才的培养和使用创造条件，吸引高端专家到新疆服务。重点产业、重点企业和科研单位院士工作站数量由30个增加到50个。积极争取设立1~3个国家级科学家工作室。支持中科院所属大学援助建设新疆高校理工科院系。除此之外，还要积极推进"丝路智库"建设，建立柔性人才引进机制。

建设产业技术研发中心，支撑带动新疆产业转型升级。建设一批以龙头企业为依托的优势产业技术升级中心、一批战略性新兴产业技术研发基地，培育一批创新型领军企业、一批创新型领军人才。加快推进产学研合作重大平台与企业研发机构建设，高新技术企业数量达到1 000家以上，自治区级以上企业技术中心达到350家以上，规模以上工业企业研发投入强度达到1%。目前，新疆承担了我国大部分与中亚开展国际科技合作的任务，合作总量占到全国的70%。要在这一基础上，加强与周边国家的科技合作。

建设农业科技产业园区，提升农业现代化水平。建设新疆现代农业科技城、中国－中亚农业博览园、现代农业科教结合示范园，加快境外国家农业联合实验室建设。

五、医疗服务中心

中亚国家医疗条件相对落后，对医疗服务方面的需求旺盛。近年来，新疆优势医疗卫生资源吸引了大量中亚国家公民前来就医。要充分利用"丝绸之路经济带"建设的战略机遇，发挥并强化已有的优势，加强医疗中心的建设，以更先进的设备、更全面的诊疗吸引中亚国家民众。

以乌鲁木齐为主打造具有国际水平的医疗服务核心区，以南、北疆为次中心逐步形成具有中医民族医药特色的医疗健康服务集群，构筑"一主、两次、多点布局"的总体空间布局，搭建医疗服务中心建设主体框架，依托现有重点医疗机构，建成以乌鲁木齐地区为龙头，集新型医疗技术、养生保健、医疗旅游等于一体的、辐射周边的"丝绸之路经济带"核心区医疗服务中心。

用3至5年时间，整合优化乌鲁木齐地区医疗资源，统筹谋划区域医疗服务中心和国际医疗服务中心建设规模及重点，以乌鲁木齐地区为主开创合作构建国际医疗服务中心新局面。充分利用"丝绸之路健康论坛"等对外交流合作平台，加大对新疆特色专科医院及优势诊疗技术的宣传推介力度，推动健康产业发展，扩大国际医疗服务影响力。发挥中医民族医药优势，通过开展旅游医疗在养生保健、针灸、推拿、按摩、药膳等健康服务领域实现新突破。用5至10年时间，依托现有医疗资源，鼓励和吸引外资、民营医疗机构落地新疆，形成多元化发展格局。以信息通道互联互通为突破口，通过建设跨境远程医疗服务平台及其跨境云医院集群，探索国际医疗服务合作新模式。国际医疗、特色服务、医疗旅游服务在数量和质量上有明显提升，乌鲁木齐地区作为国际医疗服务中心的龙头作用和地位在整个"丝绸之路经济带"上初步显现，南、北疆国际医疗服务区初具规模，中医民族医国际医疗服务能力得到有效提升。

围绕"深入开展与周边国家在医疗卫生领域的交流合作；逐步开展面向周边国家的国际医疗服务；全面提升区域医疗服务能力和水平；建立健全重大传染病、地方病联防联控机制；提升国际医疗紧急救援能力；加强传统医药科研与产业领域对外交流合作；全面推进信息化建设和智慧医疗服务；探索建立与周边国家在相关领域的政策沟通机制；建立健全药品与医疗器械供应保障机制"九大重点建设任务，整合现有医疗机构资源，鼓励社会资本投资建设医疗机构，优化提升新疆医科大学附属医院、自治区人民医院、自治区维吾尔医医院等首府城市医疗卫生资源和服务水平,进一步提高沿边城市医疗机构服务能力,着力搭建面向国外患者的专业服务通道和服务平台,打造一批具有国际服务水平的重点医疗机构,积极开展国际医疗服务、中医民族医特色诊疗、远程医疗、医疗旅游等服务,建立起以乌鲁木齐市为主,地州市级重点医疗机构为辅的对外医疗服务和合作交流中心。依托新疆中医药和民族医药特色优势,完善中医民族医药研发平台,创建新疆中药民族药品牌,扩大传统医药在国际市场上的影响力。鼓励有条件的医院成立国际医疗部,为境外消费者提供高端中医医疗保健服务。扶持优秀的医疗机构到境外开办中医民族医医院、连锁诊所等中医民族医药服务机构。

要围绕周边国家实际需求,加强国际医疗技术、医疗人才、医药产业和公共卫生等领域交流合作,开展以维吾尔语、哈萨克语为特色的国际医疗服务,加强传统医药研发和合作,发展特色医药产业,积极促进国际医疗卫生合作机制建设,定期举办医疗卫生服务国际论坛,交流医疗科研成果,强化与周边国家在传染病疫情信息沟通、防治技术交流、专业人才培养等方面的合作,提高合作处理突发公共卫生事件的能力。要加强传统医药科研与产业领域对外交流合作,全面推进信息化建设和智慧医疗服务,规范医疗服务市场。要探索建立政策联通机制,推动医药卫生国际标准体系建设,加强与周边国家在重大传染病疫情防治方面的合作,提升国际医疗紧急救援能力。

六、优质产能的梯度承接和转移区域

区域间的产业梯度转移是经济发展的一般规律。引导东部部分产业向新疆有序转移,促进区域梯度、联动、协调发展,带动新疆的发展,这是我国推进产业结构调整、加快经济发展方式转变的必然要求和选择。

承接梯度转移的地区存在时间上的后发优势和空间上的比较优势。要引导好部分东部企业向新疆"产业转移"。

新疆承接"梯度转移"时，要用好国家支持新疆发展的差别化产业政策；要转变观念，坚持市场化导向，树立竞争观念、效率观念、信用观念；要转变政府职能，构建承接产业转移的良好环境，减少审批事项，优化审批程序，提高市场监管能力，依法行政；要坚持技术领先的原则，"高起点规划、高水平建设、高标准推进"；既要高水平承接产业转移，又要大力度引进战略性新兴产业；要坚持企业在产业转移中的主体地位，让企业自主经营、自负盈亏，不搞"长官意志"和"政绩工程"；要通过技术的模仿、引进或创新，最终实现技术和经济水平的赶超；要努力学习国内外企业运作的先进制度和机制，在提高资源配置效率、改变激励机制、降低交易费用和风险等方面不断完善提高。

七、与中西南亚经济分工协作的实施区域

新疆与8个国家接壤，这8个国家在发展阶段、经济结构、产业布局上各有特点，为实现相互间的经济分工协作提供了前提条件。

包括上述8个国家在内的"一带一路"沿线国家，基础设施薄弱，中国在这方面恰好有很强的能力。美国《工程新闻记录》发布的全球250个国际承包商排名显示，2015年，中国（不包括港澳台地区）有65家企业进入榜单，数量居全球第一。[①]

除了基础设施薄弱外，"融资难"也是困扰上述国家的难题。在"一带一路"建设推进中，不仅设立了亚洲基础设施投资银行和丝路基金，还设立了金砖国家新开发银行、上合组织开发银行，以及中国-欧亚经济合作基金、中非发展基金、中国-东盟投资合作基金、中欧共同投资基金、中哈产能合作基金等多双边金融机制。

八、防范极端恐怖和宗教极端活动的合作地区

新疆处于文明交汇的十字路口，由于复杂的历史演变、复杂的国际背景和特

---

① 赵晋平,等. 重塑"一带一路"经济合作新格局[M]. 杭州:浙江大学出版社,2016:18.

殊的区情社情，维护稳定一直是新疆的重要任务。20世纪90年代以来，暴力恐怖势力、民族分裂势力和宗教极端势力这"三股势力"连续策动暴力恐怖事件，影响了新疆乃至全国的稳定和发展。新疆正处于暴力恐怖活动活跃期、反分裂斗争激烈期、干预治疗阵痛期"三期叠加"的特殊时期，与新疆毗邻的许多国家和地区，包括阿富汗、巴基斯坦、中亚地区，都存在不同程度的宗教极端势力、暴力恐怖势力等，是境外"三股势力"对我国进行分裂与恐怖暴力活动的前沿。因此，新疆也是防范极端恐怖和宗教极端活动的合作地区。

第三节　"一带一路"与新疆的开放

开放是"一带一路"建设题中应有之义，新疆开放的主要内容是：实现设施互通、促进"一加三"经济带的建设和建立区域性经济合作组织。

一、建设现代化的口岸和交通

新疆已经初步形成由铁路、公路、航空、管道等各种交通方式组成的综合交通设施网络，交通网络规模、线路技术等级和运输服务水平显著提升，有力地支撑和保障了新疆的发展，新疆还具有口岸多的优势，这为"一带一路"设施联通打下了良好的基础。

同时，新疆还存在交通设施规模总量不足、交通干线不能满足需要、农村公路建设滞后等问题。新疆铁路向西能力不足，与中亚连通的铁路口岸数量少，铁路路网密度仅为全国平均水平的29%左右，1/4的县市未通铁路，仅有一条兰新铁路连通内陆省份，两条出境铁路连接欧亚，进出口货物运输受到较大影响。新疆出疆公路通道少、等级低，公路密度仅为全国平均水平的22.5%左右，口岸公路大部分为三级公路，通行条件差。新疆通往中亚、欧洲的国际航线，线路覆盖面小、通达城市有限、航空中转及枢纽作用尚待完善。在新疆对外开放的口岸中，只有半数是面向第三国开放的口岸，其余只是双边开放或临时开放。这些因素都对新疆建设中亚自由贸易区形成极大限制。[①]

要以完善路网结构和综合运输保障能力为重点，加强运输通道建设，加快建设区际运输通道和国际运输通道（重点是铁路客运专线、高速公路和铁路干线建设）。将通道建设与产业结构调整和城镇乡村体系建设紧密结合，与丝绸之路经济带建设紧密结合，强化交通对经济社会发展的支撑和引导作用，为用户提供安全便捷、经济可靠、和谐的客运服务和高效率、低成本的现代物流服务。全面提高交通的安全保障和服务水平，形成连接内外、能力充分、集约高效、便捷通达、布局合理、安全生态的现代化综合交通运输网络。

建设铁路干线网，重点是专线建设、干线扩能改造、新建干线和开发线路、国际通道建设。铁路干线网，形成东连东中部、外联周边国家的便捷网络，主要铁路通道实现客货运输分离、客运专线和既有干线提速，列车形成快速客运网、大能力货运通道和煤运通道，满足运输需求。

公路网要基本建成国家高速公路网络，发展三级以上公路通达县级主要国家一类边境公路口岸的区域干线公路网，发展沥青路全面覆盖、乡镇基本覆盖建制村的农村公路网，以此形成能力充分、功能完善的快速客运运输网络和便利的农村客运运输网。要加强农村和贫困地区公路建设。

机场与航空网络对旅游业发展具有重要作用，要加快大型枢纽机场的扩能改造，积极建设支线机场，合理组织航空运输网络，大力发展支线航空网络。避免航线盲目设置和飞机随意购置所造成的资源浪费。

能源运输系统要形成连接境外的四大通道与连通东中部的二期管道网络，进一步增强油气资源输送大通道的战略地位。

交通建设要支撑重点经济区。天山北坡经济带是新疆人口的主要聚集区，是主要的城市化地区，也是新疆的重点经济区，该地区主要通道的运输压力大，对外通道运力紧张。所以，要大幅度增加该地区的外运能力和区内联系，增强主干

---

① 谭永生.核心区战略下新疆中长期经济社会发展的目标及建设[J].新疆经济研究,2017(3):13.

线能力，修建干线两侧的延伸线。

要与相邻国家政府沟通，形成国际通道建设的合作意向，共同编制国际运输通道的布局与建设规划，为国际通道建设提供具体可行的操作方案。政府间就运输通道的管理、通关税收利益分配等具体事务达成共识，实现合作共赢。要成立专门负责管理国际运输通道具体事务的工作机构。

二、建构新疆"一加三"经济带

要布局新疆的"一加三"通道经济带，即连接内陆省份的河西-乌鲁木齐经济带、中哈俄通道经济带和中-中亚-欧通道经济带。

中巴经济走廊是"丝绸之路经济带"的重要环节。我国已援建租用了巴基斯坦的瓜德尔港，一旦从新疆喀什到瓜德尔港的高铁顺利贯通，中国出口商品将辐射整个南亚和中东18亿人口的巨大市场或转运欧洲。并且，瓜德尔港扼波斯湾的咽喉。中巴经济走廊建成后，中国西部向外延伸就有了出海口。因此，中巴经济走廊具有经济、军事、能源等多方面的战略意义。

三、建立区域性经济合作组织

上海合作组织的出现，是各成员国为应对共同威胁、追求共同发展繁荣和摒弃冷战思维及弘扬新安全理念的结果。上海合作组织促进了中国西部地缘政治的积极变化，有利于消除地区间的对抗和不稳定性，营造新疆周边良好的国际环境，促进地方合作发展。

然而，上海合作组织的合作主要集中在政治领域，重点是反恐，经济合作没有提升到应有的高度。当今世界，各种区域性经济合作组织林立，中亚各国间经济合作的重要性和迫切性进一步加强，因此有必要在乌鲁木齐设立上海合作组织经济贸易处，扩大其功能。作为上海合作组织成员国的天然"近邻"和"丝绸之路经济带"核心区建设的"前沿阵地"，新疆应发掘其在地理、历史、文化和经济互补等方面的巨大优势，推动上海合作组织不断发展壮大，推动"丝绸之路经济带"建设项目落地开花。实际上，上海合作组织的发展与"丝绸之路经济带"建设是相辅相成的关系。为适应上海合作组织成员国、观察员国加强经贸合作的需要，建议上海合作组织在新疆乌鲁木齐设立"经济贸易处"，进一步加强其成员国经贸界的直接沟通和相互了解；扩大经贸合作的规模，落实多边经贸合作纲要的"措施计划"，促成项目实施，协调解决其成员国在经济贸易合作过程中出现的矛盾和问题；协调各成员国、观察员国及东盟"10+3"相关国家在乌鲁木齐设立领事馆或临时代办级的外事机构；解决成员国、观察员国相互之间落地签证、便利通航等有关问题；研究推进"中巴经济走廊"、"中俄蒙经济走廊"和"丝绸之路经济带"南通道、中通道、北通道建设问题。

第四节　"一带一路"与新疆的发展、改革和安全

发展是"一带一路"建设的基础，改革为"一带一路"建设提供动力，安全则是"一带一路"建设的必要前提。

一、发展是新疆实施"一带一路"倡议的基础

发展是硬道理。社会经济的发展是新疆实施"一带一路"倡议的基础。要借助"一带一路"建设的契机，缩小新疆与内陆省份，特别是与发达地区的发展差距。同时，要注意实现增长方式的转变，避免沿用过去的高能耗、高污染的发展模式，避免生态的进一步恶化。在产业发展上实现科学定位、合理谋划。

（一）保持经济中高速度增长

"丝绸之路经济带"搭建了一个展示自我的舞台，这既是新疆进一步发展的机遇，也让新疆面临更大的挑战。一项对中国（新疆）与俄罗斯、巴基斯坦和哈萨克斯坦三方的开放竞争力的比较研究发现，新疆的向西开放竞争力与俄罗斯和

哈萨克斯坦相比还有较大差距。①如果不能保持经济的中高速增长，"一带一路"建设的红利未必落到新疆。

（二）建立合理、开放的产业结构

要建立合理的产业结构，根据对新疆发展目标的贡献、比较优势和发展潜力，以富民为核心，重点发展劳动密集型和资源密集型产业，扩大内需。要转变经济增长方式，加快产业发展，促进结构升级，优化产业空间配置。要依托相对丰富的资源，推行优势资源转换策略，在已经形成以矿产资源开发及加工和特色农产品加工为主的产业体系的基础上，立足于自身的资源环境条件和产业基础，充分考虑扩大就业的目标，重点发展能源工业、特色优势农业、原材料工业、旅游业、现代制造业五个重点领域，积极发展高新技术产业。

新疆是中国最重要的能源供应基地，但是能源开发仍处于初级阶段，应突破传统的能源资源开发理念，理顺资源开发的价值和利益关系，努力保障地区和国家能源消费需求的增长，积极推进自身能源生产与消费结构的优化，实现资源优势向经济优势和产业优势的根本性转变，实现能源资源开发与可持续发展之间有机协调。要根据环境条件、水资源条件、市场条件和外运能力，适时适量开发新疆的煤炭资源。要加大新疆油气资源勘探力度，进行油气的深加工。要继续寻求邻国油气资源的开发与供应，建立中亚–俄罗斯–新疆油气管道。新疆是我国绿色能源的主要蕴藏地，风能与太阳能资源得天独厚，具有巨大开发潜力。要重点建设新疆风能基地和太阳能基地，发展低碳经济。

要积极研究设立国家能源交易所，建设立足新疆、辐射中西亚、欧洲地区的能源资源交易平台。

特色农业有较大上升空间和富民潜力，应以农业增效、农民增收和农村发展为基本目标，准确把握农产品供需的阶段性特征，采取政府扶持与市场调节相结

---

① 刘炳炳,邵一珊. 新疆向西开放竞争力指标体系构建及评价[J]. 中央民族大学学报,2014(2):63–70.

合的方式，在确保国家粮食安全和生态安全的同时，因地制宜地挖掘区域特色农业资源潜力。以大规模、标准化的区域特色农业基地建设和培育现代特色农业产业体系为重点，推进特色产业、特色农业生产的空间集聚和多样化开发，以大企业集团为龙头，以中小企业为主体，加快农业产业化进程，促进农业发展方式转变，重点发展棉花、肉羊等在国际国内市场上具有竞争优势的大众特色优势农牧产品，同时大力发展特色蔬菜、特色果品、特色粮油、特色饮料、特色花卉、特色纤维、道地中药材、特色草食畜、特色猪禽蜂、特色水产10类地方性特色产品，规划优势区域与重点扶持建设，尽快提高这些特色产品的市场竞争力，培植区域特色支柱产业。继续推进特色农牧产品加工基地建设。

矿产资源开发以及相应的原材料工业的发展，应由过去简单扩大规模向资源综合回收、循环利用和精深加工转变，提高产品附加值，走资源节约、生产集约、环境友好的可持续发展之路。不可再生资源的开发规模，应根据需要控制在合理范围内。从国防、经济安全和竞争的要求出发，应限制关键资源直接出口，禁止战略性资源出口，彻底改变竞相低价向国外倾销矿产资源的局面。按照产业特点、自然条件、市场需求和经济发展需要，以产业基地和特色园区为载体，按照产品生产、公用设施、环境保护、物流配送和服务管理要求，合理布局重大资源转化项目和配套产业发展，提高产业集聚度，重点发展化工工业、冶炼加工工业和新型建筑材料工业。

新疆旅游资源丰富，具有不可替代性。旅游业竞争较小，便于国家间的合作。新疆要培育世界知名的旅游品牌，政府主导、打造品牌、挖掘人才，加强区域合作。以丝绸之路为重点，营造良好的旅游发展氛围，改善旅游投资环境，保护好风景旅游资源与环境，大力延伸旅游产业链，不断提高综合竞争力和产出效率。

要建设好"丝绸之路经济带旅游集散中心"和"南疆丝绸之路文化和风情旅游目的地"，建立与周边国家旅游信息交流共享机制，联合打造具有丝绸之路特色的国际精品旅游线路和旅游产品，充分依托口岸优势，开展跨境旅游，重点建设乌鲁木齐、喀什、伊宁和阿勒泰四个国际旅游集散中心，把新疆打造成区域旅游中心。

现代制造业是推动新疆经济发展和产业结构优化的主要抓手，根据区域产业基础发展条件和市场需求，新疆现代制造业发展应立足于特色优势资源产品开发和深加工。以市场为导向，以技术进步为动力，积极发展与当地资源开发紧密结合的装备制造、原材料产品精深加工工业，做大做强以特色农牧产品加工为主的轻纺工业，重点领域为先进适用的装备制造业、纺织工业、食品和饮料制造业。

要加快实现经济增长方式从粗放型向集约型转变。企业发展不仅要注重外延式扩张，更要重视内涵式发展。要加强政策引导，大力发展高新技术产业（包括新能源、风能、太阳能、化工、建材以及生物医药产业），建立上下游配套齐全、各规模企业分工合作的产业链，研发高端、高附加值的产品，增强创新能力。

在产业地区布局上，重点打造天山北坡经济带、库阿沿线石油石化产业经济带和伊犁河谷。要克服各地区协作性不强、整体性差，产业结构自成体系、相互之间恶性竞争，资源项目重复投资、重复建设，资源配置效率低，市场建设无序等问题。

要瞄准中亚、西亚、南亚等周边国际市场，积极承接东部产业梯度转移，科学布局、加快建设七大加工制造业出口基地。一是机械装备工业基地，形成可再生能源装备、输变电装备等产业集群；二是轻工产品出口基地，重点建设食品产业体系；三是纺织服装产品出口基地，使新疆成为我国西部最具影响力的服装生产基地和向西出口的集散中心；四是建材产品出口加工基地，发展传统建材、化学建材和金属建材等产品；五是化工产品出口基地，抓好大型炼油、乙烯等生产，使新疆成为国家重要的石油天然气生产加工基地；六是金属制品出口加工基地，综合开发利用各类金属矿产资源，形成钢铁、电解铝等冶金工业体系；七是加工贸易基地，拓宽优势资源转换战略的实施空间。

（二）持续改善民生

要把社会全面进步作为经济发展的最终目标和重要条件，不能以牺牲社会发展为代价，追求短期的经济高速增长。

民生是人民幸福之基、社会和谐之本。民生连着民心、民心凝聚民力。做好保障和改善民生工作，事关各族群众福祉和社会和谐稳定。要让改革发展成果更多、更公平惠及全体人民，提高各族群众的获得感。要提高人民生活条件和水平，提高人均GDP和居民的收入。

劳动是谋生的手段，就业既是生活的保障，也关乎尊严。就业能体现人生价值，让劳动者体验到成就感。无所事事、游手好闲的人容易成为社会稳定的隐患。所以，要拓宽就业渠道，搭建就业创业平台，提高就业能力，推进高校毕业生多渠道就业，动态消除城镇零就业家庭，加大农村富余劳动力转移就业力度。

教育能让人获得工作的技能，提供合格的劳动力。教育能让人明白事理，理性行事，减少社会不稳定因素。新疆的教育必须突出就业导向，大力发展面向人人、面向社会的职业教育，探索推进高中阶段普通教育和职业教育融通发展，加强中小学生技术素养培养，引导部分普通本科高校向应用技术型高校转型，调整学科专业设置，扩大应用型、复合型、技术技能型人才培养规模。开展创新创业教育，加强就业观教育和就业指导。服务于"丝绸之路经济带"核心区建设，围绕"五大中心"建设培养所需要的各类人才。

要推进免费义务教育，切实提高入学率，让各族孩子上得起学、上得好学；要积极推进双语教育，使少数民族学生基本掌握和使用国家通用语言文字。要加强现代文化教育，加强历史教学，特别是"五个认同"的教育，让正确的思想入脑、入心。

贫困和贫富差距过大，是造成社会动荡和"富人不安心、穷人没希望、中产阶层不努力"人际关系紧张和自然关系失衡的重要根源。一个社会的消费者中穷人太多、富人太富，迟早要出问题。要让扶贫攻坚与"一带一路"建设有机衔接，改善贫困地区基础设施条件，实现内外联通，促进人文交流，增强开放意识，转变思想观念，以开放促发展。要紧扣结构调整、提质增效和创新驱动主题，统筹搞好扶贫开发、新农村建设、特色产业发展和信息化、城镇化、工业化与农业现代化"四化"同步等工作，不断提高扶贫开发的质量和效益，在参与"一带一路"建设中推进扶贫攻坚工作，建设一个繁荣稳定的边疆民族地区，促进与周边国家的合作发展，巩固睦邻、安邻、富邻成果，更好地服务国家周边外交战略。

（四）推进南疆工业化和城市化进程

要加强对南疆的支持力度。在新疆维稳形势严峻的条件下，一方面要加强民族团结和稳定安全工作，加强民生保障；另一方面也要重视对南疆的重大规划、重大决策、重大项目和资金安排方面给予支持和倾斜。

通过设立覆盖四地州三师的"国家级综合改革试验区"，把南疆四地州三师的发展纳入国家发展战略层面，赋予其省部级管理权限，统筹谋划、系统协同、综合治理，探索和推进政经体制重构、多民族嵌入式社会文化改革、基层政权建设和生产生活方式变革，推进区域政治、经济、社会、生态协调一体化，使生活在这里的维吾尔族、柯尔克孜族、塔吉克族、汉族、回族等各族人民和睦相处、和谐发展，共同进步，远离暴恐，与全国各族人民一起过上快乐幸福的日子，这是南疆四地州三师实现社会稳定和长治久安的有效途径。以弘扬社会主义公平正义的思想为宗旨，以土地改革为切入点，依托面向中亚、南亚、西亚乃至欧洲的独特地缘优势和口岸及综合交通运输网络优势，充分发挥国际大通道的重要作用，把试验区建设成为我国向西开放的重要门户、"丝绸之路经济带"先导区、民族风情国际旅游目的地，形成在已有的喀什特殊经济区（包括和田、克孜勒苏柯尔克孜自治州和三师、十四师）和阿克苏绿洲能源经济区（包括一师）基础上西向的"人"字形社会经济发展带——兵地一体、援疆省市和央企相互嵌入式的融合发展模式。

第一，在试验区实行以社会主义公有制为主导的现代国有控股混合所有制农场和国有控股现代工商企业等政经组织系统。南疆四地州农村的乡镇一部分变更为现代国有控股混合所有制农场，除自留地外土地（耕地）集中管理，借鉴兵团团场的管理经验，集体劳动，共同学习，统一发放工资；造就新疆现代产业工人队伍是新疆和睦的基石，成立或迁入现代化劳动密集型国有控股工商企业，以产城互动的模式，优先发展棉纺、果业等农牧加工产业和汽车制造业，选派央企、地方国企及大型民企高管和少数民族干部，重点招收当地劳动者；发展配套服务及相关产业，形成有递进、立体、互动式的就业渠道，为各层级的当地劳动者提供就业岗位；在疆央企和地方国企要利用其强大的教育系统，培养新疆尤其是少数民族现代产业工人和管理者，这才是在疆央企和地方国企最重要的任务和政治责任；新疆八钢公司积极推进的"一个示范两个基地"的建设实践，为建立相互嵌入的社会结构提供了一个成功范例，促进了各民族交往、交流、交融，以试验区推动南疆地区的社会稳定、长治久安和民生发展。

第二，在试验区实施特殊的财政、投资、金融、人才等政策。在试验区实行个人所得税和企业（包括国有控股混合所有制农场等）所得税全免的政策，吸引国内外的企业和个人到试验区投资兴业；围绕喀什、阿克苏、和田三个区域中心城市，积极推进城镇化建设进程，形成以喀什市（包括疏勒县、疏附县）-阿图什市城镇组群，阿克苏市（包括温宿县）-库车县城镇组群，和田市（包括和田县、墨玉县、洛浦县）城镇组群，加快推进莎车县、库车县和二二四团撤县（团）设市，培育新的经济增长点，让更多的农村人口融入现代城镇，享受文明富裕的美好生活。

第三，在试验区进行教育与就业体制等方面的改革。在实施南疆四地州的十二年义务（免费）教育的基础上，建议高薪吸纳本土优秀教师特别是少数民族教师投身到试验区教育事业，从初中起实行全免寄宿费、封闭式教育教学管理模式，强化"双语"教学，主要向新疆尤其是喀什大学等南疆职业技术学校（学院）提供生源，只要在南疆职业技术学校（学院）获得毕业证和学位证的学生，国家一律包其分配，统一安排到试验区内工商企业和国有控股混合所有制农场工作。

第四，在试验区内保持人口和资源的协调发展。南疆四地州人口增长率高，平均每户家庭人口达6口之多，增加的主要是农业人口。同时，这里水资源匮乏、生态环境脆弱并不断恶化，人均拥有耕地只有1.5亩左右。为了扭转"逆现代化"趋势，推进社会进步，要在试验区内实现并保持人口和资源的协调发展。

（五）控制人口和保护环境

要实现经济社会可持续发展，就要落实科学发展观，控制人口过快增长的趋势，保持合理的人口结构。树立节能和环保意识，推进绿色发展，保护资源和环境。

新疆人口的增长速度较快（特别是南疆维吾尔族人口），民族结构发生了很大的变化。据统计，2003—2016年，南疆四地州汉族人口从96.28万人减少到86.03万人，占总人口的比例仅为8.57%。维吾尔族人口从670.3万人增加到894.36万人，增长了33.43%，占总人口的比例达到了88.81%。如果加入仍未纳入人口统计的无户籍人员，维吾尔族人口增长幅度可能更大。①新疆人口的快速增长，特别是南疆人口的快速增长，导致人口总量急升，水土资源不足，自然环境脆弱的问题进一步突出，维汉人口差异巨大，可能形成更大的政治风险。②

新疆地处欧亚大陆腹地，气候干旱，水资源受季节因素影响时空分布极不均衡，地表水蒸发量极大，加上开发不合理，造成水资源短期短缺，"特殊的自然环境在人为不合理水土开发活动的作用下以盐渍荒漠化和沙质荒漠化为主导的土地荒漠化，成为长期以来制约新疆经济发展的次生环境因素"。③水资源紧缺和土

---

① 数据引自《新疆统计年鉴》。
② 李晓霞. 新疆的人口问题及人口政策分析[J]. 中央社会主义学院学报,2017(2):68-78.
③ 《新疆生态环境现状及保护对策的研究》课题组. 新疆生态环境现状及保护对策的研究[J]. 决策咨询,2006(1):7.

地荒漠化，已成为新疆地区生态环境的两大危机。近年来通过"三北"防护林退耕还林还草等工程的实施，新疆生态环境局部有所改观，但"新疆环境恶劣、生态脆弱的总体局面，并没有得到根本性的改变"[①]。

（六）充分发挥兵团作用

新疆生产建设兵团拥有雄厚的实力，在"一带一路"建设中能发挥重要作用。兵团从以色列引进的滴灌节水技术经过改进，设施成本大大低于国外，已经在全国其他省区及其他国家推广。中亚国家的环境、气候和新疆相似，同属干旱地区，向这一地区推广节水技术和建设节水水利设施，大有可为。

在南疆，兵团能够也应该在"一带一路"建设中发挥更重要的作用。可以依托当地资源的优势，打造以出口为导向的食品加工制造业、纺织品和针织品的出口加工基地和农业装备制造业基地，参与开发和利用疆内境外油气资源，提高入境油气资源在南疆兵团加工的数量和深度，培育石油天然气化工产业，还可以参与军工制造业的建设，并依托南疆各口岸扩大国际贸易。[②]

（七）提高新疆当地民众的获得感

人是社会生产和经济发展最基本的资源。人力资本是一个国家和地区经济发展最核心的要素。中外区域经济发展史表明，人口净流入尤其是人力资本的净流入指标是一个国家和地区经济繁荣的风向标。2009 年，新疆第一次出现人口的净流出，尤其是人力资本大量流失，导致经济发展缺乏内生动力、能力和拉力，严重阻碍了新疆经济社会发展和现代化建设的推进。

从 20 世纪 80 年代开始，新疆人力资本和人才严重外流，科技人才等高端人

---

① 《新疆生态环境现状及保护对策的研究》课题组．新疆生态环境现状及保护对策的研究[J]．决策咨询,2006(1):7.

② 李方."丝绸之路经济带"视野下的新疆对外合作刍议[C]//邢广程,林文勋,蓝平儿．中国沿边开发开放与周边区域合作:中国社会科学论坛(2014)暨第五届西南论坛论文集．北京:社会科学文献出版社,2015.

才、实用技能人才不断流失。据统计，近5年来，新疆人力资本和人才流失严重，其中企业家、企业经营者人才队伍流失高达60余万人，本科以上学历人员占到了近96%，中青年骨干占到了约83%，高级职称人才占到了36%，甚至派出进修的学者也不再回疆工作。同时，新疆每年考入其他省份院校有4万多人，毕业后只有不到27%返疆。

2009年以来，新疆汉族人口比例急剧下降，从2009年的46%下降到2016年的34.5%，南疆四地州汉族人口的比例更是从2009年的10%下降到2016年的6.5%。汉族精英人才和各领域领军人才的大量流失，造成部分地区民族成分趋于单一化，使新疆多民族并存格局受到影响，从而对国家认同和中华民族共同体强化产生负效应，这极不利于新疆的社会稳定和长治久安，不利于国家的统一和中华民族大团结的巩固和发展。

人口净流出、人力资本外流、人才短缺已成为制约新疆经济可持续发展的最大瓶颈！

为了缓解新疆人力资本外流问题，支持新疆现代化建设，党中央做出开展援疆工作的重大战略决策。1997年2月，由北京、天津、上海、山东、江苏、浙江、江西、河南8省市和中央及国家有关部委选派到新疆工作的首批200多名援疆干部陆续抵疆。2010年5月，第一次中央新疆工作座谈会和第一次全国对口支援新疆工作会议在北京召开，吹响了全国新一轮对口支援新疆工作的进军号，确定了19省市对口援疆。2014年5月，习近平总书记主持召开第二次中央新疆工作座谈会，确定了新形势下的治疆方略。2017年7月，第六次援疆工作会议在新疆喀什召开，俞正声强调要坚定不移聚焦增强实效推进干部人才援疆，切实关心好、使用好、管理好援疆干部人才。截至2017年末，由中央和国家机关、中央企业以及19个援疆省市累计组织九批29 000余名干部人才进疆工作，为维护新疆社会稳定和长治久安做出了卓越贡献。

中央的对口援疆和外部因素的扶持，支撑着新疆的发展和现代化建设，但是新疆人力资本外流的局面未得到根本性的遏制。究其原因，中央、自治区的顶层设计主要是从区域和企业方面给予优惠政策，而未出台强有力吸引人才和留住人才的工资水平和福利待遇的系统政策。中华人民共和国成立之初，尤其是20世纪60年代至70年代，吸引人才赴疆工作的关键点是能够享受到比内陆省份高出2~3倍的工资待遇。

20世纪80年代以来，东部沿海发达地区经济发展突飞猛进，新疆和发达省市的差距逐步拉大，居民收入水平持续落后，人才吸纳能力严重下降。

通过表13-2可以看出，新疆城镇同行业、同领域单位从业人员平均工资远远低于北京、上海、广州这些发达城市，不利于吸引人才、留住人才。

因此，要提高新疆的工资水平和福利待遇，对新疆企业在企业所得税和个人所得税方面实行优惠的政策，营造有利于个人成长、企业发展的社会环境。

同时，也要防止在新疆设立空壳公司，以享受企业所得税减免优惠政策，并不能实现人才、技术、资本真正进入新疆的投机行为。

（八）突破水资源短缺的瓶颈

在新疆，有水就是人间天堂，无水就是戈壁沙漠。新疆占全国陆地面积的六分之一，土地广阔，光热资源丰富，人少地多。西藏有水缺热，青海缺热缺水，新疆有热缺水。水可调，光热资源不可调，低海拔的吐哈盆地、塔里木盆地、准噶尔盆地，最有可能通过调水实现新疆经济的发展和民生改善。

面对新疆水资源短缺问题，要提高节水意识，发展节水技术，加强水污染治理，在经济社会发展中充分考虑水资源的现实，同时积极考虑引水入疆。

当今中国学术界对跨流域调水有不同方案设想，包括林一山的"大西线调水"方案、郭开的"朔天大运河大西线调水工程"方案、胡长顺的"南水西调"方案、袁嘉祖的"大西线调水"方案等数十种区外调水方案，大致可以分为青藏高原调水方案、深地探测方案、海水西调方案三大类型。其中，青藏高原调水方案就有7种之多。

要在充分的科学论证的基础上，综合考虑各种因素，依托现有的技术条件，

表 13-2　　　　　　　2015 年新疆与国内发达城市国民经济

各行业在岗职工平均工资对比表　　　　　单位：元

		新疆	北京	上海	广州
	平均工资	49 381	113 073	71 268	81 171
1	农、林、牧、渔业	34 211	51 214	39 416	64 723
2	采矿业	68 283	88 432	131 501	67 988
3	制造业	44 140	87 581	58 120	73 385
4	电力、煤气及水的生产和供应业	56 899	131 438	138 759	112 093
5	建筑业	50 955	84 021	49 213	71 011
6	批发、零售业	43 112	94 528	62 004	69 681
7	交通运输、仓储和邮政业	59 374	81 608	75 464	92 591
8	住宿和餐饮业	38 342	54 731	41 558	51 890
9	信息传输、计算机服务和软件	58 101	158 210	115 122	123 310
10	金融业	66 226	258 795	206 679	184 527
11	房地产业	42 979	87 044	57 590	71 345
12	租赁和商务服务业	36 522	104 501	70 742	75 057
13	科学研究、技术服务和地质勘查业	59 320	136 687	104 559	99 288
14	水利、环境和公共设施管理	41 115	74 242	62 920	54 807
15	居民服务和其他服务业	34 910	49 481	33 720	52 285
16	教育	50 694	115 520	95 957	85 234
17	卫生、社会保障和社会福利	54 456	142 971	115 126	93 923
18	文化、体育和娱乐业	50 175	132 675	69 443	92 508
19	公共管理和社会组织	59 598	96 659	107 534	96 511

积极推进引水入疆，破解水资源对新疆经济社会发展长期存在的制约瓶颈。

有了充足的水源，能源和矿产开发就不会再与农牧业争夺有限的水源，能加快吐哈盆地、准噶尔盆地的油气和煤炭开发，成倍增加新疆的可耕地面积。新疆成为全国主要棉产区后，还将成为全国最大的商品粮基地、畜牧业基地、林果业基地，为国家的食品安全做出新贡献。

解决了新疆未来的水平衡，不但会加快新疆自有的能源、矿产资源开发，而且将极大促进新疆能源、矿产资源的国际合作，特别是与哈萨克斯坦、吉尔吉斯斯坦、塔吉克斯坦、土库曼斯坦、巴基斯坦、阿富汗、俄罗斯、蒙古国等国的经济合作，新疆便有条件成为上述国家基础资源的加工基地和中西南亚的经济高地！

二、围绕"一带一路"深化体制改革

新疆经济社会发展已经站在新的历史起点上，只有全面深化改革才能释放出发展的巨大动力；只有全面推进改革才能找到破解各种矛盾难题的办法，走出符合新疆实际的发展道路；只有抓住机遇创新体制机制，才能为新疆可持续发展和长治久安奠定基础；只有以更大的政治勇气和智慧主动迎接应对挑战，才能开创新疆发展的新局面。要有序推进重大改革事项，创新创业体制改革，深化行政体制改革和经济体制改革、在疆央企缴税体制改革，推进社会事业改革和兵团改革。

（一）创新创业体制改革

要营造有利于创新创业就业的体制，减少失业，实现较为充分的就业，吸引其他省份人才到新疆就业，以此保持新疆的活力，实现新疆的发展和稳定。

（二）深化行政体制改革

要深化行政体制改革，进一步转变政府职能，提高依法行政的能力，减少政府对市场的干预，强化政府社会管理和公共服务职能，按照简政放权、放管结合的原则，进一步推进行政审批制度改革，简化审批程序，加快推进网上审批，并联审批和联合办公，积极推进政务公开和服务质量公开承诺。创造更好的环境，承接产业转移扩散。

（三）深化经济体制改革

要深化经济体制改革，大力推广混合所有制经济，发展民营经济。

要深化投资财税金融体制等改革，建立有利于市场在资源配置中起决定性作用的体制机制，建立以政府债券为主体的地方政府举债融资机制，在公共服务、资源环境、生态保护、基础设施等领域，积极推进政府与社会资本合作（PPP）模式，注意防范政府债务风险。

要全面推进农村体制综合改革，探索现代农业发展新机制，完善土地承包政策，推动土地确权和经营权有序流转，建立土地流转机制，加快土地要素体制改革，建设产权清晰、规则一致、竞争有序的城乡统一建设用地市场。

要大力发展非公有制经济。非公有制经济与公有制经济相辅相成，它具有灵活的经营机制和较有效率的分配机制，生产要素自由流动，并且受单一市场信号的调节，在促进就业等方面发挥着重要作用，所以要大力发展。新疆的非公有制企业还存在不少困难和问题，如：起步晚、总量少，规模小；企业自身实力有限，综合竞争力弱，企业融资渠道不畅，发展资金不足；绝大部分为家庭式企业，管理体制不顺，机制不活等。[①]要进一步解放思想，转变观念，做大做强非公有制经济。

（四）在疆央企税收体制改革

要积极促成更多中央企业属地注册。目前新疆的资源开采是中央大型企业主

①　新疆维吾尔自治区国有资产监督管理委员会.新疆国有经济布局与结构优化调整研究[M]. 乌鲁木齐:新疆人民出版社,2010:362-363.

导的，资源开发与本地经济发展关联度不高，与居民增收严重脱节，资源开发利益分配不尽合理，当地民众从资源开发获得的收益有限。要通过税收改革，把石油、天然气以及其他矿产资源开发所产生的资源税更多地留给当地政府，由"输血"转为"内生"，让新疆人民得到更多实惠，促进新疆资源富集地区的经济结构转型。

第一种改革办法是：将在新疆的央企由分公司调整为子公司，把税全部留在新疆。第二种改革办法是：提高资源税的征收标准，资源税补偿费分配比例向地方倾斜。

提高资源税征收标准，可以更好地反映资源的供应和稀缺状况，反映开采经营过程中的资源环境和安全成本，建立健全资源有偿使用制度和生态环境补偿机制，在一定程度上可防止资源浪费和破坏性开采，提高资源的有效利用率。

（五）推进社会事业改革

要推进社会事业改革，深化教育、卫生、文化等社会事业体制改革，建立社会公共服务体系，提升社会服务管理能力，加快推进户籍制度改革，完善人口落户政策，满足经济社会发展需要。

（六）推进兵团改革

在这个全新的历史时期，寻求兵团的改革路径，就要再造和创新特殊体制的内涵和实现形式，有效处理改革中的矛盾和问题，充分释放兵团体制的特殊优势和发展活力。

回顾兵团的发展历程，可以发现，兵团在新疆发展过程中主要发挥以下重要作用：开发建设新疆、促进新疆现代化的示范带动作用；协防管控边境线；新疆族群和人口结构的平衡器；实现多民族文化交融、增强文化认同的集团力量；各民族共同团结奋斗、共同繁荣发展的示范区；忠诚于国家的多民族干部的"蓄水池"和"中转站"；一体化社会保障的试验田；反恐维稳的主力军。

做实兵团政府职能，关键是推动兵团城镇化建设。城镇的重要功能就是集聚，首先表征为人口的高度集中。城镇完善的基础设施，较充分的就业需求，良好的教育、科技、文化、卫生等条件，为居民提供更多的发展机会，必然会对人口产生强大的吸引力。

在此基础上，借助新疆和兵团农业资源充足、区内及周边地区矿产资源丰富、"一带一路"核心区的三大优势，以市场经济为导向，以兵团城市和产业聚集园区为载体，以资产为纽带，做实中国新建集团，培育、发展和壮大多元化市场主体，扩大市场化基础，激发市场的活力，推进新型工业化，以上市公司为牵引培育产业集群，使兵团发展由"输血经济"转化为"造血经济"。

基于新疆南疆社会稳定与长治久安、"一带一路"建设的两大现实需求，建议新疆生产建设兵团司令部由乌鲁木齐市迁至阿拉尔市，以充分发挥新疆生产建设兵团"中流砥柱、铜墙铁壁、建设大军"的"稳定器""大熔炉""示范区"作用；将目前新疆南疆地区的所有国有农牧场成建制地移交给兵团，由兵团在南疆地区再组建 1～2 个师和若干个团场，以切实壮大兵团在南疆垦区的综合实力。

三、建设西向"丝绸之路经济带"新疆安全之段

和平、安全、稳定是经济发展和对外开放的前提。推进"一带一路"建设要以安全为前提。

近年来，国际恐怖主义犯罪活动威胁上升，各种恐怖犯罪活动高发频发，"一带一路"沿线国家处于恐怖主义人员聚集地和恐怖主义活动频繁的高风险区域。美国全球恐怖主义数据库统计结果显示，"一带一路"沿线国家中，60% 处于和平状态，25% 处于危险状态，15% 处于高危状态。[①]新疆的周边地区，包括

---

① 贾宇，李恒.恐怖活动与"一带一路"投资安全风险评估[M]//邹统钎，梁昊光.中国"一带一路"投资与安全研究报告(2016~2017).北京:社会科学文献出版社,2017:169.

阿富汗、巴基斯坦、中亚地区，都不同程度存在恐怖犯罪活动，有的还很严重，威胁到相关地区的经济活动；恐怖主义、宗教极端主义和民族分裂思想的蔓延，也威胁到这些地区的政治安全和社会稳定；大国霸权主义更是增强了这一地区的安全风险。

据经济与和平研究所公布的2017年全球恐怖主义指数分析报告，中国遭受恐怖袭击指数为5.54，在全球国家中排名第31位，[1]中国已经成为遭受恐怖袭击的重点国家之一。新疆正处于暴力恐怖活动活跃期、反分裂斗争激烈期、干预治疗阵痛期"三期叠加"的特殊时期，反恐维稳的任务还很重。

基于上述情况，"一带一路"建设面临着经济安全、国家安全和暴力恐怖等风险挑战。新疆的"一带一路"建设一定要高度重视安全因素，采取各种措施防范意外事件的发生。

实现新疆的长治久安和社会稳定，是具有长期性、艰巨性、复杂性的重要任务，等不得也急不得。要以推进新疆治理体系和治理能力现代化为引领，"加强战略思维，增强战略定力，更好统筹国内国际两个大局"，综合运用系统思维、法治思维、全球思维、底线思维、辩证思维、创新思维等思维方式，立足抓早抓小抓快抓好，谋长远之策，行固本之举。

1.国际层面的对策

加强国际合作，与世界各国"坚持同舟共济""牢固树立人类命运共同体意识"，聚焦共同利益，凝聚互利共赢的合作共识，联手打击极端势力和恐怖主义。要正确认识并处理好不同文明间的关系。要认识到，不同文明之间并不一定会发生冲突。每个国家和民族的文明都是独特的，都有自己存在的价值，要坚持求同存异、取长补短，不攻击、不贬损其他文明。在世界范围内建立反恐维稳的广泛的统一战线。

（1）加强国际合作。要积极推进区域组织合作。上海合作组织是中国与包

---

[1]　Global Terrorism Index 2017, top 50 countries [EB/OL]. [2018-05-20]. https://www.statista.com/statistics/271514/global-terrorism-index.

括中亚国家在内的相关国家反恐合作的制度框架,其首要任务是打击恐怖主义、分裂主义和极端主义,要充分利用这一平台,加强与各成员国在法律、政治和技术领域等多方面的合作,建立情报交流机制,创建恐怖组织和恐怖分子公用数据库,举办反恐培训班,举行联合反恐演习,建立行动协调机制,切断恐怖组织的资金来源和流动渠道,防止其利用网络等高科技手段组织策划恐怖活动。

(2)加强国家间合作。世界上许多国家都面临着暴力恐怖势力、民族分裂势力、宗教极端势力的威胁,维护和平、稳定与安全符合各国政府的利益,存在国家间合作的可能性。暴力恐怖势力、民族分裂势力、宗教极端势力往往超越一国国境活动,有国家间合作的必要性。要加强国与国之间的军事合作和情报分享,增强联合打击"三股势力"的能力;要帮助处于动荡状态的国家提高治理能力,实现有效治理,防止极端分子向外渗透;要帮助穷国摆脱贫困,改良滋生"三股势力"的土壤。

(3)建立"一带一路"建设的安全机制。近年来,为了顺利推进"一带一路"建设,要与有关国家密切联系、加强合作,建立包括如下内容在内的相应的安全机制:

包括危及区域政治稳定因素、应对打击恐怖犯罪集团组织跨境犯罪、局部社会骚乱管控、跨国公民与往来人员等在内的区域社会稳定保障机制;包括公路交通、铁路交通、航空运输、物流货运、客流运输等在内的交通与物流畅通保障机制;包括油气管线安全、泵站与设备管理、防范人为损害与自然灾害损坏等在内的能源通道安全保障机制;包括贸易与金融监测与预警、贸易与风险管控、规范商品检验、离岸金融中心建设措施、打击金融犯罪等在内的经贸往来安全保障机制;包括疾病疫情监测与预警、疾病防控、疫情防范、医疗救治、食品安全等在内的疫病防控与疫情防范机制;包括自然灾害,农牧业林业地质水患、旱灾、水灾的监测与预警,人为事故、防灾减灾措施等在内的防灾减灾安全保障机制;网络与信息安全保障机制;包括边境管理制度、口岸安全检查制度等在内的边界管理安全保障机制。[①]

2.国内的对策

世界上最主要的三大宗教（伊斯兰教、佛教、基督教）和四大文化（古埃及、古印度、古巴比伦、中国）在新疆交汇，是"丝绸之路经济带"建设的核心区域，新疆的社会稳定、人民安居乐业对"丝绸之路经济带"建设意义重大。

（1）全国一盘棋。新疆的稳定事关全局，维护新疆的稳定是全国人民共同的事业，要树立全国一盘棋的观念，加强各地区、各部门在制定和执行相关政策等方面的沟通和协调，形成合力。要继续集全国的力量支援新疆，加强和改善援疆工作，促进由"输血"向"造血"的转变。

（2）完善治理。治疆稳疆要靠健全的治理体系、高超的治理能力。要提高反恐维稳的系统性、协调性，加强内部协调的反独反恐机制，形成内部刑侦、安全、国防、边防、检察、审判的合力协调机制；形成省市县与乡镇村、南疆与北疆、兵团与地方、传统安全干部与群众方式与现代信息技术相结合、联防联控的反独反恐体系和网络。

要强化区域性边境口岸人员管控，严防恐怖分子和极端人员偷越国境进入其他国家，严防出境"回流"人员入境生事。

（3）坚持法治思维。治理现代化的重点内容是法治。要坚持法治思维，善用法治方式，全面推进依法治疆。公正是法治的核心，要建立更加公正的司法体系，坚持依法办事，按政策办事，切实解决好涉及群众切身利益的实际问题，积极预防和妥善处理群体性事件，把问题解决在萌芽状态。

要正确区分普通治安事件、普通刑事犯罪与暴力恐怖事件，反对把恐怖主义与特定地区或民族相关联，最大限度地团结民众，集中力量打击"三股势力"。

---

① 厉声．丝绸之路经济带安全保障机制对接合作思考[M]//夏文斌．丝绸之路经济带与向西开放研究．北京：中国社会科学出版社，2016：10-11.

（4）发展经济，改善民生。要紧紧围绕改善民生推动经济发展，使广大人民群众有获得感。要通过经济发展对各种社会问题的解决创造有利条件，切实解决经济发展同改善民生、同促进社会稳定和长治久安结合不够紧密的问题。

（5）加强三支队伍建设。政治路线确定之后，干部就是决定性的因素。要采取有力措施把优秀人才吸引到各级干部队伍中，打造一支强有力的干部队伍，要不断提高各级干部的执政能力。要加强党风廉政建设和反腐败工作，维护群众切身利益，让各族群众更多感受到反腐倡廉的实际成果，让别有用心者没有可乘之机。

青年学生是祖国的未来。处在求学阶段的青年人，求知欲强，判断是非的能力较弱，学校教育对学生价值观的形成有重要影响。因此，要抓好教师队伍建设，特别是要加强从事思想政治教育教师的力量。

爱国宗教人士队伍是深入推进"去极端化"、凝聚信教群众、维护民族团结和宗教和谐的重要依靠力量，要加强对他们的培训，壮大爱国宗教人士的队伍，提高他们的素质和能力。

（6）加强意识形态领域的工作。要加强意识形态工作，清除新疆历史、文化、民族、宗教等方面错误思想影响。要加强爱国主义教育，增强青少年的"五个认同"。要以现代文化为引领，实现优秀传统文化和时代发展要求的有机结合，推动一体多元文化建设。

（7）做好民族、宗教工作。民族分裂势力和宗教极端势力是影响新疆稳定的重要因素。要加强民族团结工作，按照"保护合法、制止非法、遏制极端、抵御渗透、打击犯罪"的原则，精心做好宗教工作。

（8）发挥兵团作用。要发挥兵团"安边固疆的稳定器"的作用，做好社会治安管控与应急处突，维护新疆社会稳定。要把兵团建设成布局合理、拥有强大经济实力、强大维稳成边能力的队伍。既要保证兵团辖区稳定，也要积极参与地方社会治安管理，在"三股势力"进行重大破坏活动或有外敌入侵时，主动承担任务。兵团要发挥好"调节社会结构、推动文化交流、促进区域协调、优化人口资源"等特殊作用，推进兵地融合，实现各民族"嵌入式"发展，推进民族交流交往。

（9）重视南疆。南疆是新疆反恐维稳的主战场，南疆反分裂斗争是长期的、复杂的、尖锐的，有时甚至是十分激烈的。要深入开展反暴恐斗争，注重综合成效。严厉打击暴力恐怖活动，不断提高发现、防范和打击能力，突出依法精准打击，重视研究问题、总结规律，不断提高反暴恐工作水平；深入推进"去极端化"，坚持以现代文化为引领，增强各族干部群众对民族分裂主义和宗教极端思想的"免疫力"，清除"双泛"思想的影响，打好意识形态领域反分裂斗争这场硬仗，将各族群众团结在党和政府周围。保持战略定力，扎实做好打基础、利长远的工作。发展经济、改善民生、改革开放、民族宗教、党的建设等一切工作，都要紧紧围绕社会稳定和长治久安来谋划和推进。

新疆的"一带一路"建设，机遇难得，挑战不小。要牢牢抓住这一历史机遇，处理好开放、发展与稳定的关系，以开放促发展，以发展为前提，向改革要动力，以安全为保障。在开放中求稳定，在发展中求稳定，这样才能真正实现新疆的长治久安、繁荣发展。

（执笔人：钱镇、唐立久）

| 第六篇 |

"一带一路"科学行动的战略、体制与机制

　　"一带一路"行动，是习近平总书记提出的中国对外国际关系和中国经济更高层次开放的伟大事业。需要在国际关系"义利观"、构建人类命运共同体和合作共赢思想指导下，科学实施"一带一路"倡议，把好事办实和办好。这需要有清晰的思路，正确的战略方案，有效运转的体制和机制。一方面，为了更好地推进"一带一路"建设，提高我国企业"走出去"的投资成功率以及更好地防范项目风险，必须通过对"一带一路"沿线国家投资失败的案例分析以及对企业因缺乏审慎性决策导致投资项目失败深层次的原因剖析，建立"政府-金融机构-企业"协同合作的可行性研究体制来防范"一带一路"的项目风险；另一方面，更高层次的开放型经济既要关注重点开放战略转型、转移优质产能、人民币国际化和标准规则等软实力"走出去"，还要科学调控、部门协调、中观协同，而微观在防控风险的同时，要有活力、效率和竞争力。

第十四章

项目可研体制建设与"一带一路"风险防范

为了更好地推进"一带一路"建设，提高我国企业"走出去"的投资成功率以及更好地防范项目风险，探索一套真正适合"一带一路"投资项目的可行性研究体制刻不容缓。本章通过对"一带一路"沿线国家投资失败的案例分析以及对企业因缺乏审慎性决策导致投资项目失败深层次的原因剖析，并在借鉴发达国家海外投资机制，分析"一带一路"沿线国家的投资项目特征以及风险的前提下，提出建立"政府-金融机构-企业"协同合作的可行性研究体制来防范"一带一路"的项目风险。

第一节 "一带一路"倡议下的项目投资、决策以及可行性研究

"一带一路"是习近平总书记在当前全球政治经济格局发生深刻变化的背景下，统筹考虑国内国际局面，顺应区域与全球合作潮流，立足当前、着眼长远提出的重大倡议和构想。"一带一路"主要是指"丝绸之路经济带"以及"21世纪海上丝绸之路"。"一带"是指中国古代丝绸之路，从中国到中亚、俄罗斯以及欧洲的经济带，另外还包括东南亚、印度等经济带。"一路"主要是指海上丝绸之路，是在古代海上丝绸之路的基础上形成的21世纪海上丝绸之路，主要包括两条：一条是从我国沿海港口过南海，经马六甲海峡到印度洋，延伸至欧洲；另一条是从我国沿海港口过南海，向南太平洋延伸。"一带一路"不仅是我国发展经济的一个重要规划，更是推动世界经济发展的重要途径。目前，我国经济处于变革时期，前景十分光明，挑战也十分严峻。在美国经历了2008年的次贷危机，欧洲地区经历欧债危机后，全球经济发展受阻，虽然世界各国几经努力，调整和刺激经济，但全球经济仍未全面复苏。在此国际背景下，随着我国经济实力的提升以及国际地位的上升，也应努力担负起国际责任，履行大国义务。"一带一路"倡议试图以海陆统筹的思维，将中亚、南亚、西亚、北非以及欧洲等区域连接为一体，统筹各国利益，推动相关沿线国家经济的协调发展，以实现互利共赢的合

作关系。

"一带一路"倡议提出以来，我国政府完成了顶层设计，提出了愿景以及行动文件并指定三个部委推动实施。通过高层引领、项目签署、文件落实、具体实施等措施，发挥"一带一路"的作用，该措施带动了沿线60多个国家的积极参与。"一带一路"倡议实现了国际化对接，深化了沿线国家的合作伙伴关系，已经展现出了丰富的阶段性合作成果。

一、以项目为导向的"一带一路"投资概况

"一带一路"倡议的推进最终是要以具体项目的实施为导向的，通过对沿线国家的项目投资带动相关国家的经济发展。

（一）投资数量和规模

随着"一带一路"倡议的逐步落实、亚洲基础设施投资银行的顺利运行以及丝路基金的成功组建，一大批项目开始落地实施。预计未来，我国对"一带一路"沿线国家的项目投资还将会显著上升，合作前景更加广阔。

1. 我国对"一带一路"沿线国家直接投资额整体持续增长

2014年，我国企业对"一带一路"沿线国家的直接投资额为136.6亿美元，占我国对外直接投资总额的11.1%。2015年，我国企业对"一带一路"相关国家的投资占当年投资总额的13%，金额高达189.3亿美元，同比增长38.6%。2016年，我国企业共对"一带一路"沿线的53个国家进行了非金融类直接投资145.3亿美元，同比下降2%，占同期投资总额的8.5%，主要流向新加坡、印度尼西亚、印度、泰国、马来西亚等国家和地区。2017年，我国企业共对"一带一路"沿线的59个国家非金融类直接投资143.6亿美元，同比下降1.2%，占同期投资总额的12%，较上年提升了3.5个百分点，主要投向新加坡、马来西亚、老挝、印度尼西亚、巴基斯坦、越南、俄罗斯、阿拉伯联合酋长国和柬埔寨等国家。对"一带一路"沿线国家实施并购62起，投资额88亿美元，同比增长32.5%，中石

油集团和中国华信投资28亿美元联合收购阿拉伯联合酋长国阿布扎比石油公司12%股权为其中最大项目[①]。

2.我国对外承包工程持续增长

2015年，我国企业与"一带一路"沿线60个国家新签对外承包工程项目合同3 987份，新签合同金额926.4亿美元，占同期我国对外承包工程新签合同额的44.1%，同比增长7.4%；完成营业额692.6亿美元，占同期总额的45%，同比增长7.6%。2016年，我国企业与"一带一路"沿线61个国家新签对外承包工程项目合同8 158份，新签合同金额1 260.3亿美元，占同期我国对外承包工程新签合同额的51.6%，同比增长36%；完成营业额759.7亿美元，占同期总额的47.7%，同比增长9.7%。2017年我国企业与"一带一路"沿线61个国家新签对外承包工程项目合同7 217份，新签合同金额1 443.2亿美元，占同期我国对外承包工程新签合同额的54.4%，同比增长14.5%；完成营业额855.3亿美元，占同期总额的50.7%，同比增长12.6%。[②]

（二）投资主体分布

在"一带一路"工程项目的投资主体中，从企业性质来看，主要包括国有企业、民营企业、联合企业等，不同的投资主体也会在"一带一路"的进程中呈现出不同的特征：（1）对外投资重点项目以国有企业为主，且大部分是中央企业。根据Heritage Foundation统计数据，在2015—2016年对"一带一路"相关国家的投资在百万美元以上的企业中，国有企业有30家，其中中央企业20家，占比47%；民营企业29家，占比45%；联合企业5家，占比8%。（2）民营企业在"一带一路"建设当中发挥的作用越来越突出，产业投资高端化，企业抱团"走出去"，从发展中国家进军发达国家的趋势明显。华为、联想、长城、三一重工、吉利、红豆、万达等大型民营企业在"走出去"的过程中成绩斐然。（3）根据

---

① 数据来源于商务部网站。
② 数据来源于商务部网站。

Heritage Foundation 统计数据，在 2015—2016 年上半年中国对"一带一路"相关国家投资项目中，所有企业的平均投资规模为 6.55 亿美元；中央企业的平均投资规模约为 9.63 亿美元；地方国有企业平均投资规模约为 6.45 亿美元；民营企业平均投资规模约为 4.68 亿美元；联合企业平均投资规模约为 4.92 亿美元。

（三）投资主体项目参与方式

在海外投资中，不同的投资主体参与方式也不尽相同。

1.国有企业参与方式

（1）工程承包。国有企业海外工程承包发展较早，属于相对成熟的模式。项目领域主要集中在交通、能源、通信等基础设施建设，资源工程、大型土木工程以及部分制造业投资。一般由中标企业进行融资，按照承包合同进行项目移交、收回成本并取得合理回报。

（2）项目股权投资。项目股权投资主要是国有企业及其子公司通过股权投资海外相关项目。该方式主要通过总公司、境内外子公司和股权投资基金方式入股相关项目，一般由投资主体自身进行融资，收益按照持有股份比例分成。

（3）设立中外合资企业。单个国企或者多家国企组成联合体与国外公司设立中外合资企业，进而展开相关领域的投资合作。设立中外合资企业的优势在于可以提高适应能力，降低异国经营交易成本，劣势在于不利于国企对合资公司的控制。目前，许多国企通过境内外子公司与当地相关企业设立合资公司，合资公司可以针对专门的项目，也可以开展长期合作。

（4）设立海外分公司。国有企业在海外设立分公司的现象比较普遍，通过海外分公司对东道国企业进行股权收购、并购，并且通过海外分支机构进行贷款、发债等融资，国内母公司提供担保。

（5）并购重组。为了实现战略布局，并购重组也是比较常见的参与方式，主要表现为一家或者多家国企收购海外企业股权。

2.民营企业参与方式

（1）工程承包和劳务合作。通过工程承包以及劳务合作向海外输送人才，是民营企业进行海外投资的常见模式之一，工程承包的范围涵盖咨询、规划、设计、施工、运营等多个环节，可以带动先进技术、装备、标准、服务、劳务等全产业链输出。

（2）建立海外工业园区。民营企业在"一带一路"的海外投资中，通过在"一带一路"沿线国家建立工业园区是比较流行的方式之一，通过实力较强的民营企业牵头建立境外产业园，鼓励企业抱团"走出去"。

（3）设立海外分（子）公司。民营企业通过设立海外分（子）公司，与东道国企业设立合资企业或者对东道国企业进行并购也是比较常见的海外投资方式。

（四）投资项目分类

从经济学角度可以把投资项目分为两大类：一类是公共投资项目，另一类是私人投资项目。公共投资项目主要是指政府公共部门投资建设的公共项目，一般包括纯公共项目、准公共项目以及战略性公共项目。从受益范围来说，公共项目又可以分为国内公共项目和国际公共项目，而国际公共项目又可以分为全球公共项目与区域公共项目。我国提出的"一带一路"倡议，从战略部署、投资主体到所要解决的问题，多数属于区域性的公共问题，所以"一带一路"投资项目大多属于区域公共项目。

二、案例分析——以效率和风险防范为目标的项目决策

2017年6月23日，审计署发布了20家中央企业2015年度财务收支审计结果公告。截至2015年底，企业内部的违规操作或失误决策所涉及金额已达近万亿元人民币。其中，因项目失控造成的资产损失及损失风险已超过600亿元。在"一带一路"的投资项目中，决策失误、违规决策已经造成很多项目发生风险，最终导致项目亏损、失败。

（一）"一带一路"沿线国家投资项目风险数据解读

根据美国研究机构公布的数据，我国境外投资的受阻案例从2005年到2014年共有130起，涉及金额高达2 360亿美元，涉及国家59个。这些受阻项目具有以下特征：

1.地区主要集中在社会动荡或能源矿产丰富的国家

发生在"一带一路"沿线国家的风险案例为33起，占受阻项目总数的25.4%，总金额为565.2亿美元，涉及20个国家，平均涉案金额为17.1亿美元，主要集中在伊朗、俄罗斯等能源丰富以及阿富汗、叙利亚等社会动荡的国家。

2.行业主要集中在能源、矿产领域

在"一带一路"沿线国家项目失败的案例主要集中在能源与矿产两个行业，数量占全部失败项目的78.8%，金额占比为87.1%。

3.央企海外投资项目亏损严重

在"一带一路"沿线，2005—2014年中央企业不仅是对外直接投资的主力军，也是海外投资风险的主要承受者，共发生风险案例25起（占75.8%），涉及金额479.9亿美元（占84.9%）。而在中央企业中，"三桶油"（中海油、中石油、中石化）的风险案例尤为突出，9起风险案例涉及金额313.4亿美元，按金额计算占比为55.4%。

（二）案例分析

为了深入地分析我国企业在海外投资中的项目决策情况，本节选取一些具有代表性的案例进行剖析。

1.失败案例

案例一：波兰A2高速公路

案情简介：该项目位于波兰境内的华沙地区，工程一共分为五个阶段，总长120公里。该项目由波兰政府公开招标，我国中海外联合体在2009年9月中标。

中海外联合体主要由我国的中国海外工程有限责任公司、中铁隧道集团有限公司、上海建工集团以及波兰贝科玛公司共同出资成立。该工程规定的建设期是从2009年10月5日到2012年6月4日，竞标价为4.47亿美元。在竞标中，中海外联合体所给出的预算成本不到波兰政府预算的一半，并声明会以特殊的管理方式进行经营，不会亏本。但是不久，中海外联合体就发现存在的问题很严重。2011年5月，由于该企业没有及时向波兰分包商提供货款，导致分包商不再提供建筑材料，最终导致工程于5月18日停工，32个月的工期已经过去三分之一，但是项目才完成不到百分之二十，工期严重滞后，中海外联合体于2011年6月正式宣布放弃该项目，因为如果继续进行，该项目最终可能亏损4亿美元。波兰业主提出了2.71亿美元的赔款要求，波兰法院也宣布中海外联合体未来3年不允许承接波兰任何公共项目，贝科玛公司也被迫宣布破产。

项目失败原因分析：

前期调研工作不到位，因为对海外投资项目的可行性论证不充分，导致对项目实施过程中的风险预估不足，决策失误导致项目失败。

因为急于开拓海外市场，中海外联合体在竞标中以远低于波兰政府预算的价格中标，希望通过压缩劳动力成本来完成项目，并想通过工程变更提高工程造价获取利润，但是在实际运行中并没有达到预期的结果。因为很多设备、材料都需要从波兰当地采购，根据波兰法律规定，需要根据当地薪资待遇水平支付工人的工资。另外，在施工过程中，波兰的原材料和人工费用开始上涨。施工中也出现了项目变更问题，但波兰方面强调以合同为准，拒绝赔偿，导致项目成本严重超支，无力继续开展项目建设，最终导致项目失败。

中海外联合体急功近利，盲目地照搬国内经验进行项目决策，虽然低价中标，但凭借工程变更抬高价格的希望落空。中国建筑企业，尤其是许多国有企业在海外市场拓展中，总是抱着商业政治化的侥幸心理，以为通过商业解决不了的问题可以通过政治来解决，这就导致了很多项目决策失误，不但没有解决商业问题，还为我国企业带来了很多政治上的风险。

案例二：中缅密松水电站

案情简介：该项目是中国电力投资集团投资兴建的，项目位于缅甸伊洛瓦底江干流上游，属于干流水电站的第一座。该项目从2009年底开始施工，总投资预计36亿美元。2011年，缅甸总统吴登盛宣布搁置该项目，导致项目前期投入的70多亿元人民币化为乌有。

项目失败原因分析：该项目投资建设是比较曲折的，原因也是多方面的，既有投资方自己的问题，也夹杂着一些政治因素，还包括所谓的民意因素。不可否认，在项目投资初期，中国电力投资集团对项目投资进行了风险评估。但是，在进行项目可行性论证时，中国电力投资集团并没有实事求是地将控制克钦邦大部分资源的克钦党、政、军等政治因素考虑进来，过于相信缅甸政府军实力。密松水电站项目早在奈温时代就有一家日本公司进行过勘探和设计，因为这家日本公司比较了解当地克钦军与缅甸政府军的冲突，担心项目风险，所以一直没有实施。

案例三：中澳SINO铁矿项目

案情简介：2006年，中信泰富与Mineralogy公司签署协议，以4.15亿美元全资购得Sino-Iron和Balmorallron两个分别拥有10亿吨磁铁矿开采权的公司，这一项目是我国企业当时投资最大的矿产资源海外项目。该项目开发成本超过预算的5倍，投产时间推迟了4年，最终还遭遇铁矿石价格暴跌的窘境。Mineralogy公司向法院起诉中信泰富，西澳大利亚最高法院最后判决，中信泰富需向Mineralogy公司赔偿2亿澳元（约合人民币10亿元），此外还要在未来30年每年向Mineralogy支付2亿澳元（约合人民币10亿元）特许使用费，合计下来，中信泰富的赔偿额已经达到了300多亿元人民币，可谓损失惨重。

项目失败原因分析：该项目失败的原因归根结底是前期调研不充分，可行性研究不到位。（1）决策层对铁矿石行业形势判断错误。2004年，"中国特需"成为影响铁矿石价格的主导因素，国际铁矿石价格直线上涨，但随着供需形势改变，铁矿石价格遭遇滑铁卢，项目当然难以为继。（2）中信泰富此前没有海外大型矿山开发经验，所以对该项目的规模、技术以及投资环境都无法准确预估，这也是导致项目失败的主要因素。（3）在项目实施过程中过度依赖承包商中冶集团，中冶集团虽然做过很多海外项目，但对澳大利亚工程项目的市场环境、法律环境等了解不够全面，造成在施工中出现了许多不可预见的问题，导致项目障碍重重。（4）中信泰富对合作伙伴的了解不深入，最终由于交易文件的不精准，导致Mineralogy公司可以根据合同里的相关条款向法院起诉。

2.成功案例

案例一：巴基斯坦第一风电项目

案情简介：在"一带一路"倡议的指引下，中国长江三峡集团成为风电项目的先行者和引领者。巴基斯坦第一风电项目作为三峡集团在海外投资的第一个风电项目，运作良好。该项目的成功也为后续风电市场的开拓与合作奠定了良好的基础。

项目成功原因分析：该项目的成功，源于在投资前中国长江三峡集团进行了长达6年的深入分析与调研，主要包括：（1）巴基斯坦市场供需情况，巴基斯坦长期电力短缺，风能和太阳能资源丰富，巴基斯坦政府对开发风电在内的新型可替代能源意愿强烈，这是项目成功的关键因素；（2）外部环境方面，中国长江三峡集团对巴基斯坦电力投资市场、政策、法律、资源、环保等方面进行了深入调研，并在2005年取得巴基斯坦政府批准的投资资格；（3）风险管控方面，在项目可行性研究阶段，中国长江三峡集团切实分析了项目风险来源因素，落实了应对风险的措施，完成项目投资风险分析报告，制订了切实可行的风险管理方案，奠定了项目成功的基石。

案例二：安徽海螺集团在东南亚地区建设的水泥生产基地

案情简介：安徽海螺集团是我国具有较强竞争力的国有控股企业。在"一带一路"倡议指引下，海螺集团对东南亚国家的经济发展状况进行了全面调查研究，利用自己的雄厚资金以及先进技术开拓海外市场，先后在缅甸、印度尼西亚、老挝、柬埔寨等东南亚地区建设了水泥生产基地，顺应了我国"一带一路"经济发展的需求。

案例成功原因分析：海螺集团在"走出去"的进程中，开展了大量的海外现场调研工作，充分论证项目可行性，确定海外项目发展思路。在对东南亚的战略布局中，董事长多次亲率考察团赴项目所在地进行考察，调研水泥市场情况，取得第一手资料，及时组织项目可行性论证工作，扎实做好可行性研究工作。与此同时，海螺集团充分发挥自身整体优势，服务于项目全过程管理，创建了贯穿于项目技术论证、总体规划、可行性研究、工程设计、技术服务、项目验收全过程的"五位一体"的工程管理模式。

（三）结论

从上述案例中可以得出以下结论：取得成功的"一带一路"投资项目，企业都是在经过大量的前期调研，充分论证项目的可行性后，进行审慎性项目决策；失败的"一带一路"投资项目，其主要原因是前期调研不充分，没有做好可行性研究论证，最后导致项目决策失误。调查表明：在企业进行的海外投资中，经过科学论证后的项目决策往往能使企业提高投资效率，防范风险，而盲目投资或未经过慎重风险评估论证的项目决策往往使得企业得不偿失，甚至破产。

可行性研究是指在投资项目决策之前，对拟建项目进行全面的技术经济分析论证并得出其可行或不可行评价的一种科学方法。总体来说，可行性研究对于投资项目决策有着非常重要的作用。为了更好地推进"一带一路"项目，从源头上防止由于投资项目决策失误造成的项目风险，必须重视"一带一路"项目的可行性研究，通过完善项目可行性研究机制来防范"一带一路"项目风险。

第二节　海外投资体制中风险防控的国际经验借鉴

在当前全球多变的经济形势下，我国企业"走出去"面临诸多困难与挑战，如何帮助企业迎难而上是值得思考的问题。许多国家在海外投资过程中积累了丰富的经验，我国应该借鉴经济发达国家的海外投资管理制度，学习经济发达国家通过海外投资管理制度来防范企业海外投资风险的经验，并结合我国的实际情况，制定出符合我国经济发展要求的海外投资管理制度。

一、以欧美国家为代表的海外投资管理制度

欧美国家由于其频繁的海外直接投资活动，在海外投资风险防控方面积累了丰富的经验，对我国企业"走出去"有很重要的启示。

（一）美国

美国在第一次世界大战前就开始海外投资，经过长时间的发展，其相应的法律制度不断完善起来。美国的法律体系包括国内立法及国际法，其目的在于为海外投资创造理想的国内国际环境。政策体系主要包括外汇管理、政策扶持体系以及事后监管三个方面。其中，政策扶持体系又包含海外投资保险制度、税收保护政策、资金支持、提供信息和咨询等。

同时，美国政府主张海外投资自由化，在投资项目的审批和监管方面，没有专门的审批监管法，而是通过相关的资金支持、投资担保机构以及第三方金融机构对某些项目取消优惠条件或拒绝提供资助、签订保险协议等方法对海外投资起到管理和引导的作用，从而间接实现对海外投资项目的审批和监管。其中，最著名的是美国海外私人投资公司（OPIC）。该公司于1971年正式成立，业务包括私人海外投资保险、融资以及投资基金。并不是所有海外投资项目都可以得到该公司提供的支持，在决定是否通过某一海外投资项目的投保或资金资助申请时，该公司会对申请支持的项目进行评估，主要是从投资项目本身、投资项目主体、投资项目效果与影响以及投资国环境四个方面进行重点考量。首先是项目本身的可行性，包括项目在经济、财务、技术、市场方面的可行性以及该项目与美国其他投资项目的补充与兼容程度。其次是对项目投资主体的考量，主要涉及投资者的商业信誉、拥有的现金流以及是否有能胜任该项目管理的能力，即是否有完成类

似项目的成功经历。再次是对投资项目效果与影响方面的考量，OPIC 会评估该项目对美国和东道国在经济、社会发展方面的影响，项目对美国国内就业的影响以及项目对东道国环境的影响。其中，环境影响评估尤为重要，审核时，OPIC 通常参照国际标准或东道国的标准。最后是对投资国的投资环境的评估，投资环境包括政治、经济、法律环境以及人文地理环境等。

除此之外，在美国对外投资管理体系中，非常重视第三方机构和公众的参与。例如，第三方机构需要对 OPIC 考虑支持或正在支持的项目进行审计，对一些敏感的项目，会要求不止一家第三方机构参与审计。OPIC 也会通过对第三方机构的咨询来确认信息的有效性。

（二）德国

德国的经济体制和美国相似，拥有完善的法律体系，但在海外投资方面没有专门的法律制度予以规范，海外投资方面的一些制度约束主要包含在各种法律制度之中。以海外投资的政府担保为例，德国的对外投资政府担保的具体事务由联邦政府委托的麦肯锡公司和赫尔梅斯公司组成的联合工作委员会负责处理，该联合工作委员会从经济和法律方面对申请支持的投资项目进行考察并给出审批意见，具体的审批由财政部负责。对申请支持的项目，财政部主要审查项目的可行性研究报告、投资所在国当前的经济政治形势、对国内就业的影响、对德国经济发展和国家经济利益的影响以及对东道国经济发展的影响。投资项目的可行性研究报告一般是由企业聘请中立的专业投资咨询研究机构编写，主要内容包括投资项目的必要性和合理性、资金来源、财政目标、企业安排、项目安排、设立独资企业的可能性、东道国法律环境评估、投资环境评估、企业信誉评估和风险评估等。

二、以韩国为代表的新兴工业化国家海外投资风险防控

发展中国家在海外投资中受到很多因素（尤其是资金方面）的制约，还受到

一些技术因素的影响。这就要求发展中国家在进行海外投资时充分考虑自身的经济发展状况，考虑本国企业的特点，据此制定一些适合本国企业发展的投资政策，并且通过专门的立法确定下来，以适应本国企业对外拓展的需要。韩国企业在对外发展中积累了丰富的经验，因此通过对韩国企业的海外投资研究能够为我国企业进行海外拓展提供参考，尤其是韩国的海外投资制度和审批监管制度能够为我国海外审批制度的完善提供参考建议。

韩国在海外投资方面所颁布的法律制度较多，包括《扩大海外投资方案》和各种外汇管理章程等，这些制度对海外投资具有一定的指引作用，尤其是在投资主体、审批体制、投资类型方面有着详细的规定和限制，对企业进行海外投资有着明确的界定，建立了较为完善的海外投资管理体制。在海外投资审批和监管方面，韩国建立了专门的海外委员会，委员会成员由国家银行人员以及相关政府部门成员组成。该委员会负责提供海外信息咨询，提供海外相关投资政策建议，另外在投资主体的审核内容方面，对主体资金情况、自身实力、经营状况等方面进行综合评估。根据外汇管理章程，对项目进行审查时，审查的内容主要包括：对韩国经济发展的影响，对韩国出口、就业的影响，对国内产业结构的影响，对韩国与东道国关系的影响，对东道国经济、社会、环境的影响。韩国海外投资项目审批主要分为三类：第一类是投资额在200万美元以下的并符合韩国政府规定的海外投资，需要通过韩国银行总裁进行审批；第二类是投资额在200万—500万美元的项目，需要韩国银行总裁进行审批，通过后可以委托主管负责人员包括投资对象国家大使馆负责人进行研究，通过后方可实施；第三类是投资额超过500万美元的项目以及没有建立外交关系的国家的投资，需要海外投资委员会进行审理，批准后由韩国银行总裁进行审批。在监管方面，韩国明确规定了对项目后期运行的监管，即海外投资者要向银行提供各季度的业绩报告以及其他材料以供审查，韩国驻东道国的大使馆负责审核投资企业提交的报告，韩国银行总裁则负责检查海外投资的经营结果，如果投资后经营不善，就不再对其后期投资进行审批。

三、中外比较及启示

（一）我国现行的境外投资审批制度

我国现行海外投资行政审批制度主要是 2014 年 4 月 18 日国家发展改革委发布的《境外投资项目核准和备案管理办法》（以下简称《管理办法》）。《管理办法》对境外投资项目核准涉及的有关问题做了具体规定。《管理办法》进一步确定了我国境外投资的各项规范制度，包括境外投资的项目内容、投资的企业类型、投资的具体项目等。在审批方面，由我国商务部对其进行审核，国家发展改革委只负责投资项目的合规性审查，不对项目可行性进行研究，也不对其他国家的投资环境以及相关法律政策进行研究。

（二）中外海外投资管理制度比较

在审批方面，我国现行的审批制度强调以市场为导向和企业自主决策为原则，对企业的对外投资引导仍然主要采取直接式引导方法。与我国不同，欧美国家对企业的对外投资引导主要采取间接式引导，例如美国只在 OPIC 提供支持的项目范围中列出禁止获得支持的产业目录，而这种禁止也并不是对其投资的绝对禁止，只是该类产业对外投资无法获得美国对外投资支持而已。在监管方面，我国对外投资监管更注重投资前期对企业投资意向的监管，缺乏对投资后企业行为与项目执行情况的监管，对投资后期项目的执行情况没有明确的监管规定。与之相反，欧美国家在投资前期投资意向上给予了企业充分的自主权，而对投资项目后期执行的效果给予了充分关注，对项目投资后期监管采取了非常审慎、规范的程序，有效确保了其海外投资能够彻底贯彻国家战略并保持合理的投资回报率。

虽然我国现行审批制度与韩国相似，但在审批权限划分方面，我国现行制度并不明确，存在多头管理的问题，并且我国注重审批程序的简化，审批内容简单，审批规定笼统。

（三）各国对外投资管理制度对我国的启示

每个国家的政治形态、经济状况、企业状况各不相同，因此在海外投资方面，每个国家的政策也不相同，这就需要根据自身发展状况，充分了解成功国家的海外投资经验，不断完善本国的海外投资政策。因此，我国在制定适合国情需要的海外投资审批与监管制度时，应综合考虑当前的经济发展水平以及海外投资实际情况。另外，还要根据我国的经济发展状况、投资企业的实力，对投资企业进行综合评估，并根据投资项目对国家的影响来制定相应的管理措施。

鼓励和促进第三方机构参与对外投资过程。在整个投资过程中引入第三方机构，进行项目的评估、预算、投资决策、监督管理等，可以提高对外投资决策的科学性、合理性及投资效率。在投资前期，应给予私人投资者更多的投资决策自主权；在投资后期，要加强对项目执行情况的监管。

第三节 "一带一路"沿线国家投资项目的特征与风险分析

由于"一带一路"项目的特殊性，不同国家或地区具有不同的特征与需求，同时对华关系也不尽相同，导致不同区域、不同项目以及不同企业在进行投资时情况差别较大。

一、"一带一路"沿线国家投资项目的特征

（一）"一带一路"沿线国家项目投资区域分布特征

"一带一路"沿线国家经济发展、政治状况、宗教文化与能源现状差异较大，同时不同国家对华关系也不尽相同。东盟国家一直与我国保持着密切经贸关系，政治上的密切关系成为我国企业在该地区进行投资的主要动力。同时，东盟

国家在劳动力方面具有很强优势，低廉的劳动力、丰富的自然资源成为我国企业进行投资时的一个主要考量因素。东盟国家的不足之处在于其电力基础设施比较薄弱，电力供应短缺。我国对东盟国家的投资项目主要集中在矿石资源开发、制造业与电力资源建设等方面。在国家层面上，新加坡和印度尼西亚是我国企业的主要投资对象。2013年，我国企业在东盟国家的投资额已经达到306亿美元，占"一带一路"投资总额的52%左右，其中对新加坡和印度尼西亚的投资总额为35亿美元，占总投资的12%左右，比重还是比较高的。

中亚、西亚也是我国对外直接投资中比较重要的两个地区。这两个地区是我国资源、能源的主要供给地，我国对这两个地区的直接投资也主要集中于能源、石油勘探与开采、基础设施以及化工和农副产品等行业，具体分布在伊朗、沙特阿拉伯、也门、土耳其、阿拉伯联合酋长国以及哈萨克斯坦等几个国家。

我国企业对独联体国家的投资主要集中在俄罗斯，但是整体投资规模不大，主要投资领域为农林业以及加工制造业；由于地理因素以及政治因素，我国在南亚方面的投资较少，2013年总投资为37亿美元，只占我国"一带一路"建设投资总额的6%左右，而且这部分投资主要集中在印度和巴基斯坦地区，主要项目为能源开采和机械设备制造两方面。

（二）"一带一路"沿线国家项目投资行业结构特征

随着进一步对外开放，我国对外投资呈现多元化发展态势，投资规模和投资渠道多元化，投资项目内容多样化，沿线国家投资项目的行业结构也日渐丰富，从开始单一的能源行业投资，逐步发展成为以能源为主，交通、技术、农业、金融、不动产等多元化的投资行业结构。在海外投资中，能源依然是占比最大的行业，其投资份额占我国对"一带一路"沿线投资总额的55.7%；交通与金属矿石的投资额均是10%左右；技术、农业、金融和不动产的投资较少，还有一部分是对公共事业、娱乐、旅游行业的投资。近年来，我国企业对"一带一路"沿线国家的投资结构有所变化，交通、技术、不动产和金融行业的投资增速较快，而对化工和金属矿石的投资有所下降。

（三）在"一带一路"沿线国家投资的企业类型与地区特征

从投资规模来看，国有企业是"一带一路"沿线国家投资的主力军，而民营企业由于自身的因素只能作为补充性投资者。截止到2014年，国有企业在"一带一路"沿线大型项目投资存量是864.5亿美元，占投资总额的67.4%，其中隶属于国资委的央企投资量为782.2亿美元，占国有企业投资量的90.5%。民营企业在"一带一路"沿线国家的投资存量为419亿美元，占我国对"一带一路"沿线国家投资总额的32.6%，参与投资的民营企业主要来自于经济比较发达的东部地区，尤其是上海地区，投资存量为99亿美元，占比23.6%。北京地区企业次之，投资存量为58.1亿美元，占民营企业投资额总量的13.9%，浙江、广东、山东等地区企业的投资存量比较接近，分别为42.1亿美元、39.6亿美元和37.5亿美元，占比分别为10%、9.5%和8.9%。

"一带一路"沿线大部分国家基础设施比较落后，经济发展水平不高，存在比较大的市场与机会，而我国企业产能比较充足，同时在基础设施建设方面具有比较先进的经验与技术，所以基础设施建设是"一带一路"前期建设的重点，也是投资量比较大的一部分，近年来得到了快速增长。基础设施项目投资失败具有"一带一路"项目投资的一致特征：失败率高于国内项目。在沿线的国家中，有12个国家面临较高的非经济风险，有10个国家面临较高的经济风险。随着"一带一路"的发展，沿线国家基础设施项目也展现出了不同的特征：

1.我国产能比较充足，东道国基础设施建设落后，具有广阔的市场

我国的钢铁、水泥、电解铝、焦炭等行业产能比较充足，其中运输设备、机械、汽车制造和矿石开发行业具有较丰富的资源与产能，同时相关技术也已经比较成熟。"一带一路"倡议的提出为我国相关行业提供了新的产能合作通道与机会，提供了新的平台与途径。"一带一路"沿线国家的基础设施建设落后，不同国家的状况也存在一定的差异，但普遍具有较高的市场需求。除了德国、斯里兰

卡与新加坡基础设施与供电设备较为齐全，我国投资集中的国家都有较大的需求，为我国相关企业提供了较多的机会与市场。

2."一带一路"沿线国家基础设施投资发展速度较快

随着政府层面对"一带一路"的大力推进，我国企业也在积极发掘这个难得的商机，增加对沿线国家投资与建设。仅2015年1—8月，我国企业对"一带一路"沿线国家完成的直接投资就有107.3亿美元，新签对外承包合同2 665份，合同金额为544.4亿美元。2009—2014年间，我国相关企业在"一带一路"沿线国家完成承包建设的额度年均增长10.35%。我国企业对"一带一路"沿线国家投资额超过1亿美元的基础设施建设项目有42个，主要是交通设施项目，占比为67%，分布在欧洲（集中于德国与俄罗斯）、东南亚（集中于新加坡、印度尼西亚与马来西亚）与南亚地区（集中于巴基斯坦、斯里兰卡与印度）。

3.基础设施项目投资失败现象比较严重

随着投资的增加，我国企业在"一带一路"沿线国家投资失败的项目也在增多，项目失败率高于国内。2006—2015年上半年，我国企业"一带一路"沿线投资失败的项目累计有43个，在这些项目中，有31个项目为基础设施建设类项目，涉及金额为477.8亿美元。可见，我国企业对"一带一路"沿线国家投资的基础设施建设类项目失败率较高，项目金额高于1亿美元的大型基础设施建设项目失败率更高。

对"一带一路"沿线国家投资失败的项目进行分析发现，"一带一路"沿线国家由于历史原因经济发展差异较大，同时市场经济体制建设参差不齐，大部分不够成熟，其地缘政治与宗教文化等方面的因素都对我国企业在"一带一路"沿线国家投资风险有影响，有不少地方投资风险比较大。数据显示，2005—2014年上半年，我国在"一带一路"沿线国家投资失败的大型项目共32个，占我国对外投资大型项目失败总数的24.6%，"一带一路"沿线国家投资失败项目总金额为560.2亿美元，金额占比为23.7%。2005—2014年间，中国在"一带一路"沿线国家投资失败项目经历了大幅下降然后稳步上升的一个发展阶段，2006年，中国在"一带一路"沿线国家投资失败项目数量比例为62.5%，2008年为6.7%，2013年为28.6%。

"一带一路"沿线国家投资失败项目主要分布区域为西亚地区和东盟地区。在2005—2014年上半年间，我国在西亚地区与东盟地区投资失败规模分别为295.9亿美元和160亿美元，占"一带一路"沿线国家投资失败项目总规模的52.8%和28.6%。在西亚地区，我国投资失败的项目一般分布于伊朗、叙利亚以及沙特阿拉伯等国。在东盟地区投资失败项目数量最多，但相对金额比较少，投资失败项目主要分布于菲律宾、越南、缅甸、泰国、新加坡、印度尼西亚以及柬埔寨等国。受美国重返亚太、东盟国家政局变动以及中国南海争端等因素的影响，我国企业在菲律宾的投资失败的项目数量最多，金额也较大。其中，菲律宾电力项目遭遇诉讼，导致我国电网公司业务受阻，损失巨大；中缅密松水电站项目由于缅甸政治形势动荡被叫停，我国企业损失巨大；中泰高铁换大米项目，也由于泰国局势动荡而被取消，使我国海外投资遭受了严重的损失。

二、"一带一路"沿线国家投资项目的风险分析

"一带一路"沿线国家投资项目运营不仅涉及企业的经营管理水平，还与投资项目所在国的政治、社会、文化等方面的多重因素有关，因此，投资企业面临的不确定性更大，风险也更复杂多变。

"一带一路"沿线国家投资项目的风险主要可以分为以下两类：

（一）经济类风险

我国海外投资国家风险评估中经济风险评估指标主要是经济基础和偿债能力，然后将不同国家风险分为四个等级：低风险区、风险防范区、风险警戒区和危险区。"一带一路"沿线国家中，基础设施建设类投资约有50%的国家位于风险警戒区，有超过20%的国家位于低风险区，危险区国家占比低于5%。工业类投资中，低风险国家仅有德国与新加坡，有18.89%的国家工业类投资位于风险

防范区，有40.68%的国家工业类投资位于风险警戒区，危险区国家不足5%。

经济风险主要来源于东道国的经济政策，具体体现在我国企业进行海外基础设施投资可能由于东道国经济不景气而导致的亏损甚至破产的风险。次贷危机爆发以来，世界经济增长放缓迹象明显，基础设施外部需求降低，部分央企海外亏损数额惊人。据人民网报道，2011年初，中国铁建与沙特阿拉伯签署的轻轨协议亏损42亿元人民币。2011年9月，中海外联合体在波兰A2高速公路建设中亏损4.47亿美元。东道国的经济环境，投资者的自身实力、资本，东道国合伙人的经营能力、资信状况和产品的市场前景等因素都会造成经济风险。此外，经济周期、汇率风险也是造成经济风险的主要因素。

（二）非经济类风险

非经济类风险，主要包括政治风险、社会风险、行业风险以及企业层面的风险。

1.政治风险

政治风险是指由于我国与东道国的政治、经济、安全等环境发生改变，东道国的政治变动、社会不稳定、政治安全等因素而导致的我国海外投资企业在投资活动中遭受损失的可能性。目前，我国企业海外基础设施投资主要会遭遇以下几种类型的政治风险：

一是东道国的战争或暴乱使我国海外基础设施投资企业遭遇巨大的政治风险。比如，2011年爆发的利比亚暴乱导致我国在利比亚的企业全面停工，包括中水、中建、中交和中铁等大型基础设施建设企业的项目工地遭遇袭击，还有一些从事建筑工程承包的民营企业遭遇了财物抢劫事件，我国在利比亚的员工被迫离开。由于这场暴乱，我国在利比亚从事基础设施投资的企业损失惨重。

二是发达国家的政治歧视使我国海外基础设施投资企业遭遇巨大的政治风险。这种风险主要是东道国以国家安全、经济威胁、政治威胁等为由，给外国投资企业造成潜在的不利影响。2005年，中海油参加优尼科石油公司竞购，在美国当局看来，这就是中国对外的能源战略，会严重影响到美国的能源供给状况，为此美国参众两院通过了能源法案新增条款，要求美国政府在120天内重新对中国能源状况进行调查分析。所以，本来可以双赢的商业收购案，最终由于东道国的政治考量而夭折。

三是政权更迭风险。这主要体现在由于东道国政局不稳、政权变更、政策不连续等状况给海外投资企业带来的风险。2014年，墨西哥对国内一条总标的达44亿美元的高速铁路建设项目进行招标，由中国铁建牵头的联合体参与了投标并"意外"成为该项目的唯一竞标者。2014年11月3日，墨西哥通信和交通部宣布中国铁建牵头的联合体中标。但仅仅三天之后，被外界怀疑是在一些国家的政治压力下，墨西哥方面突然宣布取消中国铁建的中标结果，表示要重启投标程序。不过，经过多次推迟之后，墨西哥官方2015年1月14日重启该项目的招标后仅仅半个月，就又宣布无限期搁置这一项目。

四是政府制裁风险。当一个基础设施投资企业低估或忽视环境问题的重要性时，就会很容易遭受政府制裁风险。目前由于环境原因被东道国政府制裁的案例比比皆是。例如，在加拿大有一个价值85亿美元的采矿项目，在项目启动后，投资企业没有及时解决水污染的问题，导致当地政府下令停止其施工。根据路透社的报道，当地监管部门勒令项目即刻停工，理由是这个项目的建设对周边环境造成了严重威胁。该企业不仅被处罚1 600万美元，还引发了多起环保官司，法院召开了相关听证会，企业股东也被要求赔偿。这是基础设施投资企业没有重视当地的环境保护和可持续发展问题，没有积极主动解决项目开展过程中带来的环境问题而受到政府制裁的典型案例。

2.社会风险

社会风险也是目前我国企业海外基础设施投资遇到的主要风险。社会风险是指海外企业与不同国别、不同背景、不同人文地理、不同种族以及不同信仰的经济体进行经营活动时，遇到的因道德行为变化而产生的风险。海外基础设施投资一定要克服文化差异这个主要因素。我国企业与发达国家企业之间明显的文化差异加大了整合难度。我国企业在海外基础设施投资过程中，所在国的政府、股东、雇员、媒体经常有所顾虑，担心产生不利影响，造成损失。

3.行业风险

行业风险属于中观层面的风险，主要指技术风险。我国企业由于整体技术水平不高，在国际化经营中面临很大的技术风险。技术风险一方面来源于技术本身的特性，另一方面是由于国外市场的宏观技术环境和企业技术管理上的欠缺引起的。目前我国企业的整体实力还没有得到海外市场的全面认可，缺乏在发达国家的投资经验，海外资产较少。由于在海外运营方面缺乏透明度，缺乏与当地利益相关方的沟通交流和履行社会责任方面的经验，导致海外市场对中国企业缺乏了解。另外，在海外人士眼中，我国国有企业受政府主导，也受到政府影响，而中国政府并没有给予外资相应的准入待遇。上述因素进一步加深了当地社会对中国企业的误解。

4.企业层面的风险

企业层面的风险是"一带一路"建设投资中的微观层面风险，主要包括战略决策风险、人力资源风险和融资风险等。

（1）战略决策风险。企业进行海外基础设施投资前的首要任务是从战略的高度确定投资的战略目标，选择海外投资的产业、区位和进入方式，确定哪些工作内容应该包含在投资范畴内，并给出投资活动的定义、安排和时间估计，制订投资计划并进行控制。一旦战略决策失误，就会给企业带来严重损失。

（2）人力资源风险。进行海外投资，企业必须拥有高素质的专业人才作为支撑，在海外基础设施投资竞争日趋激烈的今天，复合型的国际经营人才相当匮乏。在海外进行基础设施投资与建设过程中，我国企业最容易遇到的人力资源风险主要体现在海外派遣人员能力不足和优秀人才流失，东道国的居住环境、饮食习惯、人文环境等情况都有可能对外派人员的健康造成影响，从而影响工作，给企业带来损失。

（3）融资风险。融资风险是指因企业所筹集资本使用效益的不确定性而带来损失的可能性。海外基础设施项目投资大、回收期长，尽管政府已经开始引导金融机构参加基础设施建设和运营的投资，各金融机构也开始探索多元化的融资模式，但是依然面临融资周期长、落实难的问题，很多项目由于融资款最终落实不到位造成延期或停工，给投资企业带来损失。

第四节　"一带一路"投资项目的可研体制探索

为了更好地推进"一带一路"建设，提高我国企业"走出去"的投资成功率以及更好地防范项目风险，探索一套真正适合"一带一路"投资项目的可行性研究体制刻不容缓。

一、现阶段我国海外投资项目可研体制的薄弱环节

想要探索一套真正适合"一带一路"投资项目的可研体制，我们首先应从现阶段我国海外投资项目可研体制的薄弱环节出发，探究其深层次原因，然后针对"一带一路"项目的特性提出建立"政府-金融机构-企业"协同合作的可研体制。我们将可研体制分为三部分，即可行性研究、项目评估以及项目后评价。

（一）可行性研究的薄弱环节

在海外投资活动中，项目可行性研究是十分重要的，投资前是否做好充分准备，项目研究是否充分，对后期的实施以及结果影响很大，但是我国海外投资主体在海外项目投资中往往功课做得不够充分，没有对国外项目的所有因素进行充分论证，这就导致很多项目受损。现阶段，我国海外投资项目可行性研究的薄弱环节主要体现在以下几个方面：

1.投资主体对可行性研究工作的认识不足

在现有的投资体制下，企业不再被强制要求提交可行性研究报告，为的是扩

大企业投资的自主决策权，因此造成很多企业对可行性研究不重视，甚至不经过可行性论证就盲目投资，最终导致项目失败。

很多情况下，投资主体认为企业进行可行性研究的目的就是拿到可行性研究报告，作为政府审批项目以及从金融机构取得贷款的文件，而不是真正去做可行性研究。这种错误定位使得企业对可行性研究的价值认识不足，不愿花精力、经费去进行可行性研究。

2.可行性研究理论缺乏创新

我国企业在项目可行性研究方面没有自主创新之处，只是简单地照搬西方国家的可行性研究方法，不能有效结合国内企业的实际情况，这就导致我国企业在具体实施过程中遇到各种问题，最终导致投资失败。目前，我国海外投资的可行性研究报告对资金的来源以及投资主体没有进行明确划分，无论国有企业投资还是民营企业投资，均采取单一的审核模式，并且在可行性研究报告中没有过多关注，只是作为一种形式存在，不能起到真正的监督作用。

3.可行性研究的技术方法不具有针对性

目前我国可行性研究的核心评价是经济评价，但经济评价主要是以市场竞争性项目为核心的分析框架，并不能很准确地反映公共投资项目的特点，尤其对主要建设各个国家基础设施的"一带一路"沿线国家的投资项目而言，现行的评价体系不足以真正反映其整体价值。

（二）项目评估在实际应用中存在的问题

项目评估工作不到位，会倒逼可行性研究失去价值，项目评估在实际应用中存在的问题主要集中在以下几点：

1.项目评估方法不具有针对性

政府对于不同性质的项目，大多采用相同的项目评估方法，但提供公共产品与提供私人产品的投资项目具有完全不同的性质，因此不根据项目具体情况采取有针对性的评估方法就是不科学的行为，不利于企业海外投资的顺利实施。并且，在海外项目投资中，政府对不同的投资主体按照相同的路径设置项目评估审查机制也是很难达到预期目的的。

2.项目评估论证不充分

很多"一带一路"项目是在我国政府主导下开展的，具有中国特色，因此这些项目的实施受到政策导向的影响。尤其在审批单位面临很多投资项目需要审批时，容易导致论证不充分，从而使一些不符合要求的项目进入国外投资项目当中。

3.项目获批后监管缺失

可行性研究与项目评估具有鲜明的特征，政府部门在审批的过程中主要通过设置门槛来行使权力，但是项目获批后是否能够根据审批要求实施是不确定的，这种缺乏后期项目监督的审批是没有任何意义的，只能流于形式，不能达到预期要求，也不能体现可行性研究的价值。

4.项目评估人员专业性不足

项目评估的实际工作是由行政部门主管的，政府工作人员就是评估人员，但是这些工作人员往往缺乏专业知识，而专家所获得的研究成果往往又得不到有效认证，不能引起足够重视。因此，很多不具备实施要求的可行性报告得以通过，这就对企业后期产生了很多不利影响。

5.执业人员管理不足

项目评估执业人员的管理存在严重问题。作为行政管理的从业人员，应该更好地行使自己的职责，遵守职业道德，按照规定严格执行，但是在具体实施过程中，一些项目审批人员为了满足自我需求，甚至受外界因素的影响，不能严格按照规定履行自己的职责，这些都是不利于我国可行性研究行业健康发展的。

（三）项目后评价机制欠缺

项目后评价是通过对建设项目全过程的合法性、合规性审查，项目发挥效益的前后对比分析，技术、生产工艺的先进性评价等工作，总结正反两方面的经验和教训，为未来项目的决策和管理提供合理建议，使项目的决策者和管理者能够学习到更加科学的决策方法，用以提高投资效率，防范项目风险。目前，国家发改委、国家开发银行、国资委、交通运输部等部门分别出台了项目后评价工作办法。然而，由于我国项目后评价工作起步晚、经验少，还存在很多问题，现列举如下：

1.项目后评价管理机制不健全

虽然国家有关部门和地方政府已经出台了相应的项目后评价办法，用以指导本领域或本地区的项目后评价工作，国务院国有资产监督管理委员会也出台了最新的《中央企业境外投资监督管理办法》，但是项目后评价覆盖的范围依然有限，除了对中央企业强制性地进行项目后评价以外，其他海外项目并未涉及，中央政府与地方政府依然是"各自为战"的状态。

2.项目后评价人员专业性不足

项目后评价工作涉及的专业相对较多，既有项目决策也有实施工程，既有产品技术也有生产管理，既有建设方案也有市场需求等，所以不同的项目需要由专业的第三方机构进行评价。目前，我国对项目后评价人员的专业性以及独立性并没有专门的要求，对项目后评价的执行主体、评价指标体系以及收费标准、经费来源等管理机制也尚未建立。

3.追责办法不明朗

在项目后评价完成后，对各个主体的责任追究办法不明朗，除了对中央企业境外投资做了一些说明外，其余投资主体的追责机制尚未建立。

二、企业在"一带一路"进程中由于可研失败导致项目发生风险的深层次原因

"一带一路"沿线国家的项目投资，由于可行性研究失败导致损失甚至夭折的案例举不胜举，由于投资主体不同，其深层次原因也不尽相同。

（一）国有企业

与民营企业相比，国有企业有着天生的所有制优势，这就导致国有企业在进

行可行性研究时不够客观、不够科学，甚至唯领导意志进行可行性研究。

1.政治风险因素在可行性研究中权重过低

在海外市场，很多国家会认为我国的国有企业是政府实施补贴的官方产物，并习惯性地认为我国的国有企业和其他国家的企业进行竞争是不公平的，这就容易使东道国企业认为我国国有企业的进入对它们是一种不可低估的威胁。在其游说下，东道国政府会制定对我国国有企业不利的政策，甚至直接禁止我国国有企业进入，最终导致项目失败。

2.可行性研究中财务分析不客观、不充分

国有企业在进行海外投资决策时容易忽视成本和风险控制，可能仅仅为了抓住投资机会而盲目投资，使得投资决策缺乏有效论证和风险评估。此外，源于所有制优势的易得性，国有企业在海外投资的各个环节直接或者变相地降低投资成本，使得国有企业容易因为其资源垄断、国家兜底或者全民补贴买单的心理形成对成本和风险的忽视，从而导致项目亏损，甚至完败。

3.可行性研究中经济效益分析偏差

为了国家利益或促进国家政策的实施，部分国有企业在项目投资中实际承担了国家的部分职能，这些企业在投资项目拟建前往往不进行可行性研究或进行形式上的可行性研究，企业并没有对市场的具体情况进行分析和考察，这就使得企业在项目实施中面临着一系列风险，最终导致项目失败。

4.决策者违反项目决策程序

国有企业决策层对于绩效的追求，很有可能导致其只注重对当前政绩的影响而并不关注项目自身的长远发展，或者因为其他自利动机在投资过程中获取私利，投资一些明显不可行的项目，导致投机性因素在决策权重中占据上风，从而形成决策上的战略性偏差。

（二）民营企业

在现有的海外投资机制下，民营企业对外投资不需要提交可行性研究报告，可行性研究更像是一种形式。

1.不做和忽视项目可行性研究

民营企业在"一带一路"项目投资中准备不足,许多民营企业家自以为是,觉得自己最正确,有的项目不进行可行性研究,根本谈不上科学决策。委托专业机构进行项目投资的可行性研究,通常需要按照项目投资规模的大小,按照初步、基本和细致的标准支付费用。而一些民营企业家舍不得支付费用,往往惜小钱、赔大本。还有的民营企业,在东道国看一个项目赚钱,就采取恶性竞争,压低条件,一窝蜂、一阵风式地对外投资,或者因生产过剩退出市场,或者引发东道国社会恐慌,惹当地企业和当地政府不满,出现对中国企业不利的社会行为和各种政府限制措施,最后大家一起亏损。

2.可行性研究细节缺失

有些民营企业即使进行可行性研究,也可能徒有虚名,不但不充分,而且不注意影响项目是否可行的细节问题。对"一带一路"建设这样的大规模基础设施投资项目,在做投资决策时细节考虑一定要到位,否则就可能发生风险,造成损失。"一带一路"沿线上的一些发展中国家希望参与"一带一路"建设,但是真正落实下去就会遇到很多障碍,如文化差异、制度化程度低且不透明、政府腐败等;"一带一路"沿线上的一些发达国家制度健全、体制透明,但是会以国家安全为名阻止中国企业进入。这些细节如果考虑不周,相比国有企业,民营企业更容易遭遇投资失败。

三、建立"政府–金融机构–企业"协同合作的可研体制

针对当前我国可研体制的薄弱环节以及企业在"一带一路"投资中的风险,本章将从政府、金融机构、企业三个层面,探寻适合"一带一路"投资项目的"政府–金融机构–企业"协同合作的可研体制。"政府–金融机构–企业"协同合作是指政府与金融机构、企业建立全方位、多层次的合作,从可行性研究与项目评估的不同视角共同推进"一带一路"投资项目的可行性研究体制建设。

（一）政府层面

1.建立统一的领导架构

对于"一带一路"倡议的实施，我国必须有一个整体的领导构架，不能由多部门混乱管理，对"走出去"项目的审批、评估、监管、追责要有一个统一的领导构架来进行整合，这样，可行性研究的作用才能真正发挥。

2.完善境外监管机制

从源头上加强与完善海外投资企业的监管机制，要求企业建立健全境外投资的内部财务监督制度，尤其对于国有企业的"一带一路"投资项目，倒逼其形成对国有资本运作的谨慎态度，在决策过程中加强对成本的控制。主管财政机关也要建立国有企业境外投资财务报告数据库，对境外投资财务运营状况进行实时监测。

3.完善企业管理层的考核机制

考核机制的建立对企业的全面发展是非常重要的，企业在发展中只有建立全面科学的考核机制，才能提高工作人员的工作积极性，提升企业发展的整体效益。但是考核机制的建立并不是十分容易的，需要综合考虑企业的整体发展和运行状况，并建立全面的约束机制。对于海外长期投资项目而言，短期内可能不会释放负的外部效应，使得决策者套利动机有一定的隐蔽性；有些项目见效慢、投资回收期长，部分投资者出于追求短期利益的考量可能就会放弃这些项目，从中实施投机套利。所以，建立全面科学的约束机制和监管机制是非常重要的，能够对投资者的行为和习惯进行监督，约束投资者的行为，杜绝出现不良的行为。为了提升企业的发展有效性和科学性，可以聘用第三方评估机构对企业的收益进行估算和评估，使得长期激励约束机制落到实处。

4.建立投资决策层的终身追查与监督机制

要建立全面的投资决策层监管和追查制度，对其进行全面的跟踪监督。要保证决策者在项目实施的整个过程中都对项目负有责任，同时依据具体的情况建立合理的监管和惩罚机制。如果在项目实施过程中决策者因为某种原因调离现任的岗位，那么仍然要对其进行项目的审查，做到对人不对事，这样项目决策者就会对项目更加负责，进而提升项目投资的效率。

5.优化"一带一路"智库

当前智库不"智"，知识储备远远不足，研究"一带一路"沿线国家的文章很少，研究小国家的人才更少。智库的建立，仅仅靠几个外交官是远远不够的，我国的"一带一路"智库建设刚刚开始，远远满足不了现实的需要，所以我们要深入"一带一路"沿线国家，从政府、企业、科研机构角度全方位研究，这样才能切实优化"一带一路"智库。

6.创新项目决策方法

"一带一路"倡议的顺利实施，需要强化决策的实证性思维和数据化思维。政府对"一带一路"的顶层设计、银行融资贷款决策、企业的项目盈利评估，都需要运用大量的数据。所以，构建"一带一路"大数据决策支持系统是创新项目决策的一个思路。针对"一带一路"的投资项目特征以及风险特征，除了现有传统的评价风险的方法体系外，引入实物期权决策方法也有助于"一带一路"项目的风险防范。

7.引入第三方专业评估机构

做好投资决策的整体分析，对项目的可行性以及运行整体状况进行合理的评价和预估，可以引入专业的第三方评估机构。评估机构通过对企业的整体考察和分析，了解企业运行的具体状况，进而采取一系列的方法对企业进行整体预估，形成全面的分析报告。对评估小组也要实施责任追查制度，做好每一位工作人员的考核，坚决避免内部人员控制情况的发生。另外，还要建立风险防范制度，依据评估机构对风险评估的结果进行风险的预防，提升风险控制的效率。

8.做好项目后评价工作

将投资项目后评价纳入常态化管理，做好独立后评价机构选择工作，不拘一格配置后评价人员和专家，强化对项目的整体性评价，重视后评价的总结、归档工作并对项目后评价报告进行宣传与推广。

（二）金融机构层面

项目评估是金融机构贷款决策的重要依据。随着金融体制与海外投资体制的进一步改革，项目评估业务在金融机构的业务构成中愈发重要。为了更好地服务"一带一路"项目，完善金融机构的项目评估机制势在必行。

1.建立有效的约束机制

全面有效的约束机制对于规范企业投资行为、制定企业的发展规划具有非常重要的意义。银行贷款的审核条件之一就是项目评估，一般来说，银行会聘用有资质的第三方对企业进行考察和评估，在考察合格以后才能给予贷款，凡是没有经过评估的项目，任何人、任何部门不能承诺贷款。这种约束要以法律约束、利益约束为基础。金融机构也要本着为投资项目以及自身负责的原则，提升项目评估的效率，将项目评估作为企业发展的重要条件之一。项目评估工作具有较强的原则性和重要性，如果项目评估有误，就会导致决策失误。

2.完善项目评估方法体系

项目评估是在企业可行性研究报告的基础之上，对评估对象进行系统的分析和评价。从金融机构的角度出发，应该重视可行性研究报告信息的调查以及贷款主体的信用分析。

3.完善项目监管审核制度

"一带一路"项目本质上是由众多个体投资构成的中长期投资计划，为了保证项目的可持续性，必须让个体投资能够实现可观的投资回报。金融机构作为项目主要的贷款来源，必须对每一个贷款项目进行严格的审核以及项目全过程的资金监管。这就要求金融机构在完善的监管审核制度的基础上，对每个项目的前景进行项目评价，定期检查项目各期的资金使用情况，及时评估项目的偿债能力，防止金融风险。

（三）企业层面

1.重视可行性研究工作

投资者应该重视项目可行性研究工作，深刻认识项目投资风险与利益共生机制，只有认真做好项目可行性研究，才能最大限度地规避投资风险，使投资收益最大化。在现行的投资体制下，尽管企业不再被强制要求提交可行性研究报告，但是企业应根据自身情况，本着对项目负责的态度进行可行性研究，根据自身决策需求，对可行性研究的深度、内容、形式、方法自行调整，没有必要完全按照标准格式进行编写，更没有必要做出形式上的"可批性报告"。

2.改进可行性研究方法体系

针对"一带一路"建设中的特定项目，企业应该根据不同的项目特征以及不同国家的风险因素，对可行性研究的侧重点进行修正。比如，加强"一带一路"沿线国家的政治风险预测，改进风险预测的方法，在项目可行性研究中加大风险预测的力度。

3.加强项目不可行性研究的分析论证

为了更好地对项目进行分析和管控，提升项目运行的效率，做好风险的规避和预防，在进行可行性报告编制的同时，要从反面对企业的发展进行论证。比如，可以聘用咨询机构对企业进行分析和预估，从不可行的角度对企业进行论证，加强论证的有效性。如果该企业论证出来的结果表示不可行性是成立的，就说明该项目是存在问题的，属于不可行的，这时就要对项目进行投资的整体分析了。

4.适时引入第三方专业咨询机构

企业进行海外投资，为确保决策层的专业性，前期调研可以组建各领域的专家团队进行可行性研究，确保尽职尽责，最终形成可行性研究报告。也可以委托有能力的第三方专业咨询机构开展可行性研究，以确保最终决策的专业性、正确性。

5.主动进行项目后评价

企业应该主动实施自查自评，通过自查和自评及时发现存在的问题，分析问题进而解决问题。企业应该在项目后评价后进行总结，总结经验教训，进行经验推广，宣传后评价理念，真正发挥项目后评价在项目决策中的作用。

第五节　防范"一带一路"建设风险的思路

为了更好地推进"一带一路"项目实施，提高投资项目成功率，防范项目风险，完善项目可研体制，可以从我国企业海外投资流程剖析，有针对性地做好以下几方面的工作：

一、针对不同的投资主体、不同的项目安排并实施可行性研究制度

为了防止由于可行性研究的缺失所造成的盲目决策的现象发生，可以采用分类指导办法，分别管理，强制安排一些投资主体、投资项目实施可行性研究。对鼓励、限制、禁止三类境外投资活动实施差异化的政策措施，按照积极鼓励、适度限制、严格禁止的原则，引导企业合理把握境外投资方向和重点。

针对鼓励开展的境外投资项目，企业可以自主进行可行性研究工作，政府部门要在税收、外汇、保险、海关、信息等方面进一步提高服务水平，为企业创造更加良好的便利化条件。金融机构应在尽职尽责地做好项目评估的基础上，更好地满足企业资金配置的需求。

针对限制开展的境外投资项目，强制安排项目投资主体进行可行性研究工作，政府部门要针对可行性研究报告做好项目评估，做好项目动态监督工作，强化政府的政策引导，提示企业审慎参与，并结合实际情况给予必要的指导和提示。金融机构也要开展具有针对性的项目评估，谨慎贷款，从资金源头上控制项目风险。

针对禁止开展的境外投资项目，强制要求提交经国家有关职能部门审批的可行性研究报告，要采取切实有效的措施予以严格管控。金融机构在谨慎原则下，做好项目评估工作，以防止有些违禁项目变相获得贷款。

二、完善可行性研究的审核制度

为了加强境外投资真实性、合规性审查，防范虚假投资行为，政府对外审核部门、金融贷款机构、外汇管理部门以及保险机构，必须针对项目的可行性研究报告进行尽职尽责审核。但是，由于有关部门通常是根据投资者提供的资料进行项目审核，在较短时间内做出是否核准的判断，所以这种判断并不都是正确的，尤其是对于那些隐蔽性较强的投资项目来说很难及时发现风险，因而就不能做出正确全面的评估。为此，需要通过项目实施中监测和事后评估来完善可行性研究的审核制度。例如，金融机构的贷款就可以根据实时的审核进行阶段性的发放，一旦发现项目可能发生风险，可以停止发放。

三、建立健全项目追责机制

对可行性研究报告、贷款融资报告以及保险等都要进行项目后评估，对在可行性研究中做假、粗制滥造、编造假数据等行为，项目因可研或评估质量发生重大失误的，建立责任评估制度；对投资方、建设方、可研方、评估方、融资方、审核方等在可行性研究或项目评估中存在渎职行为并造成项目损失的，追究其经济责任，有犯罪行为的，追究其刑事责任。

四、完善第三方服务机构

为保证企业境外投资更加市场化、国际化，应尽量降低企业境外投资的经营风险，要支持境内工程咨询、投资顾问、风险评估、会计服务、法律服务、税务服务、资产评估、仲裁等相关第三方机构的发展。加强与"一带一路"沿线相关国家的投资保护、金融交易、人员服务等方面的机制化合作，为企业"走出去"

创造良好的外部环境。完善境外投资经营规范，引导企业建立健全境外风险预警、风险管控以及项目决策的全过程体系。

（执笔人：王立国、王昱睿）

第十五章
"一带一路" 行动的配套体制和机制①

---

① 本章为中央党校2016—2018年创新工程"'一带一路'与中国的开放合作"项目部分内容。

　　"一带一路"倡议，是习近平主席提出的中国对外国际关系和中国经济更高层次开放的伟大事业。需要在国际关系"义利观"、构建人类命运共同体和合作共赢思想指导下，科学实施"一带一路"倡议，把好事办实和办好。这需要有清晰的思路、正确的战略方案、有效运转的体制和机制。2017年12月，习近平主席在向广州《财富》全球论坛所致的贺信中提出：中国将发展更高层次的开放型经济，深入推进"一带一路"建设，推动形成全面开放新格局。那么，怎么理解更高层次的开放型经济？这既要关注重点开放战略转型、国际产能合作、人民币国际化和标准规则等软实力"走出去"，还要科学调控、部门协调、中观协同，而在微观方面，在防控风险的同时，要有活力、效率和竞争力。

第一节　更高层次经济开放：四个方面的战略转型

　　从中国经济转型和国际经济关系的变化来看，要升级对外有关的工业化战略。从以往的出口导向型工业化战略，向出口升级替代的工业化战略转型；既要通过供给侧改革，将政策向实体经济倾斜，做强国内制造业，也要深化合作共赢的对外开放；中国资金和人民币国际化协同推进，发展驻外金融机构，逐步形成中国参与补充的世界金融秩序；中国推动标准、规则等全球治理体系创新，为合作共赢、和平发展、构建人类命运共同体做出中国应有的贡献。

一、从以往的出口导向型工业化战略，向出口升级替代的工业化战略转型

　　一是升级出口产品替代。实施"中国制造2025"战略，推进智能制造，改造和提高装备水平，倡导制造的工程师和工匠精神，提升国内产品的质量，推广个性化、定制化、小批量、分布式等制造和生产方式，使中国产品在国际市场上具有竞争力。二是用品牌技术知识促进出口替代。鼓励硬技术研发，并应用于中国制造，形成中国自主知识技术和品牌，并得到国际市场的认可。还要鼓励中国

企业在海外并购装备和有技术含量的制造业企业，在外生产制造，避免贸易保护，并通过采购国内装备、原料、中间产品等，关联带动国内产业出口。三是扩大和增加中国具有自主知识产权技术的多交叉、高密集、高复合、高集成、高价值的领域和产品规模。比如推动高铁、核电、航天、航空、特高压变电、导航等产品和装备的出口。四是不仅技术和产品要深化开放合作，渠道也要形成自己的出口渠道，实现对过去多由外商掌控销售的替代。鼓励企业在海外建立自己线上线下结合的销售渠道和网络，并在防范风险的情况下，收购国外知名和运营效果较好的商业品牌和销售网络。各门类产品生产和出口销售应当建立行业协会，形成出口价格协调机制，遏制多头竞争；建立全球批发、出口和各地区代理，甚至零售等上下游一体的商业网络，掌握销售的主动权，控制销售环节的利益漏损流失。从区域来看，还需要通过"一带一路"的贸易合作，开拓新的替代性的出口市场。

二、既要通过供给侧改革，将政策向实体经济倾斜，做强国内制造业，也要深化合作共赢的对外开放

在新形势下，中国参与共建"一带一路"产能合作需要政府摒弃一些过去传统的管理体制，深化改革，加强制度创新，尽快把对外投资体制从审批制转变为以备案制为主、审批为辅，且落到实处，在此基础上构建对外投资和国际合作的促进体制。中国政府可以主动出面与有关国家达成投资保护双边和多边协定，推动与有关国家已签署的共同行动计划、自贸协定、重点领域合作谅解备忘录等双边共识的尽快落实。

有学者指出，应当制定相应的促进与支持政策措施。对公司开展海外投资与合作项目可以给予所得税优惠和关税优惠；制定相应的金融、保险促进与支持政策措施；制定相应的外贸与外援促进与支持政策措施；积极动员各方力量，搭建以政府为主体的跨国产能合作的情报平台与情报网络体系；研究建立跨国产能合作重大项目库，向相关企业提供境外项目信息。

他们还提出，日本跨国公司"母子工厂"体系为我国企业增强国际竞争力提

供了一种可借鉴的思路。所谓"母子工厂"体系，就是将中国在新兴市场国家投资的产能作为承载一般产品和技术的"子工厂"，而将中国国内的工厂建设成为具有技术支援、开发试制、先进制造技术应用和满足高端市场需求功能的"母工厂"。通过"母子工厂"体系建设，既有序推进国际产能合作，又通过提高本土的生产效率提升竞争能力，解决要素成本快速上涨的问题。建立多元化海外用人机制，大力实施"中高级管理人才国际化，基层管理人才及操作人员本土化"的人力资源战略。中高级人才国际化即引进一些具有国际经营能力、熟悉国际运营模式的高级人才，利用外籍雇员的语言和管理经验上的优势，推动跨国产能合作。在中高级国际化人才的开发上，可采取内部培养和外部延揽两方面相结合的措施。[①]

三、中国资金和人民币国际化协同推进，发展驻外金融机构，逐步形成中国参与补充的世界金融秩序

从资本需求的角度看，未来十年支持"一带一路"建设所需的对外投资的资本数额巨大。"一带一路"倡议中设施的投资、建设和经营，需要提供股权投入资金、短中长期贷款、租赁融资、发行债券、各类保险，建设和产业的开放合作，需要与金融资本国际化配套同步进行；需要中国银行、投行、保险、基金等资本和财富管理经营机构，对外提供资本供需和其他服务业务，需要到一些国家和地区设立机构，经营来自中国、所在国和其他地区的资本。

"一带一路"项目更多应当利益共享、风险共担，公司为多方投资参与的有限责任方式；更多地利用当地金融机构、世界性金融机构和其他国家金融机构的贷款，以降低融资成本，分散融资风险。

此外，谨慎促进人民币国际化进程。稳步推进资本和金融账户开放，拓宽人民币双向流动渠道；在国内建立一个面向全球发行和交易，以及更具深度、广度

---

① 郭朝先，邓雪莹，皮思明."一带一路"产能合作现状、问题与对策[EB/OL].[2016-04-22]. http://www.rmlt.com.cn/2016/0420/423813.shtml.

和开放度的人民币债券市场；积极在国内自贸区和中东等地，构建人民币计价和结算的大宗商品交易市场；通过对外直接投资推动人民币国际化向"资产型"转变，在贸易和投资中绑定使用人民币计价和结算；加强"一带一路"沿线国家人民币离岸中心建设，优化离岸市场布局。①

一个国家的货币成为国际主权货币，会带来融资成本低、转移通货膨胀、获得铸币税、左右世界汇率、影响大宗商品价格、财政货币政策具有国际影响力等方面的利益。然而，后发经济大国的货币国际化进程总是会受到先发经济大国的阻碍。因此，在"一带一路"倡议实施进程中，通过投资、贸易等方式，人民币的投放量加大，如果不能及时回流，国际市场上人民币过多，又不能被他国以投资、贸易和金融资产等形式吸收，加上资本市场投资者做空，可能会造成像"广场协议"后日元大幅度升值那样的风险，引发国内股市和房地产市场等危机。因此，"一带一路"进程中的人民币国际化，一定要谨慎而又稳步地推进。

四、中国推动标准、规则等全球治理体系创新，为合作共赢、和平发展、构建人类命运共同体做出中国应有的贡献

一是落实《标准联通"一带一路"行动计划（2015—2017）》，加快制定和实施中国标准"走出去"工作专项规划，助推国际装备和产能制造合作。主要在电力、铁路等基础设施领域，高端装备制造、生物、新能源等新兴产业领域以及中医药、烟花爆竹、茶叶等传统产业领域，共同推动制定国际标准；同时，在设施联通、能源资源合作等方面，组织翻译急需的中国国家、行业标准外文版，促进"中国标准"的推广和应用。②二是补充投资和贸易等方面的国际规则，完善国际经济秩序。在推进"一带一路"倡议实施过程中，同参与各国共同商定贸易投资协定的统一标准，使之成为一套规则体系，在国际投资和贸易制度方面推进

---

① 连平,刘健."一带一路"上人民币国际化怎么走[EB/OL].[2017-05-12]. http://finance.sina.com.cn/money/forex/rmb/2017-05-12/doc-ifyfeius7855397.shtml.

② 见《标准联通"一带一路"行动计划(2015—2017)》。

便利化、一体化、和谐化进程。并且，通过"一带一路"倡议的实施，发起设立对话和磋商峰会、协调组织、金融机构，并着手制定建设、生产和服务标准，制定投资和贸易规则，推进国际主权货币多元化等，共同维护和完善国际经济秩序。

在对方认可和有合作意愿的前提下，分享中国经济发展经验。具体来说，可以鼓励国内社会组织、科研院所、大专院校、"走出去"企业等，在受助国同意的前提下，有偿、优惠（甚至免费）帮助"一带一路"沿线国家研究和制定宏观的五年和十年发展规划；鼓励帮助研究制定其中观的产业、区域、流域、城市、交通等发展战略、建设规划；在区域落地方面，可以帮助其制定港口及临港产业区、经济开发区、自由贸易区等的发展战略、建设规划和产业布局；介绍中国的体制机制设计经验，帮助其设计宏观调控、准入监管、市场体系、企业制度、法律体系，使中国成功的经验为世界相关国家所借鉴。

第二节 科学的开放规划指导和部门协调

央行、国家发改委、商务部、外交部、海关总署、国家国际发展合作署、国家统计局等，应当对境内和对外投资与国内 GDP 增长关系的平衡，货物和服务进出口，市场、金融和资本等账户收支（资金流出和流入），对外要素投入收益等，有一个完整的统计和核算，做到内外发展规划心中有数，科学协同。从宏观上讲，应该结合国际关系方略，精心谋划，根据国内经济发展的需要，制定对外经济开放战略，安排年度"一带一路"倡议实施指导，平衡国内外的进出口与国际收支。

对每年安排的国际公共产品、国际准公共产品和国家产品，需要进行分类。公共和商业性不同的项目，由不同的资金渠道去解决；准公共项目，采取财政补贴、贴息贷款等方式进行。国家要对中长期项目、财力与投入做出预算和安排，每年根据财力进行调整，防止超国力支出资金。

从对外开放的管理和调控看，在顶层规划方面，宜粗不宜细，宜宏观不宜微观，定位于方向性和指导性。但是在第一层级上，应当有产业合作导纲。国家发改委、外交部、商务部、工信部、国家统计局等，可以联合对国内过剩产业摸底，对资产、装备、管理力量、市场开拓、涉外能力等进行统计，对世界各国经济发展阶段和产业梯度及其接纳转移产业的各方面条件也要摸底，动态形成每年的指导性规划，为"十三五"规划以及"一带一路"倡议的具体落实提供动态指导。

有关部门要建立国外市场需求、价格水平、利率汇率、通货膨胀、发展阶段和水平、政治社会风险、法律陷阱、营商环境排名、税收制度、重点风险国家和地区等信息库和信息发布制度，向相关企业发布。

第三节　开放的中观协同和关联推进

对于基础设施建设，如公路、铁路、高铁、城市地铁、油气管道、发电和输电网、港口、机场等建设，应当有综合开发的意识。如将交通建设周边的土地划归中方，给以商业开发权，在站点城市可以开发居住和商业房地产；在港口、机场和水陆交通枢纽地，可以建设临港产业加工园区、物流服务等产业园区。再如，在油气管道建设时，如果有油气资源，提出勘探设想，预留下游炼油化工等项目，规划石油化工产业园区，形成上下游一体化，拉长产业链，延伸价值链。将"一带一路"建设与转移国内产业结合起来，同步规划，同步进行"一带一路"倡议对接，双方或多方共同在项目谈判时提出组合性的要求，使"一带一路"倡议既有基础设施框架，又有产业发展内容，无论对于中国还是所在国来说，都是合作双赢、利益共享的"投资-开发-建设"模式。

企业投资和建设等国际合作，要与进出口贸易、金融、总承包、设计、经营等服务和商业模式进行分工和结合，形成综合的多方面的贸易、金融、技术、服务等效益。从总承包、技术供给、科研设计、建筑安装、投产、经营管理、运输销售、培训教育、维护修缮等方面全过程参与，全价值链融入。

从中国企业对外投资的历史看，开始是单个企业、单个项目参与"一带一路"建设，项目综合性和对国内的带动性不够。从转型角度看，应当逐步与国内进出口贸易、金融、总承包、设计、经营等内外服务和商业模式相结合，形成贸易、金融、技术、服务等多方面的综合效益，使因项目配套不够而存在的外部不经济性降低；在国外设厂组装，国内供应组件、关键零部件、一部分原材料；在他国建设通信网络和基站，向其出口通信终端；在国外形成的品牌和市场，能与国内的装备、组件、原材料等形成供需关系，并带动国内产品的销售，就会形成"走出去"的内外关联效应。

"一带一路"南北之间，也需要进行分工，并且关注重点区域。经济开放与运输成本密切相关，海上通道的运输成本要比陆路成本低。东南亚、南亚和北非"一路"是人口较为稠密地区，是具有市场成长性的区域。"一带"主要是为了取得国内经济发展所需的资源，形成沿线国家与中国合作共赢的互补关系。

第四节　微观既有竞争力又能防范风险的体制和机制

在国际市场上参与竞争的主体是企业，而企业必须要适应国际市场竞争规则。

一、对外开放与体制改革相结合，形成现代防范风险有竞争力的开放经济新体制和机制

（1）形成国内投资机构、国有及国有控股企业、母公司与对外投资入股企业，以及子公司之间形式不同但有效的管控体系，防止重大决策失误、内部人控

制和道德风险转嫁。

（2）形成合理的股权结构。对国企进行混合所有制改革，即现代跨国公司模式的体制改革，民企向现代股份和跨国公司体制转型提升。国有及国有控股企业和民营企业，都可以吸收所在国政府或公司的战略投资者入股，形成风险共担、合作共赢的多国多方现代公司体制。

（3）形成既有活力效率，又有监督和风险防范机制的治理结构。如合理的股东大会、董事会、经理层和监事会，董事会、监事会和经理班子中需要有本土人员；执行层应是熟悉现代跨国公司运作的职业经理人，公司层次需要扁平化。

二、形成企业在外投资和经营合作竞争的协调机制

在防止别国提出共谋垄断之嫌的前提下，商务部、国资委、国家市场监管总局、全国工商联等形成中国在外企业市场竞争联席协调机制；在中国国际经济贸易仲裁委员会、北京仲裁委员会等仲裁委下设专门的在外企业竞争行为纠纷仲裁庭；各产业行业协会建立在外企业专业分会，实时掌握各种在外竞争的信息动态，向在外企业做市场竞争联席协调通报，也鼓励在外企业及时向仲裁委提起仲裁，仲裁机构快速予以仲裁；鼓励同行业企业形成既竞争又合作的伙伴关系。

三、对外投资的企业特别是国有及国有控股企业，开展对外项目投资时一定要有真实的可行性研究报告，谈判签约前要咨询专业律师

对于民营企业，提倡其在对外投资时，认真进行项目的可行性研究及法律咨询。对于国有及国有控股企业的在外投资项目，必须规定要聘请有资质的机构进行投资可行性研究，一些特别重大的投资和并购项目，还要聘请两家咨询机构背靠背进行可行性研究。可行性研究的内容包括项目的市场需求、价格趋势、总投资（包括社会责任支出）成本、内部收益率、投资回收期、不确定性，以及市场、价格、政企关系、法律等风险因素。重大决策要按照程序，既讲科学又讲求效率，要建立国有企业在外重大投资项目重大决策终身责任制。银行、保险、基

金、结算等机构，应当参照可行性研究报告以及项目评估报告，向企业提供相应的金融服务和支持。

在"一带一路"倡议实施中，国有企业与民营企业、大企业与中小企业要相互分工合作。从领域上看，国有企业，特别是大型企业，可以在基础设施、重化工业生产能力投资建设中发挥作用；民营企业，以及一部分从事轻工业制造的国有企业、中小企业，可以在诸多产业（如制造业和服务业）投资建设方面作为主力。从企业组织形式上看，可以通过国有企业与民营企业进行混合所有制改革，组建股权结构多元、治理结构合理、决策科学、运转有效、监督到位的现代跨国公司，发挥双方优势互补、抱团出海、利益分享、风险共防的竞争优势。从产业分工上看，国有企业与民营企业可以形成分工协作关系，在产业上下游发挥各自的装备、技术和营销等优势。

更高层次的改革开放和"一带一路"倡议，既是建设相互尊重、公平正义、合作共赢新型国际关系的重要举措，也是构建人类命运共同体的重大工程。需要从学术上理解更高层次的改革开放和"一带一路"倡议的重大意义和经济逻辑，在实践上自觉地合理调控和科学实施，铸就中国对外关系、经济开放和共同进步的新篇章。

（执笔人：周天勇）

参考文献

[1] 克鲁格曼,奥伯斯法尔德. 国际经济学:理论与政策[M]. 黄卫平,等,译. 8版. 北京:中国人民大学出版社,2011.

[2] 周天勇,刘东. 世界经济学:基本理论及前沿问题[M]. 北京:中国人民大学出版社,2018.

[3] 迈耶,西尔斯. 发展经济学的先驱[M]. 谭崇台,等,译. 北京:经济科学出版社,1988.

[4] 习近平. 中国发展新起点 全球增长新蓝图——在二十国集团工商峰会开幕式上的主旨演讲[EB/OL]. [2016-09-03]. http://www.xinhuanet.com/politics/2016-09-03/c_1119506256.htm.

[5] 冯颜利,唐庆. 习近平人类命运共同体思想的深刻内涵与时代价值[EB/OL]. [2017-12-12]. http://theory.people.com.cn/n1/2017/1212/c40531-29702035.html.

[6] 赫尔希曼. 经济发展战略[M]. 曹征海,潘照东,译. 北京:经济科学出版社,1991.

[7] 郭朝先,邓雪莹,皮思明."一带一路"产能合作现状、问题与对策[EB/OL]. [2016-04-22]. http://www.rmlt.com.cn/2016/0420/423813.shtml.

[8] 卢锋."一带一路"的影响与风险[N]. 金融时报,2015-07-22.

[9] 《"一带一路"沿线国家安全风险评估》编委会."一带一路"沿线国家安全风险评估[M]. 北京:中国发展出版社,2015.

[10] 龚哲卿. 薄板、蛀洞与霉变:建设丝绸之路经济带的挑战前瞻——中亚视角[J]. 印度洋经济体研究,2015(4).

[11] 国家能源局石油天然气司,国务院发展研究中心资源与环境研究所,国土资源部油气资源战略研究中心. 中国天然气发展报告(2016)[M]. 北京:石油工业出版社,2016.

[12] 国家信息中心"一带一路"大数据中心."一带一路"大数据报告(2016)[M]. 北京:商务印书馆,2016.

[13] 黄群慧,等."一带一路"沿线国家工业化进程报告[M]. 北京:经济管理出版社,2015.

[14] 李永全."一带一路"建设发展报告(2016)[M]. 北京:社会科学文献出版社,2016.

[15] 任琳."一带一路"投资政治风险研究之俄罗斯[C]. 北京:中国社会科学院世界与政治经济研究所论文集,2015.

[16] 孙力,吴宏伟. 中亚国家发展报告(2016)[M]. 北京:社会科学文献出版社,2016.

[17] 王勤. 东南亚地区发展报告(2015—2016)[M]. 北京:社会科学文献出版社,2016.

[18] 王永中,李曦晨. 中国对"一带一路"沿线国家投资的特征与风险[EB/OL]. [2015-11-30]. http://www.cssn.cn/jjx/jjx_gzf/201511/t20151130_2720930.shtml.

[19] 商务部国际贸易经济合作研究院,国务院国有资产监督管理委员会研究中心,联合国开发计划署驻华代表处. 中国企业海外可持续发展报告2017[R]. 日内瓦:联合国开发计划署,2017.

［20］ 周天勇,等. 艰难的复兴[M]. 北京:中共中央党校出版社,2013.

［21］ 邹磊. 中国"一带一路"建设的政治经济学[M]. 上海:上海人民出版社,2015.

［22］ 宋爽,王永中. 中国对"一带一路"沿线国家金融支持的特征、挑战与对策[C]. 北京:中国社会科学院世界经济与政治研究所论文集,2017.

［23］ 魏建华,周良. 习近平发表重要演讲 吁共建"丝绸之路经济带"[EB/OL]. [2013-09-07]. http://cpc.people.com.cn/n/2013/0908/c64094-22843681.html.

［24］ 钱彤,余廉梁. 国家主席习近平在印度尼西亚国会发表重要演讲[EB/OL]. [2013-10-03]. http://www.gov.cn/ldhd/2013-10/03/content_2500072.htm.

［25］ 国家发展改革委,外交部,商务部. 推动共建丝绸之路经济带和21世纪海上丝绸之路的愿景与行动[EB/OL]. [2015-03-28]. http://news.xinhuanet.com/world/2015-03/28/c_1114793986.htm.

［26］ 佚名. 中国移动积极参与"一带一路"建设 推动信息丝绸之路畅通[EB/OL]. [2017-05-08]. http://news.xinhuanet.com/info/2017-05/08/c_136265558.htm.

［27］ 张敏,朱雪燕. "一带一路"背景下我国企业对外投资法律风险的防范[J]. 西安财经学院学报,2017(1).

［28］ 卢峰. "一带一路"的经济逻辑[J]. 新金融,2015(7).

［29］ 何茂春,等. "一带一路"建设面临的障碍与对策[J]. 新疆师范大学学报(哲学社会科学版),2015(3).

［30］ 赵磊. "一带一路"建设的十大错误认知[J]. 领导文萃,2016(10).

［31］ 曾铮,周茜. 贸易便利化测评体系及对我国出口的影响[J]. 国际经贸探索,2008(10).

［32］ 安虎森,郑文光. 地缘政治视角下的"一带一路"建设内涵——地缘经济与建立全球经济新秩序[J]. 南京社会科学,2016(4).

［33］ 王义桅. "一带一路":机遇与挑战[M]. 北京:人民出版社,2015.

［34］ 胡海峰,武鹏. 亚投行金融助力"一带一路":战略关系、挑战与策略选择[J]. 人文杂志,2016(1).

［35］ 朱苏荣. "一带一路"建设国际金融合作体系的路径分析[J]. 金融发展评论,2015(3).

［36］ 汪亚青. 地缘经济新格局下战略性新兴产业国际竞争力塑造——新常态下"一带一路"建设带来的机遇、挑战与应对策略[J]. 西部论坛,2015(5).

［37］ 中国现代国际关系研究院. "一带一路"读本[M]. 北京:时事出版社,2015.

［38］ 陈全国. 着力推进新疆社会稳定和长治久安[N]. 人民日报,2017-09-18.

［39］ 王贵荣,庞岩. 新疆加快向西开放优势的再认识[J]. 新疆财经大学学报,2012(1).

［40］ 新疆维吾尔自治区统计局. 新疆统计年鉴(2017)[M]. 北京:中国统计出版社,2018.

［41］ 许良英. 简论土耳其维吾尔族华人华侨与丝绸之路经济带建设[C]//邢广程,林文勋,蓝

平儿. 中国沿边开发开放与周边区域合作:中国社会科学论坛(2014)暨第五届西南论坛论文集. 北京:社会科学文献出版社,2015.

[42] 赵晋平,等. 重塑"一带一路"经济合作新格局[M]. 杭州:浙江大学出版社,2016.

[43] 李晓霞. 新疆的人口问题及人口政策分析[J]. 中央社会主义学院学报,2017(2).

[44] 《新疆生态环境现状及保护对策的研究》课题组. 新疆生态环境现状及保护对策的研究[J]. 决策咨询,2006(1).

[45] 李方."丝绸之路经济带"视野下的新疆对外合作刍议[C]//邢广程,林文勋,蓝平儿. 中国沿边开发开放与周边区域合作:中国社会科学论坛(2014)暨第五届西南论坛论文集. 北京:社会科学文献出版社,2015.

[46] 新疆维吾尔自治区国有资产监督管理委员会. 新疆国有经济布局与结构优化调整研究[M]. 乌鲁木齐:新疆人民出版社,2010.

[47] 贾宇,李恒. 恐怖活动与"一带一路"投资安全风险评估[C]//邹统钎,梁昊光. 中国"一带一路"投资与安全研究报告(2016~2017). 北京:社会科学文献出版社,2017.

[48] 厉声. 丝绸之路经济带安全保障机制对接合作思考[C]//夏文斌. 丝绸之路经济带与向西开放研究. 北京:中国社会科学出版社,2016.

[49] 徐绍史."一带一路"国外投资指南[M]. 北京:机械工业出版社,2016.

[50] 丁志刚,潘星宇."丝绸之路经济带"背景下中亚五国投资环境评估与建议[J]. 欧亚经济,2017(2).

[51] 张光. 论中国与中亚国家BIT中"投资"定义之重构[J]. 暨南学报(哲学社会科学版),2017(7).

[52] 竺彩华,李诺. 全球投资政策发展趋势与构建一带一路投资合作条约网络[J]. 国际贸易,2016(9).

[53] 吴智,钟韵漪. 中外双边投资协定中的"一般例外"条款研究——以"一带一路"倡议为视角[J]. 中南大学学报(社会科学版),2017(4).

[54] 张晓君,孙南翔. 企业海外投资的非政府性障碍及中国的对策研究[J]. 现代法学,2016(1).

[55] 罗伟. 跨国公司和中国经济的竞争力[D]. 天津:南开大学,2014.

[56] BUETTNER, RUF.Tax incentives and the location of FDI:evidence from a panel of German multinationals[J]. International Tax and Public Finance,2007(14).

[57] LIPSEY. The location and characteristics of U.S. affiliates in Asia[R]. NBER Working Paper(6876),1999.

[58] 黄河. 国际政治经济学视角的跨国公司理论:基于文献述评分析[J]. 上海商学院学报,2013(3).

[59] 金德尔伯格. 1929—1939年世界经济大萧条[M]. 宋承先,洪文达,译. 上海:上海译文出版社,1986.

[60] 苏珊,斯特兰奇. 国家与市场[M]. 杨宇光,等,译. 上海:上海世纪出版集团,2006.

[61] 王正毅. 国际政治经济学通论[M]. 北京:北京大学出版社,2010.

[62] 余万里. 跨国公司的国际政治经济学[J]. 国际经济评论,2003(2).

[63] 钟飞腾. 对外直接投资的国际政治经济学:一种分析框架[J]. 世界经济与政治,2010(12).

[64] 关雪凌,张猛. 发达国家跨国公司是如何为国家利益服务的——跨国公司的政治经济学分析[J]. 政治经济学评论,2014(3).

[65] JEVONS.The Goal Question[M]. London:Macmillan,1906.

[66] 吉尔平. 跨国公司与美国霸权[M]. 钟飞腾,译. 北京:东方出版社,2011.

[67] 杨清. 中国跨国公司成长研究[D]. 南京:南京航空航天大学,2006.

[68] 赵超霖. 新中国经济外交史上第一次为一个项目派出主席特使 从雅万高铁看国家发改委的国际角色[J]. 中国战略新兴产业,2016(5).

[69] 宋云霞,王全达. 军队维护国家海外利益法律保障研究[M]. 北京:海洋出版社,2014.

[70] 张原. 中国职业教育与劳动力需求的匹配性研究[J]. 教育与经济,2015(3).

[71] 何小民. 中国入境外籍劳工现象研究——以广西为例[J]. 学术论坛,2016(7).

[72] KLAUS, XAVIER.The Global Competitiveness Report 2016—2017[J]. World Economic Forum,2017(1).

[73] U.S. Bureau of International Affairs. Foreign Labor Trends:Vietnam, Malaysia[R]. Digital Commons @ ILR,2002(1).

[74] U.S. Bureau of International Affairs. Foreign Labor Trends:Sri Lanka, Philippines, Cambodia,Bangladesh[R]. Digital Commons @ ILR,2003(1).

[75] 宁波市统计局. 2016年宁波市国民经济和社会发展统计公报[N]. 宁波日报,2017-02-21.

[76] 李远芳. 以"一带一路"建设为重点形成全面开放新格局[N]. 经济日报,2017-12-24.

[77] 王昱睿. 海外基础设施投资的风险管理[J]. 企业管理,2016(4).

[78] 屈一平. 凝聚丝路正能量 共建合作新模式[J]. 人民周刊,2015(10).

[79] 卞永祖,王玉娟."一带一路"新形势下中国企业走出去的挑战及应对[J]. 全球商业经典,2017(6).

[80] 黄慧德. 对"一带一路"沿线国家投资合作情况[J]. 世界热带农业信息,2017(6).

[81] 杨茗."一带一路"战略对人民币国际化的影响探究[J]. 现代经济信息,2017(16).

[82] 陈明宝,陈平. 国际公共产品供给视角下"一带一路"的合作机制构建[J]. 广东社会科学,2015(5).

[83] 胡宗山,鲍林娟."一带一路"倡议与中国外交新动向[J]. 青海社会科学,2016(4).

[84] 姜懿翀. 民企的"一带一路"[J]. 中国民商,2017(6).

[85] 高慧,王宗军. EPC模式下总承包商风险防范研究[J]. 工程管理学报,2016(1).

[86] 王燊良. 从巴基斯坦第一风电项目看海外投资风险管理[J]. 玻璃钢/复合材料,2016(5).

[87] 安徽海螺集团有限责任公司. 走向世界的海螺[J]. 中国建材,2016(2).

[88] 孙红. 投资项目可行性研究理论综述[J]. 华北电力大学学报,2008(6).

[89] 李保春. 云南"走出去"发展战略与实现路径的财税政策研究[D]. 北京:财政部财政科学研究所,2013.

[90] 朱兴龙. 中国对外直接投资的风险及其防范制度研究[D]. 武汉:武汉大学,2016.

[91] 陈雷. 中国海外投资审批与监管制度研究[D]. 北京:中央民族大学,2005.

[92] 方旖旎. 中国企业对"一带一路"沿线国家基建投资的特征与风险分析[J]. 西安财经学院学报,2016(1).

[93] 李开孟. 我国投资项目可行性研究60年的回顾和展望[J]. 技术经济,2009(9).

[94] 任旭,刘延平. 构建政府投资建设项目后评价机制研究[J]. 中国行政管理,2010(3).

[95] 陈媛媛. 政府投资项目后评价管理研究[D]. 上海:上海师范大学,2013.

[96] 薛琰如. 套利动机下矿产资源型国有企业对外直接投资决策研究[D]. 昆明:昆明理工大学,2016.

[97] 叶淑兰."一带一路"决策的数据化思维变革[J]. 国际论坛,2017(3).

[98] 秦龙杰. 投资项目后评价若干问题的思考[J]. 中国工程咨询,2016(8).

[99] 訾晓杰,李永清,长孙学亭. 项目评估体系有关问题浅析[J]. 陕西煤炭,2005(3).

[100] 余劲松,陈正健. 中国境外投资核准制度改革刍议[J]. 法学家,2013(2).

[101] 向鹏成,牛晓晔. 国际工程总承包项目失败成因及启示——以波兰A2高速公路项目为例[J]. 国际经济合作,2012(5).

[102] 贾秀飞,叶鸿蔚. 中国海外投资水电项目的政治风险——以密松水电站为例[J]. 水利经济,2015(2).

[103] 吴琪瑶."一带一路"背景下中国与沿线国家项目合作发展情况研究[J]. 对外经贸,2017(4).

[104] 朱本洋,马吉. 商业银行参与"一带一路"建设的法律风险及其防范[J]. 时代经贸,2017(30).

[105] 李锋."一带一路"沿线国家的投资风险与应对策略[J]. 中国流通经济,2016(2).

[106] 闻璋. 引导企业境外投资新规矩[J]. 中国招标,2017(35).

[107] 吴少龙. 国有企业境外投资须开展绩效评价[N]. 证券时报,2017-08-03.

[108] 杨虹. 以"鼓励发展+负面清单"模式引导和规范企业境外投资方向[N]. 中国经济导

报,2017-08-23.

[109] 我国已与"一带一路"沿线11个国家实施自贸协定[EB/OL].[2017-05-11]. http://fta.mofcom.gov.cn/article/fzdongtai/201705/34917_1.html.

[110] 商务部晒中澳FTA惠及领域[EB/OL].[2015-06-17]. http://economy.caixin.com/2015-06-17/100820147.html.

[111] 徐绍华,李海樱,蔡春玲. 中外丝绸之路战略比较研究[J]. 云南行政学院学报,2016(1).

[112] 王辉耀,苗绿. 中国企业全球化报告(2016)[M]. 北京:社会科学文献出版社,2016.

[113] 余莹. 我国对外基础设施投资模式与政治风险管控——基于"一带一路"地缘政治的视角[J]. 经济问题,2015(12).

[114] 储殷,柴平一. 绸缪"一带一路"五大风险[J]. 金融博览(财富),2015(6).

[115] WILSON,MANN,OTSUKI.Assessing the Benefits of Trade Facilitation:A Global Per-Spective [J]. World Economy,2005(6).

[116] 中华人民共和国海关总署. 统计月报[EB/OL].[2018-01-23]. http://www.customs.gov.cn/customs/302249/302274/302276/1421014/index.html.

[117] 竺彩华,韩剑夫."一带一路"沿线FTA现状与中国FTA战略[J]. 亚太经济,2015(4).

[118] 赵可金."一带一路":从愿景到行动[M]. 北京:北京大学出版社,2015.

[119] 丁阳."一带一路"战略中的产业合作问题研究[D]. 北京:对外经济贸易大学,2016.

[120] 刘迎胜. 丝绸之路[M]. 南京:江苏人民出版社,2014.

[121] 鲁保罗. 西域的历史与文明[M]. 耿昇,译. 北京:人民出版社,2012.

[122] 明浩."一带一路"与"人类命运共同体"[J]. 中央民族大学学报(哲学社会科学版),2015(6).

[123] 曾问吾. 中国经营西域史[M]. 乌鲁木齐:新疆人民出版社,2014.

[124] 姜虎."一带一路"战略中新疆区位优势分析[J]. 邢台职业技术学院学报,2015(4).

[125] 蔡志全,赵红霞."一带一路"背景下新疆外语教育政策面临的挑战与变革[J]. 中国大学教学,2016.(1).

[126] 周殿生,王莉. 新疆外语教育现状和调整策略[J]. 外国语(上海外国语大学学报),2011(1).

[127] 谭永生. 核心区战略下新疆中长期经济社会发展的目标及建设[J]. 新疆经济研究,2017(3).

[128] 刘炳炳,邵一珊. 新疆向西开放竞争力指标体系构建及评价[J]. 中央民族大学学报(哲学社会科学版),2014(2).

[129] 李韧. 2015—2016年新疆经济社会发展形势[M]. 乌鲁木齐:新疆人民出版社,2015.

[130] SAMUELSON.The Pure Theory of Public Expenditures[J]. The Review of Economics and Statistics,1964(36):150-172.

[131] MALKIN,WILDAVSKY.Public Goods:An Ideal Concept[J]. Journal of Socio Economics,1999(28):139-156.

[132] ENKE.More on the Misuse of Mathematics in Economics:A Rejoinder[J]. Review of Economics and Statistics,1975(37):131-133.

[133] 张蒽,魏秀丽,王志敏. 中资企业海外社会责任报告质量研究[J]. 首都经济贸易大学学报,2017(6).

[134] 胡钰. 中国企业海外形象建设:目标与途径[J]. 中国软科学,2015(8).

[135] 孙晓光,张赫名. 海洋战略视域下的中国海外利益转型与维护——以"一带一路"建设为中心[J]. 学习与探索,2015(10).

[136] 刘恩专,路璐."中蒙俄经济走廊"贸易便利化合作机制的建设[J]. 港口经济,2016(10).

[137] 王凯,郭瑞,李世群. 海外油气业务发展面临的挑战与机遇分析[J]. 中国石油石化,2017(12).

后　记

本书是中央党校创新工程课题"'一带一路'与中国的开放合作"的重要成果。该课题提出的背景可以追溯到2013年习近平总书记提出的"一带一路"倡议。"一带一路"沿线国家人口众多，市场发展空间巨大，"一带一路"倡议不仅成为深化中国同世界各国开放合作的重要平台，而且有助于促进全球一体化及培育全球经济发展新动力。2016年中央党校创新工程将"一带一路"列入重点课题，彰显中央党校对"一带一路"建设的重视，更突出"一带一路"课题的重要时代价值。本课题组成员主要是中央党校国际经济问题相关的专家学者，这为课题的顺利推进及深层次的创新研究提供了保障。本书是中央党校创新工程课题"'一带一路'与中国的开放合作"的重要成果。该课题提出的背景可以追溯到2013年习近平总书记提出的"一带一路"倡议。"一带一路"沿线国家人口众多，市场发展空间巨大，"一带一路"倡议不仅成为深化中国同世界各国开放合作的重要平台，而且有助于促进全球一体化及培育全球经济发展新动力。2016年中央党校创新工程将"一带一路"列入重点课题，彰显中央党校对"一带一路"建设的重视，更突出"一带一路"课题的重要时代价值。本课题组成员主要是中央党校国际经济问题相关的专家学者，这为课题的顺利推进及深层次的创新研究提供了保障。由于课题写作截止于2018年，因而未能反映2019年第二届"一带一路"国际合作高峰论坛的最新成果，但这并不影响课题的整体内容和基本观点，也不影响本课题的重要参考价值。

课题研究既遵循方案制订时的总体计划和设想，又根据"一带一路"建设的最新进展，进行了相关的创新调整。在此背景下，本书的内容主要包括六篇，即理论背景、战略布局、贸易投资、跨境合作、对外开放及体制机制。从理论上揭示"一带一路"倡议提出的重大意义及深层次的理论背景，从两大经济平衡及"南路北带"的角度阐述"一带一路"建设的战略布局思路，从贸易便利化、投资规则体系及人民币国际化等角度分析贸易投资合作方向，从民营企业"走出去"、跨国企业及国际劳务等角度探讨出境合作的问题，以新疆及宁波等地区为例阐述省地市对接"一带一路"建设的新思维，从"一带一路"建设风险防范及体制机制创新角度分析未来的治理机制建设。

　　本书的出版不仅对关注"一带一路"建设的读者有重要的参考价值，而且对研究国际经济及全球治理等问题的读者也具有重要参考价值。这是因为，尽管全球经济自2010年以来保持了持续稳步的发展势头，但全球经济面临的不确定性因素仍然较多、较复杂。纵观世界经济发展状况可以发现，主要国家经济增长分化的现象未见改观，美联储货币政策变化引发的溢出效应不容忽视，全球经济失衡所滋生的结构性问题仍然有待解决，中美经贸摩擦及地缘政治等因素对全球经济产生较大压力，世界经济分化构成全球经济增长不稳固的重要表现。对此，"一带一路"倡议着力倡导互利共赢，推动构建人类命运共同体，有助于应对反全球化的全球治理挑战，也有助于促进世界各国深化开放合作。

　　参加本书编写工作的作者分工如下：周天勇完成第一、二、三及十五章的写作，冯立果完成第四章的写作，熊洁完成第五章的写作，史妍嵋、赵渊博、韦力完成第六章的写作，文洋完成第七章的写作，刘东、王天坤完成第八章的写作，冯东海完成第九章的写作，尤苗完成第十章的写作，张原、陈建奇完成第十一章的写作，项松林完成第十二章的写作，钱镇、唐立久完成第十三章的写作，王立国、王昱睿完成第十四章的写作。全书由周天勇与陈建奇统稿，文洋、陈聪参与了收集整理工作。本书能够顺利完成，离不开各位作者保质保量按时完成工作，离不开中央党校相关部门的协助，同时也离不开东北财经大学出版社和李季老师的支持、帮助和精心编辑，在此表示感谢。

陈建奇

2018年7月25日